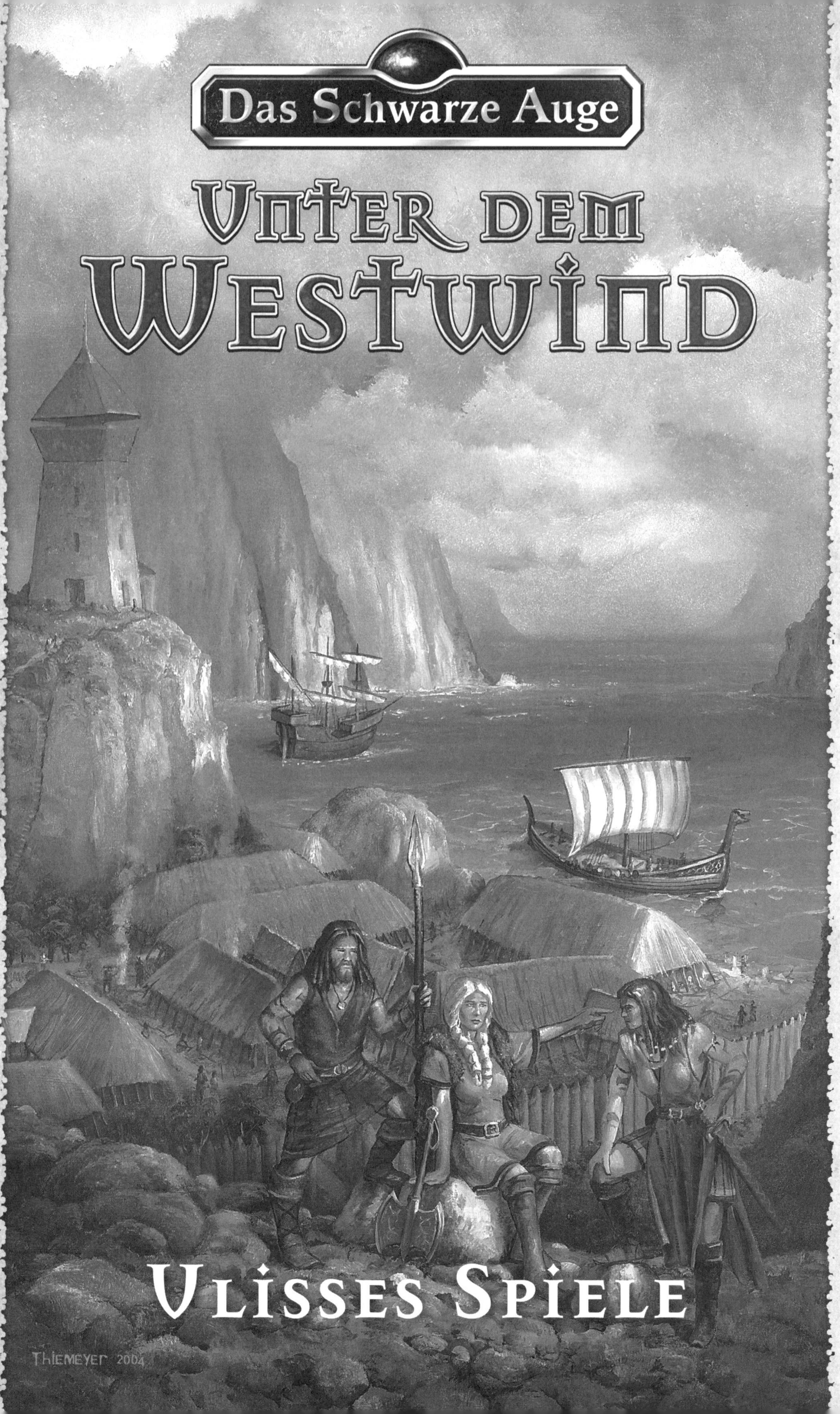
Das Schwarze Auge
Unter dem
Westwind
Ulisses Spiele
Thiemeyer 2004

Aventurien®

Ulrich Kiesow gewidmet,
dem geistigen Vater der Spielwelt Aventurien.

Gesamtredaktion
Florian Don-Schauen,
Thomas Römer

Lektorat
Cathherine Beck,
Florian Don-Schauen,
Thomas Römer

Coverbild
Thomas Thiemeyer

**Umschlaggestaltung,
graphische Konzeption und Satz**
Ralf Berszuck

Innenillustrationen
Zoltán Boros/Agentur Kohlstedt,
Caryad, Ina Kramer, Simone Ronner,
Sabine Weiss, Eva Zimmermann

Karten und Stadtpläne
Ina Kramer (Farbkarte der Region),
Simone Ronner, Oliver Steiger, Sabine Weiss

Belichtung, Druck und Aufbindung
Media-Print PerCom GmbH & Co. KG, Westerrönfeld

Printed in Germany 2008
ISBN 978-3-940424-52-5

Das Schwarze Auge

Unter dem Westwind

Gesamtredaktion: Ragnar Schwefel
Redaktion Nostria und Andergast: Frank Wilco Bartels
Redaktion Gjalskerland: Jörg Middendorf

Thorwal

Uta Enners, Dominik Hartmann, Jens-Arne Klingsöhr, Frank Mienkuß, Ralf Dieter Renz, Thomas Römer, André Schunk, Michelle Schwefel, Ragnar Schwefel, Oliver Steiger, Mark Wachholz
sowie: Malte Berndt, Peter Diehn, Patrick Fritz, Andree Hachmann, Matthias Löffler, Kolja Marold, Julian Marioulas, Jens Matheuszik, Niklas Reinke, Anton Weste und Michael Wuttke
Mit besonderem Dank an:
die Aktiven des Thorwal-Briefspiels für viele Ideen; Oliver Steiger für seine fachmännische Beratung in Sachen Nordistik; Frank Wilco Bartels, Björn Berghausen, Patrick Fritz, Julian Marioulas, Ralf Dieter Renz und Sven Wichert für Kritik, Anregungen und Korrekturen; Paul für moralischen Beistand
Teilweise basierend auf Texten von:
Ulrich Kiesow, Thomas Römer, Pamela Rumpel und Hadmar von Wieser aus der Spielhilfe Thorwal und die Seefahrt des Schwarzen Auges; Patrick Fritz, Jens-Arne Klingsöhr, Michelle und Ragnar Schwefel aus dem Abenteuer Die Dunkle Halle

Gjalskerland

Jörg Middendorf, Daniel Prelle, Dennis Riedelsheimer
Mit besonderem Dank an:
Michael Drieling und Raphael Völkel

Nostria und Andergast

Frank Wilco Bartels, Julian Marioulas, Philipp Seeger, Tahir Shaikh, Oliver Steiger
sowie: Constantin Ebert, Christian Ehm, Petra Jörns, Jörg Raddatz, Matthias Wicht und Marco Zanoli
Mit besonderem Dank an:
Chris Gosse, Benjamin Schmidt, Ullrich Schneider und Philipp Schumann

Eine DSA-Spielhilfe

Ulisses Spiele

Inhalt

Ein Wort vorab

1990 erschien mit **Thorwal und die Seefahrt des Schwarzen Auges** die erste Regional-Spielhilfe für DSA*. Auch wenn es im Vergleich zu anderen Regionen nur wenige Abenteuer gab, die sich in den vergangenen Jahren mit dieser Region beschäftigten, gehörte Thorwal in all den Jahren zu den beliebtesten aventurischen Regionen.

Im Herbst 1998 trat Patrick Fritz an mich heran, ob ich nicht Interesse hätte, mit ihm ein Briefspiel für Thorwal zu organisieren, nach dem Vorbild des offiziellen Adelsspiels im Mittelreich und Lieblichen Feld. Wir nahmen mit Thomas Römer Kontakt auf, ob so ein Briefspiel nicht auch im Interesse der DSA-Redaktion läge, da die gesamte Region viele Jahre stiefmütterlich behandelt worden war.

Im Frühjahr 1999 waren die notwendigen Vorgespräche abgeschlossen, so dass das Briefspiel starten konnte. Paddy und ich machten 1999 auf diversen Conventions Werbung für das neue Briefspiel. Mit Unterstützung von Thomas ist es gelungen, Thorwal wieder in das Bewusstsein der DSA-Spieler zu bringen. Vorgabe für die Wiederbelebung Thorwals war von Anfang an, das Land und seine Bewohner künftig differenzierter zu beschreiben. Thorwal war gesellschaftlich, wirtschaftlich und technologisch im Vergleich zu seinen Mitkonkurrenten am Meer der Sieben Winde zu sehr ins Hintertreffen geraten. Es war unser Ziel, den Thorwalern eine eigenständigere Identität zu geben, sie unterscheidbarer von den restlichen Völkern Aventuriens zu machen und einige verbreitete Klischees aus der Welt zu schaffen. Nichtsdestotrotz sollten die Freunde des 'alten Thorwal' 'ihre Thorwaler' weiter spielen können.

Nicht alles, was wir uns in diesem Zusammenhang in den letzten Jahren vorgenommen haben, ist ins offizielle Aventurien eingeflossen. Doch die Nordleute sind heute im Spiel der aventurischen Mächte präsenter als jemals zuvor. Auch in Zukunft werden die Nachfahren der ersten güldenländischen Einwanderer in Aventurien weiter von sich reden machen. Wer erst durch diese Spielhilfe sein Herz für Thorwal entdeckt hat oder wer noch mehr über die Thorwaler wissen möchte, dem sei die Homepage des Thorwal-Briefspiels empfohlen: http://www.thorwal.de

Das vorliegende Buch enthält aber auch Material zu zwei benachbarten aventurischen Regionen, die damit zum ersten Mal in einer Spielhilfe vorgestellt werden: das Gjalskerland und die Streitenden Königreiche.

Beim Gjalskerland handelt es sich quasi um eine Neuschöpfung. Jörg Middendorf hat seine Beschreibung aus dem **Aventurischen Boten 90** konsequent fortgesetzt, und inzwischen hat diese Region zahlreiche Freunde gefunden.

Die Streitenden Königreiche Nostria und Andergast sind dagegen so alt wie **Das Schwarze Auge** selbst. Mittlerweile längst vergriffene Publikationen haben das Bild der beiden abgeschiedenen und fortwährend mit sich selbst beschäftigten Kleinstaaten geprägt, die auch ab Mitte der 90er Jahre kaum noch Beachtung fanden. Erst mit dem Abenteuer **Im Bann des Eichenkönigs** (2001) begann der Versuch, nicht mehr erhältliche Informationen aufzubereiten, alte Setzungen kritisch zu hinterfragen und die Streitenden Königreiche auch für eine neue Spielergeneration zu erschließen. Dieses Bemühen wird in **Unter dem Westwind** konsequent fortgesetzt.

Ragnar Schwefel
Berlin im Juni 2004

Abkürzungsverzeichnis

Bei den in diesem Band verwendeten Verweisen handelt es sich um die folgenden Publikationen:

Arsenal	Die Spielhilfe **Aventurisches Arsenal**
Götter	Das Regelwerk **Wege der Götter**
Helden	Das Regelwerk **Wege der Helden**
Schwert	Das Regelwerk **Wege des Schwerts**
Zauberei	Das Regelwerk **Wege der Zauberei**
LC	Die Zauberspruchsammlung **Liber Cantiones**
Stäbe	Die Spielhilfe **Stäbe, Ringe, Dschinnenlampen**
Zoobotanica	Die Spielhilfe **Zoo-Botanica Aventurica**

*Die bereits 1985 erschienene Box Havena möchten wir an dieser Stelle ausklammern, weil sie nur eine Stadt, aber keine ganze Region beschreibt.

Thorwal – Land der Freien

Geographische Grenzen: Ingval, Steineichenwald, Große Olochtai, Firunswall, Svellt, Ifirns Ozean, Meer der Sieben Winde
Landschaften: Kreidesteilküsten, Gjalskafjord, Olportsteine, durch Güldenlandstrom wärmere Golfküsten, Brinasker Marschen, Gjalsker Tundra, Hochland von Waskir, Bodirtal, Niederthorwaler Heide, Steineichenwald
Gebirge: Steineichenwald, Hjaldorberge, Graue Berge, Große Olochtai
Gewässer: Ifirns Ozean, Meer der Sieben Winde, Hjaldingolf, Golf von Prem, Swafnirsrast, Njurunsee (bei Waskir); Flüsse Bodir, Merek, Nader, Gjalska, Grenzflüsse Ingval und Svellt
Klima: Kurze Sommer stehen langen, kalten Wintern entgegen; Schneefälle und Frost im Norden etwa von Travia bis Ingerimm; im Süden von Boron bis Phex; Frühjahr und Herbst sind vor allem im Norden sehr kurz und feucht.
Geschätzte Bevölkerungszahl: 92.000; Norbarden, Nivesen, Nostrier, Svellttaler, Elfen, Zwerge, Orks
Wichtige Orte: Thorwal, Prem, Olport, Waskir, Enqui, Kendrar, Muryt, Overthorn
Wichtige Verkehrswege / Handelsrouten: Seeweg von Enqui über Olport, Overthorn, Prem und Thorwal nach Kendrar, Bodirstieg nach Phexcaer, Piste vom Bodirstieg über Waskir nach Olport, Karrenpfad Waskir–Muryt
Vorherrschende Religion: 90 % thorwalsch (Swafnir, Firun, Travia, Ifirn), 5 % Zwölfgötter, 5 % andere
Regierung: Jurga Trondesdottir ist Oberste Hetfrau (gewählt auf Lebenszeit); das Amt hat ihre Familie in dritter Generation inne. Regional herrschen weitgehend eigenständig Jarle, Hetleute und Hersire. Die Oberste Hetfrau strebt danach, ein einiges Reich aller Thorwaler zu schaffen, und stößt hierbei insbesondere im Norden des Landes auf großen Widerstand. Der Rat der Obersten Hetfrau ist ein beratendes Gremium von ernannten Hetleuten und Hersiren (Sippenoberhäuptern). Die Hjaldings (Volksversammlungen) finden ein- bis zweimal pro Jahr auf nationaler, regionaler und örtlicher Ebene statt. In den örtlichen Hjaldings ist jeder stimmberechtigt; zum regionalen und Obersten Hjalding werden gewählte Vertreter entsandt.
Landeswappen/-symbol: Es gibt kein Landeswappen, doch der Pottwal im Wellenkranz ist ein oft gezeigtes Symbol.
Sozialstruktur: ein durch die Bedeutung der (Seekrieger-)Gemeinschaft und allgemeine Wahlen zu allen politischen Ämtern gekennzeichnetes Staatengebilde. Für Mann und Frau gelten gleiche Rechte und Pflichten.
Einflussreiche Ottajaskos und Sippen: wechselnd, die bekanntesten sind die Ottajaskos der Windzwinger, Sturmkinder und Geraldssons (Thorwal), der Sturmspeere (Prem) und der Sturmsegler (Olport), 'Hausmacht' Jurgas ist die Gischtreiter-Ottajasko (bei Thorwal).
Magie: Graue Hellsicht-Akademie in Thorwal und gildenlose Elementar-Akademie *Halle des Windes* in Olport, ca. 300–350 Gildenmagier, überdurchschnittlich viele Magiedilettanten, Druiden und Hexen (meist im dünn besiedelten Hinterland) und Schamanen (bei den Nivesen und Orks)
Lokale Helden / Heilige / mysteriöse Gestalten: Jurga Tjalfsdottir (führte die Hjaldinger vom Güldenland nach Aventurien), Torstor Om (phexischer Sagenheld und legendärer Skalde), Hetmann Orozar Siebenhieb (mythischer Herausforderer Swafnirs), Hetmann Faenwulf (verschollener Sagenheld), Halmar (Kriegsheld, der neun Jahre lang den Thron des Alten Reiches innehatte), Asgra Asgordottir (mythische Swafnir-Tochter), Hyggelik der Große (Kriegsheld), Tronde Torbensson (Einiger Thorwals, mythisches Ende im Kampf gegen Glorana); *gegenwärtig:* Tula von Skerdu (Hexe), Ifirniane Raskirsdottir (Ifirn-Geweihte), Kapitän Asleif 'Foggwulf' Phileasson (berühmter Abenteurer und 'König der Meere'), Bridgera Karvsolmfara (Hohepriesterin des Swafnir), Jurge Swafnirsgrehd (Seher und Erwählter des Swafnir), Asleif Nellgardson (Skalde), Haldrunir Windweiser (Spektabilität der Runajasko zu Olport), Eldgrimm Oriksson der Weise (Eroberer), Frenja Thorkillsdottir (Piratin aus Lassir), Riesin Yumuda (die einzige Riesin Aventuriens, Orakel)
Wundersame Örtlichkeiten: Swafnir-Tempel zu Olport (ältester Swafnir-Tempel, Gaben und Erinnerungsstücke aus der gesamten Geschichte des Landes), Swafnir-Tempel zu Thorwal (beeindruckendster Tempel in ganz Thorwal), Efferdpfeiler vor Olport (Efferd-Heiligtum), ewiger Eiskristall zu Olport (Ifirn-Heiligtum), Ifirn-Heiligtum in Ifirnshavn, Seufzermoos (unheimliches Moorgebiet nördlich von Waskir), Insel Berik (dort siedeln magiebegabte Sonderlinge), Insel Gevri (Siedlung von Swafnir-Kindern), Tulas Jolskrim (Langhaus) auf Skerdu, Yumudas Insel (westlich der Nördlichen Olportsteine)
Sprachen: Thorwalsch in unterschiedlichen Dialekten, Garethi, im Norden auch Nujuka
Garnisonen: Thorwal, Hjalsvidra / Hoijangar, Enskar, Gandar, Enqui, Nehult
Währungen: keine eigene Währung, vorherrschend mittelreichische Münzen (vor allem im Süden), ansonsten Edelmetalle nach Gewicht (gehacktes Silber)
Zeitrechnung: nach Jurgas Landung: 2654 JL = 34 Hal = 1027 BF; 1 JL = 2620 v.H. = 1627 v.BF
Lokale Fest- und Feiertage: 30. Rondra bis 2. Efferd: Efferdsfahrt von Prem nach Thorwal, Ruderbootrennen, Immanspiele; 1. Efferd: Swafnirstag; an unterschiedlichen Tagen im Travia in ganz Thorwal: Tag der Heimkehr; 1. Firun: Winterbruch (Sonnenwendfest mit Jagd auf den Winterunhold); 30. Firun: Tag der Ifirn (Opferung und Verbrennung des Winterunholds); 17. Rahja: Sommersonnenwendfest

Die Geschichte Thorwals

Die Geschichte Thorwals ist vor allem eine Geschichte vom Überlebenskampf seiner Bewohner – der Thorwaler oder auch *Hjaldinger.* Sie erzählt von den Wurzeln der Thorwaler im Güldenland ebenso wie von ihrem harten Überleben im aventurischen Norden bis hin in die Jetztzeit, in der die Versuche nicht ablassen, das ungestüme Volk der Seefahrer und Entdecker unter einem Banner zu einen. Blutige Plünderungen, mutige Fahrten an die Grenzen der bekannten Welt und das traditionsreiche Leben an den nordwestlichen Gestaden Aventuriens prägen die Geschichte der Thorwaler.

Zur Beachtung: Die hier präsentierte Historie ist in dieser Dichte keinem aventurischen Gelehrten bekannt, da viele Ereignisse in Sagas verfremdet und nur Weniges schriftlich überliefert ist. Behandeln Sie dieses Kapitel daher als **Meisterinformation:** Als Spieler sollten Sie es überblättern, als Meister sollten Sie Ihren Spielern nur das preisgeben, was deren Helden aufgrund ihres Hintergrunds oder ihrer Erlebnisse wissen können.

Vorzeitliche Besiedlung der thorwalschen Lande (vor 1700 v.BF)

Über die urzeitliche Besiedlung der nordwestlichen Lande Aventuriens ist kaum etwas bekannt. Allerdings lassen gigantische Überreste von behauenen Steinen, geheimnisvolle Hügelgräber, Steinkreise und undeutbare Felsmarkierungen darauf schließen, dass lange vor den Thorwalern hier jemand – oder etwas? – gesiedelt hat. Dafür sprechen auch die geheimnisvollen Ruinen von *Amanma Rudh* an der Westküste des Gjalskerlandes (siehe S. 120).
Vermutungen besagen, dass vor Urzeiten Trolle die Gebirge und Täler durchwanderten. Auch Zwerge aus Umrazim könnten um **3000 v.BF** hierher gekommen sein, doch verschwanden sie spätestens, als der Gottdrache *Pyrdacor* sein Reich errichtete. Nach dessen Fall **um 2100 v.BF** und dem Rückgang des Eises ließen sich Schwarzpelze und Goblins in der unwirtlichen Einöde nieder. Von einigen Firnelfen abgesehen, verschlug es in den nächsten Jahrhunderten sonst niemanden hierher.

Die Hjaldinger (1700 bis 1500 v.BF)

Die Geschichte der Thorwaler beginnt weit westlich, im legendären Güldenland: Jenseits des Meeres der Sieben Winde lebte auf dem Kontinent Myranor das **Volk der Hjaldinger**. Die mutigen Jäger, Seefahrer und Piraten bewohnten ein Küstenreich hoch im Norden des Kontinents, und ihr Feind war das mächtige **Imperium von Cantera**.

Von den grimmen Urzeiten der Hjaldinger

Etwa um **4500 v.BF** hatten sich den Legenden nach Stämme der Menschen im nördlichen Güldenland unter der Führung der mythischen Heroin *Yoldra* zu einem Volk zusammengeschlossen, das seine Bestätigung im ewigen Kampf um das Dasein und das Überleben des Stärkeren sah und grimmige Gottheiten des Eises und des Meeres verehrte: die *Hjaldinger*. Das harte Leben zwang sie, sich gegen feindlich gesonnene Rassen und Naturgewalten durchzusetzen. Denkwürdig war die Begegnung mit den Shakagra, einem Stamm bleicher, hoch gewachsener und spitzohriger Zauberer, die um **2500 v.BF** mit wenigen hundert Mann das starke Menschenvolk der Hjaldinger im Handumdrehen besiegten und auf ihrem Weitermarsch nach Westen blutig aus dem Weg drängten.

Nach einer Reihe Hjaldinger Überfälle im Jahr **1665 v.BF** auf den canterischen Nordhafen Trivina setzte sich das Imperium gezielt zur Wehr. Während der nächsten Jahre kam es zu heftigen Seegefechten, die zunächst meistens für die Hjaldinger siegreich ausgingen. Erst als das imperiale Haus *Charybalis* tausende Gefangene seiner düsteren Gottheit Charypta opferte und somit ein dämonisches Unheiligtum erschuf, wendete sich das Blatt. Um **1650 v.BF** war es bereits gelungen, wichtige Inseln der Hjaldinger dauerhaft zu besetzen, Hjaldingard selbst wurde schließlich im Jahr **1627 v.BF** eingenommen. Einige Überlebende flohen in die Wälder und Tundren westlich der Küste, andere unterwarfen sich der imperialen Oberhoheit, viele jedoch wurden in die Sklaverei geführt oder geopfert.
Als die feindliche Armee schließlich vor Hjaldingsholm stand, der letzten Bastion des Seefahrervolkes, da fassten die Hjaldinger einen folgenschweren Entschluss: Sie verbrannten Häuser und Höfe, und diejenigen unter ihnen, die krank, verwundet, alt oder zu schwach waren, wählten den Tod. Die anderen bemannten alle verfügbaren Schiffe und stachen unter Führung der sagenumwobenen *Jurga Tjalfsdottir* gen Osten in unbekannte Gewässer in See. Sie ließen nicht nur ihre Heimat zurück, sondern brachen zugleich mit vielen ihrer Götter, denen sie aus Wut über die nicht erfolgte Hilfe entsagten und die sie aus ihren Liedern strichen.

Quellen über die Hjaldinger

Die älteste Überlieferung der Thorwaler ist das *Jurga-Lied*, eine von Generation zu Generation weitergegebene Saga, die von der Überfahrt der Hjaldinger und der Besiedlung Thorwals berichtet. Bis heute haben sich verschiedene Versionen unterschiedlicher Länge erhalten. Über das Leben im Güldenland gibt das Lied keine Auskunft, denn es setzt erst mit dem Vordringen der imperialen Legionen und dem Untergang von Hjaldingard ein. Über die Zeit davor ist zumindest noch ein 'Dokument' erhalten. Das Drama *Der Krieg gegen die Hjaldinger*, das vor dreitausend Jahren in Balan Cantara verfasst worden sein soll, wird alljährlich von der Geweihtenschaft in Arivor aufgeführt. Wenngleich das Stück vermutlich nur wenig mit der damaligen Realität zu tun hat, verbirgt sich womöglich doch ein Fünkchen Wahrheit darin.

Bald schon machten den Flüchtlingen Hunger, Durst und Krankheit zu schaffen. Auch das ungnädige Meer stellte sich ihnen entgegen. In schweren Stürmen wurden Schiffe von der Flotte getrennt, einige versanken in wütenden Unwettern. Die Fährnisse und Entbehrungen ließen die Besatzungen verzweifeln, und ihr Vertrauen in Jurga schwand.
In höchster Not trafen die Hjaldinger auf mehrere große Wale, angeführt von einem riesigen weißen Pottwal, der sich ihnen als *Swafnir* zu erkennen gab und sie zu einer steilen Felseninsel, dem *Hoffnungseiland*, geleitete. Dort fanden die Flüchtlinge frisches Wasser und Nahrung, woraufhin sie dem weißen Wal ihre ewige und unverbrüchliche Treue schworen.
Gestärkt setzten die Hjaldinger ihre Fahrt fort. Doch neue Mühen zehrten an Leib und Seele. Als ihre Hoffnung neuerlich schwinden wollte, wies ihnen der Gottwal den Weg zu einer weitaus größeren Insel. Wie das Jurga-Lied berichtet, war sie gesegnet mit grünen Wiesen und blühenden Obstbäumen, zwischen denen Wild und allerlei unbekannte Tiere umhersprangen: das *Swafnirland*.
Jurga, die mit einigen Mutigen an Land gegangen war, um die Insel zu erkunden, fand der Legende nach einen weißgoldenen Tempel, in dem sie drei Tage und drei Nächte verweilte. Hier wurde ihr nicht nur ihr eigenes Ende enthüllt, sondern auch das weitere Schicksal ihres Volkes: Die Hjaldinger seien vom Weißen Wal auserwählt, um ihm dereinst im letzten Gefecht gegen die titanische Seeschlange *Hranngar* beizustehen.
Swafnirs Wohlwollen konnte jedoch nicht verhindern, dass es Streit

unter den Hjaldingern gab. Eine Hand voll Ottas trennte sich von der Flotte. Diese gelten als Vorfahren der Fjarninger Eisbarbaren, die heute die Nebelzinnen bewohnen.

Im Winter des Jahres **1626 v.BF** landeten die verbliebenen Schiffe nach einer monatelangen Irrfahrt an der verschneiten Nordküste Aventuriens. Ihre erste Siedlung nannten sie Olafjord (das heutige Olport). Der harte Winter forderte weitere Opfer. Unter den Toten befand sich auch die viel besungene Jurga, verstorben in der Mittwinternacht des Jahres 1626 v.BF.

Alte Feinde auf fremdem Kontinent (1500 bis 900 v.BF)

In den ersten Jahren der Besiedlung machten sich die Hjaldinger daran, feste Häuser zu bauen und dem kargen Boden einen Ertrag abzuringen. Die Orks im Binnenland erwiesen sich als aggressive Nachbarn, so dass die Flüchtlinge zunächst nur an der Küste des *Olafjord* siedelten.

Die in ihrer einstigen Heimat gefürchteten Seefahrer machten erst nach Jahrzehnten einen ersten Versuch, entlang der Westküste weiter nach Süden vorzudringen. Ob es allerdings Jurgas mythischer Enkelin, *Lialin der Kühnen*, tatsächlich auf ihrem Schiff gelang, den Fluss Ingval bis zum Südrand der Thaschberge zu erkunden (eine Gegend, die zu dieser Zeit fest in Ork- und Goblinhand war), muss bezweifelt werden. Der vor langer Zeit erbaute *Lialinsturm* südlich von Teshkal (siehe S. 156) scheint dies allerdings zu bezeugen.

Im Jahr **1482 v.BF** landeten **güldenländische** Flüchtlinge, die sich von ihrem Glauben losgesagt hatten, mir ihren Schiffen am Yaquir und siedelten dort.

Um 1375 v.BF erreichten die drei tulamidischen **Sippen der Gajka, Nunnur und Serach** vom Stamm der *Beni Nurbad* nach Jahren der Wanderschaft das Hochland südlich der Grauen Berge. Hier lebten sie zunächst von Jagd und Fischfang, später betrieben sie zunehmend Ackerbau und Viehzucht und errichteten steinerne Befestigungen – hohe Rundtürme zum Schutz vor den Orks.

Der Ursprung der Norbarden

Um das Jahr **1600 v.BF** floh der tulamidische Stamm der *Beni Nurbad* vor den Magiermogulen vom Gadang aus der Gegend des heutigen Mherwed. Einer Vision Hesindes folgend, zog der Stamm in den nächsten Jahrhunderten durch ganz Nordaventurien – vom Ehernen Schwert im Osten bis zu den Grauen Bergen im Westen. Angeblich folgten sie mystischen Linien (Kraftlinien), die noch heute den Süden mit dem Norden verbinden sollen. Nach und nach passten sich die Einwanderer in ihren Sitten und Gebräuchen der fremden, rauen Umwelt an, bis ein 'neues' Volk entstanden war, das mit seinen tulamidischen Vorfahren bald nicht mehr viel gemein hatte: die Norbarden.

Schon bald trafen Hjaldinger Siedler und norbardische Flüchtlinge aufeinander. Der gemeinsame Feind, der Ork, sorgte dafür, dass man nach ersten Auseinandersetzungen Bündnisse schloss. In den folgenden Jahrhunderten gelang es, die Orks gemeinsam bis hinter die Große Olochtai zurückzudrängen. In dieser Zeit wurde die Sippe der *Gajka* von einem mythischen Feind weiter nach Norden vertrieben. Hier besiedelte sie das Land nordwestlich der heutigen Brinasker Marschen und bildete zusammen mit den dortigen Hjaldingern die Vorfahren der Gjalskerländer Barbaren.

Um 1300 v.BF entdeckte die tapfere *Jurla Hugdornsdottir* die lieblichen Lande am **Delta des Großen Flusses** (beim heutigen Havena). In der Hoffnung, fruchtbares Siedlungsland erschlossen zu haben, schickte sie sich an, flussaufwärts zu rudern. Doch bereits in der Flussmündung erschien den Hjaldingern der Legende nach der Flussvater und untersagte Juralas Sippe voller Zorn, den Fluss zu befahren oder an seinem Ufer zu siedeln. Womit Jurula seinen Zorn erregte, weiß allerdings heute niemand mehr zu sagen.

Die Hjaldinger hatten inzwischen an der nordwestlichen Küste Aventuriens eine feste Heimat gefunden. Weitere Expeditionen in den Süden fanden in den nächsten Jahren kaum statt. Im Jahr **1256 v. BF** kamen die Hjaldinger in Olafjord mit firnelfischen Zauberkundigen in Kontakt, von denen einige blieben, um die Hjaldinger in der Magie zu unterweisen. Dies gilt als die mythische Gründung der Runajasko.

Der Fluch des Flussvaters

In der Tat kam es in den letzten zweitausend Jahren immer wieder zu Zwischenfällen, wenn Thorwaler den Großen Fluss befahren wollten. Manchmal blieb nur der Wind aus oder eine mächtige Stimme ängstigte die Seefahrer. Aber auch von Flutwellen, die die Schiffe zerschmetterten oder Seeleute in die Tiefe rissen, hat man schon gehört. Jeder Thorwaler weiß, dass der mächtige Fluch des Flussvaters die Nachfahren von Juralas Sippe bis heute trifft – und stets herrscht die Angst, einen 'verfluchten Nachfahren Juralas' an Bord zu haben. So ist es schon vorgekommen, dass bei großen Widrigkeiten ein Mannschaftsmitglied als Sündenbock auserkoren und – zur Besänftigung des Flussvaters – kurzerhand über Bord geworfen wurde.

Ein Jahrhundert später, im Jahr **1145 v.BF**, landete eine imperiale Flotte am Yaquir und annektierte das Siedlungsgebiet der canterischen Flüchtlinge als **Horasiat Yaquiro**. Nur wenige Jahre nach der **Gründung Bosparans** im Jahr **991 v.BF** entdeckte eine Küstenexpedition des Horasiats die Siedlungen der Hjaldinger. Nach ersten kleinen Scharmützeln bewaffneten die Hjaldinger in ihrer Furcht vor einem Feldzug der Imperiums ihre Ottas und Ottaskins.

Doch die Kriegsflotte des Imperiums blieb aus. Grund dafür war der gigantische *Efferdswall*, der sich ab dem Jahr **950 v.BF** zwischen Myranor und Aventurien erhob. Gelehrte deuten dies als göttliche Antwort auf die der Charyptoroth verfallenen Imperialen im myranischen Balan Mayek und im aventurischen H'Rangor. Die Überschiffung weiterer imperialer Armeen war unmöglich geworden.

"Die Hjaldinger kommen!" (900 v.BF bis 100 BF)

Um **900 v.BF** hatten sich die Hjaldinger und Norbarden entlang der Nordwestküste Aventuriens ausgebreitet und verfügten mit Olport, Vidsand und Prem über einige wichtige Häfen.

Die horasischen Expeditionen Admiral *Sanins des Älteren* führten **873** und **870 v.BF** an den Ingval und den Tommel. Im Jahr **868 v.BF** erreichte der Admiral den damals unbedeutenden Ort Torwjald an der Bodirmündung, wo die Fremden recht unfreundlich empfangen wurden. Die Bezeichnung 'Torwjalder' oder 'Thorwaler' wurde im Kaiserreich zum Synonym für Unfreundlichkeit und Rüpelhaftigkeit, da auch weitere Expeditionen und Emissäre unverrichteter Dinge zurückkehren mussten. Zudem kam es in den folgenden Jahren zu Auseinandersetzungen zwischen Hjaldingern und bosparanischen Siedlern an der Ingvalmündung, die erst mit der **Unabhängigkeit der Reiche von Nostria und Andergast 854 v.BF** abklangen.

Die Hjaldinger (oder Thorwaler) hatten sich inzwischen nicht nur das besiedelte Land, sondern auch die nahen Meeresgebiete und Küsten untertan gemacht. Die Jahrhunderte des Überlebenskampfes hatten sie gelehrt, sich das Notwendige notfalls auch mit Gewalt zu nehmen – und schließlich drangen die Hjaldinger zu ihren Feinden vor, den Bosparanern im Süden. An einem kühlen Phex-Morgen des Jahres **799 v.BF** erschienen drei Drachenschiffe vor dem kleinen horasischen Städtchen Grangor. Als sie es drei Tage später wieder verließen, waren von der einstmals prächtigen Stadt nur noch rauchende Trümmer geblieben.

Während die 'Thorwal-Piraten' die Bewohner der Westküste in Angst und Schrecken versetzten, verlief die Entwicklung im Norden weit weniger kriegerisch. Wagemutige Hetleute umrundeten den aventurischen Nordzipfel und entdeckten das Ende der Welt: **608 v.BF** wurde der Hafen Hjalmefjord an der Mündung des Kvill gegründet. Von hier aus unternahm Hetmann *Olvir* **595 v.BF** seine berühmte Expedition, die ihn bis in die Brecheisbucht, zur Mündung der Letta und an den Rand des Ehernen Schwertes führte. **517 v.BF** fuhr ein Verband von Drachenschiffen den Svellt hinauf bis an jene Stelle, an der heute Lowangen liegt. Im Zuge dieser Unternehmung wurde auch eine alte Zwergenstadt unter dem Namen Tjolmar neu besiedelt. In Orten wie Hjalmefjord und Tjolmar erblühte das Leben. Hjaldinger, Nivesen und Norbarden lebten friedlich zusammen, und auch Waldläufer und Siedler aus dem Süden fanden freundliche Aufnahme.

Mit dem Tod des Dämonenkaisers *Fran-Horas* **564 v.BF** versank das Bosparanische Reich für die nächsten vierhundert Jahre in die 'Dunklen Zeiten'. Die Hjaldinger dagegen beherrschten mit ihren Ottas das Meer der Sieben Winde und die Küsten Westaventuriens. Havena, Grangor, Kuslik, Neetha, Mengbilla – immer wieder wurden in den folgenden Jahrhunderten Ansiedlungen im Süden von wagemutigen Ottas überfallen. **490 v.BF** gelang es sogar einem als Reichsgeneral des Alten Reiches zu Ehren gekommenen Thorwaler namens *Halmar*, den herrschenden Kaiser *Olruk-Horas II.* zu stürzen und für acht Jahre den Thron zu besteigen. Um **385 v.BF** unterwarfen die Thorwal-Piraten für längere Zeit die Zyklopeninseln. Die Piratenkapitäne residierten in Rethis und nannten sich 'See-Kuning'. Allerdings entwickelte sich keine Dynastie, da jeder König seinen Nachfolger adoptierte, so dass im Laufe der Zeit die Thorwaler wieder aus der Königslinie der Inseln verschwanden.

Am spektakulärsten war der Raubzug nach Bosparan, als am **9.Travia 331 v.BF** sechzehn Schiffe den Yaquir aufwärts fuhren, Nord-Bosparan (an der Stelle des heutigen Vinsalt) besetzten und alle Brücken über den Yaquir verbrannten. Fast eine Woche blieben sie und plünderten die Stadt bis auf den letzten Kreuzer aus.

Erst als ein Entsatzheer aus Kuslik eintraf, zogen sich die Thorwaler zurück.

Gegen Ende der 'Dunklen Zeiten', etwa ab **200 v.BF**, ging die Piraterie zurück und der friedliche Handel erstarkte, eine Reaktion auf die wachsende Stärke der südlichen Nachbarn. Erschien ihnen ein Ort zu gut befestigt, landeten die Thorwaler und boten ihre Waren feil. Doch konnte es ebenso geschehen, dass wenige Wochen später kampfstärkere Ottas voller raublustiger Piraten auftauchten ...

Von der kriegerischen Expansion der Schwarzpelze unter dem Ghorinchai-Häuptling und 'Kenik des Nortreisches' *Nargazz Blutfaust* blieb zwar das thorwalsche Kernland verschont, doch kam es **207 v.BF** in den Brinasker Marschen zum Krieg zwischen Nivesen und Orks. Es heißt, dass der nivesische Schamane Jukuk in einer Schlacht mit der Hilfe von Bibern eine ganze Streitmacht der Schwarzpelze vernichtet habe.

Die Stadt Hjalmefjord wurde von umherziehenden Orkstämmen mehrfach geplündert und gebrandschatzt und im Jahr **154 v.BF** schließlich vollkommen zerstört und verlassen. Erst Jahrhunderte später (**432 BF**) sollte an gleicher Stelle die Stadt Riva gegründet werden. Auch der Kontakt zu den Siedlungen am Svellt (insbesondere zu Tjolmar) ging in diesen Zeiten verloren.

Mit der Zerstörung Bosparans durch die Garether und dem Untergang des Alten Reiches im Jahr **0 BF** strömten viele Flüchtlinge nach Thorwal. *Thurske*, zu jener Zeit Hetmann der Hetleute, erlaubte ihnen, sich im höher gelegenen Binnenland anzusiedeln, wo sie unter anderem Gwaryd, das heutige Waskir, gründeten.

Thorwal erlebte eine Blütezeit, in der das Neue Reich und vornehmlich Albernia ab **89 BF** zunehmend Ziel von Piratenüberfällen wurden. Um **119 BF** weiteten die Thorwaler ihre Überfälle auf den Großen Fluss aus – wenngleich der Fluch des Flussvaters noch immer Bestand hatte, was die Plünderzüge erheblich erschwerte. Im Zuge dieser Fahrten, in deren Verlauf Hetmann *Djannan Drachenkopf* (albernisch: ui Bennain) die Stadt Kyndoch gründete, drangen die Thorwaler sogar bis zum Kosch-Gebirge vor. Zunehmend siedelten Thorwaler (mit Ausnahme der Nachfahren von Jurulas Otta) auch entlang des Großen Flusses. Viele Bewohner Albernias können seitdem ihre Herkunft bis in die Grauen Berge zurückverfolgen.

Unter fremden Bannern (100 bis 430 BF)

In den nun folgenden Jahren gab es immer wieder Scharmützel mit Einheiten des erstarkenden Neuen Reiches zu Land und zur See, wobei die Seegefechte zunächst meist zugunsten der Thorwaler ausgingen. Mit dem Ausbau der Kaiserlichen Westflotte ließen die Piratenüberfälle jedoch bald nach. Etwa um das Jahr **143 BF** verlegten sich die Thorwalerunter Hetmann *Isleif* wieder auf ihre Form des Handels, nur vereinzelt stachen Ottas noch zu Plünderungszügen in See.

So kam der Angriff der Seestreitkräfte Kaiser *Rudes I.* auf dreißig Ottas im Hafen von Salza völlig unerwartet. In den Morgenstunden des **27. Phex 291 BF** erschienen am westlichen Horizont 71 Galeeren – die gesamte Westflotte des Neuen Reiches unter dem Kommando von *Admiral Vikos*. Die folgende *Erste Seeschlacht von Salza* dauerte bis in die späte Nacht und endete – nicht zuletzt dank ihrer modernen Schiffsgeschütze – zugunsten der Kaiserlichen. Unter hohen eigenen Verlusten (immerhin 27 Galeeren) wurden 24 Ottas vernichtet. Ein solcher Sieg, bei dem man höhere Verluste als der Gegner erleidet, sich dies aber im Gegensatz zu ihm leisten kann, ging als sprichwörtlicher *Admiral-Vikos-Sieg* in die Geschichte ein.

Admiral Vikos ließ sofort Kurs nach Norden nehmen, wo es ihm gelang, die völlig überraschte Stadt Thorwal im Handstreich zu nehmen. Innerhalb der folgenden drei Jahre fiel fast das ganze Territorium der Thorwaler südlich von Olport in Garether Hände, nur wenige Enklaven, wie einige Fjorde in den Grauen Bergen, blieben von der Fremdherrschaft verschont. Als freies Thorwal verblieb nur noch das Land nördlich des Merek. Die Mittelreicher unternahmen keine weiteren Eroberungszüge, sondern schickten ab und zu Strafexpeditionen in den rebellischen Norden.

Die besetzte Region wurde zur **Komturei Thorwal**, in allen größeren Städten begann man mit dem Bau von kaiserlichen Zwingfesten. **292 BF** ersetzte *Ozir von Winhall* als erster Komtur (Statthalter) den Obersten der Hetleute.

Die Vertreibung der Mittelreicher aus Olport

Zwar konnten die Mittelreicher Teile der Stadt besetzen, doch gelang es ihnen nicht, die gut bewehrten Ottaskins einzunehmen, in denen die Olporter sich verschanzt hatten. Vor allem in der Runajasko versammelten sich viele Vertriebene. Die Kaiserlichen beschlossen, eine Zwingburg zu errichten, um den Widerstand in die Knie zu zwingen, und sie schlossen einen Belagerungsring um Olport. Nachdem es den ihnen gelungen war, zwei Ottajaskos nach hartem Gefecht einzunehmen, kam jedoch der Wendepunkt: Noch vor Fertigstellung der Zwingfeste entfesselten die Runajaski in einem machtvollen Ritual die Elemente, und zugleich erhoben sich die Olporter zu einem Aufstand. Fluchtartig verließen die Kaiserlichen die Stadt und sollten nie wieder einen Versuch wagen, Olport anzugreifen.

Mit Ausnahme Olports regte sich nur wenig Widerstand unter der Thorwaler Bevölkerung. Zum einen waren viele von dem überraschenden und kompromisslosen Einfall der Mittelreicher wie gelähmt, zum anderen setzten die neuen Besatzer nicht – wie einst die Güldenländer – auf die Vernichtung der Thorwaler. Zwar hatte man sich einem neuen Herrscher zu unterwerfen, doch im alltäglichen Leben änderte sich nicht viel. Die eingesetzten Komture regierten umsichtig und klug, und schon nach wenigen Jahren murrten nur noch Wenige über die erzwungenen neuen Herren.

Ab **298 BF** begannen Mittelreicher und Thorwaler gemeinsam mit der Besiedlung des Bodirtals. In mehreren Schlachten in der Orkschädelsteppe wurden die Zholochai-Orks aus ihrem Stammesgebiet vertrieben. Entlang des Flusses errichtete man den *Bodirstieg*, an dem einige befestigte Siedlungen entstanden. **308 BF** erfolgte am östlichen Ende des Bodirstiegs – und bereits fern der zivilisierten Gebiete – die bis heute bewundernswerte Gründung der Festungsstadt Myrburg (dem späteren Phexcaer).

Das Verhältnis zwischen den Nordleuten und den Zuzüglern aus dem Neuen Reich hätte sich zu echter Verbundenheit entwickeln können, wären nicht in Gareth die Priesterkaiser auf den Thron gekommen. Als *Aldec Praiofold II.* **335 BF** die Macht ergriff, endete die friedliche Periode im Nordwesten abrupt. Überall wurden Steuern erhöht, in Thorwal wurde der Kult des Swafnir verboten und der des Praios zwangsweise eingeführt. Damit jedoch überschritten die Praios-Diener die Schwelle des Erträglichen: Der ewige Schwur zu Swafnir galt den Thorwalern als heilig und unumstößlich. Es mehrten sich Gerüchte, dass die Praios-Priester in Wahrheit Handlanger Hranngars oder Abgesandte der Canterer (oder gar beides) seien. Rasch flammte ein erbitterter Krieg auf, der von beiden Seiten ohne Schonung und Gnade geführt wurde.

379 BF gelang es den Priesterkaisern zunächst, die unruhige Region unter Kontrolle zu bringen, indem sie die Gouvernements Olport (nur nominell) und Bodironiens (mit Sitz in Myrburg) einrichteten, in denen die Statthalter mit eiserner Knute herrschten. In den Jahren **413 bis 431 BF** stießen zunehmend Ottas aus dem freien Hafen Olport in den Golf von Prem vor und führten einen erbitterten Kaperkrieg gegen die Schiffe der Priesterkaiserlichen. Die Versorgung der Legionen kam ins Stocken, die Lage der Besatzer in Thorwal verschlechterte sich von Jahr zu Jahr.

Am **16. Rahja 431 BF** lief eine große priesterkaiserliche Flotte aus Salza aus, um die Olporter Rebellenschiffe zum Kampf zu stellen. Doch anstatt des erwarteten Dutzends fanden sie achtundzwanzig Drachenschiffe vor. Die Nordleute unterliefen listig die Salven der Schiffsgeschütze und versuchten, die feindlichen Schiffe schnellstmöglich zu entern. Binnen sieben Stunden waren in der *Zweiten Seeschlacht von Salza* von den neunzehn Galeeren des Neuen Reiches nur noch treibende Trümmer übrig. Wie Admiral Vikos 140 Jahre zuvor ließ nun auch die Olporter Hetfrau *Thorfinna* mit höchster Geschwindigkeit nach Thorwal segeln.

Die folgenden Schlachten, die auch während der Hranngar-Tage andauerten, waren ein einziges Blutbad. Die aufständischen Thorwaler ließen den Berichten zufolge keinen einzigen Soldaten der Sonnenlegion am Leben, und die Statthalter wurden jämmerlich im Meer ersäuft. Selbst die Familien der verhassten Praios-Schergen, gleich ob Kind oder Greis, durften auf keine Gnade hoffen. Als der schon halb verweste Kopf des Protektors von Bodironien in Gareth eintraf, soll sich Kaiser *Gurvan* vor Wut benässt haben und einem Herzanfall nahe gewesen sein. Die Kämpfe dauerten zwar noch einige Jahre an, jedoch konnten die Garether keinen entscheidenden Sieg mehr erringen.

Zweiter Orkensturm, die große Pest und der Niedergang Thorwals (430 bis 850 BF)

Unter den obersten Hetleuten *Ragnar, Simjara* und *Hjore* begann eine 150-jährige Epoche des Friedens. Seefahrt und Handel erblühten erneut. Um den sagenhaften *Ifirnspfeiler* zu finden, erforschte man die endlosen Weiten von Ifirns Ozean – jedoch vergeblich.

Nur wenige Piratenzüge sind aus jener Zeit bekannt, einzig Al'Anfa, die Stadt der verhassten Sklavenjäger, wurde zwischen **400 und 500** BF zweimal angegriffen.

Mit dem Neuen Reich, das nach der Thronbesteigung *Rohals des Weisen* im Jahr **466 BF** wieder friedliche Wege ging, entwickelte sich ein fruchtbarer Austausch von Waren und Wissen. Bildung und Wissenschaften erlebten eine ungeahnte Blüte. So gründete *Jaro Doresian,* ein Schüler Rohals, im Jahr **569 BF** in Thorwal die *Schule der Hellsicht*. Die *Runajasko* in Olport wurde im selben Jahr in die Graue Gilde aufgenommen (und somit aus der Sicht der mittelreichischen Chronisten 'neu gegründet'). Beide Akademien waren an den *Kriegen der Magier* nach dem Verschwinden Rohals im Jahr **590 BF** unbeteiligt.

Allerdings begründeten diese Kriege den Niedergang der mittelreichischen Kultur im Norden. Zuerst brach der Kontakt zu Myrburg ab, das **597 BF** von den Orks belagert wurde (und erst vom Riesen *Orkfresser* gerettet werden konnte), im Folgejahr **598 BF** wurden die Siedlungen Bodirsford, Svirna und Dragsjelme – alles Dörfer aus der Zeit der Bodirtal-Besiedlung – von marodierenden Orkstämmen überfallen und niedergebrannt. Im Winter fiel zudem Angbodirtal, und im **Rondra 599 BF** standen die ersten Orkhorden vor den Toren Thorwals. Da sie durch ihre große Beute und ihren Tross jedoch zu unbeweglich geworden waren, konnten sie zunächst zurückgeschlagen werden, ein großer Teil des Binnenlandes war jedoch vorerst für die Menschen verloren.

Zugleich drangen riesige Orkheere bis ins Herz des Mittelreichs vor. Obwohl die Schwarzpelze vor Gareth vernichtend geschlagen wurden, gelang weiteren Orktruppen im Westen noch ein letzter großer

Die Nordumseglung des Yetilandes

Während der Regierungszeit Kaiser *Eslams* (**602–645 BF**) gelang Hetmann *Arjolf* die Nordumseglung des Yetilandes, mit der er sich so weit in den Norden wagte wie niemand vor ihm. Die Sagas erzählen, wie das Schiff vom 'Zorn Firuns' gepackt und viele Tage vom Eismeer eingeschlossen wurde, so dass Arjolf und seine Leute auf Jagd gingen, um warme Felle zum Schutz zu finden. Die einzigen Lebewesen, auf die sie stießen, waren Yetis, deren Pelze ihre Rettung waren. Glaubt man den Erzählungen Arjolfs, so fanden sie nicht nur einen Eisblock, in dem sich das zahnbewehrte Maul – und nur das Maul – eines riesigen Fisches befand, sondern entdeckten angeblich auch noch auf den bis zum Horizont treibenden Eisschollen nördlich des Yetilandes ein Dutzend im Eis gefangene Leichname, gerüstet in schwarze Helme, dunkle Plattenpanzer und mit archaischen Schwertern bewehrt. Am wunderlichsten aber ist die Geschichte über einen Schwarm Zugvögel, den die Thorwaler beobachtet haben wollen: Diese Tiere zogen weiter in den eisumschlungenen Norden, als warte dort oben ein warmes Land auf sie.

Sieg: Mehrere Tausend fielen im Jahr **601 BF** über die Siedlungen an der Bodirmündung her. Diesmal konnten sie unter schrecklichen Kämpfen bis in die Stadt Thorwal vordringen, bevor es den Verteidigern unter Hetfrau *Hjalka* in verzweifelten Gefechten gelang, die Orks zu besiegen. Hjalka ließ dabei ihr Leben – und wohl tausend Thorwaler taten es ihr gleich. In den Straßen türmten sich die Leichen von Freund und Feind, viel zu viele für eine ordentliche Bestattung.

Bald häuften sich Fälle von Krankheit und Siechtum. Zuerst litten nur Einzelne an *Schlachtfeldfieber* und *Orkenkrätze*. Nach dem Hungerwinter und der verregneten Ernte von **603 BF** kam es jedoch noch schlimmer: *Blutiger Rotz* und *Blaue Keuche* rafften die Menschen zu Hunderten dahin. Kein Zauber, kein Talisman und keine Gebete konnten die Ausbreitung der Plage verhindern. Im **Praios 605 BF** lebten in Stadt Thorwal nur noch 1.500 Menschen. Diejenigen aber, die der Sieche auf Schiffen zu entkommen versuchten, trugen die Krankheit nach Olport, Salza und Prem. Zwei Jahre später war fast ein Drittel der Bevölkerung der Küstenstädte dahingerafft.

Diese Katastrophe ließ die Region für die folgenden dreihundert Jahre nahezu in der Bedeutungslosigkeit versinken. Man war untereinander zerstritten, die Sippen und Ottajaskos hatten vollauf damit zu tun, für ihr eigenes Überleben zu sorgen. Teile des Hinterlandes, in dem sich noch immer Orks herumtrieben, fielen wieder der Wildnis anheim. Dunkles Gesindel fand Gefallen an dem gesetzlosen Land, in dem man keine Autorität zu fürchten hatte. Auf den Inseln herrschten finstere Druiden und blutgierige Ausgestoßene. Das verwüstete Bodirtal blieb lange verwaist; eine Neubesiedelung erfolgte nur zögerlich. Östlicher als Vilnvad und Bodon wagten sich die Menschen nicht mehr vor.

Walkir Zornbrecht in Al'Anfa

Als sich in Al'Anfa 60.000 Sklaven im *Manakus-Aufstand* gegen ihre Peiniger erhoben und blutige Rache nahmen, vermochte erst der friedlose Thorwaler *Walkir Zornbrecht* **660 BF** mit einem 2.000 Mann starken Söldnerheer die Aufständischen in offener Schlacht zu besiegen. Danach war es ihm ein Leichtes, die Macht über Al'Anfa an sich zu reißen. Zornbrechts Herrschaft war geprägt von ungeahnter Dekadenz und Korruption, gepaart mit nie dagewesener Grausamkeit. So mussten die gefangenen Waldmenschen am 'Silberberger Würfelspiel' teilnehmen – um den Preis ihres Kopfes: Annähernd die Hälfte wurde in einem blutigen Schauspiel hingerichtet. Unter Zornbrechts Herrschaft kam Kaiser *Tolak* **663 BF** während eines Staatsbesuches ums Leben, wonach sich der Thorwaler zum 'König des Südens' ausrief. Seine Schreckensherrschaft fand ein ebenso abruptes wie mysteriöses Ende, als er **668 BF** aus unerfindlichen Gründen mit 1.000 Söldnern in den Dschungel aufbrach und spurlos verschwand – nicht einmal Tayas der Waldmenschen geben Aufklärung über das Schicksal dieser Truppen. Zornbrechts Nachfahren indes spielen noch heute eine wichtige Rolle im Machtspiel Al'Anfas.

Drachenschiffe im Süden: Thorwal erstarkt (850 bis 984 BF)

Es sollte 300 Jahre dauern, bis Thorwal wieder eine Rolle im Spiel der Mächte Aventuriens übernahm. Auslöser war der Machtkampf zweier herausragender Thorwaler, der eine aus dem traditionellen Nord-, der andere aus dem gemäßigten Südthorwal: *Hyggelik* und *Hardred*.

Bereits ab **890 BF** machte der ebenso wagemutige wie größenwahnsinnige Hyggelik aus Olport mit der Plünderung der Zyklopeninseln auf sich aufmerksam. Immer wieder fuhr er mit seinen Schiffen nach Süden aus, um "Swafnirs Feinde auszulöschen und ihre Reichtümer nach Thorwal zu tragen". Innerhalb weniger Jahre – begünstigt durch stete Erfolge – fand Hyggelik großen Zuspruch in seiner Heimat und rief sich **905 BF** schließlich als *Hyggelik der Große* selbst zum Obersten Hetmann aus.

Unterdessen hatte im Süden Thorwals der starke und charismatische *Hardred Bjarnison* von der Ottajasko der *Schwerthaie* von sich reden gemacht: Er bereiste das Binnenland und die Küsten mit dem Ziel, die verstreuten Ottajaskos zu einen und auf ein gemeinsames Thorwal einzuschwören. Schließlich wurde er – nur kurz nach der Ausrufung Hyggeliks des Großen – rechtmäßig zum Hetmann der Hetleute gewählt. Zu diesem Zeitpunkt waren Hyggeliks Pläne, Thorwal zu neuer Macht zu führen, allerdings bereits in vollem Gange.

Im Jahr **906 BF** brachen mehrere Ottas unter dem Kommando Hyggeliks nach Süden auf und leiteten mit der Plünderung Corapias (dem heutigen Chorhop) im Rondra-Mond eine neue Welle thorwalscher Plünderfahrten an der aventurischen Südwestküste ein. Dort und in Mengbilla erbeuteten die Nordleute Schätze im Wert von etwa 50.000 Dukaten und erschlugen mehr als tausend Männer und Frauen. Im darauf folgenden Jahr, **907 BF**, überfiel Hyggelik auf dem Rückweg von Brabak erneut die Zyklopeninseln. Er tötete eigenhändig in einem Zweikampf Seekönig *Dirimethos* und erbeutete von diesem das legendäre Zyklopenschwert *Grimring* (siehe S. 12).

Eine der tapfersten und streitbarsten unter Hyggeliks Hetleuten, *Olverja Kendrifari*, blieb mit ihren Ottas im Süden. Die Hetfrau bot dem König von Brabak, *Ariakon III.*, an, die Stadt zu verschonen. Der Preis: Brabak möge in Zukunft auf die Sklaverei verzichten und den Thorwalern auf immer einen sicheren Hafen ohne Zoll und Gebühren bieten. Der völlig verschuldete König willigte ein, nachdem Olverja noch einen Teil der erbeuteten Schätze drauflegte (über diese seit damals gültige Abmachung würde Brabaks derzeitiger Herrscher, König *Mizirion III.*, gern noch einmal verhandeln). In den folgenden Jahren wurden die *Blauen Rochen* zum Schrecken des Perlenmeers und insbesondere des alanfanischen Imperiums.

Als Hyggelik nach über anderthalb Jahren von seinen Raubzügen mit reicher Beute zurückkehrte, weckte er mit seinen Taten bei vielen der Daheimgebliebenen zwar das Feuer der Begeisterung für weitere Plünderungsfahrten, doch seine politische Macht hatte er verloren. Hardred Bjarnison herrschte nach außen wie nach innen mit eiserner Hand und war auf dem besten Weg, aus den unabhängigen Jarltümern, Ottajaskos und Sippen ein Reich zu formen.

Grimring – die Schicksalsklinge

Im Jahr **880 BF** erhielt *Dirimethos der Reiche*, Seekönig der Zyklopeninseln, auf Pailos von dem Zyklopenschmied *Lar'Lovreen* einen mächtigen, runenverzierten Zweihänder, dessen Inschrift besagte: "Standhaft, wo andere weichen. Diese Klinge wird dein Schicksal sein." 27 Jahre später erbeutete *Hyggelik der Große* das Schwert – und in der Tat starb Dirimethos mit Grimring in Hand, nicht anders als viele Jahre später Hyggelik, als dieser im Orkland den Tod fand. Grimring ist seinem Ruf als 'Schicksalsklinge' treu geblieben: Auch für Hetmann *Tronde Torbensson*, der das Schwert seit **1010 BF** trug, erfüllte sich die Prophezeiung des alten Zyklopen (zu erleben in dem Abenteuer **Die dunkle Halle**).

Nach einer orkischen Überlieferung hat Tairach den Orks verboten, den Träger Grimrings anzugreifen. Dies verschaffte Thorwal über ein Jahrhundert des Friedens.

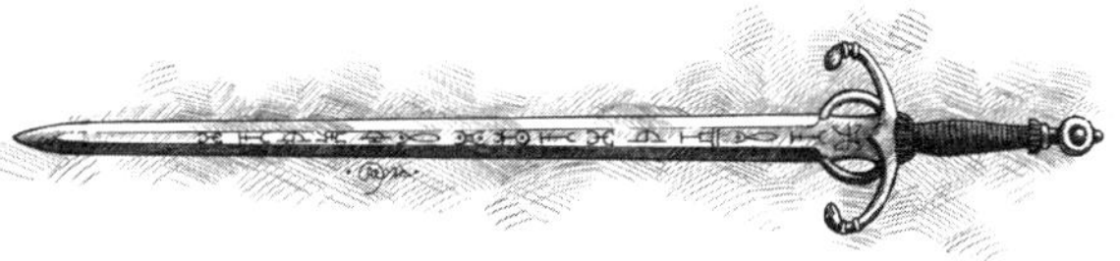

Obwohl ein geschworener Feind Bjarnisons und von der Vision getrieben, die 'Kinder Swafnirs' in eine neue Zukunft zu führen, war Hyggelik Thorwaler genug, um sein Schwert nicht gegen die eigenen Leute zu richten. Stattdessen wollte er mit neuen, noch größeren Taten und Raubzügen beweisen, dass er der rechtmäßig Auserwählte des Gottwals wäre. Er rüstete **913 BF** eine Expedition ins Orkland aus, um den legendären *Orkenhort*, den größten Schatz Deres, zu bergen. Von dieser wahnwitzigen Expedition kehrte er nie zurück – Hyggelik der Große galt mitsamt seinem Schwert *Grimring* als in der Orkschädelsteppe verschollen.

Hetmann Hardred unternahm in den nächsten Jahren weitere Schritte, die Einheit Thorwals nach innen wie außen zu festigen. **921 BF** schloss er einen **Grenzvertrag mit dem Svelltschen Städtebund**, dessen Gebiet an die Brinasker Marschen grenzte. Im Jahr **924 BF** kam es zu dem berühmten *Friedenschwur* mit den Zholochai-Orks. Die traditionell guten Beziehungen zum Bornland fanden jedoch ein abruptes Ende, als der thorwalsche Pirat *Atmaskot Blutsäufer* im Jahre **925 BF** den Festumer Hafen überfiel und bis zu seiner Ergreifung und Hinrichtung am **8. Phex 928 BF** die Speicherinsel besetzt hielt. Das Bornland beantwortete diese Untat mit der *Festumer Drachenhatz*, die auf Jahrzehnte hinaus thorwalsche Drachenboote im nördlichen Perlenmeer bedrohte (und erst mit Beginn des Krieges zwischen dem Bornland und Al'Anfa 1009 BF ihr Ende fand).

Hardreds Ambitionen, Thorwals Macht und Einfluss zu stärken, stießen **931 BF** bei dem Versuch, Albernia in die Knie zu zwingen, an ihre Grenzen. Die Thorwaler Flotte musste vor Harben eine schwere Niederlage gegen das Mittelreich einstecken und sich mit einem gegenseitigen Nichtangriffspakt zufrieden geben. Doch gelang es den Thorwalern, das Mittelreich nach der Öffnung der albernischen Häfen auf ganz andere Weise zu erobern: Sie brachten das Immanspiel in die Städte des Reiches. Was den rauen Männern und Frauen Hetmann Hardreds nicht gelungen war, schafften 'Esche und Kork' binnen zweier Jahrzehnte – das Mittelreich übte sich begeistert in thorwalschen Sitten.

Das Scheitern der Einheit

Nach Hardreds Tod **932 BF** folgte ihm seine Tochter *Eilif Hardredsdottir* als Oberste Hetfrau, doch agierte sie glücklos, und es gelang ihr nicht, das Erbe des Vaters zu bewahren. Von einer Einheit der Ottajaskos, Jarltümer und Dorfgemeinschaften konnte nicht mehr die Rede sein.

Die in Brabak ansässigen Thorwaler terrorisierten in dieser Zeit weiterhin das südliche Perlenmeer, bis sie **934 BF** vor Selem von vierzehn alanfanischen Galeeren gestellt und fast komplett vernichtet wurden. Nur eine Otta konnte sich unter der Führung von *Torgal Hammerfaust* zurück nach Brabak retten. Die Überlebenden dieser Schlacht wurden zum Kern der Brabaker Seesöldner, die mit Zustimmung König *Peleistons* nördlich der Stadt die *Hammerfaust*-Ottajasko gründeten.

Die Zyklopeninseln, Chorhop, Drôl und Mengbilla hatten unter ständigen Überfällen zu leiden. Erst als kein müder Dukat mehr herauszupressen war, verringerten sich die Raubzüge **ab 950 BF**. Für viele Ottajaskos war der gut bezahlte Söldnerdienst lukrativer geworden. Der Ruf "Die Thorwaler kommen!" reicht in Drôl allerdings noch heute aus, um die Bevölkerung in Panik zu versetzen.

Derweil wurde im Heimatland im Jahr **940 BF** Eilif als Hetfrau von *Swafnild Thorfinnsdottir*, einer Händlertochter, abgelöst. Sie war die einzige Kandidatin, auf die sich das Hjalding einigen konnte. Was als Übergangslösung gedacht war, bis sich eine der Ottajaskos durchzusetzen vermochte, wurde zur längsten Herrschaftsperiode in der thorwalschen Geschichte. Wenn es unter den Thorwalern je jemanden gegeben hat, der sich in der Staatskunst so auskannte wie ein Garether Geheimdiplomat, dann war das Swafnild. Ohne eigene Hausmacht gelang es ihr, die verschiedenen Parteien geschickt gegeneinander auszubalancieren. Unter ihrer Herrschaft wurden zum ersten Mal Söldner-Kontrakte zur Anwerbung ganzer Ottajaskos geschlossen. Den Anfang machte die von ihr gegründete *Goldfinder*-Ottajasko, was Swafnild den Beinamen *Söldnerkönigin* einbrachte.

Der Erfolg brachte ihr aber auch viele Neider, und schließlich mehrten sich Stimmen, die Swafnild ihre Herkunft zum Vorwurf machten. Gerüchte gingen um, die 'Schacherin' wolle ganz Thorwal an ausländische Reiche verkaufen. Doch zu einer offenen Anklage auf dem nächsten Hjalding kam es nicht mehr: An einem Morgen des Jahres **984 BF** wurde die Bettstatt der Hetfrau blutbesudelt aufgefunden; Swafnild war verschwunden. Die Suche nach der Hetfrau blieb erfolglos, man fand weder ihre Leiche noch sonst eine Spur. Bis auf den heutigen Tag ist es niemandem gelungen, das Rätsel ihres Verschwindens aufzuklären. Ihre Ottajasko zerbrach kurz nach ihrem Verschwinden.

Gischtreiter und Windzwinger (984 bis 1022 BF)

Es sollte fast zwei Jahre dauern, bis sich die Thorwaler auf eine neue Oberste Hetfrau einigen konnten. Mit *Garhelt Rorlifsdottir-Jandasdottir*, Hetfrau sowohl der Gischtreiter- als auch der Windzwinger-Ottajasko, fand sich im Jahr **986 BF** eine entschlossene Frau, die die Ideen Hardreds wieder aufgriff. Während ihrer Amtszeit entwickelte sich Thorwal zum ersten Mal in seiner Geschichte zu einem Machtfaktor in der Außenpolitik der großen Reiche. Es gelang Garhelt, den Zusammenhalt der Sippen und Ottajaskos stärker als jemals zuvor zu festigen und ihre Landsleute dazu zu bewegen, auf Raubzüge weitgehend zu verzichten, um die Beziehungen zum Mittelreich und dem Lieblichen Feld zu verbessern.

Garhelts kluge Politik wurde empfindlich gestört, als Hetmann *Eldgrimm Oriksson* im Jahr **1001 BF** aufgrund einer Wette das nostrische Städtchen Kendrar und das Umland mit seiner Ottajasko besetzte und somit die Grenzen Thorwals bis an den Ingval nach Süden verschob. Die geharnischten Proteste aus Gareth verklangen jedoch schnell (Kaiser Hal befand sich auf Maraskan), und nostrische Kriegsdrohungen wurden in Thorwal noch nie ernst genommen. Schließlich gelang es Garhelt im *Vertrag von Gareth* (**Efferd 1006 BF**) – dem ersten Abkommen der Thorwaler mit dem Neuen Reich überhaupt –, den thorwalschen Anspruch auf das eroberte Territorium festzuschreiben und eine gegenseitige Anerkennung zu erzielen. Der Ingval wurde als Südgrenze Thorwals festgelegt.

Im **Efferd 1007 BF** entführten thorwalsche Piraten die nostrische Prinzessin *Yasmina Araloth* und verschleppten sie in das Räubernest Daspota. Mitte des Jahres kam es auf dem Herbst-Hjalding zu einem Streit zwischen den Thorwaler Kapitänen *Asleif 'Foggwulf' Phileasson* (siehe Abbildung rechts) und *Beorn dem Blender*, die daraufhin eine fulminante Wettfahrt in Angriff nahmen, um in 80 Wochen den Kontinent zu umrunden.

Die Phileasson-Saga
Zu den großartigsten Leistungen abenteuerlustiger Thorwaler gehört zweifelsohne die Wettfahrt zwischen *Asleif 'Foggwulf' Phileasson* und *Beorn dem Blender*. Was als Umrundung Aventuriens begann, sollte eine der Aufsehen erregendsten Expeditionen der bekannten Geschichte werden. Die epischen Abenteuer der beiden Aventurienumsegler können in dem Sammelband **Die Phileasson-Saga** (1999) nachgespielt werden.

Hetfrau Garhelt starb nach 22 Jahren Regierungszeit am **27. Efferd 1008 BF** im Alter von 74 Jahren. Ihr Sohn *Tronde Torbensson* trat ihre Nachfolge an, doch die thorwalschen Hetleute machten es ihm nicht leicht. Im gleichen Monat plünderten thorwalsche Piraten unter *Trulinda Drakadottir* das zyklopäische Teremon, ein Jahr später war Sienna Ziel eines weiteren Überfalls auf die Zyklopeninseln.

Der Nostria-Feldzug der Thorwaler 1010 BF

Am **21. Boron 1010 BF** kam es zu Auseinandersetzungen im nostrischen Salzerhaven, nachdem dort für Thorwal bestimmtes Steineichenholz zurückgehalten wurde. Etwa achtzig Thorwaler und drei Dutzend Andergaster Holzfäller besetzten den Hafen – worauf Graf *Albio III. von Salza* die nostrische Wehr um Hilfe rief. Infolge dessen kam es am **26. Boron** zum Ausbruch des – je nach Rechnung – 15. oder 16. Nostrisch-Andergaster Krieges: Andergaster Streitkräfte marschierten auf Joborn, König *Kasimir IV. von Nostria* wurde gezwungen, sein Heer aufzuspalten. Zu dieser Zeit befand sich Hetmann *Eldgrimm der Lange* erneut auf Kaperfahrt. Am **2. Hesinde** gelang ihm die Vernichtung der nostrischen Flotte in Salzerhaven, woraufhin die Thorwaler die Doppelstadt besetzten. Weitere Drachenschiffe fuhren den Ingval aufwärts. Sie annektierten das Land östlich des Roval – und brachen damit den nur vier Jahre zuvor geschlossenen *Garether Vertrag*.
Am **8. Hesinde** kam es bei Salza zur *Schlacht auf dem Ulmenhügel*: Ein 500 Mann starkes nostrisches Heer wurde von etwa 300 Thorwalern aufgerieben. In den folgenden Wochen drangen die Nordleute bis nach Trontsand vor, zogen sich jedoch angesichts der geringen Beute bald nach Salza zurück. Salza und Salzerhaven blieben in Folge von den Thorwalern besetzt, der kampferfahrene *Jora Langmähne* ernannte sich zum 'Hetmann vom Ingval'.
Das Mittelreich nahm den Überfall zum Anlass, die Beziehungen zu Thorwal abzubrechen, *Admiral Sanin XII.* ließ auf Geheiß *Kaiser Hals* die kaiserliche Westflotte in Bereitschaft versetzen. Am **15. Firun** wurde die *Thuranische Legion* ausgehoben, die Nostria im Kampf gegen Andergast und Thorwal zur Hilfe eilen sollte. Genau einen Monat später stellte das Mittelreich Hetmann Tronde ein Ultimatum, sich aus Salza zurückzuziehen. Die *Thuranische Legion* erhielt den Befehl, auf Joborn vorzurücken. Zu kriegerischen Handlungen kam es dennoch nicht: Das Verschwinden Kaiser Hals im **Phex** und der Beginn des Orkensturms erschütterten das Mittelreich bis ins Mark.

Am **29. Efferd 1010 BF** eroberte Hetfrau *Ingibjara* mit Unterstützung des Obersten Hetmanns den berüchtigten Walfängerhafen Enqui in den Brinasker Marschen und ließ alle Walfänger erschlagen.
Die Thorwaler beschlossen, Enqui zu besetzen. Mitte des gleichen Jahres waren die Thorwaler Anlass für den **15.** beziehungsweise **16. Nostrisch-Andergaster Krieg**.

Als sich Truppen der Orks in Khezzara sammelten, erinnerte sich Hetmann Tronde an die 'Schicksalsklinge' *Grimring* und ihre unheimliche Macht über die Orks. Es gelang einer Gruppe mutiger Abenteurer, Hyggeliks Grab im Steineichenwald zu finden und das Schwert zu bergen. **Mitte Peraine 1010 BF** stellten sie sich einem orkischen Heer am Einsiedlersee entgegen. In einem rituellen Zweikampf wurde der orkische Kämpfer mit *Grimring* bezwungen. Die Orks flohen nach Khezzara, um von der Wiederkehr der gefürchteten Klinge zu berichten. Auf dem Großen Rat der Schwarzpelze beschloss der Aikar Brazoragh, von einem Feldzug gegen Thorwal abzusehen (nachzuspielen im Computerspiel **Die Schicksalsklinge**).
Am **23. Peraine 1010 BF** setzte sich ein mächtiger Heerwurm unter Führung des Schwarzen Marschalls *Sadrak Whassoi* in Marsch. Seine Ziele waren das Svellttal und das Mittelreich. Der Svelltsche Städtebund fiel, und erst vor Gareth gelang es den Mittelreichern **Anfang Phex 1012 BF**, die Orks zu schlagen.
Unter der aktuellen Bedrohung durch die Orks konnte Hetmann Tronde sein Geschick als Staatenlenker unter Beweis stellen. Viele Flüchtlinge aus dem Svelltland und sogar aus dem nördlichen Mittelreich fanden Aufnahme, sie ließen sich in Enqui und zwischen Bodir und Ingval nieder. Auf dem Hjalding im **Phex 1012 BF** scheiterte der Oberste Hetmann allerdings mit seiner Forderung nach einem stehenden Heer, was ein empfindlicher Rückschlag für seine Politik war. Immerhin wurden die zwei Jahre zuvor eroberten Brinasker Marschen – das Sumpfland um die Hafenstadt Enqui – als thorwalsches Jarltum anerkannt.
In den Folgejahren suchte Tronde unermüdlich Unterstützer für seine Idee von einem geeinten thorwalschen Staat, gemäß den Vorstellungen seines großen Vorbildes Hetmann Hardred vor hundert Jahren.

Die Thorwaler im Orkkrieg

Der Kampf der Mittelreicher gegen die Orks zog sich weiter hin. Über ein Jahr kämpfte man um die Stadt Greifenfurt. Im **Hesinde 1013 BF** gelang es Prinz Brin, unter anderem mit Hilfe von Thorwalern unter dem Kommando von *Asleif Phileasson*, das orkische Heerlager von Sadrak Whassoi zu zerstören und die belagerte Stadt mit frischen Truppen und Vorräten zu versorgen (siehe dazu die Abenteuer- und Roman-Serie **Das Jahr des Greifen**).

Im **Rondra 1014 BF** vereinbarten Hetmann Tronde und der Ork-Häuptling *Mardugh Orkhan* eine dauerhafte Waffenruhe, um Enqui vor den Rhorwed-Orks zu schützen. Außerdem zog Tronde im Ingerimm des gleichen Jahres persönlich aus, um mit seiner Hetskari und Kämpfern von Hjalland das aufrührerische Piratennest Daspota auszuräuchern. Trondes Truppen überrannten die Stadt und töteten die Friedlosen ohne Gnade. Der Oberste Hetmann erklärte Daspota zur Hetmannsstadt, die ihm direkt unterstellt war.
Bald nach dem Orkensturm sollte die Rückkehr des Dämonenmeisters Borbarad Aventurien erschüttern.

Die Schreckensnacht von Salza

Der Borbarad-Krieg nahm seinen unheiligen Anfang am **2. Rahja 1015 BF** – als der Geist des Dämonenmeisters aus dem Limbus zurück nach Dere gerissen wurde. In der gleichen Nacht kam es zu Unwettern über dem Thuransee und zu zahllosen Geistererscheinungen in Salza und Salzerhaven. Nicht nur viele Bürger flohen panisch – auch die thorwalschen Besatzer erkannten die düsteren Omen und verließen Hals über Kopf die Stadt. Die Grenze zwischen Thorwal und Nostria hatte nun wieder denselben Verlauf wie vor dem Nostria-Feldzug.

Im **Phex 1020 BF** erhielt Tronde auf dem Obersten Hjalding breitere Unterstützung für ein geeintes Thorwal, die verheerenden Kriegszüge Borbarads im Osten Aventuriens waren hierfür sicherlich ein Grund. Doch noch immer zeigten sich die Traditionalisten aus Nordthorwal uneinsichtig. Eindringlich appellierte der Oberste Hetmann, künftig Raubfahrten und Überfälle auf eigene Faust zu unterlassen, da er befürchtete, dass sich dies eines Tages für alle Thorwaler rächen werde. Im selben Jahr initiierte er den Bau eines neuen Schiffstyps, des *Winddrachen*.
Unruhe brachte ab **Peraine 1020 BF** der Swafnir-Geweihte *Hjalder Swafnirson* ins Land, als er verkündete, dass die Thorwaler zu viele Sitten und Gebräuche der Nachfahren der verhassten Canterer übernommen und den Glauben an Swafnir verraten hätten. Insbesondere im Norden gewann Hjalder in den nächsten Jahren eine große Anhängerschaft.
Ende 1021 BF bis Anfang 1022 BF überfielen die Orks Enqui mehrmals. Jedoch kam Mardugh Orkhan der Stadt zur Hilfe, da er nicht duldete, dass sich fremde Orksippen in seinem Herrschaftsbereich niederließen.
Auf dem Obersten Hjalding im **Peraine 1022 BF** gelang es Tronde schließlich, unter Verweis auf die vielfältigen Gefahren, die Versammelten davon zu überzeugen, einer Kopfsteuer zum Aufbau einer thorwalschen Flotte zuzustimmen – ein Novum in Thorwal, wo niemals zuvor Steuern erhoben worden waren. Ein Jahr später wurden auch die Jarltümer neu geordnet.

Der Thorwal-Horas-Konflikt (1022 bis 1026 BF)

Nach dem Frühlings-Hjalding war eine Hand voll Ottas entgegen der Warnung des Obersten Hetmanns zu einer Raubfahrt aufgebrochen. Im **Ingerimm 1022 BF** plünderten sie unter der Führung von *Olgerda Olvarnasdottir*, der selbst ernannten 'Jarlin von Gandar', die Stadt Drôl. Kurz darauf verließ Olgerda mit ihren Schiffen die Flotte, um weitere Raubzüge zu unternehmen. Beflügelt von dem Triumph, Teile der Seidenkarawane erbeutet zu haben, überfiel sie am **10. Rahja 1022 BF** das Prunkschiff der Rahja-Kirche, die Galeere *Seestute*. Sie stahl den *Kelch der Rahja* und entführte unwissentlich den horasischen Prinzen *Timor*. Als Reaktion sandte der horasische Staatsadmiral am **1. Praios 1023 BF** eine Flotte unter dem Kommando von Admiral *Rubec von Chetoba* nach Thorwal – nicht ahnend, dass Timor und das Heiligtum bereits wieder in Sicherheit waren. Auf der Höhe von Kendrar versenkten die Horasier die beiden Ottas *Eldgrimms des Langen*, und wenig später eroberte eine nostrische Streitmacht Kendrar und die Ingvaller Marschen.
Am **12. Praios 1023 BF** tauchte die horasische Flotte vor der Stadt Thorwal auf. Man stellte ein Ultimatum, den Prinzen und die Reliquie bis zum nächsten Tag auszuliefern. Die Thorwaler, die noch nichts von Olgerdas fataler Raubfahrt erfahren hatten, wussten nichts zu entgegnen. Als thorwalsche Heißsporne die Schiffe der Horasier anzugreifen versuchten, schlugen die Horasier mit aller Härte zurück und beschossen die Stadt mit ihren Schiffsgeschützen. Die Feuerkugeln trafen neben dem Hafen auch Wohnhäuser und Tempelanlagen, und viele hundert Menschen kamen ums Leben. Ein offener Krieg zwischen Thorwal und dem Horasreich war entbrannt.
In den folgenden Wochen und Monaten lieferten sich Thorwaler, Horasier und Nostrier erbitterte Gefechte. Thorwaler Schiffe wurden in der Bucht von Prem versenkt, Kendrar und die Ingvaller Marschen wechselten mehrfach den Besitzer. Währenddessen hatte die horasische Flotte Gandar erobert und die Siedlung Goldsholmr als 'Neu-Goldenhelm' in Besitz genommen. Am **1. Efferd** verkündete Admiral Chetoba offiziell den Zusammenschluss der Nördlichen Olportsteine zur neuen horaskaiserlichen Besitzung 'Firunsmeer'. In den darauf folgenden Tagen besiegten die Horasier eine Flotte Ottas aus dem nördlichen Thorwal. Den Thorwalern gelang dagegen nur die Kaperung der *Despiona*.
Am **3. Boron 1023 BF** rief das Oberste Hjalding unter dem Eindruck der Ereignisse den thorwalschen Staat aus. Tronde setzte sich mit seiner Auffassung durch, dass nur ein einiges Thorwal unter einer straffen Führung gegen den mächtigen Gegner bestehen könne. Die bisherige mittelreichische Zeitrechnung und die Bezeichnung der Monats- und Tagesnamen wurden durch thorwalsche Begriffe ersetzt. Hetmann Tronde warb Menschen im Svellttal und in Andergast als Arbeitskräfte und Soldaten an.
Nicht alle zeigten sich mit der neuen Einheit einverstanden. Der berühmte Skalde *Iskir Ingibjarsson*, auch 'der letzte Hjaldinger' genannt, scharte im Norden Unzufriedene um sich. Er rief dazu auf, nach Güldenland aufzubrechen, um die alte Heimat zurückzugewinnen, "wo man als Freier leben kann, ohne vor einem 'König Tronde' zu buckeln".
Auch andernorts verweigerte man dem Hetmann die Gefolgschaft: **Ende Tsa 1023 BF** griffen acht Ottas mit 300 Kriegerinnen und Kriegern ohne Abstimmung mit dem Kriegsrat Grangor an, wo sie einige Verwüstung anrichteten. Die Raubfahrt war allerdings ein völliger Fehlschlag: Nur einer Hand voll Männern und Frauen gelang die Rückkehr.
Derweil hatte sich Hetmann Tronde selbst an die Spitze der Bewegung 'Zurück nach Hjaldingard' gesetzt und darauf gedrängt, Asleif Phileasson das Kommando zu geben. Iskir Ingibjarsson konnte sich diesem Ansinnen nicht widersetzen und musste dem beliebten Asleif die Führung übergeben, da dieser als erfahrener Güldenlandfahrer galt. Mit diesem klugen Zug wurde Tronde einerseits die Unzufriedenen los, andererseits konnte er im Falle eines Erfolges den Ruhm für sich reklamieren. So brach am **15. Ingerimm 1023 BF** eine thorwalsche Flotte gen Westen auf.
Ende des Jahres gelang es Trondes Gesandten, Königin *Invher* von Albernia davon zu überzeugen, ihr Einverständnis für die Anwerbung von 3.000 albernischen Handwerkern und Arbeitern zu geben.
In Grangor wurde die *Horaskaiserliche Privilegierte Nordmeer-Compagnie* (HPNC) gegründet, die – geschützt von der horasischen Nordmeerflotte – die Interessen des Horasreiches in Thorwal wahrnehmen und die Versorgung der eroberten Inseln der Olportsteine übernehmen sollte. Schon der erste Versorgungskonvoi wurde am **13. Praios 1024 BF** von fünfzehn thorwalschen Schiffen unter Führung von Hetmann Tronde angegriffen. Maßgeblich durch den Einsatz der

Krakenmolche im Golf von Prem

Im **Hochsommer 1025/1026 BF** kam es im Golf von Prem zu einer Krakenmolchplage von nie gesehenen Ausmaßen. Die Seeungeheuer brachten den Schiffsverkehr nahezu zum Erliegen, viele Schiffe fielen den Angriffen der Krakenmolche zum Opfer. Nur mit Beistand der Geweihten vermochte man der 'Hranngar-Plage' beizukommen. So manch abergläubischer Thorwaler orakelt, dass dieses Ereignis nur der Anfang einer schweren Zeit gewesen sei.

Olporter Magier, die zum ersten Mal seit langer Zeit im Kampf ein Runenritual wirkten, gelang es, eine Schivonelle zu versenken und zwei Schiffe zu kapern. Der eigentliche Konvoi mit dem auf den Inseln so dringend benötigtem Nachschub erreichte aber ungefährdet sein Ziel.

Parallel dazu brach ein Thorwaler Flottenverband unter der Führung von *Jurga Trondesdottir*, der Tochter des Obersten Hetmanns, zu einer geheimen Fahrt ins Südmeer auf, wo es mit Unterstützung der Brabaker Thorwaler gelang, Neu-Bosparan auf der Insel Bilku zu erobern und zu halten. Bilku sollte künftig als Stützpunkt für die Jagd auf alanfanische und horasische Schiffe dienen.

Die horasische Nordmeerflotte verstärkte als Reaktion bis zum **Herbst 1024 BF** ihre Fahrten gegen thorwalsche Schiffe und vermochte mehrere aufzubringen. Währenddessen kam es vom **Frühjahr 1024 BF** bis zum **Sommer 1025 BF** in Thorwal zu blutigen Überfällen auf thorwalsche Dörfer und auf Niederlassungen der HPNC. Entlang der gesamten nördlichen Küste häuften sich Fälle, in denen Menschen spurlos verschwanden. Thorwaler und Horasier bezichtigten sich gegenseitig dieser Entführungen.

Am **1. Firun 1025 BF** wurde die Olporter Runajasko unter dem Vorwurf der Blutmagie und der Geheimniskrämerei aus der Grauen Gilde ausgeschlossen. Einen Monat später gelang es den Thorwalern, Kendrar zurückzuerobern. Der alte Grenzverlauf wurde wieder hergestellt.

Im **Peraine** des gleichen Jahres stellte sich heraus, dass Glorana hinter den mysteriösen Entführungen der letzten Monate gesteckt hatte. Die Erkenntnis, es mit einem ungleich gefährlicheren Feind zu tun zu haben, führten zu einem Umdenken auf beiden Seiten. Im mittelreichischen Kyndoch begannen im **Ingerimm** unter strenger Geheimhaltung und großen Anfangsschwierigkeiten Friedensverhandlungen zwischen Thorwal und dem Horasiat.

Parallel dazu lief im **Phex** *Eldgrimm* der Weise mit über einem Dutzend Schiffen in Salzerhaven ein und handelte mit Graf Albio III. einen Frieden aus. Am **6. Travia 1026 BF** wurde der von Jurga Trondesdottir und Ralman von Firdayan-Bethana erzielte Friedensvertrag mit dem Horasreich in Thorwal unterzeichnet. Der kriegerische Konflikt der drei Reiche war damit beendet.

Thorwal in der Gegenwart

Durch den Frieden mit den Horasiern hat auch die Präsenz der Thorwaler außerhalb ihrer Grenzen wieder zugenommen. Als Albernia im **Winter 1026 BF** von den Orkhorden Sadrak Whassois überrannt wurde, standen die Thorwaler den Bedrängten mit Nahrungsmitteln und Hilfsgütern bei – auch als Dank für die albernische Unterstützung während des Kriegs mit dem Horasreich. Während der letzten Schlacht der Albernier gegen die Orks am **3. Firun 1026 BF**, in deren Verlauf der Schwarze Marschall Whassoi gefangen genommen werden konnte, wendeten die Thorwaler unter Führung von Jurga Trondesdottir das Kampfgeschehen.

Zur gleichen Zeit jedoch wurde Tronde Torbensson von dunklen Visionen geplagt, die schließlich dazu führten, dass er im **Tsa 1026 BF** mit *Grimring* in der Hand sein Schicksal im Kampf gegen die Eishexe *Glorana* und ihre Schergen fand.

Seine Tochter Jurga zeigte sich bereit, die schwere Last der Nachfolge auf sich zu nehmen. Unter vielen Vorbehalten würde sie zunächst zur Obersten Hetfrau auf Zeit gekürt, da bei dem überraschend einberufenen Hjalding nur wenige Hetleute anwesend waren.

Im **Efferd 1027 BF** raubte Jurga nach alter Tradition ihren Verlobten, *Finnwulf Dhaenkirsson* von der *Nunnur*-Sippe, den sie ein halbes Jahr später ehelichte. Auf dem Hjalding im **Travia 1027 BF** setzte sie sich gegen ihre schärfste Konkurrentin *Marada Gerasdottir* durch und wurde als Oberste Hetfrau dauerhaft bestätigt. Doch hat Marada ihre Ambitionen nicht begraben, und mit dem Skalden Iskir Ingibjarsson und dem Swafnir-Geweihten Hjalder Swafnirsson stehen weitere Gegner Jurgas bereit, die der Tochter Trondes die oberste Hetwürde streitig machen. Ob sie es schafft, Thorwal zu einigen und ihre Gegenspieler sowohl innen- als auch außenpolitisch im Zaum zu halten, werden die kommenden Jahre zeigen.

Die Thorwaler – Land und Leute

Was wir wissen

»Sie scheinen mir rechte Barbaren zu sein: Zuvorderst trat der Häuptling unserer Abordnung entgegen und hieß sie in kaum verständlichem Kauderwelsch willkommen. Der Name Torwjald betraf wohl ihre Siedlung. Als ihnen Hauptmann Guthas die Friedensbotschaft unseres göttlichen Gebieters Belen-Horas entrichtete, begriffen sie kaum, grinsten aber wohlwollend.

Daraufhin trug er ihnen die Botschaft noch einmal vor, diesmal in makellosem Alt-Güldenländisch, weil er hoffte, dass sie die Weltsprache verstehen würden. Da wurden sie grimmig, griffen zu ihren Äxten, und nur ein hastiger Rückzug Guthas' vermied Übleres. Während unsere Mannen ins Boot sprangen, tobten die Eingeborenen hinterher, Männer wie Weiber halbnackt in ihren Fellen, Flüche ausstoßend. Kurz: Sie sind echte Wilde, ohne jede Kultur und blutrünstig bis zum Wahnsinn. Es wird sich empfehlen, die Bodir-Mündung fortan zu meiden. Nur gut, dass sie mit ihren kleinen, flachen Schiffchen nicht weit über das Meer fahren und in zivilisierte Gegenden vordringen können ...«

—aus dem Logbuch der letzten Reise von Admiral Sanin dem Älteren, 868 v.BF

»Welch Unglück: Kaum dass unsere geliebte Monarchin Asmodena-Horas von uns gegangen, schlägt uns Los erneut. Ich habe die Trümmer von Grangor gesehen! Viele Götterläufe haben die fleißigen Fischer und Salzsieder gebraucht, um die Häuser, den Hafen und die kleine Brustwehr anzulegen. Dann kamen jene Piraten aus Thorwal, und binnen zwei Tagen war die Stadt ein Aschehaufen. Ein Segelmacher berichtete mir, dass die Anführerin der Barbaren, ein rothaariges Riesenweib, etwas Seltsames zu ihm sagte: "Sagt eurem Gottkaiser in seiner weißen Stadt: Die Meere und Küsten Aventuriens gehören uns, den Kindern Swafnirs."«
—aus einer Chronik der Horas-Geweihten Davina Yaquiria, 799 v.BF

»... wie eben ein Thorwaler aussieht: zwei Schritt groß, lange Zöpfe, wilder Bart, in Pelze und Lumpen gehüllt, vor Dreck starrend, ständig besoffen, mit einer riesigen Axt in der Faust.«
—Zeugenaussage von Gharn Morgain, Wirt der Taverne 'Alte Marschen' in Havena, nachdem ein Thorwaler zum dritten Mal sein Lokal zertrümmert hatte

Unter Barbaren

»Wir waren nun bereits drei Praiosläufe in Uddahjal und warteten noch immer auf die vereinbarte Lieferung. [...]
Untergebracht waren wir in einem Langhaus, das wohl nur für Gäste errichtet worden war, denn abgesehen von einigen Alkoven gab es nur eine Feuerstelle und natürlich die Verschläge für die Tiere. Man stelle sich vor, wir waren mit Ziegen, Schafen und Ponys unter einem Dach untergebracht.
[...] Wir saßen nun am Strand, um uns herum gingen die Fischer der Ottajasko ihrem Handwerk nach, und ich erzählte der Steuerfrau unserer Karavelle von daheim. Dabei beobachtete ich ein Boot, das schnell auf den Strand zugeschossen kam. Kaum war es angelandet, sprang ein Mann an den Strand und rief lauthals nach dem Hetmann. Lachend kam Brangarr Laefson auf ihn zugerannt. Doch anstatt einer Umarmung (oder was auch immer die Thorwaler stattdessen tun) redete der Angekommene eindringlich auf den Hetmann ein. Mein Thorwalsch ist bedauerlicherweise nicht so gut, als dass ich verstanden hätte, worum es ging, aber die Mienen der Männer legten nahe, dass es um etwas Wichtiges gehen musste. Die Männer verschwanden mit ernsten Gesichtern in Brangarr Laefsons Langhaus. Nach geraumer Zeit kam Hetmann Laefson zu uns und schaute mich und meine Freunde bedrohlich an. Mir wurde ganz schauerlich zumute, und ich verzichtete lieber auf jede neugierige Frage. Mein Vater war weniger vorsichtig und erntete einen Hieb ins Gesicht, der ihn zu Boden gehen ließ. Der Hetmann ordnete an, uns sofort in Gewahrsam zu nehmen. Einer unserer Matrosen widersetzte sich, was ihm schlecht bekam. Ohne eine Warnung zog Laefson seine Axt und schleuderte sie ihm in die Brust. Er war auf der Stelle tot. Keiner von uns anderen leistete weiteren Widerstand, als wir von den Thorwalern in unser Langhaus gesperrt wurden. Zwei Tage und zwei Nächte blieben wir eingesperrt. Plötzlich wurde die Tür aufgerissen, und ich blickte in das wutverzerrte Gesicht des Hetmanns. Hinter ihm rottete sich das halbe Dorf zusammen, alle in höchster Aufregung. Er zeigt auf mich und sagte auf Garethi, dass ich meinen Göttern danken solle, dass ich schreiben könne. Ich verstand den Sinn seiner Worte erst nicht, doch als auf ein Zeichen des Hetmanns Bewaffnete in das Langhaus eindrangen und alle zum Strand zerrten, überkam mich eine dunkle Ahnung. Alle, ja alle, mein Vater, meine Tante, die Steuerfrau, alle Matrosen und sogar die Schiffsmagd wurden auf die Knie gezwungen und mit Äxten niedergemacht. Der Kiesstrand färbte sich rot vom Blut meiner Freunde. Mit Tränen in den Augen drehte ich mich zu dem grausamen Hetmann um und wollte ihn nach dem Warum fragen, doch versagte mir die Stimme. Obwohl ich es nicht vermutet hätte, erklärte er es mir. Ich wollte meinen Ohren nicht trauen. Eine Invasionsflotte der Horasier hatte die Nördlichen Olportsteine angegriffen und annektiert. Fischerboote und Handelsschiffe waren mit Hylailer Feuer und Rotzen beschossen worden. Schiffbrüchige versanken unter Hornissenbeschuss in den Fluten, Alte und Kinder waren nach der Eroberung ihrer Siedlungen hingerichtet und die Erwachsenen, die nicht gefallen waren, in die Sklaverei verschleppt worden. Ganze Dörfer hatte man in Brand gesteckt, die Swafnir-Tempel eingerissen. Ärgste Untat von allen aber: Thorwal war niedergebrannt worden.
Und dies hier war die erste Antwort der Thorwaler ...
Ich wurde zurück ins Langhaus gebracht. Am folgenden Tag erfuhr ich, dass ich alles aufzeichnen sollte, was geschehen war und noch geschehen sollte. Brangarr Laefson erklärte, er wolle meine Berichte ins Horasreich bringen lassen, damit man dort erführe, dass Blut mit Blut vergolten würde.«
—aus den Berichten des horasischen Händlers Nicolo Tregese, 1023 BF

Gesellschaft

Von Sippen und Ottajaskos

Ein Thorwaler – nennen wir die Bewohner des gesamten Landes der Einfachheit halber so, egal ob männlich oder weiblich – gehört in der Regel einer Gemeinschaft an. Er entscheidet sich dafür, entweder einem Sippenverband, einer Dorfgemeinschaft oder einer Ottajasko anzugehören. Nur in den großen Siedlungen, wie etwa in Olport oder in der Stadt Thorwal, wird dieses Prinzip aufgebrochen, hier sind die Mitglieder der Ottajasko zugleich auch Mitglieder der Stadtgemeinschaft.

Schon früh wurden die Städte Olaport, Premshjolmr und Vidsand gegründet. Auch in den Grenzregionen, in der Nachbarschaft zu den Orks, entstanden weitere befestigte Siedlungen. Dennoch: Nicht die Stadt, sondern der Hof beziehungsweise die Ottaskin war lange das Zentrum 'thorwalschen' Lebens – und ist es im Norden noch heute.

Der Hof ist der Sitz einer **Sippe**, zu der selten weniger als 30, oft sogar 80 bis 100 Menschen gehören. Ihnen steht ein *Ältester* (oder eine *Älteste*) vor – Hersir genannt–, der (oder die) alle Rechtsangelegenheiten der Sippe regelt und ihre Geschicke lenkt. Diese Ältesten (was sich nicht auf das Lebensalter bezieht) werden nicht gewählt, sondern von ihren Vorgängern bestimmt.

Vier bis fünf Generationen leben auf solch einem Hof, dazu Verwandte bis zum vierten Grad: Vettern und Basen, Ohme und Muhmen und deren Kinder und Kindeskinder – nicht zu vergessen angeheiratete Verwandte, denn es ist durchaus üblich, dass ein jüngeres unverheiratetes Geschwister Bruder oder Schwester folgt, wenn diese/r die Ehe schließt. Hinzu kommen an Kindes statt angenommene Schutzbefohlene und hilfsbedürftige Personen, Knechte und Mägde und deren Familien. Im Norden, wo die landwirtschaftlichen Erträge karg sind, teilen sich Sippen auf, wenn die Scholle nicht mehr alle Menschen ernähren kann. Das Sippenoberhaupt ist Eigentümer des Landes und des sonstigen Gutes. Es entscheidet über Handel, Bündnisse und auch Fehden.

In einer rauen, kargen, oft lebensfeindlichen Umgebung, wo jeder auf den anderen vertrauen muss und der Einzelne nichts ist, gebieten es die strengen Gesetze des Überlebens, dass jeder möglichst viel zum Wohl der Gemeinschaft beiträgt. So werden die kräftigeren Hofbewohner (weiblich und männlich) von den älteren 'Kriegsleuten' im Kriegshandwerk unterwiesen. Die anderen kümmern sich vornehmlich um den Hof, bestellen die Felder, hüten das Vieh und sorgen für volle Scheunen für die langen Winter. In Höfen nahe des Meeres oder an Seen und Flüssen ist zudem der Fischfang von Bedeutung, wiewohl die Landwirtschaft in der Regel den Haupterwerb ausmacht.

Doch nahezu jeder Thorwaler (insbesondere nördlich der Hjaldorberge), gleich ob Krieger (*Rekker*) oder Bauer (*Bondi*), hat auch andere Aufgaben und versteht sich beispielsweise auf ein Handwerk. In den langen Wintern muss jeder nützliche Arbeiten verrichten können, wenn Frost und Schnee jedwede Tätigkeit außerhalb der schützenden Wände des Langhauses unmöglich machen. So ist es üblich, dass Kriegerinnen und Krieger mit häuslichen Arbeiten wie dem Drehen von Seilen oder Reparaturen betraut werden. Andere Sippenmitglieder fertigen Knochenschnitzereien – zum Beispiel Knöpfe und Kämme – oder sind für das Weben der Stoffe für Kleidung und Segel zuständig. Dabei findet es niemand ehrenrührig, wenn der erste Schwertträger einer Sippe die Aufgabe übernimmt, Wolle zu spinnen.

Im Gegenteil, man rühmt sich seiner Geschicklichkeit an der Spindel ebenso wie etwa der Kunstfertigkeit mit der Wurfaxt.
Auf fast jedem Hof gibt es einen Schmied, einen Schreiner, einen Beinschnitzer, wenigstens einen Schafhirten und in Küsten- oder Flussnähe einen oder mehrere Fischer. Dabei muss es sich nicht unbedingt um einen Meister seines Faches handeln, aber auf jeden Fall jemanden, der die Grundbegriffe dieses Handwerks versteht. Dadurch ist jeder Hof nahezu autark. Anders käme man in einem Land, in dem das Reisen beschwerlich ist und Siedlungen und Gehöfte oft tagelang auseinander liegen, auch nicht aus.
Nicht überall gibt es Sippenmitglieder, die ganz spezielle Aufgaben übernehmen können und die sich auf sehr alte Traditionen berufen können: Hier sind zunächst die **Rechtskundigen** zu nennen (rechtskundig ist jeder Hersir, Skalde und alle Hetleute), die zum Gesetzessprecher (Jarl) auf den jährlichen, regionalen Hjaldings gewählt werden können und alle Gesetze vorzutragen wissen. Ebenso in diese Kategorie fallen die **Heilkundigen**, bestimmte, besonders angesehene **Handwerker** (vor allem Schiffsbaumeister und Schmiede), **Geweihte** (alltägliche kultische Handlungen wie die Grablege einfacher Sippenmitglieder oder Ehebündnisse werden vom Hersir oder Hetmann vorgenommen) oder **Zauberkundige** und **Seher**. Letztere erhalten keine Ausbildung an einer Akademie, sondern werden von einem erfahrenen Seher (*Godi*) unterwiesen. **Skalden** tragen gemeinsam mit den Geweihten dafür Sorge, dass Überlieferungen aus vergangenen Tagen erhalten bleiben. Aufgrund ihres profunden Wissens sind sie zudem als Schlichter bei Streitigkeiten sehr gefragt.
Bisweilen unterhält eine Sippe ein Handelsschiff oder teilt sich mit einer anderen ein kleines Langschiff oder einen Knorr. Im Gegensatz zur Ottajasko ist der Handel (zur See) allenfalls ein Zubrot und nicht Lebensmittelpunkt.
Ist ein Hof durch Krankheit, Misswirtschaft, Blutfehde oder anderes in seiner Existenz bedroht – kann die Sippe also nicht mehr allein im Alltag bestehen–, verdingen sich die Verbliebenen als Knechte auf anderen Höfen. Womöglich schließt sich der eine oder die andere auch einer Ottajasko an oder sucht sein Glück – etwa als Söldner – in der Fremde.
Materielle Güter waren schon immer wichtig für das Selbstverständnis der Thorwaler: Reichtum bedeutet Ansehen. Vor allem für die Thorwaler, die sich dem Handel verschrieben haben – sowohl dem friedlichen wie auch der Piraterie, was für die meisten Thorwaler eine besondere Art des Handels darstellt–, ist Wohlstand unerlässlich, denn es ist sehr teuer, ein Schiff bauen zu lassen und es mit Waren auszustatten.
So bildeten sich 'Schiffserwerbergemeinschaften', aus denen später die **Ottajaskos** erwuchsen: Nicht selten nahmen Vertreter mehrerer (niedergegangener) Sippen Land in Besitz und bildeten eine Schiffsgemeinschaft. Nicht mehr der eigene Hof stand im Mittelpunkt, sondern das Langschiff war der Garant für das Überleben der Gemeinschaft. Es gibt Ottajaskos, die lediglich ein Schiff besitzen, aber auch sehr große und einflussreiche, die viele Schiffe, Langhäuser und Güter ihr Eigen nennen. Das Leben in einer Ottajasko, die zugleich eine *Schwurgemeinschaft* ist (siehe **Treue**, S. 21), stellt eine Lebensphilosophie dar. In diesen Gemeinschaften zählt das Individuum wenig, die Gemeinschaft alles.
Die Ottajasko gibt sich ihren Namen häufig nach ihrem ersten Schiff oder nach dem Zweitnamen des Gründer der Ottajasko. Weil fremde Völker am häufigsten mit seefahrenden Thorwalern in Berührung kommen, bestimmt die Ottajasko vornehmlich das Bild, das man außerhalb Thorwals von den Nordleuten hat.
Anders als auf den Höfen wird der Anführer einer Ottajasko, der Hetmann beziehungsweise die Hetfrau, nicht durch den Status als Sippenoberhaupt bestimmt, sondern von der Gemeinschaft gewählt, als Erster unter Gleichen. Die Hetleute bestimmen die Geschicke der Gemeinschaft nachhaltig, treffen wie die Hersire die grundsätzlichen Entscheidungen über alle Dinge des Alltags, sind Richter und Schlichter bei Streitigkeiten, führen Verhandlungen und bestimmen die Politik ihrer Gemeinschaft. Die Hetleute, die meist auch Kapitän eines Schiffes sind, üben den Oberbefehl und die oberste Gerichtsbarkeit auf Seereisen aus. Hier haben sie Gewalt über Leben und Tod. Bei Angelegenheiten, die die ganze Ottajasko betreffen, vor allem bei Streitigkeiten an Land, lassen sie sich jedoch von der Gemeinschaft beraten.
Obwohl die Wurzeln unterschiedlich sind, hat sich die Struktur in traditionsreichen Ottajaskos oft wieder der einer Sippe angenähert. Formal ist die gesamte Ottajasko Eigentümer der Schiffe, der Gemeinschaftshäuser, des bewirtschafteten Landes und des stehenden und beweglichen Gemeinschaftsgutes, doch faktisch folgen in lange bestehenden Ottajaskos den Hetleuten nicht eben selten ihre Kinder im Amt nach. Die generationenlange Verantwortung für die Gemeinschaft hat dazu geführt, dass diese Hetleute in einem vergleichbaren Rang stehen wie ein Adliger in einem Königreich.
Anders als ein Sippenoberhaupt oder Adliger kann ein Hetmann jedoch abgewählt werden, wenn er seine Ottajasko schlecht führt. Theoretisch hat jedes Mitglied der Gemeinschaft das Recht, den Missstand anzuprangern und eine Neuwahl zu fordern, über die die Gemeinschaft befinden muss. Das ist aber insbesondere in Nordthorwal unüblich. Weit häufiger sucht sich ein Unzufriedener eine neue Ottajasko oder Gleichgesinnte, um selbst eine Ottajasko zu gründen, anstatt offen sein Misstrauen gegen den Hetmann zu bekunden. Zu einer Abwahl kommt es meist nur dann, wenn das bisherige Oberhaupt eine Reihe von Fehlentscheidungen getroffen hat und/oder nachhaltig vom Pech verfolgt ist, so dass sich ein großer Teil der Gemeinschaft von ihm abwendet. Gerade das Glück ist für die Thorwaler sehr wichtig, denn ohne es kann man in ihren Augen nicht bestehen.
Sollte eine Ottajasko einmal durch Kampf, Krankheit oder Fremdheirat so dezimiert werden, dass sie kein Schiff mehr bemannen kann, löst sie sich auf. Ihre Mitglieder verteilen sich auf andere Ottajaskos oder heuern als Söldner an.
Neben Ottajaskos gibt es weitere Schiffsgemeinschaften, **Farneyti** genannt. Kleinere Familien oder Handwerker unterhalten gemeinsam ein kleines Schiff, auf dem sie, ihre Kinder oder sonstige Anverwandte fahren, zumeist um Handelsfahrten zu unternehmen. Vier bis acht Familien und/oder Handwerker bilden in der Regel eine solche Gemeinschaft, die selten länger Bestand hat, als das Schiff nutzbar ist. Oft wird der Bund durch eine Schwurgemeinschaft besiegelt, in der jeder für den anderen in allen Belangen einzustehen hat.
Besonders in größeren Ortschaften gibt es aber auch Knorren, die einem einzelnen Eigner gehören und auf denen er im Sommer – mit einer festen Besatzung, die sich aus Freunden rekrutiert – auf Handelsfahrt geht. Diese Schiffsgemeinschaften werden ebenfalls Farneyti genannt.
Eine **Dorfgemeinschaft** bildet sich aus den ansässigen Familien und sonstigen Bewohnern. Auch sie wählt einen Hetmann oder eine Hetfrau, doch wiegt die Familienbindung – anders als in der Ottajasko – weit schwerer als die Bindung zur übergeordneten Dorfgemeinschaft. Man regelt nur das gemeinsam, was unbedingt gemeinsam geregelt werden muss. Wie weit dies geht, ist immer wieder Gegenstand meist handfester Auseinandersetzungen. Die Hetleute sind in Rang und Funktion am ehesten mit einem mittelreichischen Dorfältesten zu vergleichen. In Dörfern und Städten leben selbstverständlich auch Menschen ohne Familie oder Bindung an eine Ottajasko oder Sippe, zum Beispiel zugezogene Handwerker und Händler oder solche, die sich aus unterschiedlichen Beweggründen keiner anderen Gemeinschaft anschließen wollen oder können.
Dort, wo eine Ottajasko Teil einer Dorfgemeinschaft ist, dominiert sie in der Regel das Zusammenleben. Oft ist der Hetmann der Ottajasko zugleich Hetmann des Dorfes. Nur wenn die Mehrheit eines Dorfes nicht der Ottajasko angehört oder die ungebundenen Menschen von der wirtschaftlichen Leistungskraft mit einer Ottajasko mithalten können oder sie gar überflügeln, genießt der Hetmann des Dorfes größeren Einfluss als der der Ottajasko.

Übersicht über die thorwalschen Gemeinschaften

Sippe: großer Familienverband, der hauptsächlich von Landwirtschaft lebt oder ein gemeinsames Handwerk betreibt, wie zum Beispiel die berühmte Hjalske-Sippe aus Prem mit ihrer Schnapsbrennerei. Tradition wird groß geschrieben, das Sippenoberhaupt bestimmt autoritär über die Geschicke der Gemeinschaft.

Daneben gibt es natürlich auch die **Familie**, deren Struktur der der Sippe entspricht, zu der jedoch weit weniger Personen gehören. Der Einfluss ist entsprechend geringer.

Ottajasko: große Schiffsgemeinschaft, deren Lebensmittelpunkt Handels- oder Heerfahrten sind, Landwirtschaft und Handwerk spielen nur eine untergeordnete Rolle. Die gewählten Hetleute entscheiden mehr oder weniger demokratisch über die Geschicke der Gemeinschaft und können abgewählt werden. Der Einzelne zählt wenig, die Gemeinschaft alles.

Dorfgemeinschaft: Eine Dorfgemeinschaft umfasst alle, die im Einflussbereich des Dorfes siedeln. Die meist kleineren Familien gehen der Landwirtschaft, dem Fischfang oder einem Handwerk nach. Die Gemeinschaft ist nur insoweit von Bedeutung, wie sie den Familien und Individuen bei der Bewältigung ihrer großen und kleinen Probleme behilflich sein kann. Die gewählten Hetleute müssen Rücksicht auf die Mehrheit der Dorfbewohner nehmen, da sie ansonsten wieder abgewählt werden können.

Farneyti: kleine Schiffsgemeinschaft, es handelt sich um eine reine Zweckgemeinschaft einiger Individuen (Handwerker, kleine Händler), die ein kleines Schiff gemeinsam zu Handelszwecken unterhalten. Die Mitglieder sind häufig durch eine Schwurgemeinschaft (siehe **Treue**, S. 21) aneinander gebunden.

Die thorwalsche Gesellschaft unterliegt schon seit vielen Jahrhunderten fremden Einflüssen. Nach Bosparans Fall, der Großen Flut in Havena 702 BF und besonders während der Besetzung durch das Mittelreich von 292 bis 431 BF drängten viele **Siedler und Flüchtlinge** in das raue Land. Dadurch hat sich vor allem im Süden Thorwals die Siedlungsstruktur nachhaltig verändert. Vornehmlich im Hinterland entstanden Dörfer, die weit mehr durch mittelreichische Lebensgewohnheiten geprägt sind als durch thorwalsche. Beispielsweise ist hier die Arbeitsteilung an der Tagesordnung. Es finden sich Schankstuben, selbständige Handwerker und in dichter besiedelten Gebieten sogar Gasthäuser. Seinen Höhepunkt erreichte diese Entwicklung nach dem Orkensturm 1010 BF (2637 JL), in dessen Folge sich Flüchtlinge aus dem Svellttal und dem nördlichen Mittelreich (Greifenfurt, Albernia) in Thorwal niederließen. Diese passten sich zwar den Sitten und Gebräuchen der Thorwaler an, aber ließen auch nicht von ihrem Glauben und ihren Gewohnheiten.

Erwachsen werden – Das Ritual der Ottajara

Es ist ein bedeutender Tag im Leben eines jeden thorwalschen Mädchens oder Knaben, in die Gemeinschaft der Erwachsenen aufgenommen zu werden. Gleich, ob es sich um Thorwaler an den Küsten, im Hinterland oder in den großen Städten handelt: So lange die Gemeinschaft den traditionellen Lebensformen folgt, ist die Ottajara ein unverzichtbares Ritual. Wann ein Heranwachsender sich der Herausforderung stellt, kann er selbst entscheiden. Üblicherweise ist dies zwischen dem 14. und dem 16. Lebensjahr der Fall.

Aufnahme in eine Ottajasko

Von Fremden, die der Ottajasko angehören wollen – vornehmlich Angehörige anderer Familien, seltener auch ein Fremder nicht-thorwalscher Herkunft, der sich der Gemeinschaft angeschlossen hat–, wird ebenfalls erwartet, dass sie die Ottajara absolvieren, selbst wenn sich ihre Schläfen schon grau gefärbt haben.

Art und Ausprägung der Prüfung sind so unterschiedlich wie die Ottajaskos. Es gibt solche, bei denen die Prüfung symbolhaften Charakter hat und vor allem ein großer Spaß ist, während andere schwere Aufgaben stellen.

Fast jeder, der die Thorwaler zu kennen glaubt, weiß von der Südthorwaler Sitte, dass dem Prüfling der *Wellenlauf* gelingen muss. Das bedeutet: Er muss bei fahrendem Schiff längsseits über alle Ruder balancieren, mit einem gefüllten Trinkhorn (Thin) in der einen und der Axt in der anderen Hand und der Maßgabe, nur ja keinen Tropfen zu verschütten. Axt und Thin der Ottajara sind wertvolle Erinnerungsstücke, und häufig bilden sie den Grundstein für die erste Ausrüstung.

Zwar gilt es als peinliches Missgeschick, zu versagen, doch zeitigt das in der Regel keine ärgeren Konsequenzen als den beißenden Spott der Mitgefährten und einen wenig ruhmvollen Beinamen ('Tatterthin', 'Stelzfuß', 'Stolper-Thure') – zumindest so lange, bis es gelungen ist, die Scharte durch ehrenvolle Taten auszuwetzen. Nur selten muss der Prüfling die Ottajara wiederholen.

Ganz anders sieht es hingegen in solchen Gemeinschaften aus, die die alten Sitten bewahrt haben. Früher war die Ottajara ein ernstes und grimmiges Ritual, das den Zweck hatte, den Schwachen vom Starken zu scheiden. Nur die Kräftigen und Geschickten, die Mutigen und Klugen waren dazu ausersehen, auf den Schiffen zu fahren. In solchen Ottajaskos sieht sich der Heranwachsende mit weit schwierigeren Aufgaben konfrontiert. So muss er beispielsweise ein gefährliches Tier erjagen (wie Ifirnshai, Seetiger oder Höhlenbär) oder mehrere Tage allein in einem Boot auf dem Meer ausharren und allein den Weg zurück in den Hafen finden. Manche fordern von ihren Jüngsten, sich mutig dem tapfersten Krieger im Kampf zu stellen und auch in der Niederlage keine Schwäche zu zeigen.

Aufnahme in eine Sippe

Nicht nur die Schiffsgemeinschaften kennen Rituale, die aus Kindern Frauen und Männer machen. Bei der Aufnahme in die Sippe bestimmt der Prüfling oft selbst die Art der Prüfung. Ein begabter Leierspieler wird womöglich ein Lied dichten und vortragen, ein geschickter Reiter ein wildes Fohlen zähmen, ein angehender Jäger eine besondere Beute heimbringen. Ebenso verbreitet sind Mutproben.

Bereits die Wahl der Aufgabe ist Teil der Prüfung. Wählt der Prüfling weise und nach seinen Fähigkeiten? Tut er etwas, das der Gemeinschaft nützlich ist? Zeigt er Mut, indem er sich an eine besonders schwierige Aufgabe wagt, ohne tollkühn zu sein? Es hilft der Gemeinschaft nicht, wenn ein Jüngling sich voller Todesverachtung allein gegen einen Seetiger stellt. Sein Scheitern ist gewiss und schon die Auswahl der Tat eine Dummheit.

Die Wahl der Aufgabe bestimmt in hohem Maße den späteren Platz des Prüflings in der Gemeinschaft. Die Dorfgemeinschaft befindet darüber, ob die Aufgabe angemessen ist und ob sie zur Zufriedenheit erfüllt wurde.

Nicht immer müssen die Jugendlichen ihre Prüfung allein vollbringen. Manche Gemeinschaften sehen es vor, dass alle Prüflinge eines Jahres die Aufgabe gemeinsam absolvieren. Verachtet wird, wer betrügt. Ein Ertappter muss die Gemeinschaft augenblicklich verlassen und hat große Schande über sich und die Seinen gebracht. Wer allerdings eine schwierige Aufgabe mit List zu lösen weiß, gewinnt an Ansehen.

Ganz gleich ob bei Schiffsgemeinschaft oder Sippe, in einem sind sich alle einig: Auf eine bestandene Ottajara folgt ein großes Fest. Nicht selten wird dem neuen Mitglied bei dieser Gelegenheit als Zeichen des neuen Standes und als unauslöschliche Erinnerung ein Hautbild gestochen. Erst nach der Ottajara gehört der Mensch zu den Erwachsenen, mit allen Rechten und Pflichten. Ein erhält damit das Recht, für sich selber zu sprechen, und ist nicht mehr an das Wort der Eltern gebunden. Seine Stimme gilt, wenn sich die Gemeinschaft berät, er darf Klage auf dem Hjalding erheben, Verträge besiegeln, eine Ehe eingehen und steht dem Kriegsbann zur Verfügung. Erst jetzt kann sich der Jüngling oder die Maid einen Namen in den Überlieferungen der Gemeinschaft erwerben, werden heldenhafte Taten wahrgenommen, hat er Anspruch darauf, in einem Sang genannt oder seinen Namen in einen Runenstein gemeißelt zu sehen.

Was aber geschieht, wenn ein Prüfling nicht besteht beziehungsweise sein Versuch als nicht hinreichend betrachtet wird? Auch das ist höchst unterschiedlich. Wenige Gemeinschaften gewähren einen neuen Versuch – bei manchen muss man die Frist bis zur nächsten Ottajara fern der Heimat zubringen, zum Beispiel auf dem Hof eines Verwandten.

Vor allem für Ottajaskos, die auf Beutefahrt gehen, ist die Ottajara unabdingbare Voraussetzung dafür, sich einen Platz in der Gemeinschaft der Kriegerinnen und Krieger zu erobern. Niemand, dem dies nicht gelungen ist, darf seinen Fuß auf das Schiff setzen, fürchtet man doch, dass sich das Pech des Versagers auf die ganze Mannschaft überträgt. Zumeist ist er dazu verpflichtet, sich um Hof und Vieh zu kümmern und die Aufgaben zu übernehmen, die wenig Ruhm versprechen – was nicht bedeutet, dass sie nicht wichtig wären, um die Gemeinschaft zu erhalten. Auch entbehrt er einiger Rechte: So braucht er beispielsweise einen Fürsprecher, wenn er auf dem Hjalding gehört werden will.

Es gibt Ottajaskos, in denen das Versagen so schwer wiegt, dass der Unglückliche sogar die Heimat verlassen muss, um anderswo sein Glück zu suchen. Oftmals geht er in eine der großen Städte, wo viele Entwurzelte ohne festes Familienband leben, oder in die Ferne, wo niemand von der Schmach weiß. Es ist schon vorgekommen, dass Eltern und Geschwister ebenfalls die Gemeinschaft verlassen haben, wenn ein geliebtes Kind versagte.

Wieder anders sieht es bei denen aus, die durch ein Gebrechen oder eine schwache Konstitution die Prüfung erst gar nicht wagen können. Während es von einigen Sippen im Gjalskerland heißt, dass sie diese schwächlichen und kranken Kinder früh davonjagen und ihrem Schicksal überlassen, gilt in anderen das Gesetz, dass solche den besonderen Schutz Ifirns oder Travias genießen und ihnen besondere Fürsorge und Achtung entgegenzubringen ist.

Weigert sich ein junger Erwachsener, die Prüfung abzulegen, obwohl kein Gebrechen oder sonst ein triftiger Grund ihn daran hindert, so herrscht Übereinkunft darin, dass er seine Heimat verlassen muss. Denn die Ottajara zu verweigern, heißt, sich der Gemeinschaft zu verweigern.

Selbstverständlich gibt es gerade im weltoffenen Thorwal, aber auch in den anderen großen Städten einige, die es weit weniger genau nehmen, als die Tradition befiehlt, und die gänzlich auf die Ottajara verzichten.

Handel und Wandel

Der Handel in Thorwal ist nicht zu vergleichen mit dem Handelswesen des Bornlandes oder des Lieblichen Feldes, vor allem was die Mengen der gehandelten Güter anbelangt.

Zu den wichtigsten **Export-Handelsgütern** zählen Bernstein, Schmuck aus Silber, Bronze und Halbedelsteinen, Pech, Teer (Holzteer aus dem Hinterland), Seile aus Seetiger-, Meerkalb- und Robbenhaut, Elfenbein und Elfenbein-Erzeugnisse aus Seetigerzähnen, Waren aus Speckstein, das zähe Hjaldor-Eisen für Werkzeugstahl, Steineiche, Wolltuch, Ziegen- und Schafkäse, Pelze (Fuchs, Otter, Biber, Schneehase, Seehund, Robbe), Horn (Karen-Geweihe), geräucherter und gesalzener Fisch, kunstvolle Holz- und Beinschnitzereien (zum Beispiel Kämme und Knöpfe), Eschenstämmchen, Kork, Kreide, Zunderschwämme, Met, Schnaps (Waskirer, Premer Feuer) und Robbentran.

Es gibt auch in den Grenzen Thorwals einen lukrativen **illegalen Handel**. Da der Wal den Thorwalern heilig ist, muss man schon sehr geschickt und mutig sein, will man auf diese Tiere Jagd machen. Dafür versprechen die Erzeugnisse, die sich aus Walen gewinnen lassen, höchste Profite: Ambra (ein in Südaventurien begehrter Duftstoff zur Parfümherstellung), Waltran, Walbein und nicht zu vergessen Narwalhörner, die nicht nur an Laien gerne als Hörner des Einhorns verkauft werden. Sollte allerdings ein Waljäger oder ein Handelsschiff mit Walerzeugnissen den Thorwalern in die Hände fallen, so darf man keine Gnade erwarten.

Wichtige **Import-Handelsgüter** sind: Gewürze, Glaswaren, Keramik, elastisches Eisen, Handwerksprodukte aller Art, edle Stoffe (wie zum Beispiel Seide, Samt und Brokat), kunstvolle Borten sowie alles, was in Thorwal nicht (in ausreichenden Mengen) wächst (zum Beispiel Roggen), und Waffen.

Innerhalb Thorwals handelt man vor allem mit Eisen(-waren), Emmer, Dinkel, Hafer, Honig, Hopfen, Leder, Salz, Seetigerhaut, Speckstein, Wadmal (ein schwerer Wollstoff, aus dem Segel gefertigt werden) und Waffen.

Seit 1022 BF (2640 JL) erheben die Jarle beziehungsweise ihre Vertreter von fremdländischen Händlern Einfuhrzölle. Diese belaufen sich derzeit lediglich auf durchschnittlich 2 Unzen Silber pro Quader Last – kein allzu großer Aderlass, so dass sich das Schmuggeln noch nicht lohnt. Das kann sich schnell ändern, falls der thorwalsche Staat weitere Einnahmequellen benötigt.

Vom Einfuhrzoll befreit sind albernische Händler – ein Privileg, das der Oberste Hetmann Tronde den Alberniern für ihren Beistand während des Thorwal-Horas-Konfliktes zugestand. Außerdem gibt es einige thorwalsche Häfen, denen Tronde Torbensson das Freihandelsprivileg verliehen hat: Muryt, Overthorn und Nordaport im äußersten Norden gehören dazu.

Gängigstes Zahlungsmittel in Thorwal ist das so genannte Hacksilber, das mit kleinen Handwaagen gewogen wird. War es einst üblich, fremdländische Münzen oder Schmuckstücke aller Art in Stücke zu hacken (daher auch der Name), ist man im Lauf der Zeit dazu übergegangen, das Silber einzuschmelzen und daraus (offene) Armreifen und Ringe zu fertigen, deren Gewicht und Form überall in Thorwal vereinheitlicht ist. Die schlichten Schmuckstücke weisen sieben beziehungsweise drei Sollbruchstellen auf und sind so verbreitet, dass Gerichte Geldstrafen nach Ringen und Reifen bemessen. Selbstverständlich werden auch alle Arten von aventurischen Münzen akzeptiert, da immer nur das Gewicht des Edelmetalls zählt. Dies ist für weit gereiste Abenteurer besonders erfreulich, da sie hier nicht wie in anderen Regionen manchen Taler bei Geldwechslern einbüßen. Sollte allerdings wieder einmal das Gerücht umgehen, dass bestimmte Münzen nur zu einem Teil Edelmetall enthalten, wird man auf seinen Talern sitzen bleiben oder draufzahlen müssen.

1 Armreif = 4 Unzen Silber
1 Ring = 1 Unze Silber
Ein Reif hat sieben Sollbruchstellen, so dass er leicht in acht gleich große Teile geteilt werden kann; ein Ring hat drei Sollbruchstellen.

In der Stadt Thorwal und den südlich gelegenen Orten ist aber auch echter Münzverkehr mit mittelreichischen Münzen verbreitet. So kann man in Serske beispielsweise ein durchschnittliches Reitpferd für 16 Unzen Silber oder 80 mittelreichische Silbertaler erstehen (eine Kuh kostet die Hälfte). Einen Knorr für einen Monat zu mieten kostet in der Stadt Thorwal 25 Unzen Silber oder 125 Silbertaler.

Im Norden Thorwals, abseits der größeren Siedlungen, ist der Tauschhandel verbreitet. Für einen gut gearbeiteten eisernen Schuppenpanzer sind nördlich der Hjaldorberge bis zu zwölf Kühe zu bezahlen. Der Gegenwert der Tiere lässt sich aber nicht 1:1 in Silber umrechnen, da Handwerker und Bauern mit Silber dort wenig anzufangen wissen. Ein Aufschlag von 10 bis 20 % ist üblich.

Bergwerke zur Ausbeutung von Bodenschätzen existieren nur in begrenztem Rahmen, einige Minen wurden von den örtlichen Jarlen oder Obersten Hetleuten gegen einen Anteil am Ertrag verpachtet (oft an Zwerge). Es gibt auch Bodenschätze, die praktisch vom

Grund aufgesammelt werden (zum Beispiel Grassoden-Erz), doch sind die Vorkommen begrenzt und vornehmlich auf den Nordosten beschränkt.
Im Hjaldorgebirge gibt es weiterhin große Specksteinvorkommen, ein weicher Stein, der sich – frisch geschlagen – mit scharfen Messern schneiden und unter anderem zu feuerfestem Kochgeschirr formen lässt.

Kultur, Sitten und Gebräuche

Das Gute und das Böse – Von Tugenden und Untugenden

Ehre

Es gibt wenig, was einem Thorwaler mehr bedeutet, als die eigene Ehre und der Nachruhm. Nur derjenige ist tot, der keine Ehre hat und der es nicht wert ist, im Andenken seiner Nächsten bewahrt zu werden. Zum Ehrbegriff gehört vor allem, dass ein einmal gegebenes Wort ohne Ehrverlust nicht gebrochen werden kann. Der thorwalsche Schwur "Mein Wort, dein Pfand" wird nur bei rituellen oder anderen ernsten Anlässen gesprochen. Ihn in Frage zu stellen, ist eine sichere Methode, sich einen Thorwaler zum Feind zu machen.
Doch gibt es in der Einhaltung des gegebenen Wortes durchaus Spielraum, wie die Geschichte des Kaufmannes Thyrn Guldbrandson zeigt:

»Als Thyrn mit seinen Gefährten in einem kleinen Fischerdorf an der gjalskerländischen Küste Halt machte, um dort zu handeln, berichteten die Dorfbewohner ihm voller Schrecken davon, dass finstere Gjalskerländer Barbaren sie tags zuvor überfallen hatten. Thyrn bedauerte dies aus ganzem Herzen, verspürte aber wenig Neigung, die Geschäfte dieser Leute zu seinen eigenen zu machen. Doch gelang es dem Dorfältesten mit List und einer Menge Starkbier, ihm das Versprechen abzunötigen, dass Thyrn und seine Leute dem Dorf anderntags helfen würden. Am Morgen gab es ein böses Erwachen und guter Rat war teuer. Thyrns Versprechen band sie, da gab es nichts zu deuten. Und auch wenn seine Gefährten ihn für seine Leichtfertigkeit verfluchten, sie mussten sich für den Kriegszug rüsten, um den Barbaren nachzusetzen.
Auf halbem Weg zwischen Meer und Wald kamen Thyrn und seine Leute an einen kleinen Fluss. Die sandigen Wegspuren sammelten sich hier zu einer einzigen, die auf eine Holzbrücke zuführte, um auf der anderen Seite wieder auseinander zu laufen. Hier kam Thyrn der rettende Einfall. Er konnte ihren Gastgebern klarmachen, dass die Brücke unbedingt verteidigt werden müsse, und dass die Thorwaler für eine solche Rückendeckung immer nur wenige, aber dafür ihre besten Leute auswählten. Da die Dorfbewohner wussten, dass die Thorwaler für ihre Kriegskunst berühmt waren und es in der Tat schon einmal vorgekommen war, dass die Barbaren ihre Abwesenheit zu einem Überfall auf das Vieh genutzt hatten, waren sie froh, dass die Thorwaler diese gefährliche Aufgabe bereitwillig übernahmen. Zufrieden zogen sie weiter in den Wald und priesen die Weisheit ihres Dorfältesten. Thryns Gefährten aber rühmten ihn für seinen Einfall, der sie mit heiler Haut und unbefleckter Ehre davon kommen ließ.«
—aus dem Leben des thorwalschen Händlers Thyrn Guldbrandsson, Thorwal 1024 BF

Wer sich unehrenhaft verhält, setzt sich der Verachtung und dem Spott seiner Landsleute aus. So erzählt die Saga von Eldgrima:

»Eldgrima war Hersirin, und ihre Sippe befand sich in Blutfehde mit der Sippe von Kalf Hörnsen. Kalf gelang ein Überraschungsangriff auf den Hof Eldgrimas. Er meuchelte einen Großteil ihrer Gefolgsleute und forderte Eldgrima selbst auf, mit ihrer Familie aus dem Haus zu kommen. Doch Eldgrima dachte nicht daran. Vielmehr verspotteten sie und ihre Angehörigen Kalf und seiner Feigheit. In ihrem Zorn zündeten Kalf und seine Leute Eldgrimas Heim an und boten ihrem Sohn Torlif und ihren Töchtern freien Abzug. Doch Eldgrima und ihre Familie weigerten sich, diesem feigen Ansinnen nachzugeben und erhöhten damit nur noch die Schande der unwürdigen Brandschatzer. Eldgrimas Sippe kam in den Flammen um. Mit Kalf wollte aber niemand mehr etwas zu schaffen haben. Es war, als sei er für die Bewohner der Umgebung nicht mehr existent, woraufhin er mit seinen Leuten sein Schiff bestieg und mit unbekanntem Ziel davon segelte, verfolgt vom Geist Eldgrimas.«

Gastfreundschaft

»Obwohl sich alle Thorwaler durch Gastfreundschaft auszeichnen, übertreffen die Nordthorwaler alle anderen. Sie halten es für den schlimmsten Verstoß, Reisenden die Gastung zu verweigern, ja, es herrscht ein eifriger Wettstreit darum, wer für wert erachtet werden soll, den Gast zu empfangen.«
—Zwischen Bodir und Walsach – Mittnächtliche Länder,
Bastan Munter, 641 BF

Im Norden ist man nicht nur bereit, Fremde zu bewirten, sondern empfindet es eigentlich sogar als Beleidigung, wenn Besucher (selbst eine ganze Ottajasko) nicht jemanden für würdig befinden, ihr Gastgeber zu sein. Dennoch sollte man Vorsicht bei der Wahl des Gastgebers walten lassen. Ein einfacher Fallensteller kann kaum einer Schar Reisender angemessenes Obdach bieten, und er würde es als dreisten Verstoß gegen Travias Gebot empfinden, ihn so in Verlegenheit zu bringen.

Mut und Übermut

Ein Thorwaler liebt die Herausforderung, sein ganzes Leben ist erfüllt davon, sich mit anderen zu messen und seine Fähigkeiten unter Beweis zu stellen. Ihr sprichwörtlicher Mut befähigt die Thorwaler zu außerordentlichen Heldentaten, birgt zugleich jedoch einen düsteren Keim, denn allzu schnell wird aus Mut Leichtfertigkeit, aus Unerschrockenheit Tollkühnheit. Gerade thorwalsche Krieger in ihrem Bestreben, Swafnir zu beweisen, dass sie bereit sind, an seiner Seite zu streiten (siehe auch S. 30), neigen dazu, sich unbedacht in gefahrvolle oder sogar aussichtslose Situationen zu begeben.
Manchmal ist das Glück tatsächlich mit den thorwalschen Helden und sie retten den Tag, bezwingen eine erdrückende Übermacht, schaffen es, den Abgrund auf einer schwankenden, maroden Holzbrücke zu überqueren oder die eigenen Gefährten vor einem wütenden Auerochsen zu retten. Aber ebenso oft bringt sie diese Risikofreude in gefährliche Situationen, aus denen sie nur mit Mühe von anderen wieder gerettet werden können.

Gnade

Thorwaler sind für ihre Härte und Zähigkeit bekannt. Im Gefecht kennen sie keine Schonung und ein (bewaffneter) Gegner, der um Gnade bettelt, wird kaum etwas anderes als Verachtung ernten, eine Haltung, die manchen Fremdländer erschrecken mag. Schwerter schlagen nun einmal hässliche Wunden, und wenn jemand seinen Kopf verliert, war es ihm so bestimmt. Ihre Opfer unnötig zu quälen, ist den Thorwalern allerdings fremd.

»Es war das erste Mal, dass ich mit diesem Nordmann Eilif Lifbrannsson ins Gefecht zog. Mutig wie ein Berserker tobte er durch die Reihen unserer Gegner und spaltete nicht weniger als vierzehn Schädel, dass das Blut nur so spritzte. Wer wird mir glauben, dass eben dieser Eilif Blutaxt in Tränen ausbrach, als ich meinen Dolch gegen einen dieser verfluchten Hunde zückte, um ihn dazu zu bewegen, uns zu verraten, wem wir diesen netten kleinen Überfall zu verdanken hatten. Er bedrängte mich, mit meinem Treiben aufzuhören, und ich schwöre euch, bei Phex, wäre Rondria nicht gewesen, ich wäre wohl die fünfzehnte gewesen, die seine Axt zu spüren bekommen hätte, hätte ich nicht abgelassen.«
—Jandis Brandner, Streunerin aus Festum

Bei aller Härte im Kampf ist den Thorwalern jegliche Folter fremd. Sie verstehen nicht, wie man einem wehrlosen Opfer Schmerzen zufügen kann, mag der Zweck dies auch noch so sehr rechtfertigen.

Ausdauer und Kraft

In einer rauen Welt wie Thorwal braucht man Kraft und Ausdauer, um zu überleben. So erzählt ein Lied aus jüngster Zeit von Ifirniane Raskirsdottir, einer Dienerin Ifirns, deren Ansehen nur von dem der Iloïnen Schwanentochter übertroffen wird.

»Eno und Kumo, zwei Jäger vom Stamm der Kylänjak, waren auf der Jagd. Groß war ihre Beute, doch lockte ihr Jagdglück einen noch größeren Jäger an. Ein mächtiger Grimmbär suchte sie in ihrem Lager heim. Sie versuchten, sich seiner zu erwehren, aber der Bär schlug sie nieder und stahl ihre Beute. Blut floss aus ihren Wunden und färbte den Schnee rot. Die Kraft verließ die beiden Jäger, und so erwarteten sie den Tod. Ein Schneetreiben setzte ein und bedeckte sie mit einer weichen, weißen Schicht. Schon schwanden ihre Sinne, und ein Gefühl der Taubheit lähmte ihre Glieder. Da erschien ein riesenhaftes Schemen. Eno und Kumo glaubten, der Bär verspüre weiteren Hunger und giere nun nach ihrem Fleisch, doch zeigte sich, dass es ein Mensch war, der sich ihnen näherte. Zwei Schritt groß war die Frau, die sich über sie beugte, rote Locken lugten aus der Kapuze ihres Umhangs. Sie verband die schweren Wunden der beiden Jäger und lud Eno auf den kleinen Schlitten der Jäger. Mit Kumo über den Schultern ging sie los und zog den Schlitten hinter sich her, derweil Eno und Kumo in tiefen Schlaf fielen. Wann immer sie aufwachten, merkten sie, dass ihre Retterin weiter stur vor sich hin stapfte. Zwei Tage und zwei Nächte ging es so ohne Pause. Dann erreichten sie Olport. Als Eno und Kumo erneut erwachten, lagen sie in weichen Betten. Ifirniane Raskirsdottir, ihre Retterin, bekamen sie nicht mehr zu Gesicht. Sie war schon wieder von dannen gezogen, in die eisige Wildnis ...«

Treue

Da die Gemeinschaft den Thorwalern viel gilt, zählt auch die Treue zur Gemeinschaft viel. In Ottajaskos und Sippen wird mit der Ottajara ein Treueschwur (**Trygdar-Eider**) abgelegt, der den Neuling an die Gemeinschaft bindet. Einmal im Jahr – oft am Tag der Gründung oder am Tag der Treue (12. Travia, dem Schlachtmond, siehe S. 32) – wird dieser Schwur feierlich erneuert. Die Schwurgemeinschaft verlangt, dass der eine für den anderen in allen Belangen einzustehen hat. Dabei schwört jeder jedem seine Treue, anders als beim Lehnseid, der allein eine Sache zwischen Lehnsherr und Vasall ist. Diese Schwurgemeinschaft zu brechen ist ein schwerer Frevel und wird nur selten verziehen.

Häufig geben sich Waffenbrüder einen Treueeid, der sie – womöglich bis über den Tod hinaus – aneinander bindet. Wer ein solches **Trulofa** (Treuegelöbnis) geschworen hat, verspricht nicht nur für den anderen einzustehen, er ist bereit, die Schicksalsaufgabe (siehe S. 50) seines Schwurbruders zu übernehmen, sollte dieser vorher den Tod finden. Ein Treueschwur darf nicht gebrochen werden. Ein Treuloser wird von allen geächtet, wie der Bericht über Ohro, den Treulosen, zeigt:

»Ohro Hrolfsson, dessen Vater Hrolf Hragisson in der Schlacht von Salza einen viel besungenen Tod gestorben war, war ein mürrischer Kerl. Neid erfüllte ihn, wenn er seinen jüngeren Bruder Thurste sah, der seinem Vater in Ansehen und Gebaren nachkam. Als das Kaiserreich im Süden danach gierte, sich Thorwal untertan zu machen, waren die beiden Brüder unter den Verteidigern des stolzen Prem. Zahlreich waren die kaiserlichen Soldaten, und wie es sich für Brüder gehört, kämpften Ohro und Thurste auf dem Wall ihrer Ottaskin gegen die nicht enden wollende Flut der Gegner. Ohro, dessen Blick zum Golf gerichtet war, sah, dass immer noch weitere Galeeren kamen. Da verzweifelte er und wandte sich zur Flucht, ohne einen Gedanken an seinen Bruder zu verschwenden. Thurstes ungeschützter Rücken bot einem mittelreichischen Speer ein willkommenes Ziel.

Während die überlebenden Sturmspeere Frondienst beim Bau der Trutzburg leisten mussten, wanderte der treulose Ohro nach Norden, bis Olport. Doch überall, wo er hinkam, verschwand das freundliche Lächeln aus den Gesichtern, und man wies ihm die Tür. Denn die Geschichte seiner Treulosigkeit war schneller in den Norden gelangt als er.

Ohro kehrte nach Prem zurück. Er trat in kaiserliche Dienste und wurde Hauptmann der Trutzburg. Als es zu einem Aufstand der Premer kam, verriet er seine neuen Herren und öffnete den Thorwalern das Tor der Feste. Doch der Aufstand wurde niedergeschlagen. Ohro wechselte erneut die Seiten, und durch seinen Schwur wurden viele gute Männer und Frauen ein Opfer des Henkers. Ohro sollte aus seinem Betrug jedoch keinen besseren Preis erzielen als sein kümmerliches Überleben. Verflucht war sein Name unter den Seinen. Am Ende aber war er der Betrogene. Es heißt, eine Hexe namens Tola habe ihm sein untreues Herz herausgeschnitten und durch einen Stein ersetzt. Nun sei Ohro weder tot noch lebendig und seiner Herrin auf immer ein treuer Diener.«

Zwiespältig hingegen gestaltet sich der Treuebegriff der Thorwaler für die, die seine Treue nur erkauft haben. Gilt es abzuwägen zwischen der Loyalität zu seiner Gemeinschaft und der zu seinem Soldherren, wird er ersterer meistens den Vorzug geben. Ein erkauftes Versprechen kann ein anderer mit einem höheren Gebot freikaufen. Bietet also der Gegner mehr, sollte sich kein Kriegsherr wundern, seine Söldner auf einmal auf der anderen Seite wiederzufinden.

Glück

Das Glück ist in Thorwal hoch angesehen, denn Kraft und Klugheit allein reichen nicht aus, um zu überleben. Ein Hetmann, an dessen Händen das Pech zu kleben scheint, verliert das Vertrauen und wird abgelöst. Glückskinder hingegen werden umschwärmt. Ein typisches Beispiel ist die Geschichte von Thorme Strupp und seinem dreifachen Schiffbruch:

»Thorme Egilsson aus der Nebelspringer-Ottajasko, den man wegen seines wilden Bartwuchses nur 'Strupp' rief, trat mit zwanzig Jahren in die Fußstapfen seines Vaters Egil Frenjasson, der im Jahr zuvor mit einem steifen Bein aus dem Süden zurückgekehrt war und sich nun auf den schwankenden Planken nicht mehr sicher fühlte. Strupps Mannschaft bestand zum größten Teil aus jungen Leuten, die ihre erste Fahrt machen wollten. Mit einer Schiffsladung Wolle und Fellen fuhren sie gen Süden und verkauften ihre Waren in den Küstenstädten. Schließlich erreichten sie Neetha. Der Laderaum war leer und die Geldbeutel auch, denn Strupp und seine Mannschaft hatten das Geld vertrunken oder im Glücksspiel verloren. Nun zogen alle ein langes Gesicht und beratschlagten, was zu tun sei. Ragni, die Älteste an Bord, mit einem langen, weißblonden Zopf

und mehr Falten im Gesicht als Wellen auf dem Meer, schlug vor, auf den Zyklopeninseln Beute zu machen. Alle waren einverstanden.
Es gelang ihnen, den horasischen Kriegsschiffen aus dem Weg zu gehen. Doch als sie sich der ersten Insel näherten, flogen plötzlich Felsbrocken, so groß wie Bierfässer, durch die Luft und versenkten das Schiff. Die Zyklopen auf der Steilküste hatten viel Spaß bei der Sache. Thormes Mannschaft erreichte glücklich das Ufer, ohne einen Mann zu verlieren, und er sagte: "Na, da haben wir ja noch mal Glück gehabt. Stellt euch nur vor, wir hätten schon das Schiff voller Beute, was wir da verloren hätten ..."
Alle nickten zustimmend. Strupps Glück hielt an. Auf der anderen Seite der Insel kamen sie zu einem Fischerdorf, vor dem ein Thorwaler Drache ankerte. Eine Weile beobachteten sie das Dorf. Soweit sie feststellen konnten, hatten die Landsleute wohl die gleiche Idee gehabt, aber beim Kampf mit den zyklopäischen Fischern das Nachsehen gehabt. In der Nacht schlichen die Thorwaler zu der herrenlosen Otta und ruderten davon. Groß war der Jubel, als die Sonne aufging und der Blick in den Laderaum mehrere gefüllte Bierfässer offenbarte! So viel Glück hat nur der Strupp! Es war noch nicht Mittag, da lagen sie alle sturzbetrunken auf den Planken und wurden erst wieder wach, als die Otta auf ein Riff auflief. Das Schiff war verloren. Die Thorwaler schwammen an Land und schliefen erst einmal ihren Rausch aus. Leider wurden sie von rasselnden Ketten unsanft geweckt. Hämisch grinsende Al'Anfaner Sklavenjäger hatten die Schlafenden gesichtet und eingesammelt.
Strupp und seine Leute verloren ihre Zuversicht. Doch Strupp sollte weiterhin Glück haben. Ein Unwetter kam auf, und Ragni gelang es, einen Aufseher mit ihrem Zopf zu erwürgen. Mit seinen Schlüsseln löste sie die Eisen und führte den Angriff auf die Al'Anfaner. Während die Sklavenjäger um ihr Leben kämpften, trieb das Schiff steuerlos auf die Küste zu und zerschellte an den Felsen. Zum dritten Mal in wenigen Tagen schwammen die Thorwaler an Land. Die Al'Anfaner hatten da weniger Glück, die wenigen, die an Land kamen, wurden von Strupps Leuten niedergemacht. Wind und Wellen trieben die Trümmer an Land. Nachdem das Unwetter abgeflaut war, entdeckten die Thorwaler eine kleine Kiste mit Dublonen und andere Dinge, die sie gut gebrauchen konnten. Als Strupp von der nächsten Hügelkuppe Ausschau hielt, fiel sein Blick auf eine thorwalsche Siedlung – und das in der Nähe von Drôl! Man empfing sie in der Ottaskin mit offenen Armen. Die Hetfrau lud Strupp ein, sich an einer Kaperfahrt in den Süden zu beteiligen. Er schlug ein, und im späten Herbst kehrten er und seine Leute mit Schätzen beladen in ihre Heimat zurück.«

Beredsamkeit

»Um einen ehrvollen Sieg zu erringen, mein Sohn, musst du eine sichere Klinge führen. Doch willst du Ruhm erlangen, braucht es auch eine scharfe Zunge!«
—Sinnspruch, überliefert von Hetfrau Garhelt

Wortgewandtheit und Schlagfertigkeit sind hohe Tugenden. Ein Mensch, dessen Zunge flink ist, hat auch einen flinken Verstand. Und nur ein solcher ist ein würdiger Gegner, mit dem es sich zu messen lohnt. Kein Wunder, dass die Thorwaler ihrem Gott Swafnir eine besonders gewandte Zunge zuschreiben.
In gleich vier der am höchsten angesehenen Positionen zählt die Redegewandtheit zu den wichtigsten Tugenden: Bei Swafnir-Geweihten, bei Hetleuten und Hersiren, selbstverständlich bei Skalden und bei den Jarlen und anderen Gesetzeskundigen.
Gerade bei Streitigkeiten kommt es in hohem Maße auf die Redekunst der Kontrahenten an. Es ist kein guter Jarl, der die überlieferten Gesetze nicht wortgewandt zu deuten weiß. Nicht selten wurde ein Prozess deshalb zu Gunsten einer Partei entschieden, weil ihr Gesetzeskundiger sich besser darauf verstanden hat, die Gesetze darzulegen und so die Richter zu überzeugen.
Doch auch im Alltag misst man der Zungenfertigkeit hohen Stellenwert bei. Seine Zuhörer zu langweilen ist eine grobe Unhöflichkeit, und will man nicht Gefahr laufen, rüde unterbrochen oder – noch viel schlimmer – ausgelacht zu werden, sollte man sich tunlichst um einen farbenfrohen Erzählstil bemühen. Deshalb schmückt man Geschichten nach Kräften aus, und so wird aus einem einsamen Ork, der einem Ungemach bereitet hat, schnell eine ganze Sippe. Was nun die sprichwörtliche thorwalsche Wahrheitsliebe angeht, wird hier mit unterschiedlichem Maß gemessen: Eine Heldentat auszuschmücken ist eine Tugend, denn es schadet ja niemandem, weiß doch jeder (thorwalsche) Zuhörer, die Wahrheit herauszulesen. Den Thorwaler aber als einen Maulhelden zu bezichtigen, wird sich als Fehler erweisen, denn auch wenn es kein ganzes Wolfsrudel war, dem er sich allein mit einem Knüppel gestellt hat, ein furchtloser Kämpfer ist er sicher dennoch – und einen Thorwaler einen Lügner zu nennen, ist eine Ungehörigkeit, die nicht ungesühnt bleiben wird.

Schimpfkunst und Fluchen

Eine besondere Ausprägung der Redekunst ist die Kunst des Schimpfens, die von den Thorwalern nicht minder hoch geschätzt wird. Einfallslose Beschimpfungen werden verachtet, noch schlimmer ist es aber, eine Antwort schuldig zu bleiben.
Wer einen Gegner kunstfertig schmähen kann, hat ihn so gut wie besiegt. Es heißt, dass der Schwertarm desjenigen, der mit der Zunge bezwungen wurde, genauso lahm ist wie seine Erwiderungen. Nichts anderes gilt für seine Gefolgsleute, die zumindest für diesen Moment die Zuversicht verlieren. Sie kämpfen zaghafter und mit weniger Mut, was den entscheidenden Vorteil bringen kann. Swafnir ist auf Seite dessen, der ehrbar dasteht – also das Schimpfgefecht für sich entschieden hat. Geschieht es häufiger, dass ein Anführer im Wortgefecht unterliegt, gilt das seinen Leuten nicht anders, als wenn er glücklos ist.
Für Angehörige anderer Völker wird mal der eigene, mal ein anderer Maßstab angelegt. Es gibt Thorwaler, die sich mit diebischer Freude dem unfraglich stümperhaften Gegner zum Wortgefecht stellen. Andere wiederum halten Nicht-Thorwaler schlicht für unwürdig, an diesem ehrenvollen Wettstreit teilzunehmen.
Mit Flüchen hingegen sind die abergläubischen Thorwaler nicht leichtfertig bei der Hand. Jemanden verfluchen, heißt, ihm wortwörtlich das Übel an den Hals zu wünschen. Es ist die letzte Waffe eines Verzweifelten und überdies eine hinterhältige Art, jemanden anzugreifen. Ein Fluch kommt immer aus tiefstem Herzen, und man ist fest überzeugt, dass er Wirkung haben wird.

Spottlust

Thorwaler lieben es zu lachen, über das Missgeschick eines anderen ebenso wie über ein eigenes. Wer nicht über sich lachen kann, ist bald als Sauertopf verschrien (und davon gibt es auch unter den Thorwalern etliche). Es gilt den Thorwalern als Tugend, den anderen gekonnt zu verspotten. Dass das Ursache manchen Missverständnisses ist, liegt auf der Hand, denn nicht alle Völker teilen diese unbekümmerte Freude am Spott.

Jähzorn

»In ihrem Jähzorn sind sie schrecklich anzusehen, mit Schaum vor dem Mund stürzen sie sich auf jeden, der sich ihnen in den Weg stellt. Ihr Wüten ist ohne Unterlass und nichts und niemand vermag sie zu besänftigen, bis ihr zorniger Gott seinen Schatten von ihnen genommen hat und sie zur Vernunft kommen. Dann aber kann es für viele schon zu spät sein, die unter den Hieben des Entfesselten gefallen sind.«
—aus den Berichten des horasischen Händlers Nicolo Tregese, 1023 BF

Eine Geißel der Thorwaler ist ihr Jähzorn, der sie allzu schnell überkommt. Die meisten dieses Volkes gelten als reizbar, und selbst eine besonnene Hetfrau kann sich in einen wütende Furie verwandeln, wenn ihr nur eine Laus über die Leber läuft. Die Gründe für so einen Jähzornanfall sind höchst unterschiedlich: Beleidigungen und Demütigungen, (vermeintliche) Ungerechtigkeiten oder auch eine Lappalie wie eine unbedachte Äußerung über die thorwalsche Küche können der Auslöser sein. Oft bringen ihre Wutanfälle die Thorwaler in arge Schwierigkeiten, denn nicht jeder Büttel ist bereit, auf die Befindlichkeiten eines thorwalschen Wüterichs Rücksicht zu nehmen.

Die Thorwalsche Sprache

»Nu er sköra!«

—Ausspruch eines thorwalschen Seemannes kurz vor einer Kneipenschlägerei. Im Sinne von: "Jetzt gibt's Zoff!"

Die gesprochene wie auch die geschriebene Sprache der Bewohner des heutigen Thorwals blickt auf eine lange Geschichte zurück. Ebenso wie das Garethi ist das Thorwalsche güldenländischen Ursprungs. Die heutige Sprache hat jedoch nur noch geringe Ähnlichkeit mit der Sprache der Ahnen, dem (Alt-)Hjaldingschen. Doch während ein Garetier die Sprache der güldenländischen Siedler kaum verstehen kann, ist die thorwalsche Ursprache durch überlieferte Sagas und Gesänge bis heute präsent. Das Saga-Thorwalsch ist eine frühe Form des Thorwalschen und damit eine Zwischenstufe zum Alt-Hjaldingschen. Es findet nach wie vor bei der einfachen Bevölkerung Verwendung, denn ein Großteil der mündlich überlieferten Geschichten ist in dieser Sprache erhalten. Anders als das Bosparano ist es somit keine reine Sprache der Gelehrten.

Eine Besonderheit gibt es auf einigen Inseln der Olportsteine: Dort werden die Überlieferungen entgegen der sonstigen Sitte schriftlich bewahrt. Auf manchem entlegenen Gehöft finden sich wahre Schätze an literarischen Werken, die in mühsamer Arbeit fein säuberlich abgeschrieben wurden. Diese *Hofbücher*, die auch die Lebensgeschichten der eigenen Ahnen enthalten, werden hoch in Ehren gehalten.

Das heutige Thorwalsche weist starke regionale Unterschiede auf. Fast scheint es, als ob der Norden dem Süden in sprachlicher Hinsicht einige Jahrhunderte hinterherhinke. Im Süden sind zahlreiche mittelreichische Lehnworte in die Sprache eingeflossen. Dies führt dazu, dass ein andergastischer Holzfäller und ein Thorwaler Schiffbauer aus der Hauptstadt sich über die Qualitäten des Steineichenholzes mühelos austauschen können – vorausgesetzt, sie sprechen beide langsam, deutlich und mit einfachen Worten. Der schnell dahingesagte, spottende Satz eines Thorwalers über die Qualität des Fischerbootes eines Andergasters hingegen wird jener kaum verstehen, er wird höchstens vertraut in seinen Ohren klingen. Doch auch im Nordthorwalschen gibt es Lehnworte. Beispielsweise hat man für bestimmte Ausdrücke der Jagd und des Winters nivesische Begriffe übernommen.

Dass in ganz Thorwal auch orkische Ausdrücke Verwendung finden, soll an dieser Stelle nicht verschwiegen werden. Im Waskirer Hochland oder im Bodirtal ist beispielsweise das Wort 'Kehrei' (orkisch: *keharrai* für Hunger) gebräuchlich, und 'Zira' (orkisch *Zra* Zustimmung, Aufbruch) gilt als Aufforderung an seine Begleiter, das Reden einzustellen und aufzubrechen.

Das Gjalskische und das Fjarningsche gehören ebenfalls zu der thorwalschen Sprachfamilie. Viele Ausdrücke des Ur-Tulamidya haben sich mit dem Saga-Thorwalschen beziehungsweise dem Hjaldingschen zum Gjalskischen vermischt, und der Anteil an norbardischen und orkischen Lehnwörtern ist hoch.

Im Thorwalschen fehlen Höflichkeitsformen und Adelsansprachen völlig. Jeder Thorwaler, ob aus Enqui oder aus Brabak, wird eine andere Person ungeachtet ihrer sozialen Stellung konsequent mit 'du' ansprechen. Kein Hetmann und keine Swafnir-Geweihte wird beleidigt sein, wenn ein einfacher Seemann ihm beziehungsweise ihr mit einem "Ich grüße dich" auf den Lippen entgegentritt. Sich diese Sitte abzugewöhnen, ist für keinen Thorwaler einfach.

Manch ein Thorwal-Besucher mag sich fragen, was denn wohl das Wort 'Thor' zu bedeuten hat, das sich in so vielen Bezeichnungen und Personennamen (Thorulf, Thorbjörn, Thorsten) findet. Diese gehen allesamt zurück auf die Begriffe 'thora' (wagen) und 'thoran' (Wagemut, Mut). Die Endsilbe 'wal' entspricht nicht, wie man meinen könnte, dem Walfisch (das wäre 'hvaler'), sondern kommt von 'vel' (wohl, gut, reichlich). Thorwal ist demnach der Ort der reichlich Mutigen.

In Südthorwal werden heute die Kusliker Zeichen verwendet. Der Norden hingegen bedient man sich weiterhin der 38 Zeichen des Saga-Thorwalschen oder Hjaldingschen. Diesen Zeichen, den so genannten Hjaldinga-Runi, werden magische Kräfte nachgesagt, und so findet man sie nicht nur in den Sagas, sondern ebenso als Zauberzeichen auf Schiffsplanken, Runensteinen und -stäben. Es wird vermutet, dass das Alt-Hjaldingsche noch mehr Zeichen als jene kannte, die heute Verwendung finden. (Mehr zu den Runen in ihrer magischen Form finden Sie in **Stäbe 69–73**.)

Geburt und Namensgebung

»Während meines unfreiwilligen Aufenthaltes im Norden des Landes lernte ich einen Brauch der Namensgebung kennen, den ich lange Zeit für den allein üblichen hielt. Danach erhält die Tochter den Namen der Mutter, während der Sohn den Vaternamen trägt (also Torstorsson, wenn der Vater Torstor heißt). Das hat die für Fremdländer verwirrende Folge, dass man anhand des Namens nicht sagen kann, welche Knaben und Mädchen Geschwister sind. Als ich dies anmerkte, erntete ich jedoch augenzwinkerndes Gelächter, schließlich müsse man nicht den Namen wissen, um Asleif 'Rotschopf' Birkursons Kinder zu erkennen. [...]

Doch lernte ich später noch ein anderes Ritual der Namensgebung kennen: Vor allem im nördlichen Hinterland – aber wohl auch in der Waskirer Hochebene – fragt man weise Frauen oder Seher um Rat. Diese befragen die Geister der Ahnen, indem sie Knochen oder Runensteinchen werfen. Wie sie fallen, besagt, ob das Kind den Namen der Mutter oder des Vaters tragen soll. Mir ist zu Ohren gekommen, dass es dabei einmal einen bösen Zwischenfall gegeben hat, als nämlich die Seherin ihre Runen einmal warf, angestrengt grübelte, den Kopf schüttelte, die Steine noch einmal warf, wieder mit dem Kopf schüttelte und dann mit ernster Stimme verkündete, dass das Kind nach seinem Vater Thorkil geheißen werden sollte. Thorkil aber war der beste Freund und Waffenbruder des vermeintlichen Kindsvaters, Aignur, und hatte sich augenscheinlich mehr als freundschaftlich um die Gemahlin seines Freundes gekümmert ...

Gleich wie die Namensgebung auch vorgenommen wird: Krönender Abschluss der Zeremonie ist ein rauschendes Fest, in dessen Verlauf der Säugling seine ersten Tropfen Alkohol bekommt. Damit gilt die Namensgebung als vollzogen.«

—aus den Aufzeichnungen des Nicolo de Tregese, horasischer Händler, 1023 BF

Für den Thorwaler ist die Geburt eines Kindes ein Ereignis besonderer Bedeutung. Angesichts des kargen und gefährlichen Lebens sind viele Kinder unerlässlich, um das Überleben einer Sippe oder Ottajasko zu gewährleisten.

In Ottajaskos wird die Namensgebung häufig erst Monate nach der Geburt vorgenommen, vor allem wenn eine Otta auf See war. Bei dem Fest, bei dem die ganze Ottajasko oder Sippe zusammenkommt, verkünden Vater und Mutter, welche Eigenschaft sie dem Kind wünschen. Typische thorwalsche Vornamen bestehen fast immer aus zwei kurzen Silben, in der die gewünschten Tugenden enthalten sind. Die beliebtesten Namen werden mit *Thor-* beziehungsweise *Tor-* gebildet, zum Beispiel Torben ('der Mutige'), Torgal ('der segelt wie ein Held'), Torstor ('unerschütterlicher Held'), Torgard ('heldenhafte Wächterin, Hüterin von Heim und Otta'), Torhalla ('ruhmreiche Heldin'). Sehr häufig sind auch H(j)aldar beziehungsweise H(j)alda (von 'Hjaldingard' abgeleitet), Halmar beziehungsweise Halma ('der / die Weitberühmte') und Tjalf beziehungsweise Tjalva ('der / die Flinke'). Die verbreitete Endung *-kir* weist auf ein Tätigkeitswort hin, zum Beispiel Walkir ('der Kämpfende') oder Askir ('der übers Meer fährt'). Zuweilen kommen auch Namen aus dem übrigen Aventurien vor, vor allem in den Grenzregionen oder zum Beispiel, weil einer weit gereisten Mutter ein fremdländischer Name gut gefallen hat.

Es kann gelegentlich geschehen, dass ein Seher oder Geweihter ein Omen bei der Geburt beobachtet, das dann den Namen des Kindes bestimmt. Das sind in der Regel gute Vorzeichen ('der Glückliche', 'die von Swafnir geliebte'), seltener auch Unheil verkündende ('einsamer Rabe'). Solchen unheilvollen Vorzeichen versucht man mit Abwehrritualen zu begegnen und verpasst dem Unglückskind einen tröstlichen Beinamen.

Die angehängte Verkleinerungsform *-ske, -ke* (männlich) oder *-je, -ja* (weiblich) findet sich erstaunlicherweise vor allem bei besonders erprobten Recken. Der Name des berühmten Obersten Hetmannes Thurske etwa heißt übersetzt einfach 'Kämpferchen'.
Zwar bestimmt der Vorname den Charakter des Kindes, doch erst der Abstammungsname verbindet es mit der Gemeinschaft, genauer gesagt, mit einem Elternteil. Der Zweitname wird einfach aus dem elterlichen Vornamen und, je nach Geschlecht, *-son* beziehungsweise *-dottir* gebildet. Welches der beiden Elternteile dem Kind seinen Namen mitgibt, ist regional unterschiedlich. Manche Sippen, wie die Hjalskes aus Prem, tragen sogar den Sippennamen als Abstammungsnamen.

»Man hatte mich zu einer Kindnamensfeier eingeladen. Ein Elternpaar aus der Ottajasko von Eldgrimm dem Weisen war von Tsa gesegnet worden. Schon viel hatte ich über die legendären Kämpfe der Eltern gehört, die um das Recht streiten, dem Kind ihren Namen geben zu dürfen.
Wie erstaunt war ich, als sich Vater und Mutter mit dem Neugeborenen vor die Festgesellschaft stellten und schlicht verkündeten, ihr Sohn solle Hjore Jandarasson heißen. Verwirrt wandte ich mich an den Skalden und fragte vorsichtig, ob der Kampf um den Kindsnamen denn nicht in aller Öffentlichkeit ausgetragen werde.
Ein gutmütiges Lachen schallte mir entgegen. "Warum sollten die Eltern ein Gottesurteil suchen, wenn sie sich doch schon einig sind? Nur, wenn sie sich nicht einigen können, entscheidet Swafnir darüber, indem sich beide einem Wettstreit stellen. Das mag ein Ringkampf sein, ein Trinkduell oder auch ein Zielwerfen mit der Axt. Der Gewinner dieses Wettstreits hat Swafnirs Segen für seinen Vorschlag."«
—Cyberian Viersteinen, 1025 BF

Im Laufe ihres Lebens kommen manche Thorwaler zu einem neuen Beinamen – durch ruhmreiche Taten, besondere Eigenarten oder mehr oder weniger glückliche Ereignisse. Dieser Zweitname ersetzt den Abstammungsnamen. Vor allem sind dies die typischen Heldennamen wie 'Hammerfaust' und 'Windzwinger'. Aber auch Kose- und Spitznamen sind häufig. Der Beiname des legendären Torstor Om etwa heißt schlicht 'Onkel', und der Name des für seine Trinkfestigkeit berühmten Thinmar Thin spielt auf das typische thorwalsche Trinkgefäß an, das er bereits in seinem Vornamen trägt. Wie schließlich Rangolf Stolperer zu seinem Beinamen gekommen ist, ist leicht zu erraten.

Typische thorwalsche Namen

Männlich: Aki, Ansgar, Ansir, Arngrim, Asgrimm, Askir, Asleif, Atli, Atmaskott, Beorn, Beowulf, Bjeri, Bjarni, Björn, Brand, Egil, Eilif (auch w), Eindrin, Eirik, Eldgrimm, Faenwulf, Firunjar, Fjolnir, Frenjar, Garald, Garulf, Geir, Gerskir, Gunn(i), Hakon, Hallar, Halfdan, Hardger, Hardred, Hasgar, Helgi, H(j)erolf, Herm, Hjall(di), Hjore, H(j)almar, H(j)aldar, Hjelm, Ingald, Ingirid, Ingibjörg, Iskir, Isl(e)if, Jora, Jurge, Karven, Kari, Ketil, Kjaskar, Laske, L(e)if, Liskolf, Maednir, Noerre, Norri, Olav, Olgard, Olgi, Olvir, Orgen, Orozar, Orm, Ragnar, Raskir, Rekki, Röngvald, Rodi, Rorl(e)if, Runolf, Sigridur, Sigrud, Solvi, Starkad, Steinar, Stirbjörn, Swafgard (auch w), Swafnan, Swafl(e)if, Sven, Tevil, Thinmar, Thivar, Tjalf, Thorgun, Thorkar, Thorwulf, Thurbold, Thure, Tjalf, Torben, Torbrand, Tore, Torfin, Torgal, Torkil, Torlif, Torstor, Trollwulf, Tronde, Vandrad, Walkir, Wulfgrimm, Yngvar
Weiblich: Akja, A(e)lfhild, Algrid, Alvida, Andra, Anga, Anhild, Arva, Asgerd(a), Asgrima, Askra, Beornhild, Bera, Bjarnilda, Branda, Bridgera, Bryda, Eilif (auch m), Eindara, Eldgrima, Estrid, Eyvin, Firunja, Frenja, Fridger(a), Garhelt, Garhilda, Grima, Gunbritt, Gundrid, Gunda, Hallbera, Hardsgera, Helma, Hilda, Hjalfrida, Hjalka, Hjalma, Hjalda, Hjaldis, Hjalla, Hjelgira, Hjora, Hrafnhild, Ifirniane, Ifirnslinda, Ingira, Isliv(a), Jadra, Janda, Jurga, Karva, Katla, Kjaska, Korja, Lialin, Lingard, Liflind, Livka, Marada, Nellgard, Norhild, Odda, Olburga, Olgerda, Olverja, Ragna, Ragnild, Rangnid, Raska, Rorlif(a), Salda, Sigrid(a), Sigrun, Solva, Solveig, Svala, Svenna, Svenja, Swafgard (auch m), Swafnild, Swangard, Tjalva, Thora, Thordis, Thorfinna, Thorhalla, Torgrid, Torlind, Wulfgard(a), Wulflind(a), Wulfhild(a), Yasma

Monats- und Tagesnamen in Thorwal

Im Zuge der Rückbesinnung auf alte Werte seit dem horasischen Überfall auf Thorwal hat man sich auch im Süden daran erinnert, dass man früher den Jahreslauf und die Tage nicht in mittelreichischen Begriffen und Götternamen zählte.
Auf dem Herbst-Hjalding 1023 BF (2650 JL) wurde daher für ganz Thorwal verbindlich erklärt, die Monate wieder thorwalsch zu bezeichnen, so wie es im Norden fast durchgängig bis heute gehandhabt wurde. Außerdem wurde eine neue Jahreszählung eingeführt: Das Jahr 1 JL (nach Jurgas Landung) ist das Jahr 1627 v.BF.
Praios: Midsonnmond
Rondra: Kornmond
Efferd: Heimamond (Der Monat, in dem die ausgefahrenen Ottajaskos wieder heimkehren, um die Travia-Feierlichkeiten zu Hause zu verbringen und bei den letzten Vorbereitungen für den Winter mithelfen zu können.)
Travia: Schlachtmond (Das Vieh, das nicht durch den Winter zu bringen ist, wird geschlachtet und soll – getrocknet oder gepökelt – als Winterverpflegung dienen. Im Schlachtmond werden üppige Feste gefeiert, bei denen zum letzten Mal vor dem entbehrungsreichen Winter reichlich aufgetischt wird.)
Boron: Sturmmond
Hesinde: Frostmond
Firun: Grimfrostmond
Tsa: Goimond (von: goi – Es ist dunkel.)
Phex: Friskenmond (übersetzt: Frühlingsmond)
Peraine: Eimond (Der Monat, in dem man Vogeleier – vornehmlich von Möwen – sammelt.)
Ingerimm: Faramond (Der Monat, in dem man auf das Hjalding geht und dann auf Fahrt / Heerfahrt ausläuft.)
Rahja: Vinmond (Weidemonat – gesprochen Winmond)

Wochentage:
Praiostag: Swafnirsdag
Rondratag: Traviasdag
Feuertag: Jurgasdag
Wassertag: Hjaldisdag
Windstag: Trondesdag*
Erdstag: Ifirnsdag
Markttag: Firunsdag
*Auf dem Herbst-Hjalding 1027 BF wurde der Orozarsdag zu Ehren des entrückten Tronde Torbensson umbenannt.

Üblicherweise zählen die Thorwaler nach Nächten und Wintern und nicht nach Tagen und Sommern, wie sonst gebräuchlich. Es heißt also "Irngard ist vier Winter alt" oder "Es ist drei Nächte her, seit Finnwulf aufgebrochen ist". Es sind die langen Wintermonate und die Nächte – die den größten Teil des Jahres weit länger sind als die Tage –, die das Leben der Menschen prägen.

Einige ausgewählte thorwalsche Begriffe

Wo die männliche Form auf *-mader* endet, kann stets die weibliche Form auf *-kona* gebildet werden. Der Plural lautet *-menn*.

Allgemeine Begriffe

Blotveizla (n): Gelage zum Fest des Sumarblot (Opferfest zur Sommersonnenwende)
Börn (n): Kind, Kinder
Drakkar (m): Drache
Drauger (m/w): Untoter
Elder (s): Feuer
Fljot (m/w): Fluss
Foss / Voss (m): Wasserfall
Gestaskrim (s): Langhaus, das einer Gemeinschaft als Gästehaus dient
Glima (m): Ringkampf
Hamrammer (m): Wermensch
Hangifisk/-kjöt (m/s): Räucherfisch/-fleisch
Heilari (m/w): Heiler / Giftmischer
Hersir (m/w): Sippenältester (Pl.: Hersire)
Hjalding (s): Versammlung der stimmberechtigten Thorwaler zur Regelung des Gemeinwesens
Hjalpi (w): Hilfe, Beistand, Rettung
Holmgang (m): Zweikampf
Jarl / Jarlin: gewählter oberster Richter und Verwaltungsoberhaupt eines Bezirks
Jolskrim (s): Thorwaler Langhaus (Plural: Jolskrimi)
Kehrei (m): Hunger (aus dem orkischen: Keharrai)
Kortzkrim: Grubenhaus (Pl.: Kortzkrimi)
Neiding: Verleumder, Feigling
Neidingstat: feige, hinterlistige Untat
Ottajara (w): Initiationsritus
Ottajasko (w): Schiffsgemeinschaft
Ottaskin (w): der (meist umfriedete) Bereich, in dem die Ottajasko lebt.
Runa (w): Geheimnis, Rune, Wissen
Sjalfdämi (s): das vom Schädiger eingeräumte Recht des Geschädigten, die Höhe des wieder gutzumachenden Schadens selbst festzulegen.
Skadimader: Totschläger
Skakmader: Räuber
Skoggang (m): Urteil der lebenslangen Verbannung
Skoggangsmader: auf Lebenszeit Verbannter
Skyr (s): ein dem Joghurt ähnliches, säuerliches Milchprodukt
Smidja (w): Schmiede
Thurgold (s): Wergeld, Strafe zur Wiedergutmachung eines angerichteten Schadens
Trulofa (s): Treuegelöbnis
Trygdar-Al (s): Treue-Bier
Trygdar-Eider (m): Treueschwur
Ubotamal (s): Begriff für ein todeswürdiges Verbrechen
Unnastiran (m): Verlobtenraub
Utlagi (m/w): Friedloser
Vig (m): Totschlag
Wadmal (s): Stoffbahnen aus Wolle, die häufig für Segel verwendet werden.
wara: wachen, wachsam sein

Militärische Begriffe

Halaferd (w): Nachhut
Herborg (w): thorwalsche Rundburg mit symmetrisch angeordneten Langhäusern im Inneren als Kaserne
Herferd (w): Heerfahrt
Herferder (m): Heerfahrer
Herkonnunger (m/w): oberster Befehlshaber der Armee (vergleichbar zum Marschall)
Herstjori (m/w): Kommandeur der (landgestützten) Hjalskari (Oberst/General)
Herverkmader: Pionier
Hetja (m/w): eigentlich heldenhafter Kämpfer (daher stammt auch das Wort Hetmann), neu ist seine Bedeutung als Offizier (Hauptmann)
Hetrekker (m/w): Kämpfer der Hetskari
Hetskari (w): Garde der Obersten Hetleute
Hjalskari (w): Garde des Obersten Hjalding, thorwalsche Armee
Hjalsrekker (m/w): Mitglied, Soldat der Hjalskari
Hjolmskari (w): eigentliche Wortbedeutung: Schar eines befestigten Ortes, wird im Norden als Wort für Stadtgarde genutzt.
Jarlskari (w): Garde eines Jarls
Jarlsrekker (m/w): Mitglied, Soldat der Jarlskari
Mangskari (w): Artillerie
Ottashjolm (w): ein kurzfristig an Land errichtetes, befestigtes Nachtlager
Riddarer (m/w): Soldat der Riddari
Riddari (w): Reiterei der Hjalskari
Sargent / Sargentin: Lehnswort abgeleitet von Sergeant (Unteroffizier)
Sjaherstjori (m/w): Befehlshaber der Flotte der Hjalskari (Admiral)
Sjahskari (w): Seekrieger
Skjaldborg (w): Schildwall
Stadtgarde (in Thorwal-Stadt): ist während der mittelreichischen Besetzung eingeführt worden, das Wort hat sich in der Stadt als Lehnwort gehalten.
Strandhögg (m): überraschender Schlag vom Ufer aus mit anschließendem sofortigem Rückzug
Thinskari (w): Leibwache der 'normalen' Hetleute

Schifffahrts- und Schiffsbezeichnungen

Byrdinger (m): Lastschiff, in neuen Varianten auch als Kriegsschiff nutzbar.
Farneyti (w): (gewerbliche) Schiffsgemeinschaft
Ferja (w): Fähre, Fährboot
Fiskibatr (m): Fischerboot
Floti (m): Floß
Knorr (m): die Knorre, Lastschiff, das auch gerudert werden kann.
Kuggr (w): Kogge
Otta (w): Überbegriff für alle Langschiffe, korrekterweise nur der Begriff für die größeren Langschiffe mit mind. 40 Ruderern und mit einem Drachenkopf am Bug
Sigling (w): Handelsfahrt
Sjaherborg (w): Flottenstützpunkt
Skeidh (w): kleines Schiff mit max. 40 Ruderern
Skúta (w): kleines Schiff mit max. 20 Ruderern
Snekkar (m): garethisch: Schnigge

Berufsbezeichnungen

Adeptus: Galdmader
(Wund-)Arzt: Läknir (m/w)
Bäcker: Bakkari (m/w)
Barde (Spielmann): Fidlari (m/w)
Barde (thorwalscher): Skalde (m/w)
Bauer: Bondi (m/w)
Bergmann: Namumader
Bettler: Stafkarlar (m/w)
Bootsbauer: Skipsmider
Druide: Visendamader
Einbrecher, Dieb: Stelari (m/w)
Entdecker: Uppgötvamader
Fischer: Fiskimader
Gaukler: Loddari (m/w)
Gelehrter: Laerimader (Laerifadir: Lehrmeister)
Geweihter (Swafnir, Efferd, Firun, Ifirn, Travia): Diar, also Swafnirs-Diar, Ifirns-Diar
Giftmischer (aber auch Heiler): Heilari
Händler: Kaupmader
Handwerker: Idnarmader
Heiler (aber auch Giftmischer): Heilari
Hexe: Seidkona, männlich: Seidskratti
Hirte: Hirdir
Jäger: Veidimader
Krieger: Rekker
Magier: Galdmader
Magister: Meistari
Pirat: Sviksaegarper (wörtlich: hinterlistiger, verräterischer Seemann), weiblich: Sviksaekona
Richter: Lögmader, Plural: Lögmenn
Schelm: Fifl (Schelm), Vixlinger (Wechselbalg)
Schiffer: Ferjamader
Schmied: Smider
Schreiber: Ritari
Seefahrer: Skipmader
Seher: Godi (wörtlich: weiser Mann / weise Frau)
Söldner: Gjaldskaper
Streuner, Landstreicher: Farandmadr
Tagelöhner: Olmusa
Wirt: Veitingamader

Profane Hjaldingard-Runen

Möwe/Vogel = A	Pfeil/Speer = L
Vieh/Rind = V, B, hV	Ähre/Korn = M
Pflug/Feld = D, T	Wolf/Wildtier = N, ND
Axt/Waffe = E, Ö, Ä	Schlange/Echse = O, U
Feuer/Licht = F, P	Krieger/Kampf = R, hR
Fels/Berg = G, K	Fisch/Hering = S
Schild/Schatz = H, Hj, Ch	Schiff/Boot = Sk, Sh, Sch
Haus/Burg = I, J	Quelle/Süsswasser = Y, Ü

= Gandmerki

Arkane Runen (Auswahl)

Stern/Komet

als Schriftzeichen

Wasser/Meer

Blut

als Schriftzeichen

Wind/Sturm

als Schriftzeichen

als Schriftzeichen

Boltruna

© · Arwad · 04

Die Thorwaler und ihr Verhältnis zur eigenen Geschichte

Die Thorwaler messen der Geschichte ihres Landes oder ihres Volkes keine große Bedeutung bei. Zu jung ist der Gedanke eines geeinten Thorwals, der zudem im Süden weit größere Akzeptanz findet als im traditionellen Norden. Für einen Thorwaler zählen nur Erlebnisse seiner eingeschworenen Gemeinschaft, seiner Otta oder die Taten einer herausragenden Heldin; das Datum einer Stadtgründung oder der Wahl eines Hetmanns wird hingegen als unwichtig betrachtet. Was bewahrenswert ist, findet Einzug in eine Saga. In diesen mischen sich Fakten mit blühender Phantasie, und es fällt umso schwerer, die Wahrheit dahinter zu entdecken, weil nicht jeder Skalde die Geschichte gleich erzählt.

Eine niedergeschriebene Historie kennt man kaum, die Geschichte Thorwals wird hauptsächlich mündlich überliefert. Lediglich die Runajasko von Olport soll über eine umfassende Schriftensammlung verfügen, obwohl auch diese erst vor rund 450 Jahren begonnen wurde. Selbstverständlich kennen die einzelnen Ottajaskos und Sippen ihre eigene Geschichte.

Die Erinnerung der Thorwaler an ihre Wurzeln in Hjaldingard ist nur bruchstückhaft. Zwar weiß natürlich jeder Thorwaler aus dem Jurga-Lied, dass die drohende Niederlage gegen die verhassten Canterer ihre Vorfahren dazu bewogen hat, ihre Heimat zu verlassen. Doch über das Leben der Hjaldinger, ihre Traditionen, ihre Geschichte und ihre Lebensweise ist so gut wie nichts mehr bekannt. Das macht es den thorwalschen Traditionalisten, die sich selbst 'die letzten Hjaldinger' nennen, leicht, ihren leichtgläubigen Landsleuten nahezu alles als typisch hjaldingisch vorzumachen, solange es nur stimmungsvoll dargereicht wird und sich mit der Lebenswirklichkeit der heutigen Thorwaler vereinbaren lässt.

Ausfahrt und Heimkehr

Viele Schiffsgemeinschaften und Ottajaskos – zumindest die, bei denen die Landwirtschaft einen wichtigen Teil des Auskommens ausmacht – ziehen nach der Saat und dem Frühlings-Hjalding auf große Fahrt aus, um möglichst noch vor der Ernte zurückzukehren. Alle anderen Gemeinschaften – auch die in den Städten – bemühen sich in der Regel, vor dem Herbst-Hjalding heimzukehren. Es gibt aber auch eine Reihe von Ottas, die in der Fremde überwintern und erst nach ein bis zwei Jahren zurückkehren. Dies ist insbesondere der Fall, wenn es sich bei der Besatzung um junge Heißsporne handelt, die ausgefahren sind, um Ruhm und Ehre zu erlangen.

Hochzeit

Eine Eheschließung ist in der Regel allein Sache der beiden Liebenden. Ist es im Norden üblich, dass man erst zur Hochzeit schreitet, wenn sich Nachwuchs ankündigt, hat man im Süden die Sitten der Nostrier und Mittelreicher übernommen und heiratet kurz nach dem persönlichen Verlöbnis.

Der Kuss unter einem blühenden Birkenzweig ist die traditionelle Form des Eheversprechens. Eine nur noch selten gepflegte Sitte ist der Verlobtenraub (*Unnastiran*), eine Sitte, die aus dem alten Hjaldingard stammen soll. Diese erlaubt es Frau oder Mann, den begehrten Partner für sich einzufordern – nötigenfalls auch mit Gewalt. Der Geraubte ist mitnichten gezwungen, den Ehebund einzugehen. Vielmehr muss er für sechs Monde bei seinem Entführer bleiben, die dieser dazu nutzen kann, das Herz des oder der Geliebten für sich einzunehmen. Gelingt dies nicht, darf der Geraubte frei von dannen ziehen.

In jüngster Vergangenheit machte die Brautwerbung der Obersten Hetfrau Jurga Trondesdottir von sich reden, die den Unnastiran wählte, um ihren Gemahl Finnwulf Dhaenkirsson, einen Mann aus dem traditionellen Norden, für sich zu gewinnen.

Das eigentliche Hochzeitsfest, bei dem der Bund im Kreis der gesamten Ottajasko, Sippe oder Familie besiegelt wird, ist in Thorwal wie anderswo eine Gelegenheit für eine große Feier. Üblicherweise wird diese im Haus des Ehepartners gefeiert, in das der andere umzieht, um sich der Gemeinschaft seines Partners anzuschließen.

Die Hochzeitstraditionen unterscheiden sich von Region zu Region. Dennoch gibt es einige Riten, die nahezu überall Gültigkeit haben: So werden die Brautleute mit symbolischem Schmuck aus Birkenzweigen (Treue), Bernstein (Liebe, Wahrhaftigkeit, Herdfeuer, Wärme) und Hörnern (Fruchtbarkeit) behangen. In den Dörfern des Bodirtals kennt man den Brauch, dass die Verlobten von ihren Freunden zur Hochzeitsstätte getragen werden, damit böse Geister ihre Spur verlieren. Die gleiche Wirkung soll der Brauch haben, bei dem sich das Hochzeitspaar mit starkem Schnaps einreibt, denn Feen und Kobolde können angeblich den scharfen Geruch nicht leiden und halten sich fern.

Der Tag der Hochzeit ist ein Tag der Freude, aber zugleich heißt es auch für einen der beiden Partner, Abschied von seiner Gemeinschaft zu nehmen. Deshalb ist es üblich, dass am Tag nach der Hochzeit die Familie, die die Brautleute nicht aufnehmen wird, Gram und Trauer zur Schau stellt. Zugleich wird ein Ritual vorgenommen, das den Schwur, den er oder sie bei der Ottajara geschworen hat, auf die neue Gemeinschaft überträgt.

Eine Besonderheit ist die Hochzeit zweier Hetleute. Diese kann zur Vereinigung der Ottajaskos führen – insbesondere bei benachbarten Gemeinschaften – und ist eine kluge Methode, zahlenmäßig schwächere Ottajaskos in größeren aufgehen, statt sie bis zur Auflösung weiter bestehen zu lassen. In anderen Fällen wird in einer Ottajasko ein neuer Hetmann oder eine neue Hetfrau gewählt.

Zwar gilt in Thorwal, dass ein jeder sich seinen Partner frei wählen kann, doch bedeutet dies nicht, dass höchst nüchterne Sachzwänge, politische Erwägungen oder Standesdünkel für diese Entscheidung ohne Belang sind. Vor allem in alteingesessenen Sippen wird es ein angesehener und wohlhabender Hersir, der über eine lange Ahnenreihe verfügt, kaum dulden, dass sein Sohn die Tochter eines Knechts heiratet, der zwar auf Heerfahrten seinen Mut bewiesen hat, aber dennoch ohne illustre Ahnenreihe ist. Auch die Tochter der Hetfrau einer traditionsreichen Ottajasko wird sich reiflich überlegen müssen, auf wen ihre Wahl fällt.

Es gibt einige Sagas von Liebenden, die nicht zusammenkommen konnten, weil ihre Familien gegen eine Hochzeit waren, oder von Freundschaften, die zerbrachen, weil man den Freund zwar als Waffengefährten hoch schätzte, aber ihm dennoch die eigene Schwester oder Tochter nicht anzuvertrauen bereit war. Aus solchen unglücklichen Liebesgeschichten werden manchmal Blutfehden, die beide Familien ins Unglück stürzen können.

In ganz Thorwal gilt, dass ein Ehebündnis von beiden Partnern beendet werden kann, wenn Verhalten oder Gewohnheiten des Gatten als unerträglich empfunden werden oder ein unüberwindlicher Streit entstanden ist. Üblicherweise genügt dazu eine Lossagung vor Zeugen (möglichst beider Familien). Wenn es aber Streit über die Kinder oder die Teilung des gemeinsamen Vermögens gibt, wird die Scheidung von einem Jarl vollzogen, und beide Partner müssen sich seinem Urteil unterwerfen.

Medizin

»Seltsames erlebte ich in Thorwal: Als man dem Heiler eine Frau brachte, deren Unterleib von scharfem Stahl durchbohrt worden war, flößte er ihr einen Brei aus Zwiebeln und anderen Wurzeln ein. Nach einer Weile schnupperte er an der Wunde, und zur Bestürzung aller fächelte er mit seiner Hand vor der Nase umher und nickte. Ringsum erhob sich ein Wehklagen und man holte den Gatten der Todgeweihten. Der Heiler erklärte mir, dass den Wunden Zwiebelgeruch entströme, ein sicheres Zeichen, dass die Eingeweide verletzt seien und die Verwundete verloren. Ich habe dieses Mittel später auf dem Schlachtfeld eingesetzt, und ich versichere Euch, es ging niemals fehl.«
—Reisebericht des Feldschers Areion von Ferdok, 1017 BF

»Einmal wurde ich Zeuge einer überaus seltsamen Kur. Ein Jäger war in eine Falle geraten und hatte sich sein Bein so sehr zertrümmert, dass es nicht zu retten war. Sein Gefährte durchtrennte Knochen und Fleisch und tauchte die Wunde in den eisigen Schnee. Nach kurzer Zeit versiegte der Blutstrom, und er konnte den Stumpf verbinden. Die Wunde blieb zu meiner Überraschung trocken und sauber und verheilte gut. Es scheint, als könne Kälte ähnliches bewirken wie die Hitze des Feuers, mit dem man eine Wunde ausbrennt.«
—Andara Siebenstein, Pelzhändlerin aus dem Bornland, 999 BF

Die Profession des Medicus ist in Thorwal mit Ausnahme der Hauptstadt kaum bekannt, ganz zu schweigen von akademisch gebildeten Ärzten. Nichtsdestotrotz bringt man einem Läknir (Arzt, Wundarzt) großen Respekt entgegen. Üblicherweise muss man sich jedoch auf das überlieferte Wissen kräuterkundiger Heiler und Goden verlassen. Auf jedem Hof findet sich jemand, der darin bewandert ist, Wunden zu versorgen und leichte Krankheiten zu behandeln. Allerdings ist er mit seinem Wissen schnell am Ende, wenn aus dem leichten ein hartnäckiges Fieber wird oder ein Knochen gesplittert ist. Ein Dorf, das einen wirklichen Heilkundigen unter seinen Bewohnern weiß, ist zu beneiden. Steht jedoch kein kundiger Heiler zur Verfügung, ist der Erkrankte der Gnade der Götter ausgeliefert. Dennoch sind Thorwaler für ihre zähe Natur bekannt, abgehärtet vom rauen Klima lassen sie sich nicht so schnell durch Krankheit oder Wundschmerz bezwingen.

Dabei ist das Verhältnis zu den Heilkundigen nicht ungetrübt, hegen doch viele den Argwohn, es könne sich um eine *Seidkona* (Hexe) oder einen *Visendamader* (Druiden) handeln, wobei der Begriff *Heilari* ebenso für einen Heiler wie einen Giftmischer benutzt wird. Tatsächlich sind in Thorwal überdurchschnittlich viele Heilkundige magisch begabt – und sei es nur als Magiedilettant (siehe S. 58f.). Verbunden mit dem Wissen, dass eine Medizin einem abergläubischen Thorwaler weit besser hilft, wenn sie mit entsprechendem Brimborium dargereicht worden ist, überrascht die Mixtur aus Wundergläubigkeit und Argwohn nicht, mit dem Thorwaler Heilkundigen begegnen.

Die Heiler der Nordleute sind erfindungsreich, was die Behandlung einer Wunde oder eines Fiebers angeht. Dem Reisenden aus zivilisierteren Gegenden mögen die Hausmittel und Tinkturen befremdlich anmuten, doch darf er auf reiche Erfahrungen bezüglich der Wirksamkeit bauen.

Die Thorwaler fürchten Verwundungen, die zum Verlust der Gliedmaßen führen, denn nach ihrem Jenseitsglauben bedeutet dies, dass sie Swafnir in der entscheidenden Schlacht nur eingeschränkt zur Seite stehen können und dem Walgott nur noch ein schlechter Gefährte sind. In manchen Gegenden geht der Glaube so weit, dass man einen Versehrten nicht als Hetmann oder Hersir dulden will: Wird ein Anführer in der Schlacht verstümmelt, muss er sein Amt aufgeben. Ein thorwalsches Sprichwort sagt: "Wer auf seine Arme und Beine nicht aufpassen kann, der kann es auch nicht auf seine Familie." Doch gibt es Ausnahmen, wie das Beispiel *Hetmann Thurgans von Hjalland* zeigt, der in einer Schlacht seinen Fuß verlor und dem seine Ottajasko dennoch das Vertrauen aussprach.

Bisweilen zieht es einen fahrenden Zahnreißer oder Wunderheiler aus dem Mittelreich nach Thorwal, jedoch seien Angehörige dieser Professionen gewarnt: Thorwaler sind ungemütliche Patienten, und wenn sie das Gefühl haben, übers Ohr gehauen worden zu sein, dann kann sie auch ein Fieber nicht davon abhalten, den Scharlatan zur Rechenschaft zu ziehen.

Tod und Bestattung

Fragt man einen Mittelreicher, wie die Thorwaler ihre Toten bestatten, so wird er vermutlich erzählen, wie der Leichnam auf einer brennenden Otta auf das Meer hinaustreibt, um von Feuer, Wind und Wogen verzehrt zu werden.

Tatsächlich findet dieses ebenso epische wie kostspielige Ritual nur selten statt, nämlich dann, wenn eine bedeutende Persönlichkeit ge-

storben ist oder wenn eine Ottajasko derart dezimiert wurde, dass sie ihr Schiff unmöglich bemannen und instand halten kann.
Dass derlei nicht die Regel sein kann, liegt auf der Hand. Der Tod eines Verwandten würde eine kleine Ottajasko ihrer Lebensgrundlage berauben, wenn sie ihr Schiff dem Toten weihen müsste. Und unter denen, die im Binnenland oder in den Bergen siedeln, herrschen zwangsläufig ganz andere Bräuche.
An der Küste ist die Seebestattung üblich. Sie ist weniger aufwendig als der oben beschriebene Brauch, folgt diesem aber: Der Verstorbene wird auf ein Holzfloß gebettet, das brennend aufs Meer hinaus geschickt wird. Man hofft, durch das Feuer die Aufmerksamkeit der Windstöchter Swafnirs zu erregen, die den Toten dann auf ihren sanften Armen zu ihm bringen.
Fern der Küste werden Tote üblicherweise begraben. Dabei errichtet man Hetleuten und Hersiren in manchen Gegenden beachtliche Grabhügel in unterschiedlicher Gestalt. Mal handelt es sich um ein Steingrab in Form eines Langschiffes, andernorts um einen Erdhügel in Form eines Pottwals, mal wird eine Grube als Ruhestatt hergerichtet, die einem Haus ähnelt. Im Waskirer Hochland bestattet man auch Tote von geringerem Rang in einem Grabhügel, auch wenn dieser kleiner ausfällt als der eines Höherrangigen.
Art und Wert der Grabbeigaben sind regional unterschiedlich. Mancherorts gilt die Regel, dass ein Drittel der Habe des Toten seinen nächsten Verwandten und das zweite Drittel seiner Ottajasko oder Sippe vermacht wird, während er das letzte Drittel mit ins Grab nimmt. Es ist Brauch, dem Toten seinen liebsten Besitz mit auf den Weg zu geben. Die Beigabe von Waffen ist hingegen nur selten üblich. Oft hört man, dass mit dem Toten sein Lieblingshund oder sein Pferd, mancherorts gar treue Waffengefährten oder Lebenspartner bestattet werden, doch ist auch dies nur bei besonders bedeutenden Toten der Fall.
Versäumt man es, den Toten zu seiner Zufriedenheit zu bedenken, kann es geschehen, dass er aus dem Grab aufsteht und seine Familie heimsucht, um das, was ihm zusteht, einzufordern. In diesem Fall bedeutet das eine Schmach für alle Angehörigen, denn einem Toten sein Recht vorzuenthalten, befleckt die Ehre (siehe S. 20).

In einigen Regionen – wie in Svegan und Umgebung – bestattet man die Toten im Moor und versenkt sie, mit Steinen beschwert, mitsamt der Grabbeigaben.
Stirbt ein Thorwaler fern der Heimat, kommt es vor, dass man die Leichen so lange kocht, bis man die Knochen herauslösen kann, die dann für ein würdiges Begräbnis mit in die Heimat genommen werden können.
Die Grablege wird von dem Obersten einer Gemeinschaft, seinem Vertreter oder dem ältesten Kind des Verstorbenen geleitet. Geweihten kommt meist keine besondere Bedeutung zu. Herzstück des Rituals ist das Gedenken an den Toten. Ein Mensch lebt fort in den Erinnerungen der Lebenden. Nicht Trauer prägt die Zeremonie, nicht das Gefühl des Verlustes, sondern der Stolz über die Taten des Verstorbenen. Jedes Mitglied der Gemeinschaft ist gehalten, eine Geschichte über den Toten, seine Vorfahren oder seine Gemeinschaft zu erzählen, auf dass er allen in bester Erinnerung bleibe. Dabei sind es nicht allein Heldentaten, die erzählt werden. Gerade lustige Begebenheiten sind beliebt.

»Es sterben Hab und Gut,
es sterben die Eltern,
und du wirst auch sterben.
Aber das Ansehen stirbt niemals,
das gute, das man sich erworben hat.

Es sterben Hab und Gut,
es sterben die Eltern,
und du wirst auch sterben.
Aber ich kenne eines, das niemals stirbt:
das Urteil, das über jeden Toten gefällt wird.«
—Verse 76 und 77 der Orgen-Saga

In ihrem Jenseitsglauben sind sich die Thorwaler einig, dass sie nach ihrem Tode an Swafnirs Seite eilen werden. Doch wie und zu welchem Zweck, darüber scheiden sich die Geister. Die einen glauben, dass sie mit ihm für alle Zeiten übers Meer ziehen oder auf Swafnirs Eiland endlose Feste feiern werden.
Insbesondere an der Küste und unter Kriegern ist der Glaube verbreitet, dass die Toten gleich an Swafnirs Seite gerufen werden, um dem Gottwal bei der Endschlacht gegen Hranngar beizustehen. Es heißt, sie werden ihm zu seinem Sieg verhelfen. Sobald sie all ihre Aufgaben erfüllt haben und bereit sind, ihm bestmöglich zu dienen, ruft Swafnir sie zu sich. Die Tapfersten, die im Kampf mit der Waffe in der Hand sterben, werden dabei seine Heerführer sein. Das erklärt den besonderen Wagemut der Thorwaler Rekker (sprich: der Thorwaler Krieger) im Gefecht, weil sie Swafnir durch ihre Kühnheit auf sich aufmerksam machen möchten. Aus dem gleichen Grund nehmen an manchen Kriegszügen sogar Alte und Gebrechliche teil, um die letzte Möglichkeit zu ergreifen, sich einen besonderen Platz in Swafnirs Gefolge zu sichern.
In ländlichen Gegenden und weniger kriegerischen Gemeinschaften ist der Glaube verbreitet, dass die Toten vor dem großen Kampf an Swafnirs Seite an Travias Festtafel sitzen werden. Hier trifft man seine Vorfahren wieder und stärkt sich für die entscheidende letzte Schlacht gegen die schreckliche Hranngar.
Es gibt in der Vorstellung der Thorwaler keine festen Grenzen zwischen der Welt der Lebenden und dem Reich der Toten. Deshalb ist es möglich, dass ein Verstorbener in die Welt der Lebenden zurückkehrt, um zum Beispiel seine Nachfahren vor einer Gefahr zu warnen. Auch den Lebenden ist es möglich, mit den Toten in Kontakt zu treten, um eine gewünschte Auskunft zu bekommen. Sendboten aus dem Jenseits sind Thema einer Vielzahl von Sagas, und Träumen, die ein Verstorbener gesandt hat, misst man große Bedeutung bei.
Der Weg ins Jenseits ist nicht ohne Gefahren, denn in der Zwischenwelt lauern Übel wollende Geister und verlorene Seelen, die den Verstorbenen vom Weg abzubringen versuchen. Wer auf diesem Pfad fehlgeht und sich verirrt, ist dazu verdammt, dort so lange zu wandeln, bis ein Sterblicher ihm den Weg eröffnet. Auch die, die ehrlos gestorben sind, Frevler oder andere, die sich Swafnir nicht als würdig erwiesen haben, können den Weg zu seinen Hallen nicht finden und müssen in einer trostlosen Wüstenei ausharren, wo schroffe Felsen ihnen den Pfad verstellen und Nebel ihre Sinne täuschen. Diese herumirrenden Seelen sind voller Bitternis und böser Gedanken; sie sind neidisch auf die Lebenden und suchen sie voller Boshaftigkeit heim.
Selbst einem rechtschaffenem Menschen kann es geschehen, dass er nicht zu Swafnir findet, weil er eine wichtige Aufgabe noch nicht erfüllen konnte, bevor der Tod ihn ereilte. Dann ist es an seinen Verwandten, dies zu erledigen, damit er Frieden finden kann. In seltenen Fällen sendet Swafnir sogar Krieger zurück ins Diesseits, um ihren Verwandten mit einem Rat oder einer Mahnung beizustehen.
Die Selbsttötung ist ausdrücklich verpönt. Nach dem Glauben der Thorwaler hat das Schicksal für jeden eine Aufgabe vorherbestimmt, und kein Sterblicher kann wissen, wann sie erfüllt ist. Sich zu töten bedeutet, dem Schicksal ins Handwerk zu pfuschen und damit Gefahr zu laufen, das, wofür man geboren ist, nicht zu erfüllen. Dies ist der Weg, den die Versager gehen, die, an die man sich nicht erinnern wird, und diese werden in Efferd oder Firun aufgehen, also gänzlich verschwinden. Aus dem gleichen Grund gilt auch Mord als verabscheuungswürdiges Verbrechen, weil das Opfer daran gehindert wird, sein Schicksal zu erfüllen. Womöglich muss der Mörder diese Aufgabe als Buße übernehmen, bevor er selbst Frieden finden kann. Ein Rachemord ist somit eine zwiespältige Sache, weil man zwar die verpasste Lebensaufgabe rächt, gleichzeitig aber einen anderen Lebensfaden vor der Zeit abschneidet.

Hautbilder

»[...] "Malt Ihr das Bild nach jedem Bade neu, oder ist es eine besondere Farbe, die dem Wasser trotzt?", wandte ich mich an Thorske.
"Malen ... Farbe ... was faselst du?"
Er sah mich unter zusammengezogenen Brauen durchdringend an.
"Nun, ich wollte Euch nicht zu nahe treten ...", verzweifelt suchte ich nach den richtigen Worten, während fünf Augenpaare mich eindringlich musterten. "Ihr Thorwaler seid doch als so reinlich bekannt ... und ich dachte mir, dass es recht mühselig sei, ein solches Kunstwerk immer neu zu malen ..."
Alvida warf den Kopf in den Nacken und stieß ein schallendes Gelächter aus.
"Er glaubt tatsächlich, dass es aufgemalt ist", prustete sie, dabei schlug sie sich auf die Schenkel, dass es klatschte. Und nun stimmten auch die anderen laut und dröhnend ein. [...]
Nachdem sie sich wieder beruhigt hatten, ergriff Swangard das Wort. "Unsere Hautbilder sind nicht aufgemalt, und man kann sie auch nicht abwaschen, da sie mit Nadeln in die Haut gestochen werden."
"Mit Nadeln in die Haut?" Ich sah sie ungläubig an. "Aber das muss doch schrecklich weh tun!"
Sie schnaubte nur verächtlich. [...]«
—aus einem Brief des Kaufherren Eslam Kyperloff aus Ouvenmas, 1003 BF

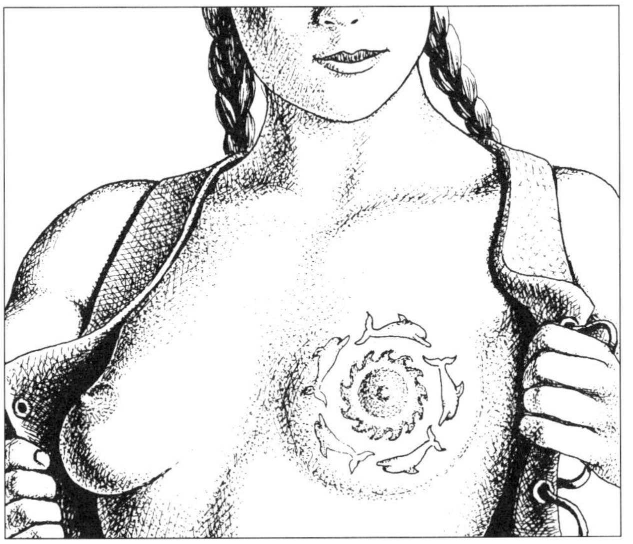

Die Sitte, sich Hautbilder stechen zu lassen, ist bei den Thorwalern weit verbreitet: in Form von Ornamenten, Bändern, heiligen oder magischen Symbolen oder einfach als bunte Bilder. Schutzzeichen, Initiationsritus oder einfach nur als Schmuck – die Bedeutung der Tätowierungen ist außerordentlich vielfältig. Bei einigen Thorwalern kann man an den Armen die blanke Haut nicht mehr erkennen, so dicht reihen sich verschlungene Zierbänder um leuchtend bunte Bildnisse von Walen, Delphinen und anderen Meeresbewohnern aneinander. Dabei dienen die Hautbilder nicht nur zur Zierde, sondern auch zur Abschreckung.
Gerade die Funktion als Schutz- und Zweckzeichen spielt bei den Thorwalern eine wichtige Rolle. Man sticht Hautbilder zur Abwehr von Krankheiten, zum Schutz vor Übel oder zum Lindern von Schmerzen. Manche Bilder sollen sogar Zauberkräfte haben und ihren Trägern besondere Fähigkeiten verleihen. Manche Hautbilder bezeugen die Zugehörigkeit zu einer Gemeinschaft. Ein besonderes Beispiel ist die blutrote Swafnir-Rune, die jedes Swafnir-Kind tragen muss. Unter den Kriegern der Hetskari ist das Bild des Pottwales im Wellenkranz verbreitet. Dieses Bild gilt als Ehrenzeichen, und es nachzumachen gilt als ehrlos.
Es gibt viele Bilderstecher in Thorwal, doch einige sind als wahre Meister weithin bekannt. In Olport ist das Ingirvald Beornsson von der Runajasko, dessen Runen man besondere Zauberkraft nachsagt.

Die Geschwister Swanja und Hergrim in Overthorn haben ihre Kunstfertigkeit wohl von ihrem Vater Swenjar Haldason geerbt. Der elfenblütige Bragan Vaermhager, der mittlerweile in Salza lebt, mischt besonders klare, leuchtende Farben. Den Hautbildern der Nivesin Nijennin Likiainsdoder aus dem Waskirer Hochland hingegen soll sogar Heilkraft innewohnen.

Von Rübensirup und Fischmus – Die thorwalsche Küche

Nur wenig Rühmliches ist über die Küche der Thorwaler zu hören. Zu merkwürdig muten die Zutaten an, die die Nordländer freimütig miteinander vermengen: Räucherfisch mit Holzbirnenmus in dickem Rübensirup, gesüßter Dinkelbrei mit Hammelfleisch und Stockfisch, Schwarzsauer aus geronnenem Lämmerblut und Essig sind in der Tat Gerichte, die nur den erfreuen können, der von Kindesbeinen an daran gewöhnt ist.

Die Kochkunst des Alltags ist einfach und rustikal: Eintopfgerichte, die im Kessel über Stunden köcheln, und am Spieß Gebratenes erfreuen sich großer Beliebtheit. Man schätzt die Kombination von herzhaft oder säuerlich mit süß und gibt gerne Obst in würzige Speisen. Gewürzt wird mit örtlich zu findenden Kräutern: wildem Knoblauch, Minze, Melisse, aromatischem Siebenwurz, dem feinen Elfenkraut, dem scharfen Bornlauch und Salz. Pfeffer ist in der Regel nicht erschwinglich.

Dass thorwalsche 'Gaumenfreuden' sich auf solche Art entwickelt haben, ist auch dem kargen Land geschuldet: dem Mangel an vielem und dem Überfluss an wenigem. Schon das einfache Sauerdunkelbrot ist im hohen Norden eine Festspeise, die entsprechend selten aufgetafelt wird. Reichlich vorhanden sind Fisch und Krebsgetier. Man kennt vielerlei Zubereitungsarten und versteht sich zudem auf die Konservierung durch Trocknen, Einsalzen und Räuchern. Fisch ist eines der wichtigsten Nahrungsmittel auf großer Fahrt, wie etwa der Varnheimer Holzfisch, den man kräftig einsalzt und in der Sonne trocknen lässt, bis er hart wie ein Brett und außerordentlich haltbar ist. Dieser wird, um ihn wieder genießbar zu machen, in Wasser, Buttermilch oder Bier eingeweicht.

Eine besondere Delikatesse jüngeren Datums ist das Bilkuer Fischblut, ein Extrakt, das man aus Fischen und Traubenmost gewinnt. Dazu lässt man unausgenommene kleine Fische über Wochen in der prallen Sonne verderben, fängt die sich bildende Flüssigkeit auf, schlägt sie durch ein feines Tuch, salzt sie kräftig und versetzt den Saft mit Traubenmost. Diese Spezialität wird gerne zum Würzen verwendet.

Getreidefelder findet man vornehmlich im südlichen Thorwal (und entlang des Güldenlandstroms). Dort sind Dinkel- und Gerstengrütze regelmäßige Mahlzeiten, die je nach Wohlstand der Familie mit weiteren Zutaten verfeinert werden. Im kargen Norden spielt der Getreideanbau nur eine untergeordnete Rolle, hier wird das Brot vornehmlich ohne Sauerteig zubereitet, bleibt dementsprechend flach und wird hart, sobald es erkaltet.

Das berühmte doppelgebackene Olporter Knack- oder Schiffsbrot ist zwar weniger schmackhaft als gewöhnliche Brotsorten, dafür aber bei Seeleuten auch außerhalb von Thorwal wegen seiner Haltbarkeit beliebt.

Kohl, Spinat, Rauke und Rüben sind die am weitesten verbreiteten Gemüsesorten. An Obst gibt es allerlei Beeren, dazu kleine, oft säuerliche Äpfel, die holzigen Thosäpfel, mehlig-süße Bodirbirnen und bittere Holzbirnen. Fleisch ist vor allem im Norden ein wichtiger Bestandteil des Speisezettels, doch gibt es wenig Außergewöhnliches. Genannt seien hier der Olporter Honigschinken aus Schaffleisch und der würzige Svafdûner Landschinken.

Auch Milch, Milchspeisen wie Sauermilch und Käse gehören zu den wichtigen Nahrungsmitteln. Vor allem Letzterer zeichnet sich durch eine hohe Lagerfähigkeit aus.

Wiewohl das Thorwaler Land relativ wildreich ist, wird Wildbret seltener verspeist, denn mit Ausnahme der Bewohner des Hinterlandes sind die Thorwaler keine ausgemachten Jäger. Schnee- und Moorhühner, Wildenten, Orklandkarnickel und anderes Niederwild zählen zur häufigsten Beute, Karene und Hirsche, die ausdauernde Jagd erfordern, weit weniger. Im hohen Norden macht man Jagd auf Robben und Seetiger. Das Fleisch des Seetigers hat einen eigentümlichen, tranig-fischigen Geschmack und wird für gewöhnlich getrocknet oder eingesalzen. Nur Leber und Speck werden möglichst frisch verspeist, die Leber sogar roh. Walfleisch, eine besonders nahrhafte Delikatesse, findet sich ausschließlich dann in den Kesseln, wenn ein verendeter Wal angeschwemmt wurde: ein Geschenk Swafnirs. Auch Walfleisch mutet dem ungeübten Gaumen höchst eigentümlich an. Vor allem der gebratene Speck des Tieres, eine besondere Leckerei, die man in kleinen Würfeln darreicht, kaut sich so zäh wie ein Stück Leder.

Die Haltung von Hühnern und Enten ist in Thorwal mit Ausnahme der größeren Städte und dem Süden nahezu unbekannt. Man sammelt die Eier von Wildvögeln, an der Küste von Möwen und anderen Seevögeln. Gänse sind überall dort verbreitet, wo Travia ihre gütigen Schwingen ausbreitet, doch werden nur die Eier verwendet.

Wer, außer Trollen, ist genauso versessen auf Süßes wie Thorwaler? Lakritz und Zuckerschaum, Honigmilch, Sirupbrot und Mandelcreme lassen das Herz jedes Thorwalers höher schlagen, und es gibt böse Zungen, die behaupten, dass zwischen Trollen und Thorwalern nicht nur in ihrer Versessenheit auf Naschwerk kein Unterschied besteht. Honig und Zuckerrüben kommt deswegen in der thorwalschen Küche ein besonderer Stellenwert zu – wobei die Zuckerrübe in Thorwal erst seit der mittelreichischen Besetzung bekannt ist und als leicht anzubauendes, genügsames Gemüse seitdem einen regelrechten Siegeszug gehalten hat. Es gibt kaum eine Speise, die nicht mit einigen Löffeln Sirup gesüßt wird, was vielleicht auch daran liegt, dass Sirupspeisen als besonders Kraft spendend gelten.

Eine besondere Liebe gilt dem Zimt und der Vanille, die schon Grund für blutige Raubüberfälle waren und die als Zutat zu würzigen und süßen Gerichten geschätzt werden.

Aus Nüssen, Honig, Sahne und Sirup weiß man herrlich bunte und fantasievolle Köstlichkeiten zu schaffen, bei denen man den bunten Pasten auch gerne die Form von Fischen, Pottwalen, Delphinen, Zuckerbirnen, Kandisäpfelchen und Ähnlichem verleiht. Und wenn man darauf verzichtet, sie in die Fischgrütze zu rühren, dann schmecken sie auch vortrefflich.

Vom Trinken!

Wenn es irgendeine thorwalsche kulinarische Errungenschaft zu aventurienweitem Ruhm gebracht hat, dann das berühmte Premer Feuer, jener legendäre Schnaps, von dem es heißt, er sei so klar und rein anzuschauen wie Ifirns Augen, aber so heftig wie Firuns Eishauch. Echtes Premer Feuer brennt mit zartroter Flamme. Nur wenige Thorwaler Sippen verstehen sich auf die Kunst, dieses edle Getränk zu brennen, und sie hüten dieses Geheimnis wie ihren Augapfel. Nachgemachtes Feuer findet sich überall in Aventurien, aber man hüte sich tunlichst, einem Thorwaler von Format falsches Feuer als rein einzuschenken – diesbezüglich verstehen sie gar keinen Spaß.

Nicht nur in der Premer Gegend weiß man gute Schnäpse zu brennen. Genannt seien der goldgelbe Waskirer aus Dinkel, der siruparige Honigschnaps, Salzatran genannt, und die Bodirer Eichengalle, ein überaus bitteres und starkes Getränk, von dem es heißt, dass selbst ein Elf davon Haare auf der Brust bekäme – und das unabhängig vom Geschlecht.

Südlich der Hjaldorberge braut man vornehmlich dunkles und kräftiges Bier mit wenig Schaum, aber auch leichteres Gebräu für den Alltag. Der Thorwaler liebt nicht nur süße Speisen, sondern auch süße Getränke: Honigwein und Honigbier, Beerenweine und -schnäpse.

Trotz dieser Aufzählung soll man jedoch nicht glauben, die Thorwaler gäben sich tagaus, tagein alkoholischen Getränken hin. Alltagsgetränke sind und bleiben Quellwasser, Molke und Sauermilch.

Feste und Spiele

Thorwaler können durchaus als spielbesessen bezeichnet werden. Neben Arbeit bleibt in den langen Wintern auch wenig anderes zu tun. An erster Stelle stehen Brett-, Karten- und Würfelspiele: das thorwalschen *Hneftafl* ('Hund hinter dem Hasen') und das mittelreichische (Würfel-)*Boltan*. Aus dem Brettspiel *Kvatra* ist das Sprichwort abgeleitet "kasta deuss ok ass" (die Zwei und das As werfen), was soviel bedeutet wie "das schlechteste Los ziehen".

Üblicherweise steht bei allen Spielen der Spielspaß im Vordergrund, und nicht der materielle Gewinn, denn ein ausgeprägtes Glücksspiel würde oft zu Streit führen.

Sehr beliebt sind Rätselspiele: Ein Meister im Erfinden neuer geistreicher Rätsel und Wortspiele wird im Norden hoch geachtet. Ein zweischneidiges Schwert sind dagegen die durchaus beliebten satirischen Pantomimen (*Flimtan*). So gerne man in Thorwal geistreichen Spott hören mag, persönlich will man dann doch nicht betroffen sein. Schnell fühlt sich jemand in seiner Ehre gekränkt, was zu blutigen Auseinandersetzungen führen kann.

Auch im Freien gehen die Thorwaler sportlichen Spielen nach: Rudern, Laufen, Springen, Schlittschuhlaufen und insbesondere Schwimmen und Ringkampf werden von allen Nordleuten gerne und häufig betrieben. Der thorwalsche Ringkampf (*Glima*) weist einige Besonderheiten auf: Die Gegner tragen Lederriemen um Taille und Schenkel, an denen einer den anderen zu packen versucht, um ihn zu Boden zu werfen.

Bei öffentlichen Festen misst man gerne Geschicklichkeit und Kraft miteinander, wobei die Thorwaler überaus einfallsreich darin sind, immer neue Aufgaben zu ersinnen. Auch spielerische Waffengänge sind beliebt. In manchen Gegenden ergötzt man sich an Pferdekämpfen, bei denen zwei Hengste aufeinander gehetzt werden. Ein Pferd hat gesiegt, wenn das andere zu Boden gezwungen wurde oder den Wettkampfplatz mehr als 50 Schritt verlässt.

»Neun Künste beherrsche ich –
ich spiele gekonnt auf dem Brett,
irre mich selten bei den Runen;
lesen, Eisen und Holz schneiden kann,
weiß auf Skiern über den Boden zu gleiten,
verstehe einen Bogen zu benutzen,
nach Herzenslust zu rudern,
bin fähig, meinen Geist der einen oder
anderen Kunst zu widmen, die da sind:
die Verse des Dichters und das Spiel der Harfe.«
—Lied vom ehemaligen Obersten Hetmann Tronde Torbensson

Imman

Imman ist eine thorwalsche Erfindung und inzwischen das beliebteste Mannschaftsspiel Aventuriens, das von Paavi bis Brabak begeisterte Anhänger gefunden hat. Jedes Kind kennt die Regeln und kann erklären, was ein 'Kaiser im Abseits', ein 'Madaball' oder ein 'Elfenroller' ist. Beim Imman treten zwei Mannschaften gegeneinander an, um mittels eines Schlägers aus Eschenholz einen kleinen, mit Leder umwickelten Korkball ins gegnerische Tor zu befördern. Die Mannschaftsstärke beträgt 15 Spieler, das Feld ist 140 x 80 Schritt groß. Die Regeln, früher einigermaßen 'freizügig', sind zwar im Laufe der Zeit ein wenig eingeschränkt worden, aber eine blutende Nase oder einen ausgeschlagenen Zahn muss man schon einstecken können. Überall in Thorwal finden sich Imman-Mannschaften, die erfolgreichsten sind *Orkan Thorwal, Pottwal Prem* und *Hjaldinga Olport*.

Feste in Thorwal

● Neujahrsfest

Datum: 1. Praios (Midsonnmond)

Verbreitung: ganz Thorwal, mit großen regionalen Unterschieden

Feier: Feierlichkeiten zu Beginn des neuen Jahres, Hoffnung auf ein gutes Jahr (verbunden mit Opferungen). Vor allem im Süden entzündet man große Feuer, um der Sonnenscheibe auf ihrer beschwerlichen Reise durch das Jahr und in Hinblick auf die langen und finsteren Wintermonate zu helfen.

Bedeutung: Man gedenkt der Landung der Hjaldinger in Aventurien und freut sich darüber, die finsteren sternenlosen Tage überwunden zu haben. Kleine Opfergaben (Speisen, Trankopfer) werden dargebracht.

● Erntefest

Datum: im Laufe des Rondra (Kornmond) (im Norden später, im Süden früher)

Verbreitung: ganz Thorwal

Feier: dörfliche Feierlichkeiten zum Dank für den fruchtbaren Boden beziehungsweise Opferungen von Vieh und Korn für eine gute Ernte. Travia und/oder Ifirn werden Dankesgaben dargereicht.

Bedeutung: Dankesfeier

● Tag des Wassers / Swafnirtag
(einer der wichtigsten Feiertage in Thorwal)

Datum: 1. Efferd (Heimamond)

Verbreitung: ganz Thorwal

Feier: große öffentliche Feierlichkeiten mit Märkten und (vor allem im Süden) auch Gauklern und sonstigen Lustbarkeiten. Unter anderem wird an diesem Tag das berühmte Bootsrennen zwischen Thorwal und Prem gefeiert. In den Küstenregionen legt man regionale Hjaldings gerne auf den Folgetag.

Bedeutung: Es ist nicht mehr genau zu sagen, ob der Feiertag nicht vielmehr auf die Zeit der mittelreichischen Besatzung zurückgeht. Doch inzwischen hat man den 1. Efferd vielerorts zu einem Swafnirtag gewandelt.

● Fischerfest

Datum: 30. Efferd (Heimamond)

Verbreitung: an der ganzen thorwalschen Küste

Feier: das Pendant zum Erntefest für die Fischer

● Tag der Heimkehr

Datum: regional unterschiedliche Tage im Travia (Schlachtmond)

Verbreitung: ganz Thorwal

Feier: ein thorwalsches Familientreffen mit rituellen Waschungen, die thorwalsche Gastlichkeit wird noch größer geschrieben, als es sowieso schon der Fall ist (selbst Friedlose sind an diesem Tag als Gäste willkommen). Kleinere Gottesdienste werden abgehalten, das Herdfeuer brennt den ganzen Tag und die folgende Nacht lang (regionale Unterschiede). Dieser Tag beendet die Ausfahrten auf See, Ottas und Jolskrimi werden winterfest gemacht. Im Waskirer Hochland werden an diesem Tag außerdem die Blutfehden der Ottajaskos / Sippen 'erneuert'. Man erinnert sich, mit wem man in Fehde liegt und warum und schwört, diese Fehden im nächsten Jahr zu verfolgen. Im Jarltum Steineichenwald sowie anderen waldreichen Regionen Thorwals findet an diesem Tag zudem die 'Große Wildhatz' statt.

Bedeutung: Die wichtige Bedeutung der Gemeinschaft und der Gastlichkeit wird betont.

● Tag der Treue

Datum: 12. Travia (Schlachtenmond)

Verbreitung: Südthorwal und Waskirer Hochland

Feier: öffentliche Feste mit Markttagen und allerlei Kurzweil. Insbesondere im Südthorwaler Binnenland und Waskirer Hochland werden an diesem Tag regionale Hjaldings abgehalten.

Bedeutung: Schwurtag, Treueeide und Freundschaftsschwüre werden erneuert.

● Winterbruch und -sonnenwende / 'Ifirns Milde'

Datum: 1. Firun (Grimfrostmond)

Verbreitung: ganz Thorwal

Feier: Mit kleinen Opfergaben an Ifirn wird um einen milden Winter gebeten. Man erweist auch Firun die Ehre, um ihn nicht zu verärgern und seinen grimmen Frost herbeizubeschwören. Außerdem gilt es natürlich zu feiern, dass die Tage von nun an wieder länger werden (besonders im 'dunklen Norden' von Bedeutung), wobei man für das neue Licht symbolisch größere Feuer entzündet (Erneuerung des Lichtes, wie beim Neujahrsfest als Orientierung für die Sonnenscheibe). Regional wird in vielen Gegenden der Winterunhold gejagt, entweder eine Strohpuppe, die verbrannt wird, oder ein Freiwilliger, der als 'Ungeheuer' verkleidet durch das Dorf läuft und von der Dorfjugend mit Ruten, Rasseln und viel Aufhebens vertrieben wird. Dabei handelt es sich um das symbolische Austreiben des Winters.

● **Ifirns Dank**

Datum: erster Sonnentag im Phex (Friskenmond)

Verbreitung: Nordthorwal, in Olport und an der angrenzenden Küste

Feier: ein fröhliches Dankesfest, das das Ende der langen Mittwinternächte besiegelt.

Bedeutung: Man dankt Ifirn, dass sie das Herz (ihres gestrengen Vaters) Firuns erweichen konnte. Je früher der Tag kommt und je schöner er wird, desto besser. Bleibt der ganze Monat ohne einen schönen Sonnentag, ist dies ein sehr schlechtes Omen.

● **Tag der Strudel**

Datum: 9. Ingerimm (Faramond)

Verbreitung: rund um den Golf von Prem

Feier: Feierlichkeiten anlässlich der Bezwingung der Krakenmolchinvasion aus dem Golf von Prem durch das Wirken der Swafnir- und Efferd-Geweihten. Dies ist einer der jüngsten Feiertage in Thorwal. Symbolische Hatz von selbst gebauten 'Krakenmolch-Ungeheuern', außerdem wird buntes Gebäck in Form von Strudeln, Mahlströmen und Kraken verteilt. Große Feiern zu Ehren Swafnirs.

● **Schafschur**

Datum: meist im Rahja (Vinmond), im Süden mitunter auch schon früher; im Norden nach langen Wintern auch später, vornehmlich an Markttagen

Verbreitung: regionale Feste überall in Thorwal, wo intensiv Schafzucht betrieben wird (zum Beispiel das Färahjuding in Enskar, siehe auch S. 109)

Feier: Auf öffentlichen Plätzen werden die Schafe geschoren, die aus den umliegenden Gegenden zusammengetrieben werden. Schafschur-Wettkämpfe, Versteigerung der Lämmer (in größeren Städten auch anderes Vieh), Jahrmarkt.

● **Sumarblot (Sommersonnenwende, eines der wichtigsten Feste der traditionellen Thorwaler)**

Datum: 17. Rahja

Verbreitung: ganz Thorwal, mit starken regionalen Unterschieden (Blutopfer nur dort, wo der Einfluss mittelreichisch geprägter Geweihter gering ist)

Feier: Festgelage in der eigenen Gemeinschaft, zu dem man befreundete Gemeinschaften einlädt.

Bedeutung: Man drückt seine Verbundenheit mit den Schicksalsmächten aus und versucht, sie gewogen zu halten; Gedenken an die Ahnen.

Gebäude in Thorwal

Die meisten denken bei einem typischen thorwalschen Dorf an eine Ansammlung von Langhäusern. In der Tat ist das Langhaus (*Jolskrim*) die vorherrschende Behausung zwischen Kendrar und Enskar (siehe Abbildung unten). In einsamen und gefährdeten Gegenden findet der Reisende häufig die so genannte *Herborg* vor, eine Ansammlung von vier rechtwinklig zueinander angeordneten und von einer runden Palisade umgebenen Langhäusern.

Ein Jolskrim hat eine Länge von fünfzehn bis vierzig und eine Breite von fünf bis zwölf Schritt. Die Seiten- und Giebelwände bestehen aus schweren Holzbalken, seltener aus großen Bruchsteinen. Das Dach ist eine feste Konstruktion aus dicken Bohlen, die oft bis zum Boden heruntergezogen sind, und das mit Schilfstroh oder (häufiger) Holzschindeln gedeckt wird, wobei die Zwischenräume mit Gras ausgestopft werden, so dass es selbst schwersten Stürmen trotzen kann. Der Dachfirst hat die Form eines Schiffskiels und seine Enden sind zumeist mit geschnitzten Figuren der Tierwelt oder der Mythologie geschmückt, Drachen oder Seeschlangen, die alles Schlechte vom Haus und seinen Bewohnern fern halten sollen. Auch Gänse- und Schwanenflügel oder Wale kommen vor, da sie als Glücksymbole gelten, und bisweilen sind die Dächer wie die Segel eines Langschiffes bemalt.

Von vereinzelten Dachluken und Lüftungsschlitzen abgesehen, besitzen viele Langhäuser keine Fenster. Stattdessen finden sich in den Giebelwänden oder in seitlichen Auslegern große Türen, mit denen das Haus durchlüftet werden kann.

Zentraler und oft einziger Raum des Langhauses ist die *Halla*. Dort verrichten Männer wie Frauen die tägliche Arbeit, zum Beispiel am Gewichtswebstuhl, an dem die Stoffe für Kleidung und für Wandbehänge hergestellt werden. Die Halla beherbergt zudem die Schlafstellen aller Hofangehörigen, lange Bänke entlang der Wände, auf denen man sich seine Schlafstatt herrichtet. Auf reicheren Höfen ist es üblich, dass das Familienoberhaupt und sein Gemahl eine geschlossene Schlafkammer haben. Dort findet sich auch eine weitere abgetrennte Kammer für Kranke oder Frauen im Kindsbett. Üblicherweise führt die Eingangspforte unmittelbar in die Halla, es gibt jedoch auch Langhäuser mit einem Eingangsraum, wo man nasse Kleider ausziehen oder Werkzeuge, die man nicht täglich draußen benötigt, abstellen kann. Die meisten thorwalschen Langhäuser verfügen zudem über verschiedene Anbauten, beispielsweise einen Abort, der zur selben Zeit von mehreren Leuten benutzt werden kann und über Abflussrinnen verfügt, oder den Vorratsraum, in dem vor allem Milcherzeugnisse gelagert werden. Das *Skyr*, ein dem Joghurt ähnliches, säuerliches Milchprodukt, und die Skyr-Säure werden in großen Holzfässern gesammelt und in die Erde eingegraben, um für Kühlung zu sorgen. Ein strenger, säuerlicher Geruch ist dennoch unvermeidbar. Bei größeren Höfen findet man zudem eine separate Stube, die zugleich Aufenthalts- und Arbeitsraum ist. In einem Zwischengeschoss, das nur über Leitern zu erreichen ist, lagern Heu und Stroh. In den seltensten Fällen sind Langhäuser unterkellert.

Wenn diese Bauweise auch typisch für viele thorwalsche Häuser ist, so ist sie doch keineswegs die einzig bekannte. Auch rechteckige, massive Blockhäuser mit flachem Giebel und schlitzartigen Fenstern sowie hohe Rundtürmen, die als letzte Fluchtmöglichkeit genutzt werden können, sind kein ungewöhnlicher Anblick. Bei diesen Bauwerken, die nur mit schwerem Gerät einzuneh-

Das Grassodenhaus

Am Beispiel des Thorkelshofs, zwölf Meilen südlich von Enskar, soll das Grassoden- oder Torfhaus erläutert werden. Zum Bau verwendet man 'Strengjatorf', das sind lange, schmal geschnittene Torfstücke, die an den Wänden im Zickzackmuster angebracht werden. Sie bedecken das eigentliche Gerüst aus dünnen Holzbrettern. Auch das Dach ist mit einer dicken Schicht aus Grassoden bedeckt. Das thorwalsche Gras wächst sehr kräftig, daher bildet der Torfrasen eine starke und dauerhafte Verbindung von Wurzeln und Erde. Ein Torfhaus kann bei gemäßigten Regenfällen bis zu einem Jahrhundert überdauern, obwohl die Faustregel besagt, dass es einmal pro Generation erneuert werden sollte.

1. Eingangskorridor (Göng)
Zusätzlich zur Vordertür schützen zwei Zwischentüren die Wohnräume vor dem Eindringen kalter Luft.

2., 5. und 12. Gästekammern (Gestastofa)

3. Küche (Eldhus)
Hier wird für alle gekocht. Außerdem dient die Küche als Räucherkammer: 'Hangikjöt' (geräuchertes Fleisch) hängt von der Decke herab. Feuer macht man mit Torf oder getrockneten Schafsdung.

4. Hauptvorratsraum (Nordurbur)

6.–8. Wohnstube (Husstofa)
Hier speisen, arbeiten und schlafen der Bauer, seine Familie und die Knechte. Oftmals schlafen mehrere Personen in einem Bett.
Die Betten dienen zugleich als Sitzgelegenheit. Die Husstofa ist in drei Räume aufgeteilt. In Nr. 6 stehen die Betten der Kinder, im mittleren Teil (Nr. 7) steht das Spinnrad, aber auch Musikinstrumente, und in Nr. 8 schläft das Bauernpaar.

9. Das Brandhaus (Brandahus)
Dieser Raum wird benutzt, um Wasser hinein- und Asche hinauszutragen. Die einzige Tür des Raumes dient zudem als Notausgang bei einem Feuer im vorderen Teil des Hauses. Hier steht auch die Handkornmühle.

10. Der Vorratsraum (Langabur)
In den Fässern, die hier stehen, werden 'Slatur' (Innereien, Blut- und Leberwurst und Schafskopfsülze, eingelegt in saurer Molke) und 'Skyr' (Joghurt-ähnliches, säuerliches Milchprodukt) aufbewahrt. Die ungeheizten Räume sind kühl: ideal, um Lebensmittel aufzubewahren.

11. Die Milchkammer (Mjolkurbur)
Frische Milch wird in flache Holztröge gefüllt. Daraus werden zum Beispiel Butter und 'Skyr' (siehe oben) hergestellt.

13., 14. und 16. Lagerräume (Skemmur)
Nr. 16 ist auf dem Thorkelshof der Lagerraum für Brennmaterial wie Torfstücke und Schafdung.

15. Schmiede (Smidja)
Viele thorwalsche Bauernhöfe haben ihre eigene Schmiede. Sie ist nötig, um die Sensen zu schärfen und die anderen Werkzeuge und Geräte für die Landwirtschaft instand zu halten oder zu fertigen.

men sind, befindet sich der Eingang meist im ersten Stock und kann nur über eine Leiter erreicht werden. Vor allem im Norden Thorwals stößt man auf die so genannten *Grassodenhäuser* (siehe Kasten), eigentümliche, hügelartige Gebilde, die dem oberflächlichen Betrachter kaum wie menschliche Behausungen vorkommen mögen.
Es ist üblich, die verschiedenen Gebäude – zum Beispiel Gästehaus, Lagerräume, Badehaus, Räucherkammer und Schmiede – eines Hofes in einer Reihe nebeneinander und hintereinander zu bauen. Dadurch entsteht ein ganzer Gebäudekomplex, der einem kleinen Dorf ähnelt.

Badehäuser

Die Thorwaler sind ein reinliches Volk, und das gemeinsame Bad ist ein beliebtes Vergnügen. Man erweist einem Gast seine besondere Wertschätzung, indem man ihn zu einem gemeinsamen Bad einlädt.
Es gibt kaum einen Hof ohne eigene Badestelle: ein natürlicher Weiher oder ein künstliches Becken unter freiem Himmel, im Norden häufig von einer heißen Quelle gespeist.
Bei rauer Witterung erfreuen sich Badehäuser großer Beliebtheit. Meist sind es einfache Holzhäuser mit Bottichen oder in den Boden gegrabenen Becken. In größeren Badehäusern wird das Wasser in einem Heizhaus in mächtigen Kesseln erhitzt, wenn man nicht das Glück hat, über eine eigene heiße Quelle zu verfügen.
Im Gegensatz zum üblichen Badevergnügen vollziehen die Thorwaler ihre rituellen Waschungen nach der Heimkehr meist in kaltem Wasser, im Winter gar in einem Becken voll Schnee, der erst durch die Körperwärme schmilzt. Das härtet ab, und alles Ungute aus der Fremde soll zudem an kaltem Wasser besser haften bleiben.
Von den nivesischen Nachbarn hat man die Sitte der Schwitzhäuser übernommen. Diese sind häufig halb in den Boden eingelassen, um die Wärme besser zu bewahren.
Eine Geschlechtertrennung in den Badehäusern und Schwitzhütten ist unbekannt, nur in Südthorwal gibt es zuweilen durch südlichere Einflüsse getrennte Badezeiten.

Ottaskin

Als Ottaskin werden sämtliche Lang- und Wirtschaftshäuser einer Ottajasko oder Sippe bezeichnet. Diese sind von einem Palisadenwall umfriedet, der häufig auch kleinen Feldern und Weiden Platz bietet. Ottaskin bedeutet soviel wie 'gestrandete Flotte' oder 'Landflotte'. Hier leben bis zu vierhundert Thorwaler, die alle dieser Ottajasko angehören. In einer Stadt ist das Ottaskin einem eigenen Stadtviertel gleich.

Äußere Erscheinung und Waffen

Kleidung

Thorwaler lieben leuchtende Farben und aufwendige Muster. Da einheimische Tuche vornehmlich in gedeckten Tönen gefärbt werden, wird die Kleidung gerne mit bunten Borten verziert, die, je nach Material und Muster, Schwindel erregende Preise erzielen können.

Vor allem Thorwaler, die in die Ferne fahren, nehmen gerne die Moden anderer Völker auf – sei es, weil ihnen edle Stoffe wie Samt und Seide gut gefallen, sei es, weil sich ein Stück wie die Brabaker Matrosenhose als überaus praktisch erweist. Zudem zeigen Thorwaler gern, wie weit gereist sie sind, weswegen Kleidungsstücke beliebte Beute sind. Bisweilen geht die Begierde gar so weit, dass man fremde Kleiderkammern plündert, und in der Fjorri-Saga wird von Gertridi Walisdottir berichtet, die einer völlig verdatterten Kusliker Hofdame ihr prächtiges Kleid vom Leibe riss, um es sich selbst überzustreifen. Noch lange soll sie das seidene Gewand über der Rüstung getragen haben, bis Kämpfe, Wind und Wellen dafür sorgten, dass es in Fetzen ging.

Die einheimische Kleidung besteht vorwiegend aus Wolle, Leder und Pelz, seltener aus Leinen. Das grundlegende Kleidungsstück ist die Tunika, ein einfaches, knielanges Hemdgewand, gerade geschnitten und mit angesetzten Ärmeln. Hinzu kommt eine knöchellange Hose und ein Stück Wolltuch, das als Umhang dient. Holz- oder einfache Lederschuhe vervollständigen das Gewand eines armen Thorwalers. Reichere tragen Untertuniken aus plissiertem Leinen, darüber eine eng anliegende Obertunika aus Wolltuch und dazu eine bauschige Hose.

Das gewöhnliche Schuhwerk ist ein gewendet verarbeiteter Schuh oder Stiefel aus Ziegenleder, dessen Nähte innen liegen (daher 'gewendet') und der durch seitliche Schnürungen und Knebel geschlossen wird. Häufig ist er mit Stickereien verziert.

Bei schlechtem Wetter werden pelzgefütterte Mützen und Hüte oder die aus dem Mittelreich übernommene Gugel (ein Kapuzenkragen, der auch Schulter- und Brustbereich abdeckt) getragen. Die Waskirer Hochländer haben Gefallen an den ursprünglich orkischen Steppenhüten gefunden, im nördlichen Thorwal trägt man auch gerne Lederkappen.

Mäntel, Umhänge und Tuniken aus gewalktem Stoff sind ein wirksamer Nässe- und Kälteschutz. Bei der Winterkleidung werden die Stoffe gefüttert und zwischen den Stofflagen Daunen oder Wollfliese eingearbeitet.

Auf Ausfahrten tragen Frauen und Männer meist die gleiche Kleidung. Anders sieht es in den Ottaskins und auf den Höfen aus. Ebenso oft wie in Hosen und Schnürwams trifft man die Frauen in Kleidern und Röcken an. So sind ihre Tuniken knöchel- oder auch bodenlang und teilweise ärmellos. Wohlhabendere Frauen tragen eine leinene Untertunika, einen eng anliegenden, auf Figur geschnittenen Oberrock und darüber eine mantelartige Obertunika.

Im südlichen Thorwal ist es üblich, die Schöße der Tunika unter den Gürtel zu schieben. Begütertere Personen tragen hierzu ein Wams und eine Hose, die am halben Unterschenkel endet und eng geschnürt ist, oder fußlange Beinlinge, die an der Bruche (einem Wickeltuch für den Unterleib) angenestelt werden. Ein Umhang, der oft nur über einer Schulter getragen wird, oder ein dreiviertellanger Mantel, der mit einer Fibel (Mantelschließe) zusammengehalten wird, komplettiert das Bild. Allerdings gewinnen in letzter Zeit die nostrische und albernische Mode an Einfluss, wie die zunehmende Verbreitung von Gugeln oder Schaftstiefeln zeigen.

Die Bekleidung der Thorwaler nördlich der Hjaldorberge zeichnet sich dadurch aus, dass Hosen, Röcke und Wams mit Pelzwerk verbrämt sind. Nicht nur der Wohlstand des Trägers bestimmt dabei, welche Pelzart verwendet wird, sondern auch die Region, in der er wohnt. Während im Waskirer Hochland Wolfs- und Bärenpelze als gewöhnlich gelten, zählt im Norden Robbenfell als Arme-Leute-Pelz. Allgemein gilt aber Biber als besonders edel, Kaninchenpelz als ärmlich.

Die typischen nordthorwalschen Umhänge und Mäntel, die in zwei Zipfeln auslaufen, werden mit Fell verbrämt oder gleich ganz aus diesem Material angefertigt. Im gesamten nördlichen Thorwal ist der Klappenmantel weit verbreitet. Bei diesem Kleidungsstück handelt es sich um einen bis zur Wade reichenden Mantel, dessen Vorderteile vor der Brust übereinander gelegt und nur durch einen Gürtel zusammengehalten werden.

Nordthorwaler Frauengewänder bestehen aus einer bodenlangen Untertunika, über die ein aus zwei Teilen bestehendes Gewand geschlungen wird, das man auf der Vorderseite an zwei Brustspangen befestigt. Ein Gürtel lässt das Gewand auf Taille sitzen.

Ein charakteristisches Kleidungsstück, das in Nord und Süd verbreitet ist, ist der aus besonders schönem Bärenfell bestehende Prunkmantel. Der Pelz wird innen getragen, während die äußere, lederne Seite mit bunten Stickereien reich verziert ist. Diese zeigen geflügelte Seeschlangen, Drachen, Bären, Wölfe, Fabelgetier, Runensymbole und in sich verschlungene Ornamente. Diese Prunkmäntel sind Geweihten, Jarlen, Hetleuten, Hersiren, besonders angesehenen Skalden und allen anderen vorbehalten, die es zu großem Ruhm gebracht haben. Man trägt sie zu festlichen Anlässen und zum Hjalding.

Rüstungen

Um sich vor schweren Verletzungen zu schützen, rüsten sich Thorwaler mit **Krötenhäuten** (zur See) und **Kettenhemden** (an Land). Insbesondere bei den Riddari, den berittenen Kriegern (siehe Riddari, S. 44), kommen auch **Kettenmäntel** vor. Mitunter sieht man bei den Kettenhemden auch angesetzte Kettenhauben und auf der Brust befindliche Kettenquadrate, die, nach oben geschlagen und durch Lederriemen befestigt, einen Gesichtsschutz darstellen. Begütertere Personen schützen sich mit einem weitaus sichereren **Schuppenpanzer**, der zumeist jedoch nur direkt vor Kämpfen angelegt wird und aufgrund seines Gewichts an Bord eines Schiffes kaum Verwendung findet. Hat man nicht so viel Geld zur Verfügung, trägt man ein knielanges, aus Stoff bestehendes **Polsterwams**, in anderen Regionen als Gambeson bekannt. Seltener sieht man auch Polsterwämser aus weichem Leder. Diese werden ausschließlich als eigenständige Rüstung getragen. Reichen sie nur bis zur Hüfte und sind dicht an dicht mit Nieten beschlagen, nennt man sie **Krötenhaut** – die am weitesten verbreitete Rüstungsart in Thorwal.

Um Beine und Arme zu schützen, werden hartlederne **Schienen** verwendet.

Wann immer möglich, zieht der Thorwaler mit einem Helm ins Gefecht. Am häufigsten findet man die Form des **Spangenhelms**. Üblicherweise verfügt dieser über eine brillenartige Schutzplatte für Augen und Nase und ein Kettengeflecht zum Schutz des Nackens. Für ein Aufgeld bekommt man ihn auch mit Wangenklappen.

Eine andere Helmart kam erst in den letzten 100 Jahren auf und findet derzeit hauptsächlich im Süden Verbreitung: der **Glockenhelm**. Dieser Helmtyp läuft spitz zu und ist aus einem einzigen Stück Eisen gefertigt, er wird also nicht genietet wie der Spangenhelm. Zusätzliche Sicherheit bieten ein Nasenschutz, Wangenklappen und das Kettengeflecht für den Nacken, sofern der Geldbeutel des Trägers diese Sonderwünsche zulässt.

Eine Mischform aus Spangen- und Glockenhelm hat sich im Norden entwickelt: der so genannte **Schweifhelm**. Außer dem Kopfring weist er keine Spangen auf. Auf einen Nasenschutz wird oftmals verzichtet, nicht aber auf das Nackenkettengeflecht.

An dieser Stelle soll ein weit verbreiteter Irrglaube ausgeräumt werden: Der prachtvoll verzierte **Drachenhelm** (von der Machart her ein Spangenhelm), der angeblich typisch für Thorwal ist, wird allein zu rituellen oder repräsentativen Anlässen getragen, wie zum Beispiel auf einem Hjalding oder bei diplomatischen Missionen. Der Helm signalisiert, dass man als unantastbar gilt.

Fast jeder Thorwaler besitzt einen **Rundschild**. Im Durchmesser ist er groß genug, um Leib und Hüfte des Trägers zu schützen. Er besteht aus Holzlatten, die auf der Rückseite durch Querverstrebungen

zusammengehalten werden. Die Außenseiten werden mit Leder umspannt, um im Kampf herumfliegende Splitter zu vermeiden. In der Mitte des Schildes wird ein etwas über faustgroßes Loch frei gelassen, über das der metallene Schildbuckel genagelt wird. Dieser schützt die Hand des Trägers. Ein lederner Riemen, an zwei gegenüberliegenden Punkten des Schildes festgemacht, erlaubt es, den Schild zu schultern. Die Vorderseite des Schildes ist für gewöhnlich mit komplizierten Ornamenten oder einfachen Wellenformen bemalt. Es ist Jarlen, Hersiren und Hetleuten vorbehalten, den Schild mit einem Metallrahmen zu versehen und als Zier kunstvolle Metallbeschläge anzubringen. Dies ist eher ein Statussymbol, denn dadurch hält der Schild nur unwesentlich länger. Seine Lebensdauer liegt für gewöhnlich bei einer oder zwei Schlachten.

Waffen

Zieht ein Thorwaler in den Kampf, so steht ihm eine breite Auswahl an Waffen zur Verfügung. Hiebwaffen werden vornehmlich aus dem heimischen Erz geschmiedet. Die Axt ist die Hauptwaffe eines Thorwalers, es gibt sie in verschiedenen Ausführungen: Bekannt sind die **Skraja**, die anderthalbhändig geführte **Orknase** und die **Langaxt**, die auch zweiblättrig vorkommt. Der **Schneidzahn** ist ein langstieliges Wurfbeil. Die Axtschäfte sind oftmals mit Eisenbändern verstärkt. Eine weitere häufig eingesetzte Waffe ist der **Speer**, sowohl als langstielige Lanze als auch als kurzstielige Wurfwaffe.

Das **Breitschwert** wird häufig im Norden des Landes gewählt, während sich im Süden **albernische Klingen**, die etwas länger und schlanker sind, wachsender Beliebtheit erfreuen. In Küstenregionen hat sich das **Entermesser** etabliert; eine klobigere und schwerere Variante mit gerader Klinge stellt das einschneidige **Hjalsmesser** dar, das sowohl als Waffe als auch als Werkzeug einsetzbar ist und vor allem im Hinterland vorkommt.

Reine Jagdwaffen sind der **Eberfänger**, die **Saufeder** (auch Stoßspeer genannt), der **Dreizack** und die **Hailanze** (ein etwa schrittlanger Eisenspeer mit zwei Widerhaken am vorderen Ende) sowie der **Kurzbogen**.

Mehr Werkzeug als Waffe ist das **Olportmesser**. Seine lange, schlanke und einschneidige, leicht gezackte Klinge ist ideal zum Entschuppen von Fisch, aber auch zum Schneiden von Fleisch geeignet.

Sämtliche aufgeführten Waffen weisen, je nach Qualität, einfache oder aufwendige Runen- und Ornamentbemalungen oder -gravuren auf.

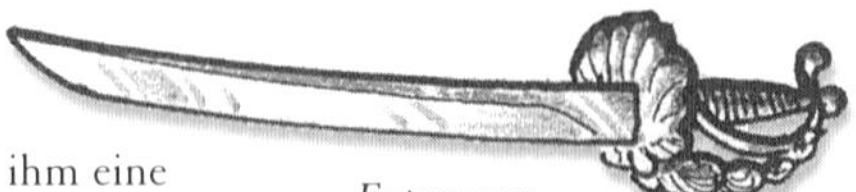
Entermesser

Eberfänger

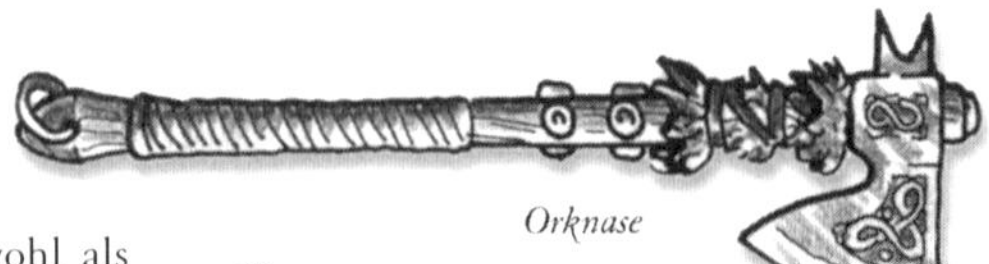
Orknase

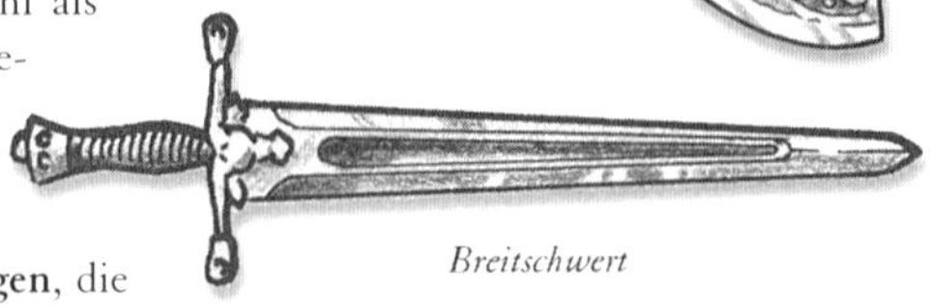
Breitschwert

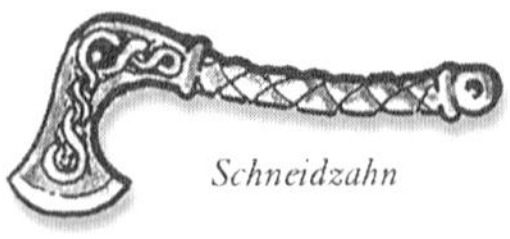
Schneidzahn

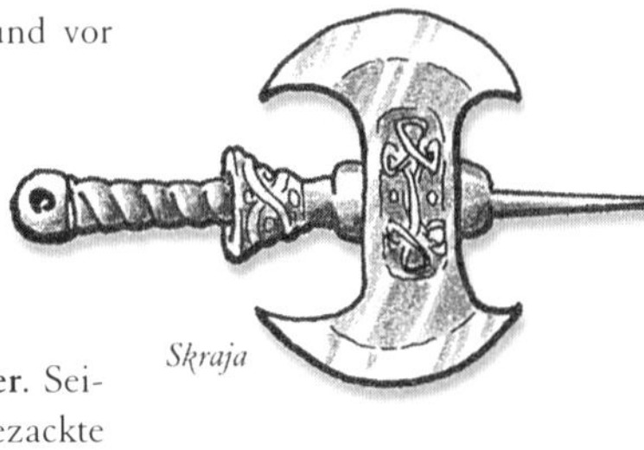
Skraja

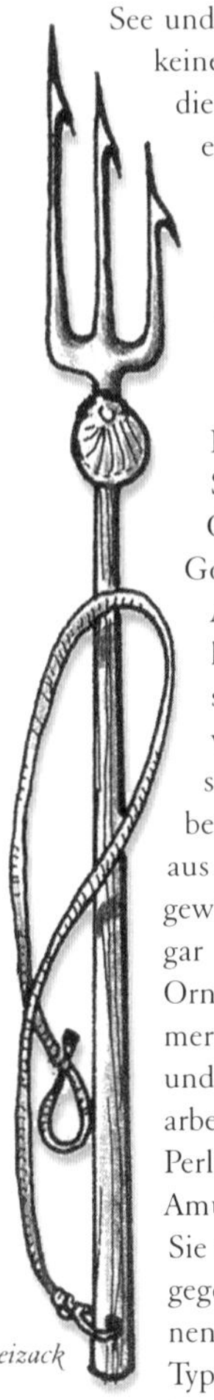
Dreizack

Haar- und Barttrachten

Besonderer Stolz des Thorwalers sind sein Bart und sein Haupthaar, deren Pflege und Schmuck ein beliebter Zeitvertreib sind. Man trägt das Haar mindestens schulterlang, spezifische Frauen- oder Männerfrisuren sind unbekannt. Man flicht das Haar oder einzelne Strähnen in Zöpfe und Zöpfchen und nimmt dabei auch die Barttracht nicht aus, sehr beliebt sind Schläfenzöpfe. Im Norden ist das Möwenei verbreitet, wozu man einen Schläfenzopf zu einer Schecke eindreht und feststeckt. Haarschmuck wie Ringe, Perlen und bunte Bänder werden gerne verwendet. Vor allem auf großer Fahrt schätzen beide Geschlechter Stirnbänder, um ihr Haar zu bändigen. Es hat sich auch eingebürgert, mit dem Farbstoff der Feuer-, Gold- oder Erdnelke zu färben oder mit Alaunstein zu bleichen. Solche mit schütterem Haarwuchs scheuen sich nicht, fremde Strähnen einzuflechten, weshalb langes Haar für einen Thorwaler auf Raubfahrt durchaus eine lohnende Beute sein kann. Insbesondere die seidenweichen, wohl gepflegten Haarschöpfe von Adligen oder Granden beiderlei Geschlechts sind hoch begehrt. Wenn sich das Haupthaar im Alter lichtet und sich der blanke Schädel zeigt, greifen manche zum Rasiermesser und lassen die neu gewonnene Hautfläche mit Hautbildern verzieren. Andere hegen und pflegen die kümmerlicher werdenden Reste voller Hingabe. Das Perückentragen aber ist gänzlich unüblich und als 'horasisch' verschrien. Was für das Haupthaar gilt, gilt ebenso für die Barttracht. Üppig wuchernde Voll- und Schnauzbärte sind der Stolz eines jeden thorwalschen Mannes. Langen Vollbärten bis auf die Brust wird man indes nur im Hinterland und bei alten Männern begegnen, denn auf See und für die tägliche Arbeit ist das keine praktische Tracht. Fremde, die ihre Haare kurz scheren, sind einem Thorwaler unverständlich. Elfen, denen überhaupt kein Bart wächst, können die Thorwaler nicht ganz ernst nehmen.

Schmuck

Die Thorwaler tragen gerne Schmuck: schwere Armreifen, Ohrringe und Halsreifen aus Gold oder Bronze, seltener Silber. Auch kunstvolle Fibeln, halbkugelförmig oder in Tierform, sind weit verbreitet. Die thorwalschen Schmuckschmiede stellen meisterliche Punzarbeiten her. Dabei werden Bleche aus Edelmetall beispielsweise zu gewölbten Fibeln geformt und (sogar durchbrochene) Muster und Ornamente in das Metall gehämmert. Auch auf die Herstellung und Verarbeitung feiner Einlegearbeiten aus Email und emaillierte Perlen versteht man sich.

Amulette sind sehr weit verbreitet. Sie werden in der Regel aus Metall gegossen oder aus Halbedelsteinen, Bein oder Holz geschnitzt. Typisch sind Amulette, die zum Beispiel die Fluke (Schwanzflosse) zeigen oder ein Auge, das den bösen Blick (der Seeschlange) abwenden soll. Fremdländische Glücksbringer wie zarte Rahja-Figürchen aus Rosenquarz oder rosafarbenem Speckstein oder tulamidische Zahlenamulette werden nicht verschmäht, auch wenn die Träger weder an Rahja noch an Zahlenmystik glauben. Auch gesammelte Trophäen dienen als Schmuck, zumal die Zähne und Krallen einer erschlagenen Bestie einem Thorwaler ebenso prächtig und wertvoll erscheinen wie blinkendes Gold.

Von Ornamenten, Farben und Runensteinen

Große plastische Standbilder aus Stein oder Bronze sind dem Thorwaler ebenso fremd wie das Tafelbild, wie es anderswo verbreitet ist. Insbesondere für die Portrait- und Historienmalerei hat er kein Verständnis, da für ihn die großen Helden, die Vorfahren und bedeutende Ereignisse in Liedern und Sagen weiterleben. Aber wenn es einmal einem Thorwal-Piraten gelingt, ein Gemälde zu erbeuten, so bringt er es voll Stolz nach Hause, denn in Thorwal gibt es keine Meister, die sich darauf verstehen, Menschen oder Tiere auf diese Weise lebens-

echt zu malen oder auf flachen Bildern die Illusion von Räumlichkeit und Tiefe zu erzeugen.
Auf dem Gebiet der Ornamentik hingegen sind die Thorwaler rechte Künstler, selbst Alltagsgegenstände werden mit Malereien und Schnitzereien verziert. Besonderes Augenmerk widmet man indes den drachengeschmückten Schiffen und auch den Häusern, deren Giebel und Tragbalken mit kunstvollen Schnitzfiguren und deren Wände mit farbenfrohen Malereien verziert sind. Auf Schilden und Waffen finden sich die gewundenen Ornamente, ebenso auf Runensteinen, Schmuck und den bunten Borten, mit denen sie ihre Gewänder schmücken, nicht zu vergessen die kunstvollen Hautbilder.
Die Thorwaler stilisieren, was sie sehen: Tiergestalten, Fabelwesen, Menschen, den Kamm der Wellen, die Spuren, die die Wellen im Sand hinterlassen, oder den regelmäßigen Zug der Wildgänse und wild verschlungene Wolkenformationen am Himmel fügen sie zu kunstvollen Ornamentbändern. Charakteristisch für Thorwal sind vielfach miteinander verflochtene Bänder.

Die Ornamente sind beileibe nicht nur ein Schmuck. Vielmehr dienen die Bildnisse der Abwehr von allerlei Übel, von bösen Geistern, Übel wollenden Kobolden und Alfen (siehe S. 57f.) ebenso wie dem Schutz vor Blitzschlag, Sturm und Hagelschlag, vor Kornfäule, davor, dass einem die gute Sense am Stein zerbricht, vor Hexenblick, Krankheiten und was man noch alles fürchten mag.
Den besten Schutz bietet der rote, geflügelte Drache, da nach der Überzeugung der Thorwaler böse Geister die Farbe Rot fürchten. Die Drachen (auch die geflügelte Seeschlange) – oder zumindest einige von ihnen (siehe dazu S. 53) – sind Kampfgefährten Swafnirs wider Hranngar und sollen vor ihr und ihren Kreaturen schützen, wobei auch diese meistens rot dargestellt werden.
Blau in allen Varianten, vom tiefen Blaugrün bis zum hellen Violett, ist die Farbe Efferds und schützt vor Feuersbrunst und Blitzschlag. Deshalb findet man blaue Fische, Wale und Delphine auch auf den Langhäusern im Landesinnern. Swafnir, der heilige Pottwal, wird meistens weiß dargestellt, gelegentlich auch grün oder rot. Sein Bild soll Kraft, Weisheit und ein langes Leben verleihen und in ausweglosen Situationen helfen. Die gelbe Sonnenscheibe mit den mehrfach gewundenen Strahlen hat nichts mit dem Praios-Kult zu tun, sie symbolisiert vielmehr den 'Los-Stern', der die Schiffe sicher durch Nacht und Sturm geleitet. Die weiße, gelbe oder orangefarbene Mondsichel ist ein schwer zu deutendes mystisches Zeichen – sie weist auf die Gezeiten hin, steht aber auch für die seltsamen, düsteren Stimmungen, von denen der Thorwaler gelegentlich heimgesucht wird.
Runensteine dienen vornehmlich der Erinnerung an ruhmreiche Menschen und große Taten, seltener an außergewöhnliche Ereignisse wie den Überfall eines Drachen oder eine große Sturmflut. Diejenigen, von denen die Steine künden, müssen nicht zwangsläufig verstorben sein – es ist gang und gäbe, einer ruhmreichen Otta (oder einem einzelnen Mitglied) nach der glücklichen Heimkehr einen Runenstein zu widmen. Auf diesen Steinen werden auch Ehebündnisse niedergeschrieben oder sonstige Geschehnisse, die der Stifter für bemerkenswert erachtete. Es gilt als unangemessen, einem Menschen aus nichtigem Anlass einen Stein zu widmen, nur um sein Ansehen zu mehren. Es hat schon Fälle gegeben, bei denen Nachbarn, die mit der Setzung nicht einverstanden waren, den Stein übermalt oder die Runen herausgeschlagen haben. Am häufigsten entbrennt jedoch ein Streit, wenn jemand auf einem Stein wenig ruhmreiche Erwähnung gefunden hat. Es gibt auch so genannte Schmähsteine, die den genau gegenteiligen Zweck eines Runensteins erfüllen sollen. Ein typisches Beispiel findet sich bei Svafdûn, wo die ansässigen Familien schon seit Generationen im Streit miteinander liegen und eine ganze Reihe solcher Runen- und Schmähsteine errichtet haben.

Musik und Skaldengesang

Musik bedeutet für den Thorwaler nahezu immer das gesungene Lied – Musik ohne Gesang hat für ihn kaum eine Bedeutung und ist fast ausschließlich auf dem Land in Form von Flötenspiel bekannt. Skalden begleiten ihren Gesänge – wenn überhaupt – auf der Leier. Die großen, dumpf klingenden Hörner vom Steppenrind, die auch als Trinkhörner beliebt sind, dienen lediglich als Signalgeber über weite Entfernungen oder von Otta zu Otta. Gleiches gilt für die bronzenen Luren, die vornehmlich als Nebelhörner oder zur schauerlichen Untermalung bei einem Angriff genutzt werden, und die Trommeln, deren dumpfer Schlag seinen Widerhall darin findet, dass die Krieger ihre Waffen auf die Schilde schlagen.
Am liebsten ist den Thorwalern der unbegleitete, einstimmige Gesang, und sie singen gern und viel. Auch Kettengesänge (Kanongesänge) sind beliebt, in eingespielten Ottas auch mehrstimmig. Ein bekanntes Beispiel ist das Lied *Thorfinn, zieh das Segel auf*. Die Lieder handeln oft von der Arbeit, die gerade verrichtet wird. Ihr Takt folgt dem Rhythmus der Bewegungen. Ruderlieder haben immer einen getragenen Zweiviertel-Rhythmus, ihre Melodie ist einfach und klar, und die zahlreichen Strophen über Wellen, Wind und die Gefahren des Meeres, die in einer endlosen Schleife gesungen werden können, sind kurz, mit prägnanten Reimen am Zeilenende. Oftmals werden beim Rudern aber auch Sauf-, Rauf- oder Kaperlieder gesungen. Dann mag es bisweilen geschehen, dass die Männer und Frauen sich durch ihren eigenen Gesang in eine wüste Stimmung steigern. Manch friedlicher Kauffahrer ist vielleicht nur deshalb von einem Drachen überfallen worden, weil dessen Mannschaft zuvor den berüchtigten Raubzug angestimmt hat.
Ein gutes Beispiel für ein fröhliches Trinklied ist das Lied von *Torstor Om*:

»Wenn Torstor Om den Schneidzahn wirft,
– oje, oje, hum –
dann springen alle schnell von Bord,
– oje, oje, hum –
denn Torstor ist ein ganzer Mann,
nur Lialin ihm was sagen kann.
– oje, oje, hum!

Wenn Torstor Om die Kelle hebt,
– oje, oje, hum –
ein jeder Bursche leer ausgeht,
– oje, oje, hum –
denn Torstor säuft die Fässer aus
und geht noch graden Schritts nach Haus.
– Oje, oje, hum –
– oje, oje, hum!«

Bei diesem Lied singt normalerweise einer die Verszeile, und der Rest den Kehrreim; das *Hum!* wird durch Aufstampfen der Füße unterstützt. Die danach regelmäßig wiederkehrende Pause reicht gerade, um einen kräftigen Schluck zu nehmen. Das Lied kann beliebig ergänzt werden, und meist werden einige Strophen über Torstors groben Umgang mit fremdländischen Damen angefügt ...
Aber die Gesänge der Thorwaler sind keineswegs immer lustig, derb oder wüst. Wenn die Nordleute von düster-melancholischen Stimmungen heimgesucht werden, besonders dann, wenn sie lange Zeit fern ihrer Heimat weilen, entstehen solche Lieder wie das Lied vom Hetmann Faenwulf mit seiner langsamen, traurigen Melodie. Vor allem die beiden Worte "weh" und "wahr" in der dritten Zeile werden schmerzlich in die Länge gezogen.

»Nach Thorwal ging die Fahrt, der Heimat zu,
der Wellen Schaukeln wiegte mich zur Ruh.
Ich hatte einen Traum, so weh und wahr,
von Hetmann Faenwulf unbesiegter Schar.

Mit hundert Ruderern im Faramond
fuhr er ins Wintermeer, wo Ifirn wohnt,
zu suchen den Weg zum fernen Rand der Welt,
dort, wo das Wasser von der Erde fällt.

Durch Hagelsturm und Unbill ging die Fahrt.
Ein Eisberg ihnen zum Verhängnis ward.
Nur der Nivese in dem Lederboot
umschifft ihn sicher und entgeht dem Tod.

Aus der Bernsteinbucht, wo der Walfisch singt,
von Faenwulfs Schicksal keiner Kunde bringt,
von Faenwulfs Schicksal keine Zunge spricht,
ob er bei Swafnir weilt – ich weiß es nicht.

Mein Herz ist schwer und jeder Freude bar.
Auf allen Meeren such ich Faenwulfs Schar.
Zehntausend Taler gäb' ich gerne her,
wüsst' ich, dass Faenwulf noch am Leben wär'.«

Unter den Männern und Frauen Thorwals gibt es viele begabte Sänger mit tragenden Bass- oder Altstimmen, je nach Geschlecht. An manchen Abenden kommt es in den thorwalschen Langhäusern zu regelrechten Sängerwettstreiten, wobei jeder in der Runde zu einer bekannten Melodie eine neue Strophe hinzufügt. Dann wird nicht nur ein origineller Text mit Fußstampfen und anerkennenden "Das wohl!"-Rufen honoriert, sondern auch ein sauberer, lauter, schnörkelfreier Gesang.

Es stimmt nicht, dass die Skalden die besten Sänger Thorwals sind, auch wenn sich unter ihnen einige der besten finden. Zwar haben sie allesamt wohl tönende Stimmen, aber ihre vornehmliche Aufgabe liegt darin, die alten Sagen dadurch zu bewahren, dass sie durch die Lande ziehen und sie wieder und wieder erzählen. Die Sagas werden zwar hin und wieder durch Leierklang dramatisch untermalt, jedoch nur selten gesungen: Ihre Darbietung ähnelt mehr dem Vortrag eines Schauspielers.

Der Skalde versteht sich darauf, sein Publikum allein mit seiner Stimme in den Bann zu schlagen, sie ist das Wispern des Windes ebenso wie das Grollen eines schrecklichen Drachen. Das Können der Skalden zeigt sich in den langen Epen, die sie dichten, und der Gedächtnisleistung, diese zu bewahren. So verhelfen sie Helden zu unsterblichem Andenken.

Nach Auffassung der Thorwaler gibt es nichts Schlimmeres für einen Toten, als wenn niemand mehr von ihm spräche oder sänge. Darum konnte man schon auf dem Hjalding, bei dem Jurga Trondesdottir zur Obersten Hetfrau gewählt wurde, die ersten Strophen eines neuen *Tronde-Liedes* hören, um den verstorbenen Hetmann gebührend zu ehren und die Erinnerung an ihn zu wahren.

Heroen, Götter und Fabeltiere – die Gestalten der Thorwaler Sagas

Es ist das höchste Ziel eines jeden Kriegers, Taten zu vollbringen, die es wert sind, besungen zu werden. Nicht der Tod ist den Thorwalern ein Schrecknis, sondern das Vergessen. Solange die Erinnerung lebt, lebt auch der ruhmreiche Held fort. Nicht zuletzt deshalb gilt all jenen, die die Erinnerung bewahren, höchste Achtung. Einen Skalden zu töten, heißt auch, all die zu 'töten', an die er sich erinnert.

Im Volksglauben wie auch in den Sagas der Thorwaler findet sich eine erkleckliche Anzahl tapferer Recken, mysteriöser Tiere und legendärer Gestalten. Viele von ihnen tauchen nur in einzelnen Sagas mit geringer Verbreitung auf, meist nicht einmal in einem ganzen Jarltum.

Einige ausgewählte Strophen aus dem Jurga-Lied

Das bekannteste Versepos der Thorwaler ist das *Jurga-Lied*.

I.
Von Jurga Tjalfsdottir will ich euch nun singen,
vom Goldland, wo unsere Ahnen geboren,
von Hjaldingard: Heimat, die wir einst verloren,
will Jurgas Vermächtnis euch bringen.

II.
Nach blutigem Kampfe um Hof und Otta,
nach einsamer Irrfahrt auf Ifirns See,
die Rettung, das Ende von Not und Weh,
dies danken wir Jurga Tjalfsdottir.

XII.
Eine feindliche Heerschar zog plündernd gen Norden,
überzog uns're Heimstatt mit Brand und Krieg.
Und wenn wir errangen gar manchen Sieg,
uns're Schar war doch klein geworden.

XIII.
Nach langem Kampfe, mit Beil und mit Speer,
da standen die Feinde vor unseren Mauern.
Es hilft uns kein Flehen, es hilft uns kein Trauern,
sprach Jurga: Wir fahren übers Meer.

XIV.
Wir fahren, wo uns grüßt die Sonne am Morgen,
um die Freiheit zu finden für Frau und für Mann,
wohin nur Efferd uns sicher geleiten kann,
und Ende ist aller Sorgen.

XXVI.
Wir wollen mit Liedern der Helden gedenken,
die fielen im Kampf gegen feindliche Heere,
die tapfer sich schlugen zu Land und zu Meere
und ihnen Unsterblichkeit schenken.

XXX.
Er jedoch, dessen Mut wir stets priesen,
den wir in Hjaldingard lange verehrt,
zur Stunde der Not verweigert sein Schwert,
wurd' ohne Nam' aus den Sängen verwiesen.

XXXII.
Ein Bild, das ich niemals vergessen sollt:
Die Sonne den Wogen entstiegen war,
und Jurga Tjalfsdottirs wild wehendes Haar
war wie diese von gleißendem Gold!

XXXIX.
Nach Wochen ein Eiland verkündt' uns der Rufer
voll blühenden Bäumen an weißem Strand.
Die goldene Halle inmitten stand.
Es grüßte uns Swafnir vom Ufer.

XLII.
Trotz Insel und Wasser war Nahrung verloren,
den Frauen und Männern drohte der Tod.
Doch der Wal am Strand ihnen Rettung erbot,
sich selbst zu opfern er ward auserkoren.
(Fortsetzung nächste Seite)

LXIV.
Die Schlange, sie biss Heck und Bug zugrunde,
als ein Wal aus den Wogen aufstieg.
Im blutigen Kampfe verlor er den Sieg,
doch verblieb Jurgas Schiff nun uns im Bunde.

LXXXV.
Vor grimmigen Bergen ein Winterland
mit Schluchten und Flüssen aus spiegelndem Eise.
Oh, welches Ende der schrecklichen Reise!
Keinen Trost rings das Auge hier fand.

XC.
Und zur Mittwinternacht, in Olaports Hallen
nahm Jurga Tjalfsdottir die Axt und den Thin,
um zu erfüllen der Weissagung Sinn,
um Swafnirs Wort zu gefallen.

XCI.
Und hieß zu versammeln die Männer und Frauen,
zu hören das Schicksal, von den Göttern bestimmt.
Auf dass Kind und auch Enkel zu Herzen sich nimmt,
das Wort, auf das wir vertrauen.

XCII.
Den Hetmann, die Hetfrau sollt ihr euch erküren,
zu lenken, zu richten, die Feinde zu schlagen,
solange sein Haupt solche Bürde kann tragen
und sein Arm den Drachen kann führen.

Jede Ottajasko, selbst fast jeder Hof kennt seine eigenen ruhmreichen und erinnerungswürdigen Ahnen.
Weithin bekannt sind Figuren wie **Torstor Om** , der die Götter zum Wettstreit herausforderte, **Orozar Siebenhieb**, der ein Wettsegeln mit Swafnir wagte und gewann, und die drei Schwestern **Hjalda, Helma** und **Hilda**, die die **Svanjars** (Schwanenkinder), drei Söhne Travias, so lange verfolgten, bis sie sie heirateten. Auch halbgöttliche Gestalten werden in vielen Sagas besungen, darunter **Ögnir, Firnir** und **Ullramnir** (siehe S. 55).
Neben Heroen und Halbgöttern begegnen einem auch eine Reihe von Fabeltieren und Ungeheuern in den Sagas. Besonders beliebt sind Wermenschen (Hamrammer), Wiedergänger, Trolle, Meerweiber und Spuk-Erscheinungen, aber auch Orks, Riesen und Drachen. Auch den Alfen kommt eine breite Erwähnung zu (siehe **Aberglaube**, S. 56). In der Halfdan-Saga heißt es etwa:

»Die Leute fanden es seltsam, dass der Hausknecht verschwunden war. Dann entdeckte man einige Blutflecken an der Haustür; da glaubten die Leute zu wissen, dass der Knecht von Wiedergängern geholt worden war. Dies wurde weithin erzählt. Halfdan hörte davon, und da er sehr erfahren darin war, Spuk und Wiedergänger zu vertreiben, machte er sich auf in den Smörefjord und kam nach Olvirsdal. Er bat, dort die Nacht bleiben zu dürfen. [...] Anschließend ging er fort und fand eine Höhle, und dort brannte ein großes Feuer. Halfdan sah, dass dort ein fürchterlich großer Wiedergänger war; er war schrecklich anzusehen.

Ein hässlicher Freund des Trollweibs
kam mir aus der Höhle entgegen;
er kämpfte wahrlich streitbar
ziemlich lange mit mir.
Das hartscheidige Schaftschwert
hieb ich von dem Schaft ab;
des Kampfes helle Flamme schlug
den schwarzen Brustkorb entzwei.«

In der Saga bringt Halfdan die Gebeine dem Swafnir-Geweihten, der sie begräbt. Daraufhin wurde in dem Tal nie mehr durch Wiedergänger oder Spuk Schaden angerichtet und es heißt, Halfdan habe eine große Befreiungstat für das Jarltum vollbracht.
Drei Eigenheiten der thorwalschen Saga werden an diesem Beispiel deutlich: Zum einen die häufige Verwendung der Gedichtform, zum anderen der Wechsel zwischen Vergangenheitsform bei Erzählteilen und Gegenwartsform für Schilderung packender Taten und schließlich die Kenningar (Singular: Kenning), die umschreibende Formulierungen für Begriffe sind. Hier etwa 'des Kampfes helle Flamme' für das Schwert.
Böse Fabelwesen werden in den Sagas nicht selten übers Ohr gehauen, so etwa in der Anekdote vom unheiligen Otter:

»Einst verstarb der gute Travias-Diar von Virport, und kein Nachfolger war zu finden. So musste in Thorwal ein neuer Diar bestimmt werden. Drei Kandidaten fanden sich dort ein, und ein jeder war so gut geeignet wie der andere. Da man sich nicht entscheiden konnte, hieß es, derjenige werde auserkoren, der als Erster den Tempel erreichen würde. Zwei stürmten sogleich zum Hafen und bestiegen ein Schiff. Der dritte mit Namen Travdan schlenderte den Kai entlang, und da erschien aus dem Wasser ein Otter. Sogleich merkte der gute Diar, dass dieser Otter in Wahrheit ein Geschöpf Hranngars war, und er sprach: "Nimm mich auf deinen Rücken, bring mich trockenen Fußes nach Virport, und meine Seele gehört dir!" Der Otter war einverstanden. Schnell wie der Wind glitt das Tier über das Wasser, und bald schon hatten sie die Kreideküste von Virport erreicht. Da schlug der Travias-Diar dem Otter mit seinem Wanderstab so heftig auf den Kopf, dass dieser kurz benommen war und die Füße des Geweihten das Wasser berührten. Dieser sprang vom Rücken des Otters, schwamm an Land und verspottete das trügerische Wesen. Da sie sehr schnell gewesen waren, vergingen drei Tage, bis die anderen beiden Geweihten den Tempel erreichten, und so wurde Travdan neuer Geweihter von Virport.«

Die thorwalschen Sagas erfüllen außerdem einen genealogischen Zweck. Sie sind der Hauptgrund dafür, dass viele Thorwaler ihre Ahnenreihe über erstaunlich viele Generationen hinweg zurückverfolgen können. Zu Beginn einer jeden Saga wird der Protagonist vorgestellt, und es wird erläutert, wer seine Ahnen waren.
Zugleich sind die Sagas aber auch eine Erklärung dafür, warum uralte Fehden zwischen einzelnen Höfen nicht in Vergessenheit geraten können.

Staatsform und Recht

Recht und Gesetz

Es mag Reisende aus anderen Ländern, denen die Thorwaler nur als raublustige Barbaren oder leichtlebige Raufbolde untergekommen sind, überraschen, doch ist die thorwalsche Gesellschaft tief und anhaltend von den Begriffen Recht und Gesetz geprägt. Sämtliche rechtlich bedeutsamen Handlungen (zum Beispiel Abtretung von Landbesitz) sind von feierlichen Eiden begleitet oder geschehen in Gegenwart von Zeugen. Diese Gesetze sind zum Teil bis ins Kleinste ausgearbeitet, was zu einem gewissen Formalismus oder Ritualismus führt, den alle Beteiligten bei einem auch noch so nichtigen Rechtsstreit an den Tag legen: Es kommt in erster Linie nicht darauf an, Recht zu haben, sondern die Formalien auch im kleinsten Detail einzuhalten. Denn das Recht ist heilig, und wer nicht weiß, wie es angewendet wird, ist schon allein dadurch im Unrecht.
In der Lingard-Saga gibt es dazu ein treffendes Sprichwort: *»Mit dem Gesetz baut man ein Land auf, durch Gesetzlosigkeit geht es zugrunde.«*
Diesen Grundsatz haben vor allem die Obersten Hetleute seit Garhelt verinnerlicht. Es ist schon vielsagend, dass es in einer Gesellschaft, in der Arbeitsteilung in weiten Teilen nach wie vor unbekannt ist, eine der wenigen Spezialisierungen die des Rechtskundigen ist. Jeder Hersir und jede Hetfrau muss sich in den alt überlieferten Gesetzen gut auskennen, vor allem aber gilt das für die Jarle.

Auseinandersetzungen innerhalb einer Gemeinschaft wie der Ottajasko werden von ihrem Oberhaupt geschlichtet, es sei denn, dieses ist selbst als eine Partei in die Auseinandersetzung involviert. Dann kann man einen neutralen Schlichter aus einer anderen Gemeinschaft hinzuziehen oder den Fall vor den Jarl bringen.
Rechtsstreitigkeiten zwischen Ottajaskos, Dörfern oder Sippen werden stets vor den Jarl gebracht, der sie entscheidet oder – falls die Situation es gebietet – sich selbst für befangen erklärt und sie dem nächsten Hjalding anträgt. Größere Streitigkeiten und selbst angezeigte Verbrechen werden einmal im Jahr vor dem regionalen Hjalding verhandelt. Der Jarl hat den Vorsitz und ist als Gesetzessprecher der oberste Richter (*Lögmader*) eines Bezirkes. Ihm beigeordnet werden für die Dauer von sieben Jahren je nach Größe des Bezirkes drei bis fünf weitere Richter gewählt. Entscheidungen des Hjaldings sind bindend und können nur noch vor das Oberste Hjalding getragen werden.
Wer ein Verbrechen begeht und dies ohne schuldhaftes Verzögern beim nächsten Nachbarn selbst anzeigt, ist vor Nachstellungen bis zum nächsten Hjalding sicher. Dort muss er sich dem Richterspruch unterwerfen.
Dies ist das überlieferte alte Recht, das aber nicht immer und überall eingehalten wird. Vor allem im hohen Norden, wo die Wege zum Hjalding weit sind, kommt die Eigenhilfe immer wieder vor. Wer ein Verbrechen nicht selbst anzeigt, kann dafür vom Geschädigten oder seinen Angehörigen in 'Eigenhilfe' gerichtet werden. Sollte derjenige, der seinem Recht auf diese Weise Geltung verschafft hat, Beweise für die Schuld des anderen haben, wird außer einer Entschädigung keine Strafe verhängt. Nicht selten gibt sich die Familie des vermeintlichen Täters nicht damit zufrieden, auf das nächste Hjalding zu warten und rächt die Eigenhilfe. Daraus folgen oft Blutfehden, die über Generationen andauern können.
Wenn die Ottajasko / Sippe anerkennt, dass einer anderen Gemeinschaft durch einen der ihren ein Unrecht widerfahren ist, gibt es die Möglichkeit, dass der Hersir oder Hetmann dem Oberhaupt der geschädigten Gemeinschaft auf dem Hjalding das Selbstbestrafungsrecht (*Sjalfdämi*) einräumt, um eine Blutfehde zu vermeiden. Dann darf das Oberhaupt der geschädigten Ottajasko / Sippe eine angemessene materielle Strafe festlegen. Dieses Recht bedeutet für die geschädigte Gemeinschaft eine große Ehre (und Verantwortung), weshalb es üblich ist, ein mildes Urteil gegen den Schädiger auszusprechen. Allerdings empfindet der Täter dies oft als Erniedrigung, bedeutet es doch nichts anderes, als dass die Gemeinschaft, der er angehört, ihm für diesen Fall die Obhut verwehrt. Aus diesem Grund scheuen Hetleute oder Hersire oft diesen Weg, um Streit in den eigenen Reihen zu vermeiden.
Manchmal werden Streitigkeiten auch direkt in einem **Zweikampf** (*Holmgang*) ausgetragen, meist dann, wenn es um Ehrenhändel geht. Ein altes Gesetz des Obersten Hjaldings schreibt vor:

»Sagt man Schimpfworte zu einem Mann oder einer Frau, die ihn beziehungsweise sie in ihrer Ehre herabsetzen, so sollen die Streitenden sich treffen, wo sich drei Wege kreuzen. Kommt dann derjenige, der das Scheltwort ausgesprochen hat, derjenige aber nicht, an den es gerichtet war, so soll er als das gelten, was man ihn gescholten hat. Er ist dann nicht mehr fähig, einen Eid oder Zeugenschaft zu leisten. Kommt dagegen derjenige, an den das Wort gerichtet war, aber nicht der, der es abgab, dann ruft er dreimal "Neiding!" und macht ein Zeichen auf der Kreuzung. Dann sei der, der das Wort sagte, ein umso geringerer Mann beziehungsweise eine umso geringere Frau, da er nicht wagte, zu seinem Wort zu stehen, das er aussprach. Wenn aber beide sich treffen in vollen Waffen, spricht das Schwert. Fällt dann derjenige, der das Wort aussprach, spricht derjenige, an den das Wort gerichtet war: "Die eigene Zunge war der Totschläger. Er liegt in der Erde auf Grund seiner Taten."«

Es gilt grundsätzlich als unehrenhaft und feige, einen Schwächeren, der den Holmgang nicht bestehen kann, zu beleidigen. Dennoch kommt dies mitunter vor, und der Beleidigte kann dann nur hoffen, dass sich jemand findet, der an seiner statt sich dem Holmgang stellt, denn die Beleidigung unwidersprochen zu lassen führt zum Ausschluss aus der Gemeinschaft.

Strafrecht

Das Strafrecht der Thorwaler ist recht unkompliziert. Es gibt einen mündlich überlieferten Kodex (nur die neuen Gesetze seit der Reform der Jarltümer – siehe unten – werden aufgeschrieben), in dem die bestrafungswürdigen Vergehen und ihr Strafmaß niedergelegt sind. Über die Einhaltung des Kodex wachen die Jarle, die häufig von Skalden beraten werden, die Beispiele aus der Vergangenheit vortragen (Präzedenzfälle). Als Ankläger fungiert der Geschädigte oder ein Mitglied seiner Ottajasko / Sippe, während der Angeklagte sich ebenfalls selbst vertritt oder einen Sprecher seiner Wahl ernennt. Bei einem Prozess ist Wortgewandtheit von großer Bedeutung, da Thorwaler einen rhetorisch gut vorgebrachten Vortrag auch vor Gericht schätzen. Die Redekunst hat deshalb schon so manchen Fall entschieden. Vor allem, wenn der Sachverhalt unklar ist und/oder Aussage gegen Aussage steht, gilt es, den urteilenden Jarl und die gewählten Richter zu beeindrucken.
Die beiden häufigsten Strafen, die als Urteilsspruch verhängt werden, sind das Thurgold oder die Verbannung. Die Kerkerhaft ist unbekannt, Züchtigungen oder der Pranger unüblich, weil ehrabschneidend. Ein Ausgepeitschter würde unzweifelhaft Rache für die erlittene Schande nehmen.
Das **Thurgold** soll dem Kläger einen materiellen Ausgleich für den erlittenen Schaden geben. Die Höhe reicht je nach Schwere des Vergehens von einigen Silberstücken bis zu ganzen Schafherden oder Ottaskins. Selbst schwere Verbrechen wie Totschlag können durch ein Thurgold gesühnt werden, das obliegt allein dem Urteilsspruch des Richters. Allerdings bleibt es dem Sieger in einem Rechtsstreit meist selbst überlassen, die Buße einzutreiben, weshalb der Schwächere oft doch nicht zu seinem Recht kommt. Der Jarl ist nicht verpflichtet, das Urteil zu vollstrecken. Wenn er nicht über größere Machtmittel verfügt als die unterlegene Partei, wird er sich meist nicht einmischen. Dies ist erst durch die letzte Staatsreform, mit der Zunahme der Bedeutung der Jarle, etwas besser geworden.
Die **Friedlosigkeit** (Friedloser = *Utlagi*) ist normalerweise die schwerste Strafe, die einen Thorwaler treffen kann. Sie bedeutet, dass er für mehrere Jahre oder gar auf Lebenszeit aus seiner Heimat verbannt wird und bei vorzeitiger Rückkehr von jedermann erschlagen werden darf. Bei geringeren Vergehen beschränkt sich die Verbannung nur auf das Jarltum und währt selten länger als zwei bis drei Jahre. Ein so Bestrafter ist noch nicht mit dem Makel der Friedlosigkeit behaftet. Ihm steht es frei, sich überall sonst in Thorwal niederzulassen.
Häufig nehmen Verbannte ihre Heimat mit sich, das heißt, sie wandern mit ihrer ganzen Familie aus. Ist der Verbannte ein Hetmann, so kann er seine Ottajasko bitten, mit ihm zu ziehen. Es ist jedem selbst überlassen, ob er folgen will. Die Friedlosigkeit überträgt sich übrigens nicht auf die, die mit einem Friedlosen ziehen, und auch nicht auf seine Nachkommen, es sei denn, sie machten sich Verbrechen schuldig, die zur Verbannung führen würden. Zu Friedlosigkeit werden vor allem mehrfache Gotteslästerer, Totschläger, Vergewaltiger und brutale Schläger verurteilt, die das Zusammenleben der Gemeinschaft empfindlich stören. Das Schlimmste, was einem Thorwaler passieren kann, ist das Urteil *Skoggang* (wörtlich: Waldgang). Es bedeutet nicht nur das Urteil zur lebenslangen Verbannung, sondern der Name des Betroffenen darf nicht mehr genannt werden und ist aus allen Schriftstücken und Sagas zu tilgen. Der *Skoggangsmader* (bzw. die *Skoggangskona*) darf von niemandem aufgenommen, mit Nahrung versorgt oder befördert werden, und bei Verstößen drohen schwere Strafen. Ein solcherart Verbannter darf nicht einmal zum Tag der Heimkehr (siehe S. 32) nach Hause kommen.

Folgende Abstufungen der Verbannung sind geläufig:

- *Kleine Verbannung:* Der Verurteilte muss sein Jarltum für eine bestimmte Anzahl von Jahren verlassen. So jemand wird aber noch nicht als Friedloser bezeichnet.
- *Verbannung:* Der Verteilte muss die thorwalschen Lande für einige Jahre verlassen. Der Verurteilte wird als Friedloser angesehen.
- *Skoggang* (große Verbannung): lebenslange Verbannung, Streichung aus den Annalen und Sagas.

Man muss dabei übrigens fein unterscheiden zwischen Taten, die unter Thorwalern (oder ihren Gästen) begangen werden (und grundsätzlich thorwalschem Recht unterliegen), und solchen, die auf einem Raubzug in der Fremde an Fremden verübt werden. Diese stehen in einem anderen, mit Blut geschriebenem Buch ...

Da ein Fremder kein Recht hat, vor einem Hjalding Klage zu erheben, müsste er schon einen thorwalschen Fürsprecher finden, wollte er eine Verurteilung erwirken. Nur dann, wenn ein Verbrechen so abscheulich ist, dass der Täter sich mit seiner Tat außerhalb der menschlichen Gesellschaft stellt (der thorwalsche Begriff für ein solches Verbrechen ist *Ubotamal*), kann das Hjalding ein **Todesurteil** verhängen. Die Thorwaler unterscheiden zwischen Mord (Ubotamal) und Totschlag (Vig). Als Ubotamal zählt beispielsweise: Menschen durch finsterste schwarze Magie (oder das, was Thorwaler als solche ansehen) Schaden zuzufügen, oder Mord an (Swafnir-, Travia- und Ifirn-) Geweihten*), Skalden und Swafnir-Kindern (beispielweise, wenn jemand ein Swafnir Kind mutwillig reizt und in dem folgenden Kampf erschlägt, nicht aber, wenn dies in Notwehr geschieht). Auch Diener Hranngars verdienen den Tod.

Die Form der Todesstrafe variiert je nach Region. So wird in einigen Gegenden der Verurteilte in einem Schlammloch ertränkt, woanders setzt man ihn nackt im Eis aus, begräbt ihn lebendigen Leibes oder schlägt ihn an einen Baum. Selbstverständlich wird jede Erinnerung an den Täter getilgt. Ein Todesurteil erspart der Gemeinschaft des Verurteilten nicht, ein Thurgold zu zahlen.

Ein **Gottesurteil** wird meist dann angeordnet, wenn zwei Parteien sich gegenseitig schwere Schuldvorwürfe machen und weder Ankläger noch Beklagter die Richter überzeugen können. Beide Kontrahenten müssen einem Gottesurteil zustimmen und werden bei Sonnenaufgang beispielsweise auf einer einsamen Felseninsel ausgesetzt, nur mit Axt und Schild bewaffnet. Wer bei Sonnenuntergang noch lebt, dem hat Swafnir offensichtlich Recht gegeben. Sollten beide Kontrahenten überleben, wird der Streitfall als nicht justiziabel angesehen; nicht selten erwachsen aus solchen Fällen Blutfehden.

Das Urteil der Richter muss von Klägern und Beklagten durch einen heiligen Eid anerkannt werden. Geschieht dies nicht, so wird das Recht in die Hände der Kläger gegeben. Das heißt nicht mehr und nicht weniger, als dass die Kläger den Verbrecher nach Belieben verfolgen und töten können. Dass sich dies die Gemeinschaft des Beklagten selten gefallen lässt, liegt auf der Hand. Häufig führen solche unentschiedenen Urteile zu jahrelangen Blutfehden, bei denen in der Vergangenheit oft die besten Kämpfer ums Leben gekommen sind und ganze Ottajaskos oder Sippen aufgelöscht wurden. Eine Blutfehde kann ebenfalls nur durch einen heiligen Eid beendet werden. Der Bruch eines solchen Eides ist übrigens auch ein Ubotamal (siehe oben), das ohne viel Federlesens mit dem Tode bestraft wird.

»Zusammen mit den Hjalländern hatten wir blutige Ernte gehalten. Der Kampf war beendet, aber auch die Piraten hatten sich gut zu wehren gewusst. Selbst Tronde hatte eine tiefe Fleischwunde davongetragen. Wir hatten feststellen müssen, dass die Piraten sogar thorwalsche Gefangene wie niedere Sklaven hielten, was uns alle in großen Zorn versetzte.
Die verbliebenen Einwohner Daspotas wurden am Strand versammelt. Dort standen sie in einer Reihe, und Tronde schritt schweigend ihre Front langsam ab. Im Rücken der Gefangenen ging Ansgar der Graue, der Anführer der Hetskari, und wann immer Tronde bei einem Gefangenen kurz stehen blieb und Ansgar zunickte, hob dieser seine Streitaxt und hieb dem Gefangenen den Kopf ab.«
—aus dem Bericht eines albernischen Hetrekker in der Hetskari Trondes an seinen Bruder in Havena, 1014 BF

Rechtsgrundsätze

Die Grundlagen des Zusammenlebens der Thorwaler sind freilich nicht nur im Strafrecht festgehalten. Es gibt eine Unzahl von Rechtsgrundsätzen, die Landnahme und Erbrecht, Heirat, Handel und viele Dinge mehr regeln.

In Thorwal herrscht absolute Gleichberechtigung der Geschlechter. Jeder und jede kann bei Eignung jeden Beruf ausüben (es gibt übrigens unter den Thorwalern keine 'ehrlichen' und 'unehrlichen' Handwerke, wie auch Zünfte unbekannt sind). Man kennt keine Bevorzugung in der Erbfolge oder in der Verteilung von Ämtern und Würden. Natürlich werden einige Tätigkeiten häufiger vom dem einen oder anderen Geschlecht ausgeübt, aber nichtsdestotrotz findet man durchaus Schmiedehammer schwingende Frauen oder Männer als Geburtshelfer.

Wie sehr Recht und Gesetz das Leben der Thorwaler durchzieht, wird besonders beim Bestattungsritual deutlich. Zunächst muss der Verstorbene 'wahrhaftig' tot sein, also in den gesetzlich geregelten Formen. Das setzt voraus, dass sich die Lebenden in allen Einzelheiten an das vorgeschriebene Ritual halten. Ein Toter ist erst dann nach Recht und Gesetz wahrhaftig tot, wenn seine Nachkommen oder Erben die Bestattungsfeierlichkeiten zu seinen Ehren begangen haben, das heißt, auf seine Erbschaft getrunken haben. Der Tote kehrt als 'Drauger' wieder, wenn er zum Beispiel in einer juristisch unhaltbaren Situation verstarb (etwa wenn er Opfer einer ungesühnten Beleidigung war), oder auch, weil er nicht zufrieden ist mit der Art, wie die Nachkommen mit seinem Erbe umgehen. In solchen Fällen ist es üblich, dem Toten den Prozess zu machen und ihn dazu verurteilen, gewissermaßen vorschriftsmäßig tot zu sein. Solch ein Urteil kann auch Auflagen für Verwandte enthalten, die sie zu erfüllen haben, damit der Tote ins Totenreich eingehen kann.

Das Staatsgefüge

Eine hierarchische Verwaltungsstruktur war in Thorwal über viele Generationen hinweg völlig unbekannt. Über die Belange der Regionen wurde und wird auf Hjaldings befunden, auf denen früher alle Thorwaler eine Stimme hatten. Inzwischen gilt dies nur noch bei Hjaldings auf lokaler Ebene. Bei den Hjaldings in den Jarltümern hingegen sind seit 1023 BF (2650 JL) nur noch die Hetleute und Hersire des Jarltums stimmberechtigt.

Das Hjalding, als übergeordnete Gemeinschaft und Hort des Rechts, ist aus dem Grund des tiefen Bedürfnisses nach Recht und Gesetz und wegen der Bedeutung der Gemeinschaft eine in jeder Hinsicht umfassende Institution der thorwalschen Gesellschaft. Man trifft sich im Frühjahr vor der Ausfahrt und im Herbst nach der Heimkehr, um gemeinsam über alle Fragen zu beraten, die über das Interesse der jeweiligen Sippe oder Ottajasko hinausgehen.

Tronde Torbensson hatte vorausgesehen, dass die Thorwaler nur dann als Volk bestehen können, wenn sie zusammen stehen – wenn nicht mehr der lokale Hetmann, sondern ein gewählter gemeinsamer Anführer in Kriegszeiten frei über sämtliche Schiffe und Krieger verfügen kann. Trondes Tochter Jurga versucht nun, diese Politik fortzusetzen.

Das Land wurde 1023 BF (2650 JL) vom Obersten Hjalding in 22 Jarltümer (siehe Karte rechts) eingeteilt. Dabei bilden die Städte Thorwal, Prem und Olport jeweils ein eigenes Jarltum, sprich: eine eigene Verwaltungseinheit. Über Steuern darf allein das Oberste

* Die wenigen thorwalschen Firun-Geweihten legen auf einen solchen Schutz keinen Wert, weil sie der Meinung sind, dass sie es nicht verdient hätten weiterzuleben, wenn sie einen Angriff auf ihr Leben nicht abwehren könnten.

Hjalding entscheiden, ein Privileg, das für einigen Unmut sorgt, sind die Thorwaler an Steuern doch kaum gewöhnt.
Die Jarltümer verabschieden auf regionalen Hjaldings Gesetze und wählen einen Jarl, der das Jarltum im Obersten Hjalding vertritt. Daneben werden auf den regionalen Hjaldings je nach Größe des Jarltums drei bis fünf Hetleute oder Hersire gewählt, die ebenfalls das Jarltum beim Obersten Hjalding vertreten.
Die Jarle sind für die regionale Gerichtsbarkeit und für die Umsetzung der Beschlüsse des Obersten Hetmannes und des Obersten Hjaldings zuständig. Sie treiben die 1022 BF (2649 JL) eingeführte Kopfsteuer (eine Unze Gold pro Kopf und Jahr) und die Zölle ein, die an den thorwalschen Staat fließen, sowie weitere 'Jarlssteuern' von – von Jarltum zu Jarltum – unterschiedlicher Höhe und Art, die der Finanzierung öffentlicher Aufgaben in der Region (wie zum Beispiel die Errichtung der Schleppstelle an der Spitze der Premer Halbinsel) und der Unterhaltung der Garde des Jarls (Jarlskari) dienen.
Das Oberste Hjalding wählt den Obersten Hetmann bzw. die Oberste Hetfrau. Es kann diesen ebenso wie die Jarle wieder abwählen.

Von Kriegern und Kriegshaufen

Das thorwalsche Heer

»Sieh an, sieh an. Der Fortschritt macht auch nicht vor den Nordländern halt. So nennen die Thorwaler nun tatsächlich eine richtige Armee ihr Eigen. Und nicht mehr lange, so werden sie damit auf einem Stand sein, der einer heutigen modernen Armee, wie der des Neuen Reiches entspricht ... in wohl nur zwei bis drei Jahrhunderten, will ich meinen.«
—Kommentar eines horasischen Stabsoffiziers während eines Banketts in Kuslik, 1026 BF

Vielfältig sind die Gefahren, die im thorwalschen Land und an seinen Grenzen lauern – Orks und Gloranas Schergen, Friedlose, Gjalskerländer und Fjarninger und einige mehr. Deshalb wird annähernd jeder Thorwaler bereits früh an den Umgang mit Axt, Speer, Schwert und Kurzbogen gewöhnt. Vor allem auf dem Land, abseits der großen Siedlungen, zeigt man sich wehrhaft.
Wenn die Gefahr so groß ist, dass der Einzelne oder seine Familie damit nicht fertig werden können, steht die gesamte Ottajasko oder die Sippe zum Beistand bereit.
Das Grundprinzip der Eigenhilfe hat die thorwalsche 'Armee' – falls man von solch einer sprechen will – wesentlich geprägt: Ein stehendes Heer ist gerade erst im Entstehen begriffen. Es gibt inzwischen einige Hundert besoldeter Kriegerinnen und Krieger, die Hjalskari. Doch darüber hinaus gilt das Prinzip, dass ein jeder Waffenfähiger bereit sein muss, sich und anderen selbst zu helfen.
Einheitliche Uniformen oder Waffenröcke sind unüblich. Die Hjalskari führt nur ein unscheinbares Erkennungszeichen in Form einer bronzenen Ornamentscheibe, die um den Hals getragen wird. Auch Bewaffnung und Rüstung sind höchst unterschiedlich und hängen vom Wohlstand des Einzelnen ab, denn für seine Ausrüstung muss jeder selbst aufkommen. Allerdings kümmert sich die Oberste Hetfrau in jüngster Zeit darum, ein gewisses Maß an brauchbaren Waffen und Rüstungen bereit zu halten.
Die Hetleute und Hersire haben das Recht, sich einen bewaffneten Haufen anzuwerben, die *Thinskari*. Oftmals sind dies Angehörige der eigenen Ottajasko oder Sippe. Doch nur selten kann (und wird) sich einer der Hetleute und Hersire den Luxus bezahlter Söldner leisten. Weit häufiger rüstet er Frauen und Männer seiner Sippe aus, die in Friedenszeiten ihrem üblichen Broterwerb nachgehen.
Auch die Jarle unterhalten eigene Truppen. Sie sind – im Gegensatz zu den Hetleuten – sogar dazu verpflichtet. Die Größe und die Qualität der Ausrüstung der Jarlskari sind jedoch abhängig vom Reichtum des Jarltums. Zu den Aufgaben der Jarlskari zählt der Schutz der Jarle; vor allem aber obliegt es ihnen, in den Grenzen ihres Jarltums für die Sicherheit des Handels und der Handelsplätze zu sorgen.

Nur in besonderen Ausnahmefällen – beispielsweise bei akuter Bedrohung durch feindliche Truppen – kann ihnen von den Obersten Hetleuten die Erlaubnis gewährt werden, auch außerhalb ihres Territoriums die Waffen zu erheben.
Durch regelmäßige Wettkämpfe und Waffenschauen wird dafür Sorge getragen, dass die Kämpen der Jarlskari geübt und in guter Verfassung bleiben.
Der *Hetskari* – der Garde der Obersten Hetleute – gebührt ein ganz besonderer Rang. Diese Frauen und Männer, die sich ihrem Anführer mit Leib und Leben verschworen haben, dienen um der Ehre willen und nicht für blanke Taler (wiewohl ihre Loyalität natürlich auch in materiellen Gütern entlohnt wird). Ihre Treue und Verbundenheit sind sprichwörtlich, ihre Heldentaten der Stoff für Skaldensänge. Es ist die größte Ehre, in der Hetskari zu dienen, und manche Familien rühmen sich, seit Generationen den Obersten Hetleuten ihr Schwert zu leihen.
Das alte System des thorwalschen Kriegswesens befindet sich im Umbruch: Der Krieg mit dem Horasreich hat gezeigt, dass Thorwal gegen einen Gegner mit einer modernen Armee nur wenig ausrichten kann. Infolgedessen wurde ein Teil der jüngst eingeführten Kriegssteuern dazu genutzt, neues Kriegsgerät anzuschaffen (so verfügen Prem und die Stadt Thorwal mittlerweile über eine Reihe von Geschützen) und Freiwillige zur Erweiterung der Hjalskari zu werben. Diese stellt die Wachmannschaften der Burgen in Enskar und Hoijangar, ist in Nehult und in der Stadt Thorwal zu finden und stellt die Besatzungen der thorwalschen Flotte.
In vielen Jarltümern finden jährlich Wettkämpfe statt, um die besten Kämpen für den Dienst in der Hjalskari ausfindig zu machen. Auch Absolventen der Kämpferschule in Thorwal, deren Ausbildung an die neuen Erfordernisse angepasst wurde, sind wichtige Stützen der Armee.

Es werden sieben Einheiten (thorwalsch: *Skardari*) unterschieden:
1. Die **Riddari** (Reiter) sind auf Pferden (den Thorwaler Langmähnen) unterwegs. Dennoch handelt es sich bei ihnen weniger um eine echte Kavallerie, sondern vielmehr um eine berittene Infanterie. Zwar erfolgt der erste Angriff in der Regel mit dem Stoßspeer vom Pferderücken aus, dann aber sitzt man ab, um in den gewohnten Fußkampf zu gehen. Gerüstet sind die Riddari mit Kettenmänteln und Spangenhelmen, der Helm des *Herstjori* (Befehlshabers) ist mit einem Pferdeschweif verziert. Bewaffnet sind sie neben dem Stoßspeer mit Breitschwertern und Äxten.
2. Die **Mangskari** (Artillerie) sind fast nur auf Schiffen anzutreffen, einige wenige bemannen die Geschütze in Prem und Thorwal.
3. Die **Fotskari** (Infanterie) stellen den größten Teil der Hjalskari zu Land. Bewaffnung und Rüstung werden von den Jarltümern bezahlt, aus denen die einzelnen Kämpfer stammen, und fallen entsprechend unterschiedlich aus. Die Fotskari stellt die Bewachung besonderer Orte und kommt überall dort zum Einsatz, wo es nötig ist. In Enskar bildet ein Zwerg sogar einen Teil der dort stationierten Fotskari zu Pionieren (*Herverkmenn*) aus.

4. Die **Bogskari** (Bogenschützen) sind die einzige Einheit, die nach ihrer Bewaffnung zusammengestellt ist. Die Einheit ist bislang nicht groß. In der Regel werden die Schützen auf andere Einheiten aufgeteilt, so dass wenigstens drei Dutzend die Fotskari durch gezielte Schüsse unterstützen können.
5. Die **Sjahskari** (Seekrieger) bemannen die Winddrachen und *Byrdinger* (Lastschiffe). Sie sind im Kampf geschult und gelten als gute Seeleute.

Zuweilen kommt es vor, dass ein Swafnir-Geweihter vor einer Schlacht einen Segen über eine kleinere Gruppe Krieger spricht. Dies hat zur Folge, dass sie wesentlich empfänglicher für die *Swafskari* werden (siehe Kasten S. 54). Geraten die Krieger in Walwut, rennen sie mit Todesverachtung auf den nächsten (vermeintlichen!) Gegner zu. Dabei ist es unerheblich, ob der Gegner sich hinter einem Schildwall verbirgt, hinter einer auf den Rasenden gerichteten Rotze steht oder gar zwanzig zu eins überlegen ist.

Den Oberbefehl über die gesamte Hjalskari hat der *Herkonnunger* (entspricht einem Marschall). Der Unterbefehl über die Landtruppen liegt beim *Herstjori* (einem General oder Obristen vergleichbar), die Seetruppen befehligt der *Sjaherstjori* (entspricht einem Admiral). Beide werden unterstützt von *Hetjas* (Hauptleuten), die einzelnen Truppenteilen vorstehen. Der einzelne Kämpfer wird *Rekker* genannt.

Im Kriegshafen Hoijangar werden seit geraumer Zeit die modernen und hochbordigen Winddrachen gefertigt (siehe S. 113f.), die den Rückhalt der Hjalskari zur See darstellen.

Die Flotte umfasst derzeit acht größere Schiffe (drei Winddrachen, eine gekaperte horasische Schivonelle und vier Byrdinger) und eine Vielzahl Langschiffe, Knorren und kleinere Boote. In den nächsten fünf Jahren ist wohl mit drei weiteren Winddrachen und ein paar verbesserten Byrdingern (siehe S. 113) zu rechnen. Im Kriegsfall bekommt die Flotte Unterstützung durch die Ottajaskos, wodurch eine Schiffsphalanx von durchaus 50 Schiffen oder mehr entstehen kann.

Die Flotte ist auf drei Kriegshäfen (thorwalsch: *Sjaherborg*) aufgeteilt: Stadt Thorwal, Hoijangar und Enskar. Kleine Stützpunkte mit je einem Langschiff sind Lassir und Goldsholmr.

Ein Seekampf gegen Thorwaler (zum Beispiel Friedlose) sieht gänzlich anders aus als ein Kampf gegen alanfanische oder horasische Schiffe. Im Fall eines 'Bruderzwistes' werden die befreundeten Schiffe längsseits eng miteinander vertäut und gegebenenfalls Planken über die Dollborde gelegt, so dass man von einem Schiff zum anderen gelangen kann. Dabei findet sich das stärkste Schiff in der Mitte, ganz außen die schwächsten und kleinsten Schiffe des Verbandes. Diese 'Schiffsfestungen' schwimmen nun aufeinander zu. Jede Seite versucht, die andere durch Speerwürfe und Pfeilbeschuss zu dezimieren, und der Kampf Rekker gegen Rekker beginnt.

In den seltenen Fällen, in denen Thorwaler in größeren Verbänden zu Land kämpfen, bedienen sie sich meist einer V-förmigen Schlachtordnung. An der Spitze marschiert der Anführer des Heerhaufens, flankiert von den beiden Flügeln. In dieser Schlachtformation werden alle möglichen taktischen Manöver ausgeführt. Der Tod des Heerführers hat in der Regel die sofortige Auflösung und Flucht zur Folge, weshalb er immer von einem Schildwall (*Skjaldborg*) seiner eigenen Garde geschützt wird.

Kämpferschule Ugdalfskronir

Vor dem Angriff des Horasreichs war diese Kämpferschule alles andere als das Musterbeispiel einer guten Lehranstalt. Mittlerweile hat sie sich jedoch einiges Ansehen erworben, so dass die Abgänger gerne in die Hjalskari aufgenommen werden, aber auch anderweitig gute Offerten bekommen.

Man vermittelt den Schülern (moderne) Kriegstechniken zur See und zu Land. Sie lernen den Umgang mit vielerlei Waffen – auch solchen, die in Thorwal kaum verwendet werden. Der Formationskampf, wie zum Beispiel das Bilden eines Schildwalls und der Kampf zu Pferd, stehen ebenfalls auf dem Lehrplan. Zur Ausbildung gehören einfache Reparaturen an Rüstung und Waffen, das Befehligen eines Schiffes, gutes Benehmen (nicht nur nach thorwalschen Maßstäben) und das Überleben in der Natur (siehe **Helden 106**).

Freie Kämpferschule der Trutzburg

Diese kleine Kämpferschule wird von der Stadt Prem finanziell und von der Rothelm-Otta personell unterstützt. In der Festung kommen bis zu 30 Zöglinge in den drei nach Jahrgängen getrennten Schlafsälen unter.

Gegründet wurde die Schule von Starkad Stornsson, der auf einer seiner Fahrten versehrt wurde und im Lieblichen Feld in Gefangenschaft geriet. Dort lernte er die Vorteile einer geordneten Kriegsführung kennen und fasste den Entschluss, seine Kenntnisse zum Wohle Thorwals weiterzugeben. Ganz konnte der Vorsatz nicht umgesetzt werden: So bleibt bis heute eine allumfassende Allgemeinbildung auf

Die Hjalwara – ein mysteriöser Kriegerbund

Nach den Ereignissen, die in dem Abenteuer **Die Dunkle Halle** beschrieben sind, fühlten sich die Überlebenden aus Trondes Hetskari durch ihre Erlebnisse in besonderem Maße Tronde und seinen Zielen verbunden und waren sich zugleich der vielfältigen Gefahren bewusst, die Thorwal jetzt und in Zukunft bedrohten. Die Rekker streben eine Gemeinschaft an, die über den Auseinandersetzungen zwischen den Regionen und Ottajaskos steht. Sie fühlen sich alten thorwalschen Kriegertugenden verpflichtet und nannten die Gemeinschaft *Hjalwara* (die wachsamen Beistand leisten).

Schon hat das Gerücht über die Gründung dieser Krieger-Gemeinschaft in Thorwal die Runde gemacht.

Viel Verlässliches ist noch nicht über sie bekannt. Es heißt, dass die Hjalwara nur herausragende Rekker in ihren Reihen duldeten, geübt in der Kampfkunst, voll Heldenmut und Aufrichtigkeit. Man sagt, sie hörten den Liedern der Skalden aufmerksam zu, um diejenigen auszuwählen, die für die Aufnahme in den Bund in Betracht kommen. Wer sich durch seine Taten empfehle, den sprächen sie im Vertrauen an, mit ihnen zu kommen und sich einer Probe zu stellen. Diese Prüfung sei von großer Härte und Unerbittlichkeit.

Ein Hjalwara muss bereit sei, sein bisheriges Leben, Blutsbande und Freundschaften zu vergessen, und sich ganz dem Bund und seinem Ziel, Thorwal vor jeglichem Unbill zu schützen, zu verschwören. Manche munkeln von einem Blutschwur, der die Hjalwara an ihren Anführer bindet, andere gar raunen von dunkler Magie, die den Bund besiegelt.

Die Hjalwara fühlen sich allein dem Land Thorwal und dem Andenken und Schicksal Trondes verpflichtet. Deshalb beäugt nicht nur Jurga Trondesdottir diese neue Gemeinschaft mit Argwohn, haben diese Krieger ihres Vaters ihr doch die Gefolgschaft verweigert.

Es ist unbekannt, wo sich die Ottaskin der Hjalwara befindet – einige munkeln, sie säßen irgendwo nördlich der Grauen Berge, andere behaupten zu wissen, dass der Bund in den Weiten von Ifirns Ozean eine neue Insel entdeckt habe.

Niemand weiß zu sagen, wie viele Frauen und Männer der Gemeinschaft derzeit angehören. So bleibt es abzuwarten, welche Bedeutung der neue Bund erringen wird (siehe auch S. 180).

der Strecke, während theoretische Kriegskunst sehr lebensnah vermittelt wird. Die heutige Leiterin Swafnelda Maradasdottir ist wie ihre Mutter schnell mit dem Brabaker Rohrstock bei der Hand, vermittelt sonst aber recht gekonnt die einzelnen thorwalschen Kriegstaktiken, wobei der Schwerpunkt auf einer Schulung des Kampfes Rekker gegen Rekker, vorwiegend auf einem Schiff, liegt (siehe **Helden 106**).

Heerfahrten

Die meisten Aventurier denken bei Thorwalern vor allem an plündernde Piraten, die mit ihren Langschiffen Küstendörfer überfallen. Doch geht längst nicht jeder auf Heerfahrt, sonst müsste es ständig Berichte über thorwalsche Plünderungen geben.

Auch wenn die Zahl der Raubfahrten in den letzten Jahrhunderten weit geringer geworden ist, thorwalsche Piraterie gibt es nach wie vor. Insbesondere die Jugend drängt immer wieder zu Heerfahrten (thorwalsch: *Herferd*), auf der Suche nach Ruhm und reicher Beute. Oft sind es die Kinder von Hetleuten und Hersiren, die bei der Erbnachfolge nicht zum Zuge kommen, die sich mit einer erfolgreichen Heerfahrt einen Namen machen wollen. Es ist eine Reihe von Fällen bekannt, in denen solche eines Tages mit Ruhm und Reichtum beladen zurückkamen, um ihren Verwandten, der inzwischen die Nachfolge als Hetmann angetreten hatte, herauszufordern und ihm den Rang streitig zu machen.

Die bevorzugte Taktik auf Heerfahrten ist der *Strandhögg* ('einen Schlag am Ufer ausführen'), ein rascher Überraschungsangriff, nach dem man sich sofort zurückzieht. Niemals dehnt ein kluger Hetmann seinen Raubzug über das ursprünglich geplante Ziel aus, um nicht Gefahr zu laufen, von seinem Schiff und damit dem sicheren Rückzugsweg abgeschnitten zu werden.

Bei größeren Unternehmungen sucht man sich zunächst einen abgelegenen Platz als Stützpunkt. Von dort bricht man zu den Küsten- und Ufergebieten auf, landet dort möglichst rasch und ohne Aufsehen zu erregen, lädt gegebenenfalls die Pferde aus (wenn man nicht gleich an Ort und Stelle welche einfängt) und stürmt los. Der Zeitpunkt eines Überfalls ist meist sorgfältig gewählt: ein Feiertag oder ein Markttag, an dem viele Leute zusammenkommen und reiche Beute mit sich führen. Am Ziel rafft man an sich, was irgendeinen Handelswert hat, nimmt Personen als Geisel, für die man ein stattliches Lösegeld fordern kann, und ist genauso schnell wieder verschwunden, wie man aufgetaucht ist.

Es gibt viele Heldensagas, in denen mutige und kluge Hetleute ihre Besatzung mit großer Beute wieder nach Hause führen. Über die Mehrheit, die sich bei einer Heerfahrt eine blutige Nase holt oder gerade soviel Reichtum erwirbt, dass sie sich ohne Gesichtsverlust nach Hause trauen kann, wird natürlich kein Sang gedichtet.

Die Entwicklungen der letzten Jahrzehnte haben dafür gesorgt, dass es kaum noch lohnende Ziele für Heerfahrten gibt: Nostria ist arm, Albernia hat kaum Küstenorte, eine Heerfahrt auf dem Großen Fluss ist kaum durchführbar (insbesondere, wenn man lebend wieder zurückkehren möchte) und das Horasreich ist an der Küste wohl gerüstet und gut bewacht. Auch wenn alanfanische Galeeren den Thorwalern in der Regel unterlegen sind, gibt es im Südmeer eine große Konkurrenz an Piraten. Das Perlenmeer wiederum gilt seit Borbarad als praktisch unbefahrbar. So müssen sich heutzutage schon einige Ottas zusammenschließen, wollen sie Aussicht auf Erfolg haben.

Selbst eigene Landsleute lassen manche thorwalsche Piraten (*Sviksaegarper*) nicht ungeschoren und machen Jagd auf Knorren oder unterlegene Ottas. Sogar Überfälle auf thorwalsche Orte kommen gelegentlich vor, insbesondere wenn der Winter härter und länger ausfällt als erwartet und die Nahrungsvorräte knapp werden. Das größte Piratennest, Daspota, hat der Oberste Hetmann Tronde Torbensson allerdings 1014 BF (2641 JL) ausgeräuchert, wohingegen die nördlichen Olportsteine, berüchtigter Zufluchtsort für Friedlose, 1023 BF (2650 JL) vom Horasreich besetzt und gesäubert wurden.

Thorwaler Söldner

»Wir werden unsere Thorwaler gegen eure Thorwaler schicken, während unsere Verbündeten ihre Thorwaler dort hinschicken, wo ihr keine Thorwaler habt.«

—aus der Kriegserklärung eines Brabaker Königs

Viele Thorwaler hören bereits von Kindesbeinen an die alte Weisheit:

»Reich an Silber und großen Taten wirst du nur dann werden, wenn du auf Swafnirs Wogen hinaus in die Welt ziehst – das wohl!«

Die Nordleute scheinen für das Söldnerleben wie geschaffen zu sein, was im Wesentlichen daran liegt, dass ihnen weniger der Geburtsort als die Otta oder Sippe als Heimat gilt. Bisweilen treten gleich ganze Ottajaskos in den Sold irgendwelcher Krieg führender Machthaber. Diese wählen die Nordleute wegen ihrer Zähigkeit, ihres gefürchteten Kampfesmuts und der ihnen ureigenen Muskelkraft – wenn es auch an Disziplin dann und wann mangelt. Das geht so weit, dass in manchen Auseinandersetzungen auf beiden Seiten Thorwaler kämpfen – doch tut dies ihrer Kampfbegeisterung kaum Abbruch, gilt ihnen doch die Seite, auf der ihre Gemeinschaft kämpft, als die Richtige.

Die Thorwaler sind dafür bekannt, dass sie meist als eingespielte Schiffgemeinschaft ins Gefecht ziehen. Ihnen eilt der Ruf voraus, dass sie sich nicht immer penibel an den Khunchomer Kodex halten – oder ihn zumindest sehr freizügig auslegen. Darum kann man sie auch für ungewöhnlichere Aufträge anwerben. Ebenso leicht kann es aber geschehen, dass die Ottajasko beschließt, den Vertrag einseitig und abrupt zu beenden – und im Ausnahmefall sogar bei der Gegenseite anzuheuern. Bisweilen erweisen sich Thorwaler Söldner aber auch als so loyal, dass sie beschließen, in der Fremde sesshaft zu werden. Hat sich eine Otta-Besatzung erst einmal niedergelassen, so wird man sie so schnell nicht wieder los. Dies aber bedenkt kaum ein (oftmals verzweifelter) Auftraggeber ...

Besonderen Ruhm genießen die *Premer Seesöldner* (siehe S. 97) sowie die seit Generationen in Brabak heimisch gewordenen Seesöldner der *Hammerfaust*-Ottajasko (siehe S. 117). Auch die 'Drachen von Llanka' unter ihrem jetzigen Hetmann Stirbjörn 'der Schwarze' Leifsson dienten lange Jahre in der Aranischen Flotte und bildeten zudem den Großteil der Imman-Mannschaft *Sturmwind Llanka*. Die Ottajasko wurde jedoch im Kampf gegen Oron nahezu aufgerieben, ihre letzten Überlebenden befahren die Blutige See, beseelt von wallendem Rachedurst (siehe S. 73). Schließlich ist noch das bornländische Festum zu erwähnen, wo man versprengte thorwalsche Seesöldner anheuern kann.

Einige Thorwaler, die als Söldner berühmt wurden

Der Premer *Halmar* verteidigte während der Dunklen Zeiten als Söldner-Kommandant die Nordgrenze, wurde später Reichsgeneral und riss 490 v.BF für fast neun Jahre den Thron des Alten Reiches an sich. Nach ihm wurde außerdem die Orkland-Antilope benannt.

Walkir Zornbrecht wurde ca. 690 BF als Söldnerführer in Al'Anfa ganz unthorwalsch mit dem Sklavenfang reich und rief sich zum 'König des Südens' aus. Noch heute gehören seine Nachfahren zu den wichtigsten Familien Al'Anfas (und gelten bei den Thorwalern als Inbegriff verräterischer Frevler).

Der legendäre *Torgal Hammerfaust* zerstörte mit seinen fünf Ottas in der siegreichen Seeschlacht von Charypso (946 BF) auf Seiten Brabaks alleine neun Galeeren Al'Anfas.

Seit einigen Götterläufen kreuzt unter dem Kommando der gewitzten Hetfrau *Lilja Gretarsdottir* die Ottajasko 'Swafnirs Zorn' durch die Charyptik. Sie wird bevorzugt von denen angeheuert, die der Schwarzen Perle schaden möchten. Die *Swafnirs Zorn* ist dafür berüchtigt, rasch aus dem Nebel der morgendlichen See aufzutauchen, so dass den schwerfälligen alanfanischen Schiffen keine Chance zur Flucht bleibt. Die Freibeuterin ist so erfolgreich, dass Patriarch Amir Honak ein Kopfgeld von 1.000 Dublonen auf Lilja und ihre Mannschaft ausgeschrieben hat.

Thorwaler Söldner im Spiel

Wenn man einen (oder eine ganze Gemeinschaft) Thorwaler auf seine Seite zu ziehen versucht, bedarf es nicht nur eines gut gefüllten Geldbeutels. Denn Thorwaler Söldner schauen sich ihren künftigen Soldherrn sehr genau an. Dämonenpaktierer, Schwarzmagier und ähnliche Übeltäter scheiden meist von vornherein aus. Auch mit redlicheren Zauberkundigen tut man sich im Allgemeinen schwer, der thorwalsche Aberglaube sorgt hier für tiefe Vorbehalte.

Man zieht es vor, für eine gute Sache zu kämpfen, von der man sich größeren Ruhm versprechen kann. Nicht immer müssen sich dabei die Begriffe von Gut und Böse mit den üblichen Kategorien decken. Ein feindliches Dorf zu überfallen und die Einwohner nicht zu verschonen, einen Praios-Tempel niederzubrennen oder einen Handelskonvoi um den Preis aller an Bord befindlichen Matrosen aufzubringen, mag einem Zwölfgöttergläubigen verabscheuungswürdig vorkommen – viele Thorwaler finden nichts dabei.

Besonders gerne kämpfen die Nordleute gegen die verhassten Al'Anfaner. Aber auch weniger eigennützige Aufträge werden angenommen. In der Vergangenheit kämpften die Thorwaler wiederholt auf der Seite des Bornlands, Brabaks und anderer südlicher Mächte gegen den Erzfeind Al'Anfa und das Horasreich, für das Mittelreich gegen die Orks, wie unlängst in Albernia, oder gegen den Schwarzen Admiral Darion Paligan auf seiner Dämonenarche *Plagenbringer*. Die Admiralität des Mittelreichs bemüht sich darum, Thorwaler Seesöldner für den Kampf in der Blutigen See anzuwerben, wofür oftmals Abenteurer als erfahrene Unterhändler gesucht werden. Die Goldene Allianz versucht ebenfalls, ganze Ottajaskos für ihre Ziele zu gewinnen. Im Horasreich ist es nach dem Friedensschluss fast schon 'schick' geworden, Thorwaler Söldner als Bedeckung für gefährliche Unternehmungen anzuwerben. So manche Loge hält sich zudem gerne einen Haufen Nordleute – für besondere Aufgaben ...

Nach den zurückliegenden schweren Wintern im aventurischen Norden sind derzeit jedenfalls wieder mehr Thorwaler entlang der Küsten anzutreffen – und sie alle streben nach Silber und Ruhm, das wohl!

Fremdvölker in Thorwal

Die Thorwaler sind raubeinig, aber herzlich, leben gern gesellig und können sich gar nichts anderes vorstellen. Sie nehmen Neuankömmlinge gerne als Gäste auf, die auch willkommen sind, zu bleiben und sich niederzulassen. Dabei hegen die Thorwaler vielleicht Bedenken gegen andere Völker, aber – von den Echsen einmal abgesehen – kaum dauerhafte Vorurteile. Allerdings wird erwartet, dass sich Angehörige anderer Kulturen und Rassen, die in der Region leben wollen, nicht in die inneren Angelegenheiten von Land und Leuten einmischen, denn Thorwaler sind grundsätzlich überzeugt davon, dass die eigene Lebensart die einzig wahre ist.

Menschen

Vornehmlich Kriegsvertriebene aus Nostria, Andergast (im Süden) und dem Svelltal (im Norden) sind nach Thorwal gezogen. Kriegsmüde, verzweifelt und heimatlos haben sie eine neue Heimat gefunden. Versprengte Seelen, die aus Gründen wie Familienzwist, Fehde, Liebeskummer oder Verbannung einen Neuanfang suchen, zieht es zumeist in die größeren Städte. Vor allem die Stadt Thorwal ist ein Anziehungspunkt für alle die, die ein neues Leben in Freiheit suchen.

Schon lange ansässig sind die Abkömmlinge der albernischen Flüchtlinge, die nach der Großen Flut in Havena in den Norden kamen. Auf sie gehen die Stadtgründungen so wenig thorwalsch anmutender Ortschaften wie *Muryt* und *Calhis* zurück. Obwohl sie längst als Thorwaler reinsten Wassers angesehen werden können, pflegen sie weiter enge Verbindungen in die alte Heimat. Keinesfalls als fremd zu bezeichnen ist das Volk der **Nivesen**, das schon lange vor den Thorwalern durch diese Region zog. Doch haben die meisten von ihnen mittlerweile die traditionelle nomadische Lebensweise aufgeben. Sie haben sich weitestgehend der Kultur der Thorwaler angepasst und treiben Handel oder machen sich einen Namen als Jäger oder Tierzüchter. Mit ihren nomadisch lebenden Verwandten haben sie oft nichts mehr zu tun, denn diese können die sesshafte Lebensart nicht verstehen.

Auch die **Norbarden** sind, obwohl keine Ureinwohner, ein nicht mehr wegzudenkender Bestandteil der Bevölkerung Thorwals. Seit Urzeiten verbinden Hjaldinger und Norbarden enge Blutsbande, aus denen im Laufe der Zeit sogar ein eigenes Volk hervorgegangen, das sich weiter im Norden angesiedelt hat: die Gjalskerländer (siehe S. 119ff.). Die übrigen heute in Thorwal lebenden Norbarden verfolgen meist noch ihre klassische Lebensweise als fahrendes Volk. Im Winter schlagen sie feste Lager in einem der thorwalschen Orte auf. Man ist stolz auf seine Traditionen, auch wenn sich hier und da thorwalsche Einflüsse eingeschlichen haben – wie im Übrigen auch umgekehrt. Nicht anders als bei Thorwaler Sippen bestimmt ein Ältester oder eine Älteste die Geschicke der Familie. Die zwei letzten großen Clans, die *Serach* und *Gajka*, sind die Abkömmlinge der Ursippen, die vor vielen Jahren das Land südlich der Grauen Berge besiedelten. Diese traditionsbewussten Familien, die sich mehr als andere einer Öffnung für Außenstehende entgegenstellen, erfahren dennoch immer mehr eine Wandlung, da von Jahr zu Jahr mehr junge Norbarden in andere Sippen einheiraten oder sich sogar aus Abenteuerlust einer Ottajasko anschließen. Die *Nunnur* in Waskir etwa sind nur noch dem Namen nach eine norbardische Sippe.

Südländische Exoten trifft man im klimatisch rauen Norden selten an, zumal sich die meisten Südländer mit der Art der Einheimischen eher schwer tun. Hin und wieder begegnet man einem **Waldmenschen**, den Thorwaler Seeleute aus der Hand von Sklavenjägern oder seinen alanfanischen Besitzern befreit haben. Solche Menschen schließen sich bisweilen ihren Befreiern an und bieten ihnen ihre Dienste an, je nachdem, was sie in der Sklaverei für Fertigkeiten erworben haben. Meist weiß der ehemalige Sklave nämlich mit seiner neu gewonnenen Freiheit nicht viel anzufangen, weil er hoffnungslos damit überfordert wäre, in der heimatlichen Wildnis zu überleben oder (falls er nicht ohnedies in Gefangenschaft geboren ist) ihm sein Stamm eine Rückkehr verweigert.

Auf **Tulamiden** trifft man am ehesten noch in der Stadt Thorwal, denn Angehörige dieser stolzen Rasse haben es besonders schwer, sich den fremdartigen Sitten und Gebräuchen anzupassen und die Lebensart der Thorwaler hinzunehmen. Ganz besonders aber trifft dies auf Novadis zu, die kaum die lose Zunge der Thorwaler über Götter gleich welchen Volkes ertragen können. Stößt man im Hinterland auf einen Tulamiden, so dürfte es sich wohl um einen aufrechten Glücksritter handeln. Oder aber es ist ein abtrünniger Vertreter der magischen Zunft, der in der thorwalschen Wildnis vor den Häschern seiner Gilde Zuflucht sucht. Vor einer solchen Begegnung sei ausdrücklich gewarnt.

Nichtmenschliche Rassen

Die Liebe zu Eisen und Bier verbindet die **Zwerge** mit den Thorwalern, weshalb auch einige Sippen des Kleinen Volkes in friedlicher Nachbarschaft wohnen.

Vor allem für den in Thorwal an Bedeutung zunehmenden Bergbau sind die Zwerge von unschätzbarem Nutzen. Einige Zwergensippen haben Bergwerke aufgebaut und schürfen dort ganz nach ihrem Willen und auf eigene Rechnung. Andere Zwerge arbeiten als Prospektoren und/oder Bergbauspezialisten für einheimische Auftraggeber.

Obwohl es von den weiten Wäldern heißt, dass dort auch **Elfen** leben, wird man ihnen doch nur selten begegnen. Die Angehörigen des Alten Volkes leben zurückgezogen und schätzen die Thorwaler Lebensart überdies gering. Die wenigen Male, bei denen man sie in den Siedlungen sieht, kommen sie meist nur, um Handel zu treiben, und das auch fast ausschließlich im dünn besiedelten Hinterland. Anders sieht es in Olport aus, denn an der dortigen Magier-Akademie, der Runajasko, unterrichten auch einige (firn-)elfische Lehrmeister (siehe S. 62).

Die **orkische Bevölkerung** ist zahlenmäßig – bedingt durch die Nähe zum Orkland – die bedeutendste nichtmenschliche Bevölkerungsgruppe Thorwals. Einige Stämme siedeln auf thorwalschem Gebiet, und im Großen und Ganzen hat man gelernt, miteinander auszukommen, so dass viele Thorwaler die üblichen Vorurteile gegen Orks nicht teilen.

Doch sind die Schwarzpelze in zwei Lager gespalten, und seit dem letzten Orkzug gegen Albernia scheint dies erneut ein Anlass für Konflikte zu werden. Auf der einen Seite stehen vor allem die *Truanzhai*. Gegen diese Gruppe Orks steht das Lager der Traditionalisten: Angetrieben durch Priester, die sich auf ihren ursprünglichen Glauben berufen, hat sich seit dem großen Orkensturm eine Gegenströmung unter den Orks der Region gebildet, die sich wieder den alten Riten zuwendet und ein einvernehmliches Zusammenleben mit den Menschen als Verweichlichung und Verrat an der eigenen Rasse verachtet. Die Traditionalisten scharen sich um den jungen Tairachi *Geldrasch Sarkai*, der eine strikte Einhaltung der alten Sitten einfordert. Seine Gefolgsleute rekrutieren sich vor allem aus jungen Okwach, die mit einem friedlichen Leben nichts anzufangen wissen.

Die schwelende Auseinandersetzung zwischen Traditionalisten und Gemäßigten führte dazu, dass viele Anhänger Sarkais, die zuvor friedlich in der Stadt Thorwal lebten, die Stadt verlassen haben, um wieder auf die heiligen Wege der Vorfahren zurückzukehren (siehe auch S. 91). Insbesondere an den Grenzen Thorwals zum Orkland ist für die nahe Zukunft vermutlich mit vermehrten Konflikten zu rechnen.

Die anpassungsfähigste Rasse überhaupt sind wohl die **Goblins**, weshalb es nicht verwundert, dass sie auch in Thorwal in einigen Städten des südlichen Landstrichs Fuß gefasst haben, wenngleich weit weniger zahlreich als in Weiden oder im Bornland.

Wie beispielsweise in Festum bilden die Rotpelze als Rattenfänger, Müllsammler, Billigtrödler, Grobgerber oder Handwerksgehilfen die unterste Schicht. Schon mancher, der einer Neuigkeit bedurfte, konnte erfahren, wie gut diese Dämmerungs- und Nachtaktiven informiert sind.

Auch für besondere Aufgaben stehen sie zur Verfügung: Berüchtigt ist die 'Rote Nacht', die man einem Konkurrenten beschert. Dabei wird das Innere seines Hauses, Kontors oder der Werkstatt durch eine Bande Goblins von unten nach oben gekehrt.

Selten geworden sind Begegnungen mit **Trollen**, doch hin und wieder trifft man schon einmal auf einen Angehörigen dieser alten Art, vor allem im Steineichenwald und in Südthorwal (siehe auch S. 85f.).

Wie die Thorwaler die Welt sehen

Wie sieht der Thorwaler ...

... das Mittelreich

»Solange bei denen eine Bennain auf dem Thron sitzt, soll es mir recht sein.«

Den Thorwalern gilt die Kaiserin in Gareth noch immer als das höchste gekrönte Haupt Aventuriens überhaupt.

Allerdings zeigt man sich dem Reich gegenüber meist wohlwollend-gleichgültig. Mit der Lebensart der Mittelreicher kann man sich zwar gut arrangieren, doch befremdet die Thorwaler die unterwürfige Art, mit der die meisten Mittelreicher ihren Göttern und weltlichen Herren begegnen.

... Albernia

»Invher Cuanusdottir ist eine von uns, auf die kann man bauen.«

Albernia ist nicht erst seit dem Krieg mit dem Horasreich ein wichtiger Verbündeter der Thorwaler. Enge Blutsbande verbinden beide Völker; man fühlt sich einander verpflichtet. Allerdings weigern sich viele Thorwaler zur Kenntnis zu nehmen, dass einige albernische Familien zwar thorwalsche Wurzeln haben, mittlerweile aber durch und durch Mittelreicher sind.

... das Horasreich

Ein Nordthorwaler: *»Weicheier! Haben nicht den Mumm zu einem ehrlichen Zweikampf. Diese Nachfahren der verfluchten Canterer huldigen Hranngar. Allein deshalb werden wir ihnen bald mal wieder einen Besuch abstatten!«*

Ein Südthorwaler: *»Auch wenn ihre Sitten und Gebräuche weichlich erscheinen, sind die Horasier doch ernstzunehmende Gegner. Wir müssen sehen, dass wir ihnen etwas entgegenzusetzen haben.«*

Für die Horasier hat man meist nur Verachtung übrig: Man findet ihre Sitten verweichlicht, ihr Gehabe gestelzt und nimmt es ihnen besonders übel, dass sie Geschäfte mit Waljägern machen. Zudem gibt es etliche, die in den Horasiern die Nachfahren der verhassten güldenländischen Eroberer Hjaldingards sehen. Begünstigt wird diese Haltung durch das Erstarken der Traditionalisten.

Der Krieg mit dem Horasreich hat den meisten Thorwalern schmerzlich vor Augen geführt, dass mit den 'Perückenträgern' nicht zu spaßen ist. An den Vorbehalten auf beiden Seiten könnte ein Kampf gegen den gemeinsamen Feind Al'Anfa etwas ändern.

... Andergast und Nostria

»Solange die beiden sich die Köpfe einschlagen, ist es unser gutes Recht, selbst dafür zu sorgen, dass wir unser Holz bekommen.«

Wenig Achtung bringen die Thorwaler ihren südlichen Nachbarn – insbesondere den Nostriern – entgegen. Die ewigen Scharmützel zwischen beiden Reichen betrachtet man wie Schlägereien unter Halbwüchsigen: bisweilen blutig, aber grundsätzlich nicht Ernst zu nehmen. Man hält Nostrier wie Andergaster für störrisch und bieder und rümpft die Nase über ihren Kleinmut. Auf Handelsbeziehungen will man dennoch nicht verzichten, zu wichtig ist das Steineichenholz. Sollte man ihnen dieses eines Tages verweigern, werden die Thorwaler nicht zögern, sich zu holen, was sie begehren.

... das Svellttal

»Hausen da nicht nur noch Orks? Wenn ich mir unsere Gegend angucke, müssten sich eigentlich längst alle Svellttaler bei uns niedergelassen haben.«

Einst wichtige Handelspartner, haben die Städte des Svelltschen Bundes nach dem Orkensturm an Bedeutung verloren. Wenn die Thorwaler über die Svellttaler sprechen, meinen sie meistens die, die sich nach Thorwal geflüchtet haben. Deren Einschätzung bewegt sich zwischen Hochachtung für die fähigen Handwerker bis zu Abneigung gegen die Hungerleider (letzteres vor allem in Enqui).

... Orks

»Die Schwarzpelze muss man im Auge behalten. Die planen was, bei Swafnir! Und jetzt, wo Grimring im hohen Norden geblieben ist ...«

»Die Orks sind ordentliche Bürger dieser Stadt. Und wer sie anrührt, der handelt sich den Zorn des Hetmanns vom Bodir ein.«

Obwohl man seit Jahrhunderten gegen die Schwarzpelze siegreich war, haben die jüngsten großen Orkenzüge etliche Thorwaler ins Grübeln gebracht. Gegenüber den Orks, die in Thorwal siedeln, teilt man in der Regel nicht die üblichen Vorurteile.

... Gjalskerländer

»Das sind Wilde, tapfer und mutig zwar, aber wasserscheue Wilde!«

»Denen hat Hranngar ins Gehirn geschissen: Die beschimpfen Swafnir und verehren einen Riesen als Gott!«

»Gjalskerländer? Das sind Orks mit weniger Haaren!«

Die meisten Thorwaler nehmen ihre wilden Nachbarn und deren befremdliche Sitten nicht ganz Ernst. Nur diejenigen, die in unmittelbarer Nähe zum Gjalskerland siedeln, fürchten die Barbaren und ihre Kampfkraft aus gutem Grund.

... Fjarninger

»Das sind keine Menschen, sondern tollwütige Bären. Besser man erschlägt sie, bevor sie einen erschlagen.«

»Sie haben Swafnir verraten und machen mit Waljägern gemeinsame Sache.«

Fjarninger hassen die Thorwaler, und Thorwaler hassen die Fjarninger, das weiß jedes Thorwaler Kind. Nur selten kreuzen sich beider Wege, doch wenn, muss man mit erbitterten Auseinandersetzungen rechnen.

... Norbarden

»Das beste am Bornland, lustige Leute und gesellig. Die gehören bei uns einfach mit dazu.«

Thorwaler und Norbarden, besser gesagt jene Norbarden, die seit Ewigkeiten in Thorwal siedeln, sind kaum mehr voneinander zu trennen. Thorwalsche und norbardische Lebensart lassen sich gut vereinen, zumal man viele Sitten voneinander übernommen hat. Mit den bornischen Norbarden pflegt man traditionell enge Handelsbeziehungen und schätzt sie als ehrliche Leute.

... Nivesen

»Vertragen keinen anständigen Schluck, sind aber gute Jäger und Fährtensucher.«

»Dass sie mit den Wölfen sprechen, das ist unheimlich. Ich habe gehört, manche könnten sich sogar in Wölfe verwandeln. Das ist noch unheimlicher.«

Wie die Norbarden siedeln Thorwaler und Nivesen seit vielen Jahrhunderten in unmittelbarer Nachbarschaft. Mittlerweile verbinden viele Blutsbande Nordthorwaler und Nivesen, man teilt einige Sitten – wie die Schwitzhütte – und schätzt sich.

Zu den Nivesen am Oblomon und am Rand der Grünen Ebene ist das Verhältnis gespannter. Jene Nivesen schätzen etwaige Expansionsgelüste der Thorwaler gar nicht, während die Nordleute in ihnen kaum ebenbürtige Gegner sehen und somit dazu neigen, sich über die Interessen der Nivesen allzu leichtfertig hinwegzusetzen.

... das Bornland

»Es sind schon arge Pfefferkörnerzähler. Verkauf ihnen drei Dutzend Fässer mit Plattfisch und sie prüfen jeden einzelnen. Und wehe, einer ist auch nur einen Finger kleiner als die anderen, sofort geht das Feilschen von vorne los. Aber sie zahlen gut.«

Das Bornland zählte zu den wichtigsten Handelspartnern Thorwals, und viele Thorwaler kämpften mit den Bornländern gegen Al'Anfa. Doch seit Bestehen der Blutigen See ist der Handel über die Grüne Ebene und Riva mühseliger geworden. Man bemüht sich, miteinander klarzukommen, doch die sprichwörtliche bornische Krämerseele, ihre Nüchternheit und Steifheit schließen enge Freundschaften nahezu aus.

... die Tulamiden

»Sind ein bisschen aufbrausend für so Kurzgewachsene. Aber schmackhafte Süßigkeiten machen sie, das wohl!«

Die Thorwaler bewundern die tulamidische Lebensart, soweit es um den reichen, farbenfrohen Prunk, die ausgefeilte Küche und die Liebe zu allem Schönen geht.

Man anerkennt den tulamidischen Ehrbegriff – auch wenn man die Werte nicht teilen mag – und amüsiert sich zugleich über die ritualisierten Bahnen, in denen Ehrengeschäfte abgehandelt werden. Tulamidenehre und Thorwaler Jähzorn sind ein steter Grund, aneinander zu geraten. Alles in allem fällt es den Thorwalern schwer, die kleingewachsenen Krieger, die ihnen verweichlicht vorkommen, ernst zu nehmen. Allerdings sind die Thorwaler immer bereit, sich durch eine mutige Tat eines Besseren belehren zu lassen.

... die Novadis

»Diese goldgewandeten Priester behaupten gerne, ihr Praios wolle uns dadurch strafen, dass die Sonne bei uns nur schwach scheine. Wie ist das dann mit den Wüstenbewohnern, bei denen die Sonne wie nirgends sonst brennt? Eine Belohnung kann man das doch kaum nennen ...«

»Was soll man von welchen halten, die ihre Frauen wegsperren?«

Die Lebensart der Novadis ist den Thorwalern zutiefst suspekt, vor allem ihre überzogenen Moral- und Ehrvorstellungen und ihre Eigenart, sich mit einem einzigen – und noch dazu so wenig liebenswürdigen – Gott zu bescheiden. Gepaart mit der thorwalschen Abneigung gegen die wasserlose Wüste, ergeben sich nur wenig Berührungspunkte zwischen diesen beiden Völkern.

... Al'Anfa

»Es gibt nichts Gutes an dieser abscheulichen Stadt. Die Al'Anfaner halten Menschen wie Tiere, in ihnen ist keine Ehre.«

»Sie ergötzen sich daran, Menschen zu quälen. Muss ich noch mehr sagen?«

»Sieh' dir ihre Schiffe an. Ein Kunststück, mit so vielen Rudern so wenig zu bewegen.«

Al'Anfa ist der klassische Gegner der Thorwaler, verhasst aufgrund seiner Dekadenz, seiner Grausamkeit und vor allem der Sklaverei. Seit Jahrhunderten dauern die Auseinandersetzungen zwischen diesen beiden Völkern an. Für die Thorwaler sind die schwerfälligen Galeeren eine beliebte Beute, weshalb die Mächtigen Al'Anfas längst schon einmal eine Strafexpedition gegen Thorwal ausgesandt hätten, wenn sie darauf hätten hoffen können, mit ihren Schiffen im tückischen Nordmeer zu bestehen.

Nichtsdestotrotz gibt es Thorwaler, die den Verlockungen des Goldes erliegen und sich von einem Al'Anfaner Granden als Leibgardist anwerben lassen. Diese 'Sippenlosen' werden zutiefst verachtet.

... Brabak

»Die Hammerfäuste sind ordentliche Leute. Wenn die da leben, kann es so schlecht nicht sein, auch wenn die einen König haben.«

Brabak zählt zu den wichtigsten Verbündeten gegen Al'Anfa, wobei man eigentlich die Thorwaler meint, die sich schon vor Generationen dort niedergelassen haben. Seitdem einige Brabaker Thorwaler Jurga Trondesdottir bei ihrer Südmeerexpedition unterstützt haben, sind die Bindungen wieder enger geworden.

... die Waldmenschen

»Sie machen interessante Hautbilder. Aber ihr werdet nicht glauben, was die sich aufregen, wenn man möchte, dass sie einem auch so eins stechen.«

»Komisches Volk. Da hauen wir ein Dutzend von denen raus, und statt sich ihrer Freiheit zu freuen, wimmern sie wie die Kinder und wollen nicht weg.«

Thorwaler empfinden Mitleid für die Waldmenschen, die ihnen zumeist als Sklaven begegnen. Sie kommen den Thorwalern wie Kinder vor, die nicht selbst für ihren Schutz einstehen können. Bereitwillig nehmen die Nordleute die Rolle des Beschützers ein – auch wenn der Waldmensch das gar nicht möchte. Sie würden sicher anders über die Waldmenschen denken, wenn sie ihnen öfters in ihrem ureigenen Territorium, dem Dschungel, begegneten, in dem sie den geübten Jägern hoffnungslos unterlegen sind.

... Echsenmenschen

»Das ist Hranngars Brut. Sie bekennen sich sogar offen dazu, ihm zu folgen. Ich bin einem in Brabak begegnet, der deutete auf mein Swafnir-Zeichen und zischelte "Hranngar?" Der hat danach nie wieder was gesagt.«

»Wenn ein Echs sein Maul aufmacht, verflucht er dich schon. Was sonst soll das Gezischel bedeuten?«

Nur selten treffen Thorwaler und Echsenmenschen aufeinander, was ein Glück für beide ist. Gleich ob Maru, Zilit oder Orkland-Achaz, die Nordleute halten sie für Diener Hranngars. Ihre fremdartige, zischelnde Sprache macht ihnen Angst, und es gibt viele Legenden, die allen Echsenmenschen unheilige Magie zusprechen.

... Elfen

»Merkwürdige Gestalten und manchmal schon ein wenig unheimlich. Und unhöflich: Unser Essen mögen sie nicht, unser Trinken noch weniger und unsere Feste schon gar nicht.«

Mit Ausnahme der wenigen Firnelfen in Olport – die unter den meisten anderen Elfen als badoc gelten –, kreuzen sich die Wege nur selten.

... Zwerge

»Den Verrat von Tjolmar werden wir ihnen nie vergeben!«

»Es gibt meisterliche Zauberschmiede unter den Angroschim. Aber sei vorsichtig, wenn du dich mit ihnen einlässt, dass sie dir nicht deine Seele als Preis für ein Schwert abverlangen.«

Man weiß, was man an den Zwergensippen hat, die in Thorwal siedeln, denn sie garantieren, dass die Minen ertragreich sind und bleiben. Zugleich ist den meisten Thorwalern das abgeschiedene Leben suspekt, das die meisten Angroschim führen.

... die Schwarzen Lande

»Diese Schwurbrüder Hranngars darf man nicht gewähren lassen.«

»Wenn Zauberer Reiche führen, dann kann nur was Schlechtes daraus werden.«

Trotz allem Heldenmut fürchten die Thorwaler die Dämonenreiche doch zutiefst. Seit die Bedrohung insbesondere durch Glorania in den letzten Jahren zugenommen hat, wächst die Zahl derer, die die Meinung vertreten, dass man nicht länger zuschauen dürfe. Dennoch wird es meist von der Überzeugungskraft des Anführers abhängen, ob ihm seine Rekker in den Kampf gegen Dämonen und Untote folgen.

Religion und (Aber-)Glaube

Schicksalsglaube

»Als die Al'Anfaner an Bord sprangen und wir alle wussten, dass unsere Kogge ihnen eine feine Prise werden würde, zog die Kapitänin ihren Säbel und brüllte kampflustig: "Bis zum letzten Blutstropfen!"
Alle taten es ihr gleich, nur Thorfinn Wulfgardsson nicht, der doch ein Hüne von Mann und unser bester Krieger war. Auf meinen fragenden Blick hin antwortete er ruhig: "Es ist vorbestimmt."
Ob mit oder ohne ihn, die Al'Anfaner hatten uns bald überwältigt. Die wenigen, die noch lebten, wurden in Ketten gelegt. Auch das ließ Thorfinn widerstandslos über sich ergehen, obwohl die Sklaventreiber gerade ihn mit Hohn und Spott überzogen. (...) Ich habe nie verstanden, wieso sich der Thorwaler Krieger lange Jahre nicht ein einziges Mal gegen seine Herren auflehnte, obwohl man ihn schlug und demütigte, wo man nur konnte. Schließlich wurde ich in ein anderes Haus verkauft, und dort hörte ich Monate später, dass Thorfinn, den man das Lamm nannte, eines Tages plötzlich mit seinen Ketten seinen Aufseher erdrosselt, weitere fünf erschlagen und aus dem Hause seiner Herrin spaziert war, mit einem Sack voll Gold und Edelsteinen als Preis für seine Dienste. Zu gerne hätte ich ihn befragt, was ihn zu seinem Sinneswandel bewogen haben mag, doch sollten sich unsere Wege nicht mehr kreuzen.«
—aus den Erzählungen des Festumer Kaufmannsgehilfen Ilbert Plotzbogen, 923 BF

Der Swafnir-Geweihte

Für die Thorwaler ist das Leben in hohem Maße vom Schicksal vorbestimmt. Von Geburt an steht ein Mensch unter dem Patronat der *Runjas*, Geschöpfen Ifirns, die als Schicksalsgottheiten verehrt werden und die die Schicksalsaufgabe bestimmen, die einem Menschen zukommt. Dieser muss sich bemühen, seine Aufgabe zu erkennen und seine Gaben danach zu entwickeln, um seine Bestimmung bestmöglich erfüllen zu können. Dabei können ihm die Seher (*Godi*) helfen, die die Gabe haben, Träume und Zeichen zu deuten und die Bestimmung des Einzelnen zu ergründen.
Gegen das vorbestimmte Schicksal gibt es keine Auflehnung – es sei denn um den Preis, sein Ansehen zu verlieren, weil man entweder versagt hat oder weil man sich seiner Aufgabe nicht stellt. Die Ergebenheit, mit der ein Thorwaler aussichtslosen Situationen begegnet, mag zunächst verblüffen. Allerdings darf man den Fatalismus der Thorwaler nicht mit Resignation verwechseln. Wem das Schicksal dunkle Stunden bestimmt hat, der muss sich diesen stellen und sie erdulden, bessere werden kommen. Man ist fest davon überzeugt, dass Glück und Pech sich im Rad des Lebens in etwa die Waage halten, es sei denn, ein Fluch oder eine besondere Schicksalsgabe bewirken Anderes.
Oft ist ein Thorwaler damit beschäftigt, die Zeichen des Schicksals zu deuten, was andere, die mit der Wesensart der Nordleute nicht vertraut sind, ihm als Melancholie oder Grübelei auslegen.

Die Beziehung der Thorwaler zu den Göttern

In den Augen eines Mittelreichers ist die Beziehung der Thorwaler zu ihren Göttern geradezu respektlos. Gewiss ist einem Thorwaler die tiefe Religiosität vieler anderer Kulturen nicht zu Eigen. In seinen Augen ist ein Gott unsterblich und allvermögend, aber darüber hinaus vor allem ein mächtiger Freund, an den man sich in Zeiten der Not wenden kann. Man achtet seine Stärke und bringt ihm Respekt entgegen, man kann ihn aber auch herausfordern, wenn das Schicksal es will.
Die Götter vergelten es einem zwar, wenn man ihnen einen Dienst erweist, man glaubt jedoch weder an ihre Allgegenwart, noch dass sie die Wege der Sterblichen ohne Unterlass verfolgen. Es ist der Mensch, der sein Glück schmieden und darum besorgt sein muss, ob er ein ehrbares und gutes Leben lebt.
Leichtfertig nimmt ein Thorwaler den Namen eines Gottes nicht in den Mund. Es gilt vielmehr als unehrenhaft, die Götter allzu eilig um Beistand zu bitten, statt selbst zu versuchen, die Situation zu meistern. Es ist üblich, dem Gott etwas ganz nach seinem Geschmack für seinen Beistand anzubieten – beispielsweise sich eines Waisenkindes anzunehmen, um Travia gewogen zu machen, oder eine besonders tollkühne Tat zu Swafnirs Ehren zu vollbringen. Für seine Dienste baut ein Thorwaler auf den Beistand der Götter. Erfüllt er also sein Gelübde, erwartet er von seinem Gott, dass auch dieser seinen Teil tut. Kommt ein Thorwaler zu der Überzeugung, von seinem Gott ungerecht behandelt zu werden, kann es geschehen, dass er ihm sogar entsagt, so wie die Hjaldinger es mit den meisten ihrer alten Götter bei ihrer Flucht aus Hjaldingard taten.
Nicht immer nehmen die Götter es hin, dass die Menschen sich ein Urteil über ihr Handeln erlauben, wie die noch junge Saga von Kjaskar, dem Heimatlosen, zeigt: Als Kjaskar von einer Heerfahrt nach Hause kam, fand er viele seiner Sippe von einer Seuche dahingerafft. Er beschwerte sich bitterlich bei Travia, wie übel sie ihm all die Jahre treuer Dienste vergolten habe, und schwor ihr ab. Seitdem gilt Kjaskar als von Travia verflucht. Er ist dazu verdammt, mit seinen Getreuen über die Meere zu fahren, und kann nirgends mehr heimisch werden.

Den Göttern zu Ehren

Thorwalsche Götterdienste sind weit weniger ritualisiert als in den meisten anderen zivilisierten Kulturen. Zwar kennt man hohe Festtage der Götter, doch bleibt es dem Einzelnen überlassen, wie er diese begeht. Regelmäßige Tempelbesuche und Gebete sind zwar vor allem im Süden des Landes verbreitet, aber keine religiöse Verpflichtung.
Speise- und Trankopfer, die in der eigenen Heimstatt oder auf dem Schiff vorgenommen werden, sind weithin bekannt, ebenso wie Ge-

lübde, einem der Allmächtigen einen Dienst zu erweisen, um dessen Gunst zu erringen (siehe auch Kasten **Das Sumarblot**.

Haus und Schiff gelten den Thorwalern als heilige Orte, wobei vor allem erstes besonderen Schutz genießt. Überhaupt finden viele Rituale zu Ehren der Götter nicht in den Tempeln, sondern unter freiem Himmel statt, ein Grund, warum die meisten thorwalschen Tempel verhältnismäßig klein sind. So wird der Tag des Wassers / Swafnirsdag (1. Efferd / Heimamond) auf dem Meer begangen, wo man dem Gott am nächsten ist.

Tempel sind zwar Orte, an denen Gläubige zusammentreffen, anders als in zwölfgöttlichen Reichen gelten sie aber nicht als Wohnstätten der Götter. Demzufolge misst man ihnen nicht eine solch große Heiligkeit zu wie andernorts.

Das Sumarblot

Insbesondere dort, wo der Einfluss durch mittelreichisch oder horasisch geprägte Zwölfgötter-Geweihte gering ist, hat sich der Brauch des Sumarblot zur Sommersonnwende erhalten. Es handelt sich um ein Blutopfer, wobei das Opfertier von Region zu Region variiert. In früheren Zeiten soll es sogar Menschenopfer gegeben haben, und man munkelt, dass dies in einigen Regionen in Zeiten der Not bis auf den heutigen Tag so gehalten wird.

Das Sumarblot dient dazu, die Kraft des göttlichen Wesens – das kann Swafnir oder Travia, aber auch ein regional verehrter Götze sein – zu stärken, damit es seine Kraft weiterhin zum Wohle der Gemeinschaft einsetzen kann. Zugleich bekräftigt man durch das Opfer, dass man bereit ist, seinem Gott auch weiterhin zu dienen.

Das Sumarblot wird im Kreise der Gemeinschaft durchgeführt. Die hierfür nötigen kultischen Handlungen nimmt das Familienoberhaupt vor. Bisweilen lädt man befreundete Sippen oder Familien zum Fest ein, was als große Ehre gilt.

Das Blut des Opfers wird in einem Kessel aufgefangen, in den man Holzstäbe mit Runen wirft. Aus deren Anordnung kann man angeblich das Schicksal lesen. Zum Opferritual gehört ein Gelage (*Blotveizla*), bei dem das Fleisch der geopferten Tiere verspeist wird. Dazu werden die in ganz Thorwal auch zu anderen Zwecken üblichen Trankopfer dargebracht. Man trinkt zunächst auf das Wohl der Vorfahren, dann auf das Wohl der Götter und schließlich auf die Ehre der anwesenden Personen. Die Teilnehmer versprechen feierlich, große Taten zu vollbringen, wobei es im Eifer durchaus passiert, dass jemand sich zu Unmöglichem verpflichtet, um dessen Erfüllung er sich dennoch redlich zu mühen hat, will er nicht die Ahnen und Götter verärgern.

Fremde Götter

Es ist nicht die Art der Thorwaler, sich in den Glauben anderer einzumischen. Religiöse Dispute sind den meisten fremd und sie fühlen sich unbehaglich, wenn über den rechten Glauben gestritten wird. Gegen Andersgläubige zeigen sich die meisten Thorwaler tolerant, sofern sie nicht einem ihnen Übel wollenden Gott dienen. Zum Ärgernis der Diener des Praios zählt auch ihr Gott zu den nicht gelittenen. Zwar bekämpft man Praios-Geweihte nicht wie Diener Hranngars oder der Dämonen, doch ignoriert man sie geflissentlich oder verspottet sie.

Versuche anderer Geweihter der Zwölfe, Tempel aufzubauen und die Thorwaler für ihren Glauben zu gewinnen, gab und gibt es immer wieder. Pragmatisch, wie Thorwaler sind, finden sie nichts dabei, beispielsweise einem Peraine-Geweihten den Gefallen zu tun, seiner Göttin einen Schrein zu errichten, wenn ihr Diener sich als kundiger Heiler erweist oder den bösen Fluch einer Hexe vertreibt. Auch wenn sich ein Geweihter darauf versteht, seinen Glauben in spannenden und lehrreichen Geschichten zu vermitteln, die an die Lebensumstände der Thorwaler angepasst sind, findet er ein offenes Ohr. Solche Gemeinden überdauern allerdings nur selten den Tod des Geweihten. Allzu aufdringliche Bekehrungsversuche indes können den sprichwörtlichen Jähzorn der Thorwaler wecken.

In der Fremde übt man sich meist in Zurückhaltung, was Tempel und Götterdiener angeht. Es lohnt nicht, darüber zu streiten, sofern die Fremden ihren Glauben nur für sich behalten und einen nicht damit behelligen. Das muss nicht bedeuten, dass ein vorwitziger Thorwaler sich nicht daran versucht, einem weihevollen Boron-Geweihten im unpassenden Moment ein Lächeln abzuringen, oder durch ausgiebiges Gähnen während einer Hesinde-Zeremonie seine Gefährten in arge Verlegenheit bringt.

Die Liberalität der Thorwaler in Glaubensdingen hat allerdings eine Kehrseite. Dienern dunkler Kulte, insbesondere des Namenlosen, fällt es leicht, die Nordleute über ihre wahren Absichten zu täuschen. Die Überzeugung, sich in fremder Leute Glauben besser nicht einzumischen, führt dazu, dass die Nordleute Andersgläubige auch dort unbehelligt lassen, wo ein Zwölfgöttergläubiger sich längst das Treiben genauer angesehen hätte.

Die Ereignisse der jüngsten Vergangenheit – Trondes Bemühen, ein thorwalsches Reich zu schaffen, und der Krieg gegen das Horasreich – haben in Thorwal zu einer Phase der Rückbesinnung auf alte Werte geführt. Dazu zählt auch eine ursprünglichere Ausgestaltung des Glaubens, der zuvor über Jahrhunderte hinweg maßgeblich vom mittelreichischen Götterbild geprägt war.

Ausdruck dessen ist zum Beispiel die förmliche Aufkündigung des Silem-Horas-Ediktes auf dem Obersten Hjalding im Herbst 1023 BF (2650 JL). Dies führte zwar zu erheblichen außenpolitischen Schwierigkeiten, stärkte aber die innere Einheit und den Widerstandswillen gegen die äußeren Feinde.

Der Einfluss der mittelreichischen Besetzung

Kannten und verehrten die Hjaldinger vornehmlich Swafnir, Travia, Firun und Ifirn, fand mit den Mittelreichern auch deren Pantheon Verbreitung, wenngleich mit unterschiedlichem Erfolg und vornehmlich auf das Gebiet südlich der Hjaldorberge beschränkt.

So hielten Rondra und Ingerimm Einzug, in geringerem Ausmaß auch Phex und Tsa.

Obwohl sich die mittelreichischen Priester bemühten, blieb den Thorwalern der im Mittelreich bedeutende Aspekt Travias als Hüterin des Ehebundes fremd, ebenso wie die mittelreichische Betonung Firuns als Gott der Jagd.

Die größte Wandlung sollte Swafnir nehmen, der nach dem Glaubensbild der Fremden als Rondras und Efferds Sohn und Halbgott gedeutet wurde. An seiner statt sollte sich sein Vater als Schutzgott der Seeleute und oberster Gott durchsetzen, während er den Hjaldingern seit je her eher mit Los gleichbedeutend war.

Anderen der Zwölfgötter blieb die Verehrung in Thorwal verwehrt: Die Bemühungen des Praios-Kultes etwa blieben auf Dauer vergeblich. Zu fremd ist den Thorwalern das Weltbild der obrigkeitsgläubigen Götterdiener. Kaum anders sollte es den Dienern Borons gehen, deren schweigsame Ernsthaftigkeit und deren Jenseitsbild sich nur schwer mit dem der Thorwaler vereinbaren lässt.

Von der Großen Versammlung der Swafnir-Geweihtenschaft, Herbst 1023 BF (2650 JL)

Im Jahr 1023 BF rief Bridgera Karvsolmfara, die Hohepriesterin Swafnirs, zur großen Versammlung in das zerstörte Thorwal, und mehr als hundert Swafnir-Diener folgten ihrem Ruf, um sich in Glaubensfragen zu beraten. Dazu gesellten sich Travia-, Ifirn- und Firun-Geweihte und Skalden, die neugierig waren, was das Oberhaupt des Swafnir-Glaubens vorzubringen hatte. Eine Vision, die Swafnir der alten Hohepriesterin gesandt hatte, hatte Bridgera dazu bewogen, sich über den Glauben der Thorwaler Gedanken zu machen. Ihre spirituelle Reise hatte sie nach Olport geführt, um uralte Quellen zu studieren, sie hatte mit Gelehrten über den Fund einer alten Swafnir-Statue in Dibrek diskutiert und sich von Swafgrimnur Thungurson, einem thorwalschen Gelehrten, seine umstrittenen Theorien über die Götter erläutern lassen. Außerdem hatte sie sich von mehreren Skalden die alten Lieder, allen voran das Jurga-Lied, vortragen lassen. Dabei bestätigte sich, dass das Jurga-Lied in vielen Fassungen existierte, sogar in einer, in der Efferds Name mit keinem Wort erwähnt wurde.

War Praios der Fürst der Zwölfe, wie die Herren aus der Stadt des Lichts behaupteten, und Swafnir nur ein unbedeutender Halbgott? Für den einfachen Thorwaler war diese Frage leicht zu beantworten. Für Geweihte indes, die tiefer gehende Kenntnisse haben und auch die Bedeutung des Silem-Horas-Edikts kennen, war eine Antwort schwieriger zu finden. Wochenlang disputierten die Gelehrten über die Beziehung der Thorwaler zu den Göttern und die der Götter untereinander.

Schließlich begab sich Bridgera Karvsolmfara zu dem in den Ruinen des Swafnir-Tempels stattfindenden Obersten Hjalding, um den Anwesenden zu berichten, was man beschlossen hatte.

»Mehr als zweitausendsechshundert Jahre ist es her, dass Swafnir unsere Ahnen unter Jurga Tjalfsdottir vor den güldenländischen Eroberern schützte und über das Meer der Sieben Winde führte. Unter seiner Obhut fand unser Volk eine neue Heimat. Achthundert Jahre lang lebten wir in Thorwal und dankten Swafnir, unserem Gott. Dann kamen die Nachfahren der güldenländischen Eroberer Hjaldingards nach Aventurien. Wir bekämpften sie, wo immer wir sie auf dem Meer fanden. Schließlich zerstritten sich die Canterer. Sie wurden friedlich, einige durften sogar bei uns siedeln. Vor über siebenhundert Jahren fand dies ein jähes Ende. Feige überfielen die Praios-Schergen unsere Heimat, verboten den Glauben an Swafnir und verlangten die Anbetung ihres Sonnengötzen. Hundertvierzig Jahre lang taten wir alles, um sie zu vertreiben, und es gelang uns schließlich. Wir hielten uns für frei! Aber sind wir das wirklich?

Was ist mit unserem Glauben? Was sagen die großen Tempel in Gareth oder Kuslik? Swafnir sei ein Halbgott! Ein halber Gott! Könnt ihr euch das vorstellen? Vor mehr als tausend Jahren hat einer ihrer Horaskaiser bestimmt, welche Götter verehrenswürdig seien. Swafnir war nicht darunter. Firun hingegen wurde gnädigerweise aufgenommen, als Hüter der Jagd und Herr des Winters, nicht als der, als den wir ihn kennen. Das ist es, was man in jedem Tempel der Zwölfgötter erzählt. Doch damit ist jetzt Schluss!

Wir rufen den Nachkommen der Güldenländer zu: "Bleibt uns ferne mit eurem Glauben! Wir sind die Kinder Swafnirs!"

Weh uns, dass wir unsere wahre Treue, unseren wahren Glauben so lange verleugneten, dass es uns einfiel, den Einflüsterungen der Südländer zu glauben, der große Wal sei nicht mehr als ein Kind ihrer Götter Rondra und Efferd!

Nein, meine Kinder, **Swafnir** *ist unser göttlicher Hetmann, unser Schutzherr und Lehrmeister. Ehrt ihn und dankt ihm für seine Hilfe. Er bewahrt uns vor den Launen Efferds, er führt uns sicher über die Meere. Der Mensch braucht das Meer, sich zu nähren, und Swafnir schenkt es ihm. Er begleitet ihn als Kriegsherr auf seinen Fahrten und streitet in vorderster Reihe. Swafnir gibt dem Menschen Mut und Stärke, sich das zu nehmen, dessen er bedarf. Ehret Swafnir! Kämpft für ihn!*

Swafnir führt uns, doch über das Land und das Meer wacht **Firun** *mit eisiger Kälte. Der Herr über Leben und Tod ist unerbittlich, er sorgt dafür, dass das Leben nicht alles überwuchert, er lässt Stürme toben, Vulkane ausbrechen, das Meer zufrieren. Ihn zu rufen, bringt wenig, denn Gnade ist ihm unbekannt. Doch auch ihn muss man ehren. Jeder Schritt, jeder Atemzug, den ihr in seiner Welt tut, ist ein Gebet zu seinen Ehren, und es liegt in seinem Ermessen, euer Lebenslicht auszulöschen. Keine Macht kann gegen ihn bestehen, nicht einmal der güldenländische Götterfürst, dessen Licht hier, hoch im Norden, nur noch fahl am Himmel leuchtet.*

So unerbittlich ist Firun, dass kein Flehen eines Menschen ihn erweichen kann. Doch gibt es eine, die an sein Ohr und Herz zu dringen vermag, die schöne **Ifirn***, der er gewogen ist. Sein Herz aus Eis lässt sich erweichen, wenn ihre liebliche Stimme erklingt. Sie schenkt uns das Sonnenlicht, um Firuns grimmiger Kälte Einhalt zu gebieten. Ifirn ist die Schönheit der Elemente, der Wildnis, der Naturgewalten.*

Wo Firun Zerstörung ist, ist Ifirn Hoffen. Sie ist die Schöpferin, die neues Leben bringt, den Menschen wohl gesonnen. Sie weist den Menschen durch ihre Töchter ihr Schicksal zu, das es tapfer anzunehmen gilt.

Travia *wacht über die daheim Gebliebenen. Die Gütige heißt man sie, Hüterin des Feuers, Bewahrerin des Heimes. Wie ein Schiff ohne Küste ist ein Mensch ohne Heimat. Der Mensch braucht ein Haus, um sich auszuruhen und die Schätze, die ihm das Meer gibt, zu genießen, und Travia gibt ihm dieses Geschenk. Selbst der Stärkste unter den Starken, der Mutigste unter den Mutigen braucht eine Sippe, sein Herz zu erwärmen und seinem Tun einen Sinn zu geben und Beistand zu finden in einer unerbittlichen Welt. Und auch das schenkt uns Travia. Ohne Familie, ohne Feuer sind wir nichts, sie gibt uns Kraft, sich den Herausforderungen des Schicksals zu stellen.*

Efferd *ist und wird immer sein. Daran gibt es nichts zu deuten, aber auch nichts zu bereden. Man kann ihn nicht erweichen, noch ihm schmeicheln oder ihn sonst wie erreichen. Er ist, und er achtet unserer nicht. Niemand preist den Ozean, nur weil er ist, so wie auch niemand die Luft oder die Erde preist, indes man sie dennoch achtet, denn ohne sie kann niemand sein.*

Praios *aber ist der Sendbote und Patron derer, die uns Übel wollen. Dreimal schon haben die Anhänger des Sonnengötzen sich bereits daran versucht, uns zu verderben: einmal unsere Vorfahren im fernen Westen, die sie mit Feuer und Schwert aus ihrer, aus unserer Heimat vertrieben, und ein zweites Mal, als ihre Goldlegionen kamen, uns niederzuringen. Beim dritten Mal aber, als sie auf leisen Sohlen kamen, sich Freunde nannten, uns einlullten und mit dem süßen Gift der Verführung nährten, unserem alten Glauben abzuschwören, da waren sie erfolgreich. Generationen war unser Volk wie in einem Ilmenkrautrausch, glaubte willfährig, was die Schergen des goldenen Götzen ihnen einflüsterten, und vergaßen ihre wahre Treue.*

Doch nun, da Swafnir uns Zeichen sandte, uns vor der dräuenden Verdammnis zu erretten, da wir erwachten aus unserem Rausch und erkannten, wie man uns getäuscht hatte, da rissen sich die Diener des Güldenen die Maske vom Gesicht, und wieder kamen sie mit Feuer und Schwert. Nun ist die Stunde der vierten Heimsuchung gekommen, wie es in der Prophezeiung der Skaldin Jedhella der Einäugigen heißt: Dies ist die Zeit der Bewährung, die Zeit, da wir ihnen beweisen werden, dass unser Herz treu zu unserem Glauben steht. Swafnir wird uns beistehen in unserem Kampf. Wir werden den Sonnengötzen und seine Brut, all ihre Anhänger und Speichellecker, ihre Mordbuben und Mordbrenner nicht länger dulden auf Swafnirs Land.

Aber, missdeutet meine Worte nicht und tragt auch dies in euren Herzen: Ihr sollt die fremden Götter dennoch nicht verspotten oder den Irrweg ihrer Diener gehen und unseren Glauben mit dem Schwert zu ihnen bringen. Es sind nicht eure Götter, aber dennoch Götter ...«

Travia

Den Travia-Glauben haben die Thorwaler bereits aus dem Güldenland mitgebracht. Travia ist die Verkörperung der Mutter, die die frierende Familie bei ihrer Heimkehr am warmen Herd erwartet. Sie steht für die Treue zur Gemeinschaft und zur Familie. Ihre Bedeutung als Hüterin der ehelichen Treue ist in Thorwal kaum verbreitet, und es ist unüblich, dass dem Tempel ein geweihtes Paar vorsteht. Gerade im thorwalschen Hinterland gibt es oft nur einen Travia-Tempel mit einer Geweihten oder einem Geweihten als geistigen Rückhalt einer dörflichen Gemeinschaft.

Der schlimmste Fluch, den ein Thorwaler sich vorstellen kann, ist ein Fluch Travias: ruhelos und heimatlos zu sein. Deshalb wird die Friedlosigkeit, die in Thorwal für schwere Verbrechen verhängt wird, auch als größere Strafe als der Tod angesehen.

Swafnir

Swafnir offenbarte sich den Hjaldingern auf ihrer Überfahrt nach Aventurien, als sie ihren alten Göttern voller Zorn und Verbitterung abgeschworen hatten. Der Walgott verkörpert alle Eigenschaften, die das Wesen des Thorwalers ausmachen: seine Liebe zur Freiheit, unbändige Kraft und stille Weisheit, tobenden Zorn, aber auch Fürsorge für die Seinen und den Mut, bis zum Ende und darüber hinaus zu kämpfen.

Swafnirs Aufgabe ist der Schutz der Welt vor der Gottschlange Hranngar und ihrer ständig wachsenden Brut. Ohne Swafnirs immerwährenden Kampf würden, so heißt es, die Seeschlangen bald das ganze Meer erfüllen und selbst das Land unter sich begraben (siehe auch *Hranngar*). Swafnir ist den Thorwalern wie ein großer Bruder, auf den man sich verlassen kann, und dessen stillen Ernst und Mut man schätzt und bewundert.

Man hat dem Walgott Tempel in allen großen Städten der Thorwaler (außer Waskir) errichtet. Selbst jene Thorwaler, die bis zu Borbarads Rückkehr als Söldner im Perlenmeer dienten, hatten ihm in Festum und Llanka eine Halle gebaut. Meist handelt es sich um große, lang gestreckte Hallen, deren Proportionen Ähnlichkeit mit denen eines Wales haben. Besonders bemerkenswert ist der Neubau in der Stadt Thorwal, der auch Fremde in ehrfürchtiges Erstaunen versetzt (siehe Seite 92).

Swafnir-Tempel sind innen und außen reich verziert. Dutzende Generationen haben die Hallen reich mit Trophäen, Opfergaben und Gedenkstücken ausgestattet. In Swafnirs Hallen finden häufig Dankesfeiern statt, vor allem nach einer glücklichen Heimkehr von See.

Heilige Orte des Swafnir gibt es keine, denn der Gottwal kennt keinen festen Ort, an dem man ihm begegnen kann. Frei durchstreift er die Meere. Im Jurga-Lied wird allerdings ein paradiesisches Eiland beschrieben, etwa auf halbem Weg zwischen Hjaldingard und Nord-Aventurien, das man Swafnirs Eiland nennt (siehe Jurga-Lied, S. 39, Sang XXXIX).

Auch in anderen Sagas kommt die Insel des Walgotts vor, auf der die Unsterblichen aus seinem Gefolge ihr derisches Domizil haben sollen: Dort leben seine Gefährten im Kampf gegen Hranngar und die vielen Kinder und Kindeskinder Swafnirs, die er mit Ifirn, Travia oder einer der Winds- und Wellentöchter gezeugt hat, wie beispielsweise *Swanifrej*, der Schwanendelphin, und die Windsgestalten *Hrunir* und *Hrunja*, deren Mutter der neugierige Wind *Frenjara* ist und die die Weisheit der Welt zu den Menschen bringen (siehe auch S. 55).

Es heißt, dass man Swafnirs Insel nur anlaufen darf, wenn man von den Bewohnern dazu aufgefordert wird. Niemand sollte leichtfertig danach streben, denn dem Besucher wird häufig ein tiefer Einblick in das Schicksal, in Prophezeiungen und Offenbarungen zuteil – tiefer als ihm lieb sein mag.

Der weiße Pottwal ist nicht allein das heilige Tier Swafnirs und damit aller Thorwaler, vielmehr ist jeder Pottwal die Verkörperung Swafnirs und ein Teil seines göttlichen Wesens. Die Verehrung erstreckt sich auch auf alle anderen Wale, die Swafnirs Gefährten sind. Die Waljagd ist für einen Thorwaler schlimmer als Mord, weshalb Walfänger gnadenlos verfolgt werden. Es kommt vor, dass sich mehrere Wale auf hoher See Thorwaler Schiffen anschließen, die sie tagelang begleiten und den annähernd gleichgroßen Schiffen dabei bis auf Handreichweite nahe kommen.

Ein gestrandeter Wal stellt ein Gottesgeschenk dar. Der Kadaver darf verwertet werden, in harten Wintern kann davon das Überleben einer ganzen Sippe abhängen. In einer Fassung des Jurga-Liedes wird davon berichtet, wie sich im ersten Winter nach der Ankunft ein Pottwal für die hungernden und verzweifelten Überlebenden der Überfahrt opferte, um ihnen das Überleben zu sichern.

Die Swafnir-Kinder

»... hingegen sollte man die einzeln stehenden Katen, etwa eine halbe Meile von den Ottaskins entfernt, meiden, denn hier hausen die Ausgestoßenen der Gemeinschaft: die Swafnirkinder. Diese Menschen haben eine grausige Krankheit, deretwegen sie jeden anfallen, dem sie begegnen. Nur wenige vertraute Personen können sie gefahrlos besuchen und ihnen Nahrung und Kleidung bringen.«

—aus den Aufzeichnungen des Nicolo de Tregese, 1023 BF

Die Swafnir-Kinder – oder thorwalsch: Swafnirkinder – sind keineswegs von einer Krankheit gezeichnet und fallen auch nicht blindlings jeden Fremden an, wie viele Nicht-Thorwaler glauben. Wahr ist, dass es bei einigen Ottaskins und Dörfern abseits gelegene Katen gibt, in denen Swafnir-Kinder leben. Diese Häuser sind mit einem weithin leuchtenden roten Tuch am Dachbalken gekennzeichnet, um davor zu warnen, sich ihnen leichtfertig zu nähern.

Es gibt einen rauschhaften Zustand, den die Thorwaler als *Swafskari* bezeichnen (siehe Kasten S. 54). Bei jenen, die man als Swafnir-Kind bezeichnet, lodert das Feuer der Walwut weit heißer als bei gewöhnlichen Menschen. Kleinste Anlässe genügen, um den Kampfesrausch zu wecken – ein Augenzwinkern, ein falscher Blick, eine leichtfertige Bemerkung. Solche Menschen fallen schon in frühester Jugend durch eine hohe Aggressivität und leichte Reizbarkeit auf. Nicht selten geschieht es dann, dass eine harmlose Balgerei unter Kindern zu einem erbitterten Kampf auf Leben und Tod ausartet. Während man einen halbwüchsigen Walwütigen noch zu überwältigen vermag, ist dies bei einem Erwachsenen praktisch unmöglich. Es ist offenkundig, dass die Gemeinschaft einen solchen Menschen nicht in ihrer Mitte dulden kann.

Swafnir-Geweihte nehmen sich dieser Gezeichneten an, sie gelten als 'von Swafnir Berührte', die als besonders auserwählte Kämpen des Gottwals in die letzte große Schlacht gegen Hranngar ziehen werden. Es heißt zudem, sie verfügten über eine besonders enge Bindung zu ihrem Gott, der sich ihnen in Träumen und Visionen offenbare.

Unter dem Einfluss der Swafnir-Geweihten lernen sie im Laufe der Jahre, ihren Jähzorn so weit zu zügeln, dass sie nicht jeglichen Kontakt zu anderen Menschen meiden müssen.

Als Zeichen tragen die Swafnir-Kinder eine blutrote Swafnir-Rune als Hautbild auf dem Handrücken. Ihnen ist außerdem auferlegt, ein rotes Stirnband mit dem Symbol des blutenden Pottwals zu tragen, damit man sie auch aus der Entfernung zu erkennen vermag.
Es gilt als ein frevlerisches Verbrechen, ein Swafnir-Kind zu ermorden (siehe S. 42).
Wiewohl hoch geachtet, ist es dennoch das Schicksal der meisten Swafnir-Kinder, abseits der Familien- und Dorfgemeinschaften zu leben, wo sie von den gottesfürchtigen Dorfbewohnern versorgt werden. Die meisten Swafnir-Kinder jedoch fühlen die Swafskari tief in sich brennen. Diese innere Unruhe treibt sie durch das Land – auf der Suche nach einem Ort, an dem sie Frieden finden können. Mitunter suchen sie auch ihresgleichen, um der Welt zu entsagen und mit Gleichgesinnten in der Abgeschiedenheit der Wälder und Berge zu leben. Andere wagen es nicht, den Swafnir-Geweihten zu verlassen, der sich ihrer angenommen hat, fürchten sie doch das ungebändigte Aufflammen ihres Zorns ohne den mäßigenden Einfluss des Geweihten. Außerhalb von Thorwal wird man nur äußerst selten auf Swafnir-Kinder treffen.

Siedlung der Swafnir-Kinder auf Gevri

Seit einer Generation, so berichten die Swafnir-Geweihten, scheinen mehr Swafnir-Kinder geboren zu werden als zuvor. Eine Erklärung für dieses Phänomen hat man bislang nicht gefunden, doch hielt man es für das Beste, ein eigenes Refugium für diese Kinder zu schaffen, damit sie in Frieden leben können.
Man wählte die abgeschiedene Insel Gevri. Ein altes Efferd-Kloster, das seit langen Jahren verwaist war, sollte eine erste Zuflucht werden. In den letzten zwanzig Jahren hat man zudem einige Langhäuser als Wohnstatt errichtet. Fünf bis zehn Geweihte kümmern sich um die mehreren Dutzend Bewohner, üblicherweise Swafnir-Geweihte, bisweilen aber auch ein Geweihter Ifirns oder Travias. Ein Teil dieser Geweihtenschaft wechselt Jahr um Jahr, denn der schwierige Umgang mit den Swafnir-Kindern gehört zur Ausbildung der Swafnir-Geweihten.
Alkohol und andere, die Sinne beeinträchtigende Substanzen sind den Swafnir-Kindern verboten, um ihre Aggressivität nicht zu schüren. Die Siedlung versorgt sich so weit wie möglich selbst.
Es passiert nur äußerst selten, dass es eines der Swafnir-Kinder wieder in die Ferne zieht. Selbst von Ehen unter Swafnir-Kindern hat man gehört; sollte einem solchen Bund jedoch ein Kind beschert sein, wird dieses kurz nach der Geburt an die Sippe eines Elternteils übergeben, um es vor Unbill zu schützen. Auf Gevri finden außerdem jene Swafnir-Kinder Zuflucht, deren Unbeherrschtheit so groß ist, dass es selbst den Priestern nicht gelungen ist, ihre Seelen zu befrieden. Als Einsiedler leben sie freiwillig in Zellen.
Regelmäßig kommt ein Schiff aus Olport oder Thorwal und versorgt die Gemeinschaft mit allem, was sie nicht selber anbauen oder herstellen kann. Um die Insel anlaufen zu dürfen, bedarf es der Erlaubnis der Swafnir-Geweihten. Zwar verfügt die Gemeinschaft für Notfälle über eigene Boote, doch halten die Geweihten die Ruder unter strengem Verschluss, und niemand darf die Insel ohne ihren Segen verlassen.

Firun und Ifirn

Nach dem Glauben der Thorwaler sind Firun und Ifirn göttliche Geschwister, die gegensätzlicher kaum sein können und einander doch in inniger Liebe verbunden. In einigen Regionen werden Ifirn und Firun gar als doppelköpfiger Zwittergott verehrt, der beider Aspekte in sich vereint.

Die Swafskari

Die Walwut – thorwalsch: Swafskari – schlummert in vielen Thorwalern. Sie bewirkt bei starker emotionaler Belastung, dass das klare Denken aussetzt und einem Kampf- und Blutrausch weicht. Auslöser können starke Schmerzen sein (beispielsweise eine Verletzung) oder heftiger Ärger. In seltenen Fällen kann auch extreme Freude das Gleiche bewirken.
Der Walwütige verspürt keine Schmerzen, er verwendet keinen Gedanken darauf, sich selbst vor Hieben zu schützen. Blindwütig schlägt er mit schier übermenschlicher Wucht auf seinen Gegner ein. Ist dieser bezwungen, wendet er sich dem nächsten Kontrahenten zu. Der in Raserei Verfallene ist nicht mehr in der Lage, zwischen Freund und Feind zu unterscheiden. Selbst übermächtige Gegner werden angegriffen und bekämpft, bis der Walwütige seinen letzten Atemzug getan hat oder er siegt.
Sobald die Swafskari gewichen ist, bricht der Walwütige erschöpft zusammen. Er ist dann oft nicht einmal mehr in der Lage, sinnvolle Worte zu stammeln oder seine zuckenden Gliedmaßen unter Kontrolle zu bringen.
Ist es üblicherweise dem Zufall überlassen, ob ein Krieger in Walwut verfällt, hüten einige Seher und finstere Druiden das Geheimnis, Menschen durch ein Rauschmittel in die Swafskari zu versetzen. Da die Zutaten variieren, ist auch die Wirkung der künstlich herbeigeführten Swafskari höchst unterschiedlich. Mal hört der Rauschzustand schon nach wenigen Minuten auf, mal spürt der Anwender kaum Schmerzen, wenn er von einer Waffe getroffen wird, mal wird der Walwütige noch tagelang nach dem Kampf (wenn er ihn überhaupt überlebt) von den Geistern der Erschlagenen verfolgt. Es gilt Swafnir-Geweihten und Gläubigen als schwerer Frevel, die heilige Wut des Gottwals auf diese Weise herbeizuführen.

Ein Heiligtum Ifirns befindet sich bei Ifirnshavn, das zu einer bedeutenden Pilgerstätte geworden ist, seit die Göttin sich dort im Winter 1023 BF offenbart hat:

»Eleyiana Swangardsdottir, unsere Ifirn-Geweihte, stand oben auf dem Ifirnsflügel, am Heiligtum der sanften Göttin, um ein Gebet zu sprechen. Da war plötzlich dieses Geräusch in der Luft, wie ein Flügelrauschen. Nicht nur wir hatten es gehört, viele Ifirnshavner kamen aus ihren Häusern, um der Sache auf den Grund zu gehen. Das Rauschen wurde immer lauter. Und dann geschah es: Die Wolken über den Klippen bildeten einen riesigen Schwan!
"Ein Zeichen der Göttin", flüsterte mir unsere Swafnir-Geweihte zu.
In diesem Augenblick senkte der Wolkenschwan das mächtige Haupt. Genau dort, wo das Auge des Schwans zu finden wäre, brach eine gleißende Lichtsäule hervor, die die Ifirn-Geweihte in ihren göttlichen Schein hüllte. Das Rauschen in der Luft wurde lauter und lauter, und hinter Eleyiana stieg wie aus dem Nichts ein Schwarm Schwäne in die Lüfte empor! Der Schwarm umkreiste drei Mal die Klippen, dann verschwand er in den Wolken. Die Zeichen waren nicht anders zu deuten: Die Göttin war mit uns!
Am Mittag dieses bedeutsamen Tages berieten sich unser Hetmann Thorgroll und die beiden Geweihten, und auch ich war als Zeuge der Ereignisse anwesend. Gegen Abend rief Thorgroll Tasjeffsson alle Ifirnshavner auf dem großen Platz zusammen: "Ifirnshavner! Alle haben am Morgen das Zeichen der Göttin gesehen. Und wir werden ihr unsere Dankbarkeit zeigen, das wohl! Ifirnshavn soll zu einem Hort der Verehrung für die sanfte Göttin werden. Hoch oben auf den Flügeln soll ein Ifirn-Heiligtum entstehen, zur Freude der Göttin! Swafnir selbst wird die Schiffe der Pilger sicher in unseren Hafen geleiten, Travia wird ihre Hand über die Reisenden halten, und Ifirn wird lächeln ob der Hingabe und Ehrerbietung, mit der man ihr hier begegnet. Verbreitet die Kunde! Ifirnshavn wird erblühen unter dem Schutz der Göttin. Das wohl!"«
—Bericht des Skalden Fregor Fregorsson aus Ifirnshavn, 1023 BF

Firun und Ifirn offenbarten sich den Nordleuten erst nach ihrer Ankunft in Aventurien, und die Legenden besagen, dass die Hjaldinger den ersten Winter ohne die Fürbitten Ifirns nicht überstanden hätten. Firun ist das alles verschlingende Welteis, die Verkörperung all dessen, was dem Leben feindlich ist. Doch ist er dies nicht aus Boshaftigkeit, sondern weil es seine ureigene Natur ist. Noch mehr als die Elemente des Meeres und des Sturmes ist das Eis für einen Thorwaler eine Herausforderung, obwohl er weiß, dass er niemals gewinnen, sondern bestenfalls überleben kann. Bereits in Hjaldingard verehrten die Nordleute die nun Firun zugewiesenen Prinzipien des harten Überlebenskampfes.

Firuns Schwester Ifirn hat Macht über den gefürchteten Winter, sie ist den Menschen zugetan. Wenn Swafnir der Lehrmeister und große Bruder der Thorwaler ist, so ist Ifirn ihre wohlmeinende, gütige Schwester. Ab und zu erlaubt man sich einen kumpelhaften Scherz mit ihr, aber man liebt sie von Herzen. Die Göttin gilt als Schöpferin allen Lebens auf dem Land, sie schenkt Mensch und Tier Fruchtbarkeit und lässt die Pflanzen sprießen. Im Norden wird Ifirn in einigen Orten auch in der Rolle verehrt, die sonst Travia zugesprochen wird, und im Süden übernimmt Travia umgekehrt die Rolle der Ifirn. Vielerorts glaubt man daran, dass Ifirn Swafnirs Gattin oder Geliebte ist, gemeinsam haben sie zahllose mythische Kreaturen gezeugt.

Ifirn behütet ihre Schutzbefohlenen vor den Winterungeheuern aus dem Gefolge Firuns. Die sanfte Göttin soll auf einer eigenen Insel am Rande des Welteises weilen, das unablässig nach Süden drängt. Obwohl der Glaube an Firun in der thorwalschen Auslegung sehr verbreitet ist, gibt es nur sehr wenige Thorwaler, die den Weg einer Geweihtenschaft für diesen Gott einschlagen.

Götterkinder, Halbgötter und sagenhafte Gestalten

Familie und Gemeinschaft haben einen hohen Stellenwert in der thorwalschen Gesellschaft, und da ist es naheliegend, dass die geselligen Thorwaler fest daran glauben, dass auch ihre Götter in engen Familienbanden leben. Zum Gefolge der Götter gehört eine schier unüberschaubare Zahl von Götterkindern und Fabelwesen, die lokal von höchst unterschiedlicher Bedeutung sind. Zu ihnen gesellen sich Helden und Naturgeister, die ganz ähnliche Verehrung erfahren. Insbesondere im Norden des Landes ist dies verbreitet.

Ein Beispiel ist *Ögnir*, ein halbgöttliches Wesen. Ögnir erscheint in Sagas und Göttererzählungen als Säer der Zwietracht und Betrüger. Vielfach tritt er jedoch auch als Stifter von Versöhnung in Erscheinung. Seine Natur ist daher schwer zu fassen, ebenso wie seine mythologische Herkunft. Meist wird berichtet, er sei der Sohn Swafnirs und einer sterblichen Zauberkundigen, vermutlich einer Hexe (*Seidkona*). Ögnir stiftet in unterschiedlicher Gestalt Unfrieden unter den Menschen und hetzt mit seinen Lügen und Intrigen selbst die Götter gegeneinander auf. Doch stets versteht er es, den Zorn der Götter, den er durch seine Taten auf sich zieht, wieder zu mildern. Typisch hierfür ist die Geschichte von Travias Feuerstein:

»Einst erhielt die gütige Mutter einen Stein aus der Hand des Feuerherren, damit sie stets ihr göttliches Herdfeuer zu entzünden vermöge. Ögnir ließ den Stein stehlen. Die Diebe hinterließen aber, durch den listigen Ögnir selbst gestört, auf ihrer Flucht ein Spur, wo der Feuerstein zu suchen sei. Tief unter der Erde verborgen war er und der Zugang so klein, dass niemand hineingelangen konnte. So verwandelte Ögnir sich in eine Schwalbe, denn Verwandlung ist eine seiner Lieblingsbeschäftigungen, und flog in die Höhle hinein. Er nahm Travias Feuerstein und brachte ihn flugs zu ihr zurück. Als Dank für diese Tat verlangte er von Travia eine Liebesnacht. Aus dieser Verbindung ging Swangund hervor, eine zweiköpfige, ewig gackernde und keifende Gans.«

Die göttlichen Geschwister *Firnir und Ullramnir* sind wahrscheinlich hjaldingschen Ursprungs. Sie waren vermutlich harte und gnadenlose Götter, die dem Starken halfen und den Schwachen nicht achteten. Die Hjaldinger verließen sich auf ihren Beistand in ihrem täglichen Überlebenskampf gegen die raue Wildnis.

Die Saga von *Halfdan inn Blodi* (Halfdan dem Blutigen) aus den Anfangstagen der Siedlungszeit der Thorwaler erzählt, dass die Hjaldinger davon überzeugt waren, dass Firnir und Ullramnir sie ebenso wie alle anderen ihrer alten Götter (mit Ausnahme Travias) verlassen hätten. Um so beglückter zeigten sie sich, als die göttlichen Geschwister sich ihnen in neuen Manifestationen offenbarten: Firun und Ifirn. Sie zeigten den Hjaldingern um Jurga die besten Fischgründe und vogelreichsten Wälder und halfen ihnen zu überleben.

Einige Nordthorwaler verehren die göttlichen Geschwister noch heute: Firnir als Göttin des Fischfangs und der Jagd mit dem (Fisch-)Speer und Ullramnir als Gott der Vogeljagd und der Jagd mit Pfeil und Bogen.

Die *Runjas*, Geschöpfe Ifirns, gelten als Lenker des Schicksals und Herrscher über das Leben. Ihnen wohnt die schöpferische Kraft und Güte Ifirns ebenso inne wie die zerstörerische Wut und Gnadenlosigkeit Firuns. Sie bescheren dem Menschen sein Schicksal, dem er sich zu stellen hat.

Der Schwanendelphin *Swanifrej* ist ein Kind Swafnirs und Ifirns und durchstreift mit seinem Vater die Meere. Swanifrej gilt als Swafnirs Bote. Um die Botschaften seines Vaters zu überbringen, vermag sich der weiße Delphin aus dem Meer zu erheben und in einen Schwan zu verwandeln. Besonders verehrt wird der Schwanendelphin bei den Nord-Thorwalern; er soll dem legendären Hetmann Hyggelik Swafnirs Worte überbracht haben, die ihm den Weg zu Grimring wiesen.

Viele Thorwaler glauben, dass die *Sonne* eine Tochter Sumus ist, von ihr geboren, um den Geschöpfen Licht, Kraft und Wärme zu schenken und sie vor der Dunkelheit des Nichts zu bewahren. Hranngar, die das Licht fürchtet, jagt die Sonne um das Derenrund, weshalb sie mal zu sehen ist und mal nicht. Manchmal packt sie sie, dann weint die Sonne bittere Tränen: den Bernstein.

Der thorwalsche Glauben an Naturgeister findet sich auch im Verständnis von Wind, Wasser und Wetter wieder. Jedem seefahrenden Thorwaler sind sowohl die sieben Windes des westlichen Meeres (*Beleman, Rondrikan, Nuianna, Askanje, Harunka, Katla* und *Frenjara*) als auch die Namen der fünf Winde des Perlenmeers (*Kauca, Siral, Gebelaus, Drachenodem* und *Tobrische Brise*) bekannt.

Die Windsgeschöpfe *Hrunja* und *Hrunir* werden als Weisheitsbringer verehrt, denn Winde wehen überall, sehen alles und schlüpfen in jeden noch so kleinen Winkel. Nur der Schoß der Erde bleibt ihnen verwehrt, wo die weisen und übellaunigen Alben und Zwerge hocken und ihre Geheimnisse eifersüchtig hüten.

Die übrigen der Zwölfgötter

Efferd gilt den meisten Thorwalern als wesenlos, eine Macht, die ist, die es sich aber nicht zu verehren lohnt, denn kein Sterblicher darf darauf hoffen, seine Aufmerksamkeit zu gewinnen. Efferd wird als das Element Wasser schlechthin gesehen und häufig mit Los gleichgesetzt. Nur selten tritt er als handelnde Person auf, und dann meist als der ewige Richter über Menschen und Götter. Das Streben der Efferd-Geweihten, das wesenlose Wasser anzubeten, empfinden viele Thorwaler als sinnlos, ihre Sitten und unpraktischen Roben gar als lächerlich.

Die wenigen Efferd-Tempel Thorwals gehen auf die Kaiserzeit zurück und folgen der sonst üblichen Auslegung des Glaubens. Ob es den Geweihten gelingt, den Thorwalern ihr Bild Efferds nahe zu bringen, hängt ganz und gar vom Charisma des jeweiligen Götterdieners ab. Immerhin haben die Thorwaler die Delphine, Symbol Efferds, als Glücksboten lieben gelernt. Sie gehören neben Walen und Drachen zu den beliebtesten Motiven für Hautbilder.

Rondra wird – sofern sie überhaupt Verehrung findet – ebenfalls als eine elementare Gottheit gesehen, Sinnbild der tobenden Naturgewalten, vor allem der Stürme, die sich im Orkan mit dem Meer ver-

mählen. Als Göttin der Ehre, des Krieges und des Kriegshandwerks hat sie in Thorwal so gut wie keine Bedeutung. Nur vereinzelt, südlich der Hjaldorberge, huldigt man Rondra so, wie man es aus mittelreichischen Gefilden kennt. Nördlich der Hjaldorberge gibt es hingegen mit Ausnahme von Waskir nicht einmal einen Rondra-Tempel. Nominell gehört das thorwalsche Land zur Senne im Westen.
Der **Kor**-Glaube ist den Thorwalern leichter vermittelbar und insbesondere unter den Söldnern, die lange fern ihrer Heimat weilen, beliebt. In Waskir findet sich die älteste Stätte der Kor-Verehrung auf thorwalschem Boden, ein Schrein im Rondra-Tempel. Eine größere Anhängerschaft ist außerdem in Ottasheim angesiedelt.
Phex wird seit der mittelreichischen Besetzung vor allem im Bodirtal und südlich davon als Gott des Glücks und der List geachtet. Seine Anhänger schreiben ihm allerlei tollkühne Schelmenstücke zu, in denen er mit Witz und Glück seine mächtigen göttlichen Geschwister überlistet und ihnen Streiche spielt. Phex ist den Thorwalern der Schelm der Götter und der Gott der Schelme. Phex-Geweihte werden also stets auf ein dankbares Publikum stoßen, sofern sie sich auf diesen Bereich ihres Gottes beschränken. Die diebische Natur des Fuchsgottes und seiner Jünger indes trifft auf keine Gegenliebe.
Wahrscheinlich haben bereits die Ahnen der Thorwaler in Hjaldingard Glück und Gewitztheit als hohes Gut geehrt. Viele Sagas künden von der Hochachtung der Thorwaler für diese Gaben. Herausragendes Beispiel ist hierfür Torstor Om, der den Göttern geradezu auf der Nase herumtanzte. Dennoch sind Phex-Tempel und Phex-Geweihte eine Seltenheit. Nur in der Stadt Thorwal und im ehemals nostrischen Kendrar kommt Phex eine gewisse Bedeutung als Gott des Handels zu. Als Gott der Diebe spielt er im gesamten Land keine Rolle, geheime Phex-Tempel gibt es – mit Ausnahme von Enqui – nicht. Phexische Dieberei und Heimlichtuerei verträgt sich nicht mit der Art der Thorwaler, die einen offenen, ehrlichen Raubzug entschieden vorziehen, wenn man schon nach dem Hab und Gut anderer Leute trachtet. Phexcaer ist für die Thorwaler daher kein heiliger Ort. Man bewundert die Hartnäckigkeit, mit der die Stadt seit so vielen Jahren den Orks trotzt, doch gilt sie hauptsächlich als Hort der Diebe und Friedlosen.
Peraine ist keine Göttin der Thorwaler. Der Tempel in der Stadt Thorwal wurde von Fremden gegründet und wird auch nur von diesen besucht. Die Siedler aus dem nördlichen Mittelreich und dem Svellttal, die sich im Bodirtal und in Südthorwal niedergelassen haben, geben der Verehrung Peraines zumindest in dieser Gegend geringfügig Bedeutung. Nur in den ehemals nostrischen Gebieten und um Enqui herum spielt der Peraine-Glaube eine nennenswerte Rolle.

Hranngar

»Wer ist diese Gottschlange Hranngar, gegen die Swafnir seit Ewigkeiten kämpft? Vielen Mittelreichern ist schon Swafnir unbekannt – kann Hranngar da irgendeine Bedeutung haben? Immerhin: Wenn man nach den Thorwalern geht, so wird es vom Ausgang dieses Kampfes abhängen, ob die Welt im Chaos versinken oder als paradiesischer Ort neu entstehen wird.
Doch allein auf den Glauben der Thorwaler, die Praios nicht ehren, muss man sich nicht verlassen. Das Wort 'Hranngar' ist offenbar nicht thorwalschen Ursprungs. Es wurde wahrscheinlich aus dem echsischen 'H'Ranga' entlehnt, das allgemein als Name eines düsteren Echsengottes gedeutet wird, aber eigentlich nur 'heiliges / hohes Wesen' bedeutet. Man kann es also mit 'Gottheit' übersetzen.
Die Echsenmenschen haben aber nicht unsere Götter verehrt, sondern düstere Götzen und gar Erzdämonen. Unter dem Namen 'Charyb'Yzz' beispielsweise verehrten sie die Erzdämonin Charyptoroth in Form einer Seeschlange.
Dass die Ersäuferin in der Blutigen See eine neue Heimat gefunden hat, ist allen, die es wissen wollen, bekannt. Doch auch woanders genießt sie Verehrung. So kennen die Schwarzpelze vom Stamm der Mokolash einen Wassergott namens 'Ranagh'. In Llanka tauchte vor kurzem ein riesenhafter Malmer auf, der als Charyptoroths Sohn gilt und wahrscheinlich vor der Zeit der Magiermogule als Stadtgott verehrt wurde. Der Wortstamm von 'H'Ranga' findet sich unvermutet im Namen der Stadt Grangor und im maraskanischen Titel des 'Haran-ga-Haran' wieder. Ist dies ein Zufall oder nicht?
All dies beweist uns, dass dieses Ungetüm kein Hirngespinst der Nordleute ist.
Es ist anzunehmen, dass die Thorwaler ihre Kenntnisse über Hranngar mit aus dem Güldenland brachten. Wenn es dort Menschen gibt, warum sollte es dann nicht auch Echsen gegeben haben, die die Herrin der Nachtblauen Tiefen verehrten?«
—Denkschrift von Esindeo Darrando, Hesinde-Geweihter, 1019 BF

Alles Schlechte und Böse der Welt geht von Hranngar aus, so glauben jedenfalls die meisten Thorwaler. In tödlichem Kampf zerfetzen Gottwal und Titanenschlange einander immerfort, doch da beide göttlichen Ursprungs sind, können sie nicht sterben und ihr Kampf beginnt stets aufs Neue. Wenn dereinst Swafnir mit Hilfe seiner Kinder – den Thorwalern – Hranngar vernichten wird, so wird dieser Sieg zugleich das Ende der bekannten Welt sein. Die Ufer des Landes werden überflutet werden und nur jene, die seit Jahrtausenden die Wellen bezwingen, werden überleben und die neu entstehende paradiesische Welt besiedeln. Manche Thorwaler sind überzeugt, dass Swafnir die Überlebenden zu seiner Insel führen wird, die als einzige Efferd zu trotzen vermag.
Die fünf sternenlosen Tage zwischen dem Wechsel der Jahre werden Hranngar-Tage genannt. Man erzählt sich allerlei Schreckgeschichten über unheimliche Begebenheiten, die sich auf See in dieser Zeit abspielen. Deshalb wird ein Thorwaler möglichst vermeiden, an diesen Tagen auf See zu sein, sondern die Zeit an Land abwarten.

Der Namenlose

Der Namenlose war den Thorwalern bis zur mittelreichischen Besetzung unbekannt. Wird ein Thorwaler heutzutage mit dem dunklen Gott konfrontiert, etwa im Gespräch mit Horasiern oder Mittelreichern, so wird er ihn für gewöhnlich dem Gefolge Hranngars zuordnen oder als Inkarnation Hranngars zu Land deuten. Sollte ein Thorwaler auf Kultisten des Namenlosen treffen – und sie als solche erkennen –, wird er sie unbarmherzig bekämpfen; schließlich ist es die Aufgabe der Thorwaler, immer und überall gegen die Schergen und Erscheinungsformen Hranngars zu streiten.
Insbesondere im Norden gibt es aber immer noch viele Thorwaler, die vom Namenlosen noch nie etwas gehört haben. Eine typische Reaktion eines solchen Thorwalers auf die Erwähnung dieses dunklen Gottes ist: "Was hat der denn Schlimmes angestellt, dass ihr ihm seinen Namen genommen habt?"

Aberglaube

»Es ist die Art der Thorwaler, in allem und jedem magisches Wirken zu sehen, in einer alten, knorrigen Weide ebenso wie in einem Geysir, im Flug eines Vogels oder in einem Blitzschlag.
Man kann diese kühnen Recken zutiefst erschrecken, wenn man ihnen mit einer vermeintlich magischen Geste entgegentritt. Aber man hüte sich davor, ihnen in die Hände zu fallen, wenn sie einen für einen Zauberer halten – manche Thorwaler erschlagen einen dann ohne Zögern, wie es dem ehrenwerten Abt Hesindicus Bronnweiler geschehen ist, der sich auf diese Weise die Barbaren vom Hals zu halten gesucht hatte, damit sie nicht Hand an die heiligen Werke Hesindes legten.«
—Denkschrift von Esindeo Darrando, Hesinde-Geweihter, 1019 BF

Einem Krieger aus anderen Gefilden mag es komisch oder geradezu lächerlich vorkommen, wenn ein gestandener thorwalscher Hüne sich standhaft weigert, tiefer in eine Höhle zu gehen, nur weil ihn eine aufgescheuchte Feldermaus mit ihrem Flügel berührt hat, und er der festen Überzeugung ist, dass diese seine Seele geraubt habe und er sie ihr wieder abjagen müsse. Zudem sind die Thorwaler in ihrem Aberglauben hartnäckig, so leicht lassen sie sich von nichts und niemandem überzeugen, dass nichts Unheilvolles droht. Selbst wenn eine Gelehrte nach ausgiebiger Untersuchung kein übernatürliches Wirken feststellen kann, muss das den Thorwaler noch nicht eines anderen belehren. Er ist überzeugt, dass die, die zweifeln, nur nicht wissen, worauf sie achten müssen, und dass alltägliche Kleinigkeiten, über die andere Völker hinweg sehen, (düstere) Omen bergen.

Der Aberglaube der Thorwaler beschert einen Reichtum an Volksglauben und Volkszaubern, die das alltägliche Leben bestimmen, seien es heilsbringende Rituale zur Geburt eines Kindes oder gegen Unheil wie Blitzschlag oder Krankheit. Die im Folgenden aufgeführten können hier als Anregung dienen.

Der **Wal** wird mit zahlreichen Heil bringenden Kräften verbunden. Es heißt, man könne das ewige Leben erringen, wenn man vom Wasseratem eines Wals trinke. Ohne den Schutz der Wale ist der Untergang der Hjaldinger besiegelt, deshalb verfolgen die Thorwaler Walfänger besonders erbittert.

Da durch Swafnirs Kampf jederzeit ganz Dere überschwemmt werden kann, ist man stets auf der Hut vor steigendem Wasser.

Auffällige **Wolkenformationen**, vor allem lang gezogene, tief hängende Wolkenbänke (wie sie im Meer der Sieben Winde kurz vor einem Orkan erscheinen) künden von der Nähe einer Seeschlange; das Grollen eines Orkans deutet man als das Heulen des Ungeheuers. Den üblen Blick der Seeschlange versucht man durch blinkenden Ohrschmuck abzulenken. Ähnlichen Zweck haben auch manche Hautbilder.

Kommt es tatsächlich einmal zu einem Zusammenstoß mit einer **Seeschlange**, darf das Schiff nicht eher an thorwalschen Gestaden anlanden, bevor nicht komplizierte Reinigungsrituale an Schiff und Besatzung vollzogen worden sind. Alle Gegenstände, die mit dem Untier in Berührung gekommen sind, müssen verbrannt oder über Bord geworfen werden.

An den **Hranngar-Tagen** zwischen dem 30. Rahja (Vinmond) und 1. Praios (Midsonnmond) geht kein Thorwaler bei klarem Verstand auf See, da der sternenlose Nachthimmel die Navigation erschwert. Vor allem aber fürchtet man das tödliche Erscheinen Hranngars und ihrer Kreaturen. Selbst lange Seereisen werden, wenn es irgendwie geht, unterbrochen. Auch an Land fürchtet man das Erscheinen der Seeschlange. Man begegnet ihr trotzig mit Feuern und fröhlichen Festen oder verkriecht sich in seinen vier Wänden.

Die Sagas erzählen, dass es einst weit mehr Hranngar-Tage gegeben hat. Durch seinen unermüdlichen Kampf ist es dem Gottwal Swafnir aber gelungen, dem Seeungeheuer mehr und mehr Tage abzuringen, bis das Regiment Hranngars sich nur noch auf diese fünf erstreckte. Die Thorwaler hegen große Furcht davor, dass eines Tages wieder ein sechster Tag der Sternenleere anbrechen könnte.

Delphine gelten allen Seefahrern als gutes Omen, ebenso wie **Lachmöwen**, die ein Schiff bei der Ausfahrt begleiten. Ganz anders sieht es aus, wenn sich ein **Rabe** auf dem Mast niederlässt, einem Rojer das Ruder entgleitet oder ein anderes Missgeschick geschieht.

Besonderes Augenmerk schenkt man Tieren und Kindern. Benehmen diese sich beim Abschied merkwürdig, gilt dies als böses Zeichen. Wird der Lieblingshund eines Thorwalers krank, während dieser sich auf großer Fahrt befindet, so fürchten seine Angehörigen auch um ihn.

Viele Ottajaskos dulden keine **Zauberkundigen** (auch keine Elfen) an Bord, andere nur solche, die zu ihrer Gemeinschaft gehören. Von **Zwergen** heißt es, sie würden mit jedem Tag auf See schwerer, bis sie das Schiff schließlich zum Untergang brächten.

Im **Nebel** gehen die Geister der Ertrunkenen (oder allgemein der Verstorbenen) um, die voller Neid auf die Lebenden sind und ihnen Übles wollen. Man darf im Nebel kein Wort reden, damit sie nicht auf einen aufmerksam werden.

Man kennt zahlreiche Rituale, um die Sonne im Spätsommer dazu zu bewegen, länger zu verweilen, und solche, um den Frühling früher herbeizulocken oder den Winter und seine Unholde zu vertreiben (siehe auch **Feste in Thorwal**, S. 32).

Bei einer **Sonnenfinsternis** glaubt man, dass es Hranngar gelungen sei, die Sonne zu fangen und in ihrem Maul zu behalten. Doch hat sie sie nicht herunterschlucken können, weil sie zu heiß ist. Wehe aber, wenn das in einem besonders kalten Winter passiert.

Durch **Nordlichter** warnen die Toten die Lebenden vor Unheil. Andere behaupten, es seien Efferds Sturmkinder, die am Firmament spielten. Wieder andere wollen wissen, dass dies das Funkeln von Hranngars bösem Auge sei.

Wenn die Sonne im hohen Norden im Mittwinter über Wochen nicht oder nur als trübe Funzel leuchtet, ist die Zeit gekommen, da grimme Frost- und Sturmriesen über das Land herrschen. Sie finden Gefallen daran, die Sonne zu jagen, so dass diese sich ganz nah über den Horizont duckt oder ganz weit von dannen zieht, um ihnen zu entgehen. Dafür revanchiert sie sich, wenn sie Oberhand hat und in den **Mittsommernächten** gar nicht mehr untergeht.

Insbesondere Küstenbewohner fürchten die dichten, undurchdringlichen **Wälder**, in denen unheimliche Wesen und Waldgeister lauern. Ein Aberglaube besagt, dass der Wind zwischen den Bäumen böse Krankheiten berge. Andere glauben, dass man Krankheiten mit einem Ritual an einen Baum binden und so von einem nehmen kann. Ebenso kann man bösen Geistern entkommen, wenn man unter einer freistehenden Baumwurzel hindurch kriecht.

Von **Druiden und Hexen** glaubt man, dass sie mit den Tieren sprechen können.

Thorwaler sind die offene See und weite Landschaften gewohnt: **Enge Höhlen** und **Schluchten** oder der südaventurische **Dschungel** sind ihnen unangenehm und mit allerlei abergläubischen Ängsten behaftet.

Die **Wüste** ist ein verfluchter Ort, anders kann man sich diese wasserlose Ödnis nicht erklären. Die Menschen hier müssen es sich einst mit ihren Göttern ein für alle Mal verscherzt haben, deshalb haben sie sich auch einen neuen Gott ausgesucht.

Fabelwesen

In den Geschichten der Thorwaler existieren unzählige Fabel- und Zauberwesen – allesamt von unergründbarer Gesinnung, großer Macht und hinterlistiger Freundlichkeit. Ob sie alle wahrhaftig existieren oder nur ein Gespinst der Phantasie sind, vermag wohl niemand zu sagen.

»In den hohen Bergen leben zauberische Zwerge, Alben oder auch Alfen geheißen. Diese sollen über große Macht verfügen und Zauberschmiede sein. Es ist ein grimmes und übellauniges Volk, das die Menschen und selbst die eigenen Leute scheut. Sie sind fürtreffliche Handwerker, jedes Stück aus ihrer Hand ein Kleinod und die meisten von wundersamer Magie durchdrungen. Dennoch sollte man sich wohl überlegen, so ein Stück zu begehren, denn die Alfen sind tückisch und ihre Artefakte selten wohlfeil. Von Swaflind Swafnursdottir, der legendären Skaldin, sagt man, dass sie einst von einem Alben eine Zauberharfe um den Preis eines Blutstropfens erhandelt haben solle, ein Instrument, so edel und fein, dass schon ein Windhauch genügt habe, um den Saiten eine schöne Melodei zu entlocken – ein Wunderwerk in den Händen einer Meisterin. Doch als Swaflind heimkehrte und ein Lied anstimmen wollte, da stellte sie fest, dass ihre Zunge verdorrt war. Nicht einen beliebigen Blutstropfen hatte der Alb gefordert, sondern eben jenen, der ihre Zunge durchströmte ... «

—Ortlun Ettelbeck, fahrender Sänger aus Abilacht, 921 BF

Es ist nicht sicher, was ein Thorwaler genau meint, wenn er von einem Alben oder Alfen spricht: zauberkundige Zwerge, Kobolde, Waldgeister oder Feen, Grolme, Nymphen, Schrate und sogar Elfen – annähernd jedes fremdartige Zauberwesen scheint er mit diesem Wort zu bezeichnen. Man begegnet ihnen voller Misstrauen, denn auch wenn nicht alle den Menschen übel gesonnen oder mächtig genug sind, ihnen zu schaden, kann man doch nie wissen.

Jeder Thorwaler ist davon überzeugt, stets und ständig von ihnen umgeben zu sein, auch wenn er sie nicht sehen oder hören kann. Schließlich sieht man sie nur selten auf den Wegen, auf denen Sterbliche zu sehen vermögen. Bisweilen jedoch sucht man ihren Rat, denn manche verfügen über große Weisheit oder verstehen sich darauf, wundersame Artefakte herzustellen. Alfen sind nur schwer zu finden, wenn man ihre Hilfe benötigt, und schnell ungebeten zur Stelle, wenn man sie am wenigsten brauchen kann. Viele Sagas berichten von der schicksalhaften Begegnung eines Helden, der sein Schicksal ergründen oder einen Zaubergegenstand erringen will, mit so einem Zauberwesen. Doch aus Verschlagenheit neidet das Zaubervolk den Menschen vieles, wie Kraft, guten Wuchs, Schönheit oder volles Haar. Wer sich auf einen Handel mit einem Alfen einlässt, muss auf der Hut sein, denn sie sind listig und verschlagen, und oft entpuppt sich der geforderte Preis als weit höher als gedacht, wie die Geschichte von Swaflind zeigt. Sollte ein Alfe das Gewünschte ohne eine Gegenleistung hergeben, kann man sich fast sicher sein, dass Eigennutz oder eine böse Absicht dahinter stecken (beispielsweise eine verfluchte Waffe oder eine Erkenntnis, die dem Helden den Tod bringen wird).

Kaum ein Thorwaler zweifelt daran, dass es **Wermenschen** (*Hamrammer*) gibt. Von den Nivesen etwa weiß man, dass sie mit den Wölfen sprechen und dass sich manche sogar in Wölfe verwandeln können. Aber auch von Werbären und Werlaurern erzählt man sich.

Angeblich gibt es **Seehundmenschen** (*Sjelmader*) und **Schwanenkinder** (*Svanholds*), Halbmenschen, die in Neumondnächten ihr Tiergewand ablegen, um in menschlicher Gestalt unerkannt unter den Menschen zu wandeln. Die Sjelmader und Svanholds sind lieblich anzusehen, und schon mancher Mensch hat sein Herz an sie verloren. Nimmt man ihr Tiergewand, das sie gut zu verstecken pflegen, an sich, sind sie gezwungen, bei einem zu bleiben. Allerdings sollte man sie zu ihrem Volk zurück lassen, wenn ihre Sehnsucht zu groß wird, sonst sterben sie an gebrochenen Herzen. Nachkommen aus der Verbindung zwischen ihnen und einem Menschen vermag man an Schwimmhäuten zwischen Fingern und Zehen zu erkennen.

Aberglaube im Spiel

Ein Leichtes ist es für seine Gefährten nicht, mit einem abergläubischen Thorwaler durch die Welt zu ziehen. Schon ein Wolkenschatten, der sich bedrohlich vor die Sonne legt, kann genügen, um einen eben noch furchtlosen Krieger verzagen zu lassen. Nichtsdestotrotz bietet sich Spielern, die einen Thorwaler Helden wählen, die Möglichkeit, diesem ganz eigene Züge zu verleihen. Man sollte nur im Vorfeld überlegen, welchem Aberglauben der entsprechende Held nachhängt und was anhand seiner Vorgeschichte passen könnte. Nur übertreiben sollte man dabei nicht, damit er nicht zur Karikatur wird. Dem Spielleiter bieten sich vielfältige Gelegenheiten, einen abergläubischen Helden in Schwierigkeiten zu bringen. Er wird es seinem Spieler danken, wenn dieser sich einige Gedanken über den Aberglauben seines Helden macht, auch wenn seine Mitstreiter manchmal fluchen werden.

Magie in Thorwal

Die Thorwaler und ihr Verhältnis zur Magie

In den Hallen der Runajasko ist die Gabe, arkane Ströme zu lenken, ebenso ein Handwerk wie Skaldenkunst und Seemeisterschaft, wenngleich sie auch auf einer besonderen schicksalhaften Begabung beruht. Allerdings teilen nur wenige Thorwaler diese Sichtweise von der Magie als Handwerk, so dass arkan Begabte meist Außenseiter sind. Das Empfinden pendelt zumeist zwischen Ehrfurcht und Furcht, nur in den aufgeklärteren Regionen im Süden und im Olporter Umland ist man auf ein magisch begabtes Kind ebenso stolz wie auf eines, das mit den Waffen besonderes Geschick zeigt. Im hohen Norden aber ist man froh, wenn ein wandernder Runajaski das 'Alfenkind' mit sich nimmt.

Zugleich aber ist Magie – oder besser der Glaube daran – im Alltag der Thorwaler fest verwurzelt. In einer Welt, in der Flussläufe und Felsformationen von Alfen (Zauberwesen) beseelt werden, wo Geysire, Wasserfälle, Gletscher und Feuerfontänen von der Macht der Elementargeister künden, wo Sturmriesen und Trolle wandeln, ist das Übernatürliche ein Teil des Alltags, dem man stets mit Respekt begegnet. Bereitwillig vermuten die abergläubischen Thorwaler hinter scheinbar Alltäglichem Übernatürliches. Dabei fällt es dem 'gewöhnlichen' Thorwaler offenbar leichter, die Magie übernatürlicher Wesenheiten zu akzeptieren, als die eines seiner eigenen Art. Denn bei den einen ist es ihre Natur, bei den Menschen jedoch ...

Mit großer Skepsis begegnet man Druiden und Hexen. Deren Eigenbrötelei und selbst gewählte Einsamkeit erfüllt die Thorwaler mit Argwohn, denn wer außerhalb einer Gemeinschaft lebt, der muss etwas auf dem Kerbholz haben. Im Gegensatz dazu sind Seher und Wahrsager (Godi), die die Zeichen des Schicksals aus Knöchelchen, Runensteinen oder dem Vogelflug zu deuten wissen, hoch geachtete Leute, von denen es heißt, dass sie die Sprache der Götter verstünden. Ihr Tun wird mithin gar nicht als magisch empfunden. Nicht alle Godi verfügen über die arkane Gabe, oder zumindest nicht auf eine Weise, die sie dazu befähigt, Zaubersprüche zu wirken. Allen ist jedoch gemein, dass sie mit den Geistern der Verstorbenen in Kontakt treten können und von diesen Einsichten über das Schicksal gewinnen.

Es muss einmal Zeiten gegeben haben, in denen die Runenmagie verbreiteter und der Widerwille gegen die Magie geringer war, denn in alten Sagas finden Schutzrunen oder Rituale Erwähnung, mittels derer der weise Held Böses fernhält, Krankheiten heilt oder Verzagten zu neuem Mut verhilft. Die Überlieferungen sind zu vage, um sicher daraus zu schließen, dass mehr dahinter steckt als der Aberglaube, durch rituelle Handlungen Unheil abzuwehren oder Gutes heraufzubeschwören. Nichtsdestotrotz gibt es Gelehrte, die überzeugt sind, dass alle Magiebegabten Thorwals früher fähig waren, Zauberrunen zu verwenden.

Schädliche Zauber nennt man *Trollskraper*. Es gilt als ehrabschneidend, sich solcher hinterhältiger Mittel zu bedienen, und in kaum einer Familiensaga fehlt ein Sang, in dem ein listenreicher Vorfahre sich mit Hilfe magischer Sprüchlein gegen den boshaften Nachbarn wehrt, der ihm mit Hexenwerk zu schaden sucht.

Von Magiedilettanten und Wetterzauberern

Unter den Thorwalern gibt es im Vergleich zu anderen Kulturen überdurchschnittlich viele Magiedilettanten, was vor allem auch daran liegt, dass hier deutlich weniger Magiebegabte von Magiern, Hexen oder Druiden ausgebildet werden (können). Bei den meisten zeigt sich dies in einem magischen Meisterhandwerk, und die Betroffenen ahnen in den meisten Fällen nicht einmal, dass sie über Zauberkraft verfügen. Darunter befinden sich nicht nur Handwerker, sondern auch Recken, denen ihre Gabe besondere Geschicklichkeit im Kampf verleiht, und Skalden, die besonders einfühlsame oder beeindruckende Epen dichten.

Andere zeigen sich befähigt, Spruchzauberei zu wirken, wenn auch in begrenztem Umfang. Diese Menschen werden oft Heiler oder Gode. Bei manchem reicht die Gabe, wenn sie denn früh genug entdeckt wird, sogar, um als Wind- und Wettermagus mit eingeschränktem

Spruchkanon zu wirken. Ein ähnliches Schicksal wartet auch auf all jene, die an einer der Thorwaler Akademien während ihrer Ausbildung gescheitert sind. Sofern dies nicht in charakterlichen Schwächen begründet lag, versucht man den Zögling bestmöglich zu unterweisen, nicht nur, damit sein Talent nicht verloren geht, sondern auch, um sicher zu gehen, dass er mit seiner Gabe verantwortungsvoll umzugehen weiß.

Ein vollwertiges *Gandmerki* (Zaubersiegel, s. Seite 26) erhalten diese Absolventen nicht, wohl aber ein Mal, das ihre Ausbildung bezeugt. Dieses Siegel wird nur an sehr wenigen anderen Akademien akzeptiert – in der Regel an all jenen, die sich auch um den Ausschluss der Olporter Akademie aus der Grauen Gilde nicht weiter scheren: im Mittelreich, im Horasreich und Al'Anfa gar nicht, an tulamidischen Akademien nur, wenn 'die Kasse stimmt'. Das Privileg der Gildengerichtsbarkeit wird ihnen in der Regel vorenthalten.

Die meisten Gildenmagier der zivilisierten Länder zeigen sich gegenüber diesen 'Kollegen' abweisend. Aufgeschlossene Ottajaskos hingegen schätzen die Begleitung durch solch einen Zauberkundigen sehr, versteht er sich doch auf nützliche Dinge, ohne dass man befürchten muss, dass er bei einem Wutanfall versehentlich das Schiff abfackelt oder die Mannschaft in Kalekken verwandelt.

Die insgesamt geringe Zahl magisch Begabter hat in jüngster Zeit zu einem regelrechten Wettstreit unter Magiern, Druiden und Hexen geführt, denn seit die Runajasko sich verstärkt um neue Zöglinge bemüht, stehen den Töchter Satuarias und Dienern Sumus weniger Schüler zur Verfügung. Es heißt, einige gingen so weit, kleine Kinder aus den Dörfern zu rauben, bei denen sie eine Gabe erahnen, noch bevor die Eltern auf den Gedanken kommen könnten, sie an die Akademie zu bringen.

Die Runajasko zu Olport

Vom Sang der Elemente

Mal sanft flüsternd, mal vor Wut brüllend, umtosen Winde die schroffe Westwindklippe – die *Vestanvindbodi*, wie die Olporter sie nennen – auf deren höchster Zinne die altehrwürdigen Hallas der Runajasko von Olport thronen. Nicht aus Zufall haben sich die Magier Nordthorwals einen Platz als Heimstatt gewählt, der den Elementen geweiht ist.

Die einfachen Leute munkeln von Windgeistern und grimmigen Sturmriesen, die dort oben leben, so machtvoll, dass sie einen Menschen mit einem Blick aus ihren sturmumwölkten Augen zerschmettern können.

Wenn der Sturm das Meer peitscht, trägt der Wind die Gischt bis auf die Klippen hinauf und taucht alles in einen feinen, eisigen Nebel, in dem sich das Licht zu einem Regenbogen bricht – dieses scheinbare Sphärengebilde wird 'Ifirns Brücke' genannt. Wenn Frost herrscht, gefriert die Gischt zu Eiskristallen, die glitzernd die Luft erfüllen. Im tiefsten Winter aber, in Jahren, in denen Firuns Zorn heftiger tobt als sonst, kann es sogar geschehen, dass der Herr des Frostes die Wellen des Meeres erstarren lässt.

Die Gemeinschaft der Wissenden

Geschnitzte Elementargeister zieren die wuchtige Umfriedung aus den knochenweißen Stämmen von Firunsföhren – nach außen wie nach innen. Nimmt man die sagenhaften Gestalten näher in Augenschein, scheint es bisweilen, als ob sie sich bewegten. Auch die Krone des Walles wird von Häuptern mythischer Wesen behütet – holzgewordene Geister, wie die abergläubischen Thorwaler sagen. Ein mächtiges, zweiflügeliges Tor bietet Einlass, dem einzelnen Reisenden muss ein Mannloch genügen. Auch die Torflügel sind mit Ornamenten verziert: ein Abbild des ewigen Kampfes Swafnirs gegen das allverschlingende Böse.

Uralt sind die gewaltigen Gebäude, die Generationen von Menschen gebaut und instand gehalten haben. Folgt man den Überlieferungen, so beherbergt die Klippe seit mehr als zwei Jahrtausenden die Gemeinschaft von Magiern, Handwerkern und Künstlern. Außerhalb der Palisade warnt der Lotsenturm mit seinem immerwährenden magischen Leuchtfeuer, dem Signal für heimkommende Schiffe. Auch dieser ist nach thorwalscher Art reich mit Schnitzereien verziert und gleicht einem Ehrfurcht gebietenden, stilisierten Drachen.

Vom Leben, Lehren und Lernen

Furcht einflößende Drachenköpfe, grausige Seeschlangenhäupter und andere mythische Wesen schmücken die mächtigen Firstbalken der Langhäuser, und altersdunkles Gebälk mit prachtvollen Ornamentschnitzereien trägt die mit Schindeln gedeckten Dächer, die sich fast bis auf den Boden hinabziehen. Im Inneren herrscht auch an hellen Sommertagen dämmriges Licht. Nur wenige Luken lassen Tageslicht in die Häuser – ein Zugeständnis an das raue Klima. Wohl könnte man mittlerweile Häuser mit Fenstern aus tulamidischen Glasscheiben und schweren Fensterläden bauen, doch will man lieber bei den Traditionen der Vorfahren bleiben. So muss man sich mit Licht aus Tran- und Öllampen begnügen.

In der Halla, dem Herzstück eines jeden Langhauses, versammeln sich die Zöglinge um ihre Lehrer und gehen ihren Studien nach. Hier trifft man sich auch zum abendlichen Beisammensein und geht dem Spinnen, Flicken, Weben, Knüpfen oder dem Schnitzen von Bein oder Holz nach.

Wann immer das Wetter es zulässt, finden die Lehrstunden draußen auf freiem Feld oder in einem der offenen Unterstände statt, denn kann man sich allen Ernstes die Beschwörung eines Elementes zwischen festen Mauern, unter einem Dach vorstellen? Deshalb sieht man die Schüler auch an Wintertagen draußen ihren Studien nachgehen. Die frische Luft härtet ab – verweichlichte Stubenhocker wird man in Olport nicht finden.

Auch die Familien der Lehrer der Runajasko haben hier – so sie es wünschen – ihre Heimat. Spielende Kinder sind allgegenwärtig – an vielen anderen Akademien undenkbar – und niemand würde sich darüber empören, auch wenn Geschrei und Lärm nicht immer den Studien zuträglich sind. Manche Sippen gehören seit Generationen

Graue Gilde gegen Runajasko

Im Phex 1025 BF wurde die Runajasko auf Beschluss des Gildenrates aus der Großen Grauen Gilde des Geistes ausgeschlossen. Der Grund waren Meinungsverschiedenheiten über Lehrmethoden und Zauberpraktiken sowie über die Unterweisung von minder arkan begabten Personen. Unterschiedliche Auffassungen gibt es auch über den hohen Einfluss nicht gildenmagischen Gedankenguts und die wiederholte Einmischung in politische Belange, wie beispielsweise die Ausbildung und den Einsatz von Kapermagiern – ein womöglich vorgeschobener Grund, wenn man die politischen Verwicklungen anderer Akademien bedenkt. Es hält sich hartnäckig das Gerücht, dass der Ausschluss auf Druck des Stoerrebrandt-Kollegs und der horasischen Akademien geschah, deren Heimatländer am meisten unter den Olporter Kapermagiern zu leiden haben. Mit dem Ausschluss verlor die Akademie alle Rechte an Skripten und Thesen, außerdem wurde ihr die Lehrerlaubnis entzogen, die Absolventen gelten als *Extraordinarii*, sofern sie sich nicht einem anderen Institut zugehörig erklärt haben.

Längst nicht alle Akademien zeigen sich bereit, die verlangten Sanktionen zu vollziehen. So weiß man, dass die Akademie von Thorwal nach wie vor enge Kontakte zur Runajasko unterhält. Und auch die elfisch geprägten Schulen in Gerasim, Donnerbach und Lowangen sehen anscheinend keine Veranlassung, Olporter Absolventen die Tür zu weisen.

Es gilt in Magierkreisen als zweifelhaft, ob die Gilde unter allen Umständen ihre Sanktionen durchzusetzen suchen wird, da ihr Einfluss in Nordaventurien sehr gering ist.

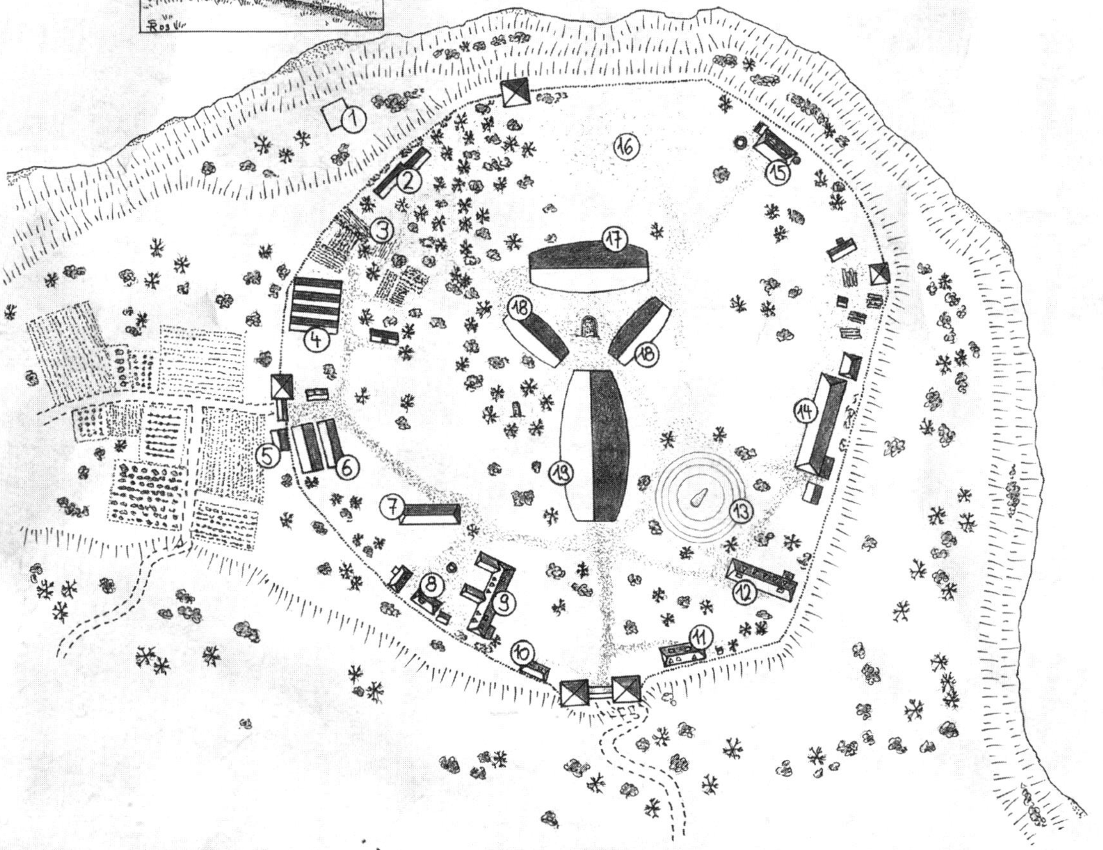

RUNAJASKO

←100 SCHRITT→

OLIVER STEIGER, SIMONE RONNER, 2003

zur Runajasko und senden ihre Kinder je nach Talent an die entsprechende Schule, so dass nicht wenige Absolventen und Schüler miteinander blutsverwandt sind.

Die Runajasko von Olport ist gewachsen aus Traditionen, die weit älter sind als die Geschichte der thorwalschen Besiedelung Aventuriens. Nicht nur angehende Magier werden in Olport auf den Pfad der Erkenntnis gebracht. Man folgt der hjaldingschen Überlieferung, nach der die Magie eine der drei hohen Künste ist, gemeinsam mit der Seefahrt – die auch den Bootsbau einschließt – und dem Skaldensang. Diese Künste werden in den drei Zweigen an die Schüler weitergegeben. Absolventen der Akademie fühlen sich dieser eng verbunden, nur wenige suchen den Dienst außerhalb von Thorwal.

Die Leitung der Runajasko obliegt dem Weisen Rat, der sich aus den Lehrmeistern der drei Zweige rekrutiert. Dieser wählt einen Hetmann aus seinen Reihen, was häufig, aber nicht zwingend der Leiter des magischen Zweiges ist. Momentan ist dies Haldrunir Windweiser, der der arkanen Schule seit 990 BF und der gesamten Runajasko seit 1003 BF Jahren vorsteht.

Traditionell sind die meisten Lehrer und Eleven thorwalscher Abkunft. Dies zeitigt vor allem zwei Folgen: In Olport hat sich wie nirgends sonst das 'typisch Hjaldingsche' erhalten. Eine weniger wünschenswerte Folge ist, dass man sich lange auf Altbekanntes beschränkt hat und der belebende Einfluss von außen fast vollständig fehlte.

Die nicht-arkanen Zweige der Runajasko – Schiffsmeisterschule und Skaldenhalla

Im Wesentlichen unterscheidet sich das Leben der nicht-magisch begabten Zöglinge von dem der Zauberschüler nur wenig. So müssen auch die Zöglinge der Skalden- und Schiffsmeisterschule ein zweites Handwerk erlernen und auf Wanderschaft gehen.

Drakkenhalla – Die Halle der Schiffsbaumeister

In der Drakkenhalla, so genannt wegen der mächtigen Drachenköpfe, die das Langhaus innen wie außen zieren, haben die Schiffsbauer der Runajasko ihr Domizil genommen. Zu ihrem Refugium gehören außerdem einige Werkstätten und Lagerschuppen, wo Holz und anderes Material aufbewahrt werden. Die Schiffsbauer der Olporter Schule verstehen sich auf den tradierten Schiffsbau (siehe auch S. 111), der einen Meister befähigt, an einem nahezu beliebigen Platz ein neues Schiff zu bauen.

Unter der Leitung des Hohen Meisters Lifbrand Eilursson, der sein Wissen bei der legendären Schiffbaumeisterin Gudmunda Thorgeirsdottir erworben hat, werden die Schüler in der Kunst unterrichtet, die Seele des Holzes zu erkennen, um den richtigen Stamm für den richtigen Zweck auszuwählen, die unterschiedlichen Holzarten zu bearbeiten, zu formen und zu einem Drachenschiff zusammenzufügen. Besonderes Augenmerk gebührt der Holzschnitzkunst, denn ohne die kunstvollen Verzierungen und insbesondere den hölzernen Drachenkopf wäre ein Thorwaler Schiff unvollkommen.

Es gehört zur Ausbildung eines Schiffsbauers, gemeinsam mit einem Gesellen oder einem älteren Schüler für einige Monate auf einem Drachenschiff zu segeln, um selbst mitzuerleben, was es bedeutet, die Meere zu befahren. Bei anfallenden Reparaturen kann der Schüler sein Können beweisen und erste Erfahrungen sammeln.

Mit Ausnahme des Hohen Schiffsbaumeisters und seiner beiden Stellvertreter wechseln die Lehrer ständig. Weil es üblich ist, dass auch die Dozenten immer wieder auf Fahrt gehen, um neues Wissen zu erwerben und altes anzuwenden, unterrichten in beinahe jedem Jahr andere Männer und Frauen die Schüler. Traditionell werden die Eleven von einem der Olporter Lotsen in der Kunst der Navigation unterwiesen. Sollte einmal ein Geschützbaumeister auf seiner Wanderung nach Olport kommen, so werden seine Dienste als Lehrmeister gern in Anspruch genommen.

Die Runajasko verfügt am Skavanger über einen Schiffsbauplatz. Oben auf der Klippe beschränkt man sich auf die Vermittlung von Grundfertigkeiten und theoretischem Wissen und auf die Fertigung der kleineren Schiffsteile, vor allem der Ehrfurcht gebietenden Drachenköpfe für den Vordersteven. Die Olporter Schiffsbauer verstehen sich darauf, von der kleinen Skúta bis zum Kriegsdrachen jedes Schiff auf Kiel zu legen, das der typischen Thorwaler Schiffsbauweise entspricht. Deshalb werden sie in ganz Thorwal hoch geschätzt.

Üblicherweise besteht die Abschlussprüfung darin, dass die Absolventen eines Jahres gemeinsam ein Schiff von mindestens 17 Schritt Länge bauen. Doch kann es vorkommen, dass entweder kein Bedarf für ein so großes Schiff besteht oder in einem Jahr nicht ausreichend Schüler bereit sind, die Prüfung zu absolvieren. Deshalb müssen manche Schüler ein weiteres Jahr warten, bis alle Voraussetzungen erfüllt sind. Seltener schickt man die Schüler unter Führung eines Meisters los, damit sie ihr Können fern der Schule unter Beweis stellen können.

Seit der Wiederentdeckung der Runenmagie und vor allem des *Ottagaldr* (Ritual für die Runenlangschiffe) ist die Bedeutung der Olporter Schiffsbaumeister immens gewachsen. Allein hier verstehen die Meister sich darauf, im Einklang mit Skalden und Magiern die arkanen Runen zu schnitzen, die aus einem gewöhnlichen Langschiff eines der von Geheimnis umwobenen Runenottas machen.

Nach ihrer Prüfung ziehen die Absolventen hinaus, um ihre Kenntnisse anzuwenden und neue Fertigkeiten auf ihren Wanderungen zu erwerben. Dabei beschränken sich nicht alle Gesellen auf thorwalsche Gefilde. Nach langen Jahren kehren die erfahrenen Meister jedoch gerne in die Schule zurück, um ihr Wissen an die nächste Generation weiterzugeben.

Skaldenhalla – Die Schule der Skalden

Das Haus der Skalden – die Skaldenhalla – ist die am reichsten mit Schnitzereien und Malereien geschmückte Halle der Runajasko, mit der sich selbst die prächtige Große Halle nicht messen kann. Filigrane, durchbrochene Holzornamente zieren die Wände, die ein Meister vor vielen Jahren mit bunten Figuren, mythischen Gestalten und verschlungenen Ornamenten ausgemalt hat. Warm spiegelt sich das Feuer in der Mitte der Halle im Goldbelag auf den Schnitzereien an den Balken und Säulen, die das schwere Reetdach tragen. Hochlehnige Bänke entlang den Wänden laden zum Verweilen ein, und stets steht ein Fass Bier oder Met bereit. Rings um die Feuerstelle befindet sich ein mehrstufiges Podest, damit jeder dem Sänger gut folgen kann, der seine Kunst präsentiert. Allerlei Instrumente und Trinkhörner zieren die Stirnseite der Halle, einige davon schon viele Dutzende Generationen alt.

Auf dem gesamten Gelände, vornehmlich aber im Schatten der Skaldenhalla, stehen etliche Runensteine, die von heldenhaften Taten, legendären Sängern und herausragenden Ereignissen künden. Nicht alle sind ursprünglich hier errichtet worden, einige stammen von weit her und sind der Runajasko zur Aufbewahrung überwidmet worden,

Legende zur Runajasko

1 Leuchtturm
2 Fejhalla – Grassodenhaus der Elfen
3 Kräutergarten
4 Grassodenhäuser für die Bediensteten und als Stallungen
5 Felder und Geräteschuppen
6 Lagerhäuser / Kornspeicher
7 Badehaus
8 Bäckerei
9 Wirtschaftsgebäude
10 Haus der Tor- und Turmwachen
11 Gästehaus
12 Skaldenhalla – Heimstatt der Skalden
13 Skaldenkreis
14 Schiffsbauerschule
15 Alchimistengebäude
16 Übungsplatz
17 Magierhalla
18 Wohnhallas
19 Festhalla / Große Halla

wenn kein Angehöriger mehr übrig war, sich um ihren Erhalt zu kümmern.
Die Skalden nutzen einige der unterirdischen Katakomben (siehe unten) als Archiv, in dem Sagas, Lieder und Erzählungen in Folianten, auf Pergamenten und Schriftrollen aufbewahrt werden. Dennoch fühlen sich die Skalden der alten Tradition verhaftet, das Wissen im Gedächtnis zu bewahren und mündlich weiterzugeben. Einige der berühmtesten Skalden des Landes entstammen der Runajasko, darunter der legendäre *Torstor Om* und 'Der letzte Hjaldinger' *Iskir Ingibjarsson*.
Ähnlich wie bei den Schiffsbauern wechseln die Lehrer häufig, denn jeder neue Lehrer bringt neue Lieder mit sich, um das Wissen der Schule zu bereichern. Selbst der Leiter der Schule, *Askir Vandradsson*, ist noch bis vor kurzem alle paar Jahre auf Reisen gegangen und hat sein Amt so lange einem anderen überlassen.
Die jungen Skalden verbringen nur die geringste Zeit ihrer Ausbildung in der Runajasko. Sie ziehen einzeln oder zu mehreren mit einem Meister aus, um das Land zu bereisen, sich in ihrer Kunst zu üben und neue Gesänge und Geschichten zu erlernen. Allerdings sind davon in jüngster Zeit diejenigen ausgenommen, die sich auf das Lied der Ottagaldr verstehen. Zu wertvoll sind die Kenntnisse dieser Handvoll Männer und Frauen, zu viele Geheimnisse gilt es noch gemeinsam mit den anderen Zweigen zu entdecken, als dass man es wagen könnte, dieses Wissen über Monate brachliegen zu lassen.
Einmal im Jahr, zur Mittsommernacht, gibt es das große Skaldenfest: der Tag der Dichtkunst (*Skaldskapardag*), bei dem Schüler, Absolventen, Lehrer, aber auch fremde Skalden und Lehrmeister zusammenkommen und alte und neue Sänge austauschen.
Skalden kommt mit ihrem großen Wissen um Traditionen eine besondere Rolle als Schlichter und Berater zu. Gerne befragt man im Streitfall einen Skalden, ob in alten Sängen ein ähnlicher Fall überliefert ist, um sich danach zu richten.
Aus diesem Grund ist die Unterweisung in Rechtskunde in Olport obligatorisch. Viele Skalden verstehen sich zudem darauf, ihre Handharfen und Flöten selbst zu bauen, worin die Instrumentenbauerin Katla Ragnasdottir sie unterrichtet.

Von anderen Handwerken
Es ist Brauch an der Runajasko, dass jeder Zögling in einem weiteren Fach unterrichtet wird. Zu den Auswahlmöglichkeiten zählen unter anderem die Alchimie, die Buchbinderei, die Ausbildung als Illustrator und Schreiber, als Kartograph, Navigator, Runenschnitzer, Steinmetz, Zimmermann, Holz- oder Beinschnitzer oder Heilkundiger und nicht zu vergessen als *Hamsbitari* (Hautbildstecher oder wörtlich: Hautbildbeißer). Andere (in Thorwal übliche) Professionen sind möglich, abhängig davon, ob ein wandernder Handwerker nach Olport kommt, um dort zu unterrichten.

Von der Schule der arkanen Lehre

Unter der Leitung *Haldrunir Windweisers* unterrichten neun Lehrer, davon drei Firnelfen, die momentan 45 Schüler in der arkanen Kunst. Der Krieg mit dem Horasiat hat dazu geführt, dass man weit mehr Schüler aufgenommen hat als in der Vergangenheit üblich – um den Preis, dass es in den Langhäusern gedrängter zugeht.
Das Zusammenleben in der Runajasko gestaltet sich völlig anders als beispielsweise in Akademien wie Punin, Khunchom oder Gareth. Die Regeln sind weit zwangloser, Akademiedrill ist ein Fremdwort. Auch gibt es weder Jahrgangsschlafsäle noch Einzelkammern, vielmehr lebt man in der Runajasko nicht anders als in einer typischen thorwalschen Gemeinschaft: Ältere und jüngere Scholaren teilen sich mit den Lehrern ein Langhaus, jedem jüngeren Eleven ist ein Tutor aus einem älteren Jahrgang zugewiesen, der sich um ihn kümmert. Nur wenige Lehrer – darunter der Akademievorsteher (*Skolaforradandi*) – besitzen ein eigenes Gemach, die anderen teilen sich den Platz in der Halle oder begnügen sich mit einer durch Vorhänge abgeteilten Schlafecke.
Da die Langhäuser nur schwer zu lüften sind, hat man die alchimistischen Labore in einem Gebäude mittelreichischer Prägung untergebracht, das auch weniger anfällig für Feuer ist.
Die Elfen der Akademie bewohnen ein eigenes Grassodenhaus inmitten des Kräutergartens.
Die Ausbildung der Eleven beschränkt sich nicht allein auf die Vermittlung der magischen und handwerklichen Kenntnisse, die zu dieser Profession vonnöten sind: Da jeder Zögling des arkanen Zweiges der Akademie ein Handwerk erlernt, sind die Absolventen ihren Standesgenossen in anderen Regionen zwar körperlich und handwerklich meist überlegen, doch leidet darunter die theoretische Ausbildung, so dass den Reihen der Runajasko kaum überragende Magotheoretiker oder begnadete Alchimisten entstammen.
Der Tonfall zwischen Schülern und Lehrmeistern mutet dem außenstehenden Beobachter wenig ehrerbietig, bisweilen gar ruppig an. Dennoch wird niemals ein Schüler dem Weisen die gebührende Achtung versagen. Ränge gelten weniger als an anderen Akademien, man benutzt untereinander vornehmlich den Rufnamen oder die thorwalsche Entsprechung für die unterschiedlichen Grade, um jemanden besonders zu ehren (siehe Kasten).

'Grade' der Runajasko

- Scholar – *Skolabrodir/-systir* (Mitschüler/-in)
- Adeptus / Adepta – *Gandmadr / Gandkona* (zauberfähiger Mann / zauberfähige Frau)
- Adept, der seine Wanderschaft vollendet hat – *Gandsmidr* (der, der Zauber trefflich schmieden kann)
- Magister – *Meistar/-i*
- Spektabilität (derzeit: Haldrunir Windweiser) – *Skolaforradandi* (Erster der Schule)

Die Olporter Gemeinschaft ist nicht nur von der thorwalschen Lebensweise geprägt: Seit jeher haben die Firnelfen und ihre Kultur erheblichen Einfluss auf die Runajasko, sei es im alltäglichen Zusammenleben, sei es auf den Lehrplan und die Lehrweise, die dort angewandt wird. Das Lernen ist weniger von Büchern bestimmt als von Rezitationen und mündlichem Lernen – ein Erbe der Hjaldinger wie auch der Elfen. So ist es üblich, dass jeder Absolvent zum Abschluss seines Initiationsrituals die Hetleute der Halle, ihre Amtszeiten und ihre größten Taten vorträgt.
Nichtsdestotrotz hat man in den vergangenen Jahrhunderten viel Zeit darauf verwendet, eine Bibliothek anzulegen. Diese wurde nach der großen Seuche von 603 BF (2230 JL) gegründet, die viele Wissende dahinraffte. Diese Katastrophe war auch hauptsächlich dafür verantwortlich, dass die Runenmagie zum großen Teil verloren ging.
Ein wichtiges elfisches Erbe ist die hohe Bedeutung des *Salaband* – des Seelenbandes. Dabei weben Schüler und Lehrer eine geistige Verbindung, die es dem Schüler ermöglicht, das Wirken eines Zaubers mitzuverfolgen, ebenso wie der Lehrer die Übungen seines Schülers zu korrigieren vermag. Der Salaband ist eine Variante des UNITATIO (siehe **LC 265**), des ersten Zaubers, den jeder Olporter Akademieneuling erlernt, Basis seiner späteren Ausbildung. Mittlerweile ist diese Lehrweise an vielen Akademien verbreitet.
Den meisten Elfen sind ihre Brüder und Schwestern, die sich für ein Leben unter den Menschen entschieden haben, fremd. Nicht anders ergeht es den Firnelfen der Runajasko. Zu bekümmern scheint sie dies indes nicht. Hin und wieder klopft ein fremder Firnelf an die Pforte der Akademie, um sich als Lehrer anzubieten. Es geht das Gerücht von einem diesbezüglichen uralten Pakt, der vor Jahrhunderten zwischen Menschen und Elfen geschlossen wurde. Es scheint, dass den firnelfischen Lehrern der Weg zurück in ihre Sippe nicht verschlossen ist, denn einige von ihnen kehren nach Jahren unter Menschen in ihre Heimat im Norden zurück.

Nicht allen elfischen Lehrmeistern gefällt die Entwicklung der Ottagaldr (siehe S. 61). Meistari Lysania Firnglanz sieht in der Nutzung von Lebenskraft, um Zauber zu speisen, einen Verstoß gegen ihre ureigenen Überzeugungen. Zu einem offenen Bruch ist es bislang noch nicht gekommen, doch betrachtet sie die weitere Entwicklung voller Argwohn.
Obwohl sich die Runajasko von Olport dem Elementarismus verschrieben hat und ihre Absolventen die enge Bindung an ein Element suchen, gehören der Verwandlungs- und der firnelfischen Magie ein erheblicher Anteil am Lehrplan. Die Affinität zu einem Element ist, ähnlich dem Seelentier, den meisten Menschen vorbestimmt. Es gehört zum Aufnahmeritus der Runajasko, diese Neigung in einem feierlichen Ritual zu Tage zu bringen.
Die neun Lehrmeister der Akademie werden seit einigen Jahren durch Gastlehrer unterstützt – darunter nicht nur Gildenmagier –, die für einzelne Seminare oder eine begrenzte Zeitperiode zur Verfügung stehen. Nicht zuletzt dadurch hält endlich frisches Wissen Einzug in den Lehrplan der Akademie, der zuvor für Generationen annähernd unverändert war. Diese Öffnung wird in Punin und vor allem bei den Akademien der Rechten Hand mit Misstrauen und Argwohn betrachtet.
Die talentiertesten Magiedilettanten, denen man die Möglichkeit gibt, ein stark eingeschränktes Studium zu absolvieren und 'Bordzauberer' zu werden, verstehen sich auf maximal fünf Sprüche aus der Liste der Magiedilettanten (**Zauberei 37**, BÄRENRUHE, WASSERATEM und WELLENLAUF stehen hier auch menschlichen Viertelzauberern offen, dazu der AEOLITUS). Sie verfügen meist über keinen Schutzgeist.
Einige Angehörige der Runajasko finden Sie in dem Abenteuer **Die Dunkle Halle 39ff**.

Stableite

Das Ritual der Stableite gleicht im Wesentlichen dem an anderen magischen Schulen.
Doch wird ein Zögling nicht eher als Gandmadr entlassen und erhält seinen Stab, den *Gandstafr*, ehe er nicht auch sein Gesellenstück in einem Handwerk abgeliefert hat. Für den magischen wie für die anderen beiden Zweige gilt nach der Stableite oder Abschlussprüfung, dass der Absolvent die Verpflichtung hat, für mindestens 'Jahr und Tag' auf Wanderschaft zu gehen, um sein Wissen in der Praxis weiterzubilden.
Wie lange diese Wanderjahre dann tatsächlich währen, ist jedem selbst überlassen. Was dem einen in drei Jahresläufen gelingen mag, dafür braucht ein anderer ein halbes Leben und manche kehren auch nie in den Schoß der Akademie zurück. Die Rückkehr eines Wanderers aber ist immer ein großes Fest für die Gemeinschaft.

Das Siegel

Wie alle Gildenmagier tragen die Runajaski ein unverwechselbares magisches Zeichen: das *Gandmerki*. Allerdings handelt es sich beim Olporter Gildensiegel nicht um den üblichen Siegelstock, der die Handfläche des Absolventen zeichnet, sondern um ein Thorwaler Hautbild, das in einer langwierigen Zeremonie vom Meister *Hamsbitari* gestochen wird. Viele ziehen es vor, das magisch durchwobene Zeichen nicht in der Handfläche, sondern an anderer Stelle zu tragen, wie Oberarm oder Schulterblatt. Diese Eigenart hat den Olportern den Unmut insbesondere der weißen Gildenvertreter eingebracht.
Zum Eigenwillen und Selbstverständnis der Runajaski passt es, dass nicht nur Magier das Siegel der Akademie tragen, sondern sämtliche Absolventen der Runajasko. Die Zeichen nichtmagischer Absolventen sind allerdings nicht arkan durchwoben.
Das Gandmerki zeigt eine Scheibe mit drei stilisierten Drachenköpfen, darum einen Ring mit der Inschrift *»Runa Jasko Löguneyti«* (Gemeinschaft der Runajasko), dazwischen die Symbole für die Elemente Wasser, Luft und Eis.

Vom Gewande, das einem Olporter Magus geziemt

Einem jeden Kundigen sind die Vorschriften aus den Convents-Regularien geläufig, die besagen, wie ein Magus sich zu welchem Zauber zu kleiden hat, um bestes Gelingen zu erzielen. Allerdings sind diese auf südliche Gefilde zugeschnittenen Regularien im kalten Norden alles andere als tauglich. Einem Elementarbeschwörer in dünner, kurzer Elementaristenrobe auf hoher See kann es in rauem Wetter oder Eis und Schnee kaum gelingen, zitternd und frierend die Konzentration aufrechtzuerhalten. Und was würde wohl ein Elementargeist zu einem blau gefrorenen, mit den Widrigkeiten kämpfenden Menschlein sagen, das ihn gewogen zu stimmen versucht?
In Olport trägt man vornehmlich Wolle, auch knielang, was nicht unpraktisch an Bord ist, darunter aber wollene oder lederne Hosen, zum Teil pelzgefüttert – und unbedingt schützendes, gefüttertes Schuhwerk. Niemand macht sich Gedanken darüber, ob Unterkleidung und Hosen die arkanen Ströme stören könnten. Man hat zuallererst von den Druiden gelernt, dass es beim Umgang mit anderssphärigen Mächten auf eines ankommt: auf die Willensstärke, nicht auf die Unterwäsche.
Das bedeutet, dass regeltechnische Boni aus passender Kleidung (**Zauberei 14**) für Olporter Magier nicht zum Tragen kommen. Ansonsten halten die Olporter Magier es bei der Wahl ihrer Kleidung nicht anders als alle anderen Thorwaler (siehe Seite 35). Was Waffen und Rüstungen angeht, ist man so pragmatisch, den *Codex Albyricus* zu ignorieren. Nichtsdestotrotz verlassen sich die meisten Olporter lieber auf ihren Stab als auf Axt oder Schwert, sie führen aber gerne eine geschmückte Skraja mit sich, weil dies nun einmal guter Brauch ist. Wattierte Waffenröcke sind recht häufig zu sehen.

Geheimnisvolle Katakomben

Schon lange weiß man, dass die Vestanvindbodi (Westwindklippe) von Höhlen und Kavernen durchzogen ist. Bis auf den heutigen Tag sind lange noch nicht alle der unterirdischen Gänge und Hallen erforscht, alle Zugänge gefunden oder auch nur ein Bruchteil der Geheimnisse gelüftet, die dort noch schlummern.
Seit langem bekannt ist eine Kristallhöhle, gleich unter dem Haupthaus des magischen Zweiges, von der es heißt, dass sie den Firnelfen seit alters her ein heiliger Ort ist. Der Legende nach sollen hier die Hjaldinger und Firnelfen das erste Mal aufeinander getroffen sein. Angeblich hat es vor Jahrhunderten einen zweiten Zugang zu dieser Grotte gegeben.
Ebenfalls von der Halla der Magier aus zugänglich sind künstlich in den Fels gehauene Kavernen, in denen die wertvollen Bücher, Artefakte und Kleinodien sicher aufbewahrt werden. Mit diesen Räumen unmittelbar verbunden ist der Ritualraum der Runajasko, in dem wichtige Rituale wie die Zeremonie der Stableite vollzogen werden. Hier war es auch, wo Bridgera Karvsolmfara – einer Vision Swafnirs folgend – den verborgenen Zugang in bislang unbekannte Teile der Höhlen fand, was zur Entdeckung der Runenmagie führte.
Auch eine heiße Quelle hat man vor Jahren in einer Grotte an der Küste ausfindig gemacht. Die Höhle schimmert blau, gelb und türkisfarben von den Salzen der brodelnden Quelle, die sich auf den Felsen niedergeschlagen haben. Steter Dampf erfüllt die Kaverne, die über eine Treppe unweit des Leuchtturms vom Gipfel der Klippe zu erreichen ist. Das Wasser ist gerade so heiß, dass man dort baden kann, und die Dämpfe erweitern die Sinne, so dass die Magier sich gerne zu Meditationen hierher zurückziehen.

Die Magie der Runajasko

Die Olporter Magier haben sich vor allem der Erforschung der elementaren Magie gewidmet – auch wenn dies auf einem intuitiven, weniger analytischen Weg geschieht. Der Schwerpunkt liegt auf Wind, Eis, Wasser und auch dem Feuer als im Norden stets gegenwärtige Elemente.
Jenen Schülern, die sich Wasser und Eis zugehörig fühlen, wird statt des IGNIFAXIUS der ORCANOFAXIUS oder FRIGIFAXIUS ge-

lehrt. Zugleich geht das Gerücht, dass wenigen Olporter Lehrmeistern die elementaren Analogien des IGNISPHAERO bekannt sind, die an entsprechend talentierte Skolari weitergegeben werden – wenn diese dazu bereit sind, als Runen-Magier an Bord einer Otta zu dienen.
Wichtigste Entwicklung der letzten Jahre ist unzweifelhaft die Wiederentdeckung der Runenrituale und daraus resultierend die Rekonstruktion einer Variante des UNITATIO, die es dem Magier erlaubt, seinen Geist im Rahmen des Rituals auch mit Nichtmagiern in Verbindung zu bringen. Diese Form des UNITATIO wird bislang ausschließlich in Olport gelehrt und nicht an Fremde weitergegeben. Ansonsten gelten die Angaben aus **Zauberei 283**.

Von der Runenmagie

Durch Swafnirs Fügung fand man 1020 BF (2647 JL) den Zugang zu einem lange vergessenen Teil der Höhlen in der Westwindklippe, die sich tief bis in die Wurzeln der Felsen erstreckt. Dort fand sich der lange verloren geglaubte Schlüssel zur uralten Magie der Hjaldinger: der Runenmagie. Diese besondere Form der Spruchmagie haben bereits die Hjaldinger mit sich gebracht, allerdings sollte sie sich erst durch das Zutun der Firnelfen zu höchster Potenz entwickeln. Wissenschaftler mutmaßen, dass auch die Firnelfen einst Zauberschriften und -zeichen benutzten, andere behaupten, es müsse sich um eine zwergische Komponente handeln, doch bleibt beides reine Spekulation.
In den letzten Jahren – insbesondere während des Krieges mit dem Horasreich – wurde intensiv geforscht. Selbst wenn die Wiederentdeckung dieser alten Kunst noch ganz am Anfang steht, ist es doch gelungen, erste erstaunliche Ergebnisse zu erzielen.

Runenlieder und Vitkari
Ein Runenzauberer weiß um die verborgenen Bedeutungen der 38 Hjaldinga-Runi (siehe S. 26). Mit diesen Zauberrunen ist es sogar möglich, lebende Wesen zu bezaubern. Zu den Runen kommen noch eine Reihe überlieferter Symbole mystischer Bedeutung wie beispielsweise der Pottwal, die geflügelte Seeschlange oder die Mondsichel. Die Runen und Zeichen sind durch kunstvolle Ornamente miteinander verwoben: Spiralen, Kreise, Ranken und Wellenbänder. Auf diese Weise werden die einzelnen Bestandteile eines hjaldingschen Zauberzeichens zu einem Runengewebe verbunden, einem *Vitkari*. Eine detailliertere Beschreibung der in Thorwal bekannten Zauberrunen finden Sie, zusammen mit den Regeln zur Runenzauberei, im Band **Stäbe, Ringe, Dschinnenlampen** ab Seite 60.

Björgruna

Pottwal

Schlange

Sonne

Die Schule der Hellsicht zu Thorwal

Im Gegensatz zur den hjaldingschen Traditionen verpflichteten Runajasko zu Olport ist die Schule der Hellsicht zu Thorwal (korrekter Name: *Magische Akademie zur Erforschung seherischer Phänomene sowie deren Umsetzung Neu-Hjaldingard*, siehe **Zauberei 287f.**) ein durchaus 'klassisches' Lehrinstitut der arkanen Künste, wenn auch mit einem halben Dutzend Lehrern und etwa 30 Schülern ein recht kleines.

Örtlichkeiten

(Mehr zu den Gebäuden der Akademie siehe S. 90.) Ursprünglich für gut die doppelte Anzahl von Lehrern und Schülern ausgelegt, bietet die Schule jedem Zögling komfortable, wenn auch rustikale Unterkunft in einem Einzelzimmer. Der große Saal des Haupthauses wird in thorwalscher Manier als 'Halla', als abendlicher Versammlungssaal, genutzt.
Das Gebäude beherbergt einen kleinen Hesinde-Schrein (den Heiligen Canyzeth und Ancilla gewidmet) und zwei etwas größere Betstätten für Nandus (mit Sankt Rohal als nominellem Akademiegründer) und Aves, die von durchreisenden Geweihten gepflegt, aber fast ausschließlich von Akademiemitgliedern oder Gästen des Hauses genutzt werden.
An der Schule sind außer den Lehrern noch knapp zwanzig weitere Personen beschäftigt: neben der Akademiegarde des ODL noch ein gutes Dutzend Handwerker, Knechte und Mägde, die sich um die Erhaltung des Hauses, die Küche, die Stallungen und die kleinen Gärten kümmern.

Lehrkörper und Lehrzeit

Die sechs Magister und Magistrae haben alle Hände voll zu tun, die etwa 30 Schüler angemessen zu unterrichten. Wegen der Randlage und der chronischen Finanzknappheit der Akademie zeigen selten einmal mögliche Lehrmeister Interesse an einer dauerhaften Anstellung, andererseits wirkt der Ruf der Schule, auch solche Magier aufzunehmen, die andernorts wegen 'ungeeigneter Weltanschauung' ihren Dienst quittieren mussten, anziehend. Dass die Thorwaler Schule jedoch bei all ihrer Liberalität ebenfalls strenge Anforderungen an geistige Disziplin und moralische Festigkeit stellt, ist dabei den wenigsten 'Dunkelgraumagiern' bewusst, und so ist der Lehrkörper über die letzten zehn Jahre quasi unverändert geblieben. Neben den im Folgenden genannten Magistern gibt es aber immer wieder einmal kurzfristige 'Gastprofessuren', etwa weil ein Teilnehmer an den Hesinde-Disputen (siehe unten) sich entschließt, einige Zeit in Thorwal zu verweilen. Die über die Grenzen Thorwals hinaus bekannten Lehrer sind:

- Spektabilität **Cellyana von Khunchom** (ausgebildet in Khunchom, besondere Kenntnisse in den Merkmalen *Objekt* und *Hellsicht*) unterrichtet Artefakterschaffung und -analyse sowie Elfenkunde und Philosophie, kümmert sich um die Organisation der Hesinde-Dispute und die glücklicherweise wenig aufwändige Verwaltung der Schule (siehe S. 170).
- Magister Magnus **Aleya Ambareth** (Thorwal, vor allem *Hellsicht, Metamagie, Limbus* und *Kraft*) ist Lehrmeister für Limbologie, Kosmologie und Sphärologie, für fortgeschrittene Hellsicht und für einige Alltagszauber. Er ist erst seit 1026 BF wieder vollständig in den Lehrbetrieb eingebunden, aber immer noch drei Monate des Jahres mit unbekanntem Ziel 'außer Haus' (siehe S. 170).
- Der aus Riva stammende Halbelf Magister **Ralliyon Hellason** (geboren 987 BF, ausgebildet in Gerasim, vor allem *Eigenschaften, Telekinese* und *Hellsicht*) ist Spezialist für die Zauber ADLERAUGE, ATTRIBUTO, BALSAM SALABUNDE und EXPOSAMI und sorgt für die Vermittlung der elfischen Traditionen, auch wenn man dies bei dem bisweilen cholerischen Zwei-Schritt-'Schrank' kaum vermuten würde.
- Daneben sind mit Magistra Magna **Edwige Geeskje**, Magistra **Bridgera Runasdottir** und Magister **Perainidan Crumold** Spezialisten für Elementarismus und Alchimie fest angestellt, während **Runwolf Eilifson** (Runenzauberei, Windzauber und Prophezeien) und **Sulibeth Madjansunni** (eine Khunchomer Thaumaturgin) recht regelmäßig, aber nicht in fester Anstellung, an der Akademie unterrichten.

Die Lehrzeit an der Schule der Hellsicht beträgt mindestens neun Jahre. Nur wenige Eleven werden nach den ersten drei Jahren wegen gänzlich anders gelagerter Begabungen an andere Akademien weiter verwiesen, dafür werden andererseits etliche Schüler nach dem dritten Lehrjahr von anderen Akademien nach Thorwal geschickt, weil sie in der Einschätzung ihrer Lehrer eher den hiesigen Anforderungen entsprechen. Abbrecher kommen selten vor, wobei ihr weiterer Lebensweg nach Möglichkeit von der Akademie überwacht wird, häufiger ist es, dass die weniger begabten Scholaren dann ein oder zwei Jahre länger an der Akademie verbleiben.

Die Akademie im thorwalschen Leben

Die Lage in der 'Fremdenstadt' und die Mauern um das Akademiegelände zeigen bereits, dass sich die Akademie nicht in erster Linie als thorwalsche Akademie versteht. Vielmehr sieht sie sich als ein 'Kontor' der Grauen Gilde, das eine große Zahl gewachsener Beziehungen zu unterschiedlichsten Familien und Ottajaskos der Stadt hat. Dies rührt nicht zuletzt von der Politik des Lehrinstituts, die Novizen im zweiten Lehrabschnitt bei städtischen Handwerkern zur Unterweisung zu geben, damit sie auch die 'dingliche Basis' ihrer später zu untersuchenden Objekte verstehen lernen. (Man geht hier davon aus, dass es vielerlei 'sympathetische' Beziehungen zwischen weltlichen Objekten und einer möglichen magischen Nutzung gibt, also etwa die Machart eines Schuhs oder Schwerts das Objekt so prägt, dass sich später leichter darauf Bewegungs- oder Kampfzauberei anwenden lassen.)

Als typische Dienstleistung der Schule gilt das Analysieren magischer Artefakte, die Thorwaler Schiffsführer von ihren Handels- und Kaperfahrten mitgebracht haben. Je nach Komplexität kostet eine solche Untersuchung zwischen 5 und 50 Dukaten.

Andere, bisweilen nachgefragte Dienste sind Deutungen von Träumen, Visionen und seltsamen Naturphänomenen oder Untersuchungen, ob jemand von einem (magischen) Fluch befallen ist. Ein solcher Verdacht ist im traditionell abergläubischen Thorwal nicht gerade selten, weshalb viele Thorwaler froh sind, wenn sich ihre Befürchtungen, 'von Tula verhext' oder 'mit einem Orkfluch belegt' zu sein, als falsch herausstellen. Seltener werden die Zauberer als magische Heiler in Anspruch genommen oder die von ihnen gebrauten Tränke und Elixiere benötigt.

Absolventen der Akademie fahren bisweilen durchaus mit einer Otta aus, aber üblicherweise nur, wenn sie wissen, dass es sich um eine Handels- oder Entdeckungsfahrt handelt. An Bord sind sie aber eher Fremdkörper, auch wenn sie sich mit thorwalschen Sagen und Legenden auskennen und körperlich durchaus keine Stubenhocker sind.

Das Verhältnis der Stadtbewohner zur städtischen Akademie ist recht zwiespältig: Einerseits ist man froh, Zauberer in den eigenen Mauern zu beherbergen ("nur für den Notfall, man weiß ja nie"), anderseits bleibt ihr Wirken den meisten Nordleuten unverständlich bis unheimlich, zumal die Schule ja auch wenig 'handfeste' Zauberei zu ihrem Kanon zählt.

Da mit der Olporter Runajasko eine Schule zur Verfügung steht, die sich der Vermittlung traditioneller thorwalscher Magie verschrieben hat, ziehen viele 'weltläufig gesonnene' Eltern es vor, ihre magisch begabten Kinder (oder solche, von denen sie es vermuten oder wünschen) zur Schule der Hellsicht zu bringen, um sie prüfen zu lassen. Daraus resultiert, dass pro Jahrgang die Hälfte der Adepten thorwalscher Herkunft sind, von denen wiederum gut die Hälfte – also ein bis zwei Adepten – nach der Ausbildung zurück zu den heimischen Ottajaskos gehen. In diesem Sinne kann die Schule der Hellsicht durchaus als thorwalsche Institution bezeichnet werden.

Ausrichtung

Der Lehrkörper der Schule der Hellsicht kann als liberal gelten. Das bezieht sich nicht nur auf die Lässigkeit gegenüber dem Gildenrecht und dem sonst so unverständlichen Gildenprozedere, sondern auch auf den hier herrschenden Hang zur Freigeisterei: Obwohl man Hesinde, Phex, Nandus und Aves durchaus Wohlwollen entgegenbringt, sieht man die Magie nicht als Gabe der Götter an die Sterblichen, sondern als 'karmatische', 'nayrakische' oder schlicht von Schicksal und Natur gegebene Kraft, in der die Kundigen nach Perfektion streben sollen, um 'die Weltordnung zu mehren' – sprich: Man akzeptiert zwar die Existenz und die Macht der Götter, lässt sich aber nicht durch ein Diktum der Kirchen vorschreiben, was in den Fragen des kosmischen Gleichgewichts getan werden darf. Dass dies von Hesindianern der Pastori-Richtung, aber auch von fast allen anderen Geweihten als frevelhafter Übermut gesehen wird, macht es Abgängern aus Thorwal in den zwölfgöttlichen Landen nicht unbedingt einfacher.

Die oben genannten Ansichten stehen der Magierphilosophie recht nahe, was nicht verwundert, gilt Aleya Ambareth doch als einer ihrer herausragenden Exponenten, und diese, aber auch andere eher 'götterferne' philosophische Richtungen bilden meist die Grundlage der Debatten auf den Hesinde-Disputen (siehe unten).

Die Magierphilosophie wird den Scholaren zwar nicht als Denkweise vorgeschrieben – was auch ein Widerspruch zu den Prinzipien der Akademie wäre –, aber da die Hälfte des Lehrkörpers diese Weltanschauung vertritt, zugleich jedoch kein Geweihter in der Nähe ist, um diesen Ansichten zu widersprechen, und es den meisten Bewohnern Thorwals herzlich egal ist, worüber sich die Zauberer die Köpfe zerbrechen, ist eine entsprechende Weltsicht auch bei den Abgängern weit verbreitet.

Allem Freigeist zum Trotz steht man der Beschwörungsmagie ausgesprochen skeptisch gegenüber. Dies resultiert nicht nur aus der Magierphilosophie, die die Zauberei möglichst frei von allem überderischen Wirken halten will, sondern auch aus den Erfahrungen des Borbarad-Kriegs.

Aus Sicht der 'klassischen' Magierphilosophie betrachtet man die 'Re-Hjaldisierung' des Glaubens der Thorwaler mit höchstem Interesse – ohne dass man den Thorwalern, geschweige denn den Swafnir-Geweihten, auf die Nase binden würde, dass man sie vor allem als 'Studienobjekt' betrachtet.

Die Hesinde-Dispute

Weniger mit der Gottheit als vielmehr mit dem nach ihr benannten Monat verbunden, ist diese, 1002 BF erstmals von der frisch gebackenen Spektabilität Cellyana ins Leben gerufene Veranstaltung eines der Hauptereignisse im Kalender der Magiergilden. Zu dem Treffen, das üblicherweise am ersten Rohalstag im Hesinde beginnt und mit offenem Ende meist bis Anfang Tsa andauert (je nach Eisgang auch länger), versammeln sich bis zu zwei Dutzend Philosophen, Gelehrte und Zauberer, um neueste philosophische Strömungen, Erkenntnisse der Magie und anderen Wissenschaften und deren Auswirkungen auf Moral und Ethik zu debattieren. Dabei geht es bisweilen hoch her, vor allem, weil es keine Beschränkungen gibt, wer an den Disputen teilnehmen darf. Besonders wenn Hesinde-Geweihte der Pastori-Richtung auf Fasarer Beherrschungsmagier treffen, kann es durchaus so laut wie bei einem Hjalding zugehen. Zu den bekanntesten Gästen des Treffens zählten neben Spektabilitäten wie Rakorium und Atherion auch der Geograph Guidobaldo Quintone, der damalige kaiserliche Hofmagus G.C.E. Galotta (der heute kaum noch willkommen wäre) sowie – in neuerer Zeit – die Astronomen aus den Goldfelsen, der Fasarer Phex-Geweihte Mharbal al Tosra und die Nandus-Geweihte Rumina von Bosparan.

Wirklich neue Erkenntnisse werden auf den Disputen eher selten gewonnen, aber als Forum, um die eigenen Theorien von einem kritischen und kompetenten Publikum überprüfen zu lassen, werden die Dispute nur von den Veranstaltungen auf dem Allaventurischen Konvent übertroffen.

Akademie und Politik

Die Schule folgt den alten Traditionen, dass (magische) Forschung und Lehre unter keinen Umständen von weltlicher oder kirchlicher Gewalt eingeschränkt werden dürfen, sondern sich Beschränkungen allein aus der Gemeinschaft der Kundigen und aus den Erkenntnissen selbst ergeben. Im Gegenzug hat sich die Schule zu absoluter Neutralität in weltlichen Angelegenheiten verpflichtet. Das heißt nicht, dass ein Abgänger der Schule sich nicht in den Dienst eines weltlichen Herren begeben darf (auch wenn man ihm davon abrät), sondern dass die Schule als solche sich nicht in die Belange der thorwalschen oder allgemein aventurischen Politik einmischt. Diese Haltung hat den Hellsehern während des thorwalsch-horasischen Krieges massive Kritik und auch Beschimpfungen als "Horasierfreunde" seitens vieler Thorwaler eingetragen. Andererseits war in Jurgas Delegation bei der Aushandlung des Friedensvertrags auch ein Hellseher zugegen, der darüber wachte, dass die horasische Seite keine Einfluss- oder Herrschaftszauberei anwandte – durchaus dem Verständnis aktiver Neutralität entsprechend.

Auf dem örtlichen und dem Obersten Hjalding sind Vertreter der Akademie zwar anwesend, enthalten sich aber üblicherweise der Stimme, wenn die beratenen Themen sie nicht direkt betreffen. Was die Frage des Obersten Hetmanns angeht, so sympathisiert man zwar mit Jurga, hat ihr aber auch schon deutlich gemacht, dass man von der Neutralität keinesfalls abweichen wird.

Kontakte zu anderen Magiebegabten

Trotz des Gildenausschlusses der **Olporter Runajasko** unterhält die Thorwaler Akademie weiterhin beste Beziehungen zu den nordthorwalschen Kollegen, auch wenn sie deren Hinwendung zu den 'alten hjaldingschen Sitten' nicht teilen. Man ist an der Schule der Hellsicht natürlich brennend interessiert an der wieder entdeckten Runenmagie. Die Olporter wiederum sind für die Weiterführung ihrer Studien auf Spezialisten in magischer Analyse angewiesen – eine Situation, in der beide Akademien nur gewinnen können.

Ebenfalls recht gut versteht man sich – Gildengrenzen unbenommen – mit den Gildenmagiern aus **Nostria, Andergast** und **Lowangen** (den Verwandlern, versteht sich). Den Rivaner Magiern vom **Stoerrebrandt-Kolleg** steht man dagegen eher skeptisch gegenüber. Zwar ist man sich einig im Ansatz, der Zauberei auch praktischen Nutzen abzugewinnen, aber sowohl die Kommerzialisierung der Magie als auch das damit verbundene Streben Stoerrebrandts, Einfluss auf die Gilde zu nehmen, stößt in Thorwal auf Ablehnung. Trotz der großen Entfernung bestehen beste Beziehungen nach **Khunchom** zur Drachenei-Akademie, nicht nur wegen der Herkunft der Spektabilität, sondern auch wegen freundschaftlicher Bande zu Khadil Okharim, dessen 'phexgefällige' Zauber-Ausrichtung auch in Thorwal einige Anhänger hat.

Aus der gildenmagischen Gemeinschaft sind letztlich noch die Alchimisten vom **Roten Salamander zu Brabak** als Freunde zu nennen, die als Quelle für die in Thorwal seltenen Ingredienzien aus Südaventurien dienen und ihrerseits von der Schule der Hellsicht mit den Schätzen des Nordens beliefert werden.

Die Kontakte zu den gildenmagischen Orden sind distanziert bis gut, wobei man speziell mit den **Grauen Stäben von Perricum** unter Führung von Tarlisin von Borbra manche heftigen Differenzen ausgefochten hat, die sich aber mit dessen Rückzug von den relevanten Gildenämtern wieder beruhigt haben.

Die Nähe zu den **Hexen** und **Druiden** der Thorwaler Region hat der Schule der Hellsicht schon mehr als eine Rüge eingebracht, die aber stets mit dem Argument gekontert werden konnte, dass schlussendlich die gildenmagische Gemeinschaft den größeren Profit aus dem Austausch von Wissen mit den Anhängern Sumus und Satuarias hatte. **Elfen** sind in Thorwal selten (wenn auch gern gesehen), weshalb diejenigen, die tatsächlich zu den Hesinde-Disputen erscheinen, daher auch immer wieder mit Fragen zu Interpretationen, Varianten und Ausdrucksformen ihrer Zauber bestürmt werden – vor allem von den Scholaren. Denn aus einem Elfen eine nutzbare Antwort herauszubekommen, gilt bei Spektabilität Cellyana als bestandene Prüfung im Bereich 'Einfühlung und Verständnis'.

Insgesamt ist die Akademie damit aber durchaus auf der (philosophischen, wenn auch nicht 'offiziell-administrativ-politischen') Linie der Grauen Gilde, die sich der Ansammlung von Wissen verschrieben hat. Schließlich gehen die Thorwaler dabei auch recht unverblümt und erfolgreich vor.

Erklärte Gegner hat sich die Akademie allerdings auch gemacht: Die mächtige Hexe Tula von Skerdu zählt ebenso dazu wie die Grolme des Orklands, erstere wegen ihres unverblümten Herrschaftsanspruchs über die magischen Gemeinschaften des Nordwestens, letztere wegen ihrer Mischung aus alchimistischen Kenntnissen und Beherrschungszauberei, die der Akademie schon das ein oder andere Opfer in seelenheilerische Betreuung gebracht hat, darunter etliche eigene Eleven.

Die Geographie Thorwals

Von Weg und Steg

»Erzählt mir nichts über die thorwalschen Straßen. Was man dort Straße nennt, darüber würde unsereins nicht mal seine Schweine treiben. Buckel, Steine und Löcher reihen sich dicht an dicht, und wenn man es mal mit einem ebenen Stück zu tun hat, kann man sich sicher sein, dass dort tückische Sumpflöcher lauern. Das Holz der Knüppeldämme ist verrottet, und nicht selten endet ein Pfad an einem Busch – und dahinter erstreckt sich nichts als wilde Natur, durch die man sich mühevoll einen Weg bahnen muss.

Als ob das noch nicht reichen würde, darf man alle naselang damit rechnen, von wilden Tieren angefallen und gefressen zu werden oder räuberischen Orks oder Barbaren in die Quere zu geraten.

Ich sage Euch, es kommt nicht von ungefähr, dass sich die Thorwaler meist nur auf Schiffen bewegen und den Inlandhandel den Norbarden überlassen – oder solchen Dummköpfen, die allen Ernstes glauben, in dieser götterlosen Gegend einen guten Handel machen zu können.«

—Zwischen Bodir und Walsach – Mitnächtliche Länder,
Bastan Munter, 641 BF

Das Thorwaler Land ist berüchtigt für seine Unwegsamkeit. Steile, schroffe Berghänge, die teils bis an die sturmumtosten Küsten reichen, undurchdringliche Wälder, Gefilde, die lange Zeit von Eis und Schnee bedeckt sind, und sich scheinbar endlos erstreckende tückische Sümpfe und Moore machen das Nordland zu einer Gegend, in der das Reisen nicht gerade angenehm ist.

Es liegt in der Natur der Thorwaler, dass Schiffe und Boote die bevorzugten Transportmittel sind. Denn so rau die See auch sein mag, so wild die Stromschnellen manches Flusses auch toben, diese Gefahren sind doch weit berechenbarer als die, die auf der mühsamen Strecke durch die pfadlose Wildnis lauern. So sind es vornehmlich Norbarden und Nivesen, die sich nicht davon schrecken lassen, Stiege durch die unwegsame Natur zu suchen.

Nur zu den größeren Orten führen Wege, doch darf man sich darunter selten mehr vorstellen als einen unbefestigten Trampelpfad. Thorwal ist von vielen Bächen und Flüsschen durchzogen. Allerdings sind Brücken selten und einfache Holzstege oft nicht geeignet, um großen Karren den Übergang zu erlauben. So bleibt nur der Weg zur nächsten Furt, was mitunter tagelange Umwege bedeutet. Wann immer das Gebiet sumpfig wird, kann man nur hoffen, dass ein Knüppeldamm erbaut wurde und unterhalten wird.

Der Zustand der Wege und Straßen ist in hohem Maße vom Wetter abhängig: Ein milder und feuchter Frühling verwandelt sie in Schlammlöcher, eine rasche Schneeschmelze lässt die Bäche Hochwasser führen, wonach die Wege ausgewaschen und von Geröll übersät sind.

Für die Benutzung der Straßen wird kein Zoll eingefordert, so dass es allein von der Einsicht und Barschaft des örtlichen Jarls oder Hetmanns abhängt, ob Schäden ausgebessert werden. Selten versucht ein Hetmann, seinen Ruhm dadurch zu mehren, dass er einen festen Weg durch einen Sumpf anlegen, eine Straße ausbessern oder gar eine Brücke bauen lässt.

In den Frostmonaten gestaltet sich das Reisen auf dem gefrorenen Grund mit Skiern, Schneeschuhen, Schlittschuhen und Schlitten meist leichter – vorausgesetzt, man versteht sich darauf, sich im blendend weißen Schnee zu orientieren. Im Norden sind die Pfade manchmal mit Wegpfosten markiert, die es selbst bei einer dicken Schneedecke möglich machen, den Weg zu erkennen. Beißende Kälte und die lange Winterdunkelheit im hohen Norden indes setzen Reisenden enge Grenzen.
Die Wege und Straßen sind allgemein schmal, nur selten werden Güter auf großen Kutschen transportiert, Tragtiere und einspännige Karren sind verbreiteter. Löbliche Ausnahme ist die Straße von Peilinen über Serske nach Thorwal, die in den letzten Jahren gut ausgebaut wurde, als die Nostrier wiederholt thorwalsche Holzlieferungen in Salzerhaven zurückhielten.
In tadellosem Zustand ist auch der Weg vom nördlichen Handelszentrum Muryt nach Waskir. Die ehemalige Reichsstraße von Thorwal nach Kendrar ist dagegen nur noch ein Schatten ihrer selbst, da niemand die Notwendigkeit sieht, einen Weg mit viel Aufwand zu erhalten, der wegen der sicheren und kurzen Seestrecke überflüssig erscheint.

Tier- und Pflanzenwelt Thorwals*

Das liebe Vieh – Haus- und Nutztiere

Zu den typischen thorwalschen **Nutztieren** gehören die robusten Premer Mähnenschafe und Wollziegen. Südlich der Hjaldorberge werden allerdings mehr Rinder, Schweine und Geflügel als Schafe oder Ziegen gehalten. Das sanftere Klima erlaubt es, wesentlich leistungsfähigere Rassen zu halten, die beispielsweise auch im Mittelreich verbreitet sind. Im hohen Norden zählt Widerstandsfähigkeit mehr. Hier sind die Thorwaler Bergbraune, eine Abart der Haarigen Gepürgskuh, das Premer Mähnenschaf, die Woll- und die Schneeziege verbreitet. Nördlich der Hjaldorberge ist der Stall meist Bestandteil des Wohnhauses, mit einem eigenen Zugang an einer der Giebelseiten.
Im Winter wird dieses Stalltor zugemauert, um die Wärme im Haus zu halten. Durch die mangelnde Bewegung und das karge Futter sind die Tiere im Frühling oft so schwach, dass man sie hinaus auf die Weide tragen muss. Nur die Mähnenschafe sowie ihre Verwandten, die kleineren Rundohren-Schafe, und die Schneeziegen verbleiben auch im Winter im Freien. Geflügelhaltung ist im Norden kaum verbreitet.

Olporter

Richtiggehend vernarrt sind die meisten Thorwaler in ihre **Hunde**. Die beliebten Schwarzen Olporter sind auf fast jedem Hof anzutreffen. Die knapp einen Schritt hohen Hunde folgen ihrem Herrn ebenso tapfer über schneebedeckte Landschaften wie auf die Planken eines Schiffes und sind respektable Schwimmer. Sie gelten den Thorwalern als die besten Hütehunde. Es ist beeindruckend, wie sie große Schaf- und Ziegenherden völlig eigenständig unter Kontrolle halten. Die Treue dieser Hunde ist legendär. Man sagt, der Tod seines Besitzers gräme ein Tier so sehr, dass es ebenfalls bald sterbe.
Im hohen Norden gibt man dem genügsameren nivesischen Steppenhund den Vorzug. Hier erlaubt sich niemand, einen Hund 'nur zum Spaß' zu halten, und in strengen Wintern steht durchaus manchmal Hund auf dem Speiseplan. Allerdings würde sich ein Nord-Thorwaler niemals an seinen Schlittenhunden vergreifen, ohne die er im Winter verloren wäre.
Auch Katzen haben ihre Heimat in den Langhäusern gefunden, seit südwärts fahrende Nordleute die Mäusefänger mit in den Norden gebracht haben. Das Klima hat dafür gesorgt, dass nur die langhaarigen Arten überleben konnten, so dass sich die Thorwaler Katze mit sehr buschigem Fell entwickelt hat.
Das **Pferd** ist für einen Thorwaler ein Nutztier wie ein Schaf oder eine Kuh, kein stolzer Gefährte wie im Novadiland. Das heißt nicht, dass die Thorwaler ein gutes Pferd nicht zu schätzen wüssten. Doch eine 'Liebesbeziehung' zwischen einem Thorwaler und seinem Pferd wird man selten finden. Bei Bedarf wird ein Pferd auch gegessen. Während Züchter in Südthorwal Pferderassen wie den Warunker und das Svellttaler Kaltblut ziehen, sind nördlich der Hjaldorberge vornehmlich kleinere Rassen beheimatet, wie das Paavipony, das ausschließlich als Zugtier genutzt wird, oder die Thorwaler Langmähnen. Für Fremde ist es ein seltsam anmutender Anblick, einen hünenhaften Thorwaler in Waffen und Rüstung auf solch einem gerade sieben Spann hohen Pferd reiten zu sehen.
Dabei sind die Thorwaler Langmähnen sehr kräftig und genügsam. Ein besonderes Merkmal ist das *Trendeln* (Tölt), eine für den Reiter überaus bequeme Gangart, die nur wenigen Pferderassen zueigen ist. Die Tiere lassen sich außerdem nahezu problemlos auf den niedrigbordigen Schiffen der Thorwaler transportieren, um für den Kampf zur Verfügung zu stehen. Dass sich Thorwaler Langmähnen in der Not jedoch auch mit Fisch füttern lassen, darf man getrost ins Reich der Fabel verweisen.
Eine thorwalsche Eigenart sind die Pferdekämpfe, bei denen zwei Hengste – vornehmlich Langmähnen – gegeneinander kämpfen. Es zählt zum Ehrgeiz der Züchter, einen siegreichen Hengst in ihren Herden zu wissen, denn solche mehren den Ruf einer Zucht.

Jäger und Gejagte – die Wildtiere

Halmar-Antilope und Steppenrind sind bevorzugte Beute der Jäger in den südlichen und östlichen Ebenen, im Norden sind es die **Karene**. Auch die schmackhaften **Orklandkarnickel**, die in der Steppe, an Waldrändern und Lichtungen leben, sind als Jagdwild beliebt. In den Wäldern südlich der Hjaldorberge müssen sich auch Rehe und Wildschweine vor menschlichen Jägern in Acht nehmen. Ein weiterer Bewohner – vornehmlich der Auwälder – ist der **Auerochse**.

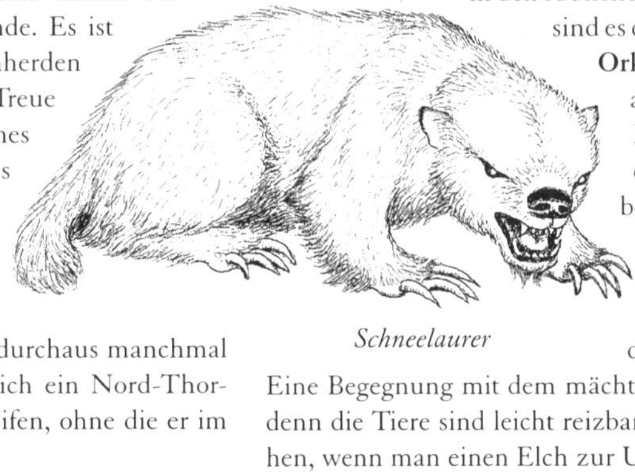
Schneelaurer

Eine Begegnung mit dem mächtigen Wildrind kann böse ausgehen, denn die Tiere sind leicht reizbar. Nicht anders kann es einem ergehen, wenn man einen Elch zur Unzeit antrifft, brünstige Bullen und Kühe mit Kälbern lassen den Jäger schnell zum Gejagten werden. **Rau- und Silberwölfe** sind gefürchtete und schlaue Jäger, die in harten Wintern aus den weiten Steppen bis tief nach Thorwal vordringen und die im Rudel für einzelne Reisende durchaus eine Bedrohung darstellen (siehe **Zoobotanica 187f.**). **Steppenfüchse** jagen allein, sie sind dafür berüchtigt, sich nächtens in die Ställe zu schleichen und dort Kleinvieh zu reißen.

* Wir können an dieser Stelle nur einen knappen Überblick über Fauna und Flora präsentieren, damit Sie einen ersten Eindruck bekommen. Genauere Informationen zu den hier erwähnten Tieren und Pflanzen erhalten Sie in der Spielhilfe **Zoo-Botanica Aventurica**.

In den nördlichen Wälder leben allerlei Marderarten, die wegen ihres Pelzes eine begehrte Beute sind.
Schneedachse und **Vielfraße** findet man nur im äußersten Norden Thorwals, und sie sind wegen ihres Fells eine begehrte Beute. Nicht anders ergeht es den **Borkenbären**, die in allen Wäldern des Nordens zuhause sind, und den silberweißen **Waldlöwen**, die allerdings eine listige und wehrhafte Beute darstellen.
Ein besonders tückischer Gegner ist der **Schneelaurer**. Eigentlich in den schneereichen Gegenden des hohen Nordens beheimatet, kann es geschehen, dass das Tier im Winter auf Beutejagd auch in südlicheren Gefilden auftaucht. Schneelaurer sind für ihre hohe Aggressivität bekannt und schrecken nicht davor zurück, auch vermeintlich überlegene Gegner unvermutet anzugreifen. In den Bergen sollte man große Vorsicht walten lassen, denn in manchen Höhlen hausen **Höhlenpanther**, denen der Ruf von Menschenfressern anhaftet.

Vögel und Echsen

Eine Vielzahl an Vögeln ist an den Küsten, den Gebirgen und in den Wäldern zwischen Ingval und Gjalska beheimatet. Von besonderer Schönheit sind die **Blau-** und **Schneefalken** sowie die **Königs-** und **Seeadler**. Für diese Raubvögel – insbesondere für Schneefalken – zahlen südländische Falkner hohe Preise, weshalb immer wieder Jäger die gefahrvollen Reise ins Gebirge auf sich nehmen, um Jungtiere zu fangen.

Seeschlange

Die Sümpfe und deren Randgebiete bilden den Lebensraum der **Sumpf-** und **Klippechsen**. Die farbigen Eier der Klippechsen werden von Druiden und Hexen, insbesondere aber von Orkschamanen hoch geschätzt, weil man ihnen eine heilende Wirkung zuschreibt.
Im Uferdickicht von Flüssen und in Sumpfgebieten muss man sich vor dem gut getarnten **Feuermolch** vorsehen, dessen giftiger Speichel einen langsamen und qualvollen Tod bringt. Am Ufer des Bodir sollte man sich vor dem **Bodirwurm** hüten, einer gefährlichen Giftschlange. Weniger fatal ist die Begegnung mit der **Nesselviper**, die am Waldrand und auf Steppen und Feldern zu finden ist. Am häufigsten wird man auf die weit verbreitete, glücklicherweise ungiftige **Feldschlange** treffen.

Schwirrende Plagegeister und Spinnentiere

Von den meisten Insekten geht keine Gefahr für den Menschen aus, doch gibt es Ausnahmen. Im Sommer plagen riesige **Mückenschwärme** in der Nähe der nördlichen Binnengewässer und Sümpfe Mensch und Tier. Die von ihnen verursachten juckenden Stiche können einen schier in den Wahnsinn treiben. Ganze Karenherden flüchten sich vor den Plagegeistern ins Wasser, und es hat Fälle gegeben, in denen kranke oder junge Tiere durch die Stiche so geschwächt wurden, dass sie verendet sind. Noch unangenehmer sind die dicken, schwarz behaarten **Orkbremsen**, da ihr Stich Lutanas, die Schlafkrankheit, Sumpffieber und den Raschen Wahn übertragen kann.
Eine nicht zu unterschätzende Bedrohung ist die in den Hjaldorbergen und auf einigen Inseln der Olportsteinen beheimatete **Höhlenspinne**. Die bis zu acht Spann große Spinne ist dort weit verbreitet und reagiert aggressiv auf vermeintliche Eindringlinge. Ihr Biss ist nicht nur äußerst schmerzhaft, die Spinne verfügt außerdem über ein starkes Lähmungsgift.
Die bis zu zwei Schritt große **Smaragdspinne** lebt in den Wäldern Südthorwals, wo sie in kleinen Gruppen Tunnelbauten bewohnt. Nur der Biss der größeren Männchen ist giftig.

Wale, Delphine und Efferdfrüchte – Allerlei Seegetier

Von den kleinen Felsrobben bis zu den mächtigen Seetigern bevölkern etliche Robbenarten die Küste des hohen Nordens. Sie sind eine beliebte Jagdbeute, liefern sie doch außer dem Fleisch auch noch Tran und Bein, Seetiger dazu den kostbaren Ambra. Auch Robbenfell und -leder sind begehrt. Besonders hoch geschätzt ist Seil aus der Haut des Seetigers.
In Ifirns Ozean und dem Meer der Sieben Winde leben alle Arten von **Walen** und **Delphinen**. Herausgehoben werden sollen hier der riesige **Pottwal** und der nur vor den Küsten Thorwals vorkommende, etwas kleinere **Olportwal**.
Obwohl die Thorwaler jeden Waljäger entschieden verfolgen, gibt es dennoch immer wieder Schiffsmannschaften, denen der Profit (Tran, Walbein und kostbares Ambra) das Risiko aufwiegt. Zu ihrer bevorzugten Beute zählen die in diesen Breiten anzutreffenden **Narwale** (auch Einhörner des Meeres genannt), die nicht nur viel Tran liefern, sondern deren gewundenen Stoßzähnen manch wundersame Wirkung nachgesagt wird: Sie gelten als angeblich zauberische Waffe gegen charyptische Wesen oder als mystisches Heilmittel. Gerne werden sie von Betrügern auch als Horn des Einhorns feilgeboten.
Als ewige Gegner Swafnirs und somit auch der Thorwaler gelten die Furcht einflößenden **Seeschlangen**. Mit einer durchschnittlichen Länge von 50 Schritt sind sie eine Gefahr für jedes Schiff, doch das hindert die Thorwaler nicht daran, sie mutig zu bekämpfen. Die **Krakenmolche** im Golf von Prem werden als örtliche Spezialität gerne gefischt. In manchen Jahren, wenn die Population auf unnatürliche Art anwächst, können die Meereskreaturen ob ihrer Größe von über zehn Schritt, ihren vielen Fangarmen und ihren mächtigen Schnäbeln zu einer ernsten Bedrohung für die Schifffahrt werden.
Auch Haie sind in den thorwalschen Gewässern verbreitet, besonders sei hier der **Ifirnshai** genannt. Obwohl die Jagd sehr gefährlich ist, sind die über zehn Schritt langen Räuber eine beliebte Jagdbeute, liefern sie doch reichlich Fleisch und Tran. **Prembutt, Salzarele** und der **Olporter Hering** finden sich am häufigsten in den Netzen der Fischer. Zum Laichen ziehen die schmackhaften **Bodirsalme** flussaufwärts und sind eine leichte Beute für Mensch, Bär und Wolf. Ebenfalls in den Flüssen Nordwestaventuriens fängt man die sehr schmackhaften **Roten Flusskrebse**. In Küstengewässern (vor allem im Hjaldingolf) wird die **Eisenkrabbe** gefangen. An der nördlichen Küste des Gjalskerlandes wird seit neuestem Jagd auf die **Panzerkrabbe** gemacht (siehe S. 73).

Flora

Das Thorwaler Land ist von weiten unberührten Waldgebieten und hügeligen Graslandschaften geprägt. Noch bis über Enskar hinaus erstrecken sich diese Wälder, im Süden vornehmlich **Laub-** und **Mischwälder**, im Norden herrschen Nadel- und Birkenwälder vor. Die häufigsten Arten sind Steineichen, Birken, Rotbuchen, Kiefern, Firunsföhren, Schwarzfichten und die Weiß- oder Trondetanne.
In höheren Lagen und entlang der Küsten findet man häufig krüppelwüchsige Bäume, die sich zerzaust im scharfen Wind beugen. Eine Besonderheit sind die **Fjellkiefern**, die auf den kahlen Höhen des Hochlands wachsen. Mit verrenkten Ästen ragen diese Bäumchen kaum einen Fußbreit über den Boden und sind doch nicht jünger als

die Baumriesen in den Tälern. Die Moore werden oft von **Schwarzerlen** und **Weiden** umsäumt.
In den Wäldern Mittel- und Südthorwals wachsen wilde Obstbäume, namentlich der **Thosapfelbaum** mit seinen holzigen, kleinen Früchten. Will man im Herbst die süß-sauren Früchte der **Bodirbirne** pflücken, muss man sich vor naschgierigen Trollen in Acht nehmen, daher auch der zweite Name dieses Baums: Trollbirne.
Die Menschen führen einen steten Kampf gegen die Wildnis, um ihr das urbare Land abzutrotzen und zu verhindern, dass die Felder bald schon wieder überwuchert werden. Die häufigste Feldfrucht Thorwals ist die **Rübe**. Die kleinere, bräunliche Sorte wird zum Brennen des berühmten Premer Feuers verwendet, andere bilden die Grundlage zu vielen Speisen oder liefern Zuckersirup. Daneben wird regional jeweils die Getreide- und Kornsorte angebaut, die sich am besten mit dem Klima verträgt, das sind vor allem **Dinkel** und **Emmer**. Auch **Kohl** gedeiht gut.
Auf den Wiesen des Thorwaler Landes kann man häufig das heilende **Wirselkraut**, gelegentlich auch **Tarnelen** oder den stärkenden **Gulmond** finden. In den Gebirgen wächst der schmerzlindernde **Klippenzahn**. Vor dem **Orklandbovist** sollte man sich in Acht nehmen. In den Wäldern der Region stößt man auf die heilkräftige **vierblättrige Einbeere**, den **Thraschbart**, der gegen Fieber gut ist, und den leicht entzündbaren **Zunderschwamm**. Gegen viele Krankheiten hilft Donf, der in den Sümpfen wächst, ebenso wie der **Eitrige Krötenschemel**, ein Giftpilz.

Drachen des Nordwestens

Den Thorwalern gilt das Symbol des Drachen als Schutz gegen überderische Gefahren. Den alten Gesängen zufolge sollen manche Drachen Swafnirs Gefährten im Kampf gegen Hranngar gewesen sein, und so begegnen Thorwaler gerade alten Lindwürmern nicht nur wegen deren Gefährlichkeit mit Respekt – könnte doch ihr Gegenüber einst an Swafnirs Seite gestritten haben.
Nicht alle Namen dieser Drachen sind überliefert. Am bekanntesten sind *Tusendljomi* (Tausendlicht), der einst das Licht der Sonnenscheibe mit seinen Flügeln reflektiert hat, um Hranngar im Kampf zu blenden, *Blotgrim der Blaue*, ein Wasserdrache, mit dem Torstor Om auf seiner Suche nach dem Ifirnspfeiler um die Wette getrunken hat und gewann, und *Illakunna* (bedeutet etwa: 'für Übles bekannt'), eine in den Grauen Bergen lebende Kaiserdrachin von bereits altersfahler Schuppenfarbe, die ihren Hort nur noch selten verlässt und angeblich schon Jurgas Landung miterlebte.
Westwinddrachen sind in thorwalschen Gefilden am häufigsten anzutreffen. Sie sind auf manchen der Olportsteine sowie an den Klippen und Fjorden nördlich des Hjaldingolfs bis hin zur gjalskischen Begräbnisstätte Amanma Rudh kein ungewöhnlicher Anblick, auch wenn eine Begegnung mit ihnen keinesfalls alltäglich ist. Die eleganten Drachen befinden sich in einem steten Wettstreit mit den Fischern um den besten Fang. Sehr selten kommt es vor, dass ein solches Exemplar Leichen von den Totenflößen holt oder aus dem Wasser fischt – um sie zu verspeisen oder um an kostbar wirkende Beigaben zu gelangen. Was diese *Likfrasi* (Leichenfresser), wie man sie voller Abscheu nennt, zu ihrem Tun bewegt, ist unbekannt.
Im Hinterland und den Mooren der gesamten Region leben **Gruben-** und **Tatzelwürmer**; Vertreter ihrer Art sind häufig jene nach hartem Kampf besiegten Lindwürmer, die in den Heldenepen besungen werden.
In der Großen Olochtai und den nördlichen Grenzgebirgen des Orklandes haben vereinzelte **Horndrachen** ihre Horste. Im Steineichenwald hingegen sind neben **Baumdrachen** sicherlich ein Dutzend **Höhlendrachen** zu Hause. Man erzählt sich vom wahnsinnigen *Lepitopir* in seinen Höhlen am Zwiegehörnten, dem stets zornerfüllten *Flammenauge*, den man den Herrscher des Gebirges nennt, und dem eifersüchtigen *Delafir* in den Felsen bei Norddrakenburg.
Auch *Odûn-Brass*, der in den Donnerzacken haust und gelegentlich von einem Durro-Dûn (Tierkrieger) der Gjalsker um Rat gefragt wird, und *Forsgap* (Zornesschrei), die das Hügelland bei Prem durchstreift und nach dem Verbleib ihres letzten Nestlings forscht, der vor über drei Jahrzehnten aufgrund einer Wette von einem Hetmann entführt wurde, sind Vertreter dieser Spezies. Möglicherweise ist die junge *Logirn*, die es auf mysteriöse Weise auf die Insel Runin verschlagen hat und die nun dort festsitzt, dieses verschollene Drachenkind.

Thorwalsche Regionen

Brinasker Marschen

Geographische Grenzen: im Westen der Fluss Joraani, im Osten die Einhorngras-Steppe, im Süden der Firunswall mit seinen nach Nordosten verlaufenden Ausläufern und von dort in gedachter Linie bis zum nördlichen Ufer des Dornwasser-Sees
Landschaften: Der überwiegende Teil des Gebietes besteht aus einer Moor-, Sumpf- und Seenlandschaft und aus Marschen.
Gebirge: der Firunswall als südliche Grenze
Gewässer: unzählige, sich durch die alljährlichen Hochwasser verändernde Seen, Flüsse und Bäche; der größte See ist der Brack und die wichtigsten Flüsse sind der Svellt, der Upval, der Brinask und der Joraani.
Wichtige Städte und Dörfer: Enqui
Wichtige Verkehrswege / Handelsrouten: der Svellt, der Seeweg nach Thorwal und Kendrar, der Seeweg nach Riva
Bevölkerung: Thorwaler, Orks (Zahachtai, Rorwhed-Orks), Svelltaler, Nivesen
Magie: Hexenzirkel, einzelne Druiden und Gildenmagier (nur solche, die das Licht der Öffentlichkeit scheuen) und angeblich sogar einige Geoden, Schamanismus bei den Nivesen und Orks

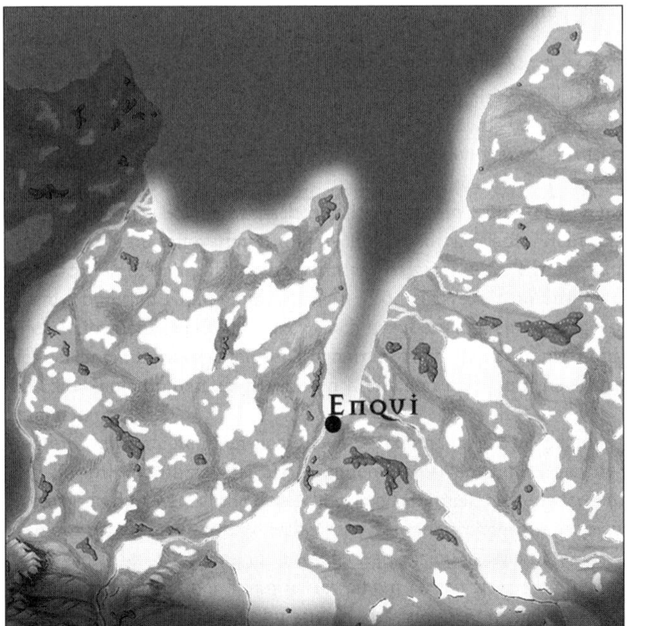

Sozialstruktur / Regierung: Jarlin Swafnild Egilsdottir
Einflussreiche Sippen / Ottajaskos: Ingibjara-Ottajasko, Brodersen-Sippe, Ottajasko der Eiszwinger
Lokale Helden / Heilige / mysteriöse Gestalten: Iskir Ingibjarsson (siehe S. 167); Gobert Boronward, Boron-Geweihter von Parkauki, der angeblich über 130 Jahre alt sein soll.
Wundersame Örtlichkeiten: Hausbootinsel Parkauki auf dem Brack; das gesamte Dreieck zwischen Küste, Upval und dem Joraani, in dem auch das Seengebiet die Drei Klageweiber liegt, der mutmaßliche ehemalige Standort der Stadt Swelt, die 247 BF von einer Flutwelle vernichtetet wurde.

Das Jarltum Brinasker Marschen ist erst seit 1011 BF durch Beschluss des Obersten Hjaldings ein Teil Thorwals geworden und seitdem zur Zahlung von Steuern verpflichtet. Die Region galt dem Obersten Hetmann Tronde Torbensson als strategisch besonders wichtig und konnte sich stets auf seine Unterstützung verlassen. Seit dieser Zeit hat es einen geringen, aber steten Zuzug von Thorwalern gegeben, insbesondere nach Enqui. Tronde setzte nach der Inbesitznahme *Swafnild Egilsdottir* als Jarlin ein, die Hersirin der Brodersen-Sippe, die wenige Meilen östlich von Enqui einen Wehrhof bewirtschaftet. Swafnild wurde mittlerweile vom regionalen Hjalding bestätigt. Bislang unterhält sie nur eine Jarlskari von zehn Kriegerinnen und Kriegern.

Das jährliche Herbst-Hjalding findet in Enqui statt. Daran nehmen nur die Thorwaler der Umgebung und zwanzig Vertreter der Stadt Enqui teil, die seit dem Beschluss des Hjaldings 1026 BF stimmberechtigt sind. Allerdings zeichnet sich ab, dass sich auch die anderen Bewohner auf Dauer nicht damit zufrieden geben werden, zwar Steuern zu zahlen, aber kein Mitspracherecht auf dem Hjalding zu haben. Dies bietet zukünftig unzweifelhaft Grund für Auseinandersetzungen, denn die Thorwaler werden sich gegen eine Änderung sträuben, da sie die Dominanz über das Hjalding verlieren, wenn alle Bewohner eine Stimme erhalten.

Nördlich von Tjolmar erstrecken sich, so weit das Auge blickt, die Marschen, von den Svellttalern auch das **Niederlandt** genannt. Sie erheben sich an keiner Stelle höher als fünfzehn Schritt, und es hat sich noch niemand herauszufinden bemüht, ob sie zum größten Teil aus Feldern aus Schilf und mannshohem Kaauvilgras oder aus Seen, Teichen und sumpfigen Mooren bestehen.

Der Verlauf der Flüsse und die Lage der Seen ändert sich von Jahr zu Jahr, wenn die Schneeschmelze den Svellt anschwellen und über die Ufer treten lässt. Es sind die ungezählten Seen, Teiche und Tümpel und die sie verbindenden Flussarme, die die Landschaft prägen: Das größte Gewässer ist der **Brack**, der einzige See, der sich aus dem Lauf des Svellt bildet und der eine Ausdehnung von siebzig Meilen in der Länge und bis zu achtzehn Meilen in der Breite erreicht. Seinen Namen hat das an der vermutlich tiefsten Stelle gerade vier Schritt tiefe Gewässer von seinem brackigen, gelblichen Wasser. In die lehmige Brühe des Svellt mischt sich giftiges, schwefelhaltiges Wasser aus mehreren Quellen unterhalb des Sees, die Schilf und Fische absterben lassen.

Inmitten des Brack treibt eine Ansammlung von Hausbooten, die sich **Parkauki** nennt. Schon von weitem kann man die schwarzen Rauchfahnen ausmachen, die über der Siedlung hängen. In Parkauki wohnen Menschen, etwa 200 an der Zahl, die selbst die Namenlosen Tage nicht mehr schrecken: Verbannte, dem Branntwein verfallene Nivesen, an Geist und Seele verwirrte alte Flussfischer und ein angeblich 130-jähriger (ehemaliger) Boron-Geweihter des Alanfaner Ritus, Gobert Boronward, von dem es heißt, dass sein Gott ihm die Gnade des Todes versagt. Die Ingibjara-Ottajasko hat, kurz nachdem ihr die Macht in Enqui zugefallen ist, des Öfteren versucht, Parkauki unter ihre Kontrolle zu bringen, doch ohne Erfolg. Gerne betreten die abergläubischen Thorwaler die *Siedlung der Verfluchten* ohnehin nicht. Inzwischen hat man sich arrangiert: Parkauki dient als Wachtposten gegen die Orks. Die Bewohner haben gelobt, die Stadt zu warnen, falls die Schwarzpelze sich regen, dafür lässt man sie weitgehend in Ruhe. Nur wenn Thorwaler auf der Suche nach einem Übeltäter aus Enqui sind, der sich nach Parkauki geflüchtet hat, kommt man in Berührung. Allerdings zeigen sich die Bewohner wenig hilfsbereit: "Wir haben nichts gesehen und nichts gehört!", bekommen Neugierige zu hören und müssen meist unverrichteter Dinge wieder abziehen.

An weiten Teilen des Seeufers wächst vornehmlich *Braunes Rohr*, das die Heimstatt vieler Schlangen und ihrer natürlichen Feinde, der Schwarzstörche, ist. Bis zu drei Meilen ins Landesinnere erstrecken sich diese unzugänglichen Gebiete. Am Nordende des Sees strömt das Wasser durch drei Abflüsse weiter zum nur zehn Meilen entfernten Meer. Diese Flüsschen suchen sich ständig einen neuen Weg durch das flache Land und bilden ein Labyrinth aus Sandbänken, treibenden Schilfinseln und kleinen Nebenarmen. Zudem treiben ständig Nebelfetzen und Übelkeit erregende Gerüche über das brackige Wasser. Erst kurz vor Enqui vertreibt der Seewind diesen Gestank. Der östlichste Abfluss eignet sich sogar für Schiffe mit einem größeren Tiefgang als eine Otta. Allerdings bedarf es eines erfahrenen Lotsen für die Strecke nach Tjolmar, der sich den Dienst mit gutem Silber vergelten lässt. Nach Enqui führen kein Weg und keine Straße. So sind der Snekkar oder das flache Flussboot die besten Transportmittel in den Brinasker Marschen.

Westlich von Enqui liegt das Gebiet der **Drei Klageweiber** (siehe S. 182). Es heißt, dass über den drei Seen ein stetes Seufzen erklinge, die Stimmen der Geister jener, die dort den Tod gefunden haben. In den flachen Tümpeln stehen abgestorbene Trauerweiden und geknicktes Rohr, und hier und da erhebt sich eine geschwärzte Giebelwand aus dem Morast oder lässt sich ein Dachfirst in den sumpfigen Fluten erahnen. Hier soll einst die Stadt **Swelt** gestanden haben, bevor eine Sturmflut sie 247 BF von Sumus Rücken spülte. Man erzählt sich, dass die Geister der unglücklichen Bewohner dort umgehen und jeden zu sich in die Tiefe holen, der ihnen zu nahe kommt. Nur verwegene Schatzsucher und Verrückte haben sich seitdem in das einsame Land im Dreieck zwischen der Küste, dem **Upval** und dem **Joraani** gewagt, denn in diesem versalzenen Sumpfgebiet gibt es außer vermeintlichen Schätzen nichts Begehrenswertes, nicht einmal jagdbares Wild. Dafür erzählt man sich viele Geschichten von Irrlichtern, Moorleichen, Widergängern, Ghulen und noch monströseren Kreaturen. Der Sumpf lockt Zauberkräftige dunkler Gesinnung und von Inquisition oder Gilde verfolgte Magier sowie Anhänger dunkler Kulte an, die die Gemeinschaft aus gutem Grund meiden.

Das Gebiet zwischen Svellt und Brinask wird **Bruch** genannt. Dieser Teil der Marschen ist so dicht besiedelt, dass man von einem Dorf aus die Rauchfahnen aus den Schornsteinen des Nachbardorfes deutlich sehen kann. Am **Dornwasser** und am **Muunasee** stehen mehrere Fischerdörfer. Die hier gefangenen Bodirsalme und Regenbogenforellen decken einen Gutteil des Nahrungsbedarfes von Enqui und Tjolmar. Da sich in den letzten Jahren viele Flüchtlinge, die vor den Orks nach Enqui geflohen waren, hier niedergelassen haben, sind die Erträge für die einzelnen Familien deutlich schmaler geworden. Deshalb haben die Einheimischen mehr als einmal versucht, die unwillkommenen Neusiedler zu vertreiben. Doch da Jarlin Swafnild ein großes Interesse daran hat, dass nicht alle Flüchtlinge in Enqui bleiben, sondern sich im Umland niederlassen, hat sie mit Hilfe der Ingibjara-Ottajasko hart durchgegriffen und erst einmal für Ruhe und Ordnung gesorgt.

Die Sumpf- und Moorlandschaft dient einigen hundert Torfstechern als Heimat, die von Tjolmarer Torfhändlern ausgebeutet werden. Daran hat auch die thorwalsche Herrschaft über die Marschen nichts geändert. Mehrfach schon haben sich die Torfstecher bereits an die Jarlin gewandt, um diesen Umständen ein Ende zu bereiten. Bislang jedoch hat Swafnild auf ihre Hilferufe nicht reagiert, weil sie sich nicht mit den Tjolmarern anlegen wollte. Sollten die Tjolmarer allerdings den Thorwalern eines Tages in die Quere kommen, mag sich das Blatt wenden. Insbesondere der Enquier Hetmann Ingald

Ingibjarsson ist nicht gut auf die Tjolmarer zu sprechen, wurde doch sein Heimatdorf in Folge des Verrats der Zwerge von Tjolmar im Orkensturm vernichtet. Allerdings scheut er ebenso wie Swafnild bislang die offene Konfrontation (siehe auch S. 104).

Fischfang und Torfstechen sind die einzigen ehrlichen Broterwerbe, für die der Bruch geeignet ist. Sicheren Boden findet man nur selten, Gras oder Bäume so gut wie gar nicht. Die Menschen, die hier leben, wohnen vornehmlich in Pfahlhäusern in sicherer Höhe über dem Sumpf und außer Reichweite von den schleimigen Morfus, Riesenegeln und Krakenmolchen.

Nördlich und östlich des **Brinask** wird der Boden allmählich trockener und fester; der Sumpf weicht feuchten Wiesen und lichten Birkenhainen. Im so genannten **Alderhaag** nördlich und östlich des Brinask wird der Boden stetig trockener und fester. Der Sumpf weicht feuchten Wiesen, lichten Birkenhainen und ungezählten fischreichen Seen jeder Größe. Die Gegend ist reich an Wild, so sehr, dass sich hier sogar Jäger aus dem fernen Riva einfinden.

Von der Küste ausgehend, wo es in Abständen von etwa einem Tagesmarsch viele kleinere und größere Fischerdörfer gibt, nimmt seit der thorwalschen Herrschaft auch die Besiedlung des reizvollen Hinterlandes zu.

Dominiert wird die Region von der **Ottajasko der Eiszwinger**, die sich 1019 BF (2646 JL) in dem Örtchen Fiskwal niederließ und seitdem von den Fischern der Umgebung Tribut verlangt. Seit 1023 BF (2650 JL) treibt sie für die Jarlin die Steuern ein und erhält dafür einen Anteil.

Auf die wiederholten Versuche Rivas, ihren Einfluss in diese Gegend auszudehnen, reagieren die Thorwaler sehr empfindlich. Eine Konfrontation scheint unvermeidbar, zumal die Piraterie in der Region nicht ab-, sondern eher zugenommen hat. Ein einträgliches Zubrot ist auch die Strandpiraterie, da das Fahrwasser entlang der Küste von Enqui nach Riva wegen zahlreicher wandernder Sandbänke sehr tückisch ist. Im Landesinneren sind vor allem die Jahrtausende alten Monolithen bemerkenswert, die elfische Schriftzeichen tragen und die als *Türme des Schweigens* bezeichnet werden (siehe S. 183).

Östlich des **Atamsees** liegt ein Birkenwald, der Heim für eine große Anzahl Zaubertiere sein soll, von großen Eulen über weiße Tagfledermäuse bis hin zu Greifen. Auch allerlei Feenvolk soll es hier geben. Wahr ist zumindest, dass hier heilende Kräuter so zahlreich wie in Peraines Garten wachsen, dass auf den Lichtungen im Spätsommer die Pilze in zwei- und dreifachen Hexenkreisen stehen und dass hier mindestens ein Einhorn lebt – kein Wunder, heißt das angrenzende Land bis zum Kvill doch Einhorngras, weil es die ursprüngliche Heimat dieser sagenumwobenen Geschöpfe sein soll. Wahr ist aber auch, dass sich – aus offenbar guten Gründen – in der Nacht kein Einheimischer hierhin wagt.

Thorwalsches Gjalskerland

Geographische Grenzen: Das thorwalsche Jarltum Gjalskerland (Jarltum *Gjalskerstrandir*) – nicht zu verwechseln mit dem Gebiet der Gjalsker Barbaren – erstreckt sich über die gesamte Küste zwischen dem Fluss Thivor im Süden und den Brinasker Marschen im Nordosten.
Landschaftsbild: hohe Steilküsten, Gras- und Steppenlandschaft, Tundra, Stein- und Felsöden, an den Küsten nur wenige Wälder, es gibt zahlreiche Geysire und heiße Quellen.
Gebirge: Steilklippen und Hügellandschaft, Donnerzacken nördlich der Großen Olochtai
Gewässer: der Fluss Thivor im Süden und die Gjalska im Herzen des Landes; im Norden gibt es zwei große Seen: Darkenloch (westlich) und Makka-Oug (östlich).
Wichtige Städte und Dörfer: Gjalskermund, Ifirnshavn, Narvasholm, Nordaport
Wichtige Verkehrswege / Handelsrouten: Die Küste liegt an der viel befahrenen Route zwischen Thorwal und dem Golf von Riva bzw. der Bernsteinbucht.
Magie: einige Druiden und Hexen, einzelne Gildenmagier (nur solche, die das Licht der Öffentlichkeit scheuen) und Geoden, Schamanismus bei den Nivesen und Gjalskerländern
Sozialstruktur / Regierung: Jarl Thurske Swafnildsson
Einflussreiche Sippen / Ottajaskos: Askirs-Ottajasko (Gjalskermund), Frenjars-Sippe (Gjalskerfjorden)
Lokale Helden / Heilige / mysteriöse Gestalten: Ifirn-Geweihte Eleyiana Swangardsdottir
Wundersame Örtlichkeiten: Aarkenhorst, südöstlich von Ifirnshavn, die Gjalsker nennen den Felsen Zwanfirszahn – und glauben, dass dort ein Orakel ansässig ist, das sich aber wohl nur Gjalskern offenbart, denn von anderer Seite wurde dies bislang nicht bestätigt.

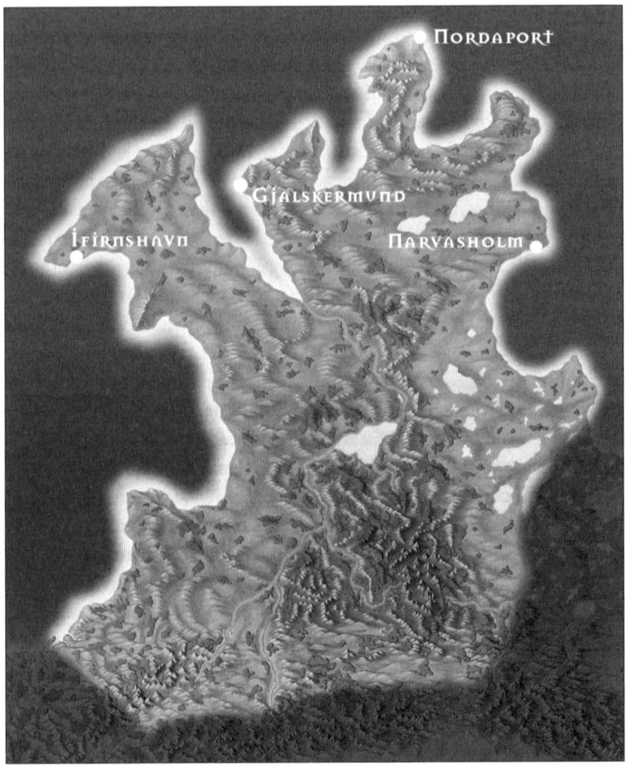

»Sie bestreiten ihren Lebensunterhalt mit dem, was das Vieh ihnen bietet, indem sie dessen Milch zur Nahrung und die Wolle für die Kleidung nutzen. Daher bringt das Land sehr tapfere Krieger hervor, die öfter andere angreifen, als dass sie selbst angetastet werden, eben weil sie nicht durch üppige Nahrung verweichlicht sind. Sie leben in gutem Einvernehmen mit den Gjalskerländer Barbaren, die ärmer als sie selbst sind. Nur manchmal werden sie, jedoch nicht ungestraft, von ihnen oder anderen angegriffen. Die Thorwaler in dieser selbst für die Nordleute kargen Region bestehen aus vielen Sippen, die sich sowohl durch Stärke wie Bewaffnung auszeichnen; außerdem sind sie ebenso vorzügliche Krieger zu Pferde wie zur See. Sie sind auch die anspruchslosesten von allen Thorwalern und legen das größte Gewicht auf Dürftigkeit und Mäßigkeit in Essen und in ihren Sitten.«
—Zwischen Bodir und Walsach – Mitnächtliche Länder,
Bastan Munter, 641 BF

Das Gjalskerland ist eigentlich das Territorium der Gjalsker Barbaren, doch da diese die Küsten meiden und dort nicht siedeln, haben sich thorwalsche Sippen hier niedergelassen. Ihr Einfluss beschränkt sich ausschließlich auf die Küstenregion nördlich des mythischen Gjalsker

Ortes Amanma Rudh und erstreckt sich selten weiter als zehn Meilen ins Landesinnere. Die Thorwaler haben im Laufe der Jahre eine Hand voll größerer Orte und eine Reihe von Gehöften gegründet. Die Besiedelung ist dünn, oft muss man mehr als 40 Meilen bis zur nächsten Ansiedlung zurücklegen.
Die Wege der thorwalschen Siedler und der Gjalsker Barbaren kreuzen sich selten. Man treibt ein wenig Tauschhandel, hin und wieder kommt es auch zu gegenseitigen Überfällen.
Die Küste von Ifirnshavn bis **Gjalskahage** (Kap) an der Einfahrt zum **Gjalskafjord** ist am dichtesten besiedelt. Hier leben nur wenige Gjalskerländer im Hinterland, so dass sich die Thorwaler Siedler relativ ungestört ausbreiten konnten. Die Küste ist ein beliebter nächtlicher Anlandeplatz für Schiffe, die auf dem Weg zum Golf von Riva sind oder von dort kommen.
Gjalskahage ist ein öder Felsen, der weit ins Meer hineinragt und für eine menschliche Ansiedlung nicht geeignet ist. Zerklüftete Höhlen und Vorsprünge bieten Abertausenden von Seevögeln einen Brutplatz. Vor diesem Felsen erhebt sich eine ca. 80 Schritt hohe Nadel aus rotem Gestein, die bei Sonnenuntergang leuchtet, als sei sie aus reinem Gold. Die Gewässer um Gjalskahage sind wegen ihrer Untiefen, die sich weit ins Meer hinaus erstrecken, sehr gefährlich, und häufig auftretende Unwetter machen das Revier noch riskanter. Schon manche Schiffsmannschaft hat hier ein nasses Grab gefunden. Als vor 50 Jahren Hetmann Asgeir Gersson aus Auriler hier seinen Sohn verlor, gelobte er, dass dieses Schicksal künftig anderen erspart bleiben solle, und beschloss, ein Leuchtfeuer zu errichten. Unter viel Mühen wurde der Leuchtturm zwar fertig gestellt, doch nach Asgeirs Tod fühlte sich niemand mehr berufen, weiter für das Leuchtfeuer zu sorgen, zumal es in der Umgebung auch kaum Feuerholz gibt. So steht der Leuchtturm dort als stummes Mahnmal und hat manche weitere Schiffskatastrophe mit ansehen müssen.
Der größte und bedeutendste Ort des Jarltums liegt auf der Gjalskahage gegenüberliegenden Seite des Fjordes: In **Gjalskermund** leben etwa 500 Menschen. Jarl *Thurske Swafnildsson* von der Askirs-Ottajasko hat hier seinen Sitz, und die alljährlichen Hjaldings werden hier im Ort abgehalten. Lange Jahre war Gjalskermund der einzige Vorposten der Zivilisation im Gjalskerland. In jüngster Zeit ist die Siedlung ein Anlaufpunkt für Glücksritter geworden, die sich im Sommer von hier aus aufmachen, um den Fjord und den Flusslauf der Gjalska zu erkunden, denn es gibt immer neue Geschichten darüber, dass unvorstellbare Schätze am Oberlauf des Flusses auf den Mutigen warten. Goldklumpen groß wie Kindsköpfe will man dort gefunden haben und Edelsteine so klar wie Schmelzwasser. Diese Expeditionen sind ein riskantes Unterfangen, denn die Gjalsker Barbaren halten nur wenig von Fremden, die sich zu weit in ihr Territorium vorwagen. Den besonderen Zorn ziehen jene auf sich, die wahllos jagen und die Hälfte der Beute liegen lassen – ein Verhalten, das gerade die Goldsucher immer wieder an den Tag legen.
Zu einer der bedeutendsten Siedlungen des Gjalskerlandes ist **Ifirnshavn** geworden, seit es dort eine Erscheinung Ifirns gegeben hat (siehe S. 54). Wie die beiden Flügel eines Schwans breiten sich die Klippen malerisch über die See. Ihnen zu Füßen hat man seinerzeit den Ort errichtet. Auf den Kuppen der Felsen wurden jeweils ein *Swafnir*- und ein *Ifirn*-Schrein erbaut, die den Felsen ihre Namen Swafnirs- und Ifirnsflügel gegeben haben. Die ca. 350 Einwohner Ifirnshavns sind eine Mischung aus Thorwalern und Norbarden, die vornehmlich von der Jagd, dem Pelzhandel und dem Fischfang leben.

Siedlung Neuhjaldingard

Es muss schon etwas zu bedeuten haben, wenn selbst die traditionsbewussten Olporter die thorwalschen Bewohner dieser Region zwischen dem Gjalskafjord und Nordaport als rückständig und seltsam bezeichnen. Das Leben hier ist einsam, man ist auf sich gestellt und zieht es vor, unter sich zu bleiben. Nur selten legt einmal ein Schiff an dieser Küste an, die meisten bevorzugen es, in Gjalskermund oder Nordaport Station zu machen. Die wilde, karge Landschaft und die schweren, von Entbehrungen und Härte geprägten Lebensbedingungen haben ihre Spuren in der Mentalität der Menschen hinterlassen, die als rau, engstirnig und ungeschliffen gelten.
Dem Betrachter bietet sich eine karge, leicht hügelige Felslandschaft. Nur an wenigen Stellen ist der Boden fruchtbarer als in der landeinwärts anschließenden Tundra. An solchen raren Plätzen sind die weit auseinander liegenden Höfe angesiedelt, und die Felder gehören zu den am eifersüchtigsten gehüteten Schätzen einer Sippe. Heiße Quellen und Geysire sind hier ebenso zu finden wie sagenhaft geformte Felsformationen. Im tiefen Winter sorgen die Geysire dafür, dass Höhlen in die dicke Eisdecke geschmolzen werden, die dann zur letzten Rettung für verirrte Wanderer werden können.
Flüsse und Bäche gibt es nur wenige. Ihren Wasserbedarf decken die Bewohner vornehmlich durch die vielen kalten und warmen Quellen. Längst nicht alle dieser Wasserstellen sind dazu geeignet, Trinkbares zu schöpfen, denn viele kommen tief aus dem Schoße Sumus und führen Salze und Mineralien mit sich, die das Wasser ungenießbar für Mensch und Tier machen. Nur wenige Menschen in der Region kennen das Geheimnis, wie sie solche Mineralien gewinnen und nutzbar einsetzen können. Im Hinterland liegt eine von Felsen umgebene Quelle, der Heilkräfte nachgesagt werden und die den benachbarten Gjalskerländern als heilig gilt. Immer wieder kommt es dort zu Auseinandersetzungen um die Vorherrschaft über das Gebiet.
Bäume sucht man in der Region vergebens. Stattdessen prägen Krüppelkiefern, holzige Büsche wie Holunder oder Wacholder und krüppelwüchsige Birken und Eiben die Landschaft.
Die Besiedelung dieses unwegsamen und wenig anheimelnden Landstrichs geht auf die Zeit der mittelreichischen Besetzung Südthorwals zurück, als einige Sippen und Ottajaskos in dieses weitgehend menschenleere Gebiet auswanderten. Sie nannten es fortan Neuhjaldingard und sich selbst Hjaldinger. Erschrocken über das Wüten der priesterkaiserlichen Besatzer im Süden verbot man den Glauben an alle Götter außer dem Gottwal. Es sollten viele Generationen vergehen, bis man dieses Gesetz lockerte. Dazu bei trugen gewiss einige Neusiedler, die den friedfertigen Ifirn-Glauben mit sich brachten.
Über eine lange Zeit hinweg hatte man jegliche Beziehung zum Süden abgebrochen. Wenn einmal Fremde auf dem Weg nach Riva oder Paavi den Fehler machten, der Neuhjaldingarder Küste zu nahe zu kommen, machten sie meist tödliche Bekanntschaft mit den Kriegern. Überlebende wurden versklavt und sollten ihre Heimat nie mehr wiedersehen. Nichtsdestotrotz versprach und verspricht der Handel lukrativen Gewinn. Die Hjaldinger tauschen kunstvolle Beinschnitzereien aus Walrosszähnen, hervorragende Wollarbeiten und Felle bester Güte gegen Eisen und Gebrauchsgegenstände.
Die Abgeschiedenheit führte dazu, dass sich in Neuhjaldingard eine abgeschlossene Gesellschaft entwickelte, die weitaus hierarchischer ist als im übrigen Thorwal. Die Nachfahren der Hetleute der ersten Ottas galten als Besitzer der neu entstandenen Höfe. Aus den Ottajaskos wurden Sippen, aus den Hetleuten Hersire und Grundherren.
Hierzulande gibt es keine offenkundige Magie und erst recht keine Magier, in der Regel begegnet man Zauberei voller Furcht. Natürlich kommt es auch unter den Hjaldingern ab und an vor, dass jemand 'die Gabe' hat. Magiebegabte gelten als unheimlich, manche halten sie für Unheil bringend, andere sehen sie als Gezeichnete Swafnirs, die man zu achten, aber wegen ihrer unberechenbaren Kräfte auch zu fürchten hat. Es kommt vor, dass jemand aus der Gemeinschaft ausgeschlossen wird, der unkontrollierte 'magische Ausbrüche' hat. Solch ein Unseliger ist ohne die schützende Gemeinschaft meist dazu verdammt zu sterben. Nur selten gelingt es einem Verbannten, sich allein durchzuschlagen und als Seher oder Druide ein Einsiedlerleben zu führen. Glücklich kann sich ein magisch begabtes Kind schätzen, wenn der Swafnir-Geweihte es zu seinem Nachfolger erwählt. Anders als im Süden mischen sich bei den Geweihten Neuhjaldingards die Aufgaben eines Göttergeweihten mit denen eines Schamanen, wie man ihn von den Nivesen kennt. So wird unter anderem von ihm erwartet, dass er sich auf die Heilkünste versteht und die Zukunft zu deuten weiß.

Es zählt zu den Besonderheiten der Neuhjaldingarder Kultur, dass man der Sklaverei mitnichten mit solch erbittertem Abscheu begegnet wie im restlichen Thorwal. Eine Zeit lang waren selbst Thorwaler nicht davor gefeit, hier in Geiselhaft genommen zu werden. Erst der Oberste Hetmann Hardred machte diesem Treiben vor rund 100 Jahren ein Ende.

Als Geisel (*Treller* genannt, was übersetzt eher Leibeigener heißt) werden überlebende Gefangene von Fehden mit anderen Höfen genommen, die dem Sieger als Beute zufallen, oder solche aus Raubzügen gegen die Siedlungen entlang der Küste bis Leskari. Bisweilen kommt es auch vor, dass ein thorwalscher Knorr gekapert oder eine kleine Siedlung auf den Olportsteinen überfallen wird – allerdings äußerst selten, weil die Neuhjaldingarder die Rache der Thorwaler fürchten.

Ein Jahr und einen Tag währt die Geiselhaft, binnen derer der Gefangene der Sippe zu dienen hat. Das war jedoch nicht immer so: Sagas berichten davon, dass die Gefangenschaft früher ein Leben lang andauerte. Nach Ablauf dieser Frist kann der Treller als Knecht auf dem Hof bleiben oder seiner Wege ziehen. Vorher ist es jederzeit möglich, die Geisel durch ein Lösegeld freizukaufen. Geiseln verrichten niedere Tätigkeiten jeder Art. Allerdings ist ihre Behandlung keinesfalls mit der der gepeinigten Sklaven im Süden zu vergleichen. Es gibt etliche Geiseln, die vor ihrer Gefangennahme ein schlechteres Leben führten. Sollte sich ein Treller durch besondere Fähigkeiten oder Taten auszeichnen, besteht die Möglichkeit, dass der Hersir ihn vor der Zeit freilässt.

Insbesondere Geiseln, die bei Raubzügen in ferneren Regionen gefangen genommen wurden, bleiben oft auch nach Ablauf des Jahres bei 'ihrer' Sippe, da sie selbstredend kein Pferd oder Boot zur Verfügung gestellt bekommen und der einsame Fußweg in die südlicheren Regionen sich wegen der vielfältigen Gefahren und Strapazen fast von selbst verbietet.

Zu den Übeln der Neuhjaldingarder Gesellschaft gehört ihr Rachedurst, der immer wieder dazu führt, dass ganze Sippen im Zuge von Blutfehden ausgelöscht werden. Allzu oft erschallt der Schrei "Blut für Blut", und dann sind selbst Kinder und Alte nicht vor den Schwertern der Kämpfenden gefeit. Insbesondere wenn ein Angehöriger der Blutsfamilie eines Sippenoberhauptes getötet wird, kann einzig die Blutrache das Recht wiederherstellen. Und die Antwort auf die Blutrache ist stets eine neue Fehde ...

Weitere Siedlungen

Die jüngste Siedlung des Jarltums, **Nordaport**, ist am nördlichsten Punkt des Gjalskerlandes gelegen. Die Siedlung wurde auf Beschluss des Obersten Hjaldings gegründet, weil man nach der Eroberung Enquis einen weiteren sicheren Hafen für den zunehmenden Schiffsverkehr zum Golf von Riva benötigte. Freiwillig wäre sicher niemand an diesem unwirtlichen Ort geblieben, denn nahezu alle Waren für die rund 150 Bewohner müssen eingeführt werden. Allerdings gibt es unweit des Ortes eine Reihe kleiner Felseninseln, auf denen Abertausende von Meerkälbern, Robben und Seetigern leben. Holz ist Mangelware, doch fanden sich größere Kohlevorkommen, dank derer niemand im Winter frieren muss. Viele der Einwohner verbringen aber nur den kurzen Sommer hier und ziehen es vor, die langen Frostmonate in der Stadt Thorwal zuzubringen, wo sie von den Erträgen ihrer Jagd leben.

Zwischen dem Ort **Narvasholm** und dem Joraani, der die Grenze zu den Brinasker Marschen bildet, weiden wilde Rinder auf den Wiesen an den Ufern der großen Seen. Birken und Weiden neigen sich vom ewigen Firunsatem gebeugt gen Süden. In den warmen Monaten stehen ständig riesige Schwärme von Orkbremsen und ähnlichem Geziefer in der Luft, um jedes warmblütige Lebewesen bis aufs Mark zu peinigen. Aber offensichtlich scheinen sie die Orks vom Stamm der Zahachtai nicht zu stören, die hier einige kleine Hüttendörfer bewohnen und sich von der Jagd und dem Fischfang ernähren. Die Orks, die am nördlichen Ufer des Joraani leben, sind ihren Stammesbrüdern im Südosten nachgeeifert und haben sich von Peraine-Geweihten bekehren lassen. Deren Missionstätigkeit hat in jüngster Zeit wieder zugenommen. Ausgangspunkt ist das Tal der tausend Blumen (südlich der Joraani-Quelle), das um 1010 BF (2637 JL) erfolgreich missioniert wurde.

In unmittelbarer Nachbarschaft befinden sich Jäger- und Fischersiedlungen, die von Thorwalern und neuerdings auch von Bediensteten der HPNC (siehe Kasten auf S. 75) bewohnt werden. Viele der Bewohner verbringen den Winter in Enqui, auf Gandar oder an anderen angenehmeren Orten, wo man das im Sommer verdiente Geld ausgeben kann. Diejenigen, die ausharren, gehen auch unter den harten winterlichen Bedingungen im Hinterland auf die Jagd.

In der Gegend um Narvasholm, so heißt es, seien die Felle der Tiere im Winter besonders prachtvoll. Kein Wunder, dass die Siedlung ein Anziehungspunkt für Jäger ist. Neben horasischen Abenteurern und Jägern ist auch ein Firun-Geweihter aus dem Herzogtum Weiden in den Ort gekommen, der darüber wacht, dass Firuns Jagdgebote eingehalten werden.

Er gerät dabei immer wieder mit den thorwalschen Jägern aneinander, deren Glaube Firun eine andere Bedeutung beimisst.

Entlang der thorwalsch-gjalskerländischen Küste wird vor allem **Küstenfischerei** sowie Jagd auf **Robben** und – besonders begehrt – die gefährlichen **Seetiger** betrieben. Aus den Knochen und Stoßzähnen dieser Meeresbewohner werden allerlei nützliche Gebrauchsgegenstände und schöne Schmuckstücke geschnitzt, ein gefragtes Handelsgut. Das Walbein von gestrandeten Walen wird kunstvoll verarbeitet, doch ausschließlich für kultische Gegenstände verwendet.

Manche Fischer haben sich auf die hier im Wasser vor den vielen steilen Kreidefelsen lebenden **Panzerkrabben** spezialisiert, deren Fleisch sehr delikat ist. Allerdings ist die Jagd auf die Scherentiere alles andere als einfach. Das Wasser ist zum Teil sehr tief und auch im Sommer eiskalt. Zudem sind die Krabben, die bis zu einem Schritt Durchmesser haben, gut gepanzert und wissen sich ihrer harten Schale zu erwehren. Die gefangenen Krabben werden am Ende der Fangsaison lebend in großen Fässern mit Seewasser nach ganz Thorwal und inzwischen sogar ins Horasreich verschifft, wo man stolze Summen für die exotische Spezialität zahlt.

Die **Viehzucht** bildet neben der Fischerei eine weitere Lebensgrundlage. Domestizierte Rinder wird man hier allerdings vergebens suchen, denn sie wären nicht durch die harten Winter zu bringen. Stattdessen hält man Schneeziegen und kleine Rundohren-Schafe, die noch widerstandsfähiger sind als ihre größeren Artgenossen, die Premer Mähnenschafe. Es gibt auch eine wilde Unterart der Paaviponys, die in der Tundra lebt, doch sind die Tiere schwer zu zähmen, so dass sie vornehmlich als Jagdbeute dienen. An sonstigen wilden Tieren gibt es vor allem Niederwild, Vielfraße und Wölfe. Seltener sind Elche, Karene, Bären und Wollnashörner anzutreffen. Im Norden sind sogar vereinzelt Mammuts zu finden.

Die Nivesensippen ziehen regelmäßig mit ihren Karenen durch die nördlichen Regionen des Gjalskerlandes und lagern für einige Wochen in der Nähe thorwalscher Siedlungen. Dann gibt es große Feste, bei denen auch gehandelt wird.

Die Menschen im Jarltum sind, einmal abgesehen von der Region um Neuhjaldingard, so gastfreundlich wie kaum irgendwo sonst in Thorwal, ist man doch begierig darauf, Nachrichten aus anderen Teilen des Landes oder gar der weiten Welt zu erfahren. Rare Lebensmittel wie Korn, Obst und Gemüse sind im Norden heiß begehrt und können Reisenden, die derlei mit sich führen, als Handelsgut dienen. Die schon legendäre Freude der Thorwaler am Alkohol ist zwar auch bei den hiesigen Nordleuten vorzufinden, doch gibt man ihr nur zu Festen und Feierlichkeiten nach. Bier ist nahezu unbekannt, das wenige, das man auftischt, ist aus dem Süden eingeführt, da hier weder Hopfen noch Gerste wachsen. Dinkel und Buchweizen aber, die man nötigenfalls auch verbrauen könnte, sind selten und dazu da, die Bäuche mit Brei und Brot zu füllen.

Die langen Winter sind hart, und das Holz ist knapp. Man behilft sich mit getrocknetem Dung als Brennmaterial, zudem sind die Häuser so gestaltet, dass man auch mit wenig Heizmaterialien auskommt. Die tief in den Boden eingelassenen Grassodenhäuser sind in der Regel fensterlos und wirken auf Südländer einfach nur wie unzivilisierte Erdlöcher. Tatsächlich aber sichern sie Mensch und Tier das Überleben im Winter.

Die Olportsteine

Jarltum Sydlig Klipholm (Südliche Olportsteine)
Inseln: Dibrek, Gevri, Lassir, Manrek, Metak, Orkin, Skerdu
Landschaftsbild: Schroffe Klippen prägen die Inseln, an der dem Festland zugewandten Seite findet sich leidlich fruchtbares Hügelland.
Wichtige Städte und Dörfer: Brendhil, Manrin, Skerdûn, Holmotta
Sozialstruktur / Regierung: Jarl Hallar Jorason (Insel Orkin)
Einflussreiche Sippen / Ottajaskos: Lassirer Drachen, Firnglänzer-Ottajasko, Wellenstürmer-Ottajasko
Lokale Helden / Heilige / mysteriöse Gestalten: die Hexe Tula von Skerdu, Korja Hermsdottir (Heldin im Kampf gegen die Sonnenkaiser)
Wundersame Örtlichkeiten: Skerdu, Siedlung der Swafnir-Kinder auf Gevri

Jarltum Nordlig Stenklip (Nördliche Olportsteine)
Inseln: Adrak, Aso, Berik, Dirad, Gandar, Inrik, Karkis, Narken, Serreka, Sigorast
Landschaftsbild: Karge Weiden und schroffe Klippen prägen die Inseln; nur vereinzelte Ansiedlungen, vulkanische Tätigkeit / Geysire.
Wichtige Städte und Dörfer: Goldsholmr, Haegir
Sozialstruktur / Regierung: Nordlig Stenklip wird zwar als eigenständiges Jarltum geführt, doch gibt es momentan keinen gewählten Jarl, sondern nur eine von der Obersten Hetfrau eingesetzte Vertreterin.
Einflussreiche Sippen / Ottajaskos: HPNC
Lokale Helden / Heilige / mysteriöse Gestalten: Hellmark Arveson (vereinigte die ersten Friedlosen zu einer großen Ottaskin und gründete Goldsholmr.)
Wundersame Örtlichkeiten: Berik (Insel, auf der es viel zwielichtiges zauberisches Gesindel geben soll.)

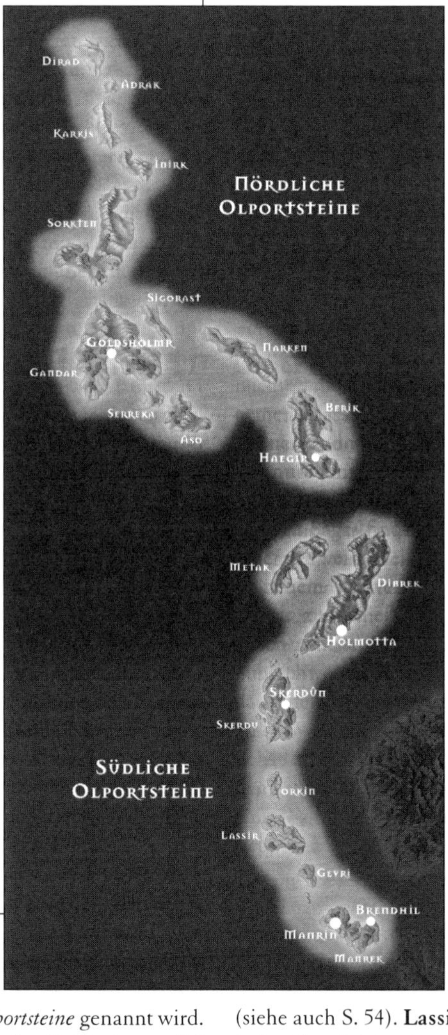

Etwa eine Tagesreise von der nordwestlichen Küste Thorwals entfernt, liegt eine lang gezogene Inselkette, die von den Thorwalern *Olportsteine* genannt wird. Beginnend auf der Höhe von Overthorn, verlaufen die Inseln parallel zur unwegsamen Küste der Grauen Berge, ehe sie sich nördlich von Olport in Ifirns Ozean verlieren.
Es waren die Verzweifelten und Vertriebenen, die sich hier ursprünglich angesiedelt hatten, arme Fischer und Bauern, die auf dem Festland aus unterschiedlichen Gründen nicht geduldet wurden. Zu ihnen gesellten sich die Friedlosen. Leicht ist das Leben auf den Inseln nicht, auch wenn die südlichsten von ihnen vom warmen Güldenlandstrom umspült werden. Der stete Wind zerrt an Mensch, Tier und Pflanzen, die sich notgedrungen dem eisigen Hauch beugen. Einige Eilande sind so karg, dass sie nur Seevögeln als Heimstatt dienen.
Man unterscheidet die Südlichen und die Nördlichen Olportsteine. Bis vor kurzem noch legten die Bewohner der südlichen Inseln viel Wert auf diese Trennung, um nicht in einem Atemzug mit ihren nördlichen Nachbarn – den Friedlosen – genannt zu werden. Nicht alle dieser Ausgestoßenen zeigten sich bereit, die Jahre ihrer Verbannung friedlich zu verbringen. Jahr um Jahr stießen friedlose Piraten mit ihren Drachen in den Süden vor. In ihrer Brutalität und Grausamkeit trugen sie erheblich dazu bei, dass die Thorwaler in den Augen der anderen Aventurier zum Schrecken der Meere wurden.
Obwohl es immer wieder Bemühungen gegeben hatte, diese Piratennester zu befrieden, gelang es erst den Horasiern in jüngster Vergangenheit, den Überfällen ein – vorläufiges – Ende zu bereiten. Die Söldlinge der HPNC (siehe Infokasten S. 75) gingen ohne Gnade gegen die Seeräuber vor, töteten viele und jagten die übrigen davon.

Die Südlichen Olportsteine
Südlichste Insel der Olportsteine und zugleich dem Festland am nächsten gelegen ist **Manrek**. Die Seepassage zwischen der Insel und dem Overthorner Halbinsel nennt man auch Manreker Enge, das Tor zum Hjaldingolf. Nach Gandar ist Manrek die größte und dichtest besiedelte Insel der Olportsteine. Begünstigt durch den Güldenlandstrom gedeihen dort Getreide-, Obst- und Gemüsesorten, die so hoch im Norden sonst nicht zu finden sind. Sogar wilder Wein wächst hier, den vor über hundert Jahren ein Geweihter des Efferd aus dem Lieblichen Feld mitbrachte.
Die Menschen auf Manrek leben hauptsächlich vom Fischfang, allerdings schrecken sie auch vor weniger ehrbaren Tätigkeiten wie der Strandräuberei nicht zurück. Besonders schlechten Ruf genießen die Manreker Lotsen, die von ausländischen Schiffen, die die Manreker Enge durchfahren wollen, einen Lotsenlohn einfordern, obwohl das Seegebiet kaum Tücken aufweist. Eine andere Möglichkeit haben die fremden Kapitäne jedoch kaum, da der alternative Weg zwischen Manrek, Gevri, Lassir und Orkin von gefährlichen Untiefen erfüllt ist und die Passage nördlich von Lassir einen erheblichen Umweg bedeuten würde – zumal kein Kapitän mit Verstand Skerdu all zu nahe kommen will (zu Skerdu siehe nächste Seite). Zwischen Manrek und Gevri liegt der Alkenfelsen, wo lokalen Gerüchten zufolge die Schätze verstorbener Hetleute vergraben sein sollen (siehe auch S. 186).
Abseits des normalen thorwalschen Alltags hat sich auf **Gevri** eine kleine Gemeinschaft von Swafnir-Kindern angesiedelt, die von Geweihten des Walgottes gegründet wurde (siehe auch S. 54). **Lassir** ist der Sitz der *Lassirer Drachen*, einer Ottajasko, die seit jeher den Obersten Hetleuten als treu ergeben gilt, eine Ausnahme im ansonsten eher aufrührerischen Norden. Die Drachen hatten im Krieg mit dem Horasreich herbe Verluste zu verkraften. Hetmann Frenjar Torstorsson begleitete Jurga Trondesdottir 1024 BF (2651 JL) auf ihrer Südmeerexpedition.
Die kleine Insel **Orkin** ist wenig mehr als ein unwirtlicher Felsen im Meer. Über Generationen bot sie allein den Seevögeln eine ebenso schroffe wie unzugängliche Brutstätte, doch vor kurzem (1014 BF oder 2641 JL) wurde durch Zufall in dem kahlen, zerklüfteten Felsen Eisenerz gefunden. Seitdem hat die Ottaskin der Wellenstürmer hier ihre Heimat gefunden. Das Leben auf dem kargen Eiland ist hart, annähernd alle Güter müssen per Schiff herangeschafft werden. Einzig Eier, Fleisch und Dünger von Seevögeln gibt es im Überfluss. Mit der

Wahl von Hallar Jorason zum ersten Jarl in der Geschichte der Südlichen Olportsteine wurde Orkin Jarlssitz. Hallar müht sich redlich, von Swafnirsheim aus die Anliegen aller Hetleute und Hersire zu verwalten und Streitigkeiten auf den Inseln zu schlichten.

»Hüte dich vor dem nebelumwobenen Skerdu, denn dort lauert der Tod in Gestalt der sagenumwobenen Tula. Große Zauberkraft ist diesem unheimlichen Weib zu eigen und schon manchem hat sie Verderben gebracht!«
—thorwalscher Aberglaube

Skerdu – das sagenumwobene Eiland und Heimstatt einer der berüchtigtsten Hexen Aventuriens, der ebenso schrecklichen wie Ehrfurcht gebietenden Tula und ihrer Gefolgsleute – bietet an sonnigen Tagen ein ganz harmloses Bild. Die felsige Insel scheint nicht anders als die anderen Inseln der Olportsteine zu sein, mit einem kleinen Fischerhafen an der geschützten Küste zum Festland. Wie anders aber präsentiert sich Skerdu, wenn dichter Nebel die graue See verhüllt und scheinbar Fabelgestalten in den Schwaden tanzen. Unheimlich und düster ragt die Insel wie eine uneinnehmbare Festung aus den Fluten empor. Dann befällt eine seltsam anmutende Verzagtheit alle, die sich dem Eiland nähern. Wenn dann noch leise eine dunkle Frauenstimme fremde Weisen anstimmt und ein dunkler Schatten lautlos durch den Nebel gleitet, dann weiß man: Die Hexe Tula ist auf Raubfahrt gegangen.
Es fällt dem Reisenden nicht leicht, auf Skerdu Freunde zu finden, denn die Bewohner des kleinen Fischerhafens Skerdûn zeigen sich alles andere als gastfreundlich. Man gibt sich schweigsam und zurückhaltend und lässt keinen Zweifel daran, dass man es vorzieht, unter sich zu bleiben. Am wenigsten schätzen die Skerdûner es, wenn jemand neugierige Fragen über die Hexe stellt. Man fürchtet und achtet die Zauberin, denn in ihrem Machtbereich droht den Skerdûnern keine Gefahr – es sei denn von ihr selbst. Man hat sich im Laufe der Jahre arrangiert, und Tula ist weise genug, die Bewohner der Insel ihr Leben leben zu lassen. Die Hexe indes, so heißt es, lebt zurückgezogen in ihrer Ottaskin in den unzugänglichen Klippen der Westküste. Niemand vermöge sie ohne ihre Zustimmung zu finden, denn mächtiges Zauberwerk schütze sie vor Eindringlingen. Ihre Gefolgsleute sollen ihr mit mehr als einem Blutschwur verbunden sein, und sie schlage jeden, der sich ihr leichtfertig nähert, in ihren Bann. In jedem Jahr zur Sonnenwende hole sie sich einen stattlichen Jüngling oder eine lebensfrohe Maid, um sie ihren Götzen zu opfern. Doch sagt man ihr auch große Weisheit nach und weiß genau, dass ihre Orakelsprüche niemals fehl gingen. Die mächtige Tula, die man auch Herrin der Hexen des Norden nennt, ist gefürchtet in den schwarzen Reichen des Südens, denn sie hat sich dem Kampf gegen Al'Anfa, Mengbilla und Brabak verschrieben (siehe auch S. 169).
Im Schatten Skerdus liegen die Inseln **Dibrek** und **Metak**. Von Metak weiß man, dass dort einst Fischer und Hirten gesiedelt haben, die aber fliehen mussten, als Friedlose das Eiland zu ihrem Heim erkoren. Diese wurden im Jahre 1024 BF (2651 JL) nach einigen Gefechten erfolgreich vertrieben, und die Insel ist seither verwaist. Auch Dibrek, eine der größten Inseln der Olportsteine, war einst ein berüchtigter Schlupfwinkel der Piraten, bis einige Ottajaskos aus Prem dem Unwesen in blutigem Kampf ein Ende bereiteten. Auf **Holmotta** leben noch heute Nachfahren der Befreier, dazu eine Hand voll Familien auf einsamen Höfen. Ist das Klima auf Dibrek noch leidlich erträglich, gibt einem der Wind einen Vorgeschmack auf die raue Witterung in den Nördlichen Olportsteinen. Wütend bläst Efferds Atem dem Reisenden von Ifirns Ozean in Gesicht, nicht scherzhaft und herausfordernd, wie die fröhlichen Windschwestern im Süden, sondern hart und unbarmherzig.

Die Horaskaiserlich Privilegierte Nordmeer-Compagnie (HPNC)

Historie: Im Zuge des Krieges zwischen dem Horasreich und Thorwal nahm Admiral Rubec von Chetoba 1023 BF die Nördlichen Olportsteine als *Horasisch Firunsmeer* für die Horaskrone in Besitz (siehe S. 14). Da der Vinsalter Krone das militärische und finanzielle Risiko zu hoch war, wurde am 1. Praios 1024 BF in Grangor und Vinsalt die Horaskaiserlich Privilegierte Nordmeer-Compagnie (HPNC) gegründet, ein Zusammenschluss vermögender horasischer Handelshäuser. Der HPNC wurde das Privileg, exklusiv sämtlichen Handel nördlich von Salza abzuwickeln, und weit reichende Befugnisse zur Verwaltung der Kolonien verliehen. Diese gingen sogar so weit, dass die HPNC in den ihr unterstellten Gebieten Steuern einnehmen und lokale Vertreter einsetzen konnte. Zur Sicherung der Handelsaktivitäten konnte die HPNC Schiffe und Truppen der Adlerflotte günstig anheuern. Unter dem Kommando von *Prinz Ralman von Firdayon-Bethana* wurden militärische Erfolge zur See zu erringen und die Position der HPNC auf den Nördlichen Olportsteinen gefestigt.
Diese Zeit der Allmacht ist für die Compagnie jedoch vorbei. Denn im Zuge des Friedensvertrages zwischen dem Horasreich und Thorwal, wurde der rechtliche Status der HPNC endgültig geklärt: Die bisher unter horasischer Herrschaft stehenden Nördlichen Olportsteine gingen wieder in den Besitz der Thorwaler über, die Niederlassungen der HPNC sollen auf 99 Jahre unangetastet bleiben. Man gewährte ihr Handels- und Zollprivilegien für die thorwalschen Gebiete. Für die militärische Sicherung der Konvois ist die HPNC selber verantwortlich, die Schiffe der Adlerflotte stehen nicht länger zur Verfügung. Auch darf die HPNC nicht länger Kaperbriefe für die thorwalschen Gewässer ausstellen.
Verbreitung: Der Hauptsitz der HPNC ist Grangor, weitere horasische Kontore befinden sich in Bethana, Farsid, Nervuk, Nevorten, Ruthor, Selshed und Sewamund. Außerhalb des Horasreiches hat die HPNC ihre Stützpunkte auf Gandar mit dem festungsartigen Kontor Neu-Goldenhelm (Fischfang, Umschlag von Waren), Salza (Holzhandel), Riva (Umschlag von Bornland-Waren und Pelzhandel) sowie in Narvasholm und Leskari (beides Niederlassungen von Pelzjägern). Die HPNC plant ein weiteres Kontor in der Stadt Thorwal, wodurch sich die Konkurrenz zu Stoerrebrandt verschärfen würde.
Wichtige Personen: Das in Grangor residierende HPNC-Directorium (bestehend aus dem General-Director Alricilian Sandfort, der ersten Vice-Directorin Usvina Liegerfeld und dem zweiten Vice-Director Bran Fondolo aus Bethana) hat bisher keinen Fuß auf thorwalschen Boden gesetzt, man überlässt die Geschäfte den örtlichen Vertretern (siehe auch die Personenbeschreibung von Rasquirio della Gandar und Selchion von Sewamund auf S. 174).
Beziehungen: hinlänglich
Finanzkraft: groß
Verwendung im Spiel: Die HPNC benötigt für die Durchsetzung ihrer Ziele oftmals wagemutige Abenteurer, beispielsweise als Begleitung eines Handelszuges, denn obwohl der Friedensvertrag geschlossen ist, heißt das noch lange nicht, dass der Seeweg zwischen Thorwal und Grangor sicher ist. Die Thorwaler hegen wegen des Krieges immer noch einen Groll gegenüber den Horasiern, so dass die HPNC – vor allem bei Aufgaben auf dem Festland – gerne auf die Hilfe von Nicht-Horasiern zurückgreift. Außerdem besteht immer wieder Bedarf, die Pelzjägerniederlassungen zu kontrollieren und/oder zu schützen. Und es versteht sich von selbst, dass die horasische Krone geheime Unternehmungen gerne unter dem Deckmantel der HPNC durchführt.

Die Nördlichen Olportsteine

Ungezählte Gerüchte und Erzählungen ranken sich um **Berik**, von Geistern, Magiern und anderem Zaubergesindel ist die Rede. Wohl stimmt es, dass die Insel, die von rauen, von Riffen gespickten Gewässern umgeben ist, einigen Eremiten als Heimstatt dient, doch ob es sich in der Tat um finstere Schwarzmagier, gewissenlose Druiden und düstere Kultisten handelt, weiß niemand mit Bestimmtheit zu sagen. Zumindest würde kein Thorwaler bei Verstand freiwillig seinen Fuß auf die Insel setzen.

Gandar war einst eine Hochburg der Friedlosen, ein gefürchtetes Piratennest und Zufluchtsort für allerlei zwielichtiges Gesindel. Dies fand im Jahre 1023 BF (2650 JL) ein jähes Ende, als die Horasier die Insel in Besitz nahmen. Bestimmender Machtfaktor auf Gandar ist die HPNC (siehe Kasten Seite 75). Die Handelsniederlassung der horasischen Kaufleute prosperiert, zumal etliche Privilegien für die HPNC Bestandteil des Friedensvertrages zwischen Thorwal und dem Horasreich sind. Die Insel hat sich seitdem zu einem wichtigen Handelsplatz für Waren aus dem hohen Norden und dem Golf von Riva entwickelt.

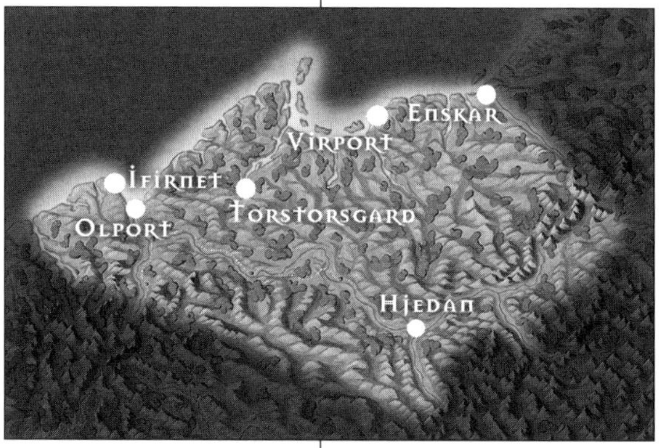

Heute leben nur noch wenige der ehemaligen Bewohner Gandars auf der Insel. Man hat sich wohl oder übel mit den Besatzern arrangiert und allmählich profitiert man sogar davon. Da ist es den meisten Gandarern gleich, dass die übrigen Thorwaler sie abfällig als 'Perücken-Puderer' bezeichnen. Man hat sogar hingenommen, dass die größte Siedlung der Insel, Goldsholmr, die beim Angriff der Horasier schwer in Mitleidenschaft gezogen worden war, in Neu-Goldenhelm umbenannt worden ist, auch wenn dies geflissentlich ignoriert wird.

Das Gold der Horasier hat allerlei Söldlinge, Glücksritter und Gesindel in den Norden gezogen. Gerüchte über angebliche Goldfunde auf den Nördlichen Olportsteinen haben ein Übriges getan, so dass heute wieder mehr als 700 Menschen auf Gandar leben. Auch wenn sein Name anderes nahe legen mag, handelt es sich bei *Rasquirio della Gandar*, dem ehemaligen horasischen Gouverneur der Insel, um einen waschechten Thorwaler, der sich den Gepflogenheiten der neuen Herren gebeugt hat (siehe S. 174).

Als Bestandteil des Friedensvertrags wurden einige Rekker der Hjalskari nach Goldsholmr entsandt, zum einen, um dort für Ordnung zu sorgen, zum anderen, um deutlich zu machen, dass Gandar zu Thorwal gehört. Ihr Langschiff steht unter dem Kommando von Hjalka Oddasdottir, die als Vertreterin von Jurga Trondesdottir zugleich die Funktion einer Jarlin einnimmt, bis endgültig entschieden ist, ob die nördlichen Inseln mit den südlichen zu einem Jarltum zusammengefasst werden oder ein eigenes Jarltum bilden sollen.

Trotz der Präsenz der Hjalskari haben sich nach dem Friedensschluss zwischen Horasreich und Thorwal wieder Friedlose in diesem Archipel angesiedelt, insbesondere auf **Narken, Aso** und **Serreka**.

Hoch im Norden liegen die Inseln **Adrak, Dirad** und **Karkis**. Das Leben hier ist alles andere als leicht, denn die Böden sind karg und nur von dünner Krume bedeckt, so dass allein die Fischerei ein kümmerliches Auskommen verspricht. Dennoch hat es in den letzten Jahren etliche hierher gezogen, flüchtige Piraten und Friedlose von Gandar und den anderen Inseln, die sich erhofften, der Knechtschaft durch die verhassten Horasier zu entgehen. Ob diese Siedlungen die nächsten Winter überstehen werden, ist ungewiss.

Indirk ist eine schroffe Felseninsel, die von vulkanischer Aktivität geprägt ist. Giftige Dämpfe und Feuerschlünde machen das Eiland so lebensfeindlich, dass nicht einmal Seevögel hier brüten.

Nordthorwal

Zu Nordthorwal zählen die Jarltümer Nadermund, Nadergard, Ifirnsgard und die Stadt Olport.

Geographische Grenzen: im Norden die Küste zu Ifirns Ozean, im Osten der Thivor, im Süden die Große Olochtai und das Jarltum Waskir, im Westen die Ausläufer der Grauen Berge und die Nordseite des Fjords von Uddajahl

Landschaften: Kreidefelsen und Fjordlandschaft an der Küste, das fruchtbare Naderland, Seen und Moore um Svegan, Waldgebiete im Hinterland (überwiegend Nadelwald), heiße Quellen und Geysire

Gebirge: ausgeprägte Hügelketten; Ausläufer der Großen Olochtai und der Grauen Berge

Gewässer: Nader, Thivor, die Sveganer Seen, einige Wasserfälle bei Zuflüssen zum Nader

Wichtige Städte und Dörfer: Olport (2.700), Enskar (800), Torstorsgard (720), Hjedan (510), Virport (420), Ifirnet (360)

Wichtige Verkehrswege / Handelsrouten: Graubjergener Höhenweg durch die Grauen Berge (Olport-Waskir), Nadersteig (Olport–Hjedan), beides sehr schlechte Routen; Nader für Schiffe mit geringem Tiefgang schiffbar, Umsetzstelle bei Nadrafall

Bevölkerung: Thorwaler, Nivesen (ca.10 %), Norbarden (ca. 8 %), Elfen (1 %)

Sozialstruktur / Regierung: Jarl Arnfinn Hardredsson (Jarltum Nadermund), Jarlin Grima Baerhildsdottir (Jarltum Nadergard), Jarl Ture Vandrason (Jarltum Ifirnsgard), Hetmann vom Nader: Torgal Raskirsson (Olport)

Einflussreiche Sippen / Ottajaskos: Runajasko, Sturmsegler-Ottajasko, Hammerfaust-Ottajasko

Lokale Helden / Heilige / mysteriöse Gestalten: Haldrunir Windweiser, Hetmann der Runajasko; Ifirniane Raskirsdottir, Ifirn-Geweihte; Jurga Tjalfsdottir, führte die Hjaldinger nach Aventurien; Hyggelik der Große, legendärer Pirat; Torgal Hammerfaust, berühmter Söldnerkapitän; Hetmann Faenwulf, tragische Sagengestalt; der Baumwächter Drugdamander und sein Gefolge; die Quellnymphe Lialin, der Elementar Uldavir

Magie: Hexen, Druiden, Runajasko zu Olport, nivesische und orkische Schamanen

Wundersame Örtlichkeiten: Nadergard: Sveganer Seen und Moore; Hardangerfall, sagenumwobener Ort; Ifirnsgard: Hjaldingort Ifirns Strand; Olport: Efferdpfeiler, Runajasko, der Uldavir-Geysir ist die größte heiße Springquelle in Thorwal.

»So konnte ich endlich dieses trostlose Dorf hinter mir lassen und im Tausch gegen eines meiner schönen Bärenfelle eine Passage nach Olport bekommen. Meine beiden Begleiter an Bord des kleinen Handelsschiffes, wild aussehende Männer von gewaltiger Größe und mit beeindruckenden Kräften gesegnet, waren zwar nicht viel umgänglicher als die Hjedaner, dafür aber von einer gewissen Lebhaftigkeit erfüllt. (...)

Vorbei ging es an den Sveganer Seen und ihrem morastigen Umland. Das weite Tal des Nader ist wohl als fruchtbarster Landstrich im Norden Thorwals zu bezeichnen. Der Großen Olochtai entsprungen, eingebettet von Hügelketten, die von dichten Nadelwäldern bestanden sind, schlängelt sich der Fluss hinab bis zu seiner Mündung zwischen den Kreideklippen Olports.

Es leben nur wenige Menschen abseits des lebensspendenden Nader in den kargen Gegenden Nordthorwals. Die meisten haben sich in den Weilern

Hjedan, Svegan, Nadorp sowie in Nadrafall niedergelassen, hüten ihre Mähnenschafe auf den Weiden oder bauen Dinkel auf ihren Äckern an, sofern das Wasser nicht über die Ufer tritt. Ein guter Teil des Korns wird nach Olport verkauft (...), wo auch wir nach unserer dreitägigen Reise schließlich angelangten (...).«

—aus einem Reisebericht des bornischen Pelz- und Bersteinhändlers Bearow Sjepensen, 1005 BF

In den dünn besiedelten Jarltümern Nordthorwals leben eigenbrötlerische Menschen. Das raue Land mit seiner von Fjorden zerfurchten Steilküste und dem von Nadelwald geprägten hügeligen Hinterland hat die Menschen hart, verbissen, aber auch fleißig und genügsam werden lassen. Im Winter ist das Land häufig für mehr als vier Monate von Eis und Schnee bedeckt, und der Frost ist so streng, dass selbst Bäche und Wasserfälle zu Eis gefrieren: den so genannten Firunsbärten. Auch viele Nivesen und Norbarden nennen Nordthorwal ihre Heimat, ihr Einfluss ist unübersehbar.

Ein besonderes Schauspiel bietet sich im Norden während der kurzen Sommermonate von Rahja bis Rondra (Vinmond bis Kornmond). Es ist, als ob in dieser kurzen Zeit alles Leben auf einmal erwacht. Sämtliche Gewächse treiben kurz nach den ersten Sonnentagen Blätter und Blüten, die kargen Landschaften sind mit einem Mal von einem Blütenteppich bedeckt, und selbst die grauen Flechten tragen ihr rotes, grünes oder goldenes Prachtkleid. Die Wildtiere nutzen diese Zeit, ihre Jungen großzuziehen, und in den Wäldern sprießen Wildkräuter und -blumen mit ungezügelter Kraft, als wüssten sie, dass die Wärme allzu bald beißender Kälte weichen wird.

Die Nordthorwaler blicken voller Stolz auf eine lange Geschichte zurück und ehren die überlieferten Traditionen. Viele berufen sich auf Blutlinien, die bis in die Zeit der Besiedlung des unwirtlichen Landes vor über zweieinhalb Jahrtausenden zurückreichen sollen. Besonders im Hinterland gelten die Hetleute als unumschränkte Herrscher ihrer Ottajasko. Der Vers aus dem Jurga-Lied *»solang ihr Haupt solche Bürde kann tragen«* wird so verstanden, dass erst, wenn ein Hetmann zu Swafnir gegangen ist, sein Nachfolger gewählt werden darf. Zudem sind die Hetleute bemüht, ihren Einfluss auf die umliegenden Höfe oder benachbarte Dörfer auszudehnen und ihre Position zu stärken: Was haben Bauer und Hirte auch schon einer kampferprobten Schiffsbesatzung entgegenzusetzen? Das führt dazu, dass fast alle Dörfer von Ottajaskos dominiert werden, außerdem wechseln Grund und Boden in Folge dieser Streitigkeiten weit häufiger ihren Besitzer als in anderen Regionen Thorwals.

Man weiß sich seiner Haut zu erwehren, denn nicht nur wilde Tiere sind eine Bedrohung: Überfälle der Gjalskerländer oder vereinzelter Orkbanden aus der Olochtai stellen im Grenzgebiet eine ständige Gefahr dar. Viele Thorwaler aus dieser Region dienen in verschiedenen Jarlskaris – und in der Hjalskari.

Der Haupterwerb der Küstenbewohner ist der Fischfang, gibt es doch an der gesamten Küste große Schwärme von Olportheringen, Seelachs und Prembutt. Auch andere Efferdsgaben wie die Eisenkrabben gibt es in großer Zahl. Eine besondere Spezialität ist der begehrte Flusskrebs, der im Nader und im Thivor im Sommer zur frühen Morgenstunde gefangen werden kann.

Korn gedeiht hier im Norden allgemein eher schlecht, einzig im Nadertal stehen Dinkel und Emmer auf den Feldern und versorgen mit vergleichsweise mäßigen Erträgen hauptsächlich die Stadt Olport. Es handelt sich um eine begehrte, lebensnotwendige Ware für die Bewohner der Stadt und verschafft den Bauern am Flusslauf den Reichtum eines gesicherten Lebens, was in diesen Landen keinesfalls selbstverständlich ist. Im Hinterland besitzt vor allem die Schafzucht eine große Bedeutung. Alljährlich finden Schafschurfeste statt, zu denen Schafzüchter ihre Tiere treiben. Die Schafswolle und das Leder werden in den langen Wintermonden zu Kleidungstücken von weit gerühmter Qualität weiterverarbeitet. Für den Bau der auf allen Meeren gefürchteten Drachenschiffe schlägt man hier vor allem Föhren und Kiefern und transportiert sie zu den Schiffsbauplätzen.

Herz der Region ist die Hafenstadt Olport. Dorthin bringen die Einwohner Nordthorwals alle Waren und Rohstoffe, darunter auch einen Teil des Eisenerzes aus den Grauen Bergen und das Grassoden-Erz aus den Jarltümern Nadergard und Ifirnsgard, das in den Olporter Schmiedewerkstätten verhüttet und verarbeitet wird.

Es gibt lediglich zwei erwähnenswerte Wege, die die Weiler des Landes verbinden, deren Qualität allerdings zu wünschen übrig lässt. Namentlich sind dies der *Nadersteig*, der sich von Olport das Nadertal hinunter bis nach Hjedan schlängelt, und der *Höhlenweg* durch die Grauen Berge, der ebenfalls in Olport beginnt. Beide sind nur im Sommer passierbar. An eine Reise über die Gebirgssteige und -pässe der Grauen Berge nach Alderbjerg und von dort aus weiter nach Muryt und Waskir ist zur kalten Jahreszeit nicht zu denken. Der Handel im Hinterland wird vor allem von Norbarden abgewickelt, die mit ihren Kutschen und Schlitten von Weiler zu Weiler ziehen.

Ein malerisches Bild bietet die Küste Nordthorwals: Die gewaltigen, strahlend weißen Kreideklippen zwischen Olport und dem Gjalskerland sind ein Wahrzeichen dieser Region. Bemerkenswert sind vor allem der Efferdpfeiler vor Olport (siehe S. 183) und Ifirns Strand, ein von Kreidefelsen umschlossener Sandplatz, an dem die Ifirnsgarder ihr Herbst-Hjalding abhalten. Einer Saga nach ist dem legendären Hetmann Hyggelik an diesem Ort der Schwanendelphin, ein heiliges Tier der Ifirn, erschienen.

In den tiefen Fjorden gibt es reiche Fischvorkommen, die schon die ersten Hjaldinger anlockten, die hier **Torstorsgard** gründeten, die zweitälteste Siedlung Thorwals. Benannt ist die kleine, gut befestigte Stadt im Aurlandfjord östlich von Olport nach ihrem Gründer, Torstor Gudmundursson, dem Steuermann Jurgas. Bekannt ist der Ort für seinen braunen Ziegenkäse, der nach Karamell schmeckt.

Der Uldavir-Geysir nördlich von Olport ist die größte heiße Springquelle Thorwals und Wohnstatt des gleichnamigen Elementargeists. Dichte Nebelschwaden umwabern den zerklüfteten Felsgrund, dem die Quelle entspringt, die mal beißend scharf und mal belebend frisch riechen, je nach Stimmung des Elementars, wie man sagt. Der Springquell zeigt sich recht regelmäßig drei Mal im Laufe des Tages und schießt stolze zwanzig Schritt empor. Uldavir gilt als freundlicher Vertreter seiner Art, der sich der Bitte eines Ratsuchenden nicht verschließt, wenn sein Anliegen nur ehrlich ist und mit der gebotenen Achtung vorgetragen wird.

Entlang der Nader erstrecken sich tiefe Wälder, lichte Auenwälder in der Nähe des Ufers, mit Birken, Eschen, Buchen und Ulmen, die zunehmend dichter und dunkler werden, je tiefer man sich vorwagt. Hier und da gluckern Bäche empor oder fließen zu flachen Teichen zusammen, über denen Libellen schwirren. Von den Kronen uralter Eichen und Buchen hängen dichte Bartflechten und Misteln. Manche dieser Bäume wachsen seltsam gewunden und verdreht, man nennt die knorrigen Gestalten auch Trollbuchen. Dichtes Moos dämpft die Schritte. Gesträuch und Farne, die bis zu mehreren Schritt hoch wachsen, verwehren den Blick und machen das Gelände schwer zu durchwandern.

Im Herzen des Waldes stehen mächtige Trondetannen, Kiefern und Firunsföhren, vor Hunderten von Jahren aus Zapfen gesprossen. Auf felsigem Grund vermögen nur Föhren zu wurzeln; ihr knorriges Wurzelwerk klammert sich oft meterlang an die Steine. Kaum ein Lichtstrahl durchdringt das dichte Nadelkleid der düsteren Riesen, und die trockenen Nadeln längst vergangener Baumgenerationen liegen in manchen Senken übermannshoch. Im Zwielicht gedeihen große kugelförmige Pilze, Hexeneier, die bei der leisesten Berührung zerplatzen und ihre unheilvollen, giftigen Sporen verschleudern. An manchen Stellen liegt ein modriger Hauch in der Luft und auf den schrundigen Rinden wachsen Flechten und Pilze, die ein ungutes, gedämpftes Licht verströmen. Spinnennetze spannen sich zwischen den Baumriesen. Aber auch heilsbringende Plätze sind in den Tiefen des Waldes verborgen, wie die verwunschene Quelle der Lialin. Die mystischen Urwälder stehen unter dem Schutz einer uralten Wesenheit, dem Drugdamander, mit seinem Gefolge, den *Myrkalfen*.

Der Nader entspringt in den hohen Bergen der Großen Olochtai, die das Land der Thorwaler vom Orkland abgrenzt. An einem der Zuflüsse befindet sich der mythische Hardangerfall, ein Wasserfall, der nur wenigen Alten der umliegenden Höfe bekannt ist. Einer Saga nach soll dort ein großer Piratenschatz versteckt liegen, der von geheimnisvollen Wasserfeen bewacht wird. Man erzählt sich, dass derjenige die Gabe erlange, in die Zukunft zu sehen, dem es gelänge, den Wasserfall hinaufzuschwimmen, was angesichts des schroffen und hohen Felssturzes unmöglich erscheint.

Das morastige Seengebiet bei dem kleinen Örtchen **Svegan** wirkt im Sommer, von aufdringlichen Stechmücken und Orkbremsen einmal abgesehen, recht idyllisch. Bei starken Regenfällen wird das Land jedoch stark aufgeweicht und es fällt dem, der nicht ortskundig ist, schwer, einen sicheren Weg durch den tückischen Sumpf zu finden. Die dichten Nebel im Frühjahr und Herbst, die sich oft Tage über das Land legen, sind Anlass für eine Vielzahl von Geistergeschichten, wie der Aberglaube überhaupt besonders ausgeprägt ist: Es gibt in der Umgebung niemanden, der nicht schon einmal 'etwas Grauenhaftes im Moor gesehen hat' oder von Hexenwesen, verschrobenen alten Waldmännern, listigen Kobolden und borkigen Schraten zu erzählen weiß.

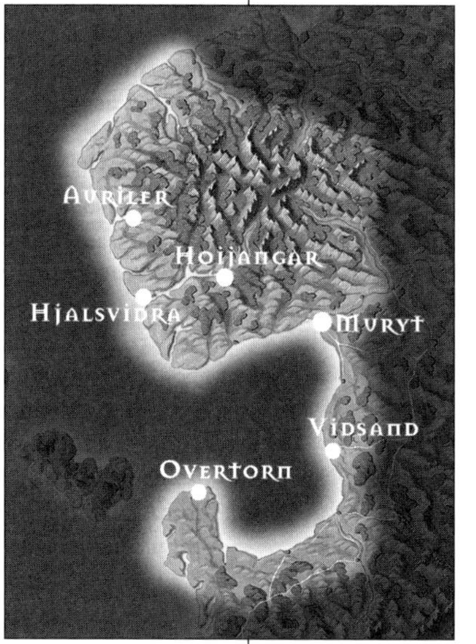

Die Sveganer Sitte, die Verstorbenen im Moor zu bestatten, zeitigt eine überaus unangenehme Folge: Die Moorleichen locken Ghule an, die sich an ihren Überresten gütlich tun und zu einer rechten Plage werden können (siehe auch S. 182). In der Abgeschiedenheit des Moores haben Druiden und Töchter Satuarias eine Heimstatt gefunden, wo sie in Frieden ihrem Glauben folgen können.

Ifirn genießt besondere Verehrung, ist doch ein jeder über die langen Wintermonate auf ihre Fürsprache angewiesen. Zudem werden ihr viele Aspekte Travias zugeordnet. **Ifirnet**, eine traditionsreiche Siedlung bei Olport, hat Ifirn zu ihrer Schutzgöttin erkoren.

Die besonders grimmigen Bewohner der Gegend um **Hjedan** stellen eine Besonderheit dar, wird hier doch wie in keiner anderen thorwalschen Region der kalte Herr Firun verehrt, was auf die erste Besiedlungszeit des Landes zurückgehen soll. Er ist der Gott, der das harte Leben in einer der abgelegensten thorwalschen Regionen wie kein anderer für die Einwohner symbolisiert: Nur die Stärksten überleben, Schwache schädigen die Gemeinschaft. Travias Gebote zählen hier fast nichts. Die Einwohner bestreiten sogar aufs Heftigste, dass es überhaupt eine Göttin Travia gibt. Es heißt, sie diene den Verweichlichten nur als Ausrede für ihre Schwäche gegen sich selbst und andere. Die Norhildsson-Ottajasko, die mehrere Generationen die Region beherrschte, wurde vor wenigen Jahren in einer Blutfehde ausgelöscht. Hersir Thorwald Thorwaldsson von der Faenwulf-Sippe lässt sich nur selten auf den regionalen Hjaldings sehen. Wenn er mit seinen Leuten auftaucht, dann kommt es allerdings mit Sicherheit zum Streit. Unter den Jugendlichen der anderen Regionen gilt es als Mutprobe, ein Mitglied der Faenwulf-Sippe zu einem Wettstreit herauszufordern.

Die Nordthorwaler kennen eine Vielzahl von Schutzgeistern, Halbgöttern und Helden, die von Fall zu Fall angerufen werden. So wendet man sich beispielsweise an Hönir, einen außerordentlich alten und weisen Wal aus dem Gefolge Swafnirs, um Erleuchtung bei einem besonders schwierigen Rätsel oder Streitfall zu erlangen.

Von den zahlreichen regionalen Feiertagen ist 'Ifirns Dank' auch über die Grenzen des Jarltums hinaus bekannt geworden. Der Tag wird am ersten Sonnentag im Phex (Friskenmond) begangen, wenn Ifirn das Herz ihres gestrengen Vaters erweichen konnte und die kalte Jahreszeit ihr Ende findet.

Region Nordwestthorwal

Geographische Grenzen: Die Nordostgrenze verläuft am Hjölmr-Fjord und den Grauen Bergen entlang zum Waskirer Hochland, von diesem südlich bis zu den Hjaldorbergen, die die natürliche Südgrenze bilden.

Landschaften: Steilklippen und Fjordlandschaft bei den Grauen Bergen, sanft auslaufende Hügellandschaft am Golf. Nur wenige karge Felder, in den Grauen Bergen düstere Nadelwälder und zahlreiche Wasserfälle, Sumpf- und Moorlandschaft bei Vidsand und an der Grenze zum Waskirer Hochland

Gebirge: die Grauen Berge mit ausgeprägten Hügelketten

Gewässer: Thinal, Aldiar, Merek, Thossel, Vidsander Seen

Wichtige Städte und Dörfer: Hjalsvidra (300), Hoijangar (850), Auriler (720), Muryt (1.300), Vidsand (420), Overthorn (bis 800 im Sommer, 350 im Winter)

Wichtige Verkehrswege / Handelsrouten: Graubjergener Höhenweg durch die Grauen Berge (Olport–Waskir), miserable Route; Binnenschifffahrt auf dem Merek

Bevölkerung: Thorwaler, Norbarden (ca. 6 %), Zwerge (1 %), Svellttländer und Albernier (1 %)

Magie: wenige Druiden

Sozialstruktur / Regierung: Jarlin Firnlind Saehntilsdottir (Jarltum Graubjergen), Jarl Baerjan 'Runenhand' Hjaldarsson (Jarltum Njurunsgard – nördlicher Hjaldingolf), Jarlin Mardrekka Sveljanasdottir 'die Ruhige' (Jarltum Skjellsgrond – südlicher Hjaldingolf)

Einflussreiche Sippen / Ottajaskos: Branurg-Sippe, Hjörnen-Ottajasko, Blitzspötter-Ottajasko, Fjordzwinger-Ottajasko, Klippenzwinger-Ottajasko, Blutrochen-Ottajasko

Lokale Helden / Heilige / mysteriöse Gestalten: Brangarr Laefson, erbitterter Gegner von Tronde Torbensson, begleitete Phileasson auf der Güldenlandexpedition; Berit Grundisdottir, Saga-Heldin, die den Hjaldingolf durchschwamm; Brototaksch der Troll, selbsternannter Herr der Grauen Berge; Swafnan der Stille, Swafnir-Geweihter, der unter Einsatz seines Lebens eine Seuche beendete; Hjurrgat die Listige, erfolgreich im Kampf gegen die Sonnenlegionäre während der Priesterkaiserzeit

Wundersame Örtlichkeiten: Megalithgräber an der Steilküste Graubjergens, die geheimnisumwitterten Grauen Berge, die Vidsander Sümpfe

Gemeinsamkeiten der Regionen*

Nicht anders als in Nordthorwal ist das Leben auch im Nordwesten entbehrungsreich. Nur eine dünne Humusschicht bedeckt den Felsboden, so dass Land- und Viehwirtschaft auf kargen Äckern und Wiesen kaum die Ernährung sicherstellen können. Südlich von Cardhavn und dem *Vaedenoegsumpf* sind die Felder ertragreicher, was der Gegend einen vergleichsweise sicheren Broterwerb beschert. Man nährt sich hauptsächlich vom Fischfang, der Robbenjagd und der Torfstecherei. Sind die Winter jedoch hart und lang, was oft genug vorkommt, reichen die mageren Vorräte nicht aus. Not und Verzweiflung

---

* Die Region Nordwestthorwal besteht aus den genannten drei Jarltümern und den Orten Overthorn, Hjalsvidra und Hoijangar, die unmittelbar den Obersten Hetleuten unterstellt sind. Im Weiteren werden die beiden Jarltümer am Hjaldingolf jedoch zusammen beschrieben.

treiben die Menschen dann dazu, sich als Söldner oder als Arbeiter in einer der Minen zu verdingen. Ist auf lange Zeit keine Besserung zu erwarten, bleibt nur die Möglichkeit, die Heimat zu verlassen und auszuwandern.

Die Schürfrechte für die Minen liegen bei der zwergischen Branurg-Sippe, die die Oberaufsicht führt und die Erträge peinlichst genau kontrolliert: Wehe dem, der etwas abzuzweigen versucht. Unter den Minenarbeitern herrscht schlechte Stimmung. Niemand ist gerne hier, zumal die harte Arbeit nur ein leidliches Auskommen bringt. Die einfachen Arbeiter neiden den Zwergen ihren stattlichen Gewinn, von dem die Angroschim nur das Nötigste abgeben. Und sollte wieder einmal ein Stollen einstürzen und Bergarbeiter zu Tode kommen, dann könnte es geschehen, dass sich der aufgestaute Zorn seine Bahnen sucht. Zudem gibt es Gerüchte, dass die Sippe mitnichten den geforderten Anteil an das Jarltum abgibt, einen Beweis gibt es jedoch bislang nicht.

Man munkelt, dass die Zwerge in der *Sturbraehg-Grube* bei Alderbjerg auf weit Wertvolleres gestoßen seien als Eisenerz. Dort arbeiten ausschließlich Vertreter des Kleinen Volks, und Fremde sind nicht gern gesehen.

Nicht alle wollen sich in den zwergischen Minen plagen, weshalb manche Familien sich mit grimmem Stolz dazu bekennen, ihr Auskommen durch Überfälle zu bestreiten. Die knappen Vorräte des Nachbarn mögen gerade reichen, die eigene Sippe über den Winter zu bringen, für die unterlegene Sippe bringt so ein Überfall indes oft den Untergang.

Nachbarschaftlicher Zusammenhalt gilt hier weit weniger als sonst in Thorwal üblich. Die Überfälle sind oft der Ursprung – oder auch Ausdruck bereits bestehender – erbitterter Blutfehden, die nur selten auf einem Hjalding beigelegt werden können. Auch das Gastrecht wird hier weniger geachtet, und man begegnet Gästen mit größerem Argwohn, könnten diese sich doch als Angehörige einer feindlichen Familie entpuppen, die sich durch eine List Einlass verschaffen wollen – in den meisten anderen Gegenden des Landes ein schändlicher Frevel an Travias Gesetzen.

Sprichwörtlich ist die Feindschaft zwischen den Bewohnern der Grauen Berge und dem Hjaldingolf. Streitereien und handfeste Auseinandersetzungen sind nichts Ungewöhnliches, manche Sippe bzw. Ottajasko ist in einem solchen Streit vollständig ausgelöscht worden.

Die Grauen Berge

Schroff und abweisend präsentiert sich die Steilküste der Grauen Berge, die an ihrer höchsten Stelle über hundert Schritt aufragt. Tief reichen die Fjorde in die Flanken des gleichnamigen Gebirges hinein; an ihren grasbewachsenen Ufern zeigt sich die Landschaft etwas freundlicher, auch wenn felsige Flächen an vielen Stellen das Erdreich durchbrechen. Vor Urzeiten wurden hier Megalithgräber errichtet – angeblich von Trollen, von denen noch immer einige im Gebirge hausen. Die schroffen Ausläufer der Grauen Berge sind mit dichtem Nadelwald und Birkenhainen bewachsen. Die ganzjährig von Schnee und Eis bedeckten Gipfel und tiefen Schluchten sind noch so gut wie unerforscht, jedoch erzählen manche Sagas von Schätzen lange verstorbener Hetleute und von riesigen Drachenhorten, von dunklen Höhlenlabyrinthen und Trollburgen. Von denjenigen, die ins Gebirge aufbrachen, um ihr Glück zu suchen, kehrten bisher aber nur Wenige zurück.

Ein einziger Pfad durchquert das Gebirge an seinen östlichen Ausläufern: der selbst in den Sommermonaten kaum passierbare *Graubjergener Höhenweg*, der sich allzu oft auf dem steinigen Untergrund verliert und sich bisweilen in ein Labyrinth aus sich verzweigenden Pfaden zu verwandeln scheint. Manche Passagen kann man nur mit Seilen und Kletterhaken überwinden. Verirrte Wanderer können einzig hoffen, dass *Brototaksch der Troll* sich ihnen zeigt, der sich selbst zum Herrn der Grauen Berge ernannt hat. Er mag es zwar nicht, wenn Fremde in seinem Reich unterwegs sind, glücklicherweise je-

doch belässt der friedfertige Troll es in der Regel dabei, Verirrte auf den rechten Weg zurückzubringen. Dafür muss ihm allerdings stets ein Wunsch erfüllt werden, der mitunter sehr seltsam ausfallen kann.
Zu den bedeutenden Orten der Region zählt der am Thurgnarsfjord gelegene Jarlssitz **Auriler**. Hier befindet sich die einzige Mine der Region, deren Erträge die Thorwaler selbst verwerten. Jedes in den Fjord einlaufende Schiff wird von einem eigens dafür abgestellten Lurenbläser begrüßt. Das notorisch aufrührerische **Uddahjal** ist die Heimat von *Marada Gerasdottir*, die 1027 BF gegen Jurga bei der Wahl zur Obersten Hetfrau antrat und nur knapp unterlag. Ihr Vorgänger als Hetmann der *Hjörnen-Ottajasko* revoltierte offen gegen Tronde und wurde vor die Wahl gestellt, entweder in die Verbannung zu gehen oder sich der Güldenlandexpedition anzuschließen, was dieser dann auch mit einigen seiner Mannen tat. Die meisten Bewohner Uddahjals leben auf den weit verstreut liegenden Wehrhöfen.
Hoijangar und **Hjalsvidra** sind auf S. 107 näher beschrieben.

Hjaldingolf

Die Landschaft rings um den Hjaldingolf ist von flachen Küsten und Stränden geprägt. Im nördlichen Golf steigt das Land bis zu den Höhen der Grauen Berge jäh an, und nur hier findet sich eine Steilküste. Östlich verläuft das Hinterland zunächst hügelig, um dann ins Waskirer Hochland überzugehen. Die hoch aufragenden Hjaldorberge bilden eine natürliche Grenze zwischen Nord- und Südthorwal. Der Merek und die Thossel sind die einzigen schiffbaren Flüsse in dieser Region und als Transportwege von großer Bedeutung. Straßen oder befestigte Wege sind kaum vorhanden, man zieht es vor, Güter auf Kähnen quer über den Golf zu verschiffen.
Zu Ehren des Swafnir-Geweihten *Swafnan des Stillen* finden in den Auen des Merek an seinem Todestag 15. Travia (Schlachtmond) große Feiern statt. Als vor knapp zwanzig Jahren eine heimtückische Seuche eingeschleppt wurde, die große Teile der Bevölkerung hinraffte, soll Swafnan seinem Gott einen Handel angetragen haben, um den Preis seines Lebens die Seuche zu beenden. Der Walgott muss das Angebot wohl angenommen haben, denn der Geweihte war der nächste und letzte, der an der Krankheit starb.
Auch die Hjaldingolfer beten zu Natur- und Schutzgeistern, wenn auch in geringerem Maße als die Bewohner des angrenzenden Waskirer Hochlandes. Der Brauch, Berg- und Moorgeistern zu opfern, stammt noch von den ersten Siedlern. Durch die Jahrhunderte hindurch hat man gute Erfahrungen damit gemacht, so dass die Tradition aufrecht erhalten wurde.
Als besonders abergläubisch sind die Bewohner von **Cardhavn** und Umgebung verschrien, von denen es heißt, dass selbst gestandene Kämpfer wie ein Kind weinen, wenn sie ihren Glücksbringer verlieren. **Overthorn** (siehe S. 107) ist zumindest in den Sommermonaten der wichtigste Ort der Region, doch als größte Stadt am Golf ist **Muryt** von nahezu gleicher Bedeutung. Schon von weitem sind die hohen Speicherhäuser auszumachen, die nach albernischem Vorbild errichtet wurden. Nach dem großen Beben in Havena 671 BF (2298 JL) kamen viele Flüchtlinge in diese Region und insbesondere nach Muryt. Sie prägten den Ort nachhaltig, weshalb es beispielsweise einen Stadtrat und einen Efferd-Tempel gibt. Die wohlhabenden Händler nehmen für sich in Anspruch, die Geschicke der Stadt weitgehend zu bestimmen. Das Handelshaus Stoerrebrandt unterhält hier ebenso ein Kontor wie der albernische Händler Rastburger. Auch die ansonsten in Thorwal meist nur in großen Städten anzutreffenden Schenken und Gaststuben sind nicht aus dem Ort wegzudenken.
Muryt beherbergt etliche vortreffliche Schmieden (insbesondere für Waffen und Rüstungen), doch auch andere Handwerker hoher Kunstfertigkeit haben sich dort niedergelassen. Jüngst wurden die Kaianlagen erweitert und damit begonnen, die Palisade durch eine Steinmauer zu ersetzen, Zeichen des wachsenden Wohlstands. Nicht wenigen Sippen und Ottajaskos im traditionsbewussten nördlichen Thorwal ist dieser Ort, der sich so gar nicht ins typisch thorwalsche Bild fügen will, ein Dorn im Auge.
In **Vidsand** werden die neuen Lastschiffe vom Typ *Vidsandr* (siehe S. 113) gebaut, außerdem ist der Ort ein wichtiger Umschlagsplatz, von dem Vieh aus dem gesamten Hinterland nach Overthorn verschifft wird. Eine Spezialität des Ortes sind die leuchtend roten – für das Auge recht gewöhnungsbedürftigen – *Vidsander Mehlwürste*.
Gewarnt sei der Reisende vor dem Weg nach Tyldon, der sich bei Regenwetter vor allem beim *Rhoenikalihgsee* in eine tückische Schlammgrube verwandelt.

Waskirer Hochland

Geographische Grenzen: im Norden die nordthorwalsche Hügelebene, im Osten die Große Olochtai, im Süden die Hjaldorberge, im Westen die Jarltümer Njurunsgard und Skjellsgrond
Landschaften: Hügellandschaft und Gebirgszüge der Großen Olochtai, das Waskirer Hochmoor; Nadelwälder im Hinterland

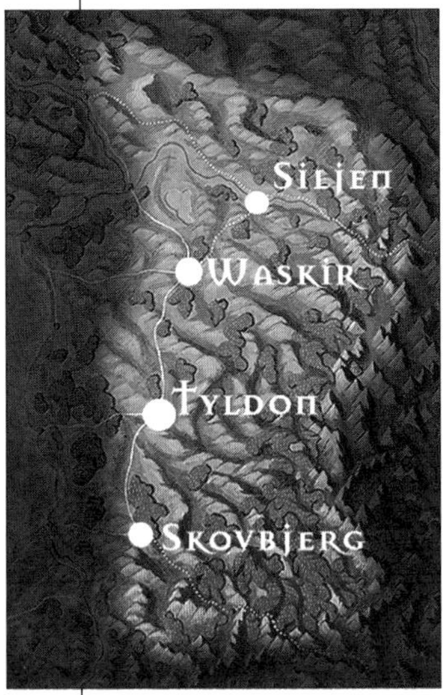

Gebirge: weitläufige Hügelketten, Ausläufer der Großen Olochtai und der Hjaldorberge
Gewässer: Merek, der Njurunsee
Wichtige Städte und Dörfer: Waskir (2.250), Skovbjerg (620), Tyldon (300), Siljen (250)
Wichtige Verkehrswege / Handelsrouten: Waskirer Pfad (Skovbjerg–Waskir); Hjaldorpass durch das gleichnamige Gebirge
Bevölkerung: Thorwaler, Nivesen (ca. 1 %), Norbarden (ca. 4 %), Orks (5 %)
Magie: wenige Druiden und Hexen sowie orkische Schamanen
Sozialstruktur / Regierung: Hetfrau vom Merek Anhild Iransdottir (Waskir), Jarl Lärk Reonson (Jarltum Vaskr Höjland), Jarl Fjörri Arnwulfson (Jarltum Sydhöjland)
Einflussreiche Sippen / Ottajaskos: Farseesson-Ottajasko (Waskir), Nunnur-Sippe (Waskir), Kywilde-Ottajasko (Tyldon), Osfroth-Sippe (Skovbjerg)
Lokale Helden / Heilige / mysteriöse Gestalten: Fänwulf Oriksson, lebende Legende, beschwichtigte das Seufzermoos; Breghir Jörnsson, wehrte vor Jahrhunderten einen Orküberfall ab; Kirelva Rodirsdottir, erforschte Wälder, verschwand im Skovbjerger Forst.
Wundersame Örtlichkeiten: Waskirer Gräberfeld (siehe S. 103), Njurunsee, Seufzermoos, Skovbjerger Forst, orkisches Massengrab in Orkgard mit Geistererscheinungen

Dieses wilde und urtümliche Land wird von endlosen Hügellandschaften geprägt, die schroffer und steiler ansteigen, je weiter man sich nach Osten bewegt, bis sie endlich in die Berge der Großen Olochtai übergehen. Auch im Süden begrenzen karstige Berge die Region, wo sich die ganzjährig schneebedeckten Hjaldorberge auftürmen.
Einst war das Waskirer Hochland ein waldreiches Gebiet, doch wurden weite Flächen – insbesondere die Landschaft nördlich des Merek und um Waskir herum – im Laufe der Zeit abgeholzt, die Wälder wichen einer kargen Heidelandschaft. Nur eine von Menschenhand geschaffene Straße durchquert diese Ödnis: der Waskirer Pfad, ein relativ guter Karrenweg, der von Skovbjerg nach Waskir führt. Dort gabelt sich die Straße zu zwei schmalen Wegen, von denen der eine, kaum schlechter, aber schmaler, weiter bis nach Alderbjerg führt, wäh-

rend der andere Abzweig als moosüberwachsener Bohlenweg durch das *Waskirer Hochmoor* bis nach Siljen geht. Ein überaus schlechter Stichweg führt als Knüppeldamm zu dem Verbindungsweg Cardhavn–Muryt nach Westen.
Das Waskirer Hochland ist eine rückständige Region. Die rauen Bedingungen lassen die Menschen eng zusammenrücken, so dass es nur im Hochland einige weit verstreute Gehöfte gibt. Die wenigen Ortschaften sind von palisadengekrönten Erdwällen geschützt.
In **Tyldon** weiden auf den weiten hügeligen Wiesen langhaarige Thorwaler Bergbraune, aus deren Milch der schmackhafte *Hochkäs* gewonnen wird. Die *Kywilde*-Ottajasko wacht eifersüchtig über das Geheimnis der Käseherstellung, durch die sie zu Reichtum gelangt ist. Überzählige Tiere treibt man alljährlich zum Verkauf nach Waskir und in den Sommermonaten auch nach Vidsand, um sie dort nach Overthorn verschiffen zu lassen. Der Weg nach Vidsand ist in so schlechtem Zustand, dass er nur in den trockenen Sommermonaten begehbar ist, denn sobald im Spätherbst der Regen fällt, haben selbst robuste Packtiere Schwierigkeiten, die Schlammpiste zu passieren.
In **Skovbjerg** huldigt man Swafnir als einer Art Windgott und den Svanjars aus Waskir (siehe S. 40). Allerdings verehrt man sie hier als Schutzheilige und Beistand gegen den schrecklichen *Quarawarnach* (ein Wind- und Waldgeist). Das traditionelle, in den Frühlings- und Herbstmonaten stattfindende *Skovbjerger Marktfest* zieht eine Menge Gäste und Händler aus den umliegenden Orten an. Der Sommermarkt indes wurde aufgegeben, da die meisten Händler dem Markt in Overthorn (siehe S. 107) den Vorzug gaben.
Ein besonderer Stellenwert kommt dem Ort **Orkgard** zu (der auch als Orkanger bekannt ist). Ursprünglich eine Siedlungsstätte der Orks, verdankt der Flecken seinen Namen einer Begebenheit vor etlichen Jahrhunderten, als thorwalsche Siedler mit einem Teil der Orks in Streit gerieten und diese in einer blutigen Schlacht besiegten. Die vielen gefallenen Schwarzpelze verscharrte man in großen Gruben, die überlebenden unterwarfen sich den Menschen und siedelten in ihrer Nachbarschaft. Heute ist ihre Zahl etwa gleich groß wie die der thorwalschen Einwohnerschaft. Das Gerücht, dass die Ork-Gräber verflucht seien, hält sich hartnäckig, vor allem, weil ein orkischer Schamane zu bestimmten Mondzyklen seine Rituale zelebriert. Die Bewohner Orkgards leben hauptsächlich von der Jagd und dem Holzeinschlag. Außerdem bieten sie sich als Geleitschutz für Reisende an, die in den Sommermonaten den schwierigen Hjaldorpass nach Felsteyn beschreiten wollen.
Ein unheimlicher Ort ist das Waldstück zwischen Tyldon und Skovbjerg. Es heißt, dass dort der Wald- und Windgeist *Quarawarnach* auf arglose Reisende lauert, um sie zu verschleppen. Nur selten einmal wurde einer der Verschollenen in den Ausläufern der Olochtaiberge wieder aufgefunden – mit zerschmetterten Gliedern. Der Legende nach soll es in diesem Wald auch ein Feentor geben, das nur gefunden werden kann, wenn es gefunden werden will. Dahinter soll ein gewaltiger Schatz verborgen liegen, doch nicht einer, der sich auf die Suche danach gemacht hat, ist jemals zurückgekehrt.
Es sind jedoch nicht vornehmlich übernatürliche Dinge, die dem Reisenden gefährlich werden können: Weitaus häufiger ziehen die wilden Orks vom Stamm der Olochtai aus dem Gebirge hinab, um die Menschen mit ihrem Zorn zu überziehen. Sie überfallen einsame Gehöfte oder Siedlungen, um sich mit ihrer Beute in die unzugänglichen Höhlen und Schluchten des Gebirges zurückzuziehen. Eine weitere Bedrohung sind die Harpyien aus den Hjaldorbergen, die häufiger in der Region um Orkgard, Thoss und manchmal auch über Skovbjerg zu sehen sind, oder die gefürchteten Oger, die in den Gebirgswäldern hausen. Auch Raubtiere wie Bären und Wölfe können den einsamen Reisenden in Bedrängnis bringen. In harten Wintern vergessen diese Räuber aus Not ihre Scheu vor den Menschen und ihren Waffen und wagen sich bis in die Siedlungen vor.
Eine stete Beschwernis sind die starken Winde: Der Beleman bläst unaufhörlich landeinwärts und ist selbst in der Waskirer Hochebene noch zu spüren, Fallwinde aus den Hjaldorbergen und der Großen

Das Seufzermoos

Verrufen ist das *Seufzermoos*, ein Teil des Waskirer Hochmoores. Unheimliche Kreaturen und schaurige Geister bevölkern das Moor und lauern gierig sie auf die Seelen derer, die sich allzu arglos in ihr Reich vorwagen. Nacht für Nacht sind schwere Atemzüge und klagende Seufzer über dem Schilf zu hören, und unheimliche Lichter wandern umher. Es heißt, dass selbst Bäume und Gesträuch herumzögen, um den Wanderer in die Irre zu leiten und zu verschlingen. Hexen sollen in Nebelnächten dort tanzen und monströse Bestien auf Jagd nach Menschenfleisch gehen. Bisweilen erbebt der Sumpf, so dass man versucht ist, den Geschichten zu glauben, die von einer uralten, bösen Kreatur erzählen, die tief unten im Sumpf haust. Die alten Sagas behaupten, dass das Seufzermoos nach Blut verlange und sich sein Opfer selbst holen werde, wenn man es ihm nicht freiwillig zu geben bereit sei. Diesem Glauben entspringt auch die Überzeugung, dass man einen im Moor Vermissten nicht suchen solle, denn das hieße, dem Seufzermoos ein vorbestimmtes Opfer zu rauben.
Viele Bräuche und Kulte haben seit den Anfangstagen der Besiedlung dieser Region überdauert. Am befremdlichsten sind unzweifelhaft die alljährlichen Menschenopfer, die das Seufzermoos besänftigen sollen. Es ist ungeklärt, ob dieser grausame Ritus hjaldingscher Überlieferung folgt oder von den frühen Norbarden oder noch älteren, lange vergessenen Bewohnern übernommen wurde. Viele glauben an die Wirksamkeit dieser uralten Riten und unterwerfen sich ihren erbarmungslosen Regeln. So kommen jährlich am 16. Boron (Sturmmond) Vertreter der Orte Waskir und Storsjen bei Sonnenuntergang am Njurunsee zusammen, der Teil des düsteren Moors ist, um mit einem Opfer den Unhold des Sees zu besänftigen. Als Gabe an das Ungeheuer werden zwei Kinder, die man mit Drogen betäubt hat, unter rituellen Gesängen lebend im See versenkt. Als Opfer auserwählt zu werden gilt als große Ehre für die betroffenen Familien.
In Siljen, das inmitten des Moores liegt, wird jährlich zur Sommersonnenwende ein Mensch geopfert. Man hofft, damit die bösen Geister zu besänftigen und das Moor davon abzuhalten, den Ort zu verschlingen. Im Gegensatz zu den Opferungen am Njurunsee handelt es sich hier um ein erwachsenes Opfer – dies kann ein Gefangener, aber auch ein Freiwilliger sein. Das Los bestimmt, welche Familie ein Opfer stellen muss. Gewarnt seien einsame Wanderer, die es hierher verschlägt, denn warum sollte eine Sippe, auf die das diesjährige Los gefallen ist, nicht ihn, den Fremden, den keiner vermisst, dem Moor darbieten. Das Moor hat einen unguten Einfluss auf die, die dort leben, und selbst die Travia-Geweihte des Ortes begehrt nicht gegen das Treiben auf.
Es hat wiederholt Bemühungen seitens Priestern und Hetleuten gegeben, die Menschen von ihrem grausamen Tun abzubringen, bislang vergeblich. So beschlossen die Storsjer, in Zukunft dem Jarltum Waskirer Hochland zugehörig zu sein, nachdem man sie auf dem Hjalding des Jarltums Njurunsgard dazu zwingen wollte, von ihren barbarischen Bräuchen abzulassen.
In letzter Zeit konnten die Opfer das Seufzermoos allerdings anscheinend nicht besänftigen. Ungewöhnlich viele Moorfischer und Jäger sind im Sumpf geblieben und es heißt, dass das Seufzermoos gar den Hof einer Fischerfamilie verschlungen habe. Zaghaft erheben sich nachdenkliche Stimmen, die fordern, die Opfer auszusetzen, wenn sie sinnlos seien. Weit vehementer sind hingegen die Forderungen derer, die überzeugt sind, dass die Opfer nicht ausreichten und das Moor mehr Blut fordere. (Weitere Hinweise siehe Seite184.)

Olochtai zwingen die Menschen, sich selbst im Sommer in warme Kleidung zu hüllen, und der schneidende Nordwind, der durch fast jede Ritze dringt, lässt den Wanderer schier verzweifeln. Lediglich in den Wäldern und in den Hochmooren weht es nicht beständig.

Premer Halbinsel

Geographische Grenzen: im Norden die Hjaldorberge bis zur Overthorner Landzunge, im Osten das Flüsschen Rybossl bei Daspota, von den anderen Seiten das Meer
Landschaften: Sanft hügeliges, fruchtbares Land an den Küsten wechselt mit Nadelwäldern, die steilen Viertausender des Hjaldormassives bilden das schroffe Rückgrat der Halbinsel.
Gewässer: unbedeutend, da kaum schiffbar
Wichtige Orte: Prem (2.800), Ljasdahl (550), Orvil (550)
Wichtige Verkehrswege / Handelsrouten: 'Schleppstelle' zwischen Treban und Aryn; der Küstenpfad entlang der Küste des Golfs von Prem, die meisten Orte der Halbinsel sind nur von See erreichbar.
Bevölkerung: Thorwaler, Mittelreicher (5 %), Zwerge (1 %)
Magie: einige Druiden und Hexen in weniger besiedelten Gegenden
Sozialstruktur / Regierung: Stadt Premshjolmr: Thora Thurboldsdottir; Jarltum Vestrhalfey: Hakon Raskirsson; Jarltum Premjastad: Eindara Fjolnirsdottir
Einflussreiche Sippen / Ottajaskos: Hjalske-Sippe (Prem), Sturmspeer-Ottajasko (Prem), Windbrummer-Ottajasko (Hjalland), Premer Seesöldner
Lokale Helden: Hetmann Orozar 'Siebenhieb' Thurgardson, einzig bekannter Träger Siebenstreichs mit thorwalscher Herkunft; Halmar Valgardson aus Prem, Söldner im Alten Reich; Thurgan 'Eichenfuß' Jörgesson, unerschrockener und redegewandter Hetmann Hjallands; siehe auch S. 28.

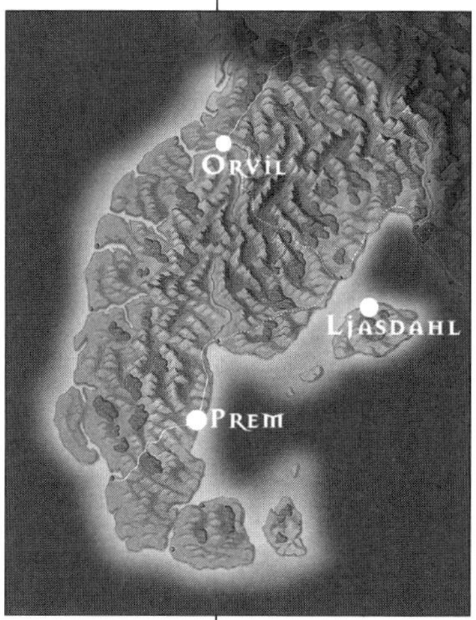

Umgeben von Wolkenfetzen bilden die unzugänglichen Berge der Premer Halbinsel eine atemberaubende Kulisse. Ihnen zu Füßen liegt ein etwa zehn bis fünfzehn Meilen breiter Küstenstreifen fruchtbaren Hügellandes, den die Bewohner der Halbinsel eifrig beackern. Neben Gerste, Roggen und Kohl sind es vor allem Rüben, die angebaut werden, der Grundstoff, aus dem der berühmteste Schnaps Aventuriens gebrannt wird: das Premer Feuer. Es wird zudem viel Vieh gehalten, in Waldnähe sind es vor allem Schweine.
Der fischreiche Golf von Prem sorgt dafür, dass die Kochtöpfe und Vorratskammern nur selten leer bleiben. Eine lokale Spezialität sind die Lachse, die in den Flüssen laichen, aber auch die Schalentiere, die im flachen, geschützt liegenden Gewässer des Golfes ideale Bedingungen vorfinden. Die kleinen Eilande zwischen den Inseln Runin und Hjalland haben ihren Namen *Oystersteens* (Austernsteine) nicht von ungefähr.
Die umliegenden Orte haben die Erntegründe penibel unter sich aufgeteilt, wobei es immer wieder zu Reibereien kommt. Berüchtigt ist etwa der schon Jahrhunderte währende, unausgesprochene Fischerkrieg zwischen Ottarje und Varnheim um die besten Fanggründe nördlich Hjallands (siehe Kasten). An Daspota und Ljasdahl, die ebenfalls um die Fanggründe konkurrieren, wagen sich die Varnheimer indes nicht heran. Daspota steht unter dem unmittelbaren Befehl der Obersten Hetfrau, und ein Angriff riefe unweigerlich die Hetskari auf den Plan, während man sich im Streit mit den Ljasdahlern mindestens eine blutige Nase holen würde.
Die Menschen der Halbinsel sind als kämpferischer Menschenschlag bekannt und verweisen stolz auf ihre mythischen Helden, deren Abenteuer in die Sagas von ganz Thorwal Einzug gefunden haben: Hetmann Orozar 'Siebenhieb' aus der Gegend um Prem besiegte vor etwa 1.800 Jahren mit dem Schwert *Siebenstreich* einen Basilisken, Halmar Valgardson verteidigte als Söldner während der dunklen Zeiten die Nordgrenze des Alten Reiches und saß dort später sogar fast neun Jahre lang auf dem Thron.
Manch ein Bewohner der Halbinsel leiht seine Klinge einem fremden Kriegsherrn – so sind die *Premer Seesöldner* in ganz Aventurien ein Begriff (siehe auch Seite 97). Andere ziehen als Kaperfahrer hinaus in die Welt, denn nicht zuletzt ist Prem als Piratenstadt berüchtigt, da viele Raubzüge der letzten Jahrhunderte hier ihren Anfang nahmen.
Im unbesiedelten Binnenland gibt es eine Vielzahl an Untieren. In den schroffen Gipfeln der Hjaldorberge hausen Harpyienschwärme, die die südlichen Küstenstreifen heimsuchen, wenn auch nicht so häufig wie nördlich der Hjaldorberge. Zwischen Skjal und Ottarje leben Riesenspinnen in Höhlen oder im Wald, so manches verschwundene Stück Vieh geht zu ihren Lasten. An der seewärtigen Küste im Westen hingegen treiben Wolfsrudel ihr Unwesen. An einem verborgenen Gebirgspass nordwestlich vom Prem haust ein Höhlendrache und bedroht die seltenen Wanderer, und auf dem Festland machen in den letzten Jahren Gerüchte die Runde, dass auf der Insel Runin ein Drache sogar das Feuer des Leuchtturmes speise.
Der Fischreichtum des Golfes lockt so viele Haie an, dass man auf Hjalland ein Schiff eigens für den einträglichen Haifang unterhält. Es gibt kein Stück vom Hai, für das die Thorwaler nicht eine Verwendung fänden: Neben dem schmackhaften Fleisch und den von Alchimisten geschätzten Organen und Knochen ist vor allem auch die Haut begehrt. Es gibt viele Waffenschmiede, die auf das raue Haileder als Umwicklung für den Waffengriff schwören, da es auch bei schweißnassen Händen einen sicheren Griff gewährleistet.
Alle paar Jahrhunderte wachsen sich die Krakenmolche zu einer Plage aus, wie jüngst im Jahre 1025/1026 BF, als ungezählte Massen der vielarmigen Ungeheuer den Schiffsverkehr im Golf fast zum Erliegen brachten. Hjalland war mehrere Monate lang vom Festland abgeschnitten. Sind schon einzelne Krakenmolche gefährliche Gegner, konnte man dieser Plage nur mit Hilfe von Geweihten Einhalt gebieten. Inzwischen ist die für die Premer Halbinsel typische Spezialität 'Krakenmolch, sauer eingelegt' recht günstig in größeren Mengen zu bekommen.
Die Hjaldorberge bergen manche Bodenschätze, so dass die Menschen die Gefahren nicht scheuen, die ihnen dort durch wilde Bewohner drohen. Man hat eine erkleckliche Anzahl von Minen gegraben, die gewinnbringend ausgebeutet werden. Neben dem Hjaldor-Eisen, das sich nicht leicht schmieden lässt, aber trotzdem seinen Markt auch in südlichen Reichen findet, da es einen zähen Werkzeugstahl abgibt, findet man reiche Adern von Speck- oder Seifenstein, einem weichen Gestein, das sich sogar mit dem Messer bearbeiten lässt und von hoher Feuerfestigkeit ist. Es wird vor Ort für feuerfestes Geschirr verwendet oder um Schmiedeessen zu umkleiden. Der Mittelreicher liebt Schmuck und religiöse Figürchen aus Speckstein, und der Horasier schätzt es feinst gemahlen als Puder, das man Talkum nennt. Daneben beutet man Bleiglanzadern aus und fertigt daraus auf Hjalland Bleigewichte für die Waagen, mit denen man in Thorwal etwa das Zahlungsmittel Hacksilber abwiegt.
Alle Orte auf der Premer Halbinsel sind gut mit dem Boot erreichbar. Die Snekkar oder die kleinere Jolle sind hier die üblichen Fortbewegungsmittel. Der einzig erwähnenswerte Weg ist der *Küstenpfad*, ein auch bei schlechtem Wetter halbwegs mit dem Karren befahrbarer Weg rings um den Golf. Die in den Fjorden liegenden Orte im We-

sten der Halbinsel sind von Land her über schwer gangbare, einzig den Einheimischen bekannte Fußwege zu erreichen. Hingegen sind die wenigen Flüsse für den Schiffsverkehr kaum tauglich. Sie bergen viele Stromschnellen und sind bis auf die Zeit der Schneeschmelze meist zu flach, um mit größeren Schiffen als einem Snekkar befahren zu werden.

Eine Besonderheit der Region ist die *Schleppstelle*, ein 1026 BF in beachtlich kurzer Zeit fertig gestellter, mehrere Meilen langer Treidelkanal, der die Orte Treban und Aryn an der Südspitze der Halbinsel miteinander verbindet. Dieser Kanal verkürzt den Weg nach Prem um fast zwei Tage, muss man doch nicht länger die Insel Runin umrunden. Denn die *Straße von Runin* zwischen der Spitze der Halbinsel und Runin ist mit Riffen und Untiefen durchsetzt. Zum Schutz der Schiffe hat man auf der Südspitze der Insel einen Feuerturm errichtet. Schiffe, die aus dem Golf auslaufen, müssen umständlich gegen den Beleman ankreuzen, der meist stetig in den Golf hinein bläst. Zum Leidwesen der ausländischen Kapitäne ist der Kanal zu flach für tiefgängige Schiffe.

Der Fischerkrieg

Schon seit Generationen schwelt ein Konflikt zwischen den Fischern der Premer Halbinsel und denen des Bodirtals um die reichen Fischgründe vor Hjalland. Immer wieder brachen in der Vergangenheit zwischen den Bewohnern der beiden Orte Blutfehden aus, die über mehrere Jahre andauerten, um schließlich in einer regelrechten Seeschlacht zu gipfeln. Inzwischen haben die Jarle ein wachsames Auge auf die Region, und so werden die Händel heute verdeckter ausgetragen. Der letzte Zusammenstoß trug sich 1027 BF (2654 JL) nach der großen Krakenmolchplage zu, als bei einem durch die Varnheimer fingierten, angeblich erneuten Krakenmolchüberfall auf die Ottarjer Fischerflotte viele Ottarjer das Leben verloren.

Das Bodirtal

Geographische Grenzen: Hjaldorberge und Orkschädelsteppe im Norden, Golf von Prem im Westen, Steineichenwald und Lauf des Bodir im Osten und Süden
Landschaften: fruchtbares Hügelland, Wiesen und Äcker an Küste und Bodir, Auenlandschaften mit Feuchtwiesen und Auenwäldern, dichte Urwälder (Mischwald) an den Bergausläufern, trockenes Buschland und weitläufige Grassteppe in der Nachbarschaft zur Orkschädelsteppe
Gebirge: Hjaldorberge, Steineichenwald
Wichtige Orte: Thorwal (9.000–12.500), Orkbrand (1.000), Varnheim (450), Vilnvad (550)
Wichtige Verkehrswege / Handelsrouten: ehemalige Reichstraße Bodirstieg (Thorwal–Phexcaer), Hjaldorpass (Felsteyn–Orkbrand), Küstenstraße, Küsten- und Bodir-Schifffahrt
Bevölkerung: Thorwaler, Norbarden (ca. 6 %), Zwerge (3 %), Svellttaler / Nostrier / Andergaster / Mittelreicher, Orks, Nivesen
Magie: Thorwaler Akademie, wenige Hexen, vereinzelt Schwarzmagier, dunkle Kultisten und finster gesonnene Grolme, in den Wäldern Kobolde, Waldgeister und andere Zauberwesen
Sozialstruktur / Regierung: Hjaldingstadt Thorwal: Hetmann Hasgar Tildasson (Hetmann vom Bodir), Jarl Grodir Stelgardson (Jarltum Höjre Bodrdal / Rechtes Bodirtal), Jarl Algard Dorekson (Jarltum Vaenstre Bodrdal / Linkes Bodirtal), Jarlin Frithja Aildhalsdottir (Jarltum Kystland / Küstenland)
Einflussreiche Sippen / Ottajaskos: Sturmmöwen- und Haitaucher-Ottajasko (Varnheim), Baerharg-Sippe (Bodon), Blutkämpfer-Ottajasko (Vilnvad)
Lokale Helden / Heilige / mysteriöse Gestalten: Gamla Bjergkuppensdottir
Wundersame Örtlichkeiten: der Tanmaurek bei Daspota, ein verwunschenes Waldgebiet; einige Regionen des Steineichenwaldes

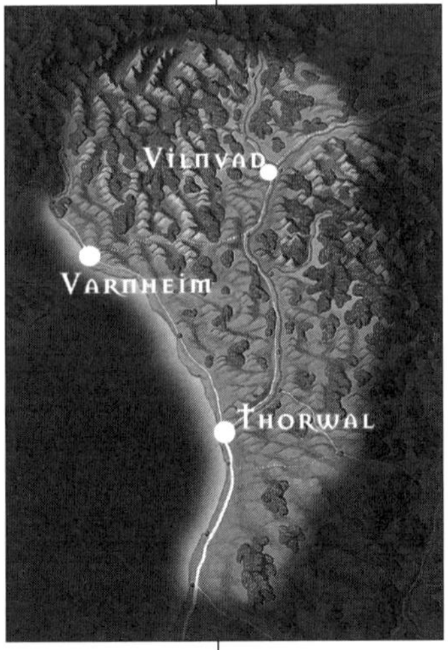

Das Tal entlang und nordwestlich des *Bodirs* mit seinen vielen Ortschaften und vor allem der **Hjaldingstadt Thorwal** (siehe S. 87ff.) ist die am dichtesten besiedelte Region Thorwals. Wie Südthorwal wird auch der Küstenstrich zwischen Daspota und Thorwal als Kornkammer des Landes bezeichnet, denn auf den sanften Hügeln gedeihen Vieh und Feldfrüchte gut, zumal die Premer Halbinsel das Land vor den scharfen nördlichen Winden schützt. Je weiter die Anbauflächen vom Meer entfernt sind, umso ergiebiger ist die Aussaat. Holzwirtschaft und Jagd führen dazu, dass die Einheimischen vermehrt bis in die wenig besiedelten und mit unheimlichen Geschichten bedachten Ausläufer der Hjaldorberge ziehen.

Die Küstenstraße, die Südthorwal mit der Premer Halbinsel verbindet, ist zwar nördlich der Stadt Thorwal weit weniger gut erhalten als südlich, aber für thorwalsche Verhältnisse dennoch eine Freude für den Landreisenden. Nichtsdestotrotz kommt der Küstenschifffahrt die größte Bedeutung zu. Für die Siedlungen im Binnenland ist der Bodir die wichtigste Handelsverbindung zur Stadt Thorwal.

Das einstige Piratennest **Daspota**, dessen räuberische Bewohner die Küsten lange Jahre unsicher machten, wurde 1014 BF von Tronde Torbensson in blutiger Schlacht befriedet. Sämtliches Piratengesindel, das nicht in der Schlacht gefallen war, wurde – entgegen sonstigen thorwalschen Gepflogenheiten – ohne Prozess in einem blutigen Schauspiel hingerichtet. Die Friedlosen wurden am Strand aufgereiht und einer nach dem anderen geköpft. Daspota untersteht seitdem allein den Obersten Hetleuten und wird von Händlern dominiert. Die Garnison der Hetskari unter Hetmann *Solvi Grimasson* sorgt für Ruhe und Ordnung. Allerdings wird der Reisende davor gewarnt, sich zu tief in den angrenzenden *Tanmaurek*, ein undurchdringliches Waldgebiet, vorzuwagen. Man munkelt von geheimen Orten, an denen Götzendiener, Druiden und anderes lichtscheues Volk Furcht erregenden Ritualen frönen und es gar nicht gerne sehen, wenn neugierige Fremde lauschen. Zeugnis dieser unheimlichen Kulte gibt eine Vielzahl von Götzenbildnissen, steinernen Fratzen und sogenannten 'Trolltänzen': Gebilden aus gewaltigen Monolithen, von denen niemand zu sagen weiß, wer sie errichtet hat.

Das Städtchen **Varnheim**, wo der berühmte *Varnheimer Holzfisch* herstammt, dominiert den Fischfang im Golf von Prem. Eifersüchtig wachen die *Sturmmöwen-* und *Haitaucher*-Ottajaskos über ihre Fischgründe. Sie schrecken dabei auch nicht vor dem Einsatz rabiater Mittel zurück (siehe auch Kasten zum Fischerkrieg und machen sich damit keine Freunde in den benachbarten Fischerdörfern. Dass in den letzten Jahren vermehrt Seltsamkeiten aus den Tiefen der Bucht gezogen werden, verschweigt man nur allzu gerne.

Folgt man dem *Bodirstieg* – einer ehemaligen Reichstraße in erbärmlichem Zustand, die entlang des Bodir bis in die Orkschädelsteppe nach Phexcaer führt – von Thorwal in den Norden, findet man zwischen **Tjoila** und **Auplog** hügelige Auenlandschaften mit Feuchtwiesen und Wäldern vor. Reet und Schilf sorgen für ein gutes Auskommen der

Einwohner, und auch auf die Korbflechterei versteht man sich trefflich. Die Auenwälder sind reich an Wildvögeln, die zur Jagd einladen. Insbesondere in dem am kleinen Zufluss Arval gelegenen **Angbodirtal** haben sich Flüchtlinge aus dem von den Schwarzpelzen besetzten Svellttal, Andergast und dem Mittelreich niedergelassen, die als gute Handwerker bekannt sind.

Im ganzen Bodirtal weiß man von dem sprichwörtlichen Zank zwischen den Dörfern **Bodon** und **Vilnvad**, die einander auf den Ufern des Bodir am Zufluss der *Vrala* gegenüberliegen. Vor Generationen existierte nur das von der *Blutkämpfer*-Ottajasko gegründete Vilnvad. Doch dann kam es zu einem blutigen Streit, den drei Getreue des Hetmannes nicht überleben sollten. Die Aufrührerin *Carla Leifsdottir* wurde friedlos gesprochen und sollte das Jarltum verlassen. Carla berief sich darauf, dass die Grenze des Jarltums in der Mitte des Bodir verlaufe, und gründete mit ihren Getreuen ihre neue Heimstatt Bodon auf dem gegenüberliegenden Ufer – ein Anlass für Streitigkeiten und Blutfehden bis zum heutigen Tag. Während Vilnvad das Zentrum der wohlhabenden Bodirflößer ist, die für sich in Anspruch nehmen, als einzige die schweren Lastkähne den Strom entlang steuern zu dürfen, leben die hartgesottenen Bodoner vor allem vom Handel mit den Orks. Sogar einen versteckten Tairach-Schrein soll es dort geben. Den Vilnvadern ist es ein Dorn im Auge, dass ihre Nachbarn so viele Schwarzpelze in ihrer Siedlung dulden.

Bei Bodon befinden sich dichte Lärchenwälder, in denen man nicht nur Holz und Harz gewinnt, sondern aus den Stämmen auch Pech von hervorragender Qualität siedet. Die Bodoner denken gar nicht daran, das Privileg der Bodirflößer zu achten, und bringen eigene Kähne aus. Wann immer sich die Gelegenheit bietet, suchen die Vilnvader Flößer diese Schiffe aufzubringen, Fracht und Passagiere in die Fluten zu werfen und die Kähne zu versenken. Wehe dem, der sich eine falsche Passage gesucht hat.

Thorwaler und Orks im Bodirtal

Schon immer war das Zusammenleben zwischen Schwarzpelzen und Thorwalern an der Pforte zur Orkschädelsteppe von Konflikten bestimmt. Überfälle von beiden Seiten und die Furcht der Thorwaler vor einem möglichen Orkensturm haben ein Klima des Misstrauens geschaffen. Nichtsdestotrotz haben die langen Jahre des relativen Friedens dazu geführt, dass man in einigen Orten (wie Bodon oder Orkbrand) friedlich beisammen lebt oder Handelsbeziehungen pflegt.

In jüngster Zeit jedoch rumort es zunehmend. Grund dafür sind die wachsenden Bestrebungen der Thorwaler, tiefer in die Steppe im Nordosten vorzudringen. Auch haben manche Thorwaler nicht vergessen, dass Phexcaer einst eine thorwalsche Gründung war. Vornehmlich aber liegen die Expansionsgelüste darin begründet, dass in den letzten Jahren gewaltige Herden wilder Rinder ihre Futtergründe in den westlichen Teil der Steppe verlagert haben. Die Tiere versprechen leicht zu gewinnenden Wohlstand – auch um den Preis, ein paar Schwarzpelze aus ihren angestammten Siedlungsgründen zu vertreiben. Auf Dauer wird das nicht unbeantwortet bleiben, zumal orkische Eiferer stets auf der Suche nach einem Anlass sind, ihre friedfertigeren Brüder gegen die Glatthäute aufzubringen.

Erste Übergriffe hat es anscheinend schon gegeben, denn man hat in jüngster Zeit an der Grenze zur Orkschädelsteppe grausam zugerichtete Leichen gefunden.

Folgt man der *Vrala* weiter nach Norden in die südöstlichen Ausläufer der Hjaldorberge, gelangt man in das stattliche, 1.000 Einwohner zählende **Orkbrand** (auch bekannt als Oberorken). Knapp ein Viertel der Einwohner sind Zwerge, die hier Kohle und Erz abbauen und nach Thorwal verkaufen. Außerdem gibt es hier eine Vielzahl an Pelzjägern, darunter ehemalige Flüchtlinge aus dem Svellttal. Der Name des Ortes geht auf die einstige Besiedlung durch Orks zurück, die vor langer Zeit durch eine für den Menschen harmlosen Epidemie (den Gänsepusteln) ausgelöscht worden ist. Das Klima in Orkbrand ist rau – weder der *Orkschläger*-Ottajasko noch den stets rußverschmierten, grimmigen Zwergen sind Fremde, die länger in dem Ort herumschnüffeln wollen, willkommen. Insbesondere der zwergische Regent *Fusal Sohn des Fasomor* herrscht mit strenger Hand und träumt den Traum seiner Vorfahren, hier eine neue und großartige Zwergenmine zu errichten. Doch stehen diesen kühnen Plänen nicht zuletzt die Menschen im Weg.

In **Felsteyn** hat sich eine zwergische Sippe niedergelassen, die im Hjaldorgebirge vor allem nach Erz und Zwergensilber schürft. Die unter sich zerstrittenen Angroschim wachen eifersüchtig über ihre Gruben, so dass sich hartnäckig das Gerücht hält, dass die Berge wertvolle Schätze hüten.

Von Felsteyn führt der von Rahja bis Efferd begehbare *Hjaldorpass* nach Orkgard und Skovbjerg, ein steiler und steiniger Stieg, der nur zu Fuß oder von bergsicheren Tragtieren gemeistert werden kann. Es geht die Legende um, dass hier *Gamla Bjergkuppensdottir* lebe, eine uralte Frau von hünenhafter Gestalt, die mit übermenschlichen Körperkräften bedacht sei und allzu kecken Gräbern unvermutet eine Lektion erteile. Manche erzählen, die Alte könne mit den Felsen verschmelzen und durch steinerne Wände gehen, andere wiederum behaupten voller Überzeugung, dass es sich bei ihr um eine zauberkräftige Trollin handele, die schon seit Jahrhunderten über die Berge wache.

Außer den Zwergen leben in den Ausläufern der Hjaldorberge auch noch menschliche Sippen, deren Broterwerb die Jagd, vornehmlich aber der Holzschlag ist, denn gutes Holz brauchen die Schiffsbauer entlang der Küste immer. Die uralten Wälder bergen mächtige Baumriesen – neben Buchen, Ulmen und Eschen vor allem die begehrten Steineichen, die auf dieser Seite des Bodirs spärlicher als auf der anderen Seite wachsen.

Wiewohl Menschen schon lange das bergige Land nordwestlich des Flusses besiedeln, gibt es doch Waldstriche, die noch nie von einem Menschen betreten wurden und die von erfahrenen Holzfäller aus gutem Grund gemieden werden. Baumwächter und Schrate leben angeblich dort, die Eindringlinge mit Feuer und Axt nicht dulden, und auch von Baumnymphen, wilden Waldgeistern und anderen mysteriösen Zauberwesen hat man schon gehört.

Die Einheimischen und alteingesessenen Siedler haben es gar nicht gerne, wenn 'Neue', die nichts auf die 'alten Geschichten' geben, in die Gegend kommen, um hier ihr Glück zu suchen. Über Generationen hinweg hat der Frieden zwischen Waldwesen und Menschen gehalten, und man fürchtet, dass die 'Fremden' in ihrer Unbedachtheit großes Unheil heraufbeschwören können, wenn sie die Hüter des Waldes leichtfertig oder gar mutwillig reizen.

In der Tat ist der Friede zunehmend bedroht, da die thorwalschen Schiffsbauplätze und die neuen Werften in weit größerem Umfang Holz benötigen, als dies jemals zuvor der Fall gewesen ist, insbesondere nach dem verheerenden Angriff der Horasier auf die Stadt Thorwal 1023 BF (2650 JL). Viele tüchtige Holzfällerinnen und Holzfäller, die hierher gekommen sind, wissen nichts von dem alljährlichen Pakt, der durch ein lebendes 'Faustpfand', eine Geisel, die für ein Jahr im Wald verbleiben muss, zwischen Menschen und Waldwesen geschlossen wird. Im letzten Jahr und in dem davor ist die Geisel nicht aus dem Wald zurückgekehrt. Während manche fordern, endlich von diesen barbarischen Riten abzulassen, beklagen andere kommendes Unheil, wenn der Pakt gebrochen werde. Sicher ist, dass im letzten Jahr weit mehr Holzfäller nicht aus dem tiefen Wald heimgekehrt sind als in früheren Jahren. Man munkelt von "furchterregenden, dunklen Hainen, in denen das Unheil lauert" und von "lebenden Bäumen, die die Eindringlinge mit ihren Ästen zerschmettern". Gut möglich, dass dies erst der Anfang ist.

Der Steineichenwald

Der Steineichenwald, der sich von Andergast über Südthorwal bis ins östliche Bodirtal erstreckt, ist ein gewaltiges, urtümliches Waldgebiet. Lange lebte man im Einklang mit den Waldkreaturen. Doch seit die Menschen tiefer in die über Jahrtausende von Menschen fast unberührten, dichten Urwälder vorstoßen, häufen sich die Begegnungen mit unheimlichen Waldbewohnern, die dort bislang unbemerkt gelebt haben und wenig Gefallen an den Eindringlingen und ihren blanken Äxten finden. Nicht alle sind dabei so friedliebend wie die Quellnymphen oder so hilflos wie die Baumkerlchen, Baumgeister von geringer magischer Macht, oder die Goblins, die es bis jetzt vorziehen, sich noch tiefer in den Wald zurückzuziehen, statt den Kampf zu suchen. An den Lagerfeuern erzählt man sich unheimliche Geschichten vom Waldgeist *Lóngbogdôr*, von dem es heißt, er würde unachtsame Holzfäller auf immer zu sich in sein dunkles Reich holen. Die Druiden, die sich in den tiefen Wald zurückgezogen haben, um hier ungestört zu leben, sind über den Waldfrevel ebenso entsetzt wie die Waldschrate und werden nicht tatenlos zuschauen.

Entlang der steilen Ausläufer der Berge haben seit Urzeiten einige Drachen ihre Horte (siehe auch S. 69). Den größeren unter ihnen sind vorwitzige Eindringlinge eine willkommene Abwechslung auf dem Speisezettel, ansonsten begegnen sie ihnen mit Argwohn oder unverhohlener Feindschaft.

Thorwals gewachsener Hunger nach Holz und die neuesten Gerüchte über Goldfunde am Oberlauf des Kraval werden den Zustrom von Glücksrittern unfraglich weiter verstärken und damit auch diese Konflikte verschärfen (siehe auch Beschreibung des andergastischen Steineichenwaldes auf den Seiten 155 ff.).

Die Wandlung der Wälder – ob wahr oder eingebildet – lockt Magiebegabte jedes Einschlags herbei: Druiden, die sich als Waldhirten sehen, Hexen, die sich an dieser Quelle düsterer Magie laben wollen, und abtrünnige Magier, die ein ungestörtes Versteck suchen, wo es zudem nicht auffällt, wenn manchmal ein Mensch verschwindet.

Südthorwal

Geographische Grenzen: im Nordwesten die Mersker Hügel unterhalb Efferdûn und Breida bis hoch zum Steineichenwald, im Osten zwischen Steineichenwald und Ingval bis zum Andraval, als südliche Grenze der Ingval und westlich die Küste
Landschaften: hügelige Heide im Nordwesten, sumpfiges Marschland im Süden, undurchdringliche Urwälder im Osten
Gebirge: bis auf die Ausläufer des Steineichenwaldes im Norden nur flache Hügel
Gewässer: Angra, Ingval, Nebenflüsse: Roval, Kraval, Andraval
Wichtige Städte und Dörfer: Kendrar (1.100), Svafdûn (520), Rovamund (450), Nehult (320)
Wichtige Verkehrswege / Handelsrouten: der bis tief ins Königreich Andergast schiffbare Ingval mit seinen Nebenflüssen, die Küstenstraße von Salza über Kendrar nach Thorwal, der 'Heidestieg' von Kendrar über Skardan, Nehult, Rovamund, Peilinen nach Breida
Bevölkerung: Thorwaler, Nostrier / Andergaster / Mittelreicher (zusammen ca. 20 %), Trolle
Magie: einige Druiden, meist tief im Steineichenwald, vereinzelte übel beleumundete Magier und düstere Kultisten in den abgelegenen Gegenden
Sozialstruktur / Regierung: Jarltum Steineikiskov (Steineichenwald): Jarl Letham 'Eichenrupfer' Lethamson; Jarltum Nyrs Land (Neues Land): Jarlin Raskra Thivarsdottir
Einflussreiche Sippen / Ottajaskos: Eldgrimm-Ottajasko
Lokale Helden: Eldgrimm 'der Weise', legendärer (Wieder-)Eroberer Kendrars; Jescha 'das Eichhörnchen', Waldläuferin und Anführerin des Widerstandes gegen die mittelreichischen Besatzer vor über 400 Jahren

Sanft gewelltes Heideland prägt den Norden der Region, durchzogen von vielen Rechtmeilen urbar gemachten Landes. Das Klima in Südthorwal ist wie im Bodirtal günstig für den Ackerbau. Auch Bienen finden hier gute Voraussetzungen, sie sorgen für den begehrten Wald-, Blüten- und Heidehonig. Die vom rauen Norden als 'Weichlinge' verhöhnten Bewohner entsprechen wahrlich nicht dem typischen Thorwaler, wie man ihn sich im restlichen Aventurien vorstellt. Ein beträchtlicher Anteil der Bevölkerung setzt sich aus Zuwanderern südlicher Reiche zusammen, die Frondienst und Kriegsleid zu entkommen suchten. Die Bewohner des ehemals nostrischen Kendrar fanden sich durch Eroberung plötzlich bei den gefürchteten nördlichen Nachbarn wieder und sind nicht immer glücklich darüber.

Südthorwal zählt in den letzten Jahrhunderten zu den friedlichsten Landstrichen Nordaventuriens: Die Kriegszüge der Orks nahmen ihren Weg meist durch das Bodirtal und endeten spätestens in der Stadt Thorwal, die Gebietskämpfe mit Nostria um das nördliche Ingvalufer beschränkten sich auf Kendrar und die Ingvaller Marschen. Nicht von ungefähr verzichtet man daher selbst auf entlegenen Gehöften oftmals auf eine wehrhafte Umfriedung.

Ihre kriegerischen Erfahrungen sammeln die Südthorwaler Kämpfer auf ihren Heerfahrten oder sie verdingen sich für ein paar Jahre als Söldner. Die Grenzstreitigkeiten der letzten Jahre mit Nostria waren vielen ein willkommener Anlass, sich im Gefecht zu beweisen.

Orks findet man kaum, und die wenigen im Steineichenwald siedelnden Goblinsippen wagen sich höchstens in sehr strengen Wintern heraus. Mit den hier ansässigen Trollen hat sich in den letzten Jahrhunderten ein friedliches Nebeneinander entwickelt, was nicht immer so gewesen zu sein scheint, denn uralte Sagas erzählen von Hjaldinger-Sippen, die in den ersten Jahrhunderten der aventurischen Besiedlung bis "zu einem großen Fluss, der weit aus dem Hinterland kommt" vorstießen, und dort "auf wilde, kriegerische Riesen trafen, die vielen von ihnen den Tod brachten". Man begegnet den Trollen wegen ihrer Größe und Stärke mit Hochachtung und betrachtet ihre Übergriffe auf die Ernte mit Gelassenheit. Bei dem Reichtum der Felder lässt sich der 'Trollzehnt' verschmerzen, zumal die Trolle sich

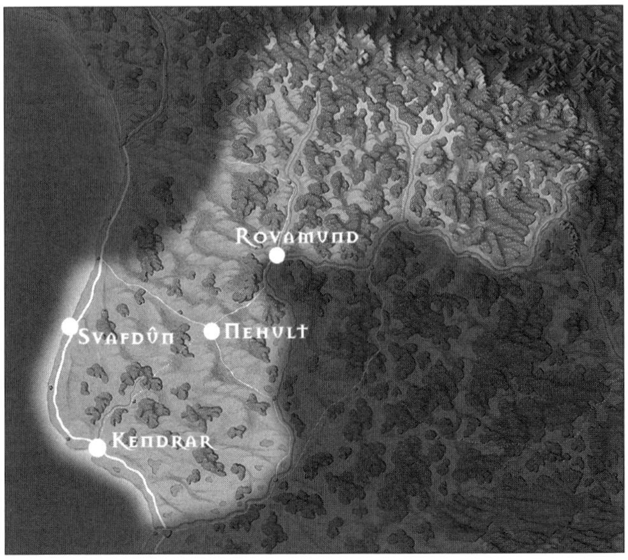

bei wechselnden Feldern 'bedienen' und offenbar darauf achten, möglichst keine Verwüstungen anzurichten.
Die Trolle leben fernab der Menschen in wohl verborgenen Siedlungen. Allerdings gibt es einige Orte, Steinkreise oder Höhlen, wo man zu bestimmten Zeiten auf Trolle treffen kann. Diese Trolle werden von den Menschen *Troll-Jarle* genannt. An sie wendet man sich, wenn man ein Anliegen an die Trolle hat, zum Beispiel wenn sie doch einmal zu gierig die Felder geplündert haben. Wenn das Bittgeschenk angemessen ist, darf man darauf hoffen, Gehör zu finden. Einige große Findlingshaufen in der Heide gelten im Volksmund als *Trollburgen*, die zu erklettern eine beliebte Mutprobe für Kinder ist. Doch hat vermutlich noch nie ein Menschenauge eine der tatsächlichen Heimstätten der Trolle erblickt.
Die meisten menschlichen Siedlungen, unter denen **Svafdûn** die größte ist, findet man entlang der Küste. Neben Jolskrimi stößt man oft auf Holz- und Fachwerkhäuser mittelreichischen oder nostrischen Stils. Es gibt auch zahlreiche alleinstehende Höfe.
Im Hinterland liegen **Nehult** und **Oberluell**, nach dem das umliegende Gebiet als *Oberlueller Heide* benannt ist.

Kendrar ist die einzige Stadt in Südthorwal, die diesen Namen auch wirklich verdient, und ein bedeutender Hafen für den Handel mit dem Süden (siehe S. 106). Die Küstenstraße von Salzerhaven nach Thorwal, die während der mittelreichischen Besetzung angelegt wurde, hat erheblich an Bedeutung eingebüßt, da die Thorwaler das Schiff bevorzugen. Daher hat sich inzwischen nicht mehr als eine mit Schotter ausgebesserte Piste erhalten. Wichtiger ist der *Heidestieg*, der Handelsweg von Kendrar nach Serske oder Tjoila.
In **Nehult**, das während der Auseinandersetzungen um Kendrar 1023–25 BF als Grenzstützpunkt der Thorwaler in den Ingvaller Marschen befestigt wurde, ist inzwischen die südlichste Garnison der Hjalskari eingezogen, darunter eine Abteilung der Riddari (siehe S. 44), die hier im flachen Land ein ideales Einsatzgebiet findet.
Steineikiskov (Steineichenwald), das östlichste Jarltum Südthorwals, beginnt am Roval, dem südlichsten Nebenfluss des Ingvals, und zieht sich zwischen Ingval und dem Südhang des Steineichenwaldes bis zum Grenzfluss mit Andergast hin, dem Andraval. Die meisten Siedlungen liegen am Ingval und seinen

Nebenflüssen, die bei schlechtem Wetter die einzige Verkehrsverbindung darstellen. Zwischen Roval und Kraval findet man außerdem eine stattliche Anzahl Waldhöfe und Köhlerkaten, die Holzkohle und Teer nach Thorwal liefern. Viele Bewohner unterhalten außerdem Bienenstöcke, um den begehrten Waldhonig zu gewinnen.
Der größte Ort des Jarltums ist **Rovamund**, direkt an der Mündung des Roval in den Ingval gelegen. Rovamund ist das Zentrum des Überlandhandels mit Andergast und dem Mittelreich. Etliche Reisende ziehen den mehr als 200 Meilen kürzeren Landweg über Peilinen und Breida nach Stadt Thorwal dem Schiffsweg über den Ingval und entlang der Küste vor. Auch ein Gutteil des Holzes nimmt seinen Weg über Land, um in der modernen Wassersägemühle von Peilinen zu Brettern und Bohlen verarbeitet zu werden.
In Rovamund findet sich für Abenteurer immer eine Gelegenheit, tiefer nach Thorwal oder ins Mittelreich hinein zu gelangen oder als Bedeckung von Händlerzügen oder Holzfällern gutes Silber zu verdienen.
Peilinen neidet Rovamund seine Vormachtstellung. Es kommt bisweilen sogar zu handfesten Auseinandersetzungen, so dass der neue Jarl Letham Lethamsson alle Hände voll zu tun hat, Blutvergießen zu vermeiden. Dabei macht es seine Aufgabe nicht leichter, dass er selbst Rovamunder ist.

Südlich des kleinen Flüsschens Angra beginnt das sumpfige Gebiet der *Ingvaller Marschen*, das sich nur wenig über Meereshöhe erhebende, inzwischen verlandete einstige Delta der Ingvalmündung. Die vielen Stechfliegen dort machen ungeschützten Lebewesen im Sommer das Leben zur Plage. Durch ihre schiere Menge können sie selbst einem pferdegroßen Wesen gefährlich werden und es binnen weniger Tagen zum Wahnsinn treiben oder sogar durch Blutverlust töten. Doch die Einheimischen wissen um leidlich wirkende Mittelchen, sich und ihr Vieh vor den summenden Plagegeistern zu bewahren. Diese Tinkturen schrecken wegen ihres Gestankes nicht nur Insekten ab.
Sumpfranzen und andere Raubtiere sind eine nicht zu unterschätzende Gefahr, die sich nur mit Mut und der blanken Klinge fernhalten lässt.
Das nördliche Ufer des Ingval und dessen Mündung sind von großer strategischer Bedeutung, denn wer diese Bereiche kontrolliert, kann den Fluss als Verkehrsweg nutzen. Der bis weit nach Andergast hinein schiffbare Ingval stellt die Hauptverkehrsader Südthorwals dar, über ihn läuft der größte Teil des Handels mit Andergast sowie Teilen Nostrias und dem Mittelreich. Auf dem Ingval wird das Holz aus dem Steineichenwald in ganzen Stämmen bis in den Golf von Prem geflößt.

Städte und Dörfer Thorwals

Hjaldingstadt Thorwal

Einwohner: um 9.000, im Winter ca. 12.500
Herrschaft / Politik: Der Hetmann vom Bodir Hasgar Tildasson von der Surensdottir-Ottajasko und die Oberste Hetfrau Jurga Trondesdottir leiten mit dem Folkerat und dem Rat der Schiffsführer die Geschicke der Stadt.
Garnisonen: 90 Hetrekker, 100 Rekker der Hjalskari, 50 Rekker der Windzwinger-Ottajasko, 30 Wachen der Stadtgarde und der Hafenmeisterei
Tempel: **Swafnir**, Travia, Efferd, Phex, Peraine, Tsa, Ingerimm
Besonderheiten: Magierakademie *Schule der Hellsicht* (grau), größte kartographische Sammlung Aventuriens, buntes Völkergemisch in der Weststadt, eifrig besuchtes Immanfeld, Orkenviertel (Orkendorf), ehemals kaiserliche Zwingfeste *Ugdalfskronir* mit Kriegerakademie, halbjährliches Oberstes Hjalding (Treffen der Jarle und Hetleute), die Stadt wurde nach horasischem Brandbeschuss teilweise neu erbaut.
Wichtige Gasthöfe / Schenken: im thorwalschen Ostteil fast keine, im Westteil diverse unterschiedlicher Qualität und Preislage
Stimmung in der Stadt: im Sommer rau, direkt und herzlich, im Winter überbevölkert; man rückt zusammen, trinkt, vertreibt sich die Zeit und lauscht swafnirgefälligen Skaldenliedern; Walfänger, Praios-Gläubige und Sklavenhalter sind hier nicht gelitten, gegenüber Horasiern zeigt man sich reserviert.

»Sie ist ohne jeden Zweifel die größte von allen Städten im Nordwesten Aventuriens und wird von Thorwalern und anderen Leuten bewohnt, von Norbarden, Zwergen, Andergastern und Nostriern und sogar von Orks. Selbst zureisende Mittelreicher haben das Recht, dort unter den gleichen Bedingungen zu wohnen, sofern sie sich nicht als praiosgläubig offenbaren. Denn alle sind sie noch gefangen in dem Aberglauben, dass der Götterfürst nur ein Ziel verfolge: die Thorwaler zu vernichten. Im Hinblick auf Charakter und Gastfreundschaft kann man kein Volk finden, das rechtschaffener oder freundlicher ist.«
—Phexdan Oberhauser, Fernhändler aus Perricum, 826 BF

Vor ca. 1.900 Jahren an der Bodirmündung von Hetmann Bjarne Windzwinger gegründet, entwickelte sich Thorwal schnell zum Mittelpunkt des südthorwalschen Lebens und ist es bis heute geblieben. Die Stadt ist einer der wichtigsten Handelsplätze für mittelreichische Kaufleute, die mit dem Norden Handel treiben, Sitz der Obersten Hetleute und Hjaldinghjolm (Ort des Obersten Hjaldings). Olport ist zwar die älteste Stadt, Thorwal jedoch die größte, und trägt den Namen des Landes.

Die Stadtteile im Überblick

Thorwal erstreckt sich zum Großteil auf dem nördlichen Ufer der Bodirmündung, wo die Stadt sich an die Rückseite der Steilklippe schmiegt. West- und Oststadt werden durch den Kapitän-Kerlok-Kanal getrennt. Am südlichen Ufer finden sich nur die Freireede mit ihren Lagerhäusern, der *Junge Ugdalf* und die Gischtreiter-Ottaskin.
Der erste Eindruck ist für viele Reisende enttäuschend, denn Thorwal erfüllt nicht die üblichen Erwartungen an eine 'Barbarenstadt'. Weder werden die Tempel von goldenen Kuppeln gekrönt, gegossen aus den geraubten Reichtümern ferner Länder, noch säumen allerorten fellbehängte Axtschwinger betrunken die Straßen und pöbeln Besucher an. Aber wenn man sich nur genauer umschaut, erschließt sich einem der Zauber dieser Stadt mit ihren von Schnitzereien und bunten Ornamenten reich verzierten Häusern. Es herrscht reges Treiben in den ungepflasterten Straßen, hier treffen sich Bornländer und Norbarden, Mittelreicher, seltener einmal ein Bewohner südlicherer Gefilde, Orks und Goblins und natürlich auch die hünenhaften blondbezopften Frauen und Männer, die andernorts als typisch thorwalsch gelten. Die emsige Geschäftigkeit rings um den Marktplatz steht der eines tulamidischen Basars in nichts nach, auch wenn es statt nach exotischen Gewürzen nach Fisch und Seewind riecht. Selten einmal wird im Hafen gerade nicht mindestens ein Schiff be- oder entladen, und auch im Eisenhof, wo viele Schmiede ansässig sind, herrscht eifrige Betriebsamkeit. Auffallend sind die vielen neuen, schiefergedeckten Häuser und die neue Stadtmauer mit den steinernen Geschütztürmen, die man anstelle des alten Palisadenwalles errichtet hat.

Die Bodirmündung / das Kliff (1–5)

Erreicht der Reisende die Stadt mit dem Schiff, wird sein Blick zuerst auf das beachtliche, über vierzig Schritt hohe Kliff zur Linken der Bodirmündung gezogen, auf dessen Südspitze sich die alte kaiserliche Zwingfeste erhebt. 'Ugdalfskronir' oder 'Alter Ugdalf' wird das Symbol der mittelreichischen Besatzungszeit genannt. In dieser Festung ist die **Kriegerschule** zu Thorwal (1) untergebracht (siehe S. 44). Nach dem Brandangriff hat man eine größere Anzahl an Geschützstellungen neu errichtet, so dass zusammen mit den Geschützen im 'Jungen Ugdalf' (außerhalb der Karte), der neuen Feste auf der Klippe der Bodirmarsch, die Hafenzufahrt und ein großes Gebiet landeinwärts kontrolliert werden kann.
Weiter nördlich erhebt sich der **Hjaldingard-Turm** (2). Der 487 BF fertiggestellte, 22 Schritt hohe Turm aus Bruchsteinen beherbergt sowohl eine Aussichtsplattform als auch ein großes Leuchtfeuer, das den Schiffen nachts und bei schlechtem Wetter den Weg weist.
Hinter dem Turm drehen sich die Flügel der drei großen **Windmühlen** (3). Gemeinsam mit den Ochsenmühlen sind die knarrenden, fast zwanzig Schritt hohen Giganten wichtig für die Nahrungsmittelversorgung der Stadt. Seit mehreren Generationen sind die Mühlen im Besitz der Familien Halmanth, Olgardsson und Biri. Den drei Dutzend Müllersleuten sagt man einen Pakt mit den Windgeistern nach, die beständig wispernd die riesigen Flügel drehen. Mit ihrer verschlossenen und unnahbaren Art leisten die Müller allerlei Aberglauben Vorschub.
Weiter nördlich auf dem Kliff liegt die **Ottaskin der Hetleute** (4). Neben dem großen, prachtvoll verzierten Prunkjolskrim der Obersten Hetleute sticht auch das zweistöckige Steingebäude mit dem vierstöckigen Rundturm, das die berühmte Thorwaler Kartothek beherbergt, ins Auge. Das Bauwerk aus Ugdalfs Zeiten ist der letzte Überrest der Kommandantur der Besatzer. Es besitzt nur wenige schmale Fensteröffnungen, wohingegen in den oberen Geschossen des Turms mehrere verglaste Fenster den Leseräumen großzügig Licht spenden. Nach der Befreiung Thorwals und der Hinrichtung des Protektors von Bodironien errichteten die stolzen Thorwaler als Zeichen ihres Sieges über den Trümmern der Kommandantur die neue Ottaskin der Hetleute, ohne den praktischen Turm zu beseitigen. Herz des Prunkjolskrim ist die große Halla, in der mehr als zweihundert Gäste Platz finden. Daran angeschlossen sind die verhältnismäßig kleinen Privatgemächer der Obersten Hetfrau, Jurga Trondesdottir, und ihres Gemahls, Finnwulf Dhaenkirsson, sowie eine Küche und eine Schreibstube. Des weiteren gehören die Jolskrimi (Gebäude) für die Hetrekker (Krieger der Hetleute), das Gesindehaus mit einer großen Küche, Stallungen, Scheune sowie ein großes Badehaus zur Ottaskin.
Auf den Kliff erhebt sich außerdem **der schwarze Finger** (5). Dieser nahezu dreißig Schritt hohe, fast tausendjährige Turm aus dunkelgrauem Basalt steht leer, seit der letzte Bewohner, Doran der Archivar, vor Jahren starb. Seine gut sortierte Privatsammlung von Monographien und Folianten, die vor allem Geographie, Sternenkunde und Geschichte behandelten, wurde in die Kartothek überführt. Gerüchten zufolge soll es seitdem im Turm spuken.

Die Hafenanlagen (6–15)

Unterhalb des Kliffs ragt in der Bodirmündung eine Doppelreihe angespitzter Baumstämme aus dem Brackwasser. Die **Pfahlsperre** (6) begrenzt die Durchfahrt auf einhundert Schritt in Bogen- und Rotzenschussweite. Die Pfähle sind in schräger Linie zur Strömung angeordnet, damit sich im Winter die Eisschollen nicht dahinter aufstauen können. Nicht weit dahinter öffnet sich nordwärts die Einfahrt zum **Thorwaler Hafen** (7). Hier finden sich vor allem die flachen Thorwaler Schiffe, die mit Waren aus dem Norden oder von der Westküste die Speicher füllen. Auf den Kais stapeln sich Fässer, Kisten und Ballen, die zum baldigen Weitertransport bestimmt sind.

Der während der mittelreichischen Besetzung erbaute **Kapitän-Kerlok-Kanal** (8), fast 20 Schritt breit und 4 Schritt tief, verbindet den Thorwaler mit dem Winterhafen. Die beiden hölzernen Zugbrücken, die sich über den Kanal spannen, müssen nur selten geöffnet werden, da die meisten Thorwaler Schiffe die Brücken mit umgelegtem Mast passieren können. Am 1. Efferd (Heimamond) ist der etwa 450 Schritt lange Kanal Austragungsort des Ruderbootrennens zwischen verschiedenen Mannschaften aus dem Golf. Berühmt sind vor allem die Rivalitäten zwischen den Mannschaften aus Prem und Thorwal, die fast jedes Mal in der Endausscheidung gegeneinander antreten. Der Verlierer muss sich traditionell das nächste Jahr um die Versorgung des Runiner Leuchtturmes mit Brennstoff kümmern.

Der **Winterhafen** (9) dient zur Unterbringung der in der Stadt beheimateten Schiffe, die im Winter hier auf Land gezogen werden. Bootsschuppen und Langhäuser (etliche davon neu erbaut) reihen sich dicht an dicht, und viele auswärtige Ottajaskos unterhalten hier zumindest ein kleines Jolskrim als Unterkunft für Aufenthalte in der Stadt, um dort während des Hjaldings oder der Markttage unterzukommen. Diese Jolskrimi werden *Gestaskrim* genannt und befinden sich nicht nur hier im Winterhafen, sondern auch auf der Bodirmarsch.

Es gibt auch eine Reihe Lager-, Back- und Badehäuser sowie Werkstätten aller Art. Zugleich ist der Befestigungswall des Hafens der letzte Zufluchtsort bei einer Belagerung oder Eroberung der Stadt, so geschehen vor 430 Jahren, als angreifende Orks erst innerhalb der Stadtwälle abgewehrt werden konnten.

Bereits vor dem Angriff der Horasier war der von Palisaden gekrönte hohe Wall dichter mit Türmen besetzt als in Thorwal üblich, und die Häuser am Hafen waren mit Ziegeln gedeckt, damit sie nicht so leicht in Brand gesetzt werden konnten. Geholfen hat es wenig, als der Winterhafen eines der Hauptziele der horasischen Brandgeschosse war. Inzwischen wurde der nach Osten erweiterte Wall mit einer Steinmauer verstärkt, und die Türme wurden neu aufgebaut. Die Einfahrt zum Winterhafen kann mit schweren Gittertoren verschlossen werden.

Fährt man am Thorwaler Hafen vorbei weiter bodiraufwärts, kommt man zum **Handelshafen** (10), der von Schiffen mit größerem Tiefgang angesteuert wird. Schiffe aus aller Herren Länder liegen an den Kais, auf denen zumeist großes Gedränge herrscht. Hier findet man ausschließlich neue Gebäude, denn der Handelshafen war eines der Hauptziele der Horasier.

Die **Lagerhäuser** (11) am Hafen dienen auswärtigen Kauffahrern als Speicher oder sind auf Dauer an größere Handelsgesellschaften vermietet. Die Speicherzölle sind niedrig, weswegen hier oftmals Waren über den Winter eingelagert werden. Einige Speicher sind im Besitz Stoerrebrandts und dienen der Handelsgesellschaft auch als Unterkunft für ihre Matrosen und Söldner.

Die **Hafenkräne** (12) überragen sämtliche anderen Gebäude an diesem Uferabschnitt. Die knarrenden Ungetüme sind dazu gedacht, schwere und sperrige Lasten zu entladen, werden von jeweils sechs Ochsen angetrieben und haben eine Hebekraft von fünf Quadern.

An den Handelshafen schließt sich östlich die **Werft Arne Ansirssons** an (13), die über zwei Hellinge* verfügt. Hier werden sowohl die herkömmlichen Langschiffe und Knorren als auch die modernen thorwalschen Schiffstypen auf Kiel gelegt (siehe auch S. 113f.). Die Werft ist eine der wenigen in Thorwal, die Winddrachen bauen kann, und sie ist die einzige, auf der auch rare Importhölzer verwendet werden und die sich auf mehrdeckige Bauweise versteht. Hier werden auch Reparaturarbeiten an den Schiffen ausländischer Kaufleute vorgenommen.

Arnes Vater hat lange Zeit in Llanka verbracht und sich großes Wissen über die Schiffbaukunst der südlichen Länder angeeignet, ein Schatz, den er seinem Sohn und allen anderen Thorwaler Schiffsbauern in Form eines Buches als Vermächtnis hinterlassen hat. Bei Arne Ansirsson sind mehr als einhundert Handwerker beschäftigt. Der Schiffbau kommt höchstens einmal wegen schlechter Witterung zum Erliegen, denn Arnes Auftragsbücher sind immer voll.

Weiter bodiraufwärts gelangt man zur **Fährstation** (14), die die Stadt mit der Bodirmarsch verbindet, der einstigen Insel zwischen den beiden Mündungsarmen, die seit langem trockengelegt ist. Den südlichen Arm sperrt ein breiter Damm, so dass die Zufahrt nur noch über den schwer bewachten, nördlichen Arm möglich ist. Im Winter, wenn der Bodir viel Eis führt, muss Fährmeister Torstor Eindarasson den Betrieb der großen Fähre einstellen. Dann wird so lange wie möglich versucht, den Verkehr mit kleinen Booten aufrechtzuerhalten. Die Passage ist günstig, der Erlös wandert zu drei Vierteln in die Stadtkasse, der Rest verbleibt beim Fährmann. Der Plan, eine Bodirbrücke zu errichten, ist erst einmal aufgeschoben worden, denn der kostspielige Wiederaufbau der Stadt hat keine Mittel für ein solches Ansinnen übrig gelassen.

Auf der Bodirmarsch findet man außerdem die **Freireede** (15), wo die Schiffe anlegen, deren Tiefgang für den Handelshafen zu groß ist. Am Ufer befinden sich Bootsschuppen, Lagerhäuser und eine Herberge. Für hier gelagerte Waren muss kein Speicherzoll bezahlt werden, solange sie den Bodir nicht überqueren, weswegen hier auch häufig von einem Schiff auf das andere umgeladen wird. Die große Herberge, in der auch viele Händler unterkommen, die mit Karren von und nach Nostria und Albernia ziehen, ist im Besitz der Stadt Thorwal. Zudem befindet sich hier noch die Ottaskin der Gischtreiter und weitere Gestaskrimi (Gasthäuser für fremde Ottajaskos), die von Ottajaskos außerhalb Thorwals bewirtschaftet werden (beides außerhalb des Stadtplans).

Die Weststadt (16–21)

Der Stadtteil zwischen Steilküste und dem Kapitän-Kerlok-Kanal wird *Weststadt* oder nach seinen Bewohnern *Fremdenstadt* genannt. Unterschiedliche Baustile findet man hier, einige Gassen könnten mit ihren bis zu dreistöckigen Häusern auch in Havena, Nostria oder Lowangen liegen. In Thorwal leben etwa zweitausend Menschen aus aller Herren Länder, darunter Händler, auswärtige Handwerker, Gelehrte und Flüchtlinge, vor allem Kriegsvertriebene aus Nostria und Andergast. Hin und wieder kann man sogar einen Waldmenschen oder – noch seltener – einen Tulamiden erblicken. Nivesen und Norbarden sind ohnedies ein vertrauter Anblick in vielen Gegenden des Landes.

Daneben haben etwa achtzig Zwerge in der Stadt eine Heimat gefunden, deren Liebe zu Eisen und Bier sie mit den Thorwalern verbindet. Die Angroschim haben sich vornehmlich am Westrand der Fremdenstadt niedergelassen, wo sie ihre Stollen und Wohnhallen in das steile Kliff gegraben haben. Ebenfalls bemerkenswert sind die Orks, die ein eigenes Viertel in Hafennähe bewohnen, das *Orkendorf*. Nur selten treibt es einen Elfen in die Stadt, denn die wenigen Firnelfen, die die Thorwaler Lebensart ertragen, kommen selten weiter südlicher als Olport, und andere Elfenvölker leben nicht in dieser Region. Daher sind höchstens eine Hand voll Elfen in der Stadt ansässig.

In der Fremdenstadt findet man eine Reihe Gesandtschaften anderer Reiche. Nur selten handelt es sich dabei um ein eigene Gebäude, meist ist einfach ein Händler als Emissär bestellt, der den hoheitlichen Geschäften seines Reiches in seinem Haus nachgeht. Eine der ältesten ist die **Gesandtschaft des Neuen Reiches** (16). Nachdem der bisherige Gesandte nach erstaunlich langen Jahren abberufen wur-

---

* zum Wasser hin geneigter Platz, auf dem der Schiffsneubau errichtet wird und von dem das Schiff zu Wasser gelassen werden kann.

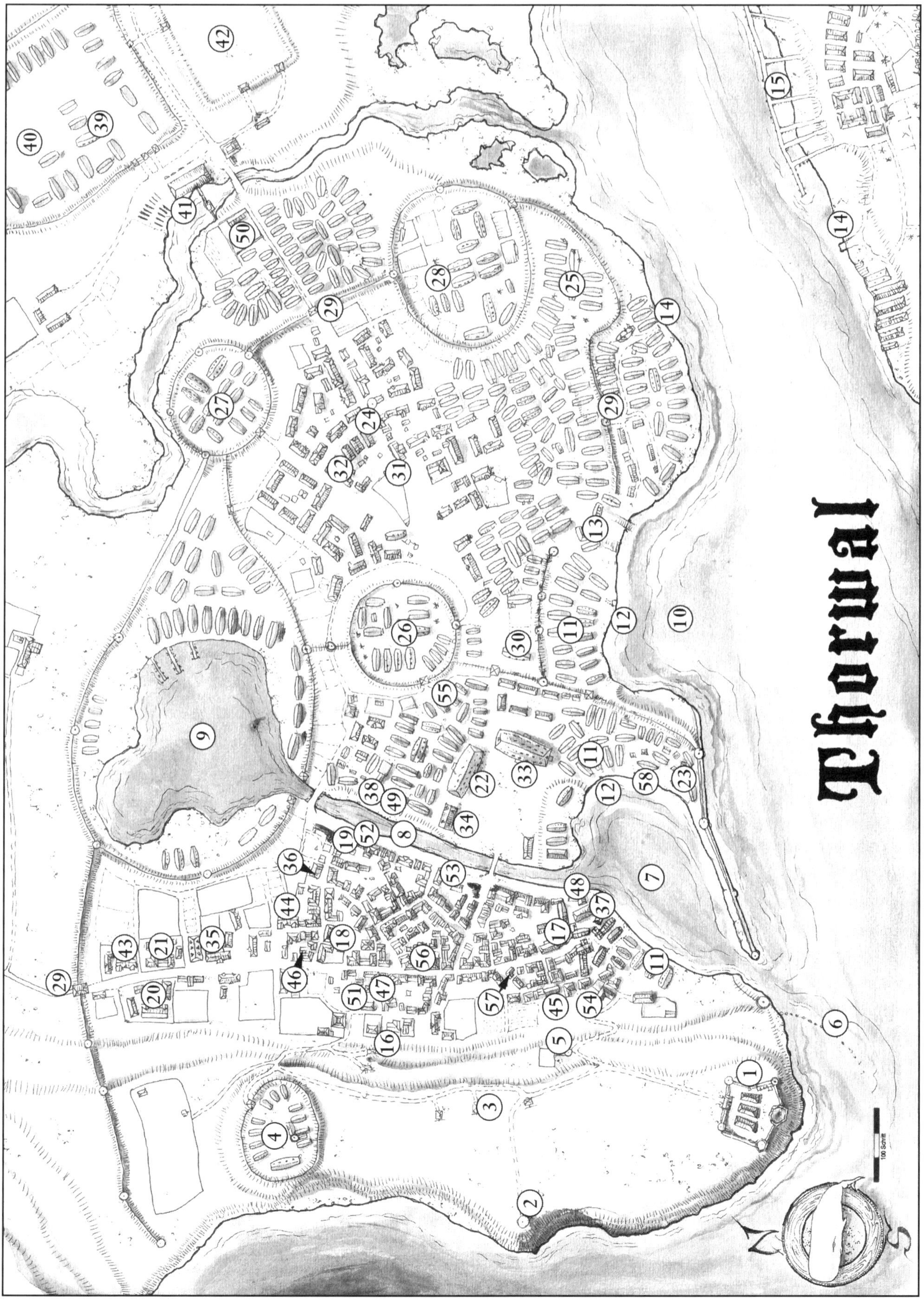
Thorwal
100 Schritt

de, wurde 1026 BF die nordmärkische Adlige Answina von Plötzbogen-Schwertleihe hierher geschickt (siehe S. 174). Das Königreich Albernia hat 1027 BF eine eigene Gesandte für Thorwal ernannt. Ismida ni Bennain ist bereits seit einiger Zeit mit ihrem Gemahl, dem Händler Ogmar Arimsson, in Thorwal ansässig. Die Thorwaler hat es sehr gefreut, dass Königin Invher eine – wenn auch entfernte – Verwandte entsandt hat. Man deutet dies als Zeichen dafür, dass die Beziehungen zu Albernia wieder enger werden, als sie es unter König Cuanu waren.

Erst jüngst wieder eröffnet wurde die **Gesandtschaft des Horasreiches** (17). Das frühere Gebäude, das die Horasier vorsorglich vor dem Angriff verlassen hatten, wurde damals beschlagnahmt, um dort Brandopfer unterzubringen. Danach diente es als Ersatz für das niedergebrannte Stoerrebrandt-Kontor und wurde schließlich verkauft und zum Gasthaus *Neuer Goldener Aal* umgebaut (siehe S. 185). Nach dem Friedensschluss richteten die Horasier eine neue Gesandtschaft ein, eine kleine Villa, über deren Portal die grüne Flagge mit dem goldenen Adler weht. Comto Selchion von Sewamund (hünenhafte Statur, rotes Haar, grüngraue Augen), ein illegitimer Sohn des Grangorer Herzogs Cusimo und einer Thorwalerin, brach nach Kriegsausbruch im Auftrag der HPNC (siehe Seite 75) als Vermittler zwischen Thorwalern und Horasiern zu den Olportsteinen auf. Mittlerweile hat er die HPNC verlassen und untersteht der horasischen Krone. Er versucht, den Ruf des Horasreiches zu verbessern, bisher jedoch nur mit mäßigem Erfolg. Die Krone baut aber darauf, dass es Selchion ob seiner thorwalschen Mutter über kurz oder lang gelingen wird, die Mission zum Erfolg zu bringen.

Die Obersten Hetleute unterhalten ein **Gästehaus** (18) in dem gelegentlich Abgesandte aus Brabak, dem Kalifat von Mherwed oder aus den benachbarten Königreichen Andergast oder Nostria für einige Wochen untergebracht sind.

Der Leiter des **Kontor Stoerrebrandt** (19), der junge Joost ter Bendin aus Festum, fungiert zugleich als Gesandter des Bornlandes. Stover Stoerrebrandts Handelsgesellschaft ist bislang die einzige, die eine feste Niederlassung in Thorwal besitzt. Allerdings plant die HPNC ein Kontor in der Stadt, und es ist nur noch eine Frage der Zeit, bis Stoerrebrandt unliebsame Konkurrenz bekommt. Da die Blutige See den Schiffsverkehr vom Bornland fast ganz unterbindet, ist Thorwal zu einer wichtigen Zwischenstation des bornischen Handels mit der Westküste geworden, der jetzt verstärkt über den Golf von Riva abgewickelt wird. Im Hafen liegen meist einige Koggen der Festumer, von denen manche sogar hier überwintern. Den Bodir aufwärts besitzt Stoerrebrandt eine kleine Werft, die sich angesichts der langen Wartezeiten bei Arne Ansirssons Werft zu einer willkommenen Alternative entwickelt – was Arne selbstverständlich gar nicht gerne sieht.

In der Weststadt befindet sich die **Magierakademie *Schule der Hellsicht*** (20). Die von Spektabilität *Cellyana von Khunchom* geleitete Zaubererschule ist selbst über die Jahrhunderte nie so recht in Thorwal heimisch geworden. Dafür finden sich hier Scholaren, Adepten und Magister aus allen Teilen Aventuriens, da die Akademie in Fachkreisen einen guten Ruf genießt, wenn auch die hier verbreiteten philosophischen Thesen mitunter heftig umstritten sind. Mit einem halben Dutzend Lehrpersonen und etwa 30 Schülern ist die Schule eher klein. Außerdem hat eine 'Hand' des Ordens der Grauen Stäbe hier ihren Sitz. Die meisten Bediensteten der Akademie wohnen in der Stadt. Gut gefüllt ist das Institut jedoch in den Wintermonaten, wenn sich zu den Hesinde-Disputen Magier, Gelehrte und Geweihte aus ganz Aventurien versammeln, um bei heißem Met strittige Fragen der Naturkunde und Philosophie, Magietheorie und Ethik zu debattieren (siehe auch Seite 65).

Eine drei Schritt hohe Mauer umgibt das Gelände, der Zutritt ist nur durch ein Mannloch in dem massiven Steineichentor möglich. Die Nebengebäude der aus massivem Naturstein erbauten Akademie beherbergen alchimistische Labore, Stallungen und Lagerräume. Im Zuge des thorwalsch-horasischen Krieges wurde die Wehrhaftigkeit der Akademie durch hölzerne Wehrgänge, bessere Fensterläden und einen hohen hölzernen Wachturm verstärkt. Diese Maßnahmen sollen zeigen, dass die Magier durchaus bereit sind, ihre Unabhängigkeit gegenüber jeglicher weltlichen Obrigkeit zu verteidigen.

Im täglichen Leben kommt man mit den Thorwalern gut aus. Die Akademie wird von Einheimischen selten aufgesucht, meist um auf Handels- und Kaperfahrten 'erworbene' Artefakte untersuchen zu lassen. Häufig bittet man die Zauberer auch wegen der vielen hier gesprochenen und geschriebenen Sprachen, Schriftstücke oder aktuelle Korrespondenz zu übersetzen (mehr zur Schule der Hellsicht ab Seite 64).

Gegenüber der Akademie liegt der **Fuhrhof** (21). Von dort wird ein Großteil des Landverkehrs nach ganz Thorwal abgewickelt. Vor allem von Phex (Friskenmond) bis Boron (Sturmmond) herrscht im Hof reges Treiben. Zum Fuhrhof gehören eine große, wenig anheimelnde, aber günstige **Herberge** und eine **Stellmacherei**, die sich auf hochbordige und hochachsige Ochsenkarren und Lastschlitten für den Winter spezialisiert hat.

Die Oststadt (22–25)

Dominiert wird die Oststadt von den großen Hafenanlagen und den Ottaskins mit ihren palisadengekrönten Wällen. Sie gilt als das 'eigentliche Thorwal', denn hier leben bis auf wenige Ausnahmen nur Einheimische, und die Häuser sind auch fast ausschließlich traditionelle Langhäuser. Viele davon stehen im Sommer leer oder werden nur von den ganz Alten und ganz Jungen bewohnt, da die anderen auf großer Fahrt sind. Im Winter hingegen, wenn die Drachenboote auf dem Strand liegen, bersten die Häuser vor Leben: Das stimmungsvolle Fabulieren der Skalden, herzhafte Trinklieder, klappernde Würfelbecher, die Geräusche einer Rauferei und der Geruch brennender, harziger Fichtenscheite, von schäumendem Bier und wärmendem Schnaps ergänzen sich zu einer Atmosphäre, wie man sie nur in einem Thorwaler Jolskrim finden kann. Im Winter, wenn es niemanden mehr hinaus aufs Meer zieht, zählt man in der Stadt mehr als zehntausend Köpfe. Auffällig ist die geringe Zahl der Tavernen und Gaststätten in der Oststadt. Nur Ausländer benötigen eigens dafür ausgewiesene Häuser, in denen sie ausgelassen sein können.

Gleich hinter Kapitän-Kerlok-Kanal und Hafen liegt der große Marktplatz, auf dem im Sommer täglich Hochbetrieb herrscht und auch an nicht zu strengen Wintertagen meist etwas los ist. Flankiert wird er von den größten einzelstehenden Gebäuden in Thorwal, dem Travia-Tempel, der Halla des Swafnir und der **Markthalle** (22). Während auf dem Marktplatz in erster Linie Fisch, Meeresfrüchte, Korn, Gemüse und Kleinvieh feilgeboten werden, findet man Handwerksgüter, Tuche, Schmuck und vor allem Importwaren in der Halle. Das große, dreistöckige Haus, das beim Angriff der Horasier zerstört und inzwischen neu errichtet wurde, ist ein beliebter Treffpunkt. Man nimmt sich immer die Zeit für ein Schwätzchen, zumal hier auch Bier und geräucherter Fisch günstig zum Verzehr angeboten werden. Die Markthalle ist ein ausgezeichneter Ort, um seine Ausrüstung zu ergänzen oder sich nach Informationen umzuhören.

Am Palisadenwall, der die Oststadt zerteilt, liegen die Pferche für den Viehmarkt, der hier regelmäßig abgehalten wird. Unterhalb der Pferche befindet sich das **Orkendorf** (23). Diese Bezeichnung kommt nicht von ungefähr, denn hier leben rund siebzig Orks, von denen etwa die Hälfte dem Volk der Truanzhai angehört. Die Schwarzpelze arbeiten als Schauerleute, Segelmacher, Schmiede und Söldner, bisweilen auch als Matrosen. Sie gelten außerdem als bemerkenswerte Kürschner und Gerber und tauschen Gürtel, Taschen, Zeltbahnen und Rüstungen gegen Schnaps, Waffen und Metallgerät ein. Auch etwa fünfzig Goblins aus dem Steineichenwald haben hier ein Heim gefunden. Sie verdingen sich zumeist als Rattenfänger, Müllsammler oder Handwerksgehilfen und kommen so in der ganzen Stadt herum.

Der horasische Beschuss hat einen hohen Blutzoll unter den Bewohnern des Orkendorfs gefordert und der selbstlose Einsatz vieler Orks, die ohne Rücksicht auf Leib und Leben versuchten, Brände zu löschen und Leben zu retten, hat Schwarzpelze und Thorwaler enger zusammenrücken lassen. Ihr Harordak (Hetmann) ist Jakain der Jüngere, der vor kurzem Jakain dem Gelbzähnigen nachgefolgt ist. Jakain übt die innerorkische Gerichtsbarkeit aus und gehört zudem dem Folkerat an, ein Beweis, dass den Thorwalern ein einvernehmliches Zusammenleben am Herzen liegt. Viele Orks leben seit Generationen in der Stadt und stellen eine anerkannte Volksgruppe dar, doch kam es jüngst zu Auseinandersetzungen mit Anhängern des Traditionalisten Geldrasch Sarkai, die die Orks in zwei Lager aufspalteten (siehe auch S. 47). Während viele der Truanzhai wie gewohnt unter den Menschen leben wollen, will Sarkai seine Anhänger dazu bewegen, die Stadt zu verlassen, um wieder auf die heiligen Wege der Vorfahren zurückzukehren, was von den Thorwalern misstrauisch beobachtet wird.

Durchquert man die Oststadt, kommt man auf dem Weg zum Osttor am **Alten Fluchtturm** (24) vorbei, der aus der Zeit der ältesten Besiedlung stammt. Sämtliche Eingänge und Fenster des zwanzig Schritt hohen Gebäudes sind seit Menschengedenken zugemauert, da es dort einen grausigen Spuk geben soll. Das ist Grund genug für die abergläubischen Nordleute, den Turm zu meiden (siehe auch S. 185).

Neben dem Fährtor verrät ein übler Geruch, welchem Gewerbe man in diesem alteingesessenen Viertel nachgeht, das noch aus der Zeit vor der Errichtung des Eisenhofs stammt. Im **Färberviertel** (25) befinden sich eine Gerberei, zwei Färbereien, eine Tuchweberei, eine Brauerei und zwei Schmieden. Eine davon gehört dem Meisterschmied Forxan Sohn des Frumel. Allerdings sieht es nicht so aus, als könne der Zwerg die hohe Qualität seiner Waffen halten, nachdem sein Kompagnon, der Ork Gharrz, einer Bluttat zum Opfer gefallen ist (siehe das Abenteuer **Die dunkle Halle**). Möglicherweise verbittert den Zwerg das schwindende Vertrauen in sein Können so sehr, dass er nach Wegen sucht, es den Urhebern seines Unglücks heimzuzahlen. *Torkildssons Torkelbier* ist weit über die Stadtgrenzen hinaus bekannt, wo es einen höheren Preis erzielt als in der Stadt selbst. Hier sind auch einige Orks und Goblins aus dem Orkendorf beschäftigt.

Ottaskins innerhalb Thorwals (26–28)

Zwei der thorwalschen Ottaskins stellen die ältesten Siedlungen an der Bodirmündung dar, um sie herum entwickelte sich das heutige Thorwal. Die **Ottaskin der Windzwinger** (26) gehört einer Schiffsgemeinschaft, die den Sängen zufolge die erste war, die hier gesiedelt hat. Die Häuser stehen dicht gedrängt, trotzdem reichte der Platz nicht mehr aus, weswegen man einige Häuser außerhalb des Walls errichten musste. Die Windzwinger stellen seit Garhelt die Hausmacht der Obersten Hetfrau dar. Seit dieser Zeit sind sie nicht nur für den Schutz der Stadt mitverantwortlich, sondern haben außerdem auch enge Familienbande zu den Gischtreitern aufgebaut. Auch wenn Tronde Torbensson sich damals dazu entschloss, sich den Gischtreitern anzuschließen, bestehen nach wie vor enge Verwandtschaftsbande. Hetmann der Ottajasko ist Swafgar Arrilsson, ein Vetter und loyaler Anhänger Jurgas.

Die zweitälteste **Ottaskin** ist die **der Garaldssons** (27), und auch hier drängen sich die Gebäude dicht an dicht. Man sagt, dass die Kauffahrersippe zu Zeiten Gurvans einen Bund mit Phex geschlossen hätte, der von ihnen verlange, dass sich in jeder Generation ein Sippenmitglied dem Fuchsgott weihen und gänzlich von der Seefahrt ablassen müsse. Zum Dank sollten sie zu den reichsten Familien des Landes gehören. Ob diese Legende der Wahrheit entspricht, weiß niemand zu sagen. Wahr ist allerdings, dass die Häuser der Garaldssons mit Messing und buntem Schnitzwerk verziert sind, dass es an Teppichen und Wandbehängen gegen Zugluft und Kälte nicht mangelt und dass alle auf weichen Matratzen schlafen. Unangefochtener Herrscher über die Garaldssons ist der 72-jährige Hersir Garald Garaldsson X., über dessen Halle es heißt, dass sie prachtvoller ausgestattet sei als die der Obersten Hetleute höchstselbst.

Die **Ottaskin der Sturmkinder** (28) ist die jüngste Schiffsgemeinschaft, die sich in der Stadt niedergelassen hat. Eigentlich stammt sie aus Prem, aber nachdem ihre Ottaskin einer Feuersbrunst zum Opfer gefallen war, entschlossen sich die Sturmkinder, nach Thorwal umzuziehen. Nahe dem Bodirufer war reichlich Platz, weshalb sich innerhalb des Walles selbst Raum für kleine Weideflächen bietet. Neben den üblichen Gebäuden einer Ottaskin finden sich eine Schankstube und die Brennerei Naskheim, die einen süßen Honigschnaps herstellt.

Öffentliche Gebäude (29–32)

Drei **Stadttore** (29) – das **Nordtor**, das **Osttor** und das **Bodirtor** – führen durch den mächtigen, mehr als zehn Schritt dicken und fünf Schritt hohen Wall mit der neu aufgebauten Stadtmauer. Die schleusenartigen Doppeltore sind von kurz vor Sonnenaufgang bis eine Stunde nach Sonnenuntergang geöffnet. Die Torwachen gewähren – wenn sie bei Laune sind – einzelnen Reisenden jedoch auch nachts durch ein Mannloch Einlass. Die sechs Schritt hohen Torhäuser sind für gewöhnlich mit zwölf Wachen bemannt, von denen jeweils drei das Tor bewachen und drei in der Stadt patrouillieren, während die anderen schlafen oder ihren eigenen Dingen nachgehen. Jeder Tortruppe steht ein 'Sargent' vor, der auch darüber entscheidet, ob ein Unruhestifter oder Verbrecher in eine Zelle der Wache wandert, um dort auf seine Aburteilung zu warten. Der Tordienst ist ein freiwilliger Dienst, der vier Monate dauert. Die Bezeichnung 'Stadtgarde' ist ein Lehnwort aus der Zeit der mittelreichischen Besetzung und wird nur noch in der Stadt Thorwal verwendet.

Direkt über dem Freihafen findet man die **Hafenmeisterei** (30), die dafür verantwortlich ist, die Ladung ein- und auslaufender Schiffe zu überprüfen und Streitigkeiten unter den Schauerleuten und Matrosen zu schlichten. Hafenmeister Jorge Bernisson führt außerdem das Schiffsregister, bestimmt Zölle für fremde Waren und ist oberster Richter über ausländische Matrosen im Thorwaler Hafen. Nicht zuletzt darf der Hafenmeister bei Verdacht ein Schiff unter Quarantäne stellen, das dann in der Mitte des Bodir ankern muss, während kein Besatzungsmitglied es verlassen darf. Jorge Bernisson führt ein hartes Regiment. Wenn ein auswärtiger Seemann einen Thorwaler ohne Not erschlägt, dann hängt er, egal ob Smutje, Maat oder Kapitän, weil für Ausländer kein thorwalsches Recht gilt, das die Todesstrafe nur in Ausnahmefällen kennt.

In der Oststadt findet man noch weitere öffentliche Gebäude, namentlich die Folkehalla und das zweistöckige **Zeughaus** (31). Letzteres stammt aus der mittelreichischen Besatzungszeit, hier lagern viele Waffen und Rüstungen, um die Bewohner, die über nicht ausreichend eigene Waffen verfügen, bei einer Belagerung der Stadt auszurüsten. Als Zeugmeister fungieren traditionsgemäß alte Veteranen der Hetskari. Sie sind bemüht, die Sammlung um besonders skurrile oder seltene Waffen zu bereichern, die in einer Art Trophäenraum ausgestellt sind. Vor dem Frühlings- und nach dem Herbsthjalding, wenn die meisten Bewohner der Stadt von ihren Fahrten zurückgekehrt oder noch nicht wieder aufgebrochen sind, findet eine eintägige Waffenübung statt, an der die zahlreiche Bewohner mit Begeisterung teilnehmen. Lustbarkeiten und Wettspiele verleihen dem Ereignis einen volksfestähnlichen Charakter.

In der **Folkehalla** (32) tagt der Rat der Stadt. Das hohe, von zwei Türmen gesäumte Backsteingebäude stammt ebenfalls aus der Besatzungszeit und wurde während des Brandangriffs beschädigt. Mittlerweile hat man die Schäden auf thorwalsche Weise mit Basaltstein repariert, so dass sich dem Betrachter eine eigenwillige Mischung der Baustile und Materialien bietet. Einige Schreiber, Archivare und Boten unterstützen den Hetmann vom Bodir, Hasgar Tildasson, bei seinen Amtsgeschäften. Nicht selten geht es hier lautstark zu, wenn es etwa mal wieder darüber Streit gibt, wo die Aufstellung des Hafenmeisters hingekommen ist. In der Folkehalla befinden sich die Versammlungsräume des Folkerats und des Rats der Schiffsführer, die dem Hetmann vom Bodir in Fragen der Stadtverwaltung zur Seite stehen. Diese beraten über Steuern und Zölle, haben die niedere Gerichtsbarkeit inne und achten auf die Wahrung der Thorwaler Sitten.

Hetmann Hasgar (etwa 40 Jahre, braune Haare, gedrungen, stechender Blick) wurde nur mit knapper Mehrheit gewählt. Während des Feuerangriffs schlug seine Stunde der Bewährung: Durch seine pragmatischen und schnellen Entscheidungen konnte er viele Sympathien gewinnen. Es halten sich allerdings hartnäckig Gerüchte, dass Hasgar zunehmend Schwierigkeiten hat, sich gegen die beiden Räte zu behaupten.

Tempel (33–40)
Das größte und imposanteste Gebäude der ganzen Stadt ist ohne Zweifel die **Halla des Swafnir** (33). Nachdem der alte Tempel dem horasischen Angriff zum Opfer gefallen war, wurde an gleicher Stelle als vornehmlichste Aufgabe ein neues Gebäude errichtet, das den alten an Größe noch übertrifft. Der Tempel mit seiner gewaltigen, von schrittdicken Steineichenstämmen gestützten Halla ist der holz- und steingewordene Ausdruck der nordischen Beharrlichkeit, sich von nichts und niemandem unterkriegen zu lassen. Er ist der ganze Stolz der Thorwaler. Damit die Gläubigen dem Gottesdienst in der riesigen Halla folgen können, ist das Altarpodest in die Mitte gerückt worden, was zugleich Swafnir als Mittelpunkt des thorwalschen Lebens symbolisiert. Über diesem Podest hängt die lebensgroße Nachbildung eines weißen Pottwales, die im Dunkel der hohen Hallendecke über den Gläubigen zu schweben scheint. Die riesige Holzfigur ist gleichzeitig ein gewaltiger Klangkörper und trägt jedes Wort, das der Geweihte spricht, noch in die hinterste Ecke der Halla. Im Tempel findet auch das im Frühjahr und Herbst tagende Oberste Hjalding einen würdigen Rahmen. Besonders nach erfolgreichen Kaperfahrten oder einer gelungenen Haijagd wird dem Gottwal fröhlich und lautstark geopfert. Gelegentlich finden sich ganze Ottajaskos ein, um sich gegenseitig die Treue zu schwören oder das Ende einer Blutfehde zu bekunden.
Geführt wird dieser Tempel von seinem Erbauer, dem Geweihten (*Diar*) Ôle Swafgardson, und sechs weiteren Geweihten. Sie kümmern sich auch um die Bedürftigen und unterhalten eine Swafnir-Schule, in der Geweihte und Skalden ihr Wissen an ihre Nachfolger

Machtverhältnisse in der Stadt

Die Machtverhältnisse in der Stadt Thorwal sind nicht leicht zu durchschauen. Das gewählte Oberhaupt über die Stadt ist der **Hetmann vom Bodir**, und sein Wort zählt letztendlich. Ihm steht der **Rat der Stadt** zur Seite, der sich aus dem Folkerat und dem Rat der Schiffsführer zusammensetzt. Im **Folkerat** sitzen sieben gewählte Vertreter der Handwerker und der Händler (ohne eigenes Schiff), außerdem ein Gesandter jedes Tempels, sofern er die erforderliche Mehrheit beim Hjalding erreichen konnte (momentan haben Swafnir-, Travia-, und Ifirn- und Phex-Geweihte einen Platz inne). Des Weiteren hat der Führer der Orks in der Stadt Sitz und Stimme in diesem Gremium. Ein Vertreter der Thorwaler Akademie kann beratend auf Beschluss des Folkerats hinzugezogen werden, er verfügt jedoch über keine Stimme. Dem **Rat der Schiffsführer** gehören neun Repräsentanten der Ottajaskos und fahrenden Händler (mit eigenem Schiff) an. Da die Thorwaler Ottajaskos für gewöhnlich treu zur Obersten Hetfrau stehen, hat Jurga über diesen Rat großen Einfluss auf die Politik der Stadt. Zugleich gebührt ihr aber auch ein Sitz in beiden Räten, und damit hat sie zwei Stimmen inne. Sollte jemals in einer Frage keine Seite eine Mehrheit auf sich vereinen können, zählt die Stimme des Hetmanns vom Bodir nötigenfalls doppelt.
Die **Obersten Hetleute** reden seit langem schon ein gewichtiges Wort mit, wenn es um die Geschicke der Stadt geht. Hasgar Tildasson ist auf ein gutes Einvernehmen bedacht, denn Thorwal profitiert vom Wohlwollen der Obersten Hetfrau, und de facto geschieht nichts von Bedeutung, das nicht ihre Billigung erfährt. Auf dem Obersten Hjalding wird die Stadt durch den Hetmann vom Bodir und einen Sprecher des Folkerates und des Rates der Schiffsführer vertreten. Im Kriegsfall können die beiden Räte alle Macht dem Hetmann vom Bodir übertragen.

Die Halla des Swafnir

weitergeben. Die greise Hohepriesterin des Swafnir-Kultes, Bridgera Karvsolmfara, kümmert sich nur noch um grundsätzliche Belange des Glaubens und leitet die Obersten Hjaldings.

Es soll unter dem Tempelfundament noch uralte Gewölbe geben, in denen die wertvolleren Schätze aufbewahrt werden, doch wusste man offenbar selbst während des Neubaus den Eingang wohl zu verbergen.

Ebenfalls am Marktplatz findet man den **Travia-Tempel** (34), dem mittlerweile Mutter Shaya vorsteht (siehe auch S. 172), nachdem ihre Vorgängerin beim Angriff der Horasier den Tod fand. Dem heimeligen Langhaus kam große Bedeutung in der Zeit nach dem Brandangriff zu, da viele Menschen ohne Obdach hier einen sicheren Unterschlupf und Beistand fanden.

Mit der Bekehrung der Thorwaler zum Glauben an andere Götter haben deren Geweihte so ihre liebe Müh' und Not. Daher wendet sich der von Lingard Shimoinsdottir und zwei Laien geführte **Peraine-Tempel** (35) mehr den weltlichen Aspekten des Peraine-Kultes zu: der Wohlfahrt und der Heilkunst. Das Gebäude dient in erster Linie als Siechenhaus, mit den Erzeugnissen des Kräutergartens werden die örtlichen Heiler versorgt. Kohl und Rüben gedeihen trotz alledem, und die kräftige Tochter eines Geweihten aus Neetha und einer Thorwalerin ist in der Stadt beliebt und angesehen.

Dass es in Thorwal noch einen **Phex-Tempel** (36) gibt, ist vornehmlich dem Einfluss der fremdländischen Händler zu verdanken, die den Tempel, der in einem Bürgerhaus im Festumer Stil untergebracht ist, regelmäßig besuchen. Eine Diebes- oder Bettlergilde existiert nicht, geschweige denn eine geheime Halle des Fuchsgottes. So kann sich die weißhaarige Vogtvikarin Odelinde von Salza vornehmlich ihrer Lieblingsbeschäftigung widmen: der Aufzucht von schnellen Hunden. Sie wird dabei mit Begeisterung vom jungen Gunn Garaldsson unterstützt.

Wie es in einer großen Hafenstadt zu erwarten ist, geht es in der marmornen Halle des **Efferd-Tempels** (37) geschäftig zu. Es sind jedoch fast ausschließlich Reisende und Seeleute aus fremden Ländern, die ihren Weg in das noch aus Kaiser Ugdalfs Zeiten stammende Gebäude finden. Der Tempelvorsteher, Bruder Goswyn Orezarson von der Himmelsreiter-Ottajasko, ist zugleich Meister der Brandung für das Thorwaler Gebiet. Vornehmlichste Aufgabe des Tempels ist es, sich in Not geratener Seeleute anzunehmen.

Goswyn Orezarson

War Thorwal lange ein ruhiger Amtssitz, sind diese Zeiten für Bruder Goswyn vorbei, seit Gloranas Eisreich den Norden bedroht. Der Geweihte erkannte seine Bestimmung und wurde zu einer tragenden Stütze im Kampf gegen das Eisreich. Nur selten noch trifft man ihn in Thorwal an; meist weilt er in Riva, um möglichst nah am Geschehen zu sein.

Auch der **Tsa-Tempel** (38) wurde beim Brandangriff schwer beschädigt. Ursprünglich wollten die beiden Geweihten nach diesem Rückschlag ihr Werk in Thorwal aufgeben. Zeichen der Göttin bewogen sie jedoch, an alter Stelle den Neuanfang zu wagen. Beim Neubau wurden die Überreste der alten regenbogenfarbigen Glaskuppel notgedrungen in die Wände des neuen Tempels eingefügt, denn in ganz Thorwal war nicht genug Glas für eine neue Kuppel zu beschaffen. Bei hellem Sonnenlicht erstrahlt der Tempel innen in vielfarbigen Glanz, während nachts das Licht der Lampen bunte Muster nach außen wirft.

Orian Belther, der Tempelvorsteher, erfreut sich wegen seines Talents, Geschichten zu erzählen, großer Beliebtheit, während sich seine Missionierungserfolge in Grenzen halten.

Der jüngste Tempel der Stadt wurde im Frühjahr 1024 BF im Eisenhof geweiht: der **Imgerimm-Tempel** (39). Der in der Form eines liegenden Hammers erbaute Tempel birgt drei Altäre, die den Gott des Feuers und des Handwerks verehren. Gemeinsam feiern Zwerge, Menschen und Orks um die Essen Angroschs, Ingerimms und Graveshs, sicherlich einmalig in Aventurien und wohl nur im toleranten Thorwal denkbar. In Angbar respektiert man die Aktivitäten von Väterchen Arxas Sohn des Ambolosch, dem hiesigen Meister der Esse, immerhin soweit, dass man zugestimmt hat, auf Jahr und Tag Novizen auszutauschen, während die Zwerge in Xorlosch über die Blasphemie wettern und Väterchen Angroschs wahren Glauben verraten sehen.

Außerhalb der Stadt (40–42)

Der **Eisenhof** oder **Isenhjolm** (40), ein von hohen Wällen umgebenes Viertel jüngeren Datums, wurde als Erweiterung des zu eng gewordenen Färberviertels gebaut und beherbergt die Hochöfen mehrerer Eisenhütten, sieben Schmieden, die sowohl Waffen und Rüstungen als auch Schiffsausrüstungen und Werkzeuge herstellen, eine Bronzegießerei und eine Drahtzieherei. Außerdem werden hier Tuche gewebt und gefärbt. Im Eisenhof stehen auch die Langhäuser der Arbeiter, die im Winter aus dem Umland kommen, um hier ihr Brot zu verdienen. Die Braunkohle für die Hochöfen, *Orkenstein* genannt, stammt aus den zwergischen Kohlegruben um Orkbrand, die Holzkohle für die Schmieden aus dem Steineichenwald, das Erz aus den Hjaldorbergen, und Roheisen für Waffen wird aus dem Süden importiert.

Die Waren aus dem Eisenhof werden selten an Ort und Stelle verkauft, in der Regel verlädt man sie im Sommer auf Schiffe, um sie andernorts gegen andere Waren einzutauschen. Im Sommer geht es folglich im Eisenhof – im Vergleich zu den geschäftigen Wintermonaten – ziemlich geruhsam zu. Nach der Zerstörung des Färberviertels ist auch der weithin bekannte Waffenschmiedemeister Hardsger mit seinem Sohn hierher gezogen, um eine neue und größere Schmiede aufzubauen.

Vor dem Eisenhof liegt die neue **Sägemühle** (41), deren Wasserrad beständig vom aufgestauten Wasser des Flusses angetrieben wird. Direkt neben dem Eisenhof liegt das **Immanfeld** (42). Die hiesige Mannschaft *Orkan Thorwal* zählt zu den erfolgreichsten aventurischen Imman-Mannschaften. Das Gelände wird von Wällen begrenzt, die Hunderten von Zuschauern eine gute Übersicht des Spielgeschehens ermöglichen. In der Stadt ist man fürwahr stolz auf das Immanspiel, das einst von hier seinen Siegeszug über Aventurien antrat. Die Thorwaler Zuschauer spendieren gerne Silber, wenn die Mannschaft gewonnen hat, so dass die Mannschaftskasse stets gut gefüllt ist. Der Kader von Orkan Thorwal besteht aus über 50 Spielern. Da viele von ihnen häufig auf See sind oder anderweitig ihr Brot verdienen, steht Hetmann Vandrad Ornulsson nie die gesamte Mannschaft zur Verfügung. Es haben sich aber bestimmte Gruppen gebildet, namentlich der Gischtreiter-Sturm und der Paavifahrer-Block.

Gastliche Stätten in Thorwal (43–58)

Für eine so große und vielbesuchte Stadt gibt es verhältnismäßig wenig Orte der Gastlichkeit, da die meisten Gaststätten für gewöhnlich nur von Nicht-Thorwalern aufgesucht werden. Die meisten dieser Häuser liegen am Westfjeld, der Straße zwischen Hafen und Nordtor.

Gasthäuser / Herbergen (43–50)

Direkt am Nordtor liegt das **Gasthaus *Nordwind*** (43). Es soll noch immer Leute geben, die nach Prem oder Olport nicht mit dem Schiff, sondern mit dem Ochsenkarren fahren. Genau diese Fuhrleute, Trödler, Kesselflicker und Zahnreißer steigen hier ab. Geschichten über Orküberfälle, Witze über tumbe Hinterwäldler und Ratschläge für die Reise bilden den Grundstock der Gespräche in Eldgrima Saldarsdottirs geräumiger Gaststube.

Das beste Haus am Platz, ***Hetmann Oremo*** (44), ist nach einem siegreichen Ottaführer der zweiten Schlacht im Golf von Prem benannt und entsprechend ausgestattet. Ganzer Stolz des Wirtes ist der Rammsporn des kaiserlichen Flaggschiffs *Güldener Greif von Gareth*, ein

Beutestück der Thivarsson-Ottajasko, der auch der jetzige Besitzer Jora Joransson angehört. Hier findet man solvente bornländische oder mittelreichische Handelsreisende und neuerdings auch wieder Besucher aus dem Horasreich.
Das **Gasthaus *Neuer Goldener Aal*** (45) ist der zweitbeste Gasthof der Stadt. Der 'Alte' Goldene Aal von Gerwine Eilinger und ihrem Mann Raluf Ingasson stand ursprünglich in der Oststadt an der Straße zum Bodirtor, doch fiel er dem horasischen Brandangriff zum Opfer. Mit ihrem verbliebenen Gold und unter Mithilfe der Ottajasko ihres Mannes erwarb Gerwine das ehemalige Botschaftsgebäude der Horasier und baute es im mittelreichischen Stil um. Jetzt steigen hier vor allem Leute aus Nostria oder Albernia ab. Horasier sind in diesem Haus nicht willkommen.
Wer es ein wenig rondrianisch möchte, ist im **Gasthaus *Bei Morissa*** (47) gut aufgehoben. Die ehemalige Wirtin, eine Kriegerin aus den Nordmarken und illegitime Tochter Kaiser Bardos und seiner 'Ministerin für Fröhliches Liedgut', hat sich aufs Altenteil zurückgezogen und das Gasthaus an das Ehepaar Buchwäldner aus Andergast verpachtet, wohnt aber noch in ihrem alten Zimmer. Hier kehren vor allem Seesöldner und Diener Rondras ein, daneben werden auch Zimmer an Zeit- und Dauergäste vermietet. Das Haus ist spärlich, aber sauber ausgestattet.
Vor dem Osttor findet man die **Herberge *Am Enterhaken*** (50). Bernfried Grodoks Haus hat den Ruf der 'letzten Herberge vor dem Orkland'. Es war schon zu seines Vaters Zeiten ein beliebter Treff von Abenteurern. Bernfried kennt diverse Ausrüstungshändler, deren Waren er zu überhöhten Preisen weiterverkauft. Allerdings sind die Ausrüstungsstücke von ebenso guter Qualität wie Essen und Getränke – oftmals die letzten Annehmlichkeiten in einem Abenteurerleben. Trotz der hohen Preise ist der Schankraum vor und nach einem Immanspiel gut gefüllt – meist jedoch mit Auswärtigen. Die Einheimischen feiern 'ihre' Mannschaft in der Schankstube der Sturmkinder-Ottaskin.
Zwei weitere Herbergen ohne große Überraschungen, aber billig und sauber, sind die Herberge im **Fuhrhof** (21) und an der **Freireede** (15), die beide von der Stadt betrieben werden.

Ort	Name	Q	P	B	A	Bemerkungen
Nr. 15	Herberge an der Freireede	4	3	2	4	38 Schlafplätze
Nr. 21	Herberge am Fuhrhof	4	3	2	3	24 Schlafplätze
Nr. 43	Gasthaus Nordwind	4	5	4	6	18 Schlafplätze
Nr. 44	Gasthaus Hetmann Oremo	8	9	3	12	34 Schlafplätze
Nr. 45	Gasthaus Neuer Goldener Aal	7	8	5	5	27 Schlafplätze
Nr. 46	Gasthaus Goldener Apfel	6	6	5	–	
Nr. 47	Gasthaus Bei Morissa	5	5	3	2	5 Einzelzimmer
Nr. 48	Herberge Efferds Trunk	6	6	5	2	16 Schlafplätze
Nr. 49	Herberge Zum Brünstigen Eber	8	10	4	2	14 Schlafplätze
Nr. 50	Herberge Am Enterhaken	7	10	4	2	10 Schlafplätze
Nr. 51	Schänke Zauberspiegel	7	9	6	2	
Nr. 52	Schänke Drachenschiff	5	6	4	2	
Nr. 53	Kneipe Glücklicher Zechpreller	4	4	2	3	
Nr. 54	Schänke Steile Treppe	4	3	3	3	
Nr. 55	Kneipe Betrunkener Kaiser	5	7	4	2	
Nr. 56	Bordell Bärenhöhle	6	7	8	16	
Nr. 57	Gasthaus Vier Winde	5	5	2	2	Diskretes Bordell
Nr. 58	Bordell Morgennebel	5	4	16	4	

Q = Qualität; P = Preis; B = Bewohner, A = nicht im Haus wohnende Bedienstete

Schänken / Kneipen (51–55)

Hingst Nortens kleine Bier- und Weinschänke ***Zauberspiegel*** (51) wird vom gemeinen Volk gemieden. Selbst die Bewohner der Fremdenstadt, die meist nicht so abergläubisch sind wie die Thorwaler, fühlen sich unbehaglich, wenn sie die forschenden Blicke der Magier der Hellsichtakademie auf sich spüren, die hier zum Schlaftrunk vorbeischauen. Hingst kümmert es nur wenig, dass er über eine ausgesuchte Kundschaft verfügt, denn diese zahlt sofort und schaut nicht auf den Taler.
Ein wenig thorwalscher geht es da schon in der Kneipe ***Glücklicher Zechpreller*** (53) zu. Der Name der Schänke bezieht sich auf den legendären Kapitän Atmaskot Blutsäufer, der das Lokal mit den Worten verließ: "Ich zahle, wenn ich wieder mal im Lande bin." Er kam nie zurück. Stattdessen gründete er das immerhin drei Jahre bestehende Königreich von Lagrhjolm im Festumer Hafen und endete schließlich als Bespannung einer Trommel.
Die übelste Gesellschaft findet man in der Kneipe ***Betrunkener Kaiser*** (55): Meuchler und Diebe aus Phexcaer, Verschwörer und Aufrührer, Betrüger und Piraten. Besitzer ist der Blutige Arro, der ehemalige Scharfrichter von Andergast, der mit Schimpf und Schande aus der Stadt gejagt wurde, weil er eine komplette Räuberbande (seine Familie) aus dem Verlies entkommen ließ. Sein Richtbeil hängt deutlich sichtbar über der Theke, eine Mahnung an die Gäste, es zumindest mit dem Wirt ehrlich zu meinen.

Bordelle (56–58)

Keine große Hafenstadt kommt ohne ein Bordell aus. Die ***Bärenhöhle*** (56) wurde sogar von der Stadt eingerichtet, die auf diesem Wege zu bemerkenswerten Einnahmen kommt. In der *Bärenhöhle* arbeitet fest angestelltes Personal (Mädchen und Knaben aus Mhanadistan, den nivesischen Steppen und den Mohawäldern) und junges Volk aus Thorwal. Eine heitere Stimmung zeichnet das Etablissement aus, wohingegen die Diskretion arg zu wünschen übrig lässt, da die jungen Thorwalerinnen und Thorwaler gerne prahlen, mit welchem reichen Handelsherren sie gerade das Lager geteilt haben und was selbiger zu erzählen hatte. Aber auch das Außergewöhnliche findet man in Thorwal: das Bordell ***Morgennebel*** (58) im Orkendorf. Nach dem Brandangriff unter dem Schiffsrumpf eines geborgenen Drachenschiffwracks neu aufgebaut, treffen sich hier Matrosen und gutsituierte Händler bei Gharkezz Silberrücken und seinen Gesellschafterinnen und Gesellschaftern. Vor allem niedrige Preise und eine wahrhaft unvergleichliche Atmosphäre locken diejenigen hierhin, die an keinem Ort auf die Ware Liebe verzichten können. Gharkezz ist ein orkischer Patriarch, der ein strenges Regiment führt, sich aber fürsorglich um seine Bediensteten kümmert, vor allem, wenn es zu Ärger mit Freiern kommt. Sein großer Arbach hängt über der Rezeption, die er selbst betreut – Abschreckung genug für diejenigen, die schon mit unlauteren Absichten das Etablissement betreten.

Prem / Premshjolmr

Einwohner: ca. 2.800
Herrscher: Hetfrau Thora Thurboldsdottir
Garnisonen: 50 Krieger der Hetskari, 35 Kämpfer der Trutzburg, 20 Hafenwachen
Tempel: Rondra, **Swafnir**, Travia
Besonderheiten: Kämpferschule zur Trutzburg, Brennerei *Hjalske*, der Stein, wasserspeiender Swafnir-Tempel, Kartothek im Haus der Hetleute
Helden: Isleif Eiriksson, Gründer der Stadt; Thurbold Schlangenstecher; Algrid Hjalske, versuchte, den Krieg zu beenden, und wurde dafür von den Horasiern in den Kerker geworfen; Jurge Swafnirsgrehd, Auserwählter Swafnirs
Stimmung in der Stadt: alte Freibeuter- und Handelsstadt; rau, aber herzlich; die Händlersippen ringen um mehr Einfluss, was sich die traditionellen Ottas nicht gefallen lassen wollen.

Prem, oder – thorwalsch – *Premshjolmr*, ist eine alte Stadt, die laut einer Saga vor ca. 2.000 Jahren in der Drachenbucht gegründet wurde. Die *Drakkarshjot*, wie die Bucht auf thorwalsch heißt, ist auf viele Meilen eine der wenigen Stellen an der felsigen Ostküste der Premer Halbinsel, wo Schiffe anlegen können. In die Bucht mündet ein Fluss, der nach seinem Entdecker 'Isleif' genannt wurde, was noch heute belächelt wird, denn als Isleifs Otta dem Fluss folgte, stellte man fest, dass er nur knapp anderthalb Meilen von der Küste entfernt aus einem See gespeist wird. Die Isleif-Saga berichtet davon, dass seine Otta eines Tages, als sie in der Drakkarshjot ankerte, von einem gewaltigen Krakenmolch angegriffen wurde. Der Hetmann fiel in heldenhaftem Kampf, und nur dem Eingreifen eines Wals war es zu verdanken, dass nicht die gesamte Mannschaft von der Bestie getötet wurde. Als Dank an Swafnir gelobte man, an dieser Stelle einen Tempel zu errichten und sich hier anzusiedeln.

Der **Swafnir-Tempel** (3) ist auf Pfählen in der Bucht errichtet und kann sowohl mit dem Boot als auch über einen Steg von Land aus erreicht werden. Im Tempelraum gibt es ein Bassin mit einer Verbindung zur Bucht. Für größere Gottesdienste ist der Tempel zu klein, so dass bedeutende Zeremonien draußen abgehalten werden. Am *Tag des Wassers* beispielsweise beten und feiern die Premer an Bord ihrer Ottas und Boote. Oberster Geweihter ist Jurge Swafnirsgrehd (siehe auch S. 172), dessen Weisheit und seherische Fähigkeiten Ratsuchende von nah und fern nach Prem führen.

Eine Besonderheit ist die Fontäne auf dem Dach des Tempels: Mit Hilfe einer komplizierten Mechanik wird Wasser aus dem Meer gepumpt und jeweils zur vollen Stunde durch ein kleines Rohr ausgeblasen, so dass sich eine Fontäne, ähnlich der eines Pottwals, über die Kuppel des Tempels ergießt. Dieses Wunderwerk der Technik haben die Premer gemeinsam gestiftet und im Jahr 1006 BF (2633 JL) von einem zwergischen Konstrukteur erschaffen lassen. Mit äußerster Sorgfalt pflegen die fünf Swafnir-Geweihten den Mechanismus, denn wenn er einmal versagen sollte, könnte ihn kein Premer reparieren.

Mitten in der Stadt befindet sich der **Travia-Tempel** (4), der von außen kaum als solcher zu erkennen ist, sieht er doch aus wie jedes andere Jolskrim. Laske Lodgrensson, der wegen seiner selbst für sein Volk immensen Größe von 2 Schritt 17 Finger von allen nur der *Lange Laske* genannt wird, und *Eindara Lindgridsdottir* sind schon über 30 Jahre Diener des Tempels. Das über fünfzigjährige Paar ist sehr beliebt und gilt als Inbegriff der Traviagefälligkeit.

Ungewöhnlich für Thorwal ist die Verehrung, die Rondra in Prem entgegengebracht wird. Die kriegerische Göttin soll beim Befreiungskampf gegen die mittelreichische Besetzung am 4. Rondra 431 BF (Donnarmond 2058 JL) einen Sturm gesandt haben, der das Tor der Feste zerschmetterte und den Premern den Weg eröffnete, diese einzunehmen. Aus Dankbarkeit hat man ihr einen kleinen **Rondra-Tempel** (2) innerhalb der Burg errichtet. In einer Nische des kleinen, mit Waffen geschmückten Betraums, der nur wenigen Gläubigen Platz bietet, steht ein Abbild der Göttin, das Rondra mit blitzumtobtem Haupt in all ihrem Zorn zeigt. Die Geschäfte des Tempels führt der alte Geweihte Garsvir Bokjolm. Sein Schüler, der junge Tjalf Jurgesson, wird ihm wohl in nicht allzu ferner Zukunft nachfolgen.

Die mächtige **Burg Harvard (Hoher Wächter)** (1) gilt als Wahrzeichen von Prem. Die Burg, die sich auf dem Berg *Varhal* über der Stadt erhebt, wurde nach der Eroberung Prem durch die Truppen des Kaiserreiches im Jahr 292 BF (1919 JL) erbaut.

Sie beherbergt seit Generationen die *Freie Kämpferschule von der Trutzburg zu Prem*. Dort bemüht sich Swafnelda Maradasdottir von der Rothelm-Ottajasko darum, ihren Zöglingen eine gute kriegerische Ausbildung zu vermitteln. Die Kriegerschule genießt im Land einen guten Ruf, auch wenn man sich mit der Schule in der Stadt Thorwal nicht messen kann (siehe auch Seite 44 und **Helden 106**). Gerne senden Ottajaskos, Sippen und Dorfgemeinschaften ihre Erfolg versprechenden jungen Frauen und Männer hierher, um deren Waffenfertigkeiten zu verbessern und sie mehr über die Kriegsführung lernen zu lassen. Viele Lehrer der Schule sind ehemalige Glücksritter, weshalb die Zöglinge zusätzlich einen guten Schuss Risikofreude

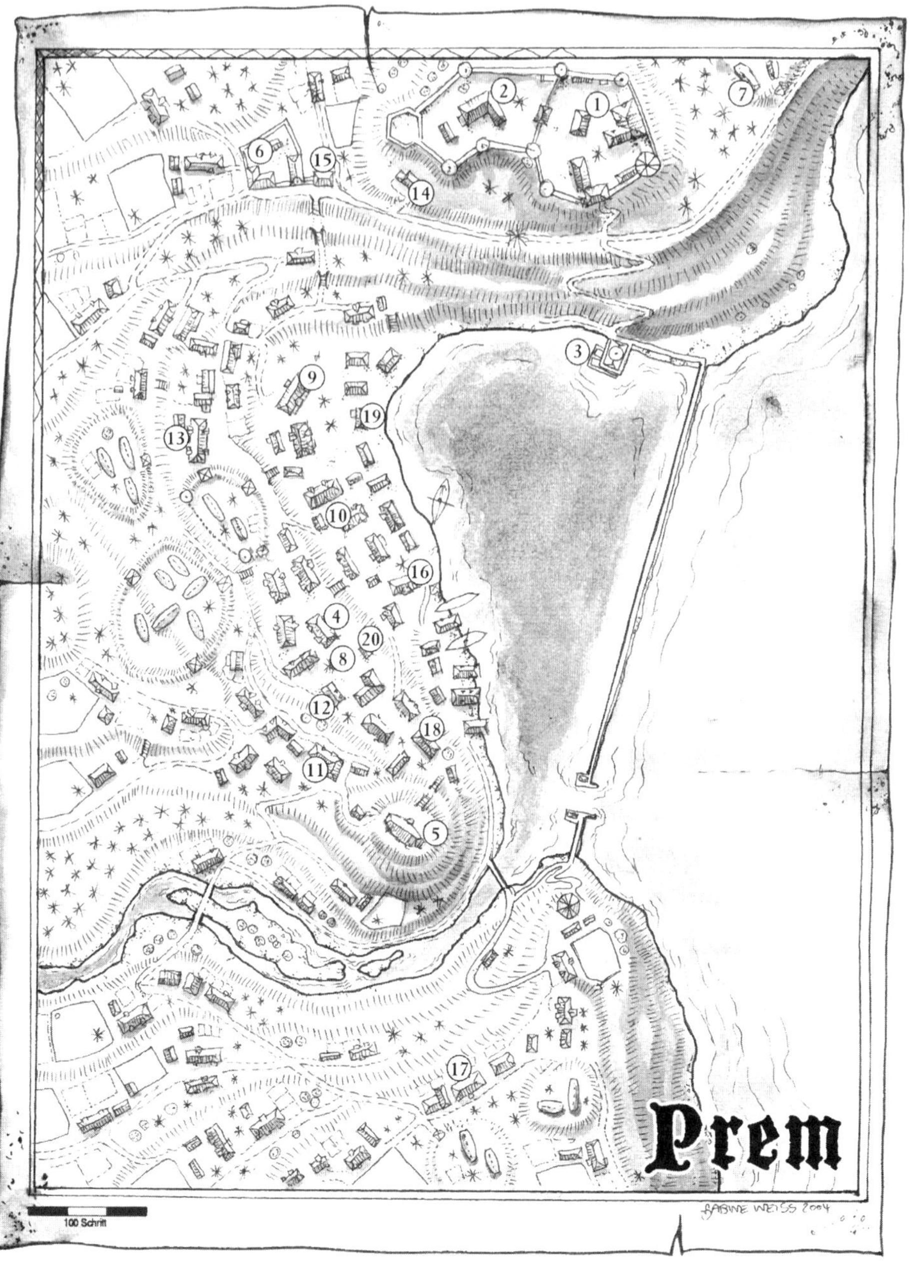

und Abenteuerlust mitbekommen. Die meisten Absolventen ziehen zunächst in die Ferne, um Ruhm zu erlangen, bevor sie in heimische Gefilde zurückkehren. Der Angriff der horasischen Truppen auf Prem 1023 BF (2650JL) hat dazu geführt, dass die Anlagen der Trutzburg, die zu einem guten Teil verfallen waren, wieder instand gesetzt worden sind. Der Südwestturm der Feste ist zu einem Geschützturm umgebaut worden, von dem aus man den nördlichen Teil der Bucht bestreichen kann.

Das **Hetskrim** (5) ist eines der ältesten Gebäude der Stadt. Das große Langhaus oberhalb der Stadt ist ein reiner Amtssitz. Neben der Versammlungshalla gibt es dort eine Schatzkammer, in der Tag und Nacht vier Wachen der Hetfrau die Steuer- und Zolleinnahmen der Stadt bewachen. Eine weitere Kammer dient als Archiv, in dem die wenigen schriftlichen Aufzeichnungen der Stadt verwahrt werden. Erst seit kurzem bemüht sich der Skalde Hauke Swangardsson im Auftrag der Hetfrau Thoras, eine Chronik der Stadt zu verfassen. Der sechzigjährige Skalde ist ganz erpicht darauf, mit Sängern, Priestern und anderen Geschichtskundigen zu sprechen oder anderweitige Hinweise auf die Geschichte der Stadt zu erheischen. Außerdem beherbergt die Halle die berühmte Seekartensammlung der Stadt. Es ist eine feststehende Tradition, dass jede Otta bei ihrer Heimkehr von ihrer Fahrt berichtet, Ergänzungen zu den Seekarten macht oder sogar eine neue Karte mitbringt. Im Laufe der Jahrhunderte hat sich so eine stattliche Sammlung ergeben, die, zumindest was Seekarten angeht, angeblich sogar die berühmte Kartothek in Thorwal übertrifft. Kein Wunder, dass viele Kapitäne und Kauffahrer gerne einen Blick in die Karten werfen oder sie gar kopieren lassen möchten. Hetfrau Thora Thurboldsdottir lässt sich solche Dienste mit gutem Silber bezahlen – allerdings gibt es Karten, in die Fremde um keinen Preis Einblick bekommen können. Allzu häufig trifft man die Hetfrau nicht in der Stadt an, denn genau wie ihr Vater fährt sie viel zur See. Thurbolds Motto – *»Wer kein Ruder mehr stemmen, kein Segel mehr hissen und kein Feuer mehr schlucken kann, der weiß auch nicht mehr, was gut ist für Prem«* – hat Thora nach dem Tod ihres Vaters übernommen. Während ihrer Abwesenheit vertritt ihre engste Beraterin Birga Hjalske die Hetfrau.

Die Sippe Hjalske, in deren **Brennerei** (6) das berühmte Premer Feuer gebrannt wird, ist zur einflussreichsten Händlersippe der Stadt aufgestiegen. Sie verfügen nicht nur allein über das Rezept für echtes Premer Feuer und hüten dieses Geheimnis wie ihren Augapfel, sie sind zugleich die einzigen in ganz Thorwal, die Premer Feuer in größeren Mengen herstellen, um es in alle Gegenden Aventuriens zu exportieren. So stammt beinahe jedes echte Feuer, das man südlich des Ingval serviert bekommt, aus einem jener Fässer mit der Aufschrift *»Hjalskes Rotbrand – nach Originalrezept in Prem gebrannt«*. Die Echtheit lässt sich anhand der typisch hellroten Flamme nachweisen, mit der der edle Schnaps verbrennt. In der Brennerei arbeiten ausschließlich Sippenmitglieder unter dem Familienoberhaupt Algrid Hjalske. Derzeit weist die Sechzigjährige ihre Tochter Rottmar in die Geschäfte ein. Diese ist guter Dinge, die Handelsbeziehungen ins Liebliche Feld rasch wieder aufnehmen zu können, hat sie doch vor dem Krieg bei einem befreundeten horasischen Kaufmann das Händlergewerbe gelernt. Die Bauarbeiten an einer neuen und größeren Brennhalle nördlich der alten Brennerei (außerhalb des Plans) werden wohl bald abgeschlossen sein.

Eine weitere bedeutende Ottajasko ist die der **Garsjalm** (10). Seit Generationen werden in dieser **Segelmacherei** die aventurienweit bekannten Segel der Drachenschiffe angefertigt. Außerdem stellt man Tuche für Zelte und Wagenplanen her, die die Garsjalmer nach ganz Aventurien verschiffen. Iskra Frenjarsdottir hat das Geschäft von ihrem Vater übernommen, der im Krieg gegen das Horasreich gefallen ist. Sie hadert mit ihrem Schicksal, weil sie aufgrund seines überraschenden Todes nie die Gelegenheit hatte, auf große Fahrt zu gehen, und träumt davon, eines Tages hier alles stehen und liegen zu lassen.

Wer denkt, dass in Prem die Händler und Handwerker das Sagen hätten, der irrt gewaltig. Die **Ottaskin der Sturmspeere** (7) verfügt über erheblichen Einfluss, stellte sie doch mit Beorn Laskesson den ehemaligen Jarl der gesamten Premer Halbinsel (siehe auch S. 168). Sein Sohn Laske Beornsson führt inzwischen die Ottajasko. Den Sturmspeeren eilt an fremden Küsten ihr Ruf als berüchtigtste Ottajasko Prems voraus, denn noch heute lebt sie überwiegend von Beutefahrten.

Beorn ist als gesetzeskundiger und weiser Mann bekannt. Viele suchen seinen Rat oder sein Urteil bei Streitigkeiten. Nunmehr ist er allerdings häufiger in der Stadt Thorwal anzutreffen, da die Oberste Hetfrau Jurga Trondesdottir seine Weisheit schätzt, während die Premer froh sind, einen der ihren so nah am Ohr der Obersten Hetfrau zu haben.

Das Antlitz Prems hat sich durch den Angriff der Horasier 1023 BF (2650 JL) sehr verändert. Zwar richtete der Überfall im Vergleich zur Stadt Thorwal nur geringen Schaden an, doch die Premer erkannten, dass sie sich besser für künftige Auseinandersetzungen rüsten müssen. Daher wurde nicht nur die Trutzburg wieder instand gesetzt und mit einem Geschützturm bestückt, sondern auf der Anhöhe am südlichen Ende der Drachenbucht zudem ein weiterer achteckiger **Geschützturm** (21) errichtet, der mehr als 15 Schritt hoch und mit Schieferschindeln gedeckt ist. Die beiden Türme wachen mit zwei schweren und vier mittleren Rotzen über die **Hafeneinfahrt** (23). Allein durch diese enge Zufahrt vermögen Schiffe in die Bucht vorzudringen. Hier wird von der Hafenwache auch das 'Hafensilber' kassiert, das jedes Schiff für den Erhalt der **Pfahlsperre** (22) zu entrichten hat. Rechts und links der Einfahrt zieht sich eine Doppelreihe tief in den Schlick gerammter, angespitzter Pfähle quer durch die Bucht und schützt den Hafen vor Eindringlingen. Die bei Flut nur knapp zwei Spann über die Wasseroberfläche ragenden Pfahlreihen sind miteinander durch dicke Bretter verbunden, die auf der Wasseroberfläche schwimmen. Auch ein schweres Schiff vermag nicht die Doppelreihe der Pfähle zu durchbrechen. Hinter den Pfahlreihen führt ein Steg entlang, von dem aus man die Befestigungen kontrollieren kann. Dieser Steg dient auch dazu, ankommenden Schiffen deutlich sichtbar zu machen, dass sie hier nicht passieren können.

Die Premer sind ein freundlicher und herzlicher Menschenschlag. Man trifft sich gerne, um zu feiern und zu reden, zu streiten und Geschäfte zu machen. Am liebsten tut man das im **Drakkarskrim** (9), der großen Halle in der Nähe des Hafens: Von Sonnenaufgang bis spät in die Nacht herrscht im 'Drachenhaus' – wie es ein Mittelreicher nennen würde – reges Treiben. Das Drakkarskrim ist zugleich Gerichts- und Marktstätte sowie Versammlungs- und Festhalle. "Wenn du jemanden suchst, geh ins Drakkarskrim", sagen die Premer, und wer seinen Bekannten dort nicht antrifft, findet zumindest jemanden, der weiß, wo er weitersuchen muss. Es gehört zu den Feierlichkeiten am 'Tag der Heimkehr', dass die Travia-Geweihten hier ihre Ansprache halten, wie auch die feierliche Fahrt nach Thorwal zum 1. Efferd (Heimamond) hier ihren Anfang nimmt. Auch die Gründung der Stadt am 14. Rahja (Vinmond) wird hier alljährlich begangen

Prem und sein wöchentlicher Markt sind ein beliebter Anziehungspunkt für Kauffahrer und Reisende. Für diese hat die Stadt einige Gaststätten zu bieten: vom **Gasthof *Premer Hof*** (11), der sich auf Gäste aus dem Mittelreich spezialisiert hat, über die **Herberge *Bei Venske*** (12), das für thorwalsche Verhältnisse ein ungewöhnlich ruhiges Haus ist, bis hin zur günstigen **Pension *Zur Trutz*** (14), das Unterkunft für Besucher der Trutzburg oder sparsame Händler bietet.

Eine Besonderheit ist die **Herberge *Ottashjolm*** (13), die in einem ehemaligen Ottaskin gelegen und vor allem bei Ottajaskos aus Olport und Thorwal beliebt ist, da sie gleich einer ganzen Schiffsbesatzung Platz bietet. Die Ottaskin wurde nach der verheerenden Feuersbrunst 939 BF (2566 JL) erbaut, nachdem die ursprünglichen Eigentümer, die Sturmkinder, in die Stadt Thorwal umsiedelten. So ergriff die durch das Feuer arg dezimierte *Gischtwellen*-Ottajasko die Gelegenheit, dort ihren neuen Jolskrim zu bauen. Allerdings sollte die Ottajasko nie wieder zur alten Größe aufsteigen. Ihr Schicksal war besiegelt, als ihr letztes Schiff bei der Jagd nach einer Seeschlange vor Skerdu verloren ging. Einige Überlebende schlossen sich anderen Ottaskins an, die wenigen Verbliebenen bauten das Jolskrim zu einer Herberge aus. Grima Gischtwelle, die Wirtin, sucht stets nach mutigen und einfallsreichen Helden, die ihr den verschollenen Drachenkopf der alten Otta bringen können, der magische Kräfte besitzen soll. Damit hofft sie, eines Tages die Ottajasko der Gischtwellen zu neuem Ruhm zu führen.

Name	Q	P	B	A	Bemerkungen
Hotel Premer Hof	5	9	2	3	16 Betten
Herberge Bei Venske	7	6	3	1	20 Betten
Herberge Ottashjolm	4	3	5	2	40 Betten
Pension Zur Trutz	8	7	2	–	8 Betten
Taverne Bei Hjalskes	8	6	2	–	–
Taverne Alle Winde	3	2	3	–	–
Taverne Drachenhals	6	6	1	2	–
Taverne Pottwal	4	7	–	2	–
Taverne Graugans	5	4	4	–	–
Schänke Heimkehr	2	1	3	–	–
Schänke Am Stein (20)	7	8	2	1	–

Die **Taverne *Bei Hjalskes*** (15) befindet sich in einem der Nebengebäude der berühmten Brennerei. Die Gaststube ist mit vielen Andenken aus fernen Ländern geschmückt. Ein Prunkstück ist ein Kelch Kaiser Valpos, der einer der besten Kunden in der ruhmreichen Geschichte der Sippe gewesen ist.

Weniger gemütlich ist es in der **Hafentaverne *Alle Winde*** (16), wo es für den Geschmack der meisten Premer ein bisschen zu hoch hergeht. Seit ein gewisser Brandan Toeghsson dem altem Wirt Asleif die Taverne beim Würfelspiel abnahm, ist das *Alle Winde* zum Treffpunkt von Raufbolden, Halsabschneidern und Söldnern geworden, die es nach Prem verschlagen hat. Hier fragt keiner nach dem Woher, Wohin und Warum, sondern nur nach dem, was zu tun ist, und wie viel Silber es bringt.

Die **Taverne *Drachenhals*** (17) ist ein beliebter Treffpunkt der Einheimischen. Wirtin Arva Torbensdotter spielt mehrere Instrumente und hat einige Sagas gedichtet, in denen sie Erzählungen ihrer zahlreichen Gäste mit viel Phantasie zusammengewoben hat. Daneben verblüfft die hübsche, groß gewachsene Wirtin ihre Gäste mit der Kunst der Stegreifdichtung. So herrscht in der Hafentaverne fast jeden Abend eine ausgelassene Stimmung.

Die Schänke ***Heimkehr*** (19) verleitet dazu, genau das zu tun: Die Getränkeauswahl ist auf dünnes Bier und billigen Fusel beschränkt, so dass man daheim allemal besser aufgehoben wäre.

Mitten in der Stadt findet sich ein ebenso geheimnisvolles wie Ehrfurcht gebietendes Monument: ein fünfeinhalb Schritt hoher Monolith aus spiegelglattem, schwarzem Gestein. Um dieses geheimnisvolle Artefakt, das die Einheimischen nur den **Stein** (8) nennen, ranken sich viele Geschichten. Allein schon über seinen Ursprung ist man sich nicht einig. Die einen sagen, der Stein habe bereits hier gestanden, als Isleif und seine Leute angelandet seien, andere behaupten, der Monolith sei vor vielen hundert Jahren eines Nachts einfach aus dem Nichts erschienen. Bis heute weiß niemand zu sagen, woher der Stein stammt oder welchem Zweck er einmal gedient haben mag. Gelehrte Frauen und Männer aus vielen Ländern haben den basaltenen Monolithen eingehend untersucht und dennoch wenig mehr herausgefunden, als dass er keinerlei magische Kraft birgt. Ob er aber tatsächlich ein mächtiges magisches Unding oder Untier unter sich auf immer begräbt, wie manche sagen, ist ungewiss. Andererseits mag auch niemand das Wagnis eingehen, den Block zu stürzen, um nachzusehen. Die Premer jedenfalls haben den Stein in ihr rituelles Leben einbezogen. Hier werden Schwüre besiegelt, Bündnisse geschmiedet und Heiratsversprechen abgelegt. Im Felsboden um den Stein haben die vielen Besucher mit der Zeit einen richtigen Pfad ausgetreten (siehe auch S. 185).

Häufigster Besucher ist Frenjar der Heiler, den alle nur den **den Weißen** nennen. Seit Jahren schon untersucht er den Monolithen sorgfältig, zu welchem Zweck allerdings ist nicht bekannt. Wäre Frenjar nicht ein fähiger Heiler und Kräuterkundiger, die Premer hätten ihn sicherlich schon längst aus der Stadt gejagt. Zu unheimlich ist der weißhaarige, hagere Mann mit seinen glutroten Augen, der in einer einsamen Hütte am Rand der Stadt haust. Doch mag man auf seine Dienste nicht verzichten, und bislang hat er noch niemandem ein Leid angetan.

Ein verrufener Ort ist die **alte Mine** (außerhalb des Plans), deren Eingang sich etwa eine Meile flussaufwärts befindet. Man sagt, dass es dort spuke und allerlei Geister umgingen, die den Menschen nach dem Leben trachteten. Während der Priesterkaiserzeit wurde hier Pyrit gefunden, sogenanntes Katzengold. Die Statthalter der Priesterkaiser ließen thorwalsche Gefangene unter unerträglichen Bedingungen das Mineral abbauen. Unter den Arbeitern war auch eine Swafnir-Geweihte, die nach langem Martyrium mit ihrem letzten Atemzug einen schrecklichen Fluch ausgesprochen haben soll. Es gibt unterschiedliche Geschichten darüber, was sich daraufhin in der Mine ereignet habe, eine unheimlicher als die andere. Gewiss ist, dass mächtige Erdstöße die Grube erschütterten, so dass etliche Tunnel einstürzten und alle und alles begruben. Andere Tunnel wurden überflutet. Es heißt, dass die Geister der Verschütteten dort umgehen und sich rachsüchtig auf alle stürzen, die ihre Ruhe stören. Andere erzählen, dass dort die Schergen der Priesterkaiser als Leichenfresser, die das Blut der Lebenden tränken, ihr Unwesen treiben. Wieder andere wollen wissen, dass in Neumondnächten dunkle Wesen den tiefen Schlünden entsteigen, um in der Schwärze der Nacht die Menschen zu verderben. Was davon Wahrheit und was nur abergläubisches Geschwätz ist, muss jeder selbst herausfinden. Und vielleicht ist ja etwas wahr an dem Gerücht, dass in der Mine ein Schatz aus der Priesterkaiserzeit verborgen liegt.

Wie überall in Thorwal wird das Immanspiel in Prem über alles geliebt. Das **Immanfeld** (außerhalb des Plans) an der Straße nach Skjalde ist immer gut besucht, wenn die Eschenschwinger zum Spiel rufen. Gleich neben dem Immanfeld befindet sich die Ottaskin der **Eschenschwinger-Ottajasko**. Diese beherbergt außerdem die kleine Taverne ***Pottwal***, in der auch die Trophäen und Andenken der Mannschaft gesammelt werden. Hin und wieder versuchen einige Jungspunde aus anderen Siedlungen, die Siegeszeichen zu stehlen, doch die Wirtin des *Pottwal*, Tjalva Bjarnildasdottir, war selbst einmal Spielerin der bekannten Mannschaft und hat ein wachsames Auge auf die Andenken. Die Eschenschwinger versuchen auf jeder Ausfahrt, fremdländische Mannschaften zu einem Spiel zu fordern.

Aventurienweiten Ruhm genießen die mutigen Männer und Frauen der Premer Seesöldner, die keine Herausforderung scheuen. Südlich der Drachenbucht gibt es eine Stelle, die sich als Lande- und Liegeplatz für Langschiffe eignet. Dort haben sich die Seesöldner niedergelassen. Die zehn Langhäuser, die ihnen als Unterkünfte dienen, sind sparrenförmig angeordnet, jedes Jolskrim deckt den Eingang des anderen. So sind Sturmangriffe auf die Türen ausgeschlossen und die schmalen Gassen leichter zu verteidigen.

Insgesamt zehn Drachenschiffe mit ungefähr 500 Kämpfern gehören zu den Premer Seesöldnern. Mit Verwandten und Bediensteten besteht die Ottajasko aus bis zu 700 Menschen, aber oft sind die Schiffe in ganz Aventurien unterwegs, so dass der Ort dann eher einer Geisterstadt gleicht.

Olport / Olaport

Einwohner: um 2.700 (davon 40 % nivesischer oder norbardischer Abstammung, 2 % Firnelfen
Herrschaft / Politik: Hetmann vom Nader: Torgal Raskirsson von der Sturmsegler-Otta, Folkehjalding (Rat der freien Männer und Frauen)
Garnisonen: etwa 100 Rekker der Sturmsegler-Otta
Tempel: **Swafnir, Ifirn/Firun**, Efferd, Travia
Einflussreiche Ottajaskos: Sturmsegler-Ottajasko unter Torgal Raskirsson, Funkenschläger-Ottajasko unter Thydir Frenjarsson, Hammerfaust-Ottajasko unter Thorid Eiriksdotter, Runajasko (Magierschule)
Besonderheiten: walförmiger Swafnir-Tempel mit Erinnerungsstücken aus zweieinhalb Jahrtausenden Siedlungsgeschichte; Ewiger Eiskristall im Ifirn-Tempel; Magierakademie *Runajasko* (Umwelt und Elementar, gildenlos); die Hafeneinfahrt ist von steilen Felsen wie dem Efferdpfeiler gesäumt und voller Klippen und Untiefen, sie ist ohne Lotsen kaum passierbar, der Efferdpfeiler zählt zu den heiligen Stätten der Efferd-Kirche.
Wichtige Gasthöfe: der *Gasthof* (Q4, P5, B12 von Selma Halmarsdottir, einziger Gasthof überhaupt, bis zu 60 Lager)
Herausragende Handwerker und Händler: Hundezucht (Schwarze Olporter), Kreidebruch, Waffenschmiede, Schneedachszucht
Stadtgeschichte: Den Überlieferungen nach ging Jurga Tjalfsdottir vor etwa 2.600 Jahren hier an Land und gründete die erste Siedlung der Hjaldinger, *Olafjord*. Die Akademie ist angeblich die älteste Aventuriens.
Lokale Helden: Torstor Om, trinkfester und rauflustiger Held, der auf seinen Streifzügen ganz Nordaventurien durchwanderte; Haldrunir Windweiser, Hetmann der Runajasko; Iskir Ingibjarsson, Skalde
Stimmung in der Stadt: gastfreundlich, rau, von einer durch die Elemente Wasser, Wind und Eis (und damit den Göttern) geprägten kämpferischen Lebensart; auf traditionelle hjaldingsche Werte bedacht

»Ein ehrfürchtiges Schaudern überkam mich, als ich meinen Fuß das erste Mal in diese altehrwürdige Stadt setzte. Wahrlich, ich hatte schon andere alte Städte geschaut, das turmgeschmückte Vinsalt und die Kuppeln des schönen Khunchom. Und dennoch ergriff mich in den mal weitläufigen, mal eng gewundenen Gassen Olports eine ganz besondere Ehrfurcht. Die wuchtigen, schweren Dächer der Langhäuser zogen sich fast bis auf den Erdboden, getragen von altersdunklen Balken, die man zu Feuer speienden Drachen, Zahn bewehrten Schlangen oder zu Walflossen geschnitzt hatte. Die Häuser gemahnten an die eleganten Leiber ihrer Schiffe, als wollten die Thorwaler auch an Land nicht ohne ihre Boote auskommen. Man hätte wohl Stunden damit zubringen können, sie zu betrachten, und wäre doch immer wieder neuer Details gewahr geworden. (...)
Ich war überrascht, an diesem Hort Hjaldingards auf so viele Einwohner mit dunklen Haaren und Augen zu treffen. Auch schräg gestellte Augen waren ein häufiger Anblick, Zeichen des nivesischen Erbes.«
—Desideria Firunen, Dienerin des Aves, 1019 BF

Olport ist die traditionsreichste Stadt der Thorwaler: Hier ist der Ort, an dem die Hjaldinger vor zweieinhalb Jahrtausenden nach ihrer entbehrungsvollen Überfahrt über das Meer der Sieben Winde landeten. Es ist ein karger Siedlungsgrund, an den die Hjaldinger vom Schicksal getrieben worden sind. Während der langen Winter ist die Region von Schnee bedeckt. Auch der Nader friert häufig zu.
Vor allem die Gassen in Hafennähe sind mit Knüppeldämmen befestigt, sorgt die Schneeschmelze im Frühjahr doch regelmäßig dafür, dass Skavanger und Nader über die Ufer treten. In ungünstigen Jahren, wenn ein heftiger Wind gleichzeitig das Wasser des Fjordes aufs Festland drückt, bleibt den Bewohnern der tiefer gelegenen Häuser nichts anderes übrig, als ihre Habseligkeiten in Sicherheit zu bringen und das Hochwasser abzuwarten. Obwohl man bald besseren Siedlungsgrund gefunden hatte, dachte man doch nie daran, den sicheren Hafen, den Swafnir den Hjaldingern gewiesen hatte, aufzugeben.
Herr über die Stadt ist Torgal Raskirsson von der **Sturmsegler-Ottajasko** (1). Ihm zur Seite steht das Folkehjalding, das sich nach Bedarf im Swafnir-Tempel trifft. Diesem Rat gehören zwölf gewählte Vertreter an, darunter immer ein Gesandter der Runajasko und des Swafnir-Tempels. Da Raskirsson oft auf See ist, obliegen dem Folkehjalding die meisten Entscheidungen.
Die große Zahl nivesischer und norbardischer Siedler, die in Olport eine Heimat gefunden haben, hat sich im Aussehen der Menschen deutlich niedergeschlagen: Zwar sind rote Haare unter Thorwalern ohnedies nichts Außergewöhnliches, doch zeugen die schräg gestellten Augen vieler Olporter von nivesischen Vorfahren. Auch dunkelhaarige und dunkeläugige Thorwaler findet man häufig. Der Olporter Dialekt ist von nivesischen und norbardischen Lehnwörtern durchsetzt. Viele Olporter sprechen neben thorwalsch auch nivesisch.
Ein Angriff Gloranas im Hesinde (Frostmond) 1026 BF hat vornehmlich in der Runajasko bleibende Spuren hinterlassen. Zwar sind einige Häuser der Stadt durch Erdstöße eingestürzt oder ein Raub der Flammen geworden, doch die meisten Schäden wurden mittlerweile behoben.

Von den Ottaskins

»Das Gassengewirr Olports hat nur wenig gemein mit unseren wohlgeordneten Städten, wo alle Straßen auf einen Platz mit einem Tempel zulaufen und sich alle Bewohner eines Standes in einem Viertel zusammenfinden. Man haust hier bunt durcheinander und scheint auch gar nichts dabei zu finden.«
—Desideria Firunen, Dienerin des Aves, 1019 BF

Sind mittelreichische Städte zumeist in Viertel aufgeteilt, wo Patrizier, Handwerker oder einfache Tagelöhner unter sich bleiben, ist dieses Gefüge in Olport unbekannt. Die Struktur der Siedlung orientiert sich an den Ottaskins der Ottajaskos, die sich dort niedergelassen haben: Sie bilden das Zentrum eines 'Stadtteils', um die sich die Häuser der anderen Bewohner gruppieren. Feuersbrünste und Flutwellen, bei denen Teile der Stadt zerstört wurden, haben an dieser Siedlungsstruktur nichts geändert. Auch die schützenden Wallanlagen sind bis heute erhalten, für einen Fremden ein merkwürdiger Anblick, mitten in einer Stadt auf einen gut mannshohen Erdwall zu stoßen.
Viele Ottajaskos, Sippen und Familien siedeln bereits seit vielen Generationen hier, so wie die **Rikaluin-Sippe** (2), die **Wellenbrecher** (3), die **Hammerfaust** (4) oder die **Funkenschläger-Ottajasko** (5), die eine der traditionsreichsten Schmieden des Landes unterhalten. Auch die **Rangoldson-Sippe** (6), von der es heißt, dass sie auch einmal gerne den Hetmann vom Nader stellen würde, die **Wjassof-Sippe** (7) und die **Sturmtrotzer-Ottajasko** (8), die den örtlichen Waskir brennt, zählen zu den Alteingesessenen.
Einst standen diese Ottaskins auf freiem Feld, doch von den Menschen, die neu in die Siedlung kamen, wurden neue Häuser errichtet, die freien Flächen wurden rarer, die Siedlung wuchs zu einer Stadt zusammen. Norbarden und Nivesen, die sich in Gesellschaft der Thorwaler niederließen, bauten Häuser auf ihre eigene Weise und nach ihren Bedürfnissen, so dass längst nicht nur Langhäuser, sondern auch kleinere Holzhäuser mit steilen Dächern das Stadtbild prägen.
Ein Fremdenviertel kennt man in Olport nicht, die raue Umgebung gebietet es, zusammenzurücken und das Leben zu teilen. Man hegt keinen Wunsch, sich voneinander abzugrenzen. Einzige Ausnahme sind die wenigen Firnelfen, die sich hier niedergelassen haben und denen der Geruch der Holz- und Torffeuer, der ganzjährig schwer über der Stadt liegt, nicht behagt. Sie haben ihre Behausungen ein gutes Stück vor der Stadt erbaut – und dennoch nahe genug bei den Menschen, um unter ihresgleichen als wunderlich zu gelten.
Jüngste Gründung ist die **Hjaldifrej-Ottajasko** (9), die Iskir Ingibjars-

son (siehe auch S. 167) und seine Gemahlin Lingard Ranghildsdottir von der Wellenbrecher-Ottajasko erst im Ingerimm 1027 BF (Faramond 2654 JL) ins Leben gerufen haben. Iskirs Treiben ist den alteingesessenen Gemeinschaften ein Dorn im Auge, denn der frischgebackene Hetmann wirbt freimütig die jungen Leute aus ihren Ottajaskos ab. Dies tut er nicht zum ersten Mal, denn schon auf seine missglückte Güldenlandfahrt 1023 BF (2651 JL) folgten ihm Dutzende – damals noch meist mit dem Segen ihrer Ottajaskos. Außerdem locken Iskirs Versprechungen, den Thorwalern die Freiheit vom 'Joch der Obersten Hetleute zu bringen', eine Menge Heimat- und Ottaloser in die Stadt, die für zusätzlichen Unfrieden sorgen.

Die Kreidefelsen

Die drei Kreidefelsen Westwindklippe (*Vestanvindbodi*), Swafnirs Turm und der drohende **Efferdpfeiler** (10) sind die Wahrzeichen Olports und mit vielen Geschichten verbunden. Es ist Efferds zerstörerische Kraft, die sich in den tückischen Klippen zeigt und ihre Opfer ohne Ansehen der Person fordert, und Swafnirs Schläue und Weisheit, die er den Lotsen geschenkt hat, dieses Fährnis zu umgehen.

Der westliche Felsen ist ein mächtiger, steiler Rücken, 50 Schritt hoch und etwa 500 Schritt lang. Von Sonnenauf- bis Sonnenuntergang hält einer der Lotsen mit einem Horn Wacht, um ankommende Schiffe anzukündigen. Hier hat die **Runajasko** von Olport (11, siehe S. 59ff.) ihre wohlbewehrte Heimat, denn der von Elementen umtoste Felsen ist nur über einen schmalen, steilen Stieg zu erreichen, der nachts nahezu unpassierbar ist. Ein **Leuchtfeuer** (12), das von den Magiern der Akademie unterhalten wird, weist den einlaufenden Schiffen den Weg in den Fjord.

Swafnirs Turm, der östliche Felsen, erhebt sich bis in eine Höhe von 70 Schritt und läuft dann in welligen Stufen von 30 Schritt Höhe bis nach Olport aus. Oft steigen ganze Ottajaskos zu einer Feier auf den Rücken der Klippe, von dem aus man bei klarem Wetter bis nach Dibrek, der nächstgelegenen Insel der Olportsteine, blicken kann. Gekrönt wird die schroffe Klippe von einem schmalen Felsturm östlich der Feste, dessen oberster Gipfel kaum zu erklimmen ist. Seinem oder seiner Angebeteten vom 'Turm' ein Möwenei mitzubringen, ist anerkannter Mut- und Liebesbeweis.

Der Efferdpfeiler inmitten der Hafeneinfahrt dagegen gilt als unbesteigbar. Die zackige Säule von etwa 25 Schritt Höhe dehnt sich unter Wasser zu einem Riff. Als Mittelpunkt des Efferd-Opfers ist die Felsnadel einer der heiligsten Orte des Gottes und es ist üblich, dass die Gläubigen vor allem am Tag des Wassers in Booten so nahe wie möglich an den Fuß des Pfeilers heranfahren, um dem Meeresgott ihre Opfergaben darzubringen.

Der Hafen

Der Olporter Hafen ist ein wichtiger Zwischenhalt für alle Nordlandhändler. Karavellen und Koggen, die auf der weiten Fahrt in den Golf von Riva oder nach Paavi den berühmten Hafen einige Tage zur Erholung und zur Reparatur anlaufen, sorgen für ein stetes Auskommen. Der Hafen ist vornehmlich auf die Bedürfnisse von Langschiffen ausgerichtet: Gleich am **Jurgaplatz** (13) kann man anlanden und die Schiffe auf den flachen Strand ziehen. Für tiefgängige Schiffe hat man am östlichen Ufer der Nadermündung einen Landekai errichtet. Von dort müssen die Waren mit Booten zum Marktplatz hinübergerudert werden. Dieses Geschäft wird hauptsächlich von Norbarden bestellt, von denen viele auch als Schauerleute arbeiten. Zum Schutz vor der Witterung in den langen harten Wintern und damit man nicht sämtliche Reparaturarbeiten unter freiem Himmel erledigen muss, haben die Olporter Ottajaskos **Bootsschuppen** (14) gebaut, deren schwere Reetdächer von wuchtigen Balken getragen werden. Im Sommer nutzt man die Unterstände als Lagerhäuser.

Lotsenhaus

Die Verzierungen des Langhauses der berühmten **Olporter Lotsen** (15) zeigen besonders oft den blasenden Wal, den Beschützer und Wegweiser aller Seefahrer. Lotsenmeister Kaukuira 'Sturmente' ist nivesischer Abstammung, seine Lotsen größtenteils Thorwaler, von denen die meisten leidlich Garethi sprechen. Am Strand liegen stets einige der flachen und eleganten Lotsenboote bereit, die von acht Rojern pfeilschnell über die Untiefen gerudert werden. Der Anblick der eifrigen Lotsen, die unter Fluchen und Scherzrufen zwischen den Klippen hervorjagen, jeder bemüht, der erste zu sein, erheitert jede Schiffsbesatzung. Aber so ist es Brauch: Wer sich zuerst an Bord schwingt, darf das Boot in den Hafen lotsen.

Die meisten Lotsen sind schon von Kindesbeinen an mit an Bord, um ihr Handwerk 'von der Pike auf' zu erlernen. Einige von ihnen verstehen sich zudem auf die Navigation auf offener See. Viel Mut und Erfahrung gehören dazu, einen sicheren Pfad durch die tückischen Untiefen und schaumumspülten Felsbänke zu finden, zumal für jeden Schiffstyp je nach Tiefgang und Beweglichkeit andere Gefahren zu berücksichtigen sind. Dieses Wissen ist ohne Frage die traditionelle 'Hand voll Münzen', die die Lotsen dafür verlangen, wert. Nachts ist die Fahrt durch die Klippen, deren Dauer zwischen dem Verstreichen eines Viertel- bis Halbstundenglases schwankt, nahezu unmöglich.

Stätten des Glaubens

Vier Tempel stehen den Gläubigen offen, von denen der Tempel Swafnirs der größte, der Tempel Efferds aber unzweifelhaft der bedeutendste ist – wenngleich auch die Olporter diese Einschätzung nicht teilen.

Der **Efferd-Tempel** (16) thront über dem Hafenbecken in einem der wenigen Steingebäude. Die prachtvoll mit Lapislazuli und Aquamarin ausgelegten Hallen zeugen ebenso vom Reichtum des Tempels wie die goldverzierten Säulen und reichen Opfergaben: Schmuckstücke aus Bernstein, Perlen, Mondstein, Lapislazuli und Zwergensilber sowie kunstvoll geschnitzte Opfergaben aus Seetigerzahn. Zarte Draperien aus feinster, silberdurchwobener Seide zieren die Wände, durchscheinend wie Meerschaum.

Der Reichtum begründet sich darin, dass der Efferdpfeiler zu einer der wichtigsten Pilgerstätten des Efferd-Glaubens zählt, dessen Gläubige alljährlich – vor allem im Monat des Delphingottes – in die Stadt strömen und die Opferschale des Tempels füllen.

Nach der Aufhebung des Silem-Horas-Ediktes gab es im Tempel zu Bethana Überlegungen, dem Heiligtum die Bedeutung abzusprechen und an seiner statt eine Weihestätte in zwölfgötterfreundlicherem Gebiet zu propagieren. Doch selbst als man nach dem Tod des greisen Hochgeweihten Blotgrim Naekannison beschied, keinen Nachfolger nach Olport zu entsenden, konnte das der Beliebtheit der Pilgerstätte keinen Abbruch tun. Schlussendlich fügte sich die Kirchenführung den Realitäten, und vor kurzem hat man die Albernierin Naelgarda Swanhild zur neuen Hochgeweihten erhoben.

Auch wenn der Efferd-Kult in Thorwal einen anderen Stellenwert hat, sehen die Olporter ihn ganz pragmatisch. Die Pilger füllen ihre Säckel kaum weniger großzügig als die des Tempels und stellen eine wichtige Einnahmequelle dar. Also übt man sich in thorwalscher Freigeistigkeit. Wohl niemand in der Stadt käme darauf, den Pilgern zu verstehen zu geben, dass einem ihre Art, Efferd zu ehren, merkwürdig anmutet.

Am Hafen und vor dem Tempel bieten des Tags Bein- und Holzschnitzer Miniaturen von Schiffen und Delphinen als Opfergaben feil, je nach Kunstfertigkeit des Handwerkers und Geldbeutel des Käufers von eher grober Qualität bis hin zu filigranen Kunstwerken.

Weit höhere Bedeutung messen die Olporter dem **Swafnir-Tempel** (17) bei. Das imposante, aus Kreidefels erbaute Bauwerk erinnert an einen mächtigen, grauweißen Wal. Mit der beeindruckenden Firsthöhe von über zehn Schritt birgt der Tempel nur eine einzelne Halle.

Gleich hinter dem Portal, das wie das Maul eines Wals gestaltet ist, ist ein tiefes Becken mit einem Springbrunnen eingelassen, der an das Blasloch auf dem Rücken eines Wals erinnert. Das Haupt des Wals, so heißt es, soll angeblich auf Swafnirs Insel weisen, das verschollene, sagenumwobene Eiland.

Die Haupthalle bietet mehreren hundert Besuchern Platz. Die Wände sind mit Bildern aus den Anfangstagen der Kinder Hjaldingards bemalt. Dort kann man die Geschichte von der Überfahrt und Landung Jurgas und ihrer Getreuen bewundern, die wundersame Offenbarung des Gottwals und ein Gemälde von seiner Heimstatt, einem paradiesisch anmutenden Eiland. Auch die ersten Jahre der Besiedelung sind dort in Wandgemälden festgehalten, die ersten kriegerischen Auseinandersetzungen mit den tulamidischen Einwanderern und das Leid der großen Seuche. Der Name des Schöpfer dieser Kleinodien ist unbekannt, doch steht es außer Frage, dass ein fremdländischer Meister sie gemalt haben muss, denn auf diese Kunst verstehen sich die Thorwaler nicht.

Den zahlreichen Kindern von Swafnir und Ifirn hat man eigene Nischen geweiht, jede mit einem eigenen kleinen Altar und Standbild. An den Wänden und auf Borden finden sich Geschenke der großen Helden und Ottajaskos an die Halle des Walgottes. Da gibt es geschnitzte Drachenköpfe, die von gesunkenen Ottas geborgen wurden, Äxte von fast allen namhaften Hetleuten der Geschichte Olports, Schätze und Kuriositäten aus fernen Ländern, aber auch solche Opfergaben wie etwa ein Stück Treibholz, das einst eine Hetfrau vor dem Ertrinken gerettet hat. Das imposanteste Stück aber ziert den Dachfirst in seiner gesamten Länge von über 15 Schritt: das von Alter und Trockenheit mumifizierte Kopfstück jener Seeschlange, die von Jurga und ihrer Otta bezwungen und getötet wurde, wie es im 57. und 58. Sang des Jurga-Liedes geschildert wird. Längst nicht jede Gabe hat hier einen Platz gefunden, weitere Geschenke werden in der **Blotgrimma-Halle** (18) aufbewahrt und können auf Nachfrage in Augenschein genommen werden.

Die Geweihten um Starkad Erwiderer bewohnen ein Haus in der Nähe des Tempels. Seit kurzem weilt auch Bridgera Karvsolmfara vornehmlich in Olport, um gemeinsam mit Haldrunir Windweiser ihren Studien über die Götter nachzugehen.

So wie das Herdfeuer Seele eines Hauses ist, so kommt auch dem **Tempel der Herdgöttin Travia** (19) ein wichtiger Platz in der Stadt zu. Zwei Langhäuser im Zentrum von Olport stehen den Gläubigen offen. In der Halle des Haupthauses brennt in einer Grube stets ein wärmendes Feuer aus knackenden Scheiten, die Wände sind mit Haushaltsgegenständen wie Bronzekesseln und Spinnrädern und weichen Fellen und Teppichen geschmückt. In den großen Kupferkesseln über dem Herdfeuer hält Vater Rorliff Frenjasson mit seinen Mitstreitern im Glauben von morgens früh bis abends spät Eintopf und heißes Kräuterbier bereit. Im anschließenden Raum ist ein Badehaus eingerichtet.

Rorlif folgt der Überzeugung, dass warme Mahlzeiten, mitfühlende Worte und tatkräftige Hilfe mehr einbringen als eine flammende Predigt. Die Gottesdienste ähneln folglich mehr einem familiären Beisammensein als der Abfolge eines strengen Rituals: Man speist, trinkt und lacht zusammen, man erzählt sich Geschichten, nicht anders als in den Jolskrimi ringsum, nur dass einen keine verwandtschaftlichen Bande binden. Es sind längst nicht nur die Fremden und Einsamen, die hier die Gemeinschaft suchen, und die Olporter rechnen es dem Geweihten hoch an, dass seine Tür keinem Hilfe Suchenden verschlossen bleibt.

Das kleinere Jolskrim ist als **Siechenhaus** (20) eingerichtet, auch wenn es nur selten belegt ist: Thorwaler sind schreckliche Patienten und meist selbst mit stärkstem Fieber nicht im Bett zu halten. Außerdem kümmert sich der Travia-Geweihte um eine Handvoll Waisen, deren Familien durch Unglück oder Blutfehde zur Gänze ausgelöscht worden sind. Die Kinder sind ebenfalls in diesem Langhaus untergebracht und werden von den Geweihten unterrichtet, bis sie alt genug sind, ein Handwerk zu lernen und sich einer neuen Sippe anzuschließen.

Der vierte Tempel der Stadt, die **Grimfirns-Halla** (21), ist nicht allein der sanften Ifirn, sondern auch dem gestrengen Firun geweiht. Das Gebäude, das mit seinem achteckigen Grundriss an einen Schneekristall erinnern soll, ist ganz aus geschälten Weißföhrenstämmen erbaut und gilt als bedeutendste Halle des Ifirn-Kultes. Der Tempel zu Olport ist der Hort des heiligen Eiskristalls der Ifirn, dem höchsten Heiligtum der Kirche. Den vorderen Teil des Tempels nennt man Ifirns-Halla. Im Herzen der Halle ruht der große Eiskristall, der wundersamerweise niemals schmilzt und beständig ein gedämpftes, weißes Licht von sich gibt.

Obwohl der Raum ungeheizt ist und auch dem Kristall keine Wärme entströmt, ist der Besucher von jener eigentümlichen Wärme erfüllt, die aus der eigenen Haut dringt, wenn man, aus der Kälte kommend, einen Raum betritt. Der Kristall vermag den Mutlosen Zuversicht zu spenden und die Verzweifelten zu trösten. Er spendet Kraft, Unmögliches zu leisten und den Fährnissen der Natur zu widerstehen, wie die Hochgeweihte Ifirniane Raskirsdottir mehr als einmal bewiesen hat.

Das blanke Holz der Tempelwände ist bar jeglicher Verzierungen. Auch einen Altar sucht man vergebens. Zu Füßen des Kristalls ruhen unzählige Statuetten aus Horn, Mammuton, Kreide und selbst Alabaster: Opfergaben, die Ifirn, den heiligen Schwan und andere Wesenheiten aus ihrem Gefolge zeigen, aber auch den mächtigen Firunsbär, Symbol Firuns, den Himmelswolf Gorfang, den Silberfuchs Rajok und andere Geschöpfe aus Firuns Wilder Jagd.

Ifirniane Raskirsdottir, ihre Stellvertreterin, die Geweihte Swaflind Swafgardsdottir und drei Novizen sind in einem Blockhaus in Nachbarschaft zum Tempel beherbergt, wiewohl Ifirniane fast immer auf Wanderschaft durch den kalten Norden ist.

Ein mächtiges Tor sperrt die hintere Hälfte des Tempels ab: Die sogenannte Firun-Halla, die sich dahinter verbirgt, wird unter gewöhnlichen Umständen von niemandem betreten. Man munkelt, darinnen herrsche Sommers wie Winters grimmigste Kälte. Auch heißt es, dass dort schon seit unzähligen Jahren ein Diener Firuns zu Eis erstarrt ruhe, ein ewiger Wächter gegen unheilige Bedrohungen. Nur in Zeiten höchster Not dürfe man ihn wecken, und ehe diese nicht gekommen seien, sei es jedem versagt, die Halle zu betreten, will er nicht den grimmen Gott persönlich herausfordern.

Die kleine Gemeinde aus Jägern und Wildnisläufern pflegt einen grimmigen Kult. Man huldigt Firuns Wilder Jagd in ihrer Unerbittlichkeit und beweist seine eigene Zähigkeit und seinen eisigen Willen, indem man sich den Herausforderungen der Natur mutig stellt. Einen eigenen Firun-Geweihten gibt es nicht, die Götterdienste finden für gewöhnlich unter freiem Himmel statt.

Von Gastung, Speis und Trank

Obwohl dem Reisenden in Olport gemäß den Gesetzen der Gastfreundschaft nahezu jede Tür offen steht, ist es nicht jedermanns Sache, bei Wildfremden anzuklopfen und um Aufnahme zu begehren. Dann ist man besser im ***Gasthof*** (22) von Selma Halmarsdottir aufgehoben, dem einzigen Gasthaus von ganz Olport. Er ist in der ehemaligen Ottaskin der Wogenpfeile untergebracht ist, die vor Generationen bei einer Blutfehde ausgelöscht wurden.

Wenig hat das, was die Wirtin ihren Gästen bietet, mit mittelreichischen Gewohnheiten zu tun. In einem der Langhäuser befinden sich Schlafplätze – für so viele Gäste, wie eben Platz auf den Bänken und dem gestampften Lehmboden finden. In dem anderen findet sich die Gaststube, wo man typisch thorwalsche Küche auftischt. Zugeständnisse an fremdländische Besucher werden nicht gemacht. Jeder darf so viel essen und trinken, wie ihm gelingt. Dafür zahlt man pro Tag einen Silbertaler. Der Preis ist auf den Appetit rauer Nordlandfahrer zugeschnitten, schwächliche Reisende und zittrige Gelehrte werden hier kaum auf ihre Kosten kommen. Wohl kann man hier auf Einheimische treffen, die vorbeikommen, um sich ein Fass von Selmas gutem Bier abzuholen und auf ein Schwätzchen zu bleiben, im Schlafsaal jedoch bleiben die Fremden unter sich.

Vom Handel und Wandel

Der größte freie Platz Olports, der Jurgaplatz, gilt als jene Stelle, an der Jurga vor 2.600 Jahren zum ersten Mal aventurischen Boden betreten haben soll. Runensteine und Runenmalereien an den Häusern erinnern an dieses Ereignis und die tapferen Frauen und Männer, denen die gefährliche Überfahrt gelungen ist. Auf der hafennahen Seite ist im lehmigen Boden gar eine Steinplatte eingelassen, die angeblich Jurgas Fußabdrücke zeigt. Auch für andere bedeutsame Ereignisse wie die große Sturmflut von 623 BF (2250 JL) hat man hier Steine errichtet. Die Ankunft der Hjaldinger begeht man in Olport an jedem 1. Vollmond im Hesinde (Frostmond) mit einem stillen Gedenkfest.

Das Zentrum des Platzes wird von einem Pavillon geziert, den Hetmann Hyggelik aus einem Palast in Mengbilla geraubt haben soll. Das filigrane Gebäude hat unter Wind und Wetter arg gelitten, und im Folkehjalding gibt es jedes Jahr aufs Neue Streit, ob man Hyggeliks Vermächtnis zu Feuerholz zerhacken soll oder nicht.

Erst vor wenigen Jahren hat man die **Kaufmannshalle** (23) erbaut, eine Halle nach festumschem Vorbild, in der fremde und einheimische Händler in Buden und an Ständen ihre Waren feilbieten können, da die Witterung einen Markt unter freiem Himmel oft zu ungemütlich macht. Händler können hier außerdem gegen Gebühr ihre Waren lagern. Wenn im Sommer fremde Händler zum Mittsommer-Markt in die Stadt strömen, der mit einem großen Volksfest verbunden ist, um den längsten Tag des Jahres zu feiern, werden auf dem Jurgaplatz Zelte und Buden errichtet, zwischen denen die Olporter und ihre Nachbarn staunend die Waren aus fremden Ländern begutachten.

Von Olporter Gütern

Wichtigster Erwerbszweig ist der Handel mit den Bewohnern der Olportsteine, den Pelzjägern von Riva bis Frisov und den Bernsteinsammlern. Mit den kargen Lebensbedingungen und der Abgeschiedenheit ist zu begründen, dass viele Ottas auch jener Form des Handels nachgehen, den man in zivilisierteren Gegenden als Piraterie bezeichnet. Nur wenig wird in Olport hergestellt, das über die Grenzen der Region oder gar Thorwal hinweg gehandelt wird. Dazu zählt der Waskir, der von der Sturmtrotzer-Otta aus dem hiesigen Dinkelbier gebrannt wird, das Leder von Meerkälbern und Seetigern, das bei den Schiffbauern sehr beliebt ist, und die raue Wolle der Mähnenschafe, aus denen das Wadmal für die Segel gewoben wird. Auch Kreidestein wird verschifft, während das örtliche Erz ausschließlich hier verarbeitet wird. Die Schmiede der Funkenschläger-Otta zählt zu den bedeutendsten in Thorwal.

Die reichen Fischgründe sorgen dafür, dass die Netze der Fischer selten leer bleiben – Prembutt und Lachs sind am begehrtesten. Zudem ist Olport ein wichtiger Handelsplatz für die Pelzjäger der Region. Nicht zuletzt genießen die Schwarzen Olporter einen hohen Ruf auch jenseits der thorwalschen Grenzen. Etliche Familien in und um Olport züchten diese Hunde, wobei die besten aus den **Zwingern** der nivesischen Sippe der Aukianni stammen (24).

Von allerlei Zugtieren

Wenn Frost und Schnee das Land in ihren eisigen Fängen halten, ist der Reisende gut beraten, statt Pferden geeignetere Tiere vor den Schlitten zu spannen. Vor allem nivesische Familien nutzen Schlittenhunde: ausdauernde, zähe und halbwilde Tiere, die dem, dem sie nicht vertraut sind, kaum weniger gezähmt vorkommen als Wölfe. Verkauft werden allein Welpen, erwachsene Zugtiere kann man mieten – und den Schlittenführer, der mit ihnen umzugehen weiß, gleich dazu. Gilt es, schwerere Lasten zu ziehen, für die selbst große Hundegespanne nicht kräftig genug sind, sind Karene die bessere Wahl. Die Sippe der Ilkuinii bietet erstklassige Karene.

Zu besonderer Berühmtheit ist der Halbnivese **Nikku Rangoldson** (25) gekommen, der Schneedachse züchtet und sogar mit einem Gespann am Donnersturmrennen teilgenommen hat. Zwar sind die Dachse langsam, aber dafür von großer Kraft und Ausdauer. Die Dachse der Rangoldsons sind in Gefangenschaft geboren und zahmer als ihre wilden Artgenossen. Trotzdem ist es nicht jedermanns Sache, drei bis fünf Paare dieser kratzenden und fauchenden Gesellen vor einen Schlitten zu spannen. Die Rangoldsons verkaufen und vermieten nicht nur Schneedachse, Schlitten und Schneeschuhe, sondern auch die Dienste von Schlittenführern, Pfadfindern und Spurenlesern.

Schiffsbauplatz

Weil sich die Schiffsbauer der Runajasko, deren **Bauplatz** (26) am Skavanger gelegen ist (siehe auch S. 61), in jüngster Zeit vornehmlich dem Bau der Runenottas widmeten, war der Bedarf für einen weiteren Schiffsbauplatz gekommen. Die Werkstatt, die einen guten Fußmarsch naderaufwärts liegt, wird gemeinsam von den Ottajaskos der Sturmsegler, Sturmtrotzer, Hammerfaust und Funkenschläger unterhalten. Unter der Leitung von Tjalf Lingardson und Asfrid Asleifsdottir, der Tochter des legendären Asleif Drachenmeister, werden hier Schiffe nach dem überlieferten Wissen der Ahnen gebaut.

Von Wacht und Wehr

Aus den Tagen der Besetzung durch die Mittelreicher stammt die **Zwingburg** (27), von der aus man den Widerstand der Olporter zu brechen trachtete. Es ist nicht bekannt, ob die Kälte den Soldaten zu arg zugesetzt oder ob sie übernatürliches Eingreifen dazu bewogen hatte, jedenfalls verließen die Truppen ihre Lager, kurz bevor die Feste fertig gestellt war, und zogen ab. Die Thorwaler besetzten die leerstehende Burg und seit diesen Tagen haben dort die Hetleute vom Nader ihren Sitz. Die Mauern und Türme der Burg bestehen größtenteils aus Kreidebruchstein, hölzerne Wehrgänge ergänzen die Befestigung. Der Lauf der Jahre hat seine Spuren an dem Gemäuer hinterlassen und einer ernsthaften Belagerung könnten die Mauern kaum lange widerstehen. Doch einen Frondienst wie im Mittelreich kennen die Thorwaler nicht, und Arbeiter dafür zu bezahlen, die Burg instand zu setzen, würde den Schatzsäckel des Hetmanns überfordern. Wohl gibt es umstrittene Forderungen, zumindest den seewärts gerichteten Teil der Feste wie in Thorwal und Prem zu verstärken und mit Geschützen zu versehen, doch ist bislang noch nichts dergleichen geschehen. Die Anlage umfasst einige gemauerte zweistöckige Häuser und Wirtschaftsgebäude, aber auch die Jolskrimi des Hetmanns vom Nader und kleinere Felder.

Östlich der Burg liegt das **Hetfjeld** (28), Versammlungsort für die ganze Stadt. Dort treffen sich die Bewohner alljährlich am 30. Ingerimm (Faramond), um sich in Kampf- und Geschicklichkeitsspielen zu messen. Auch die Kämpen der Imman-Mannschaft *Hjaldinga Olport* – größtenteils Krieger der Sturmsegler-Ottajasko – treffen sich hier gelegentlich, viel häufiger sind es aber andere einheimische Ottajaskos oder Sippen, die gegeneinander antreten.

Die **Befestigungen Olports** haben eher symbolischen Wert. Die Palisaden aus Föhre und Kiefer sind etwa drei Schritt hoch, die Türme kaum höher. Sie schützen nur den westlichen Teil der Stadt, soweit er nicht von Flüssen umgeben ist. Die Stadt ist längst über die Umfriedung und den Skavanger hinausgewachsen. Aber hierzulande gibt es kaum jemanden, der eine größere Stadt – noch dazu geschützt durch die Magier der Runajasko – angreifen würde. Erst der Angriff der horasischen Truppen auf Thorwal und die hinterhältige Attacke Gloranas haben dazu geführt, dass Olport nicht mehr allen als sichere Zuflucht gilt.

Seitdem sind auch die Torwachen an den beiden **Toren** (29) vorsichtiger geworden und versehen ihren Dienst mit größerer Sorgfalt. Nicht nur auf der Torstor-Om-Brücke versehen seitdem Brückenwachen ihren Dienst.

Als vor 300 Jahren ein liebestoller Riese aus dem Orkland kam, um von den Klippen aus nach der Riesin Yumuda zu rufen (was er angeblich zwei Monate lang tat, um anschließend in die Fluten zu springen), bewies eine Schneise quer durch die Stadt, dass auch massive Mauern kein unüberwindliches Hindernis sind.

Wege und Stege

Neben den beiden einfachen Holzbrücken, die sich über Nader und Skavanger spannen, fällt die steinerne **Torstor-Om-Brücke** (30) durch ihre Kunstfertigkeit auf. Vier Säulen in Form von stützenden Zwergen tragen einen Bogen aus einzelnen Steinen, die mit kunstfertigen Reliefs verziert sind. Das für Thorwal höchst ungewöhnliche Bauwerk stammt angeblich aus Kuslik oder Vinsalt. Torstor Om soll einem Spottlied nach nachts den Yaquir aufwärts gerudert sein, die Brücke zerlegt und hier wieder aufgebaut haben.

Waskir

Einwohner: 2.350
Herrschaft / Politik: Hetfrau vom Merek Anhild Iransdottir
Garnisonen: 50 Rekker der Farseesons-Thinskari und 35 Rekker der Nunnur-Thinskari bilden zusammen die örtliche Hjolmskari.
Tempel: Swafnir, Travia, Ifirn/Firun, Rondra/Kor
Besonderheiten: Die Waskirer gelten als besonders abergläubisch und huldigen etlichen regionalen Gottheiten, Halbgöttern und Fabelwesen (siehe auch S. 103); seit einigen Jahren nehmen die sogar an den Kindsopferungen am Njurunsee teil (siehe Kasten auf S. 81). Die Geweihten der Stadt haben inzwischen davon Kenntnis bekommen und versuchen, diese Opferungen zu verhindern.
Geschichte der Stadt: Das heutige Waskir wurde ca. 150 v.BF gegründet, nachdem vormalige Siedlungsversuche immer wieder von Orks zunichte gemacht wurden; einen großen Aufschwung erlebte Waskir mit dem Zuzug etlicher Flüchtlinge aus dem zerstörten Bosparan.
Stimmung in der Stadt: wegen der Rivalität zwischen Nunnur-Sippe und Farseeson-Ottajasko gereizt; auch Reisende, die in die Stadt kommen, werden schnell in diesen Konflikt verwickelt.

Abweisend und trutzig zeigt sich Waskir dem Reisenden, mächtige Wehranlagen bieten der Stadt Schutz vor den Schwarzpelzen und Schlimmerem. Man sollte sich der Stadt tunlichst nur auf den beiden Torwegen nähern, will man nicht allerlei Unbill erfahren.

Ein dichter Hagen* bildet die erste Wehrlinie; gleich dahinter erhebt sich ein steil ansteigender Erdwall von vier Schritt Höhe. Auf seinem Scheitel steht keine Palisade, stattdessen wurden an vielen Stellen Pflöcke in knietiefen Gruben eingegraben und mit Holz und Laub abgedeckt, um anstürmende Feinde zu verderben.

300 Schritt sorgsam gerodeten Geländes zwischen Wall und Mauern vereiteln jeglichen Versuch, sich unbemerkt zu nähern. Einmal im Jahr begeht die ganze Stadt den *Tidseldag* um das Areal von wildem Wuchs zu befreien. Die beiden schmalen Stadttore sind gerade breit genug für einen Karren. Hat man sie passiert, betritt man ein Gewirr aus kleinen Gassen und elenden, einräumigen Lehmbehausungen, in denen die ärmsten und sippenlosen Waskirer hausen. Meist verrichten sie nur einfache Tätigkeiten als Knechte oder Mägde.

Zwei mit Wällen umfriedete Ottaskins, deren Jolskrimi in typischer Weise rechteckig angeordnet sind, bilden das Herz der Stadt: die der *Farseeson*-Ottajasko und die der *Nunnur*-Sippe (trotz des Namens waschechte Thorwaler – nur der Name erinnert noch an ihren norbardischen Ursprung). Beide Gemeinschaften haben einst Waskir gegründet und buhlen seitdem um die Hetwürde. Dabei ist ihnen kein Mittel zu schäbig, um den Konkurrenten in Misskredit zu bringen. Seit zwei Generationen gelingt es den Farseesons, die meisten Stimmen auf ihre Kandidaten zu vereinen und die Hetfrau vom Merek, derzeit Anhild Iransdottir, zu stellen. Während ihre Vorgänger die Situation für sich ausnutzten, ist Anhild der Überzeugung, dass man als Stadtoberhaupt Neutralität zu wahren habe. Leider gelingt ihr dies mehr schlecht als recht. Anhilds Bruder Ansgar Iranson, Hetmann der Farseesons, ist ein erbitterter Feind der Nunnurs. Er setzt alles daran, ihren Hersir Dhaenkir Walkisson lächerlich zu machen und die Sippe aus dem politischen Geschehen der Stadt zu verdrängen. Dies ist jedoch keineswegs leicht, denn die Nunnurs haben von alters her die Schürfrechte an den Erzminen in der Großen Olochtai. In ihren Minen und Erzhütten arbeiten viele Bürger der Stadt, die sich der Sippe verpflichtet fühlen. 1027 BF hat sich die Oberste Hetfrau Jurga überraschend Dhaenkirs Sohn Finnwulf zum Ehemann erkoren,

* Ein Hagen ist ein dichtes Gestrüpp aus Sträuchern und biegsamen jungen Bäumen, die nach außen gebogen werden. Durch ein solches Hindernis ist nur schwer ein Durchkommen.

was der Sippe in Thorwal einerseits Ansehen und andererseits Spott einbrachte.

Der Streit zwischen Nunnur und Farseesons zeigt sich in allen Lebenslagen: So zanken sie um das Recht, wer die Streiter für die Hjolmskari stellen darf, um Holzschlagrechte, Weidegründe und Dinkelfelder, darum, wie viel Waskir-Schnaps* ausgeführt werden darf, aber auch um solche Kleinigkeiten wie etwa, wer die schmackhafteste 'Waskir-Pfanne' zubereitet.
Hinzu kommt, dass viele Angehörige beider Sippen dem gleichen Handwerk nachgehen und so ständig in Konkurrenz zueinander stehen. Hin und wieder kommt es vor, dass Angehörige beider Seiten allen Widrigkeiten zum Trotz zueinander finden. Solche Ehen werden aber von keiner der beiden Seiten anerkannt, weshalb die Eheleute zumeist auswandern, um in der Fremde ihr Glück zu finden.
Die Feindseligkeit zwischen den Farseesons und den Nunnur spaltet die gesamte Stadt. Neutralität ist fehl am Platz, wer sich nicht zu einer Seite bekennt, gilt als beider Feind. Selbst Fremde werden schon bald dazu gedrängt, Partei zu ergreifen. So tief die Feindschaft zwischen Farseesons und Nunnur allerdings auch sein mag, sobald die Stadt einer größeren Bedrohung gegenübersteht, halten beide zusammen.
In der Mitte des Ortes erhebt sich das älteste Gebäude der Stadt: eine große Halle, die selbst allen Orkangriffen widerstehen konnte. Das Gebäude, dessen Außenwände über und über mit verschlungenen Tierornamenten bedeckt sind, dient heute als Fremdenunterkunft. Doch außer drei Feuerstellen und gut drei Dutzend Schlafstellen aus Stroh und Fellen gibt es dort wenig Einladendes. Komfortabler ist das in einem Anbau des Travia-Tempels befindliche Gasthaus *Svanjars Federn*, das neben einem Gemeinschaftsraum auch zwei Schlafkammern für jeweils fünf Personen bietet. Allerdings ist Alkoholgenuss strengstens verboten.
Haupteinnahmequellen Waskirs sind das Eisenerz sowie der Torf, der am Rand des Seufzermooses gestochen wird. Die Arbeit dort ist gefährlich, denn seit einigen Jahren verschwinden immer häufiger Torfstecher spurlos (siehe S. 81).
Zwölfgöttergläubige Reisende werden sich über den Anblick der **Rondra-Burg** freuen, denn nur selten erblickt man in thorwalschen Gefilden einen Tempel der kriegerischen Göttin. Das steinerne Gebäude dient außerdem als Garnison für die Krieger der Hjolmskari. Seinen Ursprung hat der Rondra-Glaube in den vielen Flüchtlingen aus Bosparan.
Ihre Toten begraben die Waskirer in einem südlich des Ortes gelegenen Wäldchen in Hügelgräbern. Häufig kommen Angehörige der Verstorbenen hierher, um mit ihren Ahnen zu reden. Es ist verboten, hier Holz zu sammeln oder zu schlagen. Es heißt, dass Baumnymphen und Borkenmänner über den Hain wachen und Frevler schwer bestrafen, noch bevor die weltliche Gerichtsbarkeit sie greifen könne. Tatsächlich vermeint man in dem ein oder anderen Stamm schmerzverzerrte Gesichter zu erkennen, und zuweilen hört man ein klagendes Ächzen und Heulen, das zwischen den Bäumen ertönt.
Eine lange Zeit des Friedens liegt hinter Waskir, doch scheint der Krieg heraufzudämmern. Jäger wollen in den Schluchten des Gebirges verstärkt auf Orks aus der Olochtai gestoßen sein, und die in den Nächten immer häufiger zu hörenden Trommelschläge tragen nicht gerade zur Beruhigung bei.

Glaube und Aberglaube in Waskir

Die abergläubischen Waskirer verehren eine unüberschaubare Vielzahl von Halbgöttern, Heiligen und Fabelwesen. So wird etwa den *Söhnen des Sturmes* geopfert, die vor den Gefahren des Hochlandes schützen, oder einem Berggott, der in Greifengestalt über den Gipfeln der Olochtai wacht (mit Praios aber nichts gemein hat). Kor verehrt man als grässlichen Bluthund, der über alle Schwachen herfällt und sie zerfetzt. Manche beten zu *Razorag*, der das tobende Schneegewitter schickt, oder flehen *Quarawarnach* an, einen ursprünglich orkischen Wind- und Waldgeist.
Für einen Fremden kann diese Glaubensvielfalt unangenehme Folgen haben, wenn er versehentlich oder aus Empörung über die ganz anderslautende Ausdeutung seines Gottes einen Frevel begeht.

Enqvi

Einwohner: um 4.000 (15 % Thorwaler)
Herrschaft / Politik: Hetmann Ingald Ingibjarsson der Ingibjara-Ottajasko ist zugleich Hetmann der Stadt; in der Stadt gilt seit 1021 BF thorwalsches Recht.
Garnisonen: 70 Rekker der Ingibjara-Ottajasko, 30 Rekker der Hjolmskari, patrouillierende thorwalsche Kriegsflöße
Tempel: Peraine, Firun, Efferd, **Swafnir**, Rondra, Phex
Besonderheiten: Seit die Thorwaler über die Stadt herrschen, ist in der einstigen Walfänger-Hochburg der Walfang bei Todesstrafe verboten; die Residenz des früheren Stadt-Fürsten beherbergt heute zwielichtige Vergnügungslokale; die Ingibjara-Ottajasko lebt in einer neu erbauten Ottaskin am Rand der Stadt.
Stimmung in der Stadt: geprägt vom Bemühen der Thorwaler, ihre zerbrechliche Herrschaft über die Stadt aufrechtzuerhalten; Widerstand der Alteingesessenen gegen die neuen Herren;

* Den weithin bekannten Waskir-Schnaps gibt es in zwei unterschiedlichen Herstellungsverfahren und Geschmacksnoten. Beide Sippen hüten ihr Rezept als Familiengeheimnis. Immerhin hat man sich zu einem Kompromiss durchgerungen: Die Farseesons exportieren ihre etwas mildere Sorte nach Südthorwal, während die Nunnur den gesamten Norden des Landes sowie Riva beliefern.

die Lage der meisten Flüchtlinge ist von Hoffnungslosigkeit geprägt.
Wichtige Personen: Swirga Targidsdottir (Swafnir-Geweihte), Ingulf Joosten (Efferd-Geweihter), Alwin Aarauken (Unterwelt-Herrscher), Hegon Tequir (Anführer der Enquier Widerständler), Yolo beni Shaba (geheimer Vogtvikar), Natasha Plötzbogen (Hexe)

Noch jung ist die Zugehörigkeit Enquis zu Thorwal. Erst im Travia 1010 BF (Schlachtmond 2637 JL) eroberte Hetfrau Ingibjara Hjaldasdottir mit ihren Leuten und einigen Streitern des Obersten Hetmanns Tronde Torbensson die Stadt, um den verhassten Walfängern, die hier ihren Stützpunkt hatten, den Garaus zu machen. Was als Strafaktion begonnen hatte, sollte sich zu einer dauerhaften Herrschaft entwickeln. Ingald Ingibjarsson folgte seiner Mutter, die bei dem Angriff auf die Stadt ums Leben gekommen war, als Hetmann. Als sich wenige Monate später die Orks erhoben, gelang es dem jungen Hetmann, eine Bürgerwehr zu organisieren und Enqui vor dem Schicksal Tjolmars und anderer Städte des Svelltschen Städtebundes zu bewahren, die von den Orks eingenommen wurden.
Auch der letzte Ork-Angriff 1022 BF (2649 JL) konnte abgewehrt werden. Seitdem zeigen sich die alteingesessenen Enquier den neuen Herren aufgeschlossener, obwohl die Stimmung in der Stadt nach wie vor angespannt ist. Der Grund hierfür ist nicht allein darin zu suchen, dass die Alt-Enquier sich nur mühsam mit den Besatzern und ihren Sitten arrangieren. In Folge der Orkenzüge haben sich Hunderte Flüchtlinge aus dem Svellttal nach Enqui gerettet, zu viele, als dass alle ein Auskommen hätten finden können. So gilt es, den geschrumpften Wohlstand – die Waljäger waren ein Garant dafür gewesen, dass das Silber reichlich in den Kassen klingelte – unter weit mehr Menschen aufzuteilen. Das schmeckt längst nicht allen, und insbesondere unter den alteingesessener Bürgern rumort es, wenn sie an die 'guten alten Zeiten' denken.
Wiewohl die Thorwaler die Herrschaft über die Stadt für sich in Anspruch nehmen, reicht ihr Einfluss längst nicht in alle Gassen und Winkel der Stadt. Selbst wenn die Thorwaler daran ein Interesse hätten, wäre es der Ottajasko allein schlicht unmöglich, die Stadt völlig unter ihre Kontrolle zu bekommen. Vor allem der Irrlichterhügel, wo allerlei Gesindel seinen zwielichtigen Machenschaften nachgeht, aber auch das Fischerviertel und die engen und unübersichtlichen Hüttensiedlungen im Süden, Südosten und am Fuß des Irrlichterhügels sind ein gefährliches Pflaster. Wer sich hier sicher fühlen will, muss für seinen eigenen Schutz sorgen, weshalb es am Hafen immer ein paar Söldlinge gibt, die ihre Dienste feilbieten. Die verwickelten Machtverhältnisse bergen insbesondere für Fremde immer neue Fallstricke, so dass man auf der Hut sein sollte.
Enqui gilt als wichtiger Handelsplatz, der Pelzjäger und Goldsucher ebenso anzieht wie Kaufleute, die Waren in den Süden verschiffen. Torf und Fisch zählen außerdem zu den umgeschlagenen Gütern. Längst nicht alle Bewohner bestreiten ihren Lebensunterhalt auf ehrliche Art. Der Wohlstand, der sich vornehmlich auf den Walfang begründete, hat Glücksritter und Gesindel in die Stadt gelockt, die mit Spielhöllen, Bordellen und Schankstuben alles daran setzten, ihren Teil vom Kuchen abzubekommen. Unter ihnen finden sich viele, die alles andere als Freunde der Thorwaler sind. Seit die Waljäger vertrieben sind, sind die Gewinne magerer geworden, so dass manch ein Kaschemmenwirt sein Geschäft bereits aufgeben hat, um sein Glück andernorts zu machen. Andere harren aus oder haben keine Möglichkeit davonzuziehen. Ihnen bleibt nichts anderes, als sich mit den Pelzjägern und einfachen Seeleuten zu begnügen. Die Ansprüche haben sich gewandelt, die Vergnügungslokale der Stadt sind im Angebot schlichter, in den Preisen niedriger und in den schurkischen Methoden, den Kunden noch den letzten Heller aus den Taschen zu leiern, erfinderischer geworden. Halsabschneider fackeln nicht lange, wenn sie irgendwo lohnende Beute wittern, und ob am Morgen eine Leiche mehr oder weniger im Svellt schwimmt, bekümmert die wenigsten. Nicht anders ergeht es allzu neugierigen Schnüfflern, die einem der selbsternannten Könige der Unterwelt in die Quere kommen.
Insbesondere die meisten Flüchtlinge aus dem Svellttal leben in drückender Armut, ohne Hoffnung auf eine Besserung.
Einige Enquier haben sich deshalb auf das Schmuggeln verlegt und verkaufen Gifte (Eitriger Krötenschemel, das Gift der Purpurspinne oder den Pestsporenpilz). Andere liefern Waffen an die Orks und manche schrecken gar nicht davor zurück, Schnitzarbeiten aus Walbein, die sie vor dem Zugriff der Nordleute gerettet hatten, hinter deren Rücken zu verschieben. Skrupellose Händler schmuggeln seit kurzem einen orkischen Branntwein in die Stadt, der 'Fiebertraum' (orkisch *Bakkhraz*) genannt wird. Dieser Schnaps zeigt bei Menschen fatale Nebenwirkungen: Nicht nur, dass man schnell der Sucht verfällt, zudem altern Fiebertraum-Abhängige weit schneller, wenn sie nicht ihre tägliche Ration bekommen. Ursprünglich ein Rauschmittel für die Ärmsten der Armen, sind die Preise gestiegen, weil die Süchtigen selbst ihre Kinder verkaufen würden, um den Schnaps zu bekommen. Es ist an der Zeit, dass Hetmann Iskir endlich etwas gegen dieses Treiben unternimmt.

Ottaskin der Ingibjara-Ottajasko (1)
Die Eroberung Enquis schien Hetfrau Ingibjara und ihren Getreuen zunächst kein Glück zu bringen. Die Hetfrau fiel im Kampf um Enqui, wenige Tage später erreichte ihre Leute die Nachricht, dass ihr heimatliches Dorf, einige Meilen flussaufwärts von Tjolmar gelegen, von Orks zerstört worden war. Ingibjaras ältester Sohn Ingald gründete daraufhin mit einigen Landleuten und den Überlebenden seiner Truppe die Ingibjara-Ottajasko.
Fünf steinerne Langhäuser bilden das Heim der Ingibjara. Die Thorwaler zogen es vor, sich eine neue Feste am Rande der Stadt zu erbauen. Gegen Schwarzpelze und übelmeinende Bewohner der Stadt hat man besonders wuchtige, Palisaden gekrönte Wälle errichtet. Die Ingibjara-Ottajasko ist die kampfkräftigste Partei Enquis und faktisch Herr über die Stadt. Ihr Oberhaupt Ingald Ingibjarsson ist einer der treuesten Verbündeten von Jurga Trondesdottir, ganz im Gegensatz zu seinem Bruder Iskir, den man auch den 'letzten Hjaldinger' nennt und der aufgrund ständiger Auseinandersetzungen mit seinem älteren Bruder die Ottajasko vor einiger Zeit verlassen hat (siehe auch S. 167).
Hetmann Ingald steht dafür ein, den Walfang am Golf von Riva zu unterbinden und die Sicherheit des Handelshafens – und damit regelmäßige Steuereinnahmen – zu garantieren. Dazu patrouillieren seine Krieger sowohl im Sumpfgebiet um die Stadt als auch im Golf von Riva. Die Tjolmarer Zwerge und Händler sind Ingald ein Dorn im Auge, die einen wegen ihres Verrates an die Orks, die anderen, weil sie ihm lästige Konkurrenz machen und ihr Einfluss in der Region für seinen Geschmack zu hoch ist. Ingald wird künftig die Auseinandersetzung nicht scheuen, ganz im Gegenteil (siehe auch Seite. 70/71).
Das thorwalsche Bürgerrecht gilt nur für die, die sich den Regeln der Ingibjara unterwerfen und Steuern zahlen oder – als Ersatz – Gemeinschaftsdienste leisten. Dazu zählen alle Thorwaler, viele alteingesessene Händler und Handwerker sowie die Flüchtlinge, die bei der Wiederherstellung der Wehranlagen geholfen haben. Während letztere sichere Unterstützer der Thorwaler sind, dürfte sich die Loyalität der meisten Enquier danach richten, wer in der Stadt das Sagen hat.
Alle Anwesenden, die nicht über Bürgerrecht verfügen, haben mehr oder minder unter der Willkür der Thorwaler zu leiden. Steuern können ganz nach Geschmack erhoben, Handelsprivilegien entzogen und Sonderabgaben einbehalten werden. Zwar wird sich Ingald davor hüten, es zu sehr zu übertreiben – zu wichtig ist es, dass Handel und Stadt prosperieren –, für Unmut sorgt seine Politik dennoch, befördert von unzufriedenen Enquiern.

Stadtteil *Svellttor*

Der Stadtteil Svellttor, in dem sich auch der **Seehafen** (2) befindet, gehört zu den eher 'sicheren' Vierteln. Die Hjolmskari, die ihr Quartier in der eigens für sie eingerichteten **Kämpferschule *Rekkerskola*** (3) hat, durchstreift die Straßen des Viertels regelmäßig, außerdem haben sich etliche Thorwaler, die im Laufe der letzten Jahre der Ingibjara hierher gefolgt sind, in den Häusern und Kontoren der Vertriebenen niedergelassen. Auch die **kleine Werft** (4) ist in thorwalscher Hand. Kontore alteingesessener Händler finden sich ebenso hier wie die Werkstätten gut situierter Handwerker. Die Häuser, die größtenteils aus Stein gebaut sind, künden vom Wohlstand ihrer Bewohner. Hier steht auch der beste Gasthof der Stadt, das **Haus *Svellttor*** (5).

Zwischen Svellttor und Fischerstadt befindet sich der von den Fischern und Seeleuten gern besuchte **Tempel des Efferd** (5). Der Efferd-Geweihte *Ingulf Joosten* ist den Thorwalern wenig zugeneigt und wird nicht müde, die Ungerechtigkeiten anzuprangern, die den Enquiern angetan werden. Nicht weit davon liegt die **Bethalle des Swafnir** (7), die man mit dem geplünderten Gold der Waljäger errichtet hat. Schon mehrfach haben unerkannte Täter versucht, Feuer an den hölzernen Tempel zu legen, bislang jedoch wurden die Anschläge früh genug entdeckt.

Die Fischerstadt

Östlich des Hafens liegt die Fischerstadt, ein labyrinthisches Chaos aus Pfahlbauten, Hausbooten und Holzhütten, die durch Stege, Flöße und Seilbrücken miteinander ver- bunden sind. Die abenteuerliche Konstruktion überspannt einige Arme des Svellt. Niemand, der dort nicht aufgewachsen ist, kann die geheimen Schlupflöcher, Winkel und Fluchtbrücken auch nur erahnen. Wer dennoch einen Besuch wagt, sollte in der **Taverne *Haifischzahn*** (8) einkehren, deren Köchin angeblich die schmackhaftesten Fischgerichte in ganz Thorwal kocht.

Bei Einheimischen ist die **Taverne *Enge Masche*** (9), die Tjolmarer Zwergenbier ausschenkt, sehr beliebt. Sie ist immer für eine Information 'unter der Hand' gut, allerdings leben Schnüffler hier gefährlich.

Auf einem der vielen Kähne befindet sich die **geheime Halle des Phex** (10). Unter Mondschatten Yolo beni Shaba achten seine Gefolgsleute vor allem auf die Einhaltung phexischer Tugenden. Das findet längst nicht unter allen Dieben, Schmugglern und Schlagetots ungeteilte Zustimmung und manchem wäre es wohl lieber, wenn die Phex-Diener wieder verschwänden.

In der Fischerstadt haben die wenigen Transieder und Beinschnitzer, die den Thorwalern entkommen konnten, eine neue Zuflucht unter Fischern, Matrosen, Fähr- und Schauerleuten gefunden. Der Groll gegen die Besatzer sitzt hier tief, zu viele haben ihre Existenz oder gar Angehörige bei der Eroberung verloren. Eine offene Konfrontation wagt man nicht, doch sucht man den Thorwalern nach Kräften zu schaden. Von einigen heißt es, sie wären sogar bereit, sich mit dem Schwarzpelz zu verbünden, um die verhassten Besatzer los zu werden. Als erbittertster Gegner der Thorwaler gilt Hegon Tequir, ehemaliger Kapitän eines Waljägers, dessen stattlicher Reichtum den Eroberern in die Hände fiel. Verdammt zu einem Dasein als Flüchtiger, hält Tequir sich unter falschem Namen verborgen. Er bedient sich gerne Stadtfremder, um gegen die Besatzer – aber auch gegen Bürger, die mit den Thorwalern gemeinsame Sache machen – vorzugehen. Das nötige Geld erhält er von seinen Getreuen aus dem Viertel, aber auch von manchem Bürger, der sich vorgeblich mit den neuen Machtverhältnissen arrangiert hat.

Viele Bewohner des Viertels gehen der Schmuggelei nach, wobei ihnen ihre exzellente Kenntnis der Brinasker Marschen einen entscheidenden Vorteil verschafft. Sogar eine Tochter Satuarias hat hier ihren Unterschlupf, nämlich Natasha Plötzbogen, die den Hexen der Brinasker Marschen angehört. Sie hält wenig von den neuen Machthabern, was auf Gegenseitigkeit stoßen würde, wenn die Thorwaler Kenntnis davon hätten, dass sich eine 'Seidkona' in der Stadt verbirgt.

Der Irrlichterhügel

Südlich des Hafens liegt der **Irrlichterhügel** (11) mit dem **alten Palast** (12). Nachdem sie den Fürsten der Stadt kurzerhand aufgehängt hatten, mochten die Thorwaler sich nicht in dem zugigen, düsteren Gemäuer niederlassen und überließen das einstige Machtzentrum der Stadt sich selbst. Mittlerweile ist der Palast der Anlaufpunkt für Vergnügungswillige, haben in den Mauern doch die **Tavernen *Premer Schuss*** (13) und ***Rettungsanker*** (14), das **Spielhaus *Joss*** (15), das jeden Abend mit hohen Gewinnen lockt, und das **Bordell *Rahjas Pracht*** (16) ein Domizil gefunden. Man sollte sich über die Qualität der Etablissements nichts vormachen – der Geschmack der meisten Gäste ist einfach und derb und wird entsprechend bedient. Dennoch zählen auch besser situierte Händler zum Publikum, denn auch wenn man im **Haus *Svellttor*** (17) friedlich schlafen kann, ist es dort nicht besonders aufregend und amüsant. Es zählt zu den Dienstleistungen der hier beheimateten Vergnügungsstätten, Stammgästen den Schutz hauseigener Söldlinge zur Verfügung zu stellen. Die Söldner wechseln häufig, so dass sich Helden eine gute Gelegenheit bietet, einen Blick hinter die Kulissen zu werfen. Im Eckturm des **Palastes** (18) lebt

Alwin Aarauken, Inhaber des Bordells und des Spielhauses, von dem es heißt, er sei die zentrale Figur der Enquier Unterwelt. Aarauken hat Verbindungen zu Schmugglern, Hehlern und Dieben und kaum etwas geschieht in der Stadt, ohne dass er davon Kenntnis hat.

Auf dem Irrlichterhügel ist man vor allem an der Erhaltung des Status quo interessiert. Die Geschäfte gehen gut, solange sich keine Obrigkeit einmischt. Die 'Irrlichter' zählen zu den finanzkräftigsten Bewohnern der Stadt. Unterstützt wird, was Geld und Menschen in die Stadt bringt, Konkurrenz wird gnadenlos bekämpft.

Am Osthang des Irrlichterhügels liegt der kleine **Tempel des Firun** (19). Frisulf Firunjons mitreißende Predigten gegen Jagdfrevler sind legendär. Allerdings verlässt sich der Geweihte nicht allein auf seine Überzeugungskraft. Häufig durchstreift er das Umland, um Firun-Frevlern das Handwerk zu legen. Auch der **Rondra-Tempel** (20) ist hier zu finden. Die Rondrianer haben die Thorwaler entschieden in ihren Bemühungen unterstützt, eine Bürgerwehr zu schaffen, und dieses Wohlwollen erstreckt sich bis auf den heutigen Tag. Irrlichterhügel, Fischerstadt und Svellttor sind von einem Palisadenwall umgeben, der die Ottajasko der Ingibjara einbezieht. Um die Wehranlagen wieder instand zu setzen und zu erweitern, haben die Thorwaler etliche Flüchtlinge angeworben. Für ihre Dienste gewährte man ihnen das thorwalsche Bürgerrecht und gestand ihnen zu, zwischen der Ottaskin und Fischerstadt eigene Häuser zu errichten. Ihre Schicksalsgenossen, die außerhalb der Palisade siedeln müssen, neiden ihnen die gewonnenen Privilegien, weshalb sich unzufriedene Alt-Enquier den Unmut der Flüchtlinge häufig zunutze machen und diese gegen die Thorwaler oder ihre ehemaligen Gefährten aufstacheln.

Für gewöhnlich halten die Enquier nicht viel von den 'Hungerleidern'. Die Flüchtlinge sind für sie ein Sinnbild der Armut, die in der Stadt Einzug gehalten hat, und in den Augen vieler ein Grund dafür, warum sich vieles zum Schlechteren entwickelt hat. Manche wollten den verzweifelten Flüchtlingen sogar die Tore versperren, als diese – die Orks auf ihren Fersen – um Rettung flehten. Die meisten Flüchtlinge teilen ein elendes Schicksal. Sie leben in ärmlichsten Verhältnissen in feuchten, auf morastigem Boden errichteten Hütten. Andere hausen zu Dutzenden auf Hausbooten, die in den Armen des Svellt festgemacht sind. Es geschieht immer wieder, dass solch ein maroder Kahn absäuft und alle an Bord in den Tod reißt.

Die meisten 'Heimatlosen', wie sich die Flüchtlinge selber nennen, halten sich als Tagelöhner und Bettler über Wasser. Andere versuchen ihr Glück als Beutelschneider oder bieten sich Fremden am Hafen als Bedeckung an. Viele von ihnen sind so verzweifelt, dass sie für guten Lohn alles tun würden. Tag für Tag kann man einige am Hafen sehen, die darauf hoffen, dass wieder ein Schiff aus Thorwal kommt, um Arbeitskräfte anzuwerben, wie es bereits geschehen ist, als Tronde Torbensson Arbeiter für Enskar und Hoijangar benötigte. Viele träumen aber auch davon, bald in ihre angestammte Heimat zurückkehren zu können, doch selbst wenn die Schwarzpelze nicht wären, würden wohl nur die wenigsten den langen Weg überstehen. Die Unzufriedenheit ist groß, da sich anscheinend niemand um ihr elendes Schicksal kümmert. Es fehlt jedoch ein Anführer, der die Menschen aus ihrer Lethargie reißt und die Missstände lautstark anprangert. Das gelingt selbst Elidana Weidener, der Geweihten der Peraine, nicht, die sich der Armen aufopfernd annimmt. Aus Protest über die Gleichgültigkeit ihrer Mitbürger hat die Geweihte sogar den **Peraine-Tempel** (21) verlassen, um unter ihren Schutzbefohlenen zu leben. In ihren Augen ist Peraines Heim bei denen, die ihres Beistandes bedürfen, und nicht in der Halle, die die Enquier ihr erbaut haben. Nichtsdestotrotz droht die Gefahr, dass sich eines Tages ein Anführer der Armen findet und die 'Heimatlosen' zu einem Aufstand bewegt.

Kendrar

Einwohner: um 1.200 (davon etwa 30 % Thorwaler)
Jarltum: Nyrs Land (Neues Land)
Herrschaft / Politik: Hetmann Eldgrimm 'der Weise' Oriksson
Garnison: 50 Krieger der Eldgrimm-Ottajasko
Ottajaskos: Eldgrimm-Ottajasko
Tempel: Swafnir, Travia, Phex, Rahja
Stimmung in der Stadt: geschäftig, aber angespannt: wachsam die Thorwaler, vorsichtig die Nostrier

Jahrhunderte lang war Kendrar die nördlichste Stadt Nostrias und ein wichtiger Handelsplatz. Von den Erlösen blieb jedoch nicht viel, da der größte Teil in die Staatskasse Nostrias floss, um die andauernden Kriege mit dem Erzfeind Andergast zu finanzieren. Das machte es 1001 BF Hetmann Eldgrimm Oriksson leicht, die Stadt mit ihren vernachlässigten Verteidigungsanlagen und damit auch das ganze Land nördlich des Ingvals anlässlich einer Wette im Handstreich zu erobern. Auch fast 30 Jahre später hat sich das Bild der Stadt trotz des thorwalschen Einflusses nur wenig gewandelt.

Zweistöckige Bürgerhäusern und einer Vielzahl von kleinen Handwerksstätten säumen die 'Hauptstraße'. Das Herz der Stadt ist der Marktplatz, an dem mit Ausnahme der Halle Swafnirs alle anderen Tempel der Stadt stehen. Selbst Hetmann Eldgrimm hat sich zu Beginn eines der Bürgerhäuser am Marktplatz als Residenz auserkoren und die ehemaligen Besitzer kurzerhand an die frische Luft gesetzt. Auch andere wohlhabende Bürger verloren ihr Hab und Gut an die neuen Herren, da sie auf den 'gerechten Wettkampf um Haus und Hof mit scharfer Axt' lieber verzichteten. Eldgrimms Schwestersohn Helgi Eldhildasson, den sich der Hetmann als Nachfolger auserkoren hat, hat so viel Gefallen an der Bequemlichkeit der nostrischen Häuser gefunden, dass er die ehemalige Residenz bezogen hat – ein Unding für einen künftigen Hetmann. Nun munkelt man, Eldgrimm werde Helgis jüngerer Schwester Gundrid den Vorzug geben, die traditionsbewusster ist.

Den Norden der Stadt, wo sich die meisten Nordleute niedergelassen haben, nennt man das Thorwaler-Viertel. Hatten viele Thorwaler vor der Rückeroberung durch die Nostrier verstreut in der Stadt gelebt, ziehen die meisten es heute vor, in einem eigenen Viertel in traditionellen Langhäusern zu leben. Die Ottaskin der Eldgrimm-Ottajasko wurde außen an die Mauern der maroden Stadtbefestigung angebaut. Auch das Langhaus Swafnirs und die Werft von Torgrimm dem Dicken, die nicht nur Thorwaler beschäftigt, steht im Thorwaler Viertel.

Selbst während der kurzen Rückeroberung durch Nostria von 1023 bis 1025 BF im Zuge des Thorwal-Horasreich-Krieges hat man den Swafnir-Tempel nicht geschlossen, was vor allem am gemeinsamen Einspruch aller ansässigen Kirchen lag, die einen solchen Präzedenzfall nicht dulden wollten. Während die Verehrung von Travia und Phex eine lange Tradition hat, ist die Halle des Swafnir erst mit den Thorwalern in die Stadt gekommen. Der Rahja-Tempel, ein Ableger des Havener Tempels, folgte kurz nach der Eroberung auf Bestreben der Schwestern Dara und Broinnfind Necht. Dara leitet den örtlichen Tempel, während ihre Schwester mittlerweile als Hochgeweihte nach Havena berufen worden ist. Vor allem Daras Einfluss ist es zu verdanken, dass die Thorwaler nach der Rückeroberung 1025 BF nicht blutige Vergeltung übten. Durch ihren listigen Schachzug, die 'Befreier' von der ganzen Stadtbevölkerung jubelnd begrüßen zu lassen, übten sich die Thorwaler in Großmut.

Selbst wenn den Thorwalern die Verehrung Rahjas kaum vertraut ist – der Kendrarer Tempel ist bislang der einzige Rahja-Tempel im Land –, stehen sie der Göttin nach Auffassung von Dara Necht mit ihrer Lebenslust näher als viele Mittelreicher. Die Kendrarer Geweihten stellen Musik und Gesang in den Mittelpunkt des Kultes und versuchen über die thorwalsche Liebe zu Gesängen Zugang zu den Herzen der Nordleute zu gewinnen. Aus diesem Grund hat man eine Sangesschule gegründet, die von den traditionellen Skalden argwöhnisch beäugt wird. Da durchreisende Sänger dem Tempel gerne einen Besuch abstatten, ist er eine gute Anlaufstelle für Neugierige, die etwas in Erfahrung bringen wollen.

Die Nordleute fühlen sich in ihrer neuen Stadt durchaus wohl und betrachten sie als lieb gewonnenes Beutestück. In den Schänken probieren sie die nostrische Küche und das örtliche Bier und genießen das 'südländische Flair' der Stadt. Viele Handelsschiffe auf dem Weg nach Süden laufen den Hafen auf ihrer Reise an, was der Stadt bescheidenen Wohlstand beschert, zumal hier der *Heidestieg* beginnt, der Handelsweg quer durch Südthorwal. Daher ist in den rund ein Dutzend Kneipen, Tavernen und Herbergen meist etwas los. Händler sind stets auf der Suche nach verlässlichen Helfern oder einer Bedeckung für ihre Handelsreisen.

Zwar haben sich die meisten Kendrarer, insbesondere die jüngeren, die gar nichts anderes kennen, ganz gut mit den Thorwalern arrangiert. Bisweilen kommt es dennoch zu Reibereien, wenn die Thorwaler sich allzu forsch über nostrische Befindlichkeiten hinwegsetzen. So gefiel es den Kendrarern gar nicht, dass die Thorwaler sich voller Unverständnis weigerten, ihnen gegen die nostrischen Fischer beizustehen, die es nicht dulden wollten, dass Kendrarer Fischerboote auf Plattfisch-Fang gingen, und ihre einstigen Brüder recht ruppig davonjagten. Zudem legen manche Thorwaler den Nostriern gegenüber eine gewisse Geringschätzung an den Tag und spotten über die sprichwörtliche nostrische Biederkeit.

Die Kendrarer wissen, dass die Thorwaler einem neuerlichen Aufruhr mit aller Härte begegnen würden, und so nährt mancher heimlich seinen Groll. Der Unmut führte zur Gründung des 'Freikorps Sappenstiel', dessen Angehörige von einem freien Nostria unter der Herrschaft der legendären nostrischen Kriegsheldin träumen. Die Mitglieder des 'Geheimbundes' vertreten ihre Gesinnung bevorzugt am Schanktresen. Dennoch sollte man den Bund nicht unterschätzen, denn es heißt, die junge nostrische Königin wolle sich die Verschwörer zu Nutze machen, um die Hafenstadt zurückzugewinnen.

Overthorn

Einwohner: im Winter ca. 500, im Sommer 700–800 (davon 300–400 wechselnde Händler und ihr Gefolge)
Jarltum: Overthorn ist unmittelbar der Obersten Hetfrau unterstellt.
Herrschaft: Livnur Garheltsson vertritt die Oberste Hetfrau und befehligt die Hjolmskari.
Garnison: 50 Hjolmskari (im Sommer)
Tempel: Travia-Tempel im Ort, Swafnir-Tempel am Markt
Besonderheiten: thorwalscher Marktflecken und Warenumschlagplatz an der Küste, sicherer Hafen, der auch für große Schiffe gut erreichbar ist.
Stimmung im Ort: im Sommer geschäftiges Treiben, abwechslungsreich und aufregend; im Winter trist und öde

Overthorn wurde vor etwa 600 Jahren auf der nördlich aus der Premer Halbinsel ragenden Landspitze (Overthorn = 'Überdorn') gegründet. Das auf einem wenige Schritt hohen Sattel liegende Grasland über einem weiten, sanft ansteigenden Sandstrand mit vorgelagerten Sandbänken lud schon immer Schiffe zur Nachtrast ein, doch befand man den Platz für eine feste Ansiedlung nur wenig geeignet, da er nur schlecht zu verteidigen ist. Erst als sich der Widerstand gegen die Besetzung unter Kaiser Helus um 430 BF (2057 JL) verstärkte, bekam der Ort durch die Meerenge von Manrek eine wichtige strategische Bedeutung.

Nach der Befreiung fanden die Knochenbrecher-Ottajasko und ehemalige Widerständler hier ein neues Zuhause. Allmählich entwickelte sich der günstig gelegene Ort im Sommer zu einem einträglichen Warenumschlagplatz. Schließlich stellte Tronde den Ort 1025 BF (2652 JL) unter den Schutz der Obersten Hetleute. Seitdem wird im Sommer eine Hjolmskari auf Geheiß der Obersten Hetleute in den Ort gesandt, um den Handelsfrieden zu garantieren und in ihrem Namen die Marktabgaben einzutreiben. Der garantierte Handelsfriede führt dazu, dass der Sommermarkt weiter an Bedeutung gewinnt.

Overthorn ist fast nur von See aus erreichbar. Die Sandbänke und Untiefen hat man mit Pfahlsperren gesichert und für Schiffe mit größerem Tiefgang eine Fahrrinne markiert.

Der Ort ist von einer weitläufigen Palisade umgeben. Zwischen Block- und Langhäusern schlängeln sich unter den Bohlenwegen Bächlein und Entwässerungsgräben dem Strand zu. Das Wasser kommt aus den bergigen Ausläufern der Landzunge und sorgt für schwere und saftige Weidewiesen für das Vieh. In geringem Maße wird Ackerbau betrieben. Die Felder, auf denen vor allem Dinkel, Roggen und Rüben wachsen, liegen weiter landeinwärts in geschützten Talmulden.

Die Handwerker des Ortes verstehen sich auf Ausbesserungsarbeiten aller Art (von Waffen bis hin zu Schiffen) und leben nicht schlecht davon. Außerhalb der Palisade liegen die Ottaskin der Knochenbrecher und die größere neu errichtete Seewölfe-Ottaskin. Daneben liegt der Marktplatz, auf dem die Händler den Sommer über in Holzbaracken und Zelten ihre Waren feilbieten, sowie die Pferche für das Vieh, das allmonatlich feilgeboten wird. Viele Händler beziehen Unterkunft in den Gasthäusern des Ortes, wie dem *Silberbarren, Immentrunk* oder *Bienenstock*, großen Langhäusern unter norbardischer Bewirtung, in denen man auf Schlafbänken und in Alkoven untergebracht wird. Im Winter hat im *Bienenstock* eine Norbardensippe ihr Quartier bezogen.

Die weniger wohlhabenden Händler und die große Schar der Kaufmannsgehilfen und Wachen schlafen in einem Zeltlager abseits des Marktes oder an Bord ihrer Schiffe. In den Schankstuben auf dem Markt ist immer etwas los. Am Rande des Markts thront der von Jurga Trondesdottir neu gestiftete Swafnir-Tempel, aber viele Händler suchen auch gerne das Langhaus des Travia-Tempels auf.

Einige Handwerker leben ebenfalls nur im Sommer im Ort und verbringen den Winter beispielsweise im heimatlichen Thorwal oder Prem.

Hjalsvidra / Hoijangar

Hjalsvidra
Einwohner: ca. 300
Jarltum: keines, der gesamte Hjalsfjord ist der Obersten Hetfrau unterstellt, die von Carla Töntisdottir vertreten wird.
Herrschaft: Hetfrau Thorhild Olavsdotter
Garnisonen: 50 Krieger der Hjalskari
Ottajaskos: Eisvogel-Ottajasko, Nordsturm-Ottajasko
Tempel: Swafnir-Schrein am Strand
Besonderheiten: Der Ort besteht nur aus drei Ottaskins, darunter die neu erbaute, gut befestigte Ottaskin der Hjalskari. Am Strand liegen einige Fischerboote sowie die Langschiffe der Hjalskari und der Eisvogel-Ottajasko. Die kleine Nordsturm-Ottajasko unterhält lediglich zwei Knorren. Von wirtschaftlicher Bedeutung ist ein ergiebiger Salzstock und der Kreideabbau.
Stimmung im Ort: Fremde (Nicht-Thorwaler) haben nur mit besonderer Erlaubnis Anlanderecht.

Hoijangar
Einwohner: ca. 850 (5 % Zwerge, ca. 15 % ehemalige Svellttaler und Albernier)
Garnisonen: 30 Krieger der Hetskari als ständige Besatzung, 60 Krieger der Hetskari vom Runenschiff *Runjadrakkar*, 600 Seeleute und Krieger der Hjalskari (geplante Sollstärke, derzeit ca. die Hälfte erreicht)

Ottajaskos: Hargasch-Sippe (Zwerge)
Tempel: Swafnir, Travia, Angrosch-Schrein
Besonderheiten: Kriegshafen mit eigener Werft, geschützt durch eine gewaltige Sperrkette und uneinnehmbare Geschütztürme
Stimmung in der Stadt: Es gibt zunehmend Spannungen zwischen alteingesessenen Thorwalern, Neubürgern und der stetig wachsenden Schar von Kriegern der Hjalskari.

Nach Ausbruch des Konfliktes zwischen Thorwal und dem Horasreich beschloss der Kriegsrat, einen Kriegshafen als zentralen Anlaufpunkt der thorwalschen Flotte zu errichten, verbunden mit einer Werft, auf der die neuen Schiffstypen *Winddrache* und *Vidsandr* gebaut werden.
Hoijangar liegt tief in den hügeligen Ausläufern der Grauen Berge, vor Wind und Wetter geschützt und nur über den Hjalsfjord zu erreichen. Die umliegenden weiten Wälder verfügen über das nötige Holz für den Schiffbau, wobei die schweren Stämme gut über das Flüsschen Hjalsach zu flößen sind. Für den Bau der Werft und der Befestigungen warb Tronde Torbensson albernische Handwerker und Svellttaler Flüchtlinge aus Enqui an.
Inzwischen leben ca. 150 Albernier und Svellttaler (Handwerker und Arbeiter) sowie die Zwerge der Hargasch-Sippe hier. Die vielen Fremden sorgen dafür, dass Hoijangar kaum als typisch thorwalsch zu bezeichnen ist. Es gibt sogar drei Schenken: *Einars Horn* (vor allem Soldaten der Hjalskari), *Gischthöhle* (vor allem 'Zugezogene') und *Zum goldenen Nagel* (Zwerge und thorwalsche Holzfäller). Albernier und Svellttaler leben in Hütten und kleineren Häusern mittelreichischer Prägung und haben ein neues Viertel begründet. Es passt nicht allen alteingesessenen Thorwalern, aus deren Reihen auch der Hetmann des Ortes stammt, dass Jurga alle neuen Bewohner Hoijangars unabhängig von ihrer Herkunft zu thorwalschen Bürgern ernannt hat.
Nur mit Zustimmung der Sjaherstori (Admiralin) Carla Töntisdottir wird einem in Hjalsvidra die Weiterreise nach Hoijangar gewährt, wobei man gegenüber Nicht-Thorwalern sehr restriktiv ist. Dennoch wird es bald häufiger neue Gesichter zu sehen geben, weil die Hjalskari nach Fertigstellung der Ringburg hier ihre Seekrieger und die Seeleute für die neuen Winddrachen ausbilden will. Die Werft umfasst drei Hellinge (Schiffsbauplätze) und ist somit neben derjenigen in der Stadt Thorwal die größte Anlage dieser Art im Lande. Neben den Werftanlagen mit dem Flößfeld, den Reeperbahnen für die Seiler, den Segelmacherschuppen, einer Geschützwerkstatt und dem Ausrüstungskai zählt die im Bau befindliche thorwalsche Ringburg für die Soldaten der Hjalskari zu den prägendsten Gebäuden des Ortes. Die Burg wird nach den gleichen Plänen wie ihre Schwester in Enskar gebaut.
Derzeit sind in Hoijangar u.a. drei Winddrachen, zwei Vidsandr und ein paar Langschiffe und Knorren der Hjalskari und ein Runenschiff der Hetskari stationiert. Im Sommer befinden sich die meisten Schiffe viele Wochen im Einsatz. Um die Schiffsbesatzungen bei Laune zu halten, wird ihnen abwechselnd gestattet, den Winter daheim bei ihren Ottajaskos und Sippen zu verbringen.
Die Verteidigungsanlagen des Kriegshafens befinden sich am Eingang des Fjordes. Um Hjalsvidra hat man umfangreiche Sperranlagen errichtet, damit keine Feinde in den Fjord eindringen können, wodurch die Schiffe in Hoijangar in der Falle säßen. Da die Mündung des Fjordes über einhundert Schritt tief ist, erübrigte sich der Versuch, diese mit Hilfe von Pfählen oder anderen Hindernissen unter der Wasseroberfläche zu sperren. Deshalb hat man eine gewaltige Kette quer über den Fjordzugang gespannt. Die insgesamt über 75 Quader schwere und knapp zwölfhundert Schritt lange Kette ist auf vielen hölzernen Schwimmkörpern befestigt, damit sie auf der Oberfläche treibt und unerwünschten Schiffen den Weg versperrt. Die Bedienmannschaften für die Kette sind in der steinernen Hetskari-Ottaskin stationiert. Etwa 50 Schritt vom Ufer entfernt ragt eine einsame Felsenklippe aus den Fluten empor, die die Schwimmkette stützt. Es war Dschinnenwerk, das diesen Felsen geschaffen hat, von dem auch unvoreingenommene Beobachter berichten, dass man menschliche Gesichtszüge in den schroffen Formen erkennen könne.

Auch die beiden Felsplattformen links und rechts des Fjordeinganges, die auf dem höchsten Punkt der Steilklippen aufragen, wurden durch elementare Magie geformt. Ein großer Elementarherr hat die kristallartigen Gebilde, die über und über mit scharfkantigen Spitzen bedeckt sind, aus dem Fels wachsen lassen. Sie bilden die Basis für zwei kreisrunde Festungen, die man darauf gemauert hat. Ausgestattet mit einem ganz eigenen Humor, versah der beschworene Elementar sein Werk mit einigen Verzierungen, die große Ähnlichkeit mit den 'Menschlingen' aufweisen, die ihn gebeten hatten, ihnen ihre Wünsche zu erfüllen.
Die Einheimischen nennen die beiden Festungen über den Klippen 'Harpyiennester', denn man bräuchte wahrlich Flügel, um sie zu erreichen. Die einzige Möglichkeit, dort hinaufzugelangen, ist ein Transportkorb. An diesem wird ein langes Seil befestigt, in dem man von einem darunter liegenden Schiff aus in die Höhe gekurbelt wird. Schon bei schwachem Wind empfiehlt sich dies nur mit stählernen Nerven, denn der Korb gerät für gewöhnlich kräftig ins Schaukeln, ehe die einhundert Schritt Höhenunterschied überwunden sind. Doch erst einmal oben, wird man mit einem phantastischen Ausblick entschädigt, der bei klarem Wetter im Nordosten bis zu den Grauen Bergen reicht und im Westen noch die Südlichen Olportsteine erkennen lässt. Mit den hier oben platzierten Geschützen lässt sich der gesamte Fjordeingang beschießen.
1024 BF wurden Hetfrau Thorhild Olvasdottir aus Hjalsvidra und Hersir Faenwulf Sturmhorn aus Hoijangar unmittelbar den Obersten Hetleuten unterstellt.
Die Befehlshaberin der Flotte, Sjaherstori Carla Töntisdottir, hat ihren Sitz in Hoijangar und vertritt die Oberste Hetfrau am Fjord.

Enskar

Einwohner: ca. 500 (20 % ehemalige Svellttaler), dazu die Soldaten der Garnison
Jarltum: Ifirnsgard
Herrscher: Hersir Garjolf Olvirson
Garnisonen: 50 Kriegerinnen und Krieger der Riddari (Reiterei der Hjalskari auf Thorwaler Langmähnen), 250 Kriegerinnen und Krieger der Hjalskari (geplante Sollstärke inkl. der Seekrieger)
Ottajaskos / Sippen: Rotgrim-Sippe, Nebeldrachen-Ottajasko, Blutsäufer-Ottajasko
Tempel: Ifirn, Swafnir, Firun-Schrein, Peraine-Schrein
Gasthöfe: Gjalskerruh (Q5/P6)

Besonderheiten: große Ringburg, die Platz für ca. 400 Kriegerinnen und Krieger bietet; viele ur-thorwalsche Sitten
Geschichte des Ortes: 1025 BF Fertigstellung der Ringburg zur Grenzverteidigung
Stimmung in der Stadt: immer wieder Gefahr durch blutrünstige Nachbarn: Gjalskerländer, Orks und Bären machen das Leben hier zum harten Überleben; Konflikte zwischen Einwohnern und Besatzung der Ringburg.

Enskar liegt am Ende des Thivor-Fjordes, unweit der Mündung des gleichnamigen Flusses. Die Gründung der Siedlung geht auf zwei Ottajaskos zurück – beides berüchtigte Piratensippen –, die *Nebeldrachen*, deren stark befestigte Ottaskin gleich an der Flussmündung zu finden ist, und ihre Nachbarn, die *Blutsäufer*. Erst Jahre später ließ sich auch die *Rotgrimm*-Sippe hier nieder – diese Bauern und Fischer zogen es vor, ihre Langhäuser in gebührlichem Abstand zu errichten. Unweit Enskar findet auf einer Wiese das traditionelle Schurfest (*Färahjuding*) statt. Zugleich ist der Platz Ort für das Frühjahrshjalding des Jarltums. Immer wieder ist Enskar in der Vergangenheit das Opfer von Überfällen von Orks und Gjalskerländern gewesen.

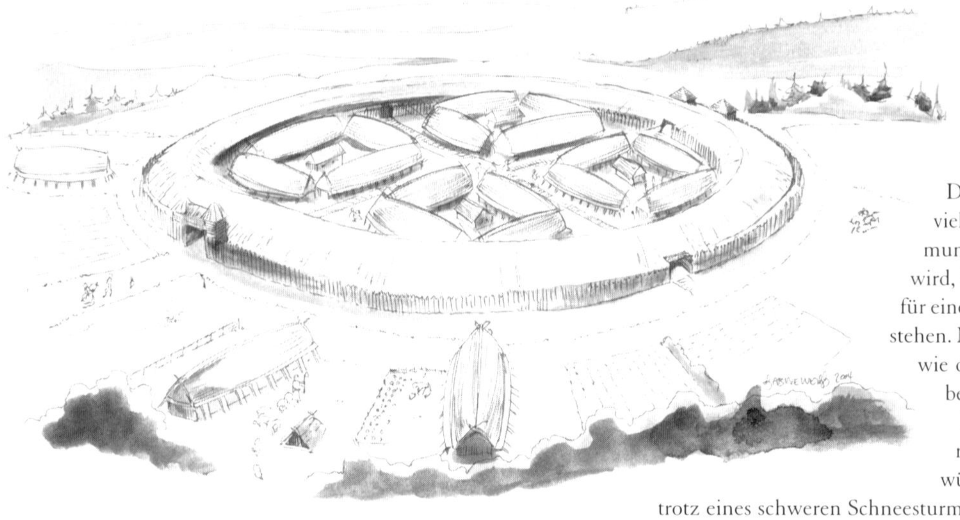

Nicht zuletzt wegen seiner Lage an der Grenze zum Gjalskerland hat der ehemalige Oberste Hetmann Tronde im Jahre 1023 BF (2650 JL) befohlen, mit dem Bau einer Burg auf der gegenüberliegenden Seite des Flusses zu beginnen. Denn der Konflikt mit dem Horasiat hatte gezeigt hat, dass Gegner nur zu leicht darauf verfallen könnten, sich der Gjalsker Barbaren zu bedienen, um Thorwals Norden zu bedrohen. Zwei Jahre später war die Ringburg fertiggestellt und von den ersten 150 Kriegerinnen und Kriegern der Hjalskari unter dem Kommando von *Katla Oddasdottir* bezogen worden.
Nach dem Willen Trondes soll die Stadt einmal wichtigster Stützpunkt der Hjalskari im Norden werden, von hier will man ein wachsames Auge auf den Norden Thorwals und das Treiben der Gjalskerländer haben. Außerdem unterhalten die jeweiligen Obersten Hetleute so auch mitten im ihnen nicht freundlich gesinnten Norden des Landes eine wichtige Machtbasis.
Die Bauarbeiter sind – oder aber: waren – größtenteils Svellttaler Flüchtlinge aus Enqui, die samt ihren Familien dort angeworben wurden. Der Oberste Hetmann hatte ihnen versprochen, sie würden nach Abschluss der Arbeiten fortan als Thorwaler gelten und das Recht erhalten, in Enskar Land zu nehmen oder aber sich der Hjalskari anzuschließen – wo der Zwerg Ambosch Sohn des Atanax sich darum bemüht, einen Trupp Pioniere auszubilden. Zudem hat Trondes Tochter Jurga jeder Enquier Familie zum Frühjahrshjalding 1025 BF vier Schafe als weiteren Lohn für ihre Arbeit an der Burg zukommen lassen.

Die Neusiedler haben sich am westlichen Rand des Färahjuding-Platzes niedergelassen, wo sie Häuser im Svellttaler Stil errichtet haben. Dort steht auch das neue, von der *Rotgrim*-Sippe betriebene Gasthaus. Das Verhältnis der gebürtigen Enskarer zu den 'Neuen' – 'Jurgas Stiefelleckern' (gemeint sind die Kriegerinnen und Krieger der Hjalskari) ebenso wie zu den 'Dahergelaufenen' (den Enquiern) – ist zwiespältig. Einerseits will man mit den Fremden nichts zu schaffen haben, andererseits haben Trondes Bestrebungen etwas Wohlstand in diese abgelegene Gegend gebracht. Der geringfügige Dinkelanbau, die Schafzucht und die Fischerei bieten nur ein geringes Auskommen, und die Zeit der großen Raubzüge ist schon lange vorbei.
Die Angehörigen der *Rotgrim*-Sippe haben sich schnell auf die neuen Verhältnisse eingestellt. Auch die *Blutsäufer*-Ottajasko hat umgedacht und trägt mit ihrem kleinen Langschiff und ihrem Knorr maßgeblich zur Versorgung der Burg bei. Nur die *Nebeldrachen*-Ottajasko, die zahlenmäßig größte und bisher einflussreichste Gemeinschaft, wendet sich erbittert gegen die 'dahergelaufenen Schlauschwätzer'. Dennoch konnten sie nicht verhindern, dass auf dem regionalen Hjalding 1025 BF erstmals der Hersir der *Rotgrimm*-Sippe, Garjolf Olvirson, zum Hetmann von Enskar gewählt wurde. Vergeblich hatte der unterlegene Nebeldrache Roar Eldgrimson gegen die neuen Sitten gewettert, die die Fremden mit sich gebracht haben, wie die Eröffnung des Gasthauses *Gjalskerruh* und die Einsegnung eines Peraine-Schreins. Zähneknirschend akzeptierten die Nebeldrachen den unliebsamen Ausgang der Wahl. Doch scheint das letzte Wort in diesem Streit noch nicht gesprochen.
Die alteingesessenen Enskarer halten viel auf ihre ur-thorwalsche Abstammung. Der Dialekt, der hier gesprochen wird, ist altertümlich und urwüchsig und für einen Südthorwaler nur schwer zu verstehen. Man hält auch an alten Gebräuchen wie dem *Lingardsdag* fest: Als in einem besonders schlimmen Winter der Enskarer Hafen zufror und die Vorräte zur Neige gingen, zog das halbwüchsige Mädchen Ifirnslieb Lingard trotz eines schweren Schneesturms los, um Nahrung zu suchen. Der Saga nach kehrte sie dann am nächsten Tag bei strahlendem Sonnenschein beladen mit Lebensmitteln über das Eis zurück. Ihr Mantel war vom Schnee ganz weiß und das Sonnenlicht zauberte einen Strahlenkranz auf ihr Haupt. So bringt heute die älteste Tochter jeder Familie in einem weißen Kleid und mit einem Kerzenkranz auf dem Kopf ihren Geschwistern am Lingardsdag (erster Erdstag im Hesinde / Ifirnsdag im Frostmond) zum Frühstück süßes Gebäck ans Bett.
Ein weiteres Erbe ist die *Swafnirsgischt* (auch *Weißer Tod* genannt), ein Gemisch aus Dinkelschnaps, Dickmilch und Robbentran. Die Gischt sollte nur eiskalt getrunken werden, weil sonst heftiger Brechreiz die unweigerliche Folge ist.
Das größte Fest der Enskarer ist die Färahjuding im Frühjahr, die große Schafschur. Aus ganz Ifirnsgard kommen Jung und Alt hierher, um drei Nächte und zwei Tage lang das Ende des Winters zu feiern. Die Besucher bringen ihre Schafe zur Schur und handeln auf dem bedeutendsten Viehmarkt des Nordens. Nicht allein Schafe wechseln hier ihren Besitzer, sondern auch die beliebten Langmähnen und die robusten haarigen Thorwaler Braunen. Natürlich nutzt man das Treffen auch als gute Gelegenheit zum Austausch von anderen Waren sowie von Neuigkeiten, als Heiratsmarkt und – wenn nötig – als Kriegsrat. Selbst aus Olport kommen Händler hierher, um die hochwertige Wolle aufzukaufen oder ihre Waren unter die Leute zu bringen. Zum Abschluss des Festes findet das Frühjahrshjalding des Jarltums statt.

Schifffahrt in Thorwal

Geschichtliche Entwicklung der thorwalschen Schifffahrt

Seit jeher waren Langschiffe (*Ottas*) und *Knorren* (thorwalsch: der Knorr) die charakteristischen Schiffe des thorwalschen Volkes. Die Langschiffe dienten vornehmlich küstennahen Kriegsfahrten, die Knorren Transporten und Handelsfahrten. In den ersten Jahrhunderten nach der Landung waren technische Fortentwicklungen schlicht nicht erforderlich, da die Fahrten entlang der Küste erfolgten.

Selbst nachdem sich die güldenländischen Einwanderer immer mehr ausbreiteten, änderte sich nichts am thorwalschen Schiffsbau, da die Schiffe des Kaiserreichs den Langschiffen an Wendigkeit und Geschwindigkeit nichts entgegenzusetzen hatten und ihre Schiffsgeschütze kaum eine Bedrohung darstellten. Erst die Gründung des Neuen Reiches und die Aufstellung der kaiserlichen Westflotte veranlassten die Thorwaler dazu, sich von Überfällen mehr auf den Handel zu verlegen.

In der Folge wurden verstärkt Knorren gebaut. Nichtsdestotrotz wähnten sich die Thorwaler mit ihren Ottas stets unbesiegbar, weshalb es ein gewaltiger Schock war, als 291 BF die kaiserliche Westflotte vor Salza 24 Langschiffe versenkte und anschließend Thorwal einnahm.

Die mittelreichische Besetzung zeitigte in Südthorwal auch auf dem Gebiet des Schiffsbaus ihre Folgen: So wurde die *Snekkar* als schnelles Handelsschiff entwickelt. In der Stadt Thorwal etablierte sich auch eine erste Werft, in der nicht mehr nach althergebrachter Art und Weise mit natürlich gewachsenen Hölzern gearbeitet wurde, sondern das Holz so bearbeitet wurde, wie es zum Bauen nötig war. Damit ließ sich eine Snekkar oder ein Langschiff viel schneller bauen als bisher. Aber im Norden lachte man über diese Ideen, da man überzeugt war, dass solche Schiffe kaum geeignet wären, schwerem Wetter auf Dauer standzuhalten. Es zeigte sich auch tatsächlich, dass solche Schiffe fast nur noch in einer Werft zu reparieren waren und nicht mehr von jedem erfahrenen Zimmermann an jedem Teil einer Küste, wo geeignetes Holz zu finden war.

Als nach 413 BF auch im Süden immer mehr Thorwaler wegen der verhassten Priesterkaiser gegen die Besatzer aufbegehrten, wurde von Olport aus der Gegenschlag vorbereitet: Große, klassische Langschiffe wurden gebaut, die viele Krieger fassten. Da man wusste, dass in Salza nur noch 19 Galeeren lagen, waren die 28 Langschiffe mit ihren über 2.200 Kriegerinnen und Kriegern den Besatzungen der Galeeren bei Weitem überlegen. Die *Zweite Seeschlacht von Salza* war also eigentlich gar keine Seeschlacht, sondern die Galeeren wurden direkt nach dem Auslaufen gestellt, bevor sie sich positionieren und ihre Geschütze wirkungsvoll zum Einsatz bringen konnten. Die Thorwaler erdrückten die Kaiserlichen schlicht durch ihre Übermacht. Dies entspricht auch der üblichen Kampfesweise eines Otta-Verbandes: Man sucht eine geschützt Bucht auf, bringt die eigenen Schiffe in eine günstige Position, um dem Feind den Wind zu nehmen, und anschließend kreist man ihn in geschlossener Formation ein. Die kaiserliche Westflotte war besiegt, und die klassische thorwalsche Schifffahrt blühte wieder auf, auch wenn im Süden auf Werften und die neuen Snekkars nicht mehr verzichtet wurde.

Es folgten 400 Jahre überwiegend friedliche Schifffahrt. Wegen der Orkkriege und den großen Epidemien gab es zwischen 603 und 850 BF keine Heerfahrten mehr, fast nur noch thorwalsche Händler auf Knorren und Snekkars machten sich auf den Weg nach Süden – der Ruf "Die Thorwaler kommen!" hatte schon fast gänzlich seinen Schrecken verloren. Die späteren erfolgreichen Heerfahrten unter Hetmann Hyggelik schienen die Traditionalisten aber in ihrer Auffassung zu bestätigen, dass – trotz inzwischen fortgeschrittener Schiffsentwicklungen – die Thorwaler nichts anderes als Ottas, Knorren und Snekkars benötigen würden.

Erst in neuerer Zeit, mit dem wieder erstarkten Horasreich als Hauptkonkurrenten auf dem Meer der Sieben Winde, wuchs die Einsicht im Süden Thorwals, dass auch die Thorwaler mit der Zeit gehen müssten. Ein Konflikt mit dem Horasreich konnte nur eine Frage der Zeit sein, wenn einzelne Ottajaskos weiterhin Überfälle auf horasische Küsten unternehmen würden.

Diese Einsicht bestimmte von Anfang an Trondes Regierungszeit. Deshalb ließ er mit dem *Winddrachen* einen neuen Schiffstyp entwickeln und bauen, der in der Lage sein sollte, sich auch mit moderneren Konstruktionen zu messen.

Navigation

Üblicherweise läuft man abends die Küste an, um bei einem gemütlichen Feuer auf dem Festland zu schlafen, und so navigieren die Thorwaler größtenteils nach Sicht. Doch auch das Navigieren ohne Landsicht stellt für sie kein Hexenwerk dar, und das, obwohl sich der Kompass in Thorwal nur bei wenigen Kapitänen durchgesetzt hat. Stattdessen verwenden viele thorwalsche Kapitäne einen 'Sonnenkompass', eine runde Holzscheibe mit einem Durchmesser von rund 12 Fingern. In ihrem Zentrum befindet sich ein Stab mit der Höhe von 1 bis 2 Fingern. Mit dieser Peilscheibe kann nachts auch der Losstern anvisiert werden.

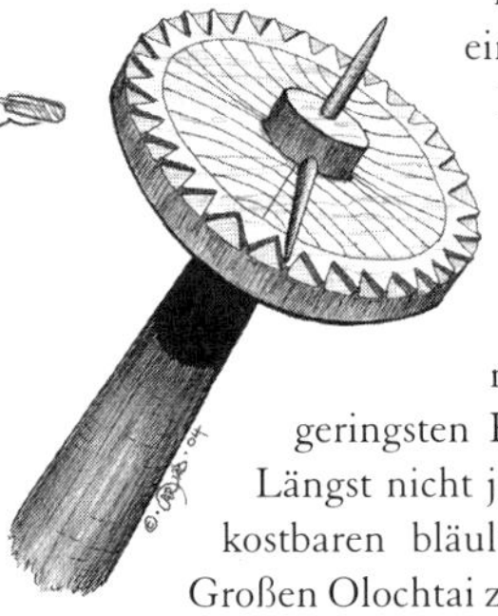

Bei schlechter Sicht gibt es den so genannten Sonnenstein, der auch mit dem geringsten Restchen Licht die Sonne finden kann. Längst nicht jeder Schiffsführer ist in Besitz eines der kostbaren bläulichen Steine, die vornehmlich in der Großen Olochtai zu finden sind und deren beste Exemplare im Wert einem Schiffskompass gleichkommen. Doch auch andere Anhaltspunkte helfen guten thorwalschen Navigatoren, ihre Position im Verhältnis zur Küste zu ermitteln: die Farbe des Seetangs, der Flug von Insekten oder mit an Bord genommene Raben oder Krähen, die man fliegen lässt, wenn man glaubt, dem Land nahe zu sein. Diese Verbundenheit der Thorwaler mit der Natur hat sich auch in der Sprache niedergeschlagen, so existieren zum Beispiel für das Wort 'Küstengewässer' vierzehn verschiedene Begriffe, die den jeweiligen Bedingungen des Wassers in prägnanter Form Rechnung tragen.

Thorwaler und schlechtes Wetter

Fürchten müssen thorwalsche Schiffsführer ohne Kompass allein den Nebel und lang anhaltende Stürme, die die nötige Sicht auf die Sonne und die Gestirne verwehren. In einer Reihe von Sagas wird beschrieben, wie eine Schiffsbesatzung durch einen lang anhaltenden Sturm in unbekannte Regionen getrieben wird. Die Saga von *Bjarne Windzwinger*, dem legendären Begründer der gleichnamigen Ottajasko, berichtet davon, wie Bjarne durch einen sechstägigen Sturm immer weiter nach Nordwesten getrieben wurde. Die Besatzung hatte

völlig entkräftet mit ihrem Leben abgeschlossen und sich der Gnade Swafnirs überantwortet, als der Sturm nachließ und man Land sah. Auf diesem wohnten Menschen in kleinen, fensterlosen Häusern, die von außen eher wie primitive Rasenhügel aussahen. Ihre Sprache erinnerte an Alt-Hjaldingsch. Bjarne und seine Besatzung wurden freundlich aufgenommen und versorgt. Da jederzeit mit dem Einsetzen des Frostes zu rechnen war und Bjarne dort nicht überwintern wollte, brach man bereits nach zwei Tagen wieder auf.
Die Bewohner der Insel behaupteten, dass sie bei Jurgas Reise nach Osten vor vielen hundert Jahren auf dieses große, unwirtliche Eiland verschlagen worden seien. Bjarne glaubte ihnen nicht, brachte aber von dort Seetigerbein und Narwalzähne mit, die er gegen Äxte und Dolche eingetauscht hatte, weil Holz und Eisen so knapp waren. Als Bjarne mit diesen Reichtümern zurückkam, gründete er um 950 v.BF in Thorwal seine eigene Ottajasko: die Windzwinger. Einige Jahre später, so wird berichtet, brach sein Sohn gleichfalls zu jenem Land auf, das sein Vater damals gefunden hatte, kehrte aber nie zurück. Auch andere Ottas haben sich in der Vergangenheit erfolglos auf die Suche nach 'Bjarnes Eiland' begeben. Es darf davon ausgegangen werden, dass ihre Schiffe in der rauen See kenterten. Kurz: Die Unbilden des Wetters können für ein betroffenes Schiff zwar günstig sein, enden aber auch allzu oft tödlich. Und so bleiben umsichtige Kapitäne mit ihren Schiffen bei Fahrten fernab der Küste lieber einige Wochen an einem sichereren Ort liegen, wenn Unwetter zu erwarten sind, was den Thorwalern bei anderen Völkern bereits den Ruf eingebracht hat, eine angeborene Fähigkeit zur präzisen Wettervoraussage zu haben.

Wettervorhersage
Die Wetterprognose geht auf Jahrtausende alte Erfahrungsberichte zurück und beschränkt sich, dem Lebensraum der Thorwaler zur Folge, auf das Meer der Sieben Winde und das Nordmeer. Doch nicht nur ihre Erfahrungswerte – über etwa das Verhalten von Tieren und Pflanzen bei bestimmten Wetterlagen – kommen den Thorwalern hier zugute. Weil die Magie in Thorwal im Vergleich zu anderen Regionen ein Schattendasein führt und arkan begabte Menschen meist keine Ausbildung erhalten, ihre Begabung ihnen und ihrer Umwelt ja oft nicht einmal bewusst wird, gibt es relativ viele Magiedilettanten. Von diesen verfügen einige über einen sechsten Sinn für Wetterprognosen und/oder die Navigation.

Das Leben an Bord

Das Leben an Bord einer Otta oder eines Knorr ist kein reines Vergnügen. Die Ernährung ist meist kümmerlich und besteht aus getrocknetem Fisch, getrocknetem und gepökeltem Fleisch, getrockneten Algen, Dörrobst, Dickmilch, Salzbutter oder dickem Knäckebrot. Der Trinkwasser- und Biervorrat wird in Deckeleimern sorgsam aufbewahrt. Die Schlafgelegenheiten sind sehr einfach, der Sauberkeit trägt man lediglich in einem machbaren Mindestmaß Rechnung. Doch lange Seereisen mit Ottas oder Knorren bilden die Ausnahme der thorwalschen Seefahrt. Stets bemüht man sich, den Abend an Land zu verbringen, in Friedenszeiten sogar in Zelten mit Holzgerüsten oder ähnlich aufwendigen Lagerstätten. Wenn möglich, wird an Land der Speisezettel durch Beeren oder etwas Wild erweitert oder man kehrt in besiedelten Gebieten in das nächste Gasthaus ein.
Aufgabe des Kapitäns ist es unter anderem, die Mannschaft bei Laune zu halten. Dazu gehört, dass er in der Lage ist, die Zusammensetzung der Besatzung sorgfältig auszuwählen, um Streitpotenzial bereits im Vorfeld zu minimieren. Da nur zu den wenigsten Schiffsbesatzungen ein Skalde gehört, ist es zum Beispiel klug, wenigstens ein Mannschaftsmitglied an Bord zu haben, das sich auf das Erzählen von Geschichten und Sagas versteht. Für derartige Aufgaben wählt ein Kapitän durchaus einmal einen betagten Recken aus, der eigentlich schon zu alt für die normalen Arbeiten an Bord ist. Auf der Fahrt erzielte Gewinne werden unter der Mannschaft aufgeteilt, seien sie nun durch Handel erworben oder durch die Skraja. Dabei variieren die Anteile durchaus sehr stark. Es gibt Schiffe, auf denen alle den gleichen Anteil bekommen, und andere, deren Hetmann sich den doppelten Anteil sichert. Alles ist denkbar, solange die Gemeinschaft dies akzeptiert.

Schiffsbau

In den letzten hundert Jahren sind einige Werften entstanden, wobei die Werft der Stadt Thorwal die berühmteste und auch älteste ist. Doch insbesondere im Norden des Landes gibt es noch die alten Schiffsbaumeister, die ein bis drei Lehrlinge und Gesellen haben und von Ort zu Ort ziehen, um mit ihren Gehilfen Ausbesserungen an alten oder den Bau von neuen Schiffen vorzunehmen. Wenn sich die Gesellen bei dieser Arbeit einen guten Namen erworben haben, machen sie sich wiederum als Schiffsbaumeister selbständig, werden vielleicht Lehrer in der Runajasko und bilden neue Schiffsbauer aus (siehe auch S. 61). Der berühmteste Schiffsbaumeister ist derzeit *Lifbrand Eilursson*, der Leiter der Schiffbauschule in der Runajasko zu Olport.
Ein solcher Schiffsbau ist immer ein großes Unterfangen, und es werden viele helfende Hände benötigt. Je mehr geübte Handwerker beteiligt sind, desto schneller geht der Bau vonstatten, desto teurer wird er aber auch. Während für die Werftschiffe in der Regel in Sägewerken bearbeitetes Holz verwendet wird, setzen die Schiffsbaumeister der alten Schule auf solide Handwerkskunst. Die wesentlichen Lehrsätze lauten: "Der Zimmermann arbeitet *mit* dem Holz – nicht *dagegen!*", "Überlasse möglichst viel Arbeit der Natur!" und "Die Stabilität und Geschmeidigkeit eines Schiffes beruhen darauf, dass man der natürlichen Form des Holzes Rechnung trägt!"
Und so ist es auch immer Aufgabe des Schiffsbaumeisters, die Bäume, die das Holz für ein Schiff liefern, noch vor dem Fällen nach ihrem Wuchs und ihren sich daraus ergebenden Verarbeitungsmöglichkeiten auszuwählen. Besonders Traditionsbewusste verwenden überhaupt kein Metall, sondern ausschließlich Holzstifte. Die Suche nach passendem Holz dauert manchmal genauso lange wie der eigentliche Schiffsbau.
Traditionell werden Langschiffe hauptsächlich aus Eichenholz hergestellt. Manche behaupten sogar, gute Schiffe ließen sich überhaupt nur mit Eichenholz bauen. Es sind aber auch Planken aus Kiefernholz und Fichte bekannt, insbesondere im höheren Norden, wo gutes Eichenholz selten ist und erst aus anderen Regionen besorgt werden muss. Aufgeschlossenere Schiffsbaumeister haben entdeckt, dass das Holz der Lärchen sich ebenfalls sehr gut eignet, da es härter als Fichte, aber weicher als Eiche und dabei biegsam und fest ist. Allerdings ist die Lärche im Norden noch seltener als Eiche. Einige Werftbesitzer sind fest davon überzeugt, dass mit ihrem gut abgelagerten Lärchenholz, das zuvor monatelang gewässert wurde, um die Gerbsäuren auszuspülen, Schiffe von größerer Haltbarkeit produziert werden können. Doch bislang finden diese Werften nur in Städten und wenigen Ottajaskos südlich der Grauen Berge Abnehmer.

Einzelheiten zum Langschiffbau

Zur Erläuterung der Einzelheiten soll ein typisches Langschiff betrachtet werden, für das folgende Angaben exemplarisch gelten: Es hat eine Länge von 23 Schritt, eine Breite von 3,5 Schritt und eine Höhe von 2 Schritt. Es weist auf jeder Seite 16 Riemen auf und kann maximal 70 Frauen und Männer befördern. Zum Bau werden 18 große Eichenbäume, 5,5 Fass Kiefern-Teer und knapp 5.000 Nägel beziehungsweise 280 Stein Eisen benötigt.

Kiel
Die Kiele der Langschiffe bestehen in der Regel aus Eichenholz, und zwar aus einem einzigen Stamm mit einem zwei- bis dreiteilig aufgesetzten Steven (den aus dem Wasser herausragenden Verlänge-

rungen des Kiels an Bug und Heck). Das letzte Teilstück am Bug ist bei einigen Langschiffen in Form eines Schlangenmauls und bei den meisten in Form eines Drachenkopfes geschnitzt und abnehmbar – denn sobald das Schiff an einem fremden Hafen anlegt, wird er abgenommen, um die friedlichen Absichten der Schiffsgemeinschaft zu unterstreichen. Der Kiel ist 14 Schritt lang.

Beplankung

Beim typischen Langschiff besteht die Beplankung aus 16 in Klinkerbauweise übereinander gefügten Planken (siehe Details in der Abbildung *Winddrache* auf Seite 114), was bedeutet, dass die Planken sich überlappen – im Gegensatz zur 'Kraweelbauweise', bei der die Planken auf Stoß gesetzt werden. Außer an der untersten Planke, die am Kiel angenietet ist, und der nachfolgenden wird die unter der Wasserlinie liegende Beplankung mit Hilfe von mit Pech getränkten Wurzelfasern an den Spanten (den 'Rippen' des Schiffs) festgebunden. Hierfür werden etwa geteertes Karenfell oder Weidenruten verwendet.
Die neunte vom Kiel aus gezählte Planke unter der Wasserlinie ist mit den Spanten nicht verschnürt, sondern mit Holznägeln befestigt. Diese Holznägel ragen bis in die Querbalken hinein. Da die Spanten nur bis zur Wasserlinie reichen, werden die weiteren Planken über der Wasserlinie zu Reling gerechnet. Sie werden mit Holznägeln an Kniehölzer angeheftet (Kniehölzer sind natürlich krumm gewachsene Hölzer, meist Krüppelkiefern), die bis zur Oberkante der letzten Planke reichen. Kniehölzer tragen auch die Deckplanken.

Mast

Der Mast steht ein kleines Stück vor der Mitte des Schiffs. Er ist ungefähr ein Dutzend Schritt hoch und besteht – einem weiteren Lehrsatz der alten Schiffsbaumeister zur Folge – aus Kiefernholz, denn: "Nur Kiefernholz ist leicht und gleichzeitig fest genug, um schweren Stürmen zu trotzen."
Seinen Stand gewinnt der Mast durch einen fast 4 Schritt langen, abgerundeten Eichenblock auf dem Kiel, in dessen Kuhle er aufgestellt ist und der sein Gewicht auf Kiel und Spanten verteilt, dieser Block heißt *Kielschwein*. Obenauf ist ein länglich gehobelter Holzklotz angebracht, dessen Form ihm den Namen *Mastfisch* verleiht. Er umfasst ganze 4 Spanten. Seine Achter- und Seitenteile sind massiv genug, um den Mast zu halten, während das Vorderteil eine Aussparung hat, so dass sich der Mast auch legen lässt. Wenn der Mast aufgerichtet ist, wird diese Aussparung mit einem Riegel verschlossen und durch zwei weitere Keile gegen die Seiten hin gestützt.
Die Befestigung des Mastes ist so konstruiert, dass dieser ohne externe Hebeeinrichtung von der Schiffsbesatzung selbst aufgerichtet werden kann. Gehalten wird er von Seilen, die nach vorne ausgerichtet *Vorstag* und nach achtern ausgerichtet *Achterstag* heißen. Die Absicherung nach zur Seite nennt man Wanten. (Stage und Wanten bilden das sogenannte 'Stehende Gut' des Schiffes, also alle Seilverbindungen und -versteifungen, die im normalen Schiffsbetrieb nicht verändert werden.)

Riemen

Die Ruderriemen werden wegen der Leichtigkeit und Elastizität meist aus Fichtenholz gefertigt. Die übliche Riemenlänge beträgt zwischen 5,3 Schritt und 5,8 Schritt. Die Ruderlöcher werden aus der obersten Planke herausgeschnitten. Damit ein Eindringen des Wassers während des Segelns verhindert wird, kann jede einzelne Riemenpforte mit einer passenden Scheibe verschlossen werden.
Bei Langschiffen wie dem hier beschriebenen wird auf den Querbalken ein Deck ausgelegt. Auf diesem dienen festgelaschte Seekisten, in denen jeder Ruderer sein persönliches Hab und Gut aufbewahrt, als Sitzgelegenheit.

Ruder

Das Ruder liegt am Achtersteven und besteht aus einem profilierten Ruderblatt, das schräg nach unten ins Wasser ragt (siehe Detail in der Abbildung rechte Seite unten). Auch das Ruder ist aus Eichenholz gefertigt. Gelenkt wird mit der Ruderpinne, einem Holzstab, der rechtwinklig vom oberen Teil des Ruders absteht. Indem man diese Pinne unter den Arm klemmt und seinen Körper verlagert, wird das Schiff gesteuert. Unter günstigen Wetterbedingungen ist dies sehr leicht, und es ist auch möglich, das Ruder für einen einmal festgelegten Kurs zu fixieren.
Diese Art Ruder ist eine hjaldingsche Erfindung und verleiht dem Langschiff (und natürlich auch dem Knorr oder dem Snekkar) seine legendäre Wendigkeit. Das Ruder ist rechts angebracht, da auch in Aventurien die meisten Menschen Rechtshänder sind. Deswegen heißt 'rechts' auf einem Schiff 'steuerbord' und 'links' – die Seite der man dann den Rücken zukehrt – 'backbord'.

Schilde

Die berühmten großen thorwalschen Rundschilde werden mit Stricken in einer extra Leiste außenbords befestigt (siehe Detail in der Abbildung rechte Seite oben). Dies geschieht in der Regel aber nur während eines Hafenaufenthaltes als Erkennungszeichen, ansonsten werden sie an Bord verstaut. Allerdings können sie, sich halb überlappend, bei stärkerem Seegang auch als weiterer Wellenschutz angebracht werden. Bei ausgebrachten Schilden ist ein Rudern jedoch nicht möglich, so dass dieser Schutz nur während des Segelns sinnvoll ist.

Segel und Takelage

Auf die Riemen kann bei günstigen Wetterbedingungen verzichtet werden, denn ein Segel verschafft dem Schiff einen Antrieb von bis zu 25 Meilen pro Stunde, bei besonders langgestreckten Konstruktionen sogar noch mehr. Eine annähernd 11 Schritt lange Rah hält das Segel an der *Oberliek*. Diese Querstange kann am Mast hoch oder runter gezogen werden. Dieses 'Heißen' oder 'Fieren' geschieht mit Hilfe eines Seils, das Fall genannt wird. Das *Fall* ist nicht am Mast, sondern am Heck befestigt, so dass der Mast zusätzlich nach achtern abgespannt wird.
Die Rah wird mit Hilfe von je einem Seil an ihren Enden, den sogenannten *Brassen*, zum Wind ausgerichtet (die Rah um den Mast gedreht). Mit zwei Holzstangen kann man das Segel entsprechend der Windrichtung arretieren. An der unteren Einfassung des Segels sind so genannte *Geitaue* befestigt, mit denen das Segel bis zur Rah hochgezogen werden kann. Ein *Reffen* (Zusammenziehen und -schnüren) der Segel kann nur erfolgen, wenn die Rah heruntergelassen ist. Wird das Wetter zu ungünstig für die Besatzung, so kann die Rah auf Halbmast gesetzt werden. Eine Teerplane als Überwurf dient dann als Zelt.

Das Segel des Langschiffs ist etwa 85 Rechtschritt groß. Dafür werden 33 Bahnen Wadmal (von einem halben mal acht Schritt Größe) benötigt, ein qualitativ sehr hochwertiger Stoff aus Schafwolle, wie er vor allem im nördlichen Thorwal in langen Winternächten hergestellt wird. Ist das Segel allein schon sehr schwer, ist es eine noch schwerere Last, wenn es sich mit Wasser voll gesogen hat. Im südlichen Thorwal setzt sich allerdings zunehmend Flachs als Rohstoff durch, aus dem Segeltuch gewonnen wird, das leichter als das traditionelle Wadmal ist. Insgesamt werden für das Schiff knapp tausend Schritt Seil aus Lindenbast und 420 Schritt Seil aus Pferdehaar benötigt. Sehr beliebt ist besonders Seil aus der Haut des Seetigers und des See-Elefanten, aber auch aus Robbenhaut.

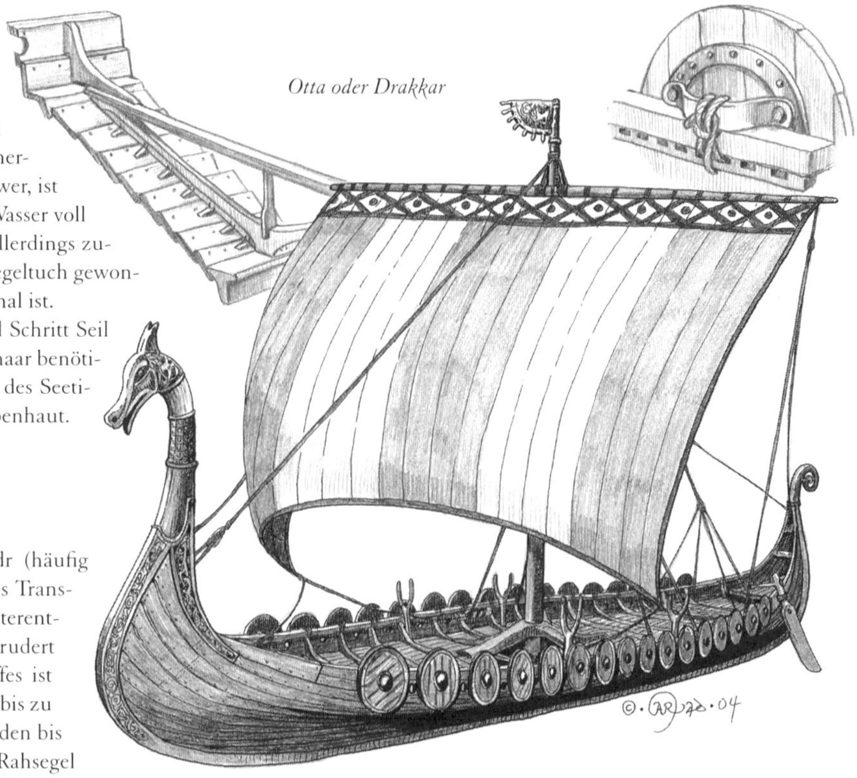

Otta oder Drakkar

Schiffstypen

Vidsandr

Ursprünglich handelt es sich bei der Vidsandr (häufig auch Byrdinger genannt) um ein hochseefähiges Transportschiff (90 bis 170 Quader Last), das eine Weiterentwicklung des Knorr darstellt. Es kann auch gerudert werden, angesichts der Verdrängung des Schiffes ist dies aber nur eine Notlösung. Die Länge beträgt bis zu 25 Schritt, die Breite bis zu 8, der Tiefgang beladen bis zu 2,5 Schritt. Getakelt ist das Schiff mit einem Rahsegel am Hauptmast und häufig einem zusätzlichen Sprietsegel. Neuere Versionen haben für den Kampf oberhalb des Vorder- und des Achterdecks Podeste, ähnlich den Kastellen südländischer Schiffe, die auf Säulen stehen und mit einem Schutzzaun umgeben sind. Einerseits wirkt sich dieser Aufbau nachteilig auf die Segeleigenschaften aus, andererseits ist er aber für den modernen Seekampf unerlässlich. Die neuesten Pläne sehen auf dem Vordeck einen zweiten Mast vor, der ein kleineres Rah- oder havenisches Segel tragen soll. Hier soll die Kampfplattform achtern mit Geschützen versehen werden und in die Schiffsstruktur eingebaut sein. Auf diese Weise soll das Schiff wehrhaft sein, ohne dass es die Segeleigenschaften der Vidsandr verliert. Die frühen Versionen haben über verschiedenen Zwischenstadien wie die eingangs abgebildete *Hardred* schließlich zum Winddrachen geführt.

Es werden mindestens zwei Dutzend Personen benötigt, um einen Vidsandr korrekt zu steuern, die Bauzeit auf einer Werft beträgt 4 bis 5 Monate.

Knorr

Dies ist das typische thorwalsche Handelsschiff, das sowohl gesegelt (ein Mast mit Rahsegel, auch auf hoher See) als auch gerudert (sechs Riemenpaare, auf Flüssen, in Häfen und Fjorden) werden kann. Bei 15 bis 18 Schritt Länge und vier bis fünfeinhalb Schritt Breite ist es nicht so wendig wie eine Otta, kann aber mit geringerer Besatzung (7 bis 15 Personen, auf kurzen Strecken auch weniger) gefahren werden und transportiert dabei etwa die gleiche Last.

Knorr

Ein Knorr benötigt 2 bis 3 Monate Bauzeit für die größte Variante (wenn ca. 15 bis 20 Personen daran arbeiten) und kann überall gebaut werden, wo es genügend passendes Holz gibt. In der Werft geht es natürlich schneller, kostet aber mehr.

Otta

Wenn man an Thorwal denkt, fallen einem als erstes sicherlich die eleganten Lang- oder Drachenschiffe (thorwalsch *Otta* oder *Drakkar*) ein, mit denen die Nordleute sowohl ihre Plünder-, als auch einen Teil ihrer Handelsfahrten unternehmen. Eine Otta hat zwischen 20 und 40 Schritt Länge bei 3 bis 6 Schritt Breite (je schmaler die Schiffe sind, desto weniger hochseetauglich sind sie, dafür umso schneller: "Länge läuft"). Sie fahren ein Rahsegel am einzigen Mast und erreichen dabei Spitzengeschwindigkeiten von 35 Meilen pro Stunde. Die übliche Besatzung liegt zwischen 30 und 70 Personen, wobei auf Kriegsfahrt auch noch weitere Kämpferinnen und Kämpfer an Bord passen.

Ältere, kleinere Ottas haben kein durchgezogenes Deck. Die kleinen Ottas, die ein Schlangenmaul statt eines Drachenkopfs am Bug führen, werden auch *Skeidhs* genannt und haben bis maximal 2 x 20 Ruderer. Die anderen Ottas, mit einem Drachenkopf am Bug, werden *Drakkars* genannt. Am häufigsten findet man 2 x 22 bis 25 Ruderer. Die Bauzeit beträgt 3 bis 5 Monate; eine Otta kann überall dort gebaut werden, wo es ausreichend Bauholz gibt.

Winddrache

Dieser Schiffstyp ist das modernste Erzeugnis thorwalscher Schiffbaukunst und die Antwort auf die Bedrohung durch horasische Schivonen: ein Schiff, das sowohl hochbordig genug ist, um Enterangriffe zu er-

Ein Winddrache im Detail

möglichen, als auch in der Lage, Geschütze zu führen. Dabei orientiert sich der Bau an den leichten Schivonen und Schivonellen aus dem Horasreich, behält aber die gerundeten thorwalschen Linien bei. Von den Abmessungen und der Takelage her ähnelt ein Winddrache den modernsten Schiffen anderer Seemächte: um 35 Schritt Länge und 6 Schritt Breite bei einem Tiefgang von etwa 2,5 Schritt; getakelt mit drei Masten, von denen Fock- und Hauptmast je zwei Rahsegel, der Besanmast ein havenisches Segel trägt. Mit raumem Wind (Wind von schräg achtern) erreicht ein Winddrache eine Geschwindigkeit von 16 Meilen pro Stunde.

Gesteuert wird das Schiff (neben der Segelstellung) mit einem Heckruder, das über einen Kolderstock bedient wird – Steuerräder sind in Thorwal nicht verbreitet, und schon das Heckruder gilt als revolutionär.

Ein Winddrache trägt eine Besatzung von mindestens 40 Personen, zur Bedienung der Geschütze – ein mittlerer Aal voraus, eine schwere Rotze auf dem Achterkastell, je zwei mittlere Rotzen querab plus eine Hand voll Hornissen gegen Enterangriffe – und als 'Seesoldaten' können nochmals bis zu 120 Leute an Bord genommen werden.

Die Bauzeit beträgt ca. 7 bis 8 Monate (einschließlich der Arbeiten für Segel und Tauwerk), wobei ein Winddrache nur auf einer spezialisierten Werft gebaut werden kann.

Snekkar

Der Begriff 'Snekkar' (garethisch: Schnigge, eigentlich 'Schnecke') kommt nicht von der Langsamkeit des Schiffes her, sondern von der Art seiner Fortbewegung. Dieser Schiffstyp 'gleitet' über das Wasser. Es handelt sich um ein schnelles Schiff von etwa 18 Schritt Länge und drei Schritt Breite, das auch gerudert werden kann. Üblicherweise ist es thorwalsch rahgetakelt, größere Snekkars führen teilweise zusätzlich einen Besanmast mit einem havenischen Segel. Bei etwa sechs Spann Tiefgang trägt das Schiff bis zu etwa 20 Quader Last, wozu eine Mindestbesatzung von etwa anderthalb Dutzend Personen nötig ist (bei vollbesetzten Riemen bis zu 70 Personen). Ein Snekkar hat eine Bauzeit von zwei bis drei Monaten und kann quasi überall gebaut werden.

Andere Typen

Über diese Grundtypen hinaus gibt es natürlich weitere Abwandlungen, Übergangstypen und kleinere Bootstypen. Namentlich erwähnt sei hier die *Skúta*, ein eher kleines Schiff für den Personentransport (2 x 5 bis 2 x 8 Ruderer).

Die 'Gullen Drakker' – Drakkar der obersten Hetleute

Als Tronde Torbensson im Jahre 1014 BF das Piratennest Daspota einnahm und von seinen räuberischen Bewohnern befreite, fielen ihm die enormen, von den Piraten gehorteten Schätze als Kriegsbeute zu. Angesichts dieses Reichtums beschloss der Oberste Hetmann, ein Repräsentationsschiff als Zeichen der Macht und des Reichtums bauen zu lassen: die *Gullen Drakker*.

Dieses Schiff weist eine Länge von 50 Schritt auf und ist mit je 35 Rudern auf jeder Seite als Besatzung eines der größeren Langschiffe. Die Bordwände sind mit Ornamenten aus Goldblech beschlagen, den Vordersteven ziert ein mächtiger geschnitzter und vergoldeter Drachenkopf, während der Achtersteven zu einem Drachenschweif ausgearbeitet ist. Die Griffe von Rudern und Steuerruder sind mit Einlegearbeiten aus feinstem Seetigerbein verziert, die Ruderbänke aus edlem Mohagoni gefertigt. Im Hochbord stecken mit goldenen Ornamenten beschlagene Rundschilde, die von den Heldentaten ihrer Träger künden. Für den Obersten Hetmann hat man mittschiffs ein Podest mit einem thronähnlichen Sessel errichtet, der bei gutem Wetter mit edlen Fellen bedeckt ist. Auf dem blauen Segel prangt der weiße, wellenumkränzte Pottwal – Zeichen Swafnirs und das Symbol der Obersten Hetleute.

Bemannt wird das Schiff von Kriegern der Hetskari. Ein Lurenbläser steht bereit, Signal zu geben, wenn das Schiff in einen Hafen einläuft. Das schwere, goldbeschlagene Schiff ist kaum für den Kampf geeignet, sondern dient allein der Repräsentation, weshalb es stets von mindestens zwei kleineren Kampfschiffen begleitet wird.

Thorwaler fernab der Heimat

Schon immer hat es Thorwaler in die Fremde gezogen, um sich dort dauerhaft niederzulassen. Die Gründe hierfür sind vielfältig: Den einen missfällt die zunehmende Macht der Obersten Hetleute oder die Einführung von Steuern, die anderen erhoffen, woanders ein besseres und leichteres Leben zu finden. Insbesondere der Krieg mit dem Horasreich hat den Handel vieler Ottajaskos und Sippen zum Erliegen gebracht, weshalb die Gerüchte über die zunehmende Bedeutung des Landweges vom Bornland zum Golf von Riva gerade Recht kommen, um einen Neuanfang zu wagen. Darüber hinaus ziehen immer wieder Einzelne allein in die Welt hinaus, um ihr Glück zu machen – weil sie sich in der Fremde beweisen und Ruhm und Reichtum erringen wollen, vielleicht auch, weil sie einer drohenden Strafe entgehen müssen oder aus ihrer Heimat verbannt wurden.

In ganz Aventurien bekannt sind die thorwalschen Seesöldner, die vielerorts bei fremden Herren in Dienst stehen – und gerne ihre Familien mitbringen. Andere Sippen verlassen ihre Heimat, um anderswo ein besseres Auskommen zu suchen. So bewog die Aussicht auf lukrative Handelsgeschäfte im Jahre 987 BF die *Gudrunier*-Sippe, sich im bornländischen Bjaldorn auf der Ostseite des Kontinents niederzulassen. Die Kunde vom Wohlstand, den die Familie dort erlangte, führte dazu, dass andere ihnen folgten und sich schließlich gar eine weitere Sippe bei Ouvenmas ansiedelte. Allerdings zeigt dieser Fall auch exemplarisch, dass nicht sämtlichen Siedlungsvorhaben der Thorwaler langfristig Glück beschieden sein muss. Nach einiger Zeit des Wohlstands und Ansehens sind beide genannten Sippen letztendlich in Kämpfen gegen Gloranas Eisreich fast vollständig vernichtet worden. Man erzählt sich, dass die wenigen Überlebenden nun der finsteren Eiskönigin als Sklaven dienen müssen.

Der Aufstieg der Dämonenreiche begründete ebenfalls den Untergang einer der vormals größten Ottaskins außerhalb Thorwals: jene der *Seesöldner von Llanka*.

Den meisten thorwalschen Siedlern ist zu Eigen, dass sie sich gerne dort niederlassen, wo schon andere ihres Volkes leben. Die zahllosen Raubzüge in den vergangenen Jahrhunderten haben viele Thorwaler weit jenseits ihrer Heimat stranden und neue Siedlungen gründen lassen. Ebenso haben verstoßene oder entehrte Thorwaler, Renegaten oder Flüchtlinge ihr Land verlassen müssen, um in der Ferne eine neue Heimat zu finden. Nicht alle Thorwaler in der Fremde sind dabei unter ihren ehemaligen Landsleuten wohl gelitten. So gelten beispielsweise die Söldner, die sich in den Dienst eines Al'Anfaner Granden begeben haben, als Verräter an ihrer Heimat und an Swafnir.

Wo Thorwaler sich niederlassen, erbauen sie, wenn möglich, ihre typischen Langhäuser und umfrieden sie mit Wällen zu einer Ottaskin. Die Thorwaler Siedlungen in der Fremde bilden verschworene

Gemeinschaften, die es einem Nicht-Thorwaler nicht leicht machen, Fuß zu fassen. Es ist ein Wesenzug der Thorwaler, ihr Brauchtum umso eigensinniger zu pflegen, je fremder die Umgebung ist. Das bedeutet jedoch nicht, dass sie nach Jahren in der Fremde nicht auch die ein oder andere Gewohnheit ihres Gastlandes angenommen haben, was sie für 'echte' Thorwaler wiederum zu Exoten macht.

Festum (Bornland)

Name und genaue Lage: eigenes Stadtviertel in Festum (Ottagasse, Schlagentodweg, Premer Gasse, Olporter Gasse)
Stärke: etwa 100 Thorwaler
Hetleute / Hersire: keine, es gibt mehrere angesehene Händler.
Loyalität: Thorwal ist fern, und auch wenn sie Swafnir immer noch ehren, haben sie die letzten Änderungen im thorwalschen Glaubensbild nicht nachvollzogen.
Besonderheiten: Die in Festum lebenden Thorwaler hat mehr oder weniger der Handel hierher verschlagen. Ob als Seesöldner, Kaufleute, Piraten oder im Auftrag Stoerrebrandts – Thorwaler können in der wichtigsten Handelsstadt des Ostens einfach nicht fehlen. Seit dem Entstehen der Blutigen See allerdings ist es schwer, Schiffe zu finden, die den Weg nach Süden antreten.
Stimmung: Im belebten Festum fallen die Thorwaler kaum weiter auf. Natürlich gibt es auch Streitereien oder Konkurrenzkampf – aber dies betrifft in der Regel nur einzelne Thorwaler und ist für das ganze Hafenmilieu Festums nicht ungewöhnlich. Am Festtag des Sieges der Festumer über Atmaskot Blutsäufer (siehe auch S. 12) sind Thorwaler in der Stadt allerdings nicht sonderlich gut gelitten.

Riva (Golf von Riva)

Name und genaue Lage: Thorfinn-Ottajasko, Ottaskin westl. der Stadt
Stärke: 180 Thorwaler, 3 Langschiffe, 1 Knorr
Hetleute / Hersire: Hetmann Garsvir der Brecher
Loyalität: Die Ottajasko steht loyal zur Stadt, bei einem thorwalschen Angriff würde man Riva gegen die eigenen Landsleute verteidigen. Dies stellten die Thorwaler zuletzt vor 15 Jahren unter Beweis, als sich die *Guddir*-Sippe aus dem benachbarten Vamur darauf verlegte, im Golf von Riva Schiffe aufzubringen, darunter sogar solche unter der Flagge Stoerrebrandts. Der Handelsherr wusste den Loyalitäten der *Thorfinn*-Ottajasko weiteren Nachdruck zu verleihen, indem er ihnen gutes Gold bezahlte, woraufhin sie dem Piratenspuk in ihrer Nachbarschaft schnell ein Ende bereiteten.
Besonderheiten: Seit der Bedrohung durch Glorana liegt ein Langschiff der Ottajasko im Auftrag der Stadt als Ausleger vor der Hafeneinfahrt. Den größten Teil der Kosten trägt das Storrebrandt-Kontor.
Stimmung: Der gemeinsame Feind hat die Bewohner zusammenrücken lassen, und die Thorwaler werden als wertvolle Verteidiger der Stadt geschätzt. Über ihre Eigenheiten, wie ihren andersartigen Firun-Glauben, schaut man hinweg. Die Thorwaler haben sich inzwischen zum Beispiel in der getragenen Tracht ihrer neuen Heimat angepasst, so dass sie oft nur noch an ihrer Körpergröße und Haar- und Barttracht als Thorwaler zu erkennen sind.

Tavaljuk (Golf von Riva)

Name und genaue Lage: Vesthörger-Sippe, Ottaskin nördlich der Stadt, am gegenüberliegenden Ufer des Oblomon, am Mündungsdelta
Stärke: 50 Thorwaler, 2 Knorren
Hetleute / Hersire: Hersirin Simjara Tulipsdottir
Loyalität: Man ist nur seinen eigenen Interessen treu und die gelten einem lukrativen Handel.
Besonderheiten: Tavaljuk hat etwa weitere 220 Einwohner, ein buntes Völkergemisch aus Nivesen, Norbarden und Nachfahren von Mittelreichern und Svellttalern.
Stimmung: Einhellig begeistert zeigt man sich über die neuen Nachbarn nicht. Während die Nivesen sich mit der lauten und aufdringlichen Lebensart der Thorwaler nicht recht anfreunden können, passt es den anderen Einwohnern gar nicht, dass die Sippe einen Gutteil des Geschäfts mit Lotsendiensten und mit der Versorgung von Handelszügen für sich vereinnahmt. Da es aber niemand wagt, sie davonzujagen, muss man sie wohl oder übel dulden. Seit die Thorwaler kleinere Langschiffe über die Schleppstelle an der Brücke vorbei schleppen, müssen die Einheimischen weitere Einbußen hinnehmen, da weit weniger Händler ihre Flusskähne anmieten, um ihre Waren flussaufwärts zu transportieren, was für weiteren Konfliktstoff sorgt.
Der Ort liegt etwa zehn Meilen landeinwärts am Delta des Oblomon. Der Fluss ist hier recht gefährlich, da sich bei Flut das Wasser zurückstaut und sicher erscheinende Landstreifen binnen kurzer Zeit von gurgelnden Wassermassen bedroht sind. Es bedarf erfahrener Schiffer, einen sicheren Weg durch das Labyrinth aus tückischen Untiefen und Sumpflöchern zu suchen, weshalb Tavaljuk bei den meisten Handelsfahrern sehr unbeliebt ist. Die flachen Thorwaler Schiffe haben die Sandbänke weniger zu fürchten, deshalb gilt den Thorwalern Tavaljuk als Tor zum Nivesenland, und etliche ihrer Handelsfahrer laufen den Hafen auf ihrer Reise ins Bornland an.
Die *Vesthörger*-Sippe, die sich 1020 BF hier niedergelassen hat, fungiert als Vermittler zwischen ihren Landsleuten und den Nivesen, die sich als Führer andingen wollen. Die Sippe hat zudem eine Schleppstelle errichtet, um kleinere Langschiffe an der Brücke über den Oblomon vorbei zu bugsieren.

Leskari (Golf von Riva)

Name und genaue Lage: keine eigene Ottajasko, die Thorwaler haben leerstehende Häuser bezogen.
Stärke: 10 Soldaten der Hetskari (ein Knorr) und ca. 40 weitere Thorwaler Siedler
Hetleute / Hersire: Torben Gudmundsson, Anführer der Soldaten
Loyalität: Die Soldaten sind der Obersten Hetfrau Jurga Trondesdottir treu ergeben, ebenso die übrigen Thorwaler (zumindest solange die Soldaten vor Ort sind).
Besonderheiten: Als ihn seine letzte Reise 1026 BF nach Leskari führte, sah sich der damalige Oberste Hetmann Tronde gezwungen, zum Schutz der hier ansässigen Thorwaler einige seiner Soldaten zurückzulassen, um sie vor Nachstellungen des Herrn der Stadt, Richter Darek, zu schützen. Die Soldaten lassen den Richter weitgehend in Ruhe, solange seine Schergen sich nicht an den Thorwalern oder den Bediensteten der HPNC vergreifen. Wie lange die Hetskari in der Stadt verbleiben wird, weiß derzeit niemand zu sagen.
Stimmung: Angesichts des Terrors, den Richter Darek in den letzten Jahren verbreitet hatte, sind die meisten Bewohner froh, dass die Thorwaler Soldaten für etwas mehr Ruhe und Sicherheit sorgen. Der Richter weiß, dass seine Leute gegen die erfahrenen Krieger in einer offenen Auseinandersetzung nichts ausrichten könnten, und so hat er sich auf kleine Provokationen verlegt. Die Hetskari indes ist es allmählich leid, sich mit den Schergen des Richters herumzuschlagen. So belauert man sich gegenseitig. Kleine Übergriffe der thorwalschen Soldaten, die sich oft langweilen und dann nicht selten zuviel trinken, werden von Dareks Leuten gerne aufgebauscht, in der Hoffnung, dass die Bevölkerung sich endlich gegen die 'Besatzer' erhebt.

Kirma (Nivesenland)

Name und genaue Lage: Söderland-Ottajasko, Ottaskin nördlich der Stadt, an der Mündung des Lemon in den Oblomon, am dem Ort gegenüberliegenden Ufer des Lemon
Stärke: 100 Thorwaler, 2 Snekkars
Hetleute / Hersire: Hetfrau Gunnhild Ragnasdottir
Loyalität: Alle Loyalität gehört der eigenen Sippe.
Besonderheiten: Kirma ist für die Thorwaler ein idealer Stützpunkt in den Weiten des Nivesenlandes. Aus diesem Grund hat die Ottajasko auch 1018 BF ihr altes Siedlungsgebiet bei Gerasim verlassen. Der Ort liegt etwa auf dem halben Weg zwischen Riva und Norburg am Oblomonpfad, der wichtigsten Handelsroute durch die westlichen Steppengebiete. Außerdem endet hier der Pfad durch die Taiga, auf dem Jäger ihre wertvolle Beute in die Siedlung bringen. Kirma hatte

zuvor nur ca. 100 Einwohner, hauptsächlich Nivesen, die den neuen Nachbarn nichts entgegen zu setzen hatten.
Stimmung: Das zunächst gute Verhältnis zwischen Nivesen und Thorwalern hat sich deutlich abgekühlt. Anfangs waren die Thorwaler gute und ruhige Nachbarn, zumal sie in Gerasim gelernt hatten, sich fremden Sitten und Gebräuchen anzupassen. Doch mit der Wahl von Gunnhild zur neuen Hetfrau im Jahre 1023 BF kam die Wende. Anders als ihr Vorgänger denkt sie gar nicht daran, die jungen, ungestümen Mitglieder der Ottajasko, denen es zu langweilig ist, durchreisenden Händlern zur Hand zu gehen, in die Schranken zu weisen. Es kommt deshalb immer wieder zu handfesten Auseinandersetzungen. Zwar können die ansässigen Nivesen kaum hoffen, einen offenen Kampf gegen die Thorwaler Rüpel zu bestehen, doch könnte sich das Blatt wenden, wenn die Sippen sich ihrer verwandtschaftlichen Bande erinnerten und ihre Verwandten vom Stamm der *Pajeki-Hokke* und der *Lieska-Lie* zu Hilfe zu rufen.

Varmur (Golf von Riva)

Name und genaue Lage: Guddir-Sippe im Herzen des Ortes, ca. 70 Meilen westlich von Riva
Stärke: 80 Thorwaler, 1 Knorr, 1 Snekkar
Hetleute / Hersire: Hersir Guldbrand 'Schiefauge' Mikklesson
Loyalität: Fremden Herren, denen man dienen könnte, gibt es nicht.
Besonderheiten: Als sich die Sippe 1011 BF hier niederließ, lebten in Varmur außer einigen wenigen Nivesen, Verstoßenen aus Riva sowie Norbarden (vor allem im Winter) auch die Nachfahren einiger vor langer Zeit hier gestrandeten Thorwaler. War es einst eine thorwalsche Exklave im Nivesenland, zählt Varmur mittlerweile zum Land Thorwal. Denn Thorwal hat die Brinasker Marschen für sich beansprucht, auch wenn der Ort streng genommen auf nivesischem Gebiet liegt. Die Nivesen aber geben nicht viel auf territoriale Ansprüche, solange sie frei dorthin ziehen können, wohin sie wollen.
Guldbrand 'Schiefauge' wollte mit seiner Sippe ursprünglich Walfänger jagen und deren Beute dann selbst verkaufen. Ob sich auch die Swafnir-Priester Guldbrands Einschätzung angeschlossen hätten, dass es auf diesem Umwege kein Frevel sei, mit dem Verkauf von Walspeck, Walbein und dergleichen sein Auskommen zu suchen, bleibt fraglich. Allerdings waren Guldbrands Pläne ohnedies zum Scheitern verurteilt, hatte doch die *Ingibjara*-Ottajasko mit ihrer Besetzung von Enqui einstweilen für ein völliges Erliegen des Walfangs gesorgt. Der Hersir hielt es für eine gute Idee, es nun mit der Piraterie im Golf von Riva zu versuchen. Doch die *Thorfinn*-Ottajasko aus Riva machte im Auftrag Stoerrebrandts dem Spuk bald ein Ende. Die *Guddir*-Sippe verlor zwei Schiffe und über 50 Sippenmitglieder und muss nun weit bescheidener auftreten. Seitdem lebt man von der Jagd – aber das mag sich auch wieder ändern.
Stimmung: Die Träume von Ruhm und Reichtum haben sich nicht erfüllt, und die Stimmung in der Sippe ist äußerst angespannt. 1026 BF hat zudem die Jarlin der Brinasker Marschen erstmals die vom Obersten Hjalding eingeführten Steuer eingefordert. Es bedarf nur noch eines geringen Anlasses, bis die schlechte Stimmung in offenen Aufruhr gegen das Sippenoberhaupt kippt.

Vinay, Brabak (Königreich Brabak)

Name und genaue Lage: Hammerfaust-Sippe, Ländereien in und um Vinay, zudem Mitglied der Brabaker Audienzia
Stärke: 250
Hetleute / Hersire: Barsotha Marby-Hammerfaust
Loyalität: Die Ottaskins der Sippe fühlen sich König Mizirion von Brabak zwar nicht verpflichtet, wohl aber der Stadt. Sie genießen großen Einfluss in Stadt und Königreich und wollen diesen auch nicht missen. Die Sippe nutzt ihre zwei Sitze in der Audienzia, dem Brabaker Versammlungsrat der mächtigsten Familien, um den Kampf gegen Brabaks ärgsten Feind – Al'Anfa – nicht abebben zu lassen.
Besonderheiten: Als Belohnung für ihren erbitterten Kampf gegen die Al'Anfaner gab der damalige König *Peleiston*, dem thorwalschen Freibeuter *Torgal Hammerfaust* 946 BF Vinay zum Lehen und erhob seine Sippe in den Stand einer 'Großen Familie Brabaks'. Seitdem sind die Hammerfäuste nicht mehr aus dem politischen Alltag des Königreichs wegzudenken. Das jetzige Oberhaupt *Barsotha* hat sich mit ihrer Schwester *Ragna Surensdottir* vor vielen Jahren zerstritten, worauf diese mit ihrer Ottajasko die Sippe verließ und in Askja eine neue Ottaskin aufbaute (siehe unten). Von der Annäherung zwischen den beiden Schwestern nach Jahren der Zwistigkeiten hat der Rest der Sippe in Brabak und Vinay bislang noch nichts erfahren.
Stimmung: Im Schmelztiegel Brabak sind die thorwalschen Hammerfäuste genauso beliebt oder unbeliebt wie jede andere der großen mächtigen Familien: Sie haben sich wertvolle Freunde und unerbittliche Feinde gemacht. Bisweilen haben sie sich gar soweit eingelebt, dass sie manchmal selbst schon gegen die eigentümlichen Freigeister, die typisch für das Königreich am Südkap sind, protestieren und 'auf Brabaker Traditionen pochen'.

Askja (Regenwald)

Name und genaue Lage: Hammerfaust-Ottajasko, etwa 50 Meilen nördlich von Plesse an der Südwestküste: eine Siedlung am Sandstrand, die zweite eine dreiviertel Meile im Landesinneren
Stärke: etwa 220 Thorwaler, 3 Drachenschiffe
Hetleute / Hersire: Hetfrau Ragna Surensdottir
Loyalität: Die Loyalität gehört eindeutig der fernen Heimat Thorwal. Im Rahmen des Krieges zwischen Thorwal und dem Horasreich erklärte sich Askja dem thorwalschen Hoheitsgebiet zugehörig. Dem Königreich Brabak fühlen sich die Einwohner nicht im Geringsten verpflichtet.
Besonderheiten: Hetfrau Ragna Surensdottir fühlt sich dem Brabaker Zweig der Familie unter Führung von Barsotha Marby (siehe oben) noch immer zugehörig, auch wenn sie offiziell als verstoßen gilt. Herz der Siedlung ist die Ottaskin auf den Hügeln oberhalb der Bucht, inmitten des immergrünen Dschungels. Die 130 Einwohner zählende Siedlung verfügt über einen Swafnir-Tempel und einen Travia-Schrein. Askja vorgelagert ist Askjahaven, unmittelbar am Sandstrand der türkisblauen Bucht. Die Ottaskin, in der etwa 90 Menschen leben, wacht über den natürlichen Hafen. Beide Siedlungen sind durch einen mit Palisaden gesäumten, eine dreiviertel Meile langen Weg miteinander verbunden. Die Thorwaler betrachten außerdem das Land in einem Umkreis von etwa 3 Meilen als ihr Eigentum.
Eine Besonderheit Askjas sind die auf Pfählen errichteten Langhäuser, die nur noch entfernt an die traditionellen thorwalschen Jolskrimi erinnern – eine notwendige Maßnahme gegen Schlangen und anderes giftiges Getier. Auch sonst haben die hier lebenden Thorwaler notgedrungen so manche befremdliche Eigenheit entwickelt: Die Krötenhäute sind durchgehend aus Iryanleder, Kettenhemden finden kaum Verwendung. Neben den traditionellen thorwalschen Waffen greift man auch schon mal zu einem erbeuteten Sklaventod. Zu den Besonderheiten der hier üblichen Ottajara zählt es, dass die Jugendlichen drei Tage im Dschungel allein überleben und ein ehrbares Beutetier erjagen müssen, wobei als ehrbar ein Waldschwein ebenso wie ein Jaguar gilt – aber auch ein alanfanischer Kopfgeldjäger.
Stimmung: Lange in Thorwal vergessen, brachte ihre Parteinahme für die alte Heimat die Askjer wieder ins Bewusstsein ihrer nördlichen Brüder und Schwestern zurück. Ragna ist sogar nach langen Jahren der Abwesenheit auf dem letzten Hjalding erschienen, um über die Eroberung von Bilku zu berichten. Man ist sich der strategisch günstigen Lage Askjas wohl bewusst. Nahezu jedes thorwalsche Schiff, das in den Süden unterwegs ist, macht inzwischen in Askja Halt, um sich dort mit Vorräten zu versorgen oder Reparaturen durchzuführen. Auch eignet es sich (wie auch Norresundby, siehe unten) als Stützpunkt für Kaperfahrten gegen Charypso, Al'Anfa und andere Siedlungen im Südmeer. Ragna hofft, dass der Friedensschluss mit dem Horasreich dafür sorgen wird, dass wieder mehr thorwalsche Schiffe das Südmeer durchkreuzen werden und Askja zu einem wichtigen Handelsplatz wird.

Norresundby (Königreich Drôl)

Name und genaue Lage: Bannerträger-Ottajasko, etwa 20 Meilen nordwestlich von Drôlsash
Stärke: etwa 140 Thorwaler, 3 Ottas
Hetleute / Hersire: Hetfrau Gerjanna 'Elfentreu' Eldgrimsdottir
Loyalität: eigensinnige Untertanen der Horaskrone, die der Kaiserin aufgrund der gemeinsamen Feindschaft zu Al'Anfa und Mengbilla ihre Kampfkraft zur Verfügung stellen.
Besonderheiten: Einige Angehörige der in Brabak angesiedelten *Hammerfaust*-Ottajasko haben sich vor einigen Jahrzehnten nach einer gescheiterten Kaperfahrt zu den Zyklopeninseln hier niedergelassen und am Ufer der Drôler Bucht eine Ottaskin gegründet. Als die Vinsalter Truppen 1012 BF Drôl eroberten, gelang es der aus Gerasim stammenden Gerjanna, die sich mit ihrer Otta den Horasiern angeschlossen hatte, ihre Landsleute in Norresundby für sich zu gewinnen und die Hetwürde in einem Zweikampf an sich zu reißen. Der damals unterlegene Thurske 'Weißhaar' Thorsteinsson, der Verbindungen zu den Freibeutern von Askja unterhält, ist jedoch nach wie vor ein unbequemer Quertreiber, der Gerjannas Führung nur zähneknirschend akzeptiert und heimlich gegen ihre – wenn auch schwachen – Zauberfertigkeiten wettert.
Stimmung: Man bleibt weitgehend unter sich, auch wenn man Nachbarn in der Regel freundschaftlich begegnet. Der Ruf Gerjannas als Söldnerin der Krone ist so gut, dass Norresundby selbst während des thorwalsch-horasischen Seekrieges kaum von der Obrigkeit und den Einheimischen behelligt wurde.

Neu-Bosparan (Bilku)

Name und genaue Lage: Hammerrochen-Ottajasko, Hafen Neu-Bosparan auf der Waldinsel Bilku (im Bilku-Archipel)
Stärke: etwa 50 Thorwaler, 1 Otta und 1 Knorr
Hetleute / Hersire: Hjalgar Ragnasdottir
Loyalität: Man ist Thorwal und der Obersten Hetfrau Jurga Trondesdottir treu ergeben.
Besonderheiten: Im Jahr 1024 BF stürmten die Thorwaler unter der Führung von Jurga Trondesdottir diesen entlegenen Außenposten der horasischen Kolonien. Seitdem befindet sich das Fort von Neu-Bosparan in ihrem Besitz. Die gerade neu gegründete Ottajasko (überwiegend Thorwaler aus Askja, die mit Hjalgar auch die Hetfrau stellen, und von der *Blutrochen*-Ottajasko aus Auriler in Nordthorwal) nutzt die Insel als Stützpunkt für Raubzüge und Erkundungsfahrten im Süd- und Perlenmeer.
Man ist sich wohl bewusst, dass die Insel weit ab der üblichen Wege liegt, doch die Thorwaler hoffen darauf, dass ihnen eines Tages der legendäre Adamantenkonvoi Al'Anfas in die Hände fällt. Ansonsten dient der Ort als Versorgungsstützpunkt für Ottas, die im Südmeer operieren. Außerdem produziert die ansässige Ottajasko seit kurzer Zeit auch *Fiskiri*, eine sehr aromatische Fischsoße, die aus in der Hitze gärenden Fischen gewonnenen wird und deren erste Lieferung derzeit im Horasreich die Feinschmecker verzückt.
Stimmung: Seit der Rückkehr der Horasier nach dem Friedensschluss mit Thorwal bemüht man sich, einander möglichst gegenseitig zu ignorieren. In Anbetracht der Tatsache, dass die Horasier mit ihrem ausgebauten Stützpunkt auf den nördlichen Olportsteinen mehr zu verlieren haben als die Thorwaler mit ihrem Stützpunkt auf Bilku, schauen sie toleranter über die eine oder andere Unbotmäßigkeit der Thorwaler hinweg, als sie es ansonsten täten.

Llanka-Seesöldner (Blutige See)

Name und genaue Lage: Ottajasko Drachen von Llanka, seit der Zerstörung in verschiedenen Häfen der Blutigen See (siehe auch S. 46)
Stärke: ca. 90 (auch Nicht-Thorwaler)
Hetleute / Hersire: Hetmann Stirbjörn 'der Schwarze' Leifsson
Loyalität: Die wenigen überlebenden Drachen von Llanka sind erbitterte Feinde aller Borbaradianer und Dämonenanbeter. Sie fordern Rache für die Opfer in Llanka und sind immer zur Stelle, wenn zum Kampf in der Blutigen See gerufen wird. Die bitteren und grässlichen Erlebnisse bei der Eroberung ihrer Heimat haben die Herzen der Llanker zutiefst verändert. Aus den freiheitsliebenden Seesöldnern sind blutgierige Rächer geworden, für die nur eins zählt: den Feind zu zerstören und die Toten von Llanka zu rächen. Barmherzigkeit und Milde wiegen in dieser Gemeinschaft nur wenig, und wer sich an die Söldner wendet, um Beistand für Arme und Schwache zu erlangen, klopft vergeblich an – es sei denn, zugleich gälte es, den Borbaradianern eine weitere blutige Wunde zu schlagen.
Besonderheiten: Als die borbaradianischen Truppen die aranische Hafenstadt Llanka im Peraine 1021 BF stürmten, leisteten die Drachen von Llanka bis zuletzt massiven Widerstand. Einige Tage konnten sie dem Angriff der schwarzen Horden standhalten und ermöglichten damit vielen Einwohnern (darunter auch der Meisterin der Brandung mit ihren Sakralgegenstände und Reliquien) die Flucht. Doch schließlich gelang es den Horden, die Reihen völlig erschöpfter und verwundeter Thorwaler zu durchbrechen. Wenige entkamen, von den anderen wurden die glücklichsten gleich an Ort und Stelle getötet. Der Rest geriet in bitterste Sklaverei. Auch die Tochter des Hetmanns war unter den Überlebenden und wurde zusammen mit dem Hetmannsschwert nach Xeraanien verschleppt.
Die Entkommenen reparierten die zwei verbliebene Drachenschiffe in Zorgan. Ihre Heimat haben sie verloren – und eine neue wollen sie erst aufbauen, wenn der Feind endgültig vertrieben ist. Seit 1024 BF ist ihr Hetmann Stirbjörn Leifsson, dem es gelang, das geraubte Hetmannsschwert Blutgrimm in den Schwarzen Landen zu bergen. Man nennt ihn nur 'den Schwarzen', da er finster im Sinn und kompromisslos bei der Jagd auf Vertreter der Schwarzen Lande und deren Kollaborateure ist.
Stimmung: Wut und Rachegefühle, aber auch Kameradschaft und unbedingtes Vertrauen schweißt die Drachen von Llanka zusammen. Fremden gegenüber verhalten sie sich neutral – eine Geste der Freundschaft, wenn man bedenkt, wie sie mit ihren Feinden umgehen. Angesichts ihrer Erbarmungslosigkeit im Kampf gegen die Schwarzen Horden werden die Gerüchte nicht stumm, wonach sie allesamt Blakharaz oder anderen Rachedämonen verfallen sind. Eine Hand voll Seesöldner hat sich schon zu Beginn des Rachefeldzugs getrennt und einem bornischen Handelskonvoi angeschlossen, worauf es sie nach Port Stoerrebrandt auf der Waldinsel Iltoken verschlug.

Al'Anfa

Name und genaue Lage: Familie Zornbrecht; mehrere Anwesen
Stärke: diverse nahe oder entferntere Verwandte
Hetleute / Hersire: Familienpatriarch Nareb Emano Zornbrecht
Loyalität: Schon die Vorfahren der Zornbrechts waren friedliche Thorwaler, heutzutage haben sie ihr einstiges Erbe vollkommen verloren und stehen ganz in der Tradition alanfanischer Grandenfamilien.
Besonderheiten: Im Jahr 663 BF hatte sich der friedlose Thorwaler *Walkir Zornbrecht* zum 'König des Südens' ausgerufen, nachdem er mit seinen Söldnern sowohl den Sklavenaufstand des *Manakus* blutig niedergeschlagen als auch nach dem Tod Kaiser Tolkas in Al'Anfa Richterstab und Henkersschwert ergriffen hatte. Bis zum heutigen Tag haben sich seine Nachkommen als einflussreiche Mächtige in Al'Anfa halten können, so dass ein Rest von thorwalschem Blut das einzige ist, was sie noch mit ihrer alten Heimat gemeinsam haben.
Stimmung: In Al'Anfa gibt es nur ein Wort für Thorwaler: Piraten. Für diese ist in der Schwarzen Perle stets der Strick oder ein Sklavenhalsband reserviert – die Zornbrechts dagegen sind eine angesehene (und gefürchtete) Dynastie, die alanfanischer kaum sein könnte. Neben dem Familienpatriarchen gibt es mehrere einflussreiche Mitglieder der Familie, unter anderem Großadmiralissima *Phranya Yalma Zornbrecht* oder die Dekanus-Spektabilität *Dirial von Zornbrecht-Lomarion*.

Das Gjalskerland

Geographische Grenzen: Thivor im Westen, Große Olochtai im Süden, Joraani (Brinasker Marschen) im Osten, Ifirns Ozean im Norden
Landschaften: Hochland, Kreidesteilküste, Heide, Moor, Tundra
Gebirge: Donnerzacken nördlich der Großen Olochtai, Zwanfirszahn im Nordwesten
Gewässer: Ifirns Ozean, Gjalskafjord, Golf von Riva, Lachanshiel, Darkenloch, Makka-Oug, Svanloch, Gjalska, Linn, Yager, Serrah, ansonsten siehe Grenzflüsse
Geschätzte Bevölkerungszahl: 12.000 Gjalsker Herkunft, einige Nivesen und Norbarden sowie Thorwaler an den Küsten
Wichtige Dörfer: Ur-Haeradi Niellyn, Lyrgach, Dhartaech, Alrudh, Mortakh, Rayyadh
Vorherrschende Religion: Gjalsker Götter und Odûn
Herrscher: die Yalding, Oberhäupter der jeweiligen Haeradi; in Krisenzeiten wird ein Anyaschin (Oberster Yalding) bestimmt
Sozialstruktur: Haeradi (Gjalsker Sippen)
Einflussreiche Sippen: Niellyn, Mortakh, Rayyadh. An der Küste befinden sich einige thorwalsche Siedlungen.
Lokale Helden und mysteriöse Gestalten: Gon Rastar 'Ogerschreck' bren Morved; Saryja brai Andraga, Durro-Skregna-Dûn (Ghuljägerin); Gon Bartakh bren Yuchdan, Durro-Dammagon-Dûn (erster Wollnashorn-Tierkrieger); Brancha-Dûn Marthai dûr Krommegh (unnatürlich alte und zwiespältige Schamanin)
Wundersame Örtlichkeiten: Eishöhle am Quell des Yager; die Festung Amanma Rudh bei den Knochenklippen; Zwanfirszahn (einsamer Kalksteinberg im Nordwesten); Wolkenkopfs Höhle; Tal des Blutes; Makka-Oug (See im Nordosten); der Geisterwald Dûnthark; Cregg'adan (Statuen aus grünem Marmor); Skoth'sloch (Schattenmoor)
Lokale Fest- und Feiertage: Gon'da Gon Palenkel (Kraftspiele) ab dem fünften Vollmond nach der Wintersonnenwende; Ziegenreißen in der Nacht des Jahreswechsels, Bestattungszeremonie zur Sommersonnenwende
Zeitrechnung: nach der großen Schlacht: 1 gS = 1370 v.BF; die Gjalsker verwenden einen Mondkalender.

Die Geschichte der Gjalsker

Das Volk der Gjalsker geht auf eine Verbindung zwischen Hjaldingern und Beni Nurbad der Gajka-Sippe zurück. Die Gajka flohen **um 1375 v.BF** vor dem Sultan von Nebachot nach Norden und siedelten nach langer Wanderung zunächst in der Nähe der Grauen Berge. Auch von dort wurden sie bald vertrieben, so dass sie sich weiter nach Norden wandten, bis sie in das heutige Gjalskerland vorstießen. Den Legenden der Gajka ist zu entnehmen, dass sie von 'gäulichen Untieren' gejagt wurden. Welcher Art diese Untiere waren, ist Spekulation, wobei Spinnen immer wieder den Inbegriff des Bösen widerspiegeln.

Auf ihrer Flucht gelangten sie an einen großen See, den Lachanshiel, an dem sich bereits einige Hjaldinger niedergelassen hatten, die sich aus unbekannten Gründen von ihren Brüdern an der Westküste getrennt hatten. Der hereinbrechende harte Winter veranlasste beide Stämme, eine Zweckgemeinschaft zu gründen, um der Kälte, dem Hunger und den zahlreichen Feinden aus dem Orkland sowie den heimischen Ogern zu trotzen.

Noch heute erzählen die Ahnengeister der Gjalsker von einer großen Schlacht, die sich nach diesem Winter im Jahre **1370 v.BF** zugetragen hat, denn die Verfolger der Gajka hatten sie aufgespürt und stellten sie zur Schlacht. In einem Kampf auf freiem Feld konnten die Flüchtlinge gegen die Streiter aus dem Süden jedoch unmöglich bestehen: Hjaldinger und Gajka flohen den Gjalska flussaufwärts und verschanzten sich in dem Gebirge, das heute unter dem Namen *Donnerzacken* bekannt ist. Die Legende berichtet weiter, dass dennoch die Niederlage nahe war, da sich in der Armee der Angreifer riesige Monstrositäten und Dämonen befanden. Gerettet wurden die Verteidiger durch die unerwartete Hilfe des Riesen *Wolkenkopf* und einiger Trolle, die das Blatt zugunsten der Eingekesselten wendeten, auch wenn der Sieg mit einem hohen Blutzoll erkauft werden musste. Der Ort der Schlacht erhielt den Namen *Tal des Blutes* und wird seitdem von den Gjalskern als 'Ort des Schmerzes' gemieden. Der Tag des Sieges über die Peiniger aus dem Süden war gleichzeitig der Beginn der Gjalsker Zeitrechnung.

Mit der Geburt des ersten Kindes wurde die erste Ansiedlung der Gjalsker am See Lachanshiel 'offiziell' gegründet und Niellyn benannt. In den Folgejahren wurden weitere Dörfer gegründet, die zu den heute bekannten Ur-Haeradi (den 'ersten Siedlungen') wurden: Lyrgach, Dhartaech, Alrudh, Mortakh und Rayyadh (siehe S. 123).

Über die Jahrhunderte hinweg entwickelte sich das neue Volk langsam zurück und nahm jene Lebensform an, die heute dazu führt, dass man die Gjalsker 'Barbaren' nennt. Das wilde Land, das weitgehende Fehlen 'zivilisierter Nachbarvölker' und die ständigen Auseinandersetzungen mit Orks und Ogern ließen das Volk der Gjalsker zu einer wilden Gesellschaft werden.

Nach etwa 500 Jahren des gemeinsamen Überlebenskampfes brach um **856 v.BF** ein Streit unter den Gjalskern aus, der von dem Schamanen *Yahrrad dûr Moregh* heraufbeschworen wurde. Yahrrad ließ sich zum Schamanen der Schamanen ausrufen und stellte sich so über die Göttin Sindarra (siehe S. 133). Diese Tat sollte das Volk der Gjalsker spalten. Die Anhänger Yahrrads und die 'Traditionalisten' bekämpften einander in erbitterten Gefechten. Der Krieg gipfelte in der Entscheidungsschlacht am Lachanshiel, der 'Schlacht der sechs nachtschwarzen Tage', bei der die Anhänger Yahrrads vernichtend geschlagen wurden.

Ab 500 v.BF begannen die thorwalschen Nachbarn an den Küsten des Gjalskerlandes zu siedeln. In Folge kam es immer wieder zu kleineren Auseinandersetzungen zwischen Gjalskern und Neusiedlern. Da sich die Thorwaler jedoch nur an den Küstengebieten aufhielten und selten ins Landesinnere vorstießen, lernte man, miteinander auszukommen.

Um **473 v.BF** kam es abermals zu einer blutigen Fehde der Sippe der *Niellyn* gegen die miteinander verbündeten Haeradi *Mortakh* und *Lyrgach*. Was als Auseinandersetzung zwischen zwei Gjalskern begonnen hatte, endete in einer Schlacht, in der die Sippe der Niellyn fast vollständig ausgelöscht wurde.

Als die Orks um **200 v.BF** aus dem Süden in großer Zahl ins Gjalsker Hochland eindrangen, flüchteten alle Haeradi südlich des Lachanshiel nach Amanma Rudh, einer alten Festungsanlage an den Knochenklippen (Kreidefelsen), um sich dort dem übermächtigen Feind zu stellen.

In den folgenden Jahrhunderten blieb es, von den schon fast üblichen Kämpfen gegen die Orks und den Streitereien mit den Thorwalern abgesehen, ausgesprochen ruhig um die Gjalskerländer, zumal sie auch keinerlei Ambitionen hegten und hegen, sich in die angrenzenden Lande auszubreiten.

Das Jahr **713 BF** ist für die Gjalsker ein bedeutsames Jahr. Zu dieser Zeit verließ der von ihnen als Gott verehrte Riese Wolkenkopf sein Domizil in den Donnerzacken, marschierte quer durch das Gjalskerland und sprang bei den Knochenklippen ins Meer. Dem Glauben

der Gjalsker nach tat er dies, um *Zwanfir*, den Gott des Todes, zu erwürgen. Thorwalsche Quellen besagen, dass Wolkenkopf ins Meer sprang, um zu *Yumuda* (siehe S. 187) zu schwimmen. Doch davon wissen die Gjalsker nichts und würden es auch niemals glauben, wenn ein Auswärtiger ihnen diese Theorie vortragen würde.
Der bekannteste Gjalsker außerhalb des Landes ist *Rastar Ogerschreck*, der an der 1000-Oger-Schlacht und am 75. Donnersturmrennen teilnahm, wo er den Siebenstreichträger Raidri Conchobair kennen und schätzen lernte. Rastar führte **1021 BF** etliche Krieger seines Volkes zur Schlacht an der Trollpforte, nachdem ihm sein Freund Raidri vom Dämonenmeister erzählte. Unter der Führung Rastars haben die Gjalskerländer ihren Teil zum Sieg in der Dritten Dämonenschlacht beigetragen.
Nach Borbarads Untergang erhielten die Gjalsker jedoch einen schrecklichen Feind hinzu: Glorana, die mit ihrer *Wilden Jagd* die Barbaren heimsucht und derzeit als ihre größte Gegnerin gilt.

Das Land

Das Gjalskerland umfasst die vom Gjalska durchflossene Halbinsel an Ifirns Ozean nördlich der Großen Olochtai und erstreckt sich zwischen dem Fluss Thivor und dem Golf von Riva sowie den Brinasker Marschen. Das Meer westlich der Halbinsel wird von den Gjalskern Zwanfirsrast genannt. Von dort aus ziehen sich hohe Kreideklippen an der Küste entlang, bis sie bei *Amanma Rudh* allmählich an Höhe verlieren. Fast die gesamte Region wird vom rauen Hochland geprägt, das sich oft bis an die steil abfallenden Küsten ausdehnt. Südöstlich der thorwalschen Siedlung Ifirnshavn bildet der mehr als zweitausend Schritt hohe *Zwanfirszahn* eine kahle Halbinsel. Nördlich der östlichen Ausläufer der Großen Olochtai erheben sich die Donnerzacken, ein Gebirge von mehr als dreitausend Schritt Höhe. Östlich der Linie Gjalska–Donnerzacken verliert das Hochland langsam an Höhe, um schließlich in die Niederungen der *Brinasker Marschen* überzugehen.
Der Osten des Gjalskerlandes wird von vielen Seen geprägt. Der größte von ihnen ist der Lachanshiel, der vom Gjalska durchflossen und zusätzlich vom Serrah gespeist wird. Erwähnenswert sind weiterhin das *Darkenloch* und das *Makka-Oug* im Nordwesten sowie das *Svanloch* an der Grenze zu den Brinasker Marschen. Über das Land verteilt finden sich heiße Quellen und Geysire.
Der Gjalska entspringt in den Höhen der Großen Olochtai und wird, gespeist durch den Zufluss des Linn, zu einem wilden Fluss, der sich über viele Meilen tief in den Fels gegraben hat. Bei Lyrgach stößt der eisige Yager hinzu, der in den Donnerzacken in einer sagenumwobenen Eishöhle entspringt. Nachdem der Gjalska den Lachanshiel verlässt, fließt er gemäßigter bis Dhartaech und weiter in den Gjalskafjord. Im Frühling, wenn der Fluss durch die Schneeschmelze viel Wasser führt, ist er bis in den Lachanshiel schiffbar.
Seicht dahin fließende Rinnsale verwandeln sich mit Einsetzen der Schneeschmelze in reißende Bäche und machen das Reisen beschwerlich.
Wege oder gar Straßen sucht man in diesem Land vergebens, es gibt lediglich einige Trampelpfade, deren Verlauf sich jedoch fast jährlich ändert. Der im Frühling und Sommer durch die zahlreichen Regenfälle aufgeweichte Boden sowie die oft nicht auf den ersten Blick zu erkennenden Moore können für Mensch und Tier schnell zur Todesfalle werden.
Die Flora des Hochlandes wird durch Steppengras, Heidekraut und kleine Wälder bestimmt. Größere Waldgebiete, oft Nadel-, jedoch auch Mischwälder, gibt es ausschließlich im Landesinneren.
Im Herbst, Winter und Frühling peitschen eisige Winde Schnee und Regen über das Land. Oftmals bildet sich so ein Unwetter für den Unkundigen ohne vorheriges Anzeichen. An windstillen Tagen wird das Land von dichtem Nebel überzogen, so dass man kaum die Hand vor Augen sehen kann. Die verregneten Sommer erreichen selten mittelreichische Temperaturen.

Besondere Orte im Gjalskerland

Amanma Rudh

Die Bauweise dieser bis heute nahezu menschenleeren Festungsanlage ist in Aventurien einzigartig. Ein großer Ringwall aus Feld- und Bruchsteinen ragt bis an die Bruchkante der Steilküste heran. Die enorme Größe der Ruinen weist darauf hin, dass diese Anlage auch nicht für Menschen errichtet wurde: Zentrum der Festung ist ein verwitterter, halb verfallener Turm von etwa 20 Schritt Durchmesser an der Basis und einer Höhe von ca. 16 Schritt. Der Zahn der Zeit hat seine Spuren hinterlassen: ein Teil der ehemaligen Festung ist mittlerweile vom Meer genommen worden, wie unzählige Steine am Fuße der Klippen beweisen. Ein Blick vom Wasser aus verrät, dass es auch unterirdische Gänge und Räume geben muss, da sich dem Betrachter an einigen Stellen Löcher in der Steilklippe offenbaren.

Amanma Rudh gilt den Gjalskerländern als Heiligtum Zwanfirs (siehe S. 133) und wird stets von auserwählten Kriegern und wenigstens einem Schamanen bewacht. In den Tagen vor der Sommersonnenwende ziehen die Gjalsker mit ihren verstorbenen Angehörigen hierher, um ihnen die letzte Ehre zu erweisen, bevor sie die Erlösung in den Fluten des Meeres finden. Zudem dient die Festung den Gjalskern als letzte Zuflucht in Zeiten der Bedrängnis, wie

etwa im Jahr 200 v.BF, als die Orks in das Gjalskerland einfielen und viele Siedlungen verwüsteten.
Niemand vermochte bislang herauszufinden, wer die Festung Amanma Rudh errichtet hat und wie lange sie bereits besteht. Gewiss ist aber, dass sie bereits verlassen war, als die Hjaldinger sich hier ansiedelten. Auswärtige Gelehrte haben mehrere Versuche unternommen, die Festung zu untersuchen, wurden jedoch stets von den Gjalskern vertrieben. Der Maßstab der Anlage würde zur Größe der Trolle passen, doch eine 'Trollburg' an der Küste wäre eine außerordentliche Ausnahme. Geschichten um gewaltige Schätze und vergessene Geheimnisse lockten immer wieder mutige Schatzsucher und Grabräuber an, die die heilige Stätte jedoch nur selten lebend oder bei klarem Verstand verlassen haben.

Die Knochenklippen

»Ein wilder Sturm hatte unser Schiff irgendwo zwischen Olport und Ifirnshavn kentern und versinken lassen. Eine Ewigkeit klammerte ich mich an das Kiel oben schwimmenden Beiboot; die Hoffnung, rettendes Land zu erreichen, hatte ich schon längst aufgegeben. Endlich spürte ich Grund unter mir. Als ich die Augen öffnete, war mir klar, dass ich mich in Borons Hallen befand – nur: so hatte ich sie mir nicht vorgestellt. Eine hoch aufragende weiße Klippe mit schmalem Strand, der von Knochen und Schädeln übersät war – menschlichen Knochen und Schädeln! Meine Magenkrämpfe und das brennende Gefühl von Durst machten mich jedoch stutzig. Mehr und mehr kam mir der Gedanke, dass ich noch lebte; nur wo, bei Efferd, war ich gestrandet? Ich schleppte mich am Strand entlang, bis ich einen Aufstieg fand, der mich zu einer alten Festungsanlage führte.«
—Bericht von Connar ui Burkherdall,
einziger Überlebender einer Schiffshavarie, 1016 BF

Die viele Dutzend Schritt aufragenden Kalkfelsen haben ihren Namen von den Knochen der im Meer bestatteten Gjalsker (siehe S. 127), die nach und nach wieder an die Küste gespült werden. Immer wieder gibt es mutige Fremde, die zwischen den Knochen und Steinen nach Schätzen suchen, was einem Frevel an den Ahnen und der Störung der Totenruhe gleichkommt. Dies hat oft zur Folge, dass jene Frevler als 'Nebel' im Hochland enden – der richtige Ort für Personen, die ihrem Leben ein Ende bereiten wollen.

Das Tal des Blutes

Nicht weit vom Quell des Yager entfernt befindet sich ein Talkessel, in dem es nach einer Legende der Gjalsker zu einer Schlacht gekommen ist, in der der alte Feind der Gajka, die Armee des Sultans von Nebachot, vernichtet wurde. Das Tal ist recht wohltemperiert, da es von mehreren heißen Quellen erwärmt wird. Aus diesem Grund gedeihen dort eine Vielzahl von Pflanzen, die anderenorts im Gjalskerland nicht zu finden sind.
Alle 28 Jahre wandert eine Gruppe auserwählter Gjalsker zum ersten Tag im Siegesmond in das Tal, um dort einen Siegesstein aufzustellen. Bei diesen Steinen handelt es sich um Findlinge, in die man Schutzzeichen gehauen hat, um alles Übel für die nächsten Jahre fern zu halten. 85 Steine hat man bereits errichtet; der nächste wird am ersten Tag der Geburt, im Siegesmond, 2408 gS. (das entspricht dem 10. Boron 1031 BF) folgen.
In der Nähe des Tales verschwinden immer wieder Menschen, ja, selbst ganze Gruppen von Menschen auf unerklärliche Weise und werden nie wieder gesehen.

Der Zwanfirszahn

Auf einer Halbinsel südöstlich von Ifirnshavn – einer Thorwaler Siedlung an der Küste des Gjalskerlandes (siehe S. 72) – erhebt sich ein hoher Kalksteinberg, der mit seinen zerklüfteten Felswänden und messerscharfen Kanten als unbesteigbar gilt. Hoch auf dem Gipfel kann man an sehr klaren Tagen eine gewaltige, weiße Feste erkennen. Die Gjalsker meiden diesen Berg, denn er ist ihrer Überzeugung nach von der *Nachtschwarzen* (siehe S. 133) durchwirkt, die jedem, der sich anmaßt, ihn zu besteigen, die Seele aus dem Leib saugt.

Das Makka-Oug

Der westlich vom Darkenloch gelegene See, dessen Wasser selbst in finsteren Neumondnächten in einem silbernen Schein leuchtet, gilt als Heiligtum der Makka. Die Gjalsker glauben, dass die Göttin durch diesen See über ihre Träume wacht, wenn ihr silbernes Auge nicht am Firmament steht.
Zudem sprechen sie dem Wasser des Sees eine verjüngende Wirkung zu, und es heißt, dass schon ein Schluck, in einer Neumondnacht geschöpft, jegliche Müdigkeit verfliegen lässt. In diesen Nächten sollen sich jedoch die seltsamsten Kreaturen an diesem Ort tummeln.

Dûnthark – Der Geisterwald

»Als sich die Silhouetten der gigantischen Bäume vor der untergehenden Praiosscheibe abzeichneten, schlug ich mein Lager etwa zwanzig Schritt vom Rand eines finsteren Forstes auf, den die Gjalsker Dûnthark nennen. Dieser Wald beherbergte alles, was es an Bäumen in dieser Region gab: Weiß- und Schwerttannen, Boronsweiden, selbst Mammutbäume, und alle waren wahrlich hoch gewachsen. Es schien mir so, als erwachten mit jedem Stern, der an Phexens Firmament erschien, seltsame Geräusche. Firudan, mein stolzes Ross, kam nicht zur Ruhe; es tänzelte umher und schnaufte, und seine großen dunkeln Augen blickten angstvoll in das Dunkel des Waldes. Auch ich glaubte, in der Schwärze Gestalten oder huschende Schatten zu erblicken – Augen, die mich aus der Dunkelheit anstarrten. Einbildung und Aberglaube der tumben Barbaren, dachte ich mir und legte mich zum Schlafen nieder. Ich war wohl gerade eingeschlafen, da schreckte ich mit einem Mal auf und sah, wie das Lagerfeuer rasch erlosch, gleich so, als stülpe man ein Vinsalter Glas über eine Kerze. Ein seltsamer Nebel kroch aus dem Wald auf mich zu; ach, was sage ich, er war schon überall. Ein Hauch von uralter Macht presste mir die Luft aus den Lungen, Firudan schnaubte und glänzte im Schein der Mada vor kaltem Schweiß. Ich raffte die nötigsten Sachen, warf mich aufs Pferd und preschte in die Nacht davon.
Ich sage euch: lieber durch die tiefschwarze Nacht reiten, als auch nur eine Sanduhr lang in der Nähe dieses Waldes rasten.«
—Lagerfeuergeschichte des Beilunker Reiters Helmar Korninger, 1023 BF

Der Dûnthark ist ein etwa zwanzig Rechtmeilen messendes Waldgebiet, das sich nordwestlich des Sees Lachanshiel erstreckt. Der Wald zeichnet sich durch seine 'dunkle Mauer' aus Baum- und Strauchwerk sowie durch zahlreiche Mammutbäume aus. Etliche Schauergeschichten über den Dûnthark kursieren unter den Gjalskern und tragen ihres dazu bei, dass auch die *Brenchi-Dûn* (siehe S. 130), die diesen Wald betreten, in mysteriösem Licht erscheinen. Für den 'normalen' Gjalsker ist dieser Forst offensichtlich ein Tabu, denn sobald sich ein Gespräch dem Dûnthark zuwendet, droht der Barbar dem unbedachten Redner mit Kopfnüssen oder ähnlichen körperlichen Verweisen.

Skoth'sloch – Das Schattenmoor

In den Sümpfen am Rande der Brinasker Marschen liegen die Ruinen eines Haerads, dessen Einwohner sich von den Göttern abwandten, so heißt es. Noch heute gibt es an diesem Ort Geister, die der *Nachtschwarzen* nahe stehen. Kein Gjalskerländer wird je freiwilligen Fußes in dieses verfluchte Gebiet gehen, da dort nur Verrat, Tod und Verlust der Seele auf ihn wartet.

Das Volk und die Kultur

Vom Gjalsker an sich

Die Gjalsker, die sich selbst *Cren-Barrach* (Kinder des Hochlandes) nennen, sind ähnlich hünenhaft wie ihre thorwalschen Nachbarn, jedoch von dunklerer Hautfarbe. Sie gelten als zäher und ausdauernder. Ihre Haare, deren Farbe von rotblond bis tiefschwarz reicht, drehen sie zu wilden, kalkversteiften Locken oder flechten sie in Zöpfen.

Als Kleidung bevorzugen die Gjalsker beider Geschlechter meist grob gewobene, knie- bis wadenlange Röcke, an deren Streifenmuster ein Eingeweihter ablesen kann, aus welchem Haerad (Sippe) sie stammen. Nur die Kleidung der Ur-Haeradi unterscheidet sich in einer kleinen Eigenart, da die Streifenmuster nicht senkrecht, sondern diagonal angeordnet sind. Als Oberbekleidung dient während der kalten Jahreszeit ein in denselben Farben gehaltener Überwurf, der, aus derber Wolle gewebt, diagonal über Brust und Rücken geschwungen und um den Bauch gewickelt wird. Dazu tragen sie Gamaschen aus Wolle, Fell und Leder sowie einfache Schnürschuhe oder Sandalen. Im Winter schützen sich die Barbaren zusätzlich mit Westen, Mänteln und Schuhen aus Schaffellen oder Pelzen. Blusen, Hemden oder Tuniken (aus 'südländischem' Leinen oder gar Baumwolle) sind selten und meist den Oberhäuptern vorbehalten. Neben der rituellen Lederflasche mit Meerwasser führt jeder Gjalsker, der den Sippenverband verlässt, ein Signalhorn aus dem geschwungenen Horn der Hochlandrinder mit sich.

Den Gemütszustand eines Gjalskers einzuschätzen, ist eine schier unlösbare Aufgabe. Sind sie in einem Moment noch ruhig und gefasst, können sie im nächsten Augenblick aus unbestimmtem Anlass tobend über ihr Gegenüber herfallen. Diese Eigenart hat ihnen den Ruf eingebracht, grausam und unberechenbar zu sein. In der Schlacht zeichnen sich die Gjalsker durch ihre Unerschrockenheit und Wildheit aus.

Eine typische Gjalskerländerin

Als eine der wichtigsten Tugenden gilt neben Stärke und Mut das Ehrenwort. Ein einmal gegebenes Wort ist bindend, gleich ob der Gjalsker sich verpflichtet fühlt, einen erwiesenen Dienst zu vergelten, oder ob er jemandem den Tod geschworen hat. Bei der Erfüllung eines Versprechens scheuen die Gjalsker weder Mühe noch Weg, und eine Drohung, die von einem Gjalskerländer ausgesprochen wird, sollte man stets ernst nehmen. Ein Versprechen, das bis zum Tode nicht erfüllt werden konnte, wird auf die Kinder übertragen, denn die persönliche Ehre und die der Ahnen sind den Gjalskern sehr wichtig. Nur jene, die ein ehrenvolles Leben gelebt haben, sind würdig, auch nach seinem Tode geehrt zu werden. Aus diesem Ehrverhalten ist der Gruß der Barbaren entstanden: "Móru Brayya-Dûn" ("Ehre den Ahnen").

Die Hochländer leben im Einklang mit der Natur. Die Tiergeister, die Gjalsker nennen sie Odûn, sind ebenso wichtig in ihrem täglichen Leben wie die Götter und die Natur an sich. Gjalsker jagen nur, wenn es nötig ist; eine unnötige Tötung wilder Tiere würde die Odûn und die Götter erzürnen.

Ab und an geschieht es, dass fremde Jäger das Gjalskerland bereisen, um nur die Pelze oder Trophäen bestimmter Tiere mitzunehmen. Diese Jäger werden von den Barbaren unerbittlich gejagt und erfahren ihrerseits, wie es ist, wenn man das 'Fell über die Ohren gezogen bekommt'.

Die Haeradi

Eine alte Legende der Gjalsker, die aus dem ersten Zeitalter stammt, beschreibt die Gründung der ersten Haeradi (Sippen, aber auch Sippensiedlungen). Sechs Jäger, so heißt es, zogen damals aus, um den Hunger zu bekämpfen, der das junge Volk zu vernichten drohte. Eben diese Jäger trafen auf das Gott-Mammut *Natûru-Gon*, das sie aufforderte, sechs Sippen zu gründen und auf die Mammutkinder zu achten. So kam es, dass sechs Ur-Haeradi gegründet wurden, die über das Land verteilt die Mammuts, die die Gjalsker *Brenna-Gon* nennen, schützen und diese so zum festen Bestandteil der Sippen wurden. Die sechs Jäger sind somit die Namensgeber der Ur-Haeradi: Niellyn, Dhartaech, Lyrgach, Alrudh, Mortakh und Rayyadh.

Als Sinnbild eines jeden Haerads schenkte Natûru-Gon den Gründern je einen Stoßzahn, der Wunderkräfte bergen soll. Bringt man alle sechs Hörner zusammen und lässt sie im Einklang erschallen, so erzählt die Legende, wird den Gjalskern in höchster Not göttliche Hilfe zuteil werden.

Über Generationen hinweg wurden weitere Haeradi gegründet, sei es durch Streit innerhalb einer der Ur-Sippen oder durch Übervölkerung des Gebiets eines Haerad.

Ein Haerad umfasst eine zentrale Siedlung sowie etliche kleine Weiler und Wald- wie Berghöfe. Die Hauptsiedlung ist eine Art Fluchtburg für jene Haerad-Mitglieder, die in der Umgebung wohnen, und Stammsitz des *Yaldings* (Sippenoberhaupts) eines jeden Haerads.

Die Kernsiedlungen liegen an Orten, die schon von ihrer Beschaffenheit gut zu verteidigen sind. Man findet sie an See- oder Flussufern, Mooren, steilen Bergflanken oder am Rande einer tiefen Schlucht, so dass es zumindest eine unzugängliche Seite gibt. An den ungeschützten Siedlungsflanken werden Wälle aufgeschüttet, die mit Palisaden befestigt sind. Vor diesen Wällen pflanzen sie Messergras, um herannahenden Feinden den Angriff zu erschweren. Allein ein schmaler Weg ins Herz der Siedlung bleibt offen. Dieser wird durch mächtige Tore aus ganzen Baumstämmen verschlossen. Je näher man dem Orkland kommt, desto häufiger findet man in der Dorfmitte steinerne Fluchttürme, von deren Spitze aus das Umland überwacht werden kann. Die Häuser werden aus Feldsteinen erbaut, die kreisförmig aufgeschichtet und mit Lehm zusammengehalten werden. An der Außenmauer wird Erde fast bis zur oberen Kante aufgeschüttet und mit Gras oder Moos bepflanzt. Lediglich ein bis zwei Fenster sowie die Türöffnung liegen frei und werden mit schweren Fellen verhangen, um die Kälte abzuhalten. Das mit Reet gedeckte Dach wird von einem Stamm gestützt, der inmitten des Hauses in den Boden gerammt wird.

Die einzige Ausnahme bildet das Haus des Yaldings, dessen Bauart der der thorwalschen Langhäuser ähnlich ist.

Niellyn – Die Erstgeborene

Die älteste Gjalskersiedlung, gelegen an der Mündung des Gjalska in den Lachanshiel, wurde angeblich nach dem erstgeborenen Kind der neu gegründeten Gemeinschaft benannt.

Einwohner: um 1.200, davon 400 in umliegenden Weilern und Gehöften
Herrschaft: Yalding Gon Partach bren Yarrodh
Garnisonen: 60 Stammeskrieger, drei Kriegsmammuts, zwei Drittel der Gjalsker sind waffenfähig.
Besonderheiten: Austragungsort der Gon'da Gon Palenkel (Kraftspiele); die alte Halle des Barrach-Dân (Hochlandzusammenkunft), erbaut aus dem umgedrehten Rumpf eines der Drachenschiffe, mit denen die Sippen der Hjaldinger das Meer der sieben Winde überquerten, vermutlich durch Runenzauberei haltbar gemacht; Aufbewahrungsort der 'Urnen der Brayya-Dûn'; eine heiße Quelle
Leit-Odûn: Mammut
Stadtgeschichte: Ca. 1370 v. BF von Hjaldingern und der Gajka-Sippe gegründet; 473 v. BF im Bruderkrieg gegen die Haeradi der Mortakh und der Lyrgach beinahe ausgelöscht; um 200 v.BF für kurze Zeit von Orks besetzt
Stimmung in der Stadt: stolz, gastfreundlich

Rayyadh – Die Ogerwacht

Die südöstlich des Ogerwaldes gelegene Gjalsker Siedlung wurde als Wehr gegen die Oger errichtet und gilt heute zudem als 'Bollwerk' wider die *Wilde Jagd* aus Glorania.

Einwohner: um 900, davon 100 in umliegenden Weilern und Gehöften
Herrschaft: Yalding Gon Morved bren Crennah (ein Neffe Rastar Ogerschrecks)
Garnision: 80 Stammeskrieger, zwei Kriegsmammuts, zwei Drittel der Gjalsker sind waffenfähig.
Besonderheiten: stark befestigt; steinerner Fluchtturm; größte Schmiede des Gjalskerlandes; einziger Haerad, der Krieger aus anderen Haeradi aufnimmt; Geburtsort von Rastar Ogerschreck
Leit-Odûn: Wollnashorn
Stadtgeschichte: um 1330 v.BF gegründet; um 200 v.BF von Orks belagert
Stimmung in der Stadt: kriegerisch, wachsam, dennoch gastfreundlich

Vom Tagwerk und Handel

Die Gjalsker leben in erster Linie von der Schafzucht und dem Fischfang in Binnengewässern. Rinderzucht gibt es nur in der milderen Region südlich des Lachanshiel, wo man Ställe für die Nutztiere errichtet, die die Menschen im Winter überleben lassen; Schafe sind dagegen im gesamten Gjalskerland zu finden. Der Ackerbau (Emmer und Rüben) ergänzt die meist knappen Vorräte. Aus dem Emmer, einer harten und anspruchslosen Weizenart, backen die Gjalsker Brot. Die Rüben finden Verwendung in Eintöpfen, Suppen und Mus. Wurzeln, Beeren und Kräuter runden die Speisekarte ab. Sehr beliebt ist die Hartwurst aus Schaf- oder Rindfleisch, die jeden Hochländer auf seinen Reisen begleitet.
Aufwendig konstruierte Fuhrwerke haben sich im unwegsamen Hochland nicht bewährt und sind wahrscheinlich aus diesem Grunde in Vergessenheit geraten. Lediglich einachsige, von Rindern gezogene Karren findet man ab und zu; schwere Lasten bewegt man mit Wollnashörnern oder Mammuts. Das Metall für Waffen, Handwerksgeräte, Beschläge und dergleichen mehr gewinnen die Gjalsker aus Grassodenerz, das man an etlichen Stellen finden kann.

Vom Handel mit anderen Völkern halten die Gjalsker wenig, in der Regel stellen sie die Güter selber her oder 'besorgen' sich von Thorwalern oder Orks, was sie brauchen. Eine Ausnahme bilden die Norbarden und Nivesen, die bisweilen das Gjalskerland bereisen und Waren wie Messer, Kessel oder andere Dinge, die es im Gjalskerland selten gibt, zum Tausch anbieten. Die Güter der Gjalsker sind Salz, das aus Salzstöcken im Tagebau gewonnen wird, Schaffelle oder seltene Pelze wie Hermelin. Ein bei den Norbarden sehr beliebtes Handelsgut sind die Pferde der Gjalsker, Thorwaler Langmähnen, die das Trendeln beherrschen, eine Gangart, die dem Reiter einen komfortablen und ruhigen Sitz ermöglicht. Gelegentlich kommen andere Händler in das Gjalskerland, um seltene Güter einzutauschen. Um in Verhandlungen treten zu können, haben sie sich zunächst zu beweisen. Sie müssen etwa die Hoden von einem frisch geschlachteten Rind roh verspeisen, mit einem Einheimischen einen Ringkampf im Schlamm austragen oder dergleichen mehr. Von blinkenden Dukaten halten die Barbaren wenig. Wertvoll erscheinen ihnen vielmehr Klingen aus gutem Stahl oder andere Güter, die ihnen das Leben im rauen Hochland erleichtern.

Sprache und Schrift

Die Sprache der Gjalsker ist aus hjaldingschen und ur-tulamidischen Einflüssen gewachsen und recht einfach zu erlernen, da sie sich von den einst recht komplizierten Muttersprachen zu einer recht primitiven Sprache zurückentwickelt hat. Diese Rückentwicklung ist der Grund dafür, dass heute nur noch wenige Wörter der Ur-Sprachen im Wortschatz der Gjalsker verblieben sind. Die Sprache wird oft durch Gesten unterstützt, so dass es im Gespräch mit Fremden schnell zu Verständigungsproblemen kommen kann, die in der Regel mit einer Kopfnuss ausgeräumt werden.
Bei der Schrift der Gjalsker handelt es sich um eine Mischung aus alten hjaldingschen Runen, den Glyphen des Zelemja sowie Ur-Tulamidya. Im Laufe der Jahrhunderte hat sich aus diesen Elementen eine eigene Schrift entwickelt, die in ihrem kantigen Stil einfach ist. Grundsätzlich sind die Schamanen (Brenchi-Dûn) die einzigen, die des Lesens und Schreibens mächtig sind. Aus den Grundzeichen haben die Brenchi-Dûn verschlungene Zeichengebilde entwickelt, die auf Findlingen, Felswänden oder Pfählen im ganzen Gjalskerland zu finden sind. Sie enthalten Nachrichten, Warnungen oder Hinweise, die zum größten Teil von jedem Gjalsker als gefährliche oder verbotene 'Zone' erkannt werden. Die genauen Inhalte sind jedoch nur den Schamanen bekannt, da sie die Zeichen lesen können und sie als eine Art Geheimschrift nutzen, um ihresgleichen über verborgene Ritualplätze, Fundstellen seltener Pflanzen und etliches mehr zu informieren.

Namensgebung

Namen haben bei den Gjalskern eine große Bedeutung. Jeder Name eines Kindes wird am Tage seiner Geburt von einem Schamanen auf einem Ahnenstein (einem großen Findling) verewigt, so dass die Ahnenreihe immer nachvollziehbar ist. Die großen Krieger und jene, die sich und den Haerad durch ehrenvolles Verhalten ausgezeichnet haben, erhalten zusätzlich einen Platz im Stein der Ehre, dem *Cregg'an Mór*. Männliche Nachkommen erhalten als Nachnamen den Vornamen des Vaters, die weiblichen den der Mutter. Zwischen dem Vor- und Nachnamen wird ein 'Sohn des ...' (*bren*) oder 'Tochter der ...' (*brai*) eingefügt. Zudem wird jeder Gjalsker bei seiner Vorstellung seinen Haerad nennen. Selbst Titel sind den Gjalskern nicht unbekannt. Sippenoberhäupter oder Personen, die sich ausgezeichnet haben, erhalten Titel, die sie ihrem Namen voranstellen. Ein Beispiel für die Vorstellung eines Gjalskers könnte lauten: "Ich bin Gon Bartakh bren Yuchdan, vom Haerad der Mortakh, geboren am dritten Tag der Welke im Ahnenmond des Jahres 2372 nach der großen Schlacht."
Anders ist es bei den Schamanen, denn sie legen mit ihrer Initiati-

Glossar gjalskischer Begriffe und Redewendungen

'an: der/die/das
Achul: Feind
Adan: Gesicht
Andrach: Vater
Anyaschin: Oberster Yalding
Arradh: Bär
Bakka: rituelle Tierklauenwaffe der Tierkrieger
Barrach: Hochland
Barrok: Bock/Gebirgsbock
Ben: Berg
Bhalur: Nebel
Blath: Blut
Braha: Bruder
brai: Tochter der
Branndori: Fehde
Breken: Verdauungsgeräusche produzieren
bren: Sohn des
Brenna-Gon: Mammut
Calyach: Mutter
Cran'tara: Magie
Cregg: Stein/Fels
Cren: Kind
Dammagon: Nashorn/Wollnashorn
Dân: Zusammenkunft
Dharach: Dere/Welt
Dharra: Sonne
Dûn: Geist
Dûnthyr: Geisterwelt
Durro-Dûn: Tierkrieger (wörtlich: Tiergeistkrieger)
Durron: Krieger
Feannagh: Rabe
Frunnath: Frost (auch Norden)
Gon: stark, mächtig (auch als Titel: 'der Starke')
Haerad: Sippe/Dorf (Mz.: Haeradi)
Ishthar: Abend (auch Westen)
Krallessa: Reifeprüfung
Madadh: Wolf
Makkamar: Zeitalter
Malmer: Axt/Waffe
Marthyr: Meer (auch Totenreich)
Mochûl: Dämon (Mz.: Mochûla)
Mór: Ehre
Odûn: Tiergeist
Oshthar: Morgen (auch Osten)
Oug: Auge
Oug'an Makka: Mond
Palenkel: Wettstreit, Spiel
Pandir: Freund
Samradh: Sommer (auch Süden)
Sasunnach: Gefährten (Einzahl: Sasunnachi/Sasunnache)
Shaha: Schwester
Skoth: Schatten
Skregna: Feuermolch
Sloch: Moor
Thar: Bild
Thar'an Mór: Tätowierung
Torrak: Wildschwein
Yalding: Häuptling / Stammesführer (weibl.: Yaldingra)
Yoolir: Adler

Der ist doch schon in der Welke: Bezeichnung für Personen, die das Alter einholt.
Wir treffen uns im Schlamm: Ankündigung eines Branndori (s.u., oftmals beim Ringkampf der Gon'da Gon Palenkel)
Sich den linken Arm füllen: bereit für den Herzensbund; sesshaft werden; Ende des Abenteurerlebens, siehe S.128
In den Nebel schicken: einen (ehrlosen) Feind erschlagen

on den Namen des Vaters oder der Mutter ab und nehmen den des Mentors an. Da der Mentor weder Vater noch Mutter ist, ändert sich auch die Bindebezeichnung in *dur*, was soviel bedeutet wie 'Hüter des Geistes von' oder 'Hüter des Wissens von'. Die Namen der Brenchi-Dûn werden nicht in den Ahnensteinen der jeweiligen Haeradi verewigt. Die Schamanen wandern in den *Dûnthark*, den Geisterwald nordwestlich von Niellyn, in dem sie einen Ort aufsuchen, an dem sie ihre Namen hinterlassen.

Recht und Gesetz

Bei den Gjalskern wird nach überliefertem Gewohnheitsrecht geurteilt, dessen hjaldingische Wurzeln leicht erkennbar sind.
Verliert ein Gjalsker seine Ehre durch das Nichteinhalten eines Ehrenwortes, gewährt ihm fortan kein Mitglied des Haerad mehr Hilfe. Er kann sich jedoch von dieser Schuld reinwaschen, wenn der Empfänger des Ehrenwortes dies gestattet. Um zu zeigen, dass er um Vergebung bittet, muss der Geächtete vor dem Eingang des Hauses des 'Geschädigten' knien, bis dieser ihm ein Büschel Haare ausreißt. Je länger der Schuldige dort verharrt, was Tage dauern kann, desto schwerer wurde die Schande empfunden. Ist der 'Geschädigte' nicht zu einer Vergebung bereit, schlägt er dem Bittsteller mit einem Knüppel auf dem Kopf, und der fortan ehrlose Bittsteller wird verbannt.
Bei groben Verstößen, wie einem Mord, nicht vergebener Ehrschuld oder einer Vergewaltigung von Sippenangehörigen, wird der Name des Schuldigen aus dem Ahnenstein sowie dem Cregg'an Mór (Stein der Ehre) gestrichen. Ihm wird ein Brandmal auf die Stirn gesetzt, das ihn als ehrlos ausweist. Danach wird er, die Hände an einen Balken gebunden, der auf den Nacken gelegt wird, aus dem Haerad geprügelt. Bei den Gjalskern gibt es keine Todesstrafe, da man keine ehrlosen Toten in seiner Nähe zu haben wünscht (siehe S. 127f.).
Andere private Streitigkeiten werden ansonsten über das *Branndori* (siehe S. 130) geregelt.

Krieger, Kampf und Strategie

Durch die jährlichen Kraftspiele geprägt (siehe S. 129), streben viele junge Gjalsker danach, in späteren Jahren auch einmal sieg- und ruhmreich aus diesen Spielen hervorzugehen.
Sobald ein Gjalsker das Erwachsenenalter erreicht und sich als geeignet erwiesen hat, ein Stammeskrieger zu werden, beginnt die Schulung durch einen Veteranen im Kampf mit Faust, Nah- und Fernkampfwaffe. Um erste Kampferfahrungen zu machen, führen die Krieger ihre Schüler gern in die Gegenden der Thorwaler, wo Raufereien provoziert werden, in denen sich die jungen Gjalsker ihre ersten Blessuren holen oder Erfolge feiern. Diese Gelegenheiten werden oft genutzt, um gleichzeitig etwas Vieh 'mitzunehmen'. Sobald die Veteranen einen Jungkrieger für reif befinden, führen sie ihn ins Grenzgebiet zum Orkland. Die dort unternommenen Erkundungsgänge enden nicht selten mit einem Kampf auf Leben und Tod. Nach unbestimmter Zeit entscheiden die Veteranen, dass der Jungkrieger für die Kriegerweihe bereit ist. Nach vollzogener Initiation gilt er als Stammeskrieger (siehe Kasten S. 127). Der Status des Kriegers schließt jedoch nicht aus, dass jene Gjalsker – ähnlich wie bei den Thorwalern – auch handwerkliche Berufe erlernen, denn im Haerad wird jede Hand gebraucht.
Im Kampf kleiden sich die Gjalskerländer in dickes Leder oder Felle und bewaffnen sich mit großen Äxten, klobigen Schwertern, gezackten Speeren oder schweren Hämmern, dazu Wurfkeulen und Wurfspeere. Hinzu kommen bei besonders fähigen Kriegern Kettenkugeln (grobe Metallkugeln mit einer etwa einen Schritt langen Kette), die sowohl im Nah- als auch im Fernkampf benutzt werden. Genau genommen aber gibt es kaum eine Waffe, die einem Gjalsker nicht als Wurfwaffe dienlich sein kann.
Schilde hingegen sieht man selten, denn die meisten Waffen werden mit zwei Händen geführt. Sofern die Gjalskerländer Zeit haben, tragen sie eine Kriegsbemalung aus Rot- und Brauntönen auf, eine Farbe, die sie aus Blut und Wurzeln anmischen. Auf Reisen haben sie oft einen Tiegel mit vorgefertigter Farbe dabei.
Eine Besonderheit stellt die Gjalsker 'Kavallerie' dar: Eigens dazu abgerichtete Kriegsmammuts werden mit hölzernen Aufbauten versehen und als laufende 'Festungen' eingesetzt. Krieger schleudern Speere vom Rücken der Tiere herab, während unter den gewaltigen Füßen der Tiere alles, was nicht schnell genug die Flucht ergreift, zermalmt wird. An Beinen, Flanken und dem Rüssel befinden sich Riemen, die mit Hörnern und Raubtierzähnen versehen sind. Erstmalig auch über das Gjalskerland hinaus bekannt wurden diese Art von 'Kriegsmaschinen' an der Trollpforte, als sie in der Dämonenschlacht ihre Kampfkraft bewiesen. Jedem Haerad ist mindestens ein Mammut zugehörig, das von einem Mammut-Hirten, einem Tierkrieger, ausgebildet und geführt wird. Selten sind Mammut und Hirte in den Haeradi anzutreffen, da sie ob des großen Nahrungsbedarfs der Tiere fast ständig durch das Hochland ziehen. Ist der Haerad in Gefahr, werden sie mit Hilfe von gewaltigen Hörnern oder über Geister gerufen, um ihrer Sippe beizustehen. Nur in wenigen Sippengemeinschaften gibt es mehr als eines dieser riesenhaften Tiere.
Da es bei den Gjalskern sehr selten zu größeren Schlachten kommt, sind die Barbaren keine großartigen Strategen. Sollte es dennoch dazu kommen, dass sich die Hochländer an einer größeren Schlacht (wie an der Trollpforte) beteiligen, stellen sie sich in einer Reihe auf und überrennen den Feind. Alles, was sich dann noch bewegt, wird auf dem 'Rückweg' niedergestreckt, es sei denn, der Feind hat seine Waffen zerbrochen und macht deutlich, dass er verloren hat.
Besiegt ein Gjalsker einen mächtigen Gegner, sei es nun Mensch, Tier oder Ungeheuer, ist es Brauch, dass er von dessen Blut trinkt, um die Schuld seines Gegenübers zu begleichen. Nicht selten kommt es vor, dass ein Barbar seinen Kopf – mit den Worten "Du hast mein Blut genommen, jetzt nehme ich dein Blut und deine Kraft zum Pfand!" – in die Wunde seines Gegners steckt, nachdem er ihn getötet hat.

Bedrohungen

Orks und Oger bildeten für die Gjalsker bis heute eine existentielle Gefahr. Doch mit Glorana kam eine weitaus gefährlichere Bedrohung hinzu. Seit der Gründung ihres Reiches fällt immer wieder die *Wilde Jagd* über das Gjalskerland her und raubt Menschen.
Seit einigen Jahren mehren sich die Begegnungen mit Ghulen, auch solchen, die sich von ihren 'Anverwandten' unterscheiden und sich über die im Moor oder Eis gelagerten Toten hermachen. Um die Toten vor dem Schicksal des 'Leichenschmauses' zu bewahren, halten die tapfersten unter den Gjalskern Wacht über deren Körper. Zumeist sind es Einzelgänger, die sich zu wahren Ghuljägern entwickeln. Schenkt man ihren neuesten Erzählungen Glauben, so tauchen im Gjalskerland nunmehr Ghule auf, die zuvor nicht ein Mensch, sondern ein Tier gewesen sind.

Beziehungen zwischen Gjalskern und ...

Thorwalern

»Sie sprechen über Zwanfir, als würden sie den Tod nicht fürchten. Doch haut man ihnen auf die Nase, quieken sie wie ein Rotpüschel, dem man das Fell über die Ohren zieht.«

Mit den Thorwalern hegen die Gjalsker einen Streit, der bis in die Urzeit zurückreicht. Da die Barbaren die Thorwaler für ehrlos halten, werden sie sie bei Auseinandersetzungen möglichst nicht erschlagen, um die Massen des Nebels möglichst gering zu halten.
Zu guter Letzt wird diese Fehde durch die Namensähnlichkeit zwischen Swafnir und Zwanfir verstärkt. (Zu Zwanfir siehe **Die Glaubenswelt der Gjalsker** auf den Seiten 132ff.)

Norbarden

»Sie scheinen ständig auf der Flucht zu sein; nicht einmal Häuser bauen sie, bringen aber immer etwas mit, was sich zu tauschen lohnt.«

Norbarden sind Menschen, mit denen man gut handeln kann. Es gibt keinen Zwist über Götter oder Bräuche.

Nivesen

»Solange sie immer wieder gehen, brauchen sie keine Angst vor uns zu haben.« – »Sie folgen dem Odûn des Wolfes, doch benehmen sich wie Hirtenhunde.«

Die Nivesen kommen seit der Etstehung Gloranias immer häufiger ins Land, um ihre Karene weiden zu lassen. Die Gjalsker begegnen ihnen mit Misstrauen, da man fürchtet, sie könnten sich ansiedeln.

Orks

»Nur Kopf und Füße taugen was.«

Ein seltsames Volk, das immer wieder Streit sucht und findet. Orks sind nur gefährlich, wenn sie in großen Mengen auftreten. Ab und an kann man mit ausgewählten Stämmen Tauschhandel treiben. Als ehrenvolle Gegner werden sie nicht mehr geachtet, seit sie das Gjalskerland überrannt und Wehrlose abgeschlachtet haben.

Horasier und andere Fremde aus dem Süden

»Dein Schwert da, das nehme ich, die Goldscheibe brauche ich nicht. Wer ist überhaupt dieses Kind mit der langen Nase, das da drauf abgebildet ist? Ein Cren-Barrach bestimmt nicht!«

Höchst seltsame, oft streng riechende Menschen, die wundersame Konstruktionen bauen, mit denen die Thorwaler angegriffen wurden. Es herrscht immer wieder Uneinigkeit über die Vorstellungen der Götterwelt.
Wenn die 'Kalkgesichter' nicht die Thorwaler angegriffen hätten, hätte man sie für Feinde halten können. Gold- und Schatzsuchern, sowie Wilderern, die nur die Pelze der Tiere mitnehmen, treten die Gjalsker feindlich gegenüber.

Trolle

»Nein, sie sterben nicht, sie warten. Ihre Seelen lösen sich nie von ihnen, es sei denn, sie werden geraubt, solange sie Fleisch sind.«

Die sind die Kinder Wolkenkopfs und allein deshalb schon zu ehren. Trolle (von denen es im Gjalskerland noch einige gibt) und Gjalsker leben friedlich miteinander und unterstützen sich in gefahrvollen Situationen. Die Schamanen beider Völkergruppen pflegen den Kontakt miteinander und führen bisweilen gemeinsam Rituale durch.

Zeitrechnung und Kalender

»Eine seltsame Zeitrechnung haben die Gjalsker-Barbaren aus den Nordlanden, da sie wohl gleich den Orken ihre Jahre nach den Monden richten. So haben sie dreizehn Monde in einem Jahr, von denen jeder Einzelne jeweils achtundzwanzig Tage zählt. Wie es dazu kam, dass dieses Barbarenvolk ihre Jahre in unheiligen dreizehn Monden rechnet, kann ich nur vermuten: Sie hatten oder haben innigen Kontakt mit dem Ork. Die Namenlosen Tage scheinen ihnen jedoch nicht völlig unbekannt zu sein, denn sie sprechen von der Zeit Isapramash, den fünf finsteren Tagen vor der Sommersonnenwende, in denen die verfluchten und ehrlosen Geister die Gefilde der Lebenden besonders stark heimsuchen. Was jedoch Isapramash bedeutet, wollte mir niemand übersetzen.«
—aus dem Salamander *(3. Quartal, 994 BF)*

»[…] bin ich auf meiner Reise ins nördlich des Orklandes gelegene Gjalskerland gekommen und musste feststellen, dass diese Barbaren, wenn man sich nach ihren Regeln verhält, ein gutmütiges und gastfreundliches Volk sind. Fremdartig ist jedoch ihr Mondkalender. Die einzelnen Monde führen Bezeichnungen, die darauf schließen lassen, dass ihre Benennung auf die Gründerzeit des Volkes zurückgeht. Der Mond des Blutes, der Siegesmond und der Trauermond deuten auf die in den gjalskischen Legenden erzählte Schlacht hin, die zur Gründerzeit gefochten wurde. Der Mond des Bundes und der Mond des Schaffens dürften den Zusammenschluss und den Bau von Häusern oder die Schaffung von Regeln beschreiben, wohingegen sich der Mond des Sturmes, der Mond der Stille und der Mond des Hungers mir nicht erschließen will. Da der Mond der Jagd gleich nach dem des Hungers kommt, dürfte sein Ursprung auch leicht zu erklären sein, obwohl auch an dieser Stelle etwas anderes gemeint sein könnte – abermals Feinde vielleicht? Der Göttermond mag auf das Erscheinen von einem oder mehreren Göttern hinweisen, wobei ich eher an jene zweifelhaften Erscheinungen denke, die die Gjalsker als Götter verehren. Der Mond des Odûn scheint den Geistern, speziell den Tiergeistern, geweiht zu sein, denn Odûn bedeutet in der Sprache des Barbarenvolkes Tiergeist. Auch hier vermute ich die Erscheinung minderer Geister als Anlass. Interessant ist die Benennung des Mondes der Niederkunft. Es mag sein, dass sich die Namensgebung der einzelnen Monde tatsächlich auf das erste Jahr nach der Schlacht bezieht. Der Mond der Niederkunft ist dabei ein wertvoller Hinweis, denn wenn ich die Zeit für das Austragen eines Kindes vom Mond der Niederkunft an zurückgehe, komme ich zum Mond der Trauer und zum Mond des Sieges. Angenommen, die Barbaren haben damals eine Siegesfeier zelebriert, ist es gut möglich, dass sich Einige Rahjas Freuden hingegeben haben und im Mond der Niederkunft die Leibesfrüchte 'geerntet' wurden. Der Ahnenmond scheint letztendlich den Verstorbenen gewidmet zu sein, obwohl ich mir nicht vorstellen kann, dass dies einen geschichtlichen Bezug aufweist.«
—Textstelle aus dem im Hesinde-Tempel zu Tiefhusen aufbewahrten Tagebuchs eines Unbekannten, dessen Leiche 595 BF in der Nähe von Tiefhusen gefunden wurde. Inhalt: reichhaltige Beschreibungen nördlicher Naturvölker.

Das Gjalskerjahr zählt dreizehn Monde zu je 28 Tagen, was in der Summe 364 Tage ergibt. Da das Gjalskerjahr um einen Tag kürzer ist als der herkömmliche aventurische Kalender, der sich nach den Sonnenwenden richtet, wandern die Monde der Gjalsker durch die Jahreszeiten. Es müssen also 364 Jahre vergehen, damit ein bestimmter Tag des Gjalskerjahres wieder auf das gleiche Datum im aventurischen Kalender fällt und damit ein *Makkamar*, ein gjalskisches Zeitalter, verstrichen ist.
Ihren Monden haben die Gjalsker eigenständige Namen gegeben, die jeweils einen geschichtlichen Hintergrund markieren. Die einzelnen Tage sind nicht mit Eigennamen versehen. Es werden je sieben Tage einer Mondphase zugeordnet und durchgezählt: erster Tag der Geburt bis zum siebten Tag der Geburt.

Die **13 Monde** sind Mond des Blutes / Siegesmond / Trauermond / Mond des Bundes / Mond des Schaffens / Mond des Sturms / Mond der Stille / Mond des Hungers / Mond der Jagd / Göttermond / Mond des Odûn / Mond der Niederkunft / Ahnenmond
Die **Mondphasen** werden wie folgt benannt: Geburt (Neumond) / Blüte (zunehmender Halbmond) / Reife (Vollmond) / Welke (abnehmender Halbmond)

Der Gjalskerkalender steht auf **www.dasschwarzeauge.de** zum Download zur Verfügung.

Der Beginn der gjalskischen Zeitrechnung, der erste Tag der Geburt im Mond des Blutes im Jahr 1 nach der großen Schlacht, lässt sich heute auf den 19. Ingerimm 1370 v. BF datieren – ein Neumond. Am 17. Travia 1026 BF begann das Jahr 2403 der Gjalsker und liegt im siebten Zeitalter.
Ein interessantes Problem kommt auf, wenn ein Fremder einen Gjalsker nach seinem Alter fragt. Da auch der Geburtstag des Barbaren durch das Jahr wandert und fast ausschließlich die Schamanen diesen Kalender beherrschen, zählen die Hochländer die Sommer. Ein Gjalsker würde stets antworten, dass er etwa 30 Sommer zählt. Es gibt nur einen Geburtstag im Leben eines Menschen, was bedeutet, dass die Barbaren den Tag ihrer Geburt nicht feiern.

Riten und Bräuche

Vom ersten bis zum letzten Atemzug

Die Geburt

Die Geburt ist bei den Gjalskern mit einem festen Ritus verbunden. Ist der Zeitpunkt der Niederkunft nahe, entfernt der Mann seine Bettstatt und hebt an dieser Stelle eine Grube aus, die er mit einer Kuhhaut auslegt und durch eine Paste wasserundurchlässig macht. Die Frau kann einen weiteren Geburtshelfer auswählen, der bei der Entbindung hilft, so dass nur das Paar und der Helfer bis zum ersten Schrei des Kindes in der Hütte verweilen. Mit Einsetzen der Geburtswehen füllt der Helfer die Grube mit warmem Wasser und gibt verschiedene Kräuter hinzu. Die Gebärende begibt sich in die 'Wanne' und wird darin das Kind zur Welt bringen. Geburtshelfer und Mann schöpfen stets Wasser ab und geben neues, warmes hinzu, das mit Salz versetzt wird. Während sich der Geburtshelfer um die Frau kümmert, bindet der Mann die Nabelschnur mit einem geflochtenen Band aus den Haaren der Mutter ab und beißt sie durch. Nach der Abnabelung wird der Säugling in ein besticktes Tuch gewickelt und vom Vater stolz dem Haerad präsentiert.

Vom Sprössling bis zur Welke

In einem urtümlichen und rauen Land werden nur jene überleben, die das Land verstehen. Zwar bietet das Gjalskerland seinen Bewohnern alles, was sie zum täglichen Leben brauchen, doch muss die Fähigkeit, die Rohstoffe möglichst effektiv zu nutzen, mühevoll erlernt werden. Noch im Säuglingsalter werden die Kinder in Eislöcher geworfen, um sie im kalten Wasser gegen die Unbill des rauen Landes abzuhärten. Schon die Kleinkinder müssen die schmerzvolle Erfahrung machen, dass Nesseln giftig sind und Messergras schlimme Schnitte verursachen kann. Es ist die Art der Gjalsker, die Kinder aus Erfahrungen lernen zu lassen – und seien es auch schmerzhafte.
Die Ausbildung der Kinder beginnt schon früh. Während die Kleinsten lediglich ihren Eltern zur Hand gehen, übernehmen die älteren bereits Aufgaben für den gesamten Haerad.
Auch bei den Gjalskern gibt es einen Brauch, der die Kinder in den Stand der Erwachsenen hebt. Das Sinnbild der Gjalsker für diesen Brauch ist die Natur. Sobald Pflanzen Früchte tragen, sind sie erwachsen; ähnlich halten es die Gjalsker mit ihren Nachkommen – sobald sie fruchtbar sind, beginnt für sie das Erwachsenenalter.
Ob die Jungbarbaren jedoch bereit sind, für ihr eigenes Wohl zu sorgen, bedarf einer Reifeprüfung, der so genannten *Krallessa*, die nicht bei allen gleich ausfällt. Es wird nicht zwischen Jungen und Mädchen unterschieden, sondern in dem, was die Zukunft für die Jugendlichen bereithält. Ein zukünftiger Bauer wird vielleicht alleine einen Acker bestellen, ein angehender Schmied vielleicht ein Werkzeug anfertigen, eine Schreinerin mag einen Baum schlagen und ihn anschließend bearbeiten, eine Jägerin wird ihr erstes Wild alleine erlegen. Stellt sich heraus, dass ein Sprössling den Weg des Stammeskriegers (*Durron*) einschlägt, erwartet ihn eine besondere Prüfung, die mit einer Initiation verbunden ist (siehe unten). Eine Krallessa, die nicht bestanden wurde, wird nach einiger Zeit einmal wiederholt. Sollte einem Gjalsker oder einer Gjalskerin die zweite Krallessa nicht gelingen, wird er oder sie aus dem Sippenverband verstoßen. Eine Rückkehr ist durchaus möglich, wenn er oder sie unter Beweis stellt, Großes vollbracht zu haben.
Nach der Reifeprüfung beginnt für die meisten Gjalsker die tiefgreifendere Ausbildung in ihren jeweiligen Professionen. Eine Ausnahme bilden die Sprösslinge, bei denen sich ein auffälliges Verhältnis zu einer Tierart oder gar offensichtlich magische Fähigkeiten bemerkbar machen. Sie werden schon in weit jüngeren Jahren von den Brenchi-Dûn unter ihre Fittiche genommen.
Die Gjalsker teilen das Leben in vier Lebensalter. Nach der Geburt beginnt mit dem sechsten Lebensjahr die Zeit der Blüte, gefolgt von der Zeit der Reife, die mit dem erfolgreichen Bestehen der Krallessa beginnt. Wann allerdings die Zeit der Welke beginnt, darüber sind sich die Gjalsker uneins, wird dieses Lebensalter doch mit der Einbuße von körperlichen und geistigen Fähigkeiten verbunden, was kein Gjalsker auf sich sitzen lassen würde. Sollte einem Gjalsker vorgeworfen werden, er sei in der 'Welke', und er ist nicht dieser Meinung, kommt es entweder sofort zu einer handfesten Rauferei oder die Beteiligten treffen sich zu einem *Branndori* (siehe S. 130).

Die Kriegerweihe

Nachdem die Veteranen beschlossen haben, dass ein Jungkrieger für die Weihe bereit ist, durchläuft er über ein Jahr immer wieder blutige Kämpfe gegen seine Mentoren, in denen er Schmerz, Niederlage und Sieg kennen lernt. In dieser Zeit trennt sich der Jungkrieger von der alten Welt und von der Sippe, was durch einen Zustand extremer Verwahrlosung (Wachsen lassen des Haupt- und Barthaares, keine Waschungen) dargestellt wird. Mit einem Kampf gegen mehrere Gegner, in dem der zukünftige Stammeskrieger zwei rituelle Wunden an den Schultern erhält, endet die Initiation. Mit der anschließenden Haar- und Bartrasur wird die Rückkehr in den Sippenverband und die Aufnahme in den Kreis der Stammeskrieger sowie die Krallessa besiegelt.

Der Tod

Ist der letzte Atemzug getan, beginnt eine Zeremonie, die sich bis zu einem Jahr hinziehen kann, da es Brauch ist, die Toten nur zur Sommersonnenwende zu bestatten. Ort der Beisetzung ist der Ozean, Zwanfirs Reich, an den Knochenklippen bei Amanma Rudh. Stirbt ein Gjalsker, wird er während des Winters im Eis eingefroren oder in warmen Zeiten, mit einem Strick gesichert, im Moor versenkt. Nähert sich die Sommersonnenwende, werden die Leichen freigelegt, gereinigt und in einer großen Prozession nach Amanma Rudh gebracht. Dort verziert man die Körper teilweise noch mit goldenen Bändern, Goldstaub oder verzierten Steinen, bindet sie kunstvoll zusammen und schleudert sie sodann mittels gebogener Bäume auf den 'Seelenflug zu Zwanfir' ins Meer.
Während des Fluges löst sich die Seele des Toten, so heißt es, und schwebt so lange um den Körper des Verstorbenen, bis die Seelenprüfung durch Zwanfir abgeschlossen ist. Erst wenn Zwanfir den Leib samt Seele verschlungen hat, ist die Seele sicher im Totenreich angekommen. Zwanfir spuckt, nach dem Glauben der Gjalsker, die Knochen wieder aus, um den Lebenden zu zeigen, dass die Seele und das Fleisch behütet werden. Werden jedoch die kompletten Körper der Bestatteten an die Küste gespült, ist dies ein Zeichen dafür, dass

jene Toten zu Lebzeiten nicht dem rechten Weg gefolgt sind und ihnen die Aufnahme ins Totenreich verwehrt wird. Da die Ehre für die Gjalsker mit das höchste Gut ist, kommt es bisweilen vor, dass sich Verwandte Questen auferlegen, um so die Ehre des Verstorbenen wieder herzustellen.
Zur Sonnenwende ist vor den Knochenklippen ein seltsames Spektakel auszumachen. Dutzende Raubfische und Krakenmolche tummeln sich vor der Küste, um dem 'Festschmaus' beizuwohnen. Dem Glauben der Gjalsker nach sind diese Räuber und Aasfresser Zwanfirs Kinder, die ihn begleiten. Ab und an kommt es jedoch vor, dass ein Westwinddrache erscheint und einen Verstorbenen aus dem Wasser fischt, um ihn zu verspeisen. Diese Drachen gelten bei den Barbaren als 'Seelenräuber' und werden dann vereint – aber meist erfolglos – gejagt.

Gjalsker Bräuche und Zeremonien

Die Thar'an Mór – Hautbilder

»[…] Eine weitere Auffälligkeit der Gjalsker sind die Thar'an Mór, Hautbilder von sonderbarer Machart, wie ich sie ähnlich bisher nur in Thorwal schauen durfte. Auf meine Nachfrage wurde mir jedoch unmissverständlich klar gemacht, dass der Ursprung dieser Kunst hier im nördlichen Hochland liegt. Auf den ersten Blick mögen diese Thar'an Mór als eine wahllose Ansammlung von Zeichen, Symbolen und Bildern erscheinen, doch ist dies nicht der Fall. Wer mit dem Brauch der Thar'an Mór vertraut ist, der kann aus der Art und Weise, nach der die Hautbilder angeordnet sind, etwas über das Leben seines Trägers erfahren. Zentrum eines jeden Hautbildes ist stets eine sich in den Schwanz beißende Schlange, die den Bauchnabel kreisförmig umschließt und die zur Ehren der Sindarra steht, jenem Götzen, der bei diesem Volke das Wissen und die Ahnen verkörpert. Diese Schlange befindet sich auf einem Sonnenrund, dem 'goldenen Auge', dessen vier Strahlen die Wurzeln eines Baumes bilden, die sich von dort aus über Arme und Beine erstrecken und sich zu vielen Nebensträngen auffächern. An diesen Verästelungen künden Bilder von den Taten des Trägers, so dass sich, den Gliedmaßen folgend, ein chronologischer Lebenslauf ergibt. […]«

—Textstelle aus dem im Hesinde-Tempel zu Tiefhusen aufbewahrten Tagebuch eines Unbekannten, dessen Leiche 595 BF in der Nähe von Tiefhusen gefunden wurde. Inhalt: reichhaltige Beschreibungen nördlicher Naturvölker

Die Thar'an Mór (Hautbilder) der Gjalsker gehen auf eine uralte Tradition zurück. Schon in den frühesten bekannten Aufzeichnungen über die Völker des Nordens finden die eindrucksvollen Hautbilder der Gjalsker Erwähnung. Zudem lassen sich einzelne Merkmale der Thar'an Mór in Verbindung mit der Entstehungsgeschichte der Gjalsker bringen, wie etwa die Darstellung der *Sindarra* als Schlange, die auf das Kulturerbe der Beni Nurbad schließen lässt.
Der Aufbau der Hautbilder ist nicht willkürlich, sondern folgt einem strengen Muster. Innerfamiliäre Besonderheiten und Ruhmestaten, die der eigenen Ehre dienen, werden auf den Armen verewigt, während die Beine ausschließlich für Taten reserviert sind, die dem Haerad zum Vorteil gereichten. Ferner wird zwischen dem linken und rechten Arm unterschieden. Der linke Arm, der zum Herzen reicht, steht für die Familie. So findet das Hautbild, das den Herzensbund besiegelt, hier seinen Platz, wie auch Kinder und Enkel dort verzeichnet worden. Der rechte Arm hingegen zeugt von den persönlichen Heldentaten, die ein Gjalsker in seinem Leben begangen hat. In seltenen Fällen mag es vorkommen, dass ein tapferer Barbar eine so große Fülle an Heldentaten begeht, dass ein Arm nicht mehr ausreicht, um allen Taten gerecht zu werden. In einem solchen Fall werden an den Ast, der zum rechten Arm führt, weitere Verzweigungen angefügt, so dass auch Bauch oder Rücken tätowiert werden. Bei diesen Recken kommt es hin und wieder vor, dass für eine Familie kein Platz mehr in ihrem Leben ist und der linke Arm damit leer bleibt. Die meisten Gjalsker, die ausziehen, um in der Ferne ihr Glück zu suchen, kehren rechtzeitig heim, um auch 'den linken Arm zu füllen'.
Das erste Hautbild um den Bauchnabel, die Schlange auf dem Sonnenrund, wird den Gjalskern gestochen, sobald sie selbstständig laufen können und in das Lebensalter der Blüte eintreten. Nach dem Bestehen der Krallessa (siehe S. 127) und dem Beginn der Zeit der Reife kommen mit den Wurzeln des Lebensbaumes, die bis zum Becken und zu den Schultern reichen, weitere Tätowierungen hinzu. Erst wenn ein Gjalsker eine Tat vollbracht hat, die würdig ist, durch ein Hautbild verewigt zu werden, wird der entsprechende Ast soweit verlängert, dass ein Abbild der Tat dort seinen Platz finden kann.

Der Herzensbund (Hochzeit)

Haben sich zwei Liebende gefunden, halten sie, der Mann beim Vater der Braut und die Frau bei der Mutter des Auserwählten, um die Hand des geliebten Menschen an. Diese beiden begeben sich daraufhin auf die Jagd oder Kräutersuche, während derer sie beratschlagen, ob der Herzensbund der Bittsteller von beiden gut geheißen oder abgelehnt wird. Kommen sie mit leeren Händen zurück, ist der Wunsch abgeschlagen und der Bund darf nicht vollzogen werden. Kehren sie jedoch mit Beute oder Kräutern zurück, erteilen sie ihren Kindern den Segen für den Herzensbund. Bei Waisen oder jenen, deren Mutter oder Vater verstorben ist, tritt der Yalding als Vermittler ein.
Sobald diese Hürde genommen ist, bereiten sich die Liebenden auf den Tag des Bundes vor, indem sie sich über sieben Tage weder anschauen noch miteinander reden. Diese Zeit wird genutzt, um für den Partner ein Geschenk zu fertigen. Das kann ein besonders schönes Kleidungsstück, ein Werkzeug oder eine Waffe sein. Während dieser Zeit bauen der Vater der Braut und die Mutter des Bräutigams einen offenen Unterstand, legen ihn mit Fellen aus und statten ihn mit Hausrat aus.
Sind die sieben Tage verstrichen, begeben sich die Liebenden zusammen mit einem Brenoch-Dûn in den Unterstand und haken sich mit den Fingern der jeweils linken Hand so ein, dass die Daumen nebeneinander liegen. Über Handgelenke und Daumen des Pärchens wird durch den Brenoch-Dûn während der nächsten zwei Tage eine Tätowierung gestochen, die ein Bild ergibt, solange sie sich halten. Mit dem letzten Stich, der feierlich gesetzt wird, sind sie auf ewig verbunden und zeigen jedem an, dass sie einander gehören. Der gesamte Haerad ist während der Tage des Bildstechens damit beschäftigt, ein Fest vorzubereiten, das mit dem letzten Stich seinen Anfang nimmt und erst in den späten Stunden des darauf folgenden Tages endet.
Natürlich kommt es bisweilen vor, dass man seinen Partner frühzeitig verliert. In solchen Fällen darf bei den Gjalskern ein neuer Herzensbund geschlossen werden. Die Tätowierung des neuen Partners wird der des verwitweten angeglichen und individuell erweitert.

Die Gon'da Gon Palenkel (Kampf- und Kraftspiele) und Barrach-Dân

Wenn sich nach der Wintersonnenwende der fünfte Vollmond nähert, ist die Zeit gekommen, bei der sich die kräftigsten Gjalsker in Niellyn versammeln, um sich über einen Zeitraum von drei Tagen hinweg zu messen und den Stärksten unter ihnen zu ehren. Um herauszufinden, wer in Niellyn für die Ehre des Haerad antreten darf, veranstaltet jeder Haerad zuvor eigene kleine *Palenkel* (Spiele). Kindern und Brenchi-Dûn ist die Teilnahme verwehrt. Die Durro-Dûn nehmen selbstverständlich an dem Spektakel teil, ohne sich jedoch der Kräfte der Odûn zu bedienen.

Eröffnet wird der Reigen mit dem 'Findlingschleppen': Jeder Wettkämpfer muss dreizehn in einem Kreis liegende große Feldsteine zu einem dreizehn Schritt entfernten Kreis schleppen. Diese Steine stehen für die dreizehn Monde, deren Symbole eingraviert und mit den Farben des jeweiligen Monds bemalt sind. Sieger ist derjenige, der die Steine am schnellsten an ihren vorgesehen Ort schleppt. Da diese Disziplin auf Zeit entschieden wird, haben die Gjalsker eine Methode entwickelt, diese zu messen. Sie benutzen einen großen Wassersack, der angestochen wird und Tropfen um Tropfen verliert, so dass jener gewinnt, der die wenigsten Tropfen benötigt.

Der 'Kettenkugel-Weitwurf', bei dem eine Metallkugel mit angeschmiedeter Kette und Greifring so weit wie möglich von Ost nach West geschleudert wird, steht für den Weg der Sonne. Weitere Wurfdisziplinen sind der Weitwurf von Feldstein und Speer sowie der 'Feldstein-Hochwurf', wobei dieser – in ein Netz gebunden – einhändig über eine Latte geworfen werden muss. Bei dieser Disziplin gilt es als Schmach, wenn man sich nach dem Wurf von der Stelle bewegt, um dem herunterfallenden Stein auszuweichen. Die Ringkämpfe finden in Schlammgruben statt, die durch die Kinder hergerichtet werden. Sie stehen für den Kampf ums Überleben und erstrecken sich über drei Tage. Wird ein Kontrahent aus dem Kreis befördert, hat dieser den Kampf verloren; der Gewinner darf am nächsten Tag weiterkämpfen.

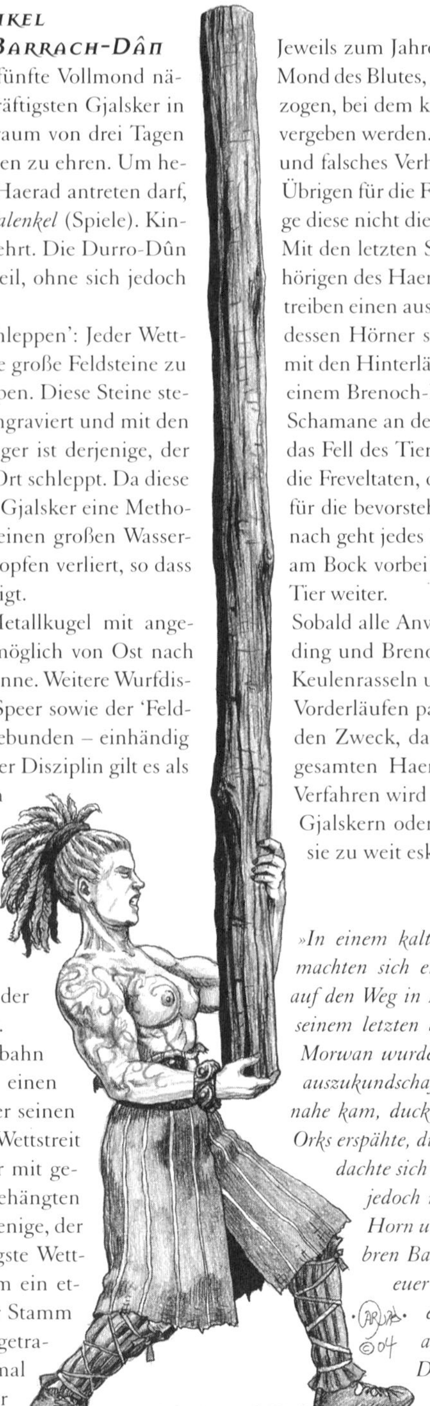

Das Tauziehen, bei dem die Seiten der Kampfbahn durch Messergrassoden und die Mitte durch einen Wassergraben begrenzt sind, hat gewonnen, wer seinen Gegner ins Wasser gezogen hat. Der nächste Wettstreit ist der Baumkampf, bei dem sich zwei Gegner mit gepolsterten Keulen auf einem waagerecht aufgehängten Baumstamm gegenüberstehen. Verlierer ist derjenige, der zuerst den Boden berührt. Der wohl schwierigste Wettkampf ist der 'Baumstamm-Weitwurf', bei dem ein etwa sechs Schritt langer und 150 Stein schwerer Stamm geworfen werden muss. Dieser wird senkrecht getragen und muss sich nach dem Aufkommen einmal der Länge nach überschlagen, ansonsten ist der Wurf ungültig.

Wenn alle Wettkämpfe ausgetragen sind, wird der Gjalsker zum Stärksten gekürt, der die meisten Disziplinen gewonnen hat, wobei der Ringkampf und das Baumstammwerfen doppelt zählen. Der Gewinner darf fortan den Titel 'Gon' vor seinen Vornamen setzen, was soviel heißt wie 'der/die Starke'. Er erhält als Auszeichnung neben einem Hautbild den *Siegesmond-Stein* (aus dem Findlingschleppen) als Symbol für seinen Erfolg, der als Ehrenstein in seinem Haerad ausgestellt wird.

Im Anschluss an die Spiele treffen sich die Yaldings und Dûn-Brenchi-Dûn aller Haeradi zur Hochland-Zusammenkunft, um sich über die Geschehnisse seit den letzten Spielen auszutauschen. Es wird über Bewegungen der Feinde sowie über Handelsbeziehungen und ausstehende oder drohende Fehden gesprochen. Oft werden im Zuge dieser Zusammenkunft Branndori ausgetragen, um Recht oder Genugtuung zu schaffen.

Das Ziegenreißen

Jeweils zum Jahreswechsel, in der Nacht vor dem ersten Tag im Mond des Blutes, wird in jedem Haerad ein Reinigungsritual vollzogen, bei dem kleinere Frevel, die keinen Ehrverlust darstellen, vergeben werden. Solche Frevel sind beispielsweise der Diebstahl und falsches Verhalten auf einem Beutezug. Die Eltern sind im Übrigen für die Fehltritte ihrer Sprösslinge verantwortlich, solange diese nicht die Reife erreicht haben.

Mit den letzten Strahlen der Sonne versammeln sich alle Angehörigen des Haerad im Zentrum des Dorfes. Schamanenschüler treiben einen auserwählten Ziegenbock (seltener einen Widder), dessen Hörner spitz zugefeilt wurden, zum Ritualplatz, wo er mit den Hinterläufen an vorbereitete Pfosten gebunden und von einem Brenoch-Dûn eingesegnet werden. Sodann ritzt sich der Schamane an den Hörnern beide Hände und lässt sein Blut auf das Fell des Tieres tropfen. Das Blut der linken Hand übergibt die Freveltaten, das der Rechten ein Opfer an die Odûn, um sie für die bevorstehende Qual des Tieres milde zu stimmen. Danach geht jedes Haerad-Mitglied, das einen Frevel sühnen will, am Bock vorbei und gibt sein Blut im selben Verfahren an das Tier weiter.

Sobald alle Anwesenden ihr Blut gegeben haben, wählen Yalding und Brenoch-Dûn je eine Person aus, die sodann unter Keulenrasseln und Anfeuerungsrufen den Ziegenbock an den Vorderläufen packen und der Länge nach zerreißen. Dies hat den Zweck, dass dadurch die Freveltaten Einzelner auf den gesamten Haerad verteilt und so vergeben werden. Dieses Verfahren wird auch genutzt, um Fehden zwischen einzelnen Gjalskern oder gar Haeradi zu beenden – zumindest, bevor sie zu weit eskaliert sind und ein Branndori benötigen.

Eisorkwerfen

»In einem kalten Winter eines Jahres im fünften Makkamar machten sich einige Veteranen aus dem Haerad der Mortakh auf den Weg in Richtung Orkland, um den jungen Morwan auf seinem letzten Streifzug vor seiner Kriegerweihe zu begleiten. Morwan wurde als Späher allein vorausgeschickt, um den Weg auszukundschaften. Als er dem teilweise zugefrorenen Gjalska nahe kam, duckte er sich, da er eine siebenköpfige Gruppe von Orks erspähte, die sich in seine Richtung bewegten. Verstecken, so dachte sich Morwan, sei einem zukünftigen Stammeskrieger jedoch nicht würdig, und so erhob er sich, stieß in sein Horn und brüllte den Orken entgegen: "Ich bin Morwan bren Bassrakh, vom Haerad der Mortakh. Dies ist nicht euer Land, nicht euer Vieh und nicht eure Saat. Noch einen Schritt weiter, und ich zertrete eure Schädel auf den Felsen!"

Die Orken zeigten sich wenig beeindruckt und rannten mit lautem Gebrüll über das Eis auf Morwan zu. Dieser stellte sich, die mächtige Axt im festen Griff, an die Eisgrenze und wartete auf die anstürmende Wildschweinbrut. Der kräftigste Ork, wohl der Anführer dieser Bande, rannte seinen Brüdern voran und kam mit erhobenem Krummsäbel auf Morwan zu. In diesem Moment erspähten die Veteranen den Jungkrieger, doch noch zu weit entfernt, um ihm rechtzeitig zur Seite zu stehen. Er stand ganz still, wie ein Cregg'an Mòr, und zeigte keine Regung – nur die Augen hielten seinen Gegner fest im Blick. Ohne auf die eigene Deckung Acht zu geben, sprang Morwan einen Schritt vor und führte seine Axt mit kräftigem Schwung von unten nach oben. Der Krummsäbel des Anführers zerbarst und dessen Kopf flog in weitem Bogen den heranstürmenden Orkschergen entgegen, schlitterte über das Eis und kam vor den Orkfüßen zum Liegen. In einem gemeinsamen Aufschrei ließen die Angreifer ihre Waffen fallen und rannten in alle Richtungen davon, so schnell sie ihre Füße trugen.«

—Gjalskische Heldengeschichte, wie sie oft und gern erzählt wird.

Wenn der Winter Einzug hält und die Gewässer zufrieren, beginnt die Zeit des Eisorkwerfens. Dann werden in den Hütten der Haeradi die Schädel bezwungener Schwarzpelze hervorgeholt und mit Mustern und Farben verziert. Nahezu jeder Gjalsker, ob Mann, Frau oder Kind, nennt einen Orkschädel sein Eigen – einerlei, ob selbst erbeutet oder geerbt. Die fertigen Schädel werden sodann in einen Kübel gehängt, der so hoch mit Wasser gefüllt wird, dass die Augenhöhlen gerade noch herausragen. Sobald das Wasser gefroren ist, wird der Kübel entfernt und das Eis, das nun den unteren Schädel umschließt, auf der Unterseite glatt poliert. Die Seiten des Eisblocks werden mit Seilen oder Fellstreifen umwickelt, um ihn vor dem Bersten beim Aufprall zu schützen – fertig ist der 'Eisork'.
Mit den 'Spielgeräten' begeben sich die Kontrahenten zu einer glatt zugefrorenen Eisdecke, auf der 'Orkfüße' aus gewachstem Holz aufgestellt sind, die, je nach Überlieferung, umgeworfen, über eine bestimmte Linie getrieben oder in einem Kreis versammelt werden müssen.

Branndori – die Kunst der Fehde

In jeder Gemeinschaft gibt es Streitigkeiten, die auf die eine oder andere Weise ausgeräumt werden müssen. Kommt es zwischen zwei Haeradi zum Streit, kann ein Haerad den anderen zu einem *Branndori* fordern, wie sich auch zwei Einzelpersonen zu einem *Branndori* treffen können, um die Streitigkeiten auszuräumen. Diese Form des ritualisierten Kampfes soll verhindern, dass sich die Haeradi durch tödliche Scharmützel schwächen und so zu Opfern lauernder Feinde werden. Die gjalskische Geschichte hat gelehrt, dass es jedoch auch zu extremen Auseinandersetzungen kam, in denen eine Aussöhnung nicht mit dem Branndori zu erreichen war. Auch heute gibt es immer wieder Auseinandersetzungen, die dazu führen, dass sich zwei Gjalsker oder zwei Haeradi auf Leben und Tod bekämpfen.
Es gibt verschiedene Formen des Zweikampfes, die je nach Stärke des Zwistes gefährlicher für die Beteiligten werden. Üblich ist folgende Form: Die Gegenüberstehenden schlagen sich, je nach Stärke des Streites, abwechselnd mit der Faust oder der Rückseite der Axt auf den Brustmuskel, was oft dazu führt, dass einer oder beide Kämpfer Blut spucken. Dieser Schlagabtausch wird so lange fortgeführt, bis einer der Kämpfer aufgibt oder bewusstlos zusammensinkt.
Eine weitere Variante ist das Werfen mit Steinen, bei denen sich die Teilnehmer gegenüberstehen und so lange mit faustgroßen Steinen bewerfen, bis einer aufgibt oder umfällt. Ist der Groll zwischen den Gegnern stark genug, wird die härteste Art des *Branndori* gewählt – das Kopfschlagen mit dem Oberschenkelknochen eines Wollnashorns. Hierbei stellen sich wieder beide Gegner voreinander auf. Einer hält seinem Kontrahenten den Kopf hin und stellt sich auf ein Bein, um den Schlag federnd abfangen zu können. Der Gegner schlägt mit aller Kraft auf den Schädel, wobei das Hiebwerkzeug die Schädelschwarte meist bis auf den Knochen aufschneidet. Durch die Technik des Abfederns sind Schädelbrüche selten, jedoch nicht unwahrscheinlich. Nachdem der erste zugeschlagen hat, kommt der Geschlagene zum Zug und schlägt seinerseits auf den Schädel des anderen. Dies kann so einige Male hin und her gehen, bis einer aufgibt oder nicht mehr aufsteht. Fällt einer beim ersten Schlagabtausch zu Boden, eilen seine *Sasunnach* (Gefährten) mit Wasser und Schnaps zu Hilfe und bringen ihn nach Möglichkeit zu sich, damit er den Schlag erwidern kann.

Blath'braha – Die Blutsbrüderschaft

Bei den Gjalskerländern existiert der Brauch der Blutsbrüderschaft, der sich aus der Ehre und der Verbundenheit, speziell zwischen Stammeskriegern, entwickelt hat.
So sich zwei Menschen berufen fühlen, zu Blutsbrüdern zu werden, stellen sie dem Dûn-Brenoch-Dûn ihr Anliegen vor, der über das bevorstehende Ritual wachen und die Odûn als Zeugen hinzuziehen soll. Die zukünftigen Brüder gehen gemeinsam an den Knochenklippen bis zur Hüfte ins Wasser, fügen sich mit Dolchen einen etwa daumenlangen Schnitt am linken Unterarm zu und tauchen kurz unter. Mit dem Tauchen im Meer wird der rituelle Tod dargestellt, aus dem sie 'neu geboren' wieder auferstehen. Sie pressen die Wunden aufeinander, so dass sich das Blut vermischt und sie zu Blutsbrüdern werden lässt.
Die Blutsbrüderschaft verpflichtet zu gegenseitiger Hilfeleistung, zur Einhaltung der Ehrenschuld und Familien- wie Totenfürsorge. Stirbt einer der Brüder, wird der Lebende einen symbolischen Tod erleiden, indem er sich abermals an der Stelle am Unterarm schneidet und Blut ins Meer gibt.
Nur selten kommt es dazu, dass ein Gjalsker und ein Fremder zu Blutsbrüdern werden.

Von Weisheit und Geisterkraft

Die Brenchi-Dûn – Hirten der Geister

Die Hauptaufgabe der Gjalsker Schamanen ist es, Kontakt zu den Geistern zu halten und diesen zu pflegen. Sie stehen dem weisen Ratgeber und Heiler, dem *Dûn-Brenoch-Dûn*, zur Seite, der den Sippenverband zusammenhält und sich um die Verstorbenen sowie die Einsegnung der Plätze, an denen sie bis zur Bestattung aufbewahrt werden, kümmert. Der Dûn-Brenoch-Dûn ist der Bewahrer des Wissens und Seher, der seinem Yalding Ratschläge gibt, wenn es um wichtige Entscheidungen geht. Im Allgemeinen werden die Meinungen der Brenchi-Dûn angenommen und finden Niederschlag in den Entscheidungen des Yalding. Doch auch die einzelnen Haerad-Mitglieder wenden sich an die Schamanen, wenn es zum Beispiel um den Zeitpunkt der Aussaat oder persönliche Belange geht.
Je nach Größe gibt es bis zu einem halben Dutzend Brenchi-Dûn pro Haerad, aus deren Mitte einer zum Dûn-Brenoch-Dûn, zum Schamanen der Schamanen, wird. Dies geschieht in einem spirituellen Wettkampf im *Dûnthyr*, der Geisterwelt, an dem jeder Brenoch-Dûn und jede Brancha-Dûn des Haerad teilnehmen darf. Es sind nicht körperliche Wunden oder gar der Tod, den die Wettstreiter zu fürchten haben. Der Geist des Schamanen kann sich im Dûnthyr verlieren, wobei der Körper als leere Hülle zurückbleibt. Es kam jedoch schon vor, dass der verirrte Geist eines Schamanen nach vielen Jahren in den Körper eines anderen Schamanen einfuhr, während dieser sich im Dûnthyr aufhielt.
Alles Wissen der Brenchi-Dûn, speziell die Geschichte des Haerads, Heldentaten der Ahnen, Mythologie und vieles mehr, wird von Generation zu Generation an den Nachfolger weitergegeben. Besonderes Wissen, um etwa die geheimsten Rituale und Rezepte, wird nur von den Dûn-Brenchi-Dûn weitergegeben. Der Nachfolger verzehrt nach dem Tod des Schamanen rituell dessen Herz und Hirn, um – dem Gjalskerglauben nach – das Wissen in sich aufzunehmen. So gestärkt begibt sich der neue Dûn-Brenoch-Dûn in die Geisterwelt und nimmt Kontakt mit dem Verstorbenen auf, um die letzten Geheimnisse zu erfahren. Gesetzt den Fall, dass der Schamane vor seinem Tod dem Schüler nicht genug vermitteln konnte, bleibt diesem nur der Kontakt mit dem Geist seines Mentors.
Die Brenchi-Dûn tragen im Gegensatz zu den 'normalen' Gjalskern nicht die üblichen knielangen Röcke mit den Streifenmustern. Sie nähen sich eine Robe aus den Pelzen aller Tiere, die im Gjalskerland beheimatet sind, um so zum Ausdruck zu bringen, dass sie mit allen Tiergeistern den Kontakt pflegen. Statt Ärmeln befestigen sie lange Lappen an den Schultern. Diese hängen an den Seiten bis zur Hüfte herab, sind mit Federn verschiedenster Vögel verziert und sollen gewaltige Schwingen darstellen. In Ritualtänzen symbolisieren diese 'Schwingen' den Flug in die Geisterwelt.

Farben spielen bei größeren Ritualen oder Reisen in die Geisterwelt eine sehr wichtige Rolle. Die Schamanen färben sich und jenen, die am Ritual teilnehmen, Haut und Haare, wobei jene Tiere auf den Körpern stilisiert dargestellt werden, deren Geister um Hilfe gebeten werden sollen. Die Gjalsker verwenden ausschließlich die Farben Rot, Grün, Schwarz und Weiß. Rot steht für *Blut, Kraft* und *Kampf*, Grün für *Heilung, Wissen* und *Hellsicht*, Schwarz für *Tod, Seele* und *Zwang* und Weiß für *Leben, Wille* und *Weg* (siehe **Zauberei 336ff.**).

Sobald ein Kind den Brenchi-Dûn in besonderer Weise auffällt, etwa durch offensichtliche Zwiegespräche mit Geistern und damit einhergehende Veränderungen am Wesen des Kindes oder der Umgebung, wird es einer Prüfung unterzogen. Besteht es, variiert die Ausbildungszeit von Schüler zu Schüler, je nach Talent und Charakter und dauert bisweilen bis ins Erwachsenenalter. Erst, wenn der Mentor beschließt, dass der Jungschamane für die Initiation bereit ist, wird aus dem Anwärter mit erfolgreich abgelegter Prüfung ein vollwertiger Brenoch-Dûn.

Bis zur Initiation ist es jedoch ein steiniger Weg, denn der Jungschamane muss immer schwerere Prüfungen ablegen, die ihn seiner Initiation näher kommen lassen. Handelt es sich bei diesen Prüfungen anfangs noch um das Erstellen von Salben und Tinkturen, so folgen die Lehren und Übungen zu den einzelnen Ritualen und später kürzere Reisen in die Geisterwelt. Ist der Zeitpunkt der Initiation gekommen, begeben sich Mentor und Schüler in den Dûnthark, um dort die 'große Geistreise' anzutreten, in der der Schüler zum Brenoch-Dûn wird. Der Mentor ist dabei nur Beobachter; das Ritual und die Aufgabe im Dûnthyr muss der Schüler allein bewältigen.

Umstand dieser Initiationsaufgabe ist ein 'Zwiegespräch' mit einem Odûn, in dem ein Handel ausgemacht wird, der dem Haerad von Nutzen ist. Beispielsweise könnte der Jungschamane die Hilfe des Tiergeistes erbitten, um einen Kranken zu heilen oder auserwählten Kriegern des Haered besondere Kräfte zu verleihen. Der Preis für die Hilfe des Odûn ist zum einen die Astralkraft des angehenden Schamanen und zum anderen eine Gegenleistung, die je nach Tiergeist variieren kann. Der Geist des Wolfes mag beispielsweise einige Ziegen einfordern, die seinen lebenden Ebenbildern geopfert werden sollen.

Die Durro-Dûn – Tierkrieger

»Du sagst, mein Handeln ist nicht menschlich? Mach die Augen auf, und schau dir euer Tun an! Menschen unterdrücken und versklaven andere Menschen. Menschen quälen Mensch und Tier aus purem Spaß und purer Lust. Genau das ist menschlich, und das finde ich grausam! Tiere würden so nie handeln. Allein dieser Grund reicht es für mich aus, danach zu streben, tierhaft zu sein, nicht menschlich.«

—Antwort des Wollnashorn-Tierkriegers Durro-Dammagon-Dûn, Gon Bartakh bren Yuchdan, auf die Frage des Baron Rissan von Menzheim, warum er drei Wegelagerer, die ihn angriffen, nicht ausgeliefert, sondern zu Tode getrampelt hat.

Ab und an kommt es vor, dass sich ein Kind zu einer besonderen Tiergattung hingezogen fühlt. Dies allein ist noch kein Grund, dahinter eine außergewöhnliche Gabe zu vermuten. Kommen jedoch noch Seltsamkeiten, wie visionäre Träume oder spektakuläre körperliche Fähigkeiten (etwa das Balancieren auf den angespitzten Pfählen der Palisade) hinzu, kann man sicher sein, dass dieses Kind eine Affinität zu einem bestimmten Odûn (Tiergeist) entwickelt hat.

Auffälligkeiten dieser Art bleiben im Haerad natürlich nicht lange unentdeckt und lassen die Brenchi-Dûn auf das Kind aufmerksam werden. Die Prüfung, in der herausgefunden werden soll, ob das Kind den Brenchi-Dûn oder den Durro-Dûn zugeneigt ist, findet stets im Göttermond statt. Wenn es tatsächlich die Eigenschaften für einen Tierkrieger entwickelt, nimmt sich ein Mentor des Kindes an. Über die nächsten Jahre hinweg begleitet der Brenoch-Dûn den jungen Gjalsker und lehrt ihn, bis die Zeit der Weihe gekommen ist.

Entscheidet der Schamane, dass sein Schützling bereit ist, folgen dreizehn Monde, von einem *Mond des Odûn* bis zum nächsten, in denen der angehende Tierkrieger darauf vorbereitet wird, das Band zu seinem 'Leit-Tier' zu flechten. In dieser Zeit stellt sich der künftige Durro-Dûn seinem Tier immer wieder zum 'Kampf' oder zum 'Wettstreit', wie beispielsweise beim Klettern über unwegsame Berghänge. Der Tierkrieger lernt immer mehr die Wesenszüge 'seines' Tieres kennen und versteht es, die Gaben und die tierische Natur, die der Geist ihm verleiht, allmählich zu kontrollieren.

Am letzten Tag der Blüte, wenn der Mond fast voll am Himmel steht, folgt der Schüler seinem Mentor an einen Platz des Odûn, um unter der behutsamen Anleitung des Brenoch-Dûn in die Geisterwelt zu wechseln. Plätze des Odûn sind die große *Bärenhöhle*, der *Keilerwald*, die *Rabenfelsen*, die *Molchensümpfe*, die *Hänge des Bocks* und die *Pfade des Wolfs* etc., die sich von Jahr zu Jahr an anderen Orten befinden. Bis zum Vollmond stimmen sich der angehende Durro-Dûn und der Schamane auf die Odûn ein, indem sie die Haut oder das Fell eines vorher eigenhändig erlegten Tieres (des entsprechenden Odûn) ausbreiten, Räucherwerk entzünden, das 'Lied des Odûn' intonieren und das erjagte Tier verspeisen. Der Tierkrieger ahmt sein Tier in Bewegungen und Lauten nach, ritzt sich die Haut und lässt sein Blut auf dem Platz des Odûn zurück. Während dieses 'Tanzes' dringt er mit seinem Geist immer tiefer in die Welt seines Odûn vor und muss die immer wieder ausbrechenden Sinne und die Wildheit des Odûn im Zaum halten, bis er schließlich erschöpft zusammensinkt.

Mit der Einkehr der Ruhe beginnt der wichtigste Teil der Weihe, denn der Geist des Tierkriegers schwebt unter den Blicken der zum Platz gekommenen Tiere seines Odûn in die Zwischenwelt, die das Tor zu den Gestaden der Odûn ist. Der Krieger vernimmt die letzten Worte des Schamanen, die ihm bedeuten, dass er diesen Weg allein gehen muss, und knüpft mit seinem Odûn ein Band, das bis zu seinem Tode

nie zerrissen werden kann. Sobald er von seiner 'Reise' zurück ist, ist er ein wahrer Durro-Dûn, ein Tierkrieger, der mit seinem Odûn in Harmonie lebt und besondere Kräfte von ihm verliehen bekommt (siehe **Zauberei 337ff.**). Der Begriff Durro-Dûn ist jedoch nur der Oberbegriff für die Tierkrieger im Allgemeinen. Die letztendliche Bezeichnung richtet sich nach der jeweiligen Tiergattung (siehe Kasten). Die häufigsten Durro-Dûn sind *Bär, Feuermolch, Gebirgsbock, Rabe, Wildschwein* und *Wolf*, selten scheint es dagegen *Wollnashorn, Schneedachs, Luchs* und einige wenige andere zu geben. Eine besondere Stellung haben die sehr seltenen Tierkrieger, deren Odûn das Mammut ist. Diese *Durro-Brenna-Gon-Dûn* werden die Mammut-Hirten, die die gewaltigen Tiere ausbilden, führen und mit ihnen durch die Lande streifen.
Mit der Weihe ist der Durro-Dûn jedoch noch nicht am Ende seines Weges angelangt. Sein langfristiges Ziel ist es, die Menschen und die Tiere einander näher zu bringen. Um sich die Achtung seines Tiergeistes zu verdienen, begibt er sich auf Visionsquesten in die Schattenwelt der Odûn, zu den Ahnen unter dem Meer oder anderen 'Orten', die nicht im Diesseits liegen. Bei diesen Questen wird der Durro-Dûn jeweils von einem Brenoch-Dûn begleitet, denn nur die Schamanen können die Wege öffnen und Brücken schlagen, die ins Dûnthyr reichen. Mit dem Bestehen einer Queste erschließt sich der Durro-Dûn einer weiteren Gabe, die sein Ansehen bei seinem Odûn und bei seinem Volk steigen lässt. Zwischen diesen Visionsquesten geht der Tierkrieger hinaus in die Welt, um Erfahrungen mit Menschen und Tieren zu sammeln. Er handelt dabei stets nach den Wesenszügen seines Tiergeistes, da das Tier in ihm stark ist. Oftmals bekommt er von seinem Odûn Aufgaben gestellt, die er im Hier und Jetzt erledigen muss, um seinem Odûn dann bei der nächsten Queste davon zu berichten (mehr zu den Visionsquesten finden Sie in **Zauberei 338f.**).
Die Durro-Dûn tragen neben der traditionellen grünbraunen Kleidung die 'Kleider' ihres Odûn. Sie hüllen sich beispielsweise in Bärenoder Wolfsfelle und schmücken sich mit Krallen und Zähnen (meist des bei ihrer Tierwerdung erjagten Wesens). Ein besonderes Merkmal der Tierkrieger ist ihre Tierklauenwaffe, die Bakka. Diese Waffe besteht aus Horn, seltener aus Knochen oder einer Kombination aus beidem und ist mit Schnitzereien verziert. Die *Bakka* ist ein beliebtes Kleinod für 'Kerben', die für jeden ehrenhaften Gegner eingeritzt werden, bisweilen wird sie auch im Kampf eingesetzt.

Die häufigsten Durro-Dûn
Bär: Durro-Arradh-Dûn
Feuermolch: Durro-Skregna-Dûn
Gebirgsbock: Durro-Barrok-Dûn
Rabe: Durro-Feannagh-Dûn
Wildschwein: Durro-Torrak-Dûn
Wolf: Durro-Madadh-Dûn

Die Glaubenswelt der Gjalsker

Das Versprechen

»Das erste Makkamar war das Zeitalter Natûru-Gons. Die Winter waren kalt und schienen nie enden zu wollen. Mensch wie Tier litten Hunger und kämpften um das Wenige, das das Land ihnen noch gab. In diesen Jahren traten die Oger aus ihren Wäldern und hielten blutige Ernte unter allem, was lebte. Selbst die Brenna-Gon, Natûru-Gons wehrhafte Kinder, fielen unter ihren Schlägen. In ihrer Gier und Mordlust nahmen die Oger Natûru-Gon weit mehr seiner Kinder, als er ihnen zugedacht hatte, und weit mehr, als sie verspeisen konnten. Viele Kadaver getöteter Brenna-Gon blieben unberührt in den Steppen liegen. Als Natûru-Gon dies sah, weinte er vor Zorn, denn ihr Tod war ohne Sinn.
Niellyn, Dhartaech, Lyrgach, Alrudh, Mortakh und Rayyadh waren die erfahrensten Jäger unserer Ahnen. Entschlossen zogen sie aus, um dem Hunger ein Ende zu bereiten. Nach Tagen der glücklosen Jagd begannen sie jedoch zu verzweifeln, und ihr Lebenswille erlosch. Doch während sie sich zum Sterben niederlegten, erblickten sie die leblosen Körper etlicher Brenna-Gon. Bevor auch nur einer sein Messer in die gewaltigen Körper treiben konnte, erbebte die Erde, und sie wurden zu Boden geworfen. Eine Stimme, lauter als der Donner, mächtiger als die Brandung an den Knochenklippen donnerte: "Legt Hand an sie, und ich werde euch zerquetschen, Undankbare! Eure Gier ist mir zuwider. Gab ich euch nicht alles, was ihr zum Leben braucht? Gab ich euch kein Heim auf meinem Boden? Und wie dankt ihr es mir?"
Mit Erfurcht, doch auch entschlossen, erhoben sich die Jäger und erblickten nun die Pracht Natûru-Gons, des weißen Gottes.
"Dies ist nicht unser Werk", sprach Niellyn, die Erstgeborene, "doch unser Volk leidet Hunger, und viele der Unseren werden sterben".
Natûru-Gon erkannte die Wahrheit in ihren Worten und entschied: "Nehmt von dem Fleisch meiner Kinder, die von diesem Tage an eure Brüder und Schwestern sein sollen. Haltet Wacht über jene, die übrig sind, wie sie über euch wachen werden, auf dass ihre Art wieder erstarken werde, wie auch eure erstarken soll. Nur gemeinsam könnt ihr dem Morden ein Ende bereiten."
Er wählte die prächtigsten Stoßzähne der Gefallenen und formte aus ihnen sechs mächtige Hörner für das Volk der Cren-Barrach. "Nehmt und ruft eure Krieger, auf dass kein Unheil sie schrecken und kein Wall sie aufhalten werde."
Als die Jäger taten, wie der Gott ihnen gebot, donnerte der Hörner Ruf weit über das Land, und Mensch wie Brenna-Gon machten sich auf, um ihm zu folgen.
Vereint unter dem Klang der Hörner zogen seine Kinder. Schlacht um Schlacht war siegreich, und nie überkam sie Müdigkeit oder Zweifel. Wohin sie sich auch wandten, war der Boden getränkt vom Blute ihrer Feinde. Immer kleiner wurde deren Zahl, und Tag um Tag zogen sie sich weiter zurück, bis keiner der Fremden mehr auf den Steppen wandelte. Als es vollbracht war, trennten sich Mensch und Brenna-Gon und auch die Sechse, um das Land aufs Neue zu besiedeln. Der Bund aber besteht bis heute fort.«
—von den Brenchi-Dûn überlieferte Sage

Die Götter der Gjalsker

Natûru-Gon

Natûru-Gon ist das große weiße Gott-Mammut – im Glauben der Gjalsker ein Gott, der nach den Legenden schon früh im Pantheon aufgenommen wurde. Nach anderen ('zivilisierten') Überlegungen handelt es sich dabei um den Tierkönig der Mammuts. Er steht für den Schutz der Familie, die Kraft der Natur, die Fruchtbarkeit und den Krieg und ist somit der Hauptgott der Barbaren. Die Mammuts, die Gjalsker nennen sie Brenna-Gon, sind die Kinder Natûru-Gons und gelten als vollwertige Mitglieder der Haeradi.
Es heißt, Natûru-Gon streife bisweilen in der Gestalt eines weißen Mammuts durch das Land. Es gilt unter den Gjalskern als höchstes Glück, das weiße Mammut zu Gesicht zu bekommen. Es heißt, dass einige Auserwählte bei einer solchen Begegnung Aufgaben oder Prüfungen gestellt bekommen, die sie oft in ferne Länder führen. Der Inhalt solcher Aufgaben mag sein, andere Tiere, Geister und Götter zu finden, zu ergründen, ob sie noch leben, oder ihnen Botschaften zu übermitteln.

Sindarra

Sindarra ist die Göttin der Magie und Hüterin des Wissens der Ahnen und damit Dûn-Branacha-Dûn (die 'oberste Schamanin') des Gjalskervolkes. Versinnbildlicht wird sie als gigantische Schlange, die mit ihrem Leib die Welt umschlingt und sowohl die Kraft der Odûn als auch die der Brenchi-Dûn zusammenhält. Die meisten Gjalsker achten sie als die große Mutter, die mit ihrem goldenen Auge über das Leben der Gjalsker wacht. Für die Schamanen ist sie jedoch mehr, denn sie schenkte ihnen sowohl das Wissen über die Odûn und die damit verbundene Magie wie auch die Schrift, die sie zu nutzen verstehen, um erlangtes Wissen zu wahren. Der Glaube an Sindarra stammt aus dem urtulamidischen Zweig der Gjalsker, dem sie einst die Schrift geschenkt haben soll.

Ifrunn

Ifrunn ist der unbarmherzige Gott des Winters und der Jagd, zudem der Heerführer aller Gjalsker wider die Nachtschwarze, die Gegenspielerin der Götter. Er schickt Sturm und Schnee über das Land, um die nachtschwarze Spinne und ihre Kreaturen einzufrieren, und stellt dabei die Gjalsker auf die Probe. Ehrenvoll, weise und tapfer sollen sie sein und seinem Sturm und der Nachtschwarzen trotzen. Er schätzt es, wenn die Menschen sich seinen Naturgewalten entgegenstellen und bis zum letzten Atemzug kämpfen, und verzehrt diejenigen, die versagen.

Zu Ifrunns Ehren schlagen die Barbaren aus den Kreidefelsen lange Stelen, die sie mit Inschriften und Bildern versehen, Opfergaben daran befestigen und sie in ihren Jagdgründen und bei ihren Dörfern aufstellen, um ihren Gott stets als Kampfgefährten zur Seite zu haben.

Zwanfir

Zwanfir ist der unbarmherzige Gott des Todes, der in einem großen schwarzweißen Wal mit messerscharfen Zähnen versinnbildlicht wird. Sein Reich ist der eisige Ozean, in dessen Tiefen das Totenreich liegt und in dem die verstorbenen Gjalsker bestattet werden. Zwanfir frisst die Seelen jener, die ihr Leben ehrenvoll gelebt haben, und bewahrt sie in seinem Leib bis zum Ende der Welt auf, so dass kein Ahne verloren geht und schlimmstenfalls in den Nebel wandert (s.u.).

Wolkenkopf

Wolkenkopf ist der Gott des Lebens und der Stärke, der dem Gjalskervolk vor langer Zeit das Überleben ermöglichte, indem er in die Schlacht im 'Tal des Blutes' eingriff. Seit der Riese vor über 300 Jahren ins Meer sprang, glauben die Gjalsker fest daran, dass er hinaus zu Zwanfir schwimmt, um ihn zu erwürgen. Hat er dies geschafft, muss Zwanfir alle Seelen freigeben, woraufhin die 'grüne Sonnenzeit' Einzug erhält, in der jeder ehrenvoll Verstorbene seine sterbliche Hülle wieder zurückerhält und die Ahnen wieder mit den Lebenden vereint sind.

Fekorr

Fekorr ist der listenreiche Gott der Nacht und Zwillingsbruder Sindarras. Er hütet die Geheimnisse der Welt, die nur sehr selten an Auserwählte weitergegeben werden. Durch die vielen Augen seiner Kinder, den Firnluchsen, beobachtet er das Treiben und achtet dabei besonders auf die Mochûla (Dämonen), die danach trachten, die Welt zu verderben.

Fekorr buhlt listenreich mit Tayrach um die Gunst Makkas (siehe unten). Er stellt Tayrach Rätsel, die ihm, während Tayrach sie zu lösen versucht, Zeit bringen, um Makka zu umgarnen. Auch in die Belange der Menschen mischt er sich bisweilen ein, um ihnen ebenso Aufgaben zu stellen, an denen sie oft ein Leben lang Beschäftigung finden.

Tayrach

»Ja, ich weiß, dass die Orks Tayrach anbeten, doch sie haben ihn nie verstanden – wir dafür sehr wohl. Ich kann dir erklären, wer Tayrach, der Geblendete, ist. Er ist der Gott der Rache und des Kampfrauschs. Von übernatürlicher Schönheit ist sein Gesicht mit den tierischen Zügen. Die Stierhörner rot wie Blut, die Augen aus reinstem Gold. Dunkelbraune, glänzende Haut überspannt die Muskeln, denen niemand widerstehen kann.

Vor langer Zeit, als die Nachtschwarze die Götter verführte, durchschaute Tayrach ihr Ansinnen und stieß sie von sich. Sie wurde von Hass und Zorn übermannt und blendete Tayrach, um seiner habhaft zu werden. Doch Tayrach überkam selbst der Zorn, ein Zorn, der keinesgleichen kennt. Wild stürzte er sich auf die nachtschwarze Spinne und zerrte an ihren Gliedern, warf sie über die Welt und brüllte so laut, dass die anderen Götter herbeieilten. Angesichts dessen, was die Nachtschwarze mit Tayrach gemacht hatte, wurden sie ihrer Bösartigkeit gewahr, und so ketteten sie sie gemeinsam in der tiefen Grube fest.

Das also ist Tayrach, er ist jener, der sich zwar blenden, aber nicht verblenden ließ. Seine Wut, sein Rausch und seine Rache sind Gaben, die in jedem Gjalsker ruhen und ausbrechen, wenn sie Mochûla wittern oder deren Dienern begegnen. Sei also vorsichtig, wenn du dich mit den Mochûla einlässt, es mag sein, dass dich ein Gjalsker dafür bestraft!«

—Brenoch-Dûn Donnachadh dûr Mekklodh im Gespräch
mit dem Hesinde-Geweihten Galdyrion ly'Leïo dyll Larÿis

Tayrach ist der Gott der Rache, des Kampfrausches und der Erkenntnis. Er kann zwar nichts sehen, fühlt jedoch Wahrheit und Täuschung. Im Glauben der Gjalsker ist er derjenige, der das Blut in Wallungen bringt und den Schmerz verdrängen lässt. Ein Gjalsker, der auf Rache schwört, hängt seinem Schwur stets ein "bei Tayrach" an, um ihn zu bekräftigen.

Makka

Makka ist die Göttin des Schlafs und der Träume, die ewig schläft und dennoch mit ihrem silbernen Auge (dem Madamal) über die Gjalsker und alle anderen Lebewesen wacht. Sie ist von derartiger Schönheit, dass selbst die Unsterblichen ihren Reizen erliegen und sich um sie streiten. Ihre wölfischen Diener heulen des Nachts, wenn ihr Auge voll am Himmel steht. Wenn sich Makkas Auge schließt (Neumond) und nur der Silberschein des Makka-Oug (See) von ihrer Wacht kündet, sind es ihre Diener, die ihr ihre Augen leihen, auf dass zu keiner Zeit die Dämonen durch die Träume der Schlafenden den Weg in Diesseits finden.

Yurrga

Tochter der Sindarra und des Natûru-Gon, schützt die Reisenden und schenkte ihnen das Wissen über die Heilkunde. Sie weist dem Reisenden mit ihrem hellen Leuchten, das man sogar an vielen Tagen sehen kann, den Heimweg. Das Leuchten Yurrgas wird durch den Nordstern verkörpert.

Calyach'an Mochûla, die Nachtschwarze Spinne

»Wer glaubt, dass Calyach'an Mochûla schwach ist und gebunden, der irrt. Sie spinnt ihr Netz; langsam, unaufhaltsam, fort und fort. Nichts hält sie ewig in ihrer Grube gefangen. Doch zwölf Augen halten Wacht, wenn das eine schläft, und die Jäger werden bereit sein, wenn der Hörner Klang erschallt.«

—Brenoch-Dûn Tsharbak dûr Morrai, um 490 BF

Calyach'an Mochûla ist die 'Mutter der Dämonen', die Verkörperung des Bösen, und existiert als nachtschwarze Spinne in der Vorstellung der Gjalsker. Sie ist die vielgesichtige Verführerin der Götter, Verderberin der Seelen, die alles nicht durch ihre Kraft Geschaffene hasst und danach strebt, es zu vernichten. Sie schickt die Dämonen in die Welt der Lebenden, um ihre Saat zu säen, auf dass die Wurzeln eines Tages ihre Fesseln zerreißen werden.

Die Odûn – Geister

Die Geister haben einen sehr hohen Stellenwert im Leben der Gjalsker. Die Wichtigsten sind die *Brayya-Dûn*, die Ahnengeister der ehrvoll Gestorbenen, denen stets Respekt und Ehre entgegengebracht wird. Weiterhin sind die Tiergeister von großer Bedeutung, denn Brenchi-Dûn und Durro-Dûn bitten sie um Hilfe, 'besuchen' sie in ihrer Welt, dem Dûnthyr, und 'handeln' dort geradezu mit ihnen (mehr zu den Geistern erfahren Sie in **Götter 176f.**).

Die Gjalsker opfern ihren Odûn ebenso wie ihren Göttern und bitten die Weisen ihrer Haeradi, die Odûn zu befragen, um Antworten auf wichtige Fragen zu erhalten.

Aberglaube und Ängste

Die größte Angst der Gjalsker ist, dass sie nicht ins Totenreich gelangen, von Zwanfir verschmäht werden und ihre Seele nicht zu ihm gelangt. Ein Gjalsker, der fernab der Heimat – eventuell gar fernab des Meeres – stirbt, hat keine Möglichkeit, ins Reich der Toten einzukehren, da er nicht nach den Bräuchen seines Volkes bestattet werden kann. Um dem vorzubeugen, füllen die Brenchi-Dûn zur Sommersonnenwende Meerwasser an den Knochenklippen ab. Jeder Gjalsker erhält eine mit Bienenwachs abgedichtete Lederflasche mit diesem Wasser und trägt sie stets bei sich, wenn er den Haerad verlässt. Ist er dem Tode nahe, öffnet er die Flasche und gießt sich das Wasser über die Brust. Nach dem Glauben der Gjalsker nimmt die entschwebende Seele die 'Witterung' des Wassers auf und findet so den Ort an den Knochenklippen. Selbst wenn der Sterbende nicht mehr in der Lage ist, die Flasche zu öffnen, wird sie mit dem Körper zerfallen, bis das Wasser die wartende Seele erreicht und heimführt.

Die Gjalsker glauben, dass jene Seelen, die nicht ins Totenreich gelangen, sei es durch unehrenhaftes Leben, durch Verrat oder unglückliche Fügung, in Nebel verwandelt werden. Immer wenn Nebel aufzieht, und das kommt im Gjalskerland oft vor, besuchen die Verdammten ihre Nachkommen, beobachten sie mit missgünstigen Blicken und versuchen, sie zu sich zu locken, ins Reich zwischen den Welten. Verstärkt wird diese Angst durch das tatsächliche Vorhandensein von Irrlichtern und speziell von Ghulen, die sich in nebeligen Nächten den Ansiedlungen nähern, um die Verstorbenen zu rauben. In einem sind sich die Gjalsker jedoch einig: Es müssen vor allem Thorwaler sein, die ehrlos gestorben sind, denn die dichten Nebelmassen können nie und nimmer von den wenigen unehrbaren Gjalskern stammen.

Jeder Gjalsker weiß, dass unter den Wellen des Ozeans Zwanfirs Reich beginnt – das Totenreich. Aus diesem Grunde fürchten sie die Seefahrt und werden daher kaum ein Schiff betreten, es sei denn, ein Versprechen oder ein Grund von großer Tragweite zwingt sie dazu.

Spinnen gelten als Vorboten und Überbringer von Unheil, Zwietracht und Tod, denn die Nachtschwarze Spinne, die Verführerin der Götter und Mutter der Mochûla, schickt ihre Spione, um ihr Gift zu überbringen und ihre Netze der Verdammnis zu weben.

Nostria und Andergast – Die Streitenden Königreiche

Auch, wenn weder Nostrianer noch Andergaster dem zustimmen würden, ist die Region zwischen Steineichenwald und Tommel, zwischen dem Meer der Sieben Winde und der Messergrassteppe doch eine kulturelle Einheit: Zwar sind sie grundsätzlich Mittelländer, doch sind die Einflüsse von Orks und Elfen, Thorwalern und den Wesen und Geistern des Waldes deutlich spürbar, und die Jahrhunderte lange Trennung von Altem und Neuem Reich hat ihr Übriges getan, die kulturellen Unterschiede herauszuarbeiten und einen besonderen Menschenschlag zu prägen.
Auch geographisch sind die beiden Länder nicht so verschieden: Vom nostrischen Seenland und der Küste sowie den Steppen des östlichen Andergast abgesehen, wird das Land von fast undurchdringlichen Wäldern geprägt, in denen Wasserläufe die wenigen verlässlichen Verkehrswege bilden und in denen kleine, abgelegene Dörfer die 'Zentren der Zivilisation' bilden.
Im Rollenspiel prägen Hinterwäldlertum, Starrköpfigkeit, Improvisationstalent und ein eingefleischtes Misstrauen gegenüber dem jeweiligen Nachbarn das Bild, während der Rest Aventuriens sich außerhalb der Wahrnehmung der Einheimischen befindet.
Kurz: Übernatürliche Gefahren, alte Geheimnisse und äußerst menschliche Herausforderungen erwarten die Helden in den Streitenden Königreichen.

Geschichte

»Die 'Streitenden Königreiche' Nostria und Andergast können auf eine knapp zweitausend Jahre währende gemeinsame Geschichte zurückblicken, wiewohl lediglich Chronisten dieser Länder von einer glorreichen und heroischen Vergangenheit sprechen würden. Einen wissbegierigen Geschichtsforscher stellt die Rekonstruktion der Geschehnisse vergangener Tage jedoch vor eine fast unlösbare Aufgabe. Nicht nur sind zahlreiche Urkunden und Dokumente in den ewigen Kriegshandlungen abhanden gekommen, sondern zudem haben die verbliebenen Schriftstücke oftmals in jüngerer Zeit eine mehr oder minder starke 'Bearbeitung' erfahren. Je nach den Erfordernissen der Lage und dem Wunsch des Monarchen haben die Archivare Ereignisse ausgeschmückt, umdatiert oder ganz gestrichen und dafür neue hinzuerfunden. Chroniken mit Titeln wie 'Gloria Kasmyria' oder 'Andergaster Almanach' ist daher kaum zu trauen. Die Aufzeichnungen des Horas- und des Mittelreiches sind leider auch keine große Hilfe, da in ihnen die Verhältnisse in den Streitenden Königreichen – wenn überhaupt – nur am Rande und mit keiner nennenswerten Sorgfalt Erwähnung finden ...«
—aus einem Brief des Salzeraner Hesinde-Geweihten Anselm von Mardershöh an den Kusliker Tempel, 1027 BF

In den Tiefen der Wälder gefundene Steinidole, aus dem Sand des Ingval geborgene Bronzewaffen und die Fundamente großer Rundtürme in den Steppen des Ostens machen deutlich, dass die bosparanischen Siedler nicht die ersten Bewohner der Lande zwischen Tommel und Steineichenwald waren. Orks und Goblins lebten hier einst in großer Zahl, aber auch Trolle und Auelfen. Die menschlichen Volksstämme der Norbarden (und sogar Nivesen) haben ebenfalls ihre Spuren hinterlassen, doch wann und warum sie die Gegend verließen, liegt im Dunkel der Geschichte. Über die Vorzeit dieses Landstrichs kennen die Menschen nicht einmal Legenden, und allein bei den langlebigen Völkern mag sich ein Rest des Wissens aus jenen Tagen erhalten haben.
Das erste gesicherte Datum liefert die Erkundungsreise *Sanins des Älteren*, der **873 v.BF** als Admiral des Kaisers Belen-Horas Tommel und Ingval befuhr, bevor er wegen der Trollkriege in seine Heimat zurückbeordert wurde. Sanin ließ einige Mitglieder seiner Expedition zurück, die sich in der Gegend der heutigen Städte Nostria, Salza und Andrafall ansiedelten. Sanin unternahm **870 v.BF** noch eine zweite Reise (die berühmter ist, da er dabei erste Kontakte mit den Auelfen am Oberlauf des Tommel knüpfte), aber danach waren die Siedler im Norden sich selbst überlassen.
Erst als sich die Wirren im Herzen des Alten Reiches beruhigt hatten, hörte man wieder aus Bosparan. Den Gesandten des Kaisers wurde jedoch kein freundlicher Empfang bereitet: Aus dem Jahr **854 v.BF** ist ein Bericht überliefert, in dem sich diese darüber beklagen, dass die Siedler in Nostria und Andergast jegliche Hilfe aus dem Süden ablehnten und darum auch keine Steuern zahlen wollten. Bosparan, so hieß es keck aus dem Mund der Bevölkerung, habe zwei Jahrzehnte ohne sie überlebt, und sie ohne Bosparan, und so wolle man es auch fürderhin halten. Der Legende nach beeindruckte der Mut der stolzen Siedler den jungen Kaiser Seneb II. so sehr, dass er sie ohne Gegenwehr aus seinem Reich entließ.

Zwei Jahrtausende Krieg

Mit der Unabhängigkeit dieses Landstriches begann zugleich sein Verhängnis: Die Siedlergemeinschaften unter der Führung eines gewissen *Argos Zornbold* in Andergast und eines *Fringlas Kasmyrin* in Nostria gerieten alsbald aus heute unerfindlichen Gründen in Streit. Bereits **853 v.BF** ereignete sich ein erstes Scharmützel, das von beiden Ländern als Ursprung ihrer Feindseligkeiten gewertet wird. Ungefähr einhundert Jahre später kamen sich die Gegner an der Ingvalmündung bei der Suche nach der *Verlorenen Kolonie* (der dritten Ansiedlung Sanins) erneut ins Gehege. Die unselige 'Tradition' der nostrisch-andergastischen Kriege war geboren.
Über diese Kriege ist außerhalb dieses Landstrichs wenig mehr bekannt als ein paar amüsante Anekdoten und Skurrilitäten. So erzählt man sich zum Beispiel, dass die Andergaster im *Krieg des Stolzes* **713–735 BF** wagenweise Mist in den Ingval kippten und damit ein Fischsterben an der nostrischen Küste hervorriefen oder dass auf dem Thuransee **1006 BF** eine 'Seeschlacht' stattfand, die mit Flößen und Ruderbooten ausgetragen wurde. Von dieser Art sind die Geschichten, über die man sich in Gareth oder Vinsalt gerne das Maul zerreißt. Doch wenn eine Episode nicht dem vorgefassten Bild der Zuhörer entsprach, blieb das Interesse in den Nachbarstaaten gering, vor allem wenn die Aufmerksamkeit von wichtigen Ereignissen im eigenen Land beansprucht wurde.
Im *Schwarzen Krieg* (um **700 v.BF**) kämpften Nostrier und Andergaster gegen die Orks, die die Albernier kurz zuvor über den Tommel getrieben hatten. Das unsichere Bündnis zerfiel jedoch rasch, und um die Aufteilung der Beute entbrannte der dritte Krieg. Während der *Dunklen Zeiten* versank das Land im *Krieg der Tränen* (**504–324 v.BF**), einer fast zweihundertjährigen Abfolge aus Feldzügen, Überfällen, Drohgebärden und Mordanschlägen, die erst nach dem Desaster bei

der *Schlacht von Tarlynshöh* **330 v.BF**, als die Heere beider Seiten aufgerieben wurden, ein Ende fand. Am Boden liegend wurde die ganze Region danach ein leichtes Opfer der wieder vorrückenden Orks, die brandschatzend von Siedlung zu Siedlung zogen. **257 v.BF** belagerten sie Burg Andergast, die wohl gefallen wäre, wenn die Andergaster nicht ein Abkommen mit den Schwarzpelzen ausgehandelt hätten: ihre Verschonung gegen Tributzahlungen und freien Handel. Mit den so erworbenen Werkzeugen und Waffen wandten sich die Orks nach Osten und eroberten einige Jahre später Baliho.

Auch die jüngere Vergangenheit war reich an blutigen Konflikten, die jedoch zunehmend kürzer ausfielen, da beide Länder immer längere Ruhephasen benötigten, um die Kriegsanstrengungen zu bewältigen. Nachdem der Blutige Rotz und die Blaue Keuche zwischen **607 BF** und **609 BF** ein Drittel der Bewohner Salzas getötet hatten, witterte Andergast eine Gelegenheit und eröffnete den *Elenden Krieg* (bis etwa **630 BF**). Die meisten Soldaten starben jedoch an der Pestilenz oder am Wundfieber, zumal bei Belagerungen häufig Leichentücher und Verstorbene in das feindliche Lager katapultiert wurden.

Dies ist die Art Kriege, die den Nostriern und Andergastern am deutlichsten im Gedächtnis geblieben sind. Die Unmengen an Blut und Tränen, die in den zahllosen Feldzügen vergossen wurden, sind hier nach wie vor unvergessen, weshalb ein Fremder, der sich in dieser Sache einen Scherz erlaubt, nicht gut gelitten ist. Zwar gab es zwischen den Kriegen auch immer wieder Zeiten bescheidenen Wohlstands, wenn nicht nur das Volk, sondern auch der streitlustige Adel des Kämpfens müde war, doch hielt keine Waffenruhe länger als zwingend notwendig. Irgendwann fand sich in einem der Reiche oder gar auf beiden Seiten immer jemand, der aus Habgier, Geltungsdrang, Herrschsucht oder Dummheit die alte Fehde neu entfachte.

Friedensbemühungen

Aufrichtige Bemühungen, mit der vielhundertjährigen Tradition des Krieges zu brechen und einen dauerhaften Frieden zu schaffen, waren selten und nie dauerhaft von Erfolg gekrönt. Die Andergaster Rahja-Geweihte Dorlen erwirkte während eines Gemetzels **133 BF** ein Großes Wunder, das als die *Joborner Verbrüderung* bekannt ist: Im Rosenduft ihrer irdenen Öllampe ließen die Kämpfer beider Seiten die Waffen sinken und fielen einander in die Arme. Nachdem die letzten Takte des Freudenfestes verklungen waren, beschlossen die um den Sieg betrogenen Nostrier in ihrem Stolz, die Schlacht als unbedeutendes Scharmützel abzutun; seitdem differiert die Zählung der Kriege. Fürst *Wendelmir V. von Andergast* dagegen war über den vermeintlichen Verrat der Geweihten so außer sich, dass er den Rahja-Glauben in Andergast bei Strafe verbot (das Gesetz wurde erst **1022 BF** aufgehoben).

Als der nostrische Fürst *Andaryn II.* im Jahr **229 BF** eine Aussöhnung mit dem Nachbarland anstrebte, wurde er von seiner eigenen Schwester abgesetzt und in den Kerker geworfen, aus dem er zeit seines Lebens nicht mehr entkam. Noch **1021 BF** wurde Kronprinz *Wendolyn von Andergast*, der Bruder der heutigen Königin, nachdem er sich für die Aufnahme von Friedensverhandlungen ausgesprochen hatte, vom Hof verbannt und auf dem Weg ins Exil ermordet.

Großmannssucht und ihre Grenzen

Mit *Kasimir IV. Kasmyrin* (962–1027 BF) und *Wendolyn VII. Zornbold* (994–1021 BF) saßen in den letzten Jahrzehnten zwei Herrscher auf den Thronen Nostrias und Andergast, die eine fast persönlich zu nennende Feindschaft verband. Längst waren aus den Vorstehern der Siedlergemeinden, den 'Fürdersten', Fürsten im heutigen Sinne geworden: Herren über Land und Leute, deren Titel im eigenen Geschlecht von Generation zu Generation vererbt wurde. Da er aber souverän und keinem Kaiser untertan war, befand der Fürst von Nostria **999 BF**, dass ihm die Königswürde besser zu Gesicht stünde – der Fürst von Andergast zögerte keine Woche nach Erhalt dieser Neuigkeit und erhob für sich den selben Anspruch. Dies geschah zu einer Zeit, als die allgegenwärtige Armut und die wehmütige Erinnerung an bessere Jahre in beiden Reichen eine Sehnsucht nach Pomp und eigener Größe auslösten, was durch die überall bestaunte Pracht des Garether Hofes nach der Gotterhebung Kaiser Hals 997 BF noch verstärkt wurde. Insbesondere in Nostria wuchs so binnen weniger Jahre ein Hofstaat heran, der jeder Vernunft spottete und einen Großteil des Staatshaushaltes verschlang. Die zwei heutigen Kaiserreiche Aventuriens, das Mittelreich und das Horasreich, sträubten sich lange dagegen, diese 'Großmannssucht' zu respektieren, willigten jedoch **1022 BF** endlich ein, beide Länder als unabhängige Königreiche anzuerkennen.

Den Nostriern gingen unterdessen einige Landesteile verloren: **1001 BF** besetzte der thorwalsche Hetmann *Eldgrimm Oriksson* die Grafschaft Kendrar, die seitdem (abgesehen von einer kurzen Rückeroberungsepisode während des horasisch-thorwalschen Seekrieges) fest in der Hand der Nordleute ist. Im letzten großen Krieg **1010 BF** wäre es um ein Haar noch viel schlimmer gekommen: Die Thorwaler nahmen Salza und drangen an der Küste fast bis Trontsand vor, worauf die Andergaster ihre Stunde gekommen sahen. Sie eroberten Joborn und Thuranien und konnten erst bei Harmlyn durch Marschallin *Rondriane von Sappenstiel* geschlagen werden. Ihr gelang es in den folgenden Monaten, die Andergaster bis zum Thuransee zurückzuwerfen und den Westen Nostrias nach dem Rückzug der Thorwaler zu sichern. Der beginnende Orkensturm trieb derweil die zeitweilig unabhänge Freiherrschaft Teshkalien wieder in die Arme Andergasts, nachdem die Stadt Teshkal **1010 BF** von den Schwarzpelzen geplündert worden war.

Die Gegenwart

Die Vorboten der kommenden Weltzeitenwende machten auch vor den Streitenden Königreichen nicht Halt: In der Nacht von Borbarads Rückkehr am **2. Rahja 1015 BF** kam es zu schweren Stürmen auf dem Thuransee und zu Geistererscheinungen in Salza, die die Thorwaler zum Verlassen der Stadt bewegten. Die Einheimischen betrachteten die Geschehnisse als böse Omen, wussten sie aber nicht recht zu deuten. Darum war die Verwunderung groß, als sich **1021 BF** Prinz *Wenzeslaus der Jüngere von Andergast* als Mirhamionette Borbarads herausstellte. Im Verbund mit seinem Oheim *Asmodeus Zornbold*, ehemals Leiter der Andergaster Magierakademie, hatte er sowohl seinen Vater als auch seinen älteren Bruder sowie drei Geweihte des Praios ermordet, um König zu werden. Seine grausame Herrschaft währte ein halbes Jahr, bis er von einigen aufrechten Recken niedergestreckt wurde. Asmodeus entkam und floh an den Hof des Dämonenkaisers Galotta. Der Thron fiel, da in Andergast nur die männliche Erbfolge gilt, an den horasischen Adligen *Efferdan von Hussbek-Galahan*, den Gemahl der ältesten Tochter des verstorbenen Königs Wendolyn. Seine Bemühungen, Andergast aus der finsteren Vergangenheit in ein neues Zeitalter zu führen, stießen allerdings rasch auf Widerstand, zumal ein Teil des Adels lieber einen Andergaster Ritter auf dem Thron gesehen hätte. Nach dem Tod des Kronprinzen Kusmin im Jahr **1027 BF**, der bei einem Unfall in den reißenden Fluten des Ingval umkam, ist die Lage des Königs nicht leichter geworden.

Die Geschichte im Überblick

um 1600 v.BF: Norbarden siedeln zwischen Steineichenwald und Thasch, werden jedoch von den Orks verdrängt.
873 v.BF: Admiral Sanin d.Ä. erkundet Tommel und Ingval, wird aber wegen der Trollkriege zurückbeordert; zurückgelassene Mitglieder der Expedition lassen sich bei Nostria und Andrafall nieder.
854 v.BF: Die Steuereintreiber Kaiser Seneb-Horas' werden aus dem Land gejagt; seitdem Unabhängigkeit der beiden Staaten*.
853 v.BF: 1. Krieg zwischen Nostria und Andergast
um 754 v.BF: Suche nach der *Verlorenen Kolonie* beim heutigen Salza und 2. Krieg
um 700 v.BF: *Der Schwarze Krieg* (3. Krieg) richtet sich auch gegen die Orks.
504–324 v.BF: *Der Krieg der Tränen* (4. Krieg)
257 v.BF: Andergast schließt ein Abkommen mit den Orks.
4 v. BF: 5. Krieg, Schlacht am Hügel von Half (bei Joborn)
133 BF: *Joborner Verbrüderung*, Ende des 7. Krieges (der von Nostria nicht gezählt wird)
229 BF: Andaryn II. von Nostria bemüht sich um Frieden und wird entmachtet.
607–609 BF: Blutigem Rotz und Blauer Keuche fällt ein Drittel der Bewohner Salzas zum Opfer; Andergast eröffnet daraufhin den *Elenden Krieg* (9./10. Krieg).
713–735 BF: *Der Krieg des Stolzes* (10./11. Krieg)
962–1027 BF: Kasimir IV. (*938 BF) regiert in Nostria.
989–992: Nostrier erobern Joborn, 13./14. Krieg.
994–1021 BF: Wendolyn VII. (*976 BF) regiert in Andergast.
997 BF: Diebe aus Phexcaer rauben die Waffenkammer der nostrischen Fürsten aus.
999 BF: die Monarchen beider Länder beanspruchen die Königswürde, die ihnen erst 1022 BF von den Kaiserreichen zuerkannt wird.
1001 BF: Hetmann Eldgrimm Oriksson besetzt Kendrar und Umgebung.
1001–1006 BF: um den Besitz des Thuransees entbrennt der 14./15. Krieg.
1010 BF: 15./16. Krieg: Thorwaler besetzen Salza, Andergast nimmt Joborn und fällt in Südthuranien ein.
1015 BF: In der *Schreckensnacht von Salza* flüchten die Thorwaler aus Salza.
1021 BF: Andergaster Thronraub: Prinz Wenzeslaus ermordet Vater und Bruder und reißt für ein halbes Jahr die Macht an sich.
1022 BF: Der Liebfelder Efferdan von Hussbek-Galahan wird König von Andergast.
1023–1025 BF: Während des horasisch-thorwalschen Krieges erobern die Nostrier kurzzeitig Kendrar zurück, müssen es aber wieder aufgeben.
1027 BF: *Das Jahr des Unglücks:* In der Stadt Nostria wütet die Blaue Keuche, der auch die Königsfamilie zum Opfer fällt; neue Königin wird Yolande II. Kasmyrin; derweil kommt in Andergast der Sohn des Königs ums Leben.

* Von vielen – speziell 'patriotischen' – Kreisen als Jahr 0 der Unabhängigkeit gesehen. Viele Urkunden wurden und werden noch in dieser Zeitrechnung datiert, in der dementsprechend das Jahr 1027 BF / 34 Hal dem Jahr 1881 d.U. (der Unabhängigkeit) entspricht.

Im gleichen Jahr wurde Nostria abermals von der Blauen Keuche heimgesucht, diesmal jedoch in der Hauptstadt. Während jeder vierte Einwohner innerhalb der Stadtmauern starb, raffte die Seuche den gesamten Hofstaat dahin, der sich in der Burg eingeschlossen hatte. Da der König und alle ranghöheren Prinzen tot waren, wurde die junge *Yolande Kasmyrin*, die bis zu diesem Moment noch an der Magierakademie zu Nostria studiert hatte, unversehens zur Königin erhoben.

Nach den Schrecknissen der letzten Jahre hoffen die Nostrier und Andergaster auf bessere Zeiten. Während der Altadel grämt und eifersüchtig seine Privilegien hütet, schaut das Volk erwartungsvoll zu den beiden jungen Monarchen auf.
Doch noch sitzen die Wunden des Krieges tief, und die Not ist mancherorts groß, von der steten Bedrohung durch Piraten, Orks und andere Ungeheuer ganz zu schweigen.

Vom Leben in den Streitenden Königreichen

Die Lebensbedingungen in Nostria und Andergast unterscheiden sich so wenig, dass viele Aussagen auf beide Länder zutreffen. Im Folgenden sollen zunächst diese Gemeinsamkeiten herausgestrichen werden, bevor die Besonderheiten der beiden Königreiche Erwähnung finden.

Abgeschiedenheit

Das Reisen in den Streitenden Königreichen ist beschwerlich. Die wenigen Straßen und Wege sind häufig in erbärmlichem Zustand und oft witterungsbedingt tage- oder wochenlang nicht passierbar. Meist aber besteht die einzige Verbindung eines Dorfes zum Rest der Zivilisation aus wenig mehr als einem 'traditionsreichen' Wildwechsel oder einem ausgetretenen Wanderpfad. Auch Brücken sind eine Seltenheit, weshalb kaum ein Reisetag vergeht, an dem man nicht eine Furt benutzen muss, da Nostria und Andergast wasserreiche Länder sind, die neben den großen Flüssen auch von unzähligen Bächen durchzogen werden.
Der Tommel ist bis Aran schiffbar, die Nabla bis Arraned und der Ingval bis Andergast. Auf allen Strömen gefährden die Holzflößer mit ihren riesigen Verbänden aus treibenden Baumstämmen die Schifffahrt. An den Flussufern ziehen sich Treidelpfade entlang, auf denen meist Ochsen – seltener Pferde – die Schiffe flussaufwärts ziehen.
Die einzigen Überlandwege, die einen Vergleich mit den Reichslandstraßen des Mittelreichs nicht zu scheuen brauchen, sind die *Nostrische Küstenstraße*, die von Nostria-Stadt über Trontsand nach Salza verläuft und von dort bis nach Kendar weitergeführt wird, sowie die *Fürstenstraße* von Andergast über Thurana bis nach Greifenfurt. Beide Wege sind äußerst bedeutsam für den Handel und werden nach besten Kräften instand gehalten. Aber auch hier beginnt die Pflasterung einige Meilen abseits der Städte deutliche Lücken aufzuweisen, in denen munter Unkraut sprießt.
Unter diesen Bedingungen verirren sich nur wenige Reisende in die Streitenden Königreiche, denen es zudem an über die Landesgrenzen hinaus bekannten Attraktionen – wie einer Pilgerstätte, einer berühmten Akademie oder einem Amüsierviertel – mangelt; einzig Salza und Salzerhaven sehen wegen des Handels regeren Verkehr. Den meisten Bewohnern dieser Lande ist also alles außerhalb der eigenen Grenzen fremd, und schon ein Gast aus Grangor oder Punin darf in Andergast als exotisch gelten.
Diese Abgeschiedenheit erstreckt sich auf alle Bereiche des täglichen Lebens. Hier haben sich alte und mitunter seltsam anmutende Bräuche erhalten, die zudem von Gegend zu Gegend oder sogar von Dorf zu Dorf variieren. Denn die urtümliche Wildnis und ihre zahlreichen Gefahren trennen auch innerhalb der Streitenden Königreiche die einzelnen Siedlungen voneinander. Für einen Einheimischen steht die Dorfgemeinschaft an oberster Stelle. Allein würde er manchen Winter nicht überleben und den vielen Widrigkeiten kaum trotzen können. Einzelgänger, die die Einsamkeit suchen, sind daher rasch als Eigenbrötler, Übeltäter oder Hexer verschrien. Menschen, die von Ort zu Ort ziehen, gelten dagegen im Allgemeinen als unstet und unzuverlässig. Dabei spielt es keine Rolle, ob diese Lebensweise beruflich bedingt ist, wie zum Beispiel bei einem einsam lebenden Köhler oder einer fahrenden Händlerin. Wer die Dorfgemeinschaft freiwillig verlässt, kann nach Meinung vieler Alteingesessener "nicht ganz richtig im Kopf sein".

Misstrauen und Vorurteile

Fast zwei Jahrtausende Feindschaft mit dem jeweiligen Nachbarland haben im Denken, Handeln und Fühlen der Einheimischen tiefe Spuren hinterlassen. Der viel zu häufige Umgang mit dem Tod hat einen mürrischen und verschlossenen Menschenschlag geformt, der großspurigen Versprechungen grundsätzlich misstraut – insbesondere wenn sie von der Obrigkeit stammen. Schließlich haben die Herrschenden die einfachen Leute seit Ewigkeiten für ihre Zwecke eingespannt und zum Kriegsdienst getrieben, ohne dass sich die Verhältnisse zum Besseren gewendet hätten.
Die Nostrier und Andergaster sind Neuerungen gegenüber alles andere als aufgeschlossen. Denn während der endlosen Kriege boten nur die altbekannten Überlieferungen und Bräuche eine gewisse Sicherheit. Natürlich trägt auch der geringe Stand der Volksbildung zu dieser ablehnenden Haltung bei. Oft können nicht einmal die Priester lesen oder schreiben, und es gibt kaum Schulen, in denen man dies erlernen könnte.
Die Not gebiert jedoch andere Talente: Die Einheimischen haben gelernt, aus jeder noch so hoffnungslosen Lebenslage das Beste zu machen. Alle Probleme des Alltags gehen die Nostrier und Andergaster nüchtern und mit einem stoischen Ernst an. Ein Denken um viele Ecken herum ist zwar nicht ihre Stärke, doch dafür besitzen sie eine Gabe, auch mit einfachsten Mitteln einen Achsbruch reparieren, eine undichte Stelle ausbessern oder eine Verletzung behandeln zu können, und legen dabei oft eine Findigkeit an den Tag, die einen studierten Mechanicus oder Medicus in Erstaunen versetzt.
Die Armut zwingt die Menschen zu Sparsamkeit. Nichts, was sich noch einmal verwenden ließe, und sei es nur als Flickzeug oder Brennmaterial, wird weggeworfen. Ungern wird der Nostrier oder Andergaster jedoch auf diese Notlage angesprochen, und Spott verträgt er schlecht. Denn trotz allem ist er stolz auf sein Land und die Leistungen seiner Vorfahren, die immerhin alle Gefahren der Vergangenheit gemeistert haben. Über Scherze zu den 'tausendjährigen Bauernkriegen' kann hier schon lange niemand mehr lachen.
Mit Neid und einem gewissen Unbehagen blickt der Einheimische dann auch auf die Nachbarn im Mittelreich, "die es ja besser haben", während er die Thorwaler Piraten oder die Orks fürchtet. Der größte Satz an Vorurteilen ist jedoch für das jeweils andere Königreich reserviert. In Nostria schimpft man gerne über die "wankelmütigen Joborner" und das "Andergaster Geschmeiß", das man auch als "Andergarstige", "Steineichenschädel", "Schweinsnasen" oder "Waldbarbaren" kennt. Auf der anderen Seite des Ornib kann man dagegen Flüche über die "Nostrioten", "Nostriacken", "Flunderfressen" oder "elenden Fischköppe" hören. Seit dem *Krieg des Stolzes* 713–735 BF führen die Andergaster Ritter als Schmähwappen die Salzarelengräte und die nostrischen den Steineichenstumpf. Das gegenseitige Misstrauen sitzt tief: Fast jeder hat noch im letzten Krieg einen Verwandten oder Bekannten verloren, und viele trauen "denen da drüben" jede Schlechtigkeit zu.

Sprache und Sprichwörter

Obwohl Nostria und Andergast zu den Ländern gehören, in denen nominell Garethi gesprochen wird, kann es für auswärtige Reisende ein kleines Problem darstellen, sich mit einem thuranischen Jäger oder einem Joborner Waldbauern zu unterhalten. Zu keiner Zeit nahm die Entwicklung der Sprache aus dem Bosparano der ersten Siedler hier einen einheitlichen Weg, vielmehr bildete sich eine Vielzahl lokaler Dialekte heraus, die sich mitunter deutlich unterschieden. Die Mundart der Küstenbewohner weist sowohl albernische als auch thorwalsche Einflüsse auf und ist durch eine sehr starke Vokalakzentuierung recht gut verständlich. Im Landesinneren werden dagegen häufig ganze Silben während des Sprechens verschluckt. Im Steineichenwald kann man einen orkischen Einfluss ausmachen, nicht nur anhand einiger dem Ologhaijan entlehnter Begriffe, sondern auch anhand der rauen Aussprache, die dem Andergastischen eine sehr eigenwillige Prägung verliehen hat. Der kehlige Dialekt der östlichen Steppenlande wiederum ist für seine eigenwilligen Beleidigungen und blumigen Wendungen berüchtigt, die vermutlich aus dem Alaani der Norbarden stammen.

Den Bewohnern aller Regionen ist eine Vorliebe für Sprichwörter und Bauernweisheiten zu eigen, von denen viele außerhalb der Landesgrenzen völlig unbekannt sind. Dem Einheimischen jedoch sind Volksweisheiten wie "Wer's weit im Leben bringen will, der soll nicht mit der Salzarele nach der Gnitze werfen, sonst steht er am Ende ganz ohne Fischsuppe da" und "Auch aus einer kleinen Eichel wächst ein mächtiger Baum" wohl vertraut.

Gesellschaft

Andergast und Nostria sind Feudalstaaten alten Schlages. An der Spitze der Lehenspyramide steht der **König** (oder die Königin). Außer dem direkten Umland der Hauptstadt hat er sein Land an andere Adlige vergeben, die es für ihn verwalten und ihm vor allem Heeresdienst schuldig sind. Diese **Hochadligen** führen Titel wie Graf oder Freiherr, und ihre Lehen sind meist vererbbar. Ein Hochadliger verwaltet in der Regel nur ein Dorf selbst, die übrigen Orte und Ländereien sind an **Ritter** weiter 'verliehen'. Oft sind sie mit nicht mehr als einigen abhängigen Bauern und einem befestigten Gutshaus (selten einer kleinen Burg) ausgestattet und bilden den Niederadel, da sie ihr Lehen nicht unmittelbar vom König haben. Nicht erbberechtigte Adelsprösslinge finden häufig ein Auskommen als Krieger oder als Amtsleute des Königs oder eines Hochadligen, zum Beispiel als Vögte, Haushofmeister, Jagdaufseher oder Sendboten.

Die Dörfer werden geprägt von den großen Grundherrschaften des Adels, die von Herrenhöfen aus bewirtschaftet werden. Um den Wohnsitz des Grundherrn herum (sei es ein Ritter oder ein Hochadliger) gruppieren sich Wirtschaftsgebäude, kleine Tempel oder Schreine und die Häuser des Gesindes. Dem Grundherrn gehört der größte Teil des Ackerlands; er ist der Richter und hebt im Kriegsfall die örtliche Landwehr aus. Unter dem Grundherrn stehen die **Freibauern**, die ihr eigenes Land besitzen und dem Herrn weder Fronarbeit noch andere Dienste schulden. Allerdings sind sie im Kriegsfall zum Waffendienst verpflichtet. Innerhalb eines Dorfes bilden die Freibauern eine Gruppe für sich und treten oft recht arrogant gegenüber den anderen Bauern auf – zumal sie das Recht haben, den Dorfältesten aus ihren Reihen zu stellen. Gerade an der nostrischen Küste gibt es sehr viele Freibauern.

Die meisten Dörfler sind jedoch unfreie **Kleinbauern** und unterstehen dem Dorfherrn als Mündel. Das heißt, er darf sie beaufsichtigen und anleiten wie ein Familienvater die Kinder – und sie zu Fronarbeiten auf seinem eigenen Land heranziehen. Den Kleinbauern ist zwar auch ein Stück vom Herrenland übertragen (etwa zwei Äcker pro arbeitsfähigem Familienmitglied), doch dafür müssen sie Abgaben zahlen. Als unfreie Mündel dürfen sie Hof und Boden nicht verlassen, sind allerdings auch nicht verpflichtet, Wehrdienst zu leisten, und stehen unter dem Schutz des Dorfherrn. Noch eine Stufe unter den Kleinbauern stehen die **Tagelöhner** des Dorfes, die meist ledig sind, da sie einfach nicht genug Besitz zum Gründen und Versorgen einer Familie haben. Es handelt sich bei ihnen um Bauernkinder ohne Erbe, die davon leben, dass sie sich als Knechte auf den Ländereien des Dorfherrn oder der Freibauern verdingen oder als Schweinehirten arbeiten.

Im Wald und in der Stadt sind alle Menschen frei. Aber während die Holzfäller, Köhler und Kräutersammler außerhalb der dörflichen Gemeinschaft stehen und bei ihren Nachbarn kaum besser als die Tagelöhner gelitten sind, kann ein geschickter Handwerksgeselle es in einer der wenigen **Städte** bis zum Meister und vielleicht sogar zum Zunftvorsteher bringen – und damit zu einer Person, die einem Ritter wenn nicht an Macht, dann doch an Wohlstand gleichkommt. Um eine Lehre zu beginnen und eine geregelte Tätigkeit aufzunehmen, braucht es jedoch zunächst ein gewisses Vermögen, das Lehrgeld, das von den Eltern oder Fürsprechern des Bewerbers auszulegen ist. Ein unfreier Kleinbauer benötigt zudem die Einwilligung seines Grundherrn, der dafür eine hohe Gebühr verlangt. Ein einmal aufgenommener Lehrling bleibt das Mündel seines Lehrmeisters, bis er mit Bestehen seiner Gesellenprüfung freigesprochen wird. Die meisten Gesellen müssen im Anschluss eine Zeit lang umherziehen, um bei verschiedenen Meistern ihrer Zunft zu lernen und ihre Kunst zu verfeinern, bevor sie hoffen können, selbst zur Meisterprüfung zugelassen zu werden. Die wohlhabenden Händler und Handwerksmeister wählen aus ihrer Mitte den Rat der Stadt, der nur noch dem Stadtherrn (meist der König selbst) verantwortlich ist.

Raubritter und Gaunerbanden

In Ländern wie Nostria oder Andergast, in denen die kleine Schicht der Hochadligen seit Generationen mit Greifenaugen über die ertragreichsten Güter des Reiches wacht, ist das Auskommen für den einfachen Ritter oder niederadligen Krieger nicht einfach. Viele stehen vor der Wahl, ein karges Dasein an der Seite ihres Herrn zu fristen oder ihre hochgesteckten Ideale hintanzustellen und einem 'Nebenerwerb' nachzugehen. Die Ritter der zweiten Sorte überfallen vornehmlich wohlhabende Reisende auf ihrem Weg zum Markt und zwingen ihnen ihre 'Gastfreundschaft' auf, die sie sich später horrend vergüten lassen. Ein eigenwilliger Ehrenkodex verbietet es den Rittern dabei, sich an Leib und Leben ihrer Gefangenen zu vergreifen (zumindest solange Aussicht auf eine Bezahlung des Lösegelds besteht). Auch die Schuldnerbande, ein Haufen gerissener Spießgesellen, die im Grenzgebiet am Ornib ihr Unwesen treibt, überfällt Kaufleute, um ihnen dann gegen teures Geld ihre Waren zurückzugeben. Ihr Anführer Jasper, der einst in einer abenteuerlichen Flucht aus dem Schuldturm der Stadt Nostria entkam, verkauft mittlerweile 'Schutzbriefe', deren Besitzer gegen Übergriffe der Räuberbande gefeit sind. Doch neben diesen halbwegs anständigen Banditen treibt eine Vielzahl an weniger zimperlichen Wegelagerern, Wilderern, Orks und lichtscheuen Gestalten fernab der Städte ihr Unwesen.

Äußerlichkeiten

Die Bewohner dieser Lande unterscheiden sich körperlich nicht sehr von ihren Nachbarn in Albernia oder Greifenfurt. Die meisten Menschen sind groß, eher kräftig gebaut und mit einer robusten Gesundheit gesegnet. Zumeist sieht man dunkles oder braunes Haar, blondes ist eher selten.

Die Kleidung der einfachen Leute ist zweckmäßig und schlicht, aus Wolle, grobem Leinen und Leder. Auffällige Farben und importierte Stoffe wie Bausch, Feinleinen oder Samt sind ein Zeichen von Reichtum, das Tragen von Pelzen, wenn sie nicht von Maulwurf, Biber, Dachs oder Kaninchen stammen, ist dem Adel vorbehalten (auch wenn sich manch einsamer Jäger in den Wäldern nicht darum schert).

Wie anderswo auch, besteht die übliche Gewandung des männlichen Landvolkes aus einer Hose oder Beinlingen, einer grobleinenen Bluse oder Tunika, einer Weste (an der die Beinlinge angenestelt sind), einer Joppe sowie einem Kapuzenüberwurf als Kopf- und Schulterputz. Häufig sieht man hier auch noch die *Gugel*, eine eng anliegende Kapuze mit Schulterkragen, die in einen langen Zipfel ausläuft. Die Frauenkleider sind meist gerade geschnitten und bodenlang. Die erdfarbenen Gewänder werden in Heimarbeit hergestellt und liebevoll mit Stickereien, Fransen und Borten verziert. Die Armen gehen barfuß in Holzpantinen, im Sommer tragen sie bestenfalls Sandalen. Lederstiefel oder Schnabelschuhe gelten als Schatz und werden für besondere Gelegenheiten aufbewahrt.

Der Praiostagsstaat der Bürger und Großbauern ist dagegen von Region zu Region verschieden. Man bevorzugt Tuche in gedeckten Farben (Schwarz, Dunkelblau, Grau, in Andergast auch Dunkelgrün), zu denen die Frauen Schürzen und Hauben aus weißem oder hellblauem Leinen tragen. Bei den Männern sieht man Westen und Schoßröcke, aber auch die *Heuke* (ein knielanger, glockiger Überrock) und die *Schecke* (eine kurze, gegürtete Überjacke mit Stehkragen und engen Ärmeln), dazu Filzkappen, Hüte mit schmaler Krempe und Barette, aber auch turbanartige Mützen. An der genauen Form der Gewandung und der Kopfbedeckung kann ein Kundiger nicht nur den Stand, sondern auch die Herkunft einer Person ermitteln, da sich die Salzeraner Tracht deutlich von der Seenländer oder der Joborner Tracht unterscheidet.

Bei den Edelfrauen ist ein zweiteiliges Gewand aus einem langen Unterkleid (der *Cotte*) und einem weiten, ärmellosen Obergewand mit bis zu den Hüften reichenden Ärmelausschnitten (den so genannten *Hexenfensterlein*) beliebt, zu dem meist nur ein Reif im zur Schneckenfrisur geflochtenen Haar getragen wird. Lange, mit Hermelin verbrämte Schleppkleider, die hoch gegürtet und von Kegelhauben mit herabwallendem Schleier ergänzt werden, gelten als höfisch und überaus vornehm. Die männlichen Adligen und kriegerisch gesinnten Damen gewanden sich dagegen gerne mit einem prunkvollen Gambeson (einer Art wattiertem Waffenrock) oder mit dem *Tappert*, einem knöchel- oder bodenlangen, talarartigen Oberkleid mit langen, gepolsterten Ärmeln. Dazu wird ein Pelzbarett mit Feder oder eine Mütze mit langem Sendelband getragen.

Im patriarchalischen Andergast wird allerdings streng zwischen Frauen- und Männertrachten unterschieden. Nur in den ärmsten Haushalten kommt es vor, dass man ein junges Mädchen die Sachen ihrer älteren Brüder auftragen lässt. Insbesondere das Tragen von Hosen ist beim weiblichen Geschlecht nicht nur unüblich, es gilt sogar als verwerflich und schandbar. Dass der junge König Efferdan mit einer Reihe von überlieferten Sitten bricht, indem er auch weibliche Amtleute einsetzt, ruft daher immer wieder Unmut hervor – da diese von Berufs wegen reiten müssen, werden Wams und Hosen an ihnen notgedrungen toleriert.

Recht und Gesetz

Recht zu sprechen ist in den Streitenden Königreichen alleinige Sache des Adels, allen voran des Königs, der sich von den Göttern eingesetzt sieht. Weder in Andergast noch in Nostria existiert ein umfassender geschriebener Rechtskodex. Vielmehr bedient man sich des altüberlieferten Gewohnheitsrechts, das der Richter unter Hinzuziehung von Geweihten und Dorfältesten auslegt. Die Verhandlungen finden in der Burg des Gerichtsherrn oder aber an alten Gerichtsplätzen statt, die von stehenden Steinen, stillen Weihern oder besonders großen Steineichen begrenzt werden. Während Ritter und Amtleute nur *gemeine Verbrechen* wie Diebstahl, Raub, Verleumdung und Betrug verhandeln dürfen, übt der Hochadel auch die Blutgerichtsbarkeit aus: *Kapitalverbrechen* wie Mord, Brandstiftung, Siegelfälschung und Tempelschändung werden von ihnen geahndet. Die Könige richten persönlich über Vergehen des Adels und in Fällen von Hochverrat und Rebellion.

Gefängnisstrafen werden nur über säumige Schuldner verhängt, die man in einen Schuldturm oder (in Ermangelung desselben) ins Burgverlies steckt. Der Kerker dient ansonsten ausschließlich zur Verwahrung der Delinquenten bis zur Gerichtsverhandlung – wobei je nach Gutdünken des Gerichtsherrn bis dahin wenige Stunden oder viele Jahre vergehen können. Insbesondere in Ungnade gefallene Adlige werden gerne in ein abgeschiedenes Turmgemach gesperrt und dort vergessen, ohne dass es jemals zu einem Prozess kommt. Dem Gemeinen drohen dagegen Körperstrafen wie Stockhiebe, Untertauchen (im Fluss oder See), Fingerabzwicken, Handabhacken, Blenden oder das Abschneiden von Nase und Ohren. Bei minderen Vergehen sind Geldbußen äußerst beliebt, da an ihnen auch der Richter seinen Anteil verdient.

Der Schuldspruch bei Kapitalverbrechen bedeutet in der Regel den Tod des Angeklagten. In den Streitenden Königreichen kennt man eine Reihe von grausamen Methoden, das Todesurteil zu vollstrecken, bei denen Holz meist eine nicht unbedeutende Rolle spielt, darunter Pfählen, Rädern, Hängen und Verbrennen. In einigen Gegenden hält sich auch das 'Verschicken auf dem Fluss': Dabei bindet man den Schuldigen an einen Baumstamm und lässt ihn dann flussabwärts treiben. Überläufer und Fahnenflüchtige werden oft in einem der zahlreichen Moore versenkt; nur Adlige haben das Vorrecht, durch das Schwert zu sterben. Hinrichtungen finden zwecks Abschreckung immer in aller Öffentlichkeit statt.

Die frühzeitige Unabhängigkeit Nostrias und Andergasts vom Alten Reich hat dazu geführt, dass hier keines der Gesetzeswerke Gültigkeit besitzt, die für einen Bewohner der meisten anderen Staaten Aventuriens selbstverständlich sind. Weder der *Codex Raulis* noch die *Ius Concordia* Rohals des Weisen finden hier Anwendung – von Verbotskatalogen wie dem *Index Wehrheimium* ganz zu schweigen. Auch Elfen und Zwerge können sich nicht auf die gewohnte Rechtssicherheit verlassen, die ihnen andernorts durch den *Tralloper Vertrag* beziehungsweise die *Lex Zwergia* gewährt wird. Auf der anderen Seite schränkt kein *Garether Pamphlet* die persönliche Macht der Geweihten und Zauberkundigen ein – es ist ihnen sogar möglich, Lehen zu halten oder den Königsthron zu besteigen; der *Codex Albyricus* zum Schutz der Gildenmagier wird nur in Nostria, nicht aber in Andergast anerkannt (von der dortigen Akademie aber durchaus als Verhaltensgrundlage für ihre Abgänger gesehen).

Dennoch sind die Geweihten in Nostria und Andergast nicht mächtiger als in anderen Ländern. Es fehlt nämlich das *Silem-Horas-Edikt*, das die Diener der Zwölfgötter über die Anhänger anderer Kulte erhebt und ihren besonderen Rechtsstatus begründet. Vor dem hiesigen Gesetz sind also eine Praios-Geweihte und ein druidischer Sumu-Priester prinzipiell gleich, doch gemäß den überlieferten Rechtsbräuchen hält sich der Adel weitestgehend aus Glaubensfragen heraus (im Zweifelsfall wird ein aufrührerischer Prediger in den Kerker geworfen, um sein Mütchen zu kühlen, und anschließend außer Landes verbannt).

Auch die Sklaverei hat es in Nostria und Andergast nie gegeben – diese Form der Knechtschaft wurde im Bosparanischen Reich erst von Kaiser Fran-Horas eingeführt, lange nach der Unabhängigkeit der beiden Länder. Genauso wenig kennt man in den Streitenden Königreichen einheitliche Maße, wie sie von Rohal dem Weisen in Aventurien eingeführt wurden. Die Fernhändler und städtischen Handwerker beugen sich zwar dem Diktat der ausländischen Kaufleute und rechnen wie diese in Rechtschritt, Schank und Unze, aber auf dem Lande kann man häufig noch lokale Maße wie das Mirdiner Pfund oder die thuranische Elle finden. Versuche mit einer eigenen Währung sind allerdings gescheitert: Der *Andrataler* und die *Nostrische Krone* werden wegen ihres geringen Goldgehalts selbst im eigenen Königreich nur mit 5 Silbermünzen aufgewogen, im Ausland (und insbesondere im feindlichen Nachbarland) meist überhaupt nicht anerkannt. In heutiger Zeit verzichtet man daher darauf, neue Münzen zu prägen, und verwendet thorwalsches Hacksilber und die weit verbreitete Währung des Mittelreichs. Eine ähnliche Anpassung fand jüngst auch in Fragen der Datierung statt: Die traditionelle Zeitrechnung *nach der Unabhängigkeit* wurde in beiden Staaten vor wenigen Jahren durch das in Gelehrtenkreisen übliche Zählen *nach Bosparans Fall* ergänzt, so dass Urkunden gegenwärtig neben einem "im Jahr 1881 d.U." auch die Angabe "1027 BF" tragen. Da schon abzusehen ist, dass die neue Zeitrechnung die alte mittelfristig ablösen wird, stößt dieser königliche Erlass, der in Andergast auf das Wirken der Prinzessin Irinia und in Nostria auf Königin Yolande zurückgeht, beim konservativen Landadel auf wenig Zustimmung (obwohl viele Gegner des *Datierungs-Ediktes* mit vierstelligen Zahlen in keiner der beiden Varianten umgehen können).

Kriegswesen und Waffenhandwerk

In den Streitenden Königreichen finden sich noch die traditionellen Kriegshaufen und Adelsgefolgschaften in Reinform: adlige Anführer, eine geringe Anzahl Ritter, jeweils von einer Hand voll Waffenknechte begleitet, und ein großer Haufen schlecht ausgerüstetes, von den Adligen zum Kriegsdienst verpflichtetes Fußvolk. Beide Länder sind jeweils in der Lage, nach mittelreichischen Maßstäben etwas über ein Regiment professionelle Kämpfer aufzustellen (und schätzungsweise 4 Regimenter Bauern zum Dienst zu pressen). Dabei scheint das dichter bevölkerte Nostria gegenüber seinem Nachbarn im Vorteil zu sein, doch haben die Andergaster ihre leichte zahlenmäßige Unterlegenheit in mehreren Schlachten der Vergangenheit durch den schonungslosen Einsatz von Kampfmagie wettgemacht.

Der Ritter tritt hier – wie in Weiden – in seiner urtümlichen Form als Schlachtreiter auf. Die typische Rüstung besteht dabei aus einem schmucklosen Metallhelm mit Nasenschutz (der sich vermutlich aus dem thorwalschen Spangenhelm entwickelt hat), einem Großschild und einem Kettenmantel oder Schuppenpanzer, oftmals seit mehreren Generationen in Familienbesitz und vielfach ausgebessert. Neben der Kriegslanze sind Langschwert, Streitaxt und Streitkolben die bevorzugten Waffen der Adligen. Bei den Kämpfern in ihrem Gefolge sind daneben auch Glefen und Hellebarden verbreitet. Manche der Söldlinge und Krieger (allen voran die königlichen Leibgarden) wissen aber auch mit Zweihandschwertern umzugehen, von denen der übermannshohe *Andergaster* über die Landesgrenzen hinaus Berühmtheit erlangt hat.

Die Bauernaufgebote sind dagegen meist nur mit Kriegsflegeln, Sensen, Keulen und Äxten bewaffnet, improvisiertem Kriegswerkzeug also, das sich rasch und kostengünstig herstellen lässt. Auch auf dem heimatlichen Hof steht fast immer eine nagelgespickte Keule hinter der Tür, während ein sorgfältig gearbeitetes Jagdmesser bereits ein wertvolles Erbstück darstellt. Das Führen von Klingenwaffen über Kurzschwertlänge ist den Gemeinen ohnehin verboten. Diese Rechtslage, verbunden mit der Notwendigkeit, sich zu verteidigen, und dem Geschick der Einheimischen im Holzhandwerk, führte zur weiten Verbreitung von Bögen in den Streitenden Königreichen. Die Krone der Bogenbaukunst stellt dabei zweifelsohne der *Nostrische Langbogen* dar (den man trotz seines Namens – wie auch den Andergaster – in beiden Ländern findet), eine überlange Schusswaffe aus Eiben- oder Eschenholz mit einer enormen Durchschlagskraft. Es erfordert jedoch eine beträchtliche Kraft und eine langwierige Ausbildung, um diesen Bogen zu meistern, so dass es in keinem der beiden Länder gelang, mehr als eine Hundertschaft Langbogenschützen gleichzeitig in Sold zu halten. Von den Zunftschützen, die das Wehraufgebot der Städte bilden (im Kriegsfall wird von jeder Meisterwerkstatt ein Schütze gestellt), sind dagegen die meisten nur am Kurzbogen unterwiesen worden. Dennoch träumt so mancher Handwerksgeselle davon, bei einem der zahlreichen Schießwettbewerbe zu siegen und auf diese Weise Aufnahme bei den königlichen Bognern zu finden (siehe auch **Arsenal 44f**).

Kunsthandwerk

Vor allem im Winter, wenn die Feldarbeit ruht, widmet sich der Nostrier oder Andergaster seiner großen Leidenschaft, dem Schnitzen. In den abgelegenen Waldgebieten entstehen in der kalten Jahreszeit oft prachtvolle Schnitzarbeiten, die in der Regel unbemalt bleiben. Nostrische Nussknacker, Althagener Mirhamionetten, Albuminer Pfeifenmännlein, Trontsander Holzschiffchen und die pausbäckigen Buchenbengel Thuraniens sind bei ausländischen Kaufleuten als Mitbringsel beliebt. Auch Bett- und Türpfosten werden häufig mit Sternen, Tierfiguren, Koboldsköpfen, Geisterfratzen oder Drudenfüßen verziert. Der Wunsch, Gebrauchsgegenstände möglichst schön zu gestalten, kommt auch bei den Tonarbeiten hiesiger Handwerker und den aufwendigen Trachtenstickereien zum Ausdruck.

Götterglaube

Zwar hängen die Nostrier und Andergaster eigentlich dem Zwölfgötterglauben an, die Rede kommt im Alltag jedoch recht selten auf die "Zwölf". Meist sprechen die Einheimischen von den "Überderischen" und schließen dabei eine Reihe von Sagengestalten und Naturgeistern ein, die in anderen Gegenden längst durch die Kirchen der Zwölf verdrängt wurden. Doch nie hat eine Priesterkaiser-Herrschaft den hiesigen Bauern ihre Überlieferungen ausgetrieben, und auch der Adel achtet die alten Bräuche, die die Geister besänftigen sollen (was in der Praxis meist bedeutet, wegzuschauen und die Dorfbevölkerung gewähren zu lassen, solange sie am Praiostag ordnungsgemäß ihren Zins entrichtet).

Aus dem zwölfgöttlichen Pantheon genießen in Andergast Peraine, Rondra und Firun die meiste Verehrung, in Nostria dagegen Efferd und Boron. Der Glaube an Travia ist in beiden Ländern weit verbreitet. Abseits der Städte sind Hesinde, Phex, Ingerimm und Rahja jedoch nahezu unbekannte Wesenheiten, deren Aufgaben anderen Göttern zufallen. Das einfache Volk sucht eher den Rat der *Sumen*, wie man die druidischen Priester der Erdriesin Sumu nennt, oder der Kinder Satuarias, die als 'Weise Männer und Frauen' abseits vieler Ansiedlungen leben und als Heiler, Seher und Mittler zu den Überderischen wirken.

In einigen Gegenden hängt man dagegen dem *Lowanger Dualismus* an, dessen ebenso fleißige wie sittenstrenge Gläubige Praios als Bringer allen Glücks, Lichts und Gutem ansehen, während Boron als Herr der Finsternis das Böse repräsentiert; alle anderen Überderischen werden als Vasallen der beiden Herrscher dargestellt. Alkohol und andere Vergnügungen sind den Dualisten verpönt, und sollte eine Frau mit unbedeckten Armen oder 'noch schlimmer entblößt' in der Öffentlichkeit erscheinen, kann sie von Glück reden, wenn sie nur als 'Dirne' beschimpft und aus dem Dorf gejagt wird – selbst Männern ergeht es nur unwesentlich besser.

Typisch für die Streitenden Königreiche ist eine über die Jahrhunderte gewachsene Vermischung verschiedener Kulte und religiöser Strömungen zu absonderlichen, aber meistens harmlosen Irrlehren. Häufig werden dabei mehrere Götter zu einer einzigen Gottheit verschmolzen, ein Phänomen, das der Gelehrte als *Synkretismus* bezeichnet. So huldigt man mancherorts der 'Mutter Erde' unter dem Namen *Peraisumu* oder der Fruchtbarkeitsgöttin *Tsatuara*, anderen gilt *Trabine* als Beschützerin der Müller und Schmiede und *Praina* als Göttin der Sonne und des Ackerbaus, während der launische Schicksalsgott *Bruun* für allerlei Missgeschicke und Unfälle verantwortlich sein soll.

Auch die Kulthandlungen in den Tempeln vertrauter Gottheiten tragen oft ungewohnte Züge. Einem aus dem Ausland kommenden Geweihten wird auffallen, dass die hiesigen Priester zwar fromm und eifrig den Götterdienst vollziehen, sich aber durch eine erschreckende Unkenntnis wichtiger Schriften und Glaubensgrundsätze ihrer Kirche auszeichnen, von aktuellen Streitfragen und geschichtlichen Hintergründen ganz zu schweigen. So wird Tsa häufig in Gestalt der Eidechse *Ingval* verehrt. Im *Tempel der Heiligen Himmelsrösser* zu Teshkal tritt Rahja nur als Mutter zweier Pferdegottheiten auf, während sie in Joborn als Göttin des Biers und der Geselligkeit sowie vor allem als Friedensstifterin gilt. An der Küste sind viele vermeintliche Efferd-Schreine eigentlich den Winden aus seinem Gefolge gewidmet: dem ruhigen, zuverlässigen *Beleman*, der 'Nebelbringerin' *Nuianna* und dem grimmen *Rondrikan*. In den Firun-Tempeln der Wälder huldigt man *Kurim dem Jäger*, der als Mann mit einem Hirschgeweih dargestellt wird. Selten wird auch vom Grundherrn erwartet, die rituelle *Vereinigung mit dem Land* mit einem andersgeschlechtlichen Vertreter einer lebensspendenden Gottheit (Peraine, Tsa, Sumu usw.) zu vollziehen, um die Aussaat zu segnen. In den Steppenlanden blüht die Verehrung der Greifen als Verteidiger der Grenzen. Manche sehen sogar in den unberechenbaren Harpyien Mittler zu den Überderischen und ihren Wahnsinn als zweischneidiges Göttergeschenk, das sie mit der Gabe der Wahrsagung ausstattet.

Auch vielen Helden der nostrischen Mythologie wird im Volksglauben der Rang von Götterkindern zugestanden, so etwa dem tapferen *Asquenzio*, der den Drachen Karmunir besiegte, oder dem bauernschlauen *Alrigio Sohn des Alrigio*. Vor allem im Mirdiner Land hat sich um den Heiligen *Aerling* eine große Anhängerschaft gebildet. Der Einsiedler verbrachte sein Leben damit, die Wunder und Schrecken des Waldes zu erforschen und war ein Freund aller Lebewesen. Auch die mit Salza verbundene Heilige *Elida* ist eine als gottgleich verehrte Fürbitterin, deren wichtigste Aufgabe es als einstige menschliche Seefahrerin ist, bei Efferd ein gutes Wort für die Nöte und Sorgen der Menschen einzulegen.

Magie

In jedem der beiden Länder steht zwar eine kleine Magierakademie – das *Kampfseminar Andergast* und die *Akademie von Licht und Dunkelheit zu Nostria* –, doch sind die Streitenden Königreiche keineswegs eine Domäne der Gildenmagie. Nennenswerte Forschung wird an den genannten Schulen nicht betrieben. Darum sind sie innerhalb der magischen Zunft als unbedeutend und hinterwäldlerisch verschrien. Die meisten Magier würden nicht im Traum daran denken, auch nur einen Fuß in diese abgelegene Gegend zu setzen. Einige schätzen jedoch gerade die Abgeschiedenheit und haben sich irgendwo in der Wildnis einen klassischen 'Magierturm' gebaut. Zu diesen Ausnahmen gehörte vor allem *Keldren von den Eichen*, ein Schüler Rohals des Weisen, der die letzten Jahre des Reichsbehüters schriftlich festhielt und nach Rohals Verhüllung mehrere der legendären 77 Gefäße gerettet und in sichere Verstecke gebracht haben soll. Zu Beginn der Magierkriege zog er sich in die andergastischen Steineichenwälder zurück und führte bis zu seinem im Jahre 662 BF vermuteten Tod ein anspruchsloses Eremitendasein. Keldren verschwand schließlich, ohne eine Spur zu hinterlassen. Auch der berüchtigte *Doctor Drinji Barn*, der Erfinder solch exotischer Formeln wie ARACHNEA und REPTILEA, begab sich um 1010 BF für einige Jahre in die nostrischen Wälder um das kleine Dorf Ingfallspeugen, um dort Studien zu betreiben, über deren Natur nur spekuliert werden kann.

Alchimisten findet man fast ausschließlich in der Stadt Andergast, wo der *Bund des Roten Salamanders* eine seiner Werkstätten unterhält. Neben Bereichen der 'profanen Alchimie' (wie Schnapsbrennerei und Färbekunst) beschäftigt sich man hier vor allem mit der Herstellung von Arzneien. Der Reichtum der hiesigen Wälder an Heilkräutern und seltenen Pflanzen (man denke nur an die Steineiche, aus deren Holz viele Zauberstäbe gefertigt sind) hat auch andere Gemeinschaften, die sich der Gelehrsamkeit verpflichtet fühlen, bewogen, eine kleine Niederlassung zu gründen: Neben dem weißmagischen Orden der *Schlange der Erkenntnis* in der Stadt Nostria sind dies die *Anconiter* und *Draconiter* bei Salza. Die wenigen Mitglieder der *Schwesternschaft der Mada* leben hingegen im Lande verstreut.

Fernab der Städte geben die zahlreichen Naturzauberer den Ton an: Hexen, Druiden und Schamanen – und selbst für diese hält der Wald noch immer viele urtümliche Geheimnisse bereit. Obwohl sie hier nicht wie in anderen Staaten durch die Gesetze der Gilden und der Kirchen in der Ausübung ihrer Kunst eingeschränkt werden, halten sich die Vertreter dieser magischen Spielart eher bedeckt: Bei den Töchtern Satuarias hat dies eine lange Tradition, denn die Erinnerung an die Hexenverfolgungen der Priesterkaiserzeit, als viele sich aus dem Mittelreich ins sichere Nostria flüchteten, wird in den Schwesternschaften wach gehalten. Die eigenbrötlerischen Druiden fühlen sich der Natur meist mehr verbunden als den Menschen. Als Priester Sumus gehören sie zwar manchmal einer Dorfgemeinschaft an, bleiben jedoch in der Regel als weise Ratgeber im Hintergrund. Die Schamanen der Orks und Goblins wiederum meiden die Nähe der Menschen aus gutem Grund, werden sie doch von diesen bestenfalls mit Misstrauen bedacht.

Auch wenn im Volk der Aberglaube weit verbreitet ist, die Druiden seien die Männer der Hexen, stehen sich die beiden Gemeinschaften doch eher argwöhnisch gegenüber, da sie verschiedene Auffassungen von der Rolle Sumus hegen. In den Streitenden Königreichen geht man einander weiträumig aus dem Weg und bleibt unter sich: Während die Druiden hauptsächlich in Andergast wirken, haben sich die meisten Hexen in Nostria niedergelassen. Zweimal im Jahr, zu den Hexennächten, versammeln sich die satuarischen Schwesternschaften auf den Kalkklippen von Hallerû, um Wissen auszutauschen und die Hexensalbe zu brauen. In unregelmäßigen Abständen ist der Steineichenwald dagegen Schauplatz des bedeutendsten der geheimnisumwitterten Druidentreffen, das angeblich von Druiden aus ganz West-Aventurien besucht wird. Auf einem dieser Treffen soll einst ein nostrischer Druide eine Reise begonnen haben, die ihn bis nach Maraskan und Meridiana führte: Die Rede ist von *Thamos Nostriacus*, dessen *Alanfanische Prophezeiungen* von den Sieben Gezeichneten und der Rückkehr Borbarads in jüngerer Vergangenheit große Berühmtheit erlangt haben.

Zauberkundige anderer Traditionen sind noch seltener zu finden. Die Scharlatanerie genießt nur in den Städten ein wenig Beachtung, die wenigen Koboldszöglinge zieht es zumeist in andere Länder, und Elfen sieht man nur im Tommeltal. Magiedilettanten aber sind in den weit entlegenen Dörfern und Weilern der Streitenden Königreiche recht häufig. Manchem Bauernspross sagt man die Gabe des 'Zweiten Gesichts' nach, die ihn befähigt, unsichtbare Mächte wahrzunehmen, mit Tieren zu sprechen oder in die Zukunft zu sehen. Für die meisten Eltern ist ein solches Talent jedoch kein Grund zur Freude, gehört das Kind doch damit aus Sicht der Einheimischen mehr zur Welt der Überderischen als zur Dorfgemeinschaft. Halb aus Fürsorge, halb aus Furcht versuchen daher manche, die übernatürlichen Eigenheiten ihres Nachwuchses vor den Augen der Nachbarn verborgen zu halten. Andere geben ihr Kind an eine Weise Frau oder einen Zauberer fort, wobei die Magierakademien ihre Schüler hauptsächlich aus dem Umland der Städte rekrutieren. Wird der Lehrling jedoch wegen mangelnder Eignung abgewiesen, wenn nämlich die Gabe zu schwach oder bereits verkümmert ist, wird nicht selten ein ruheloser Gesell aus ihm, der selbst in seinem Heimatdorf als Außenseiter gilt.

Geister und Gespenster

Es gibt kaum ein Gewässer, in dem nicht ein Wassergeist vermutet wird: von den *Flussfürsten* Ingval und Tommel, die als (nach manchen Legenden verfeindete) Brüder angesehen werden, über die zahlreichen *Seegrafen, Quellnymphen* und *Meernixen* bis zu den finsteren *Moorgebietern*. Im Wald sollen dagegen *Dryaden, Gnome, Unholde* und *Wurzelbolde* leben, vor allem aber verschiedene Tier- und Baumkönige, von denen der *Hirschkönig* und der *Eichenkönig* nur die bekanntesten sind. Eher bewohnten Gegenden zuzuordnen sind Gestalten wie der Korngeist *Bilwis*, der als unheimlicher Schnitter nachts die Felder verwüstet, oder der rote Hahn *Güldenkamm*, der für allerlei Feuerbrände verantwortlich gemacht wird. Selbst in den Städten kennt man den *Butz*, einen boshaften Rumpelgeist, und wer "den Butz im Leibe hat" ist entweder krank oder verrückt.

All diese Wesen werden jedoch nur selten verehrt, sondern eher respektiert und gefürchtet, weshalb viele Dörfer einen besonderen, meist etwas abgelegenen Ort kennen, an dem den mächtigen Geistern der Natur geopfert wird, um sich ihr Wohlwollen oder zumindest ihre Friedfertigkeit zu erkaufen. Dieser Ort kann ein heiliger Hain, Steinkreis, Menhir oder Zaubersee sein, aber auch ein vorzeitlicher Grabhügel, ein vertrockneter Brunnen oder eine nur bei Ebbe erreichbare Grotte. Kreisrunde Ringe, in denen die goldgelben (und äußerst schmackhaften) Pfefferpilze mit der unverkennbaren Posaunengestalt wachsen, gelten allgemein als Hexentreffpunkte oder Tore in die Geisterwelt.

Bereits ins Reich der Totengeister und Gespenster gehören die *Druden* oder *Nachtmahre*, die den Menschen den Lebensodem abpressen. Zu ihrer Abwehr legt man ein Messer mit nach oben gerichteter Klinge unter das Bett, um zu verhindern, dass den Schläfer "die Drud drückt". Als Königin der Nachtmahre gilt *Nehalennia*, die Dunkle Herrin, die angeblich von bösen Hexern und Schwarzzauberern angerufen wird. Dem *Schnapper* kann man überall begegnen, aber nicht entkommen – dieser üble Dämon liebt es, alle Wege zu versperren und seine Opfer grausam zu Tode zu hetzen. Auch der *Schwarze Hund* ist eine reißende Bestie: der auferstandene Geist eines Tiers, das man beim Deichbau in das letzte, nicht zu schließende Loch warf, um die Erdgeister zu besänftigen. Manche Schlachten oder Bluttaten bringen einen *Kopflosen Reiter* hervor, der Jagd auf die Angehörigen oder Nachkommen seiner Mörder macht. Auf einigen Burgen ist dagegen die *Ahnfrau* oder der *Ahnherr* ein unwillkommener, aber mitunter hilfreicher Ratgeber. Es handelt sich dabei um die ruhelose Seele eines Vorfahren, die über die Familie und das Gemäuer wacht. Nur in mondlosen Nächten sucht das unheimliche *Riesenschiff* die Küste heim: Es ist so groß, dass der Kapitän von Heck bis Bug die ganze Nacht reiten muss, während die Matrosen als Kinder in die Wanten klettern und als Greise hinunter kommen. Ein Hesinde-Geweihter hat einmal gemutmaßt, dass dieser Mythos aus einer verschwommenen Erinnerung an eine der Schwimmenden Städte des Fran-Horas' erwachsen sein könnte.

Angesichts einer wahren Fülle an Legenden, Ammenmärchen und Lügengeschichten fällt es allerdings selbst dem Gebildeten nicht leicht festzustellen, ob sich hinter einer bestimmten Erscheinung eine Sinnestäuschung, ein Spuk, ein Elementargeist, ein Feenwesen, ein Dämon oder ein unsterblicher Tierkönig verbirgt – oder aber eine Bande von Schurken, die nur den Aberglauben der Bevölkerung ausnutzt.

Die Goblins

»Jämmerliche Kreaturen sind sie, hässlich anzusehen, in stinkende Lumpen gekleidet, mit einer grunzenden Sprache, die auch ihrer Schweinegötzin zu Eigen sein soll. Wir hüten uns, mit ihnen Geschäfte zu machen, sind sie doch hinterlistig und betrügerisch.«
—ein Bauer aus dem Grenzgebiet am Ornib

Die Goblins Nostrias und Andergasts können auf eine lange Geschichte zurückblicken, lebten sie hier doch bereits vor den ersten Siedlern. Auch heute noch halten sich mehrere Sippen der Rotpelze in dem Land zwischen Fiolbar und Andergast auf, zumeist abseits aller menschlicher Zivilisation. Berührungspunkte mit den Menschen gibt es nur wenige: Man duldet sich, auch wenn Überfälle beider Seiten immer mal wieder vorkommen.

Die *Suulak*, wie sie sich selbst nennen, führen ein Leben als Jäger und Sammler, Ackerbau und Viehhaltung sind ihnen bis auf das Abrichten von Wildschweinen fremd. Ihr Kult umfasst die Verehrung der bekannten goblinschen Gottheiten *Mailam Rekdai* und *Orvai Kurim*, daneben taucht allerdings immer wieder die sagenumwobene Gestalt des *Chruuk Zorkai* auf, der Geist eines alten Stammeskriegers, der sich durch seinen beharrlichen Kampf gegen die menschlichen Siedler auszeichnete. Zwar sind die Goblins heute größtenteils friedlich, in Zeiten von Kämpfen wird aber Chruuk Zorkai angerufen, um einem Goblinkrieger so viel Geschick zu verleihen, dass sich auch die Menschen fürchten. Im Steineichenwald und im Finsterkamm gibt es wilde Stämme, die ihre Gebiete nach den Töchtern Mailam Rekdais als *Suvingala* beziehungsweise *Svaiilas* bezeichnen. Die Goblins der zentralen Waldgebiete dagegen kennen keinen entsprechenden Begriff mehr, und es scheint, als hätten sie damit auch ein Stück ihrer Identität verloren.

Das Königreich Andergast

Das Königreich Andergast für den eiligen Leser
Geographische Grenzen: südlicher Steineichenwald, Rand der Messergrassteppe, nördliches Koschgebirge, Thuransee, Ornib, Ingval
Landschaften: Ingvaltal, Steineichenwald, Waldwildnis am Ornib, Thuranien, Kleine Orkschädelsteppe und Messergrassteppe
Gebirge: Steineichenwald
Gewässer: Ingval, Ornib, Andra, Thuransee
Geschätzte Bevölkerungszahl: 33.000 Menschen, 3.000 Orks, 1.300 Goblins
Wichtige Städte und Dörfer: Andergast (6.000), Joborn (900), Teshkal (900), Thurana (840), Eichhafen (770), Andrafall (710), Albumin (680)
Wichtige Verkehrswege: Fürstenstraße von Andergast nach Thurana (und weiter nach Greifenfurt); Handelsrouten von Andergast über Teshkal nach Lowangen
Vorherrschende Religion: Zwölfgötterglaube, vor allem Peraine, Rondra, Firun und Travia; daneben beim Volk Glaube an Waldgeister und Verehrung Sumus
Magie: kaum gildenmagisch organisiert, viele Druiden (v.a. Sumupriester) und Magiedilettanten; einige Alchimisten in der Hauptstadt; Schamanismus bei Orks und Goblins
Sozialstruktur: Feudalismus, patriarchalisch geprägt

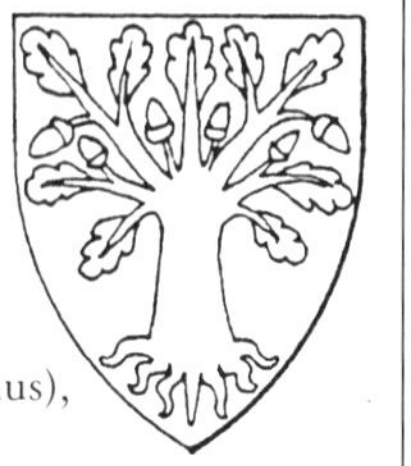

Herrscher: König Efferdan I. von Andergast
Landeswappen: grüne Steineiche auf Silber
Wappen des Königshauses: schwarzer Stier auf Gold
Wichtige Adelsgeschlechter: Zornbold (Königshaus), Freiherren von Teshkal, Joborn und Thurana
Lokale Helden / Heilige / mysteriöse Gestalten: Dorlen von Joborn (Rahja-Heilige), Argos Zornbold (legendärer Landesvater), Asmodeus Zornbold (Borbaradianer), der Eichenkönig, diverse Recken im ewigen Kampf gegen Nostria
Wundersame Örtlichkeiten: Andrafälle, Perlmutt-Tempel im Thuransee, Heilige Haine im Steineichenwald
Wichtige Fest- und Feiertage: Praios: Andrafaller Holzfällerspiele; 13./14. Rondra: Ritterturnier in Andergast; 1. Firun: Tag der Jagd (Hängen des Winterunholdes, Winterjagd des Adels); Mitte Peraine: Viehmarkt in Andergast; 1. Vollmond im Ingerimm: Bukenbrinn (Feier zu Ehren Sumus, Wacht gegen böse Geister und Aufsuchen der Druiden)

Patriarchat und Adel

Der Adel Andergasts unterteilt sich in die niederadligen *Ritter* und die hochadligen *Freiherrn*. Insgesamt gibt es 20 Herrschaften und etwa 150 dazu gehörende Rittergüter. Der König entstammt seit jeher der Familie *Zornbold*. Im Unterschied zum Nachbarn Nostria gilt hier ausschließlich die männliche Erbfolge, und Frauen – von der Edeldame bis zur Schreinerstochter – beschränken sich in der Regel auf das Führen des Haushalts und die Erziehung der Kinder. Diese Tradition ist jedoch durch jüngere Entwicklungen teilweise aufgebrochen worden: Die eigensinnige Freiherrschaft Teshkalien hat in der Zeit ihrer Unabhängigkeit eine weibliche Anführerin hervorgebracht. Seit dem Wiederanschluss an Andergast 1010 BF ist Freiherrin *Ossyra von Teshkal* damit ein Unikum unter den männlichen Freiherren des Reiches (ihr ungewöhnlicher Titel zeigt bereits an, dass man von einer 'Freifrau' wenig hält). Durch den Thronraub des Prinzen Wenzeslaus, der mit dem Tod des Königs und seiner beiden Söhne endete, fiel die Krone 1022 BF dem Gatten der ältesten Tochter des verstorbenen Monarchen zu: *Efferdan von Hussbek-Galahan*, dem Sohn eines horasischen Barons, der aus seiner Heimat verbannt worden war. Dem Liebfelder folgte eine ganze Schar von Freunden und Parteigängern nach Andergast, wo er viele von ihnen in Amt und Würden brachte. Den Neulingen und den Reformbemühungen des Königs steht der Altadel skeptisch bis feindselig gegenüber, und manche sähen lieber einen 'echten Zornbold' auf dem Thron.

Der Rat der Recken Andergasts

Seit alters her wird der König, der **Recke Praios'**, von einer Reihe Berater unterstützt, die im Volksglauben gerne als Streiter für die Prinzipien einer bestimmten Gottheit angesehen werden. Die größte Bedeutung hatte hierbei in der Vergangenheit angesichts der vielen Kriege stets der Heermeister, der **Recke Rondras**, derzeit Prinz *Wenzeslaus von Andergast*. Den königlichen Haushofmeister *Bogumislaus von Neuendorf* nennt man dementsprechend auch **Recke Travias**, den königlichen Jagdmeister **Recke Firuns***, während der Rüst- und Schatzmeister als **Recke Ingerimms*** gilt. Der Pfleger des Landes *Atheldan*, der höchste Peraine-Geweihte im Königreich, führt traditionell den Beinamen **Recke Peraines** als Oberhaupt der königlichen Siechen- und Armenpflege. In ähnlicher Weise wurde jüngst die Schwägerin des Königs, Prinzessin *Irinia von Andergast*, für ihre Bemühungen um die Volksbildung mit dem Titel einer **Reckin Hesindes** geehrt. Erstmals seit der Joborner Verbrüderung wurde unter König Efferdan wieder der Rang der **Reckin Rahjas** vergeben, der damit nicht etwa Musik und Spiel obliegen, sondern vielmehr als königliche Stallmeisterin die Pferdezucht für Krieg und Hof. In alten Zeiten schon war dieses Amt mit der Freiherrschaft Teshkalien vereint, weshalb heute *Freiherrin Ossyra von Teshkal* diesen Titel trägt.

Bedeutung und Aufgaben einzelner Ämter schwanken nach der Notwendigkeit der Lage und der Gunst des jeweiligen Königs, der einen Recken in den Rat beruft oder ihn daraus entfernt. Als sich Nostria und Andergast im 14./15. Krieg (1001–1006 BF) mit Kriegsflößen auf dem Thuransee bekämpften, war der **Recke Efferds*** gewissermaßen der 'Admiral der Flotte' (und ein einflussreicher Mann). Heute dagegen wird er nur noch als Schiedsmann bei Streitigkeiten zwischen Holzflößern und Flussschiffern angerufen. König Wendolyn III., den man 'den Traurigen' nannte, berief um das Jahr 480 BF einen **Recken Bruuns*** (Borons), um die Toten des letzten großen Krieges würdevoll beizusetzen und auf allen Schlachtfeldern Denkmäler zu errichten. Aber schon sein Nachfolger, der die königliche Schatzschatulle bei seiner Thronbesteigung leer vorfand, strich den kostspieligen Posten und jagte die Grabpfleger von dannen. Vor Jahren gab es sogar einmal einen **Recken Swafnirs**, einen thorwalschen Hetmann, der sich mit seiner Otta als Leibwache des damaligen Fürsten verdingt hatte, jedoch nach einem vergeblichen Versuch, die Macht im Lande an sich zu reißen, wieder nach Norden zog. In Teilen des Landes erzählt man sich hinter vorgehaltener Hand, dass auch der älteste und weiseste der Druiden des Landes einst als **Recke Sumus** Mitglied des Rates war, doch will der gegenwärtige König davon augenscheinlich nichts wissen.

(Alle Recken, die in der obigen Aufzählung mit einem Stern* markiert wurden, werden von offizieller Seite nicht namentlich erwähnt werden, so dass sie sich ausdrücklich als Positionen für verdiente Helden eignen, in erster Linie natürlich für gebürtige Andergaster. Es ist auch möglich, den königlichen Rat bei Bedarf um neue Recken zu erweitern.)

Essen und Trinken

Das Land der Eichenwälder ist auch das Land der Schweinezucht, denn hier gedeihen Wühlschweine prächtig von Eicheln, Wurzeln und Küchenabfällen. Bis auf die Ärmsten hält sich jeder Andergaster ein paar Schweine, und im Boronmond wird geschlachtet. Etwa acht von zehn Schweinen werden in einem gewaltigen Schlachtfest abgestochen, um Winterfutter zu sparen. Dabei wird keine Unze der Tiere vergeudet, und man kennt allerlei 'Spezialitäten', vor denen es den meisten landesfremden Besuchern graust. Die im Rauchfang geräucherten Eichelmastschinken sind allerdings eine begehrte Delikatesse. Einfache Leute müssen dagegen mit Schmalz, gebratenen Blutwürsten und Blutkuchen (Graupen mit Schweineblut) vorlieb nehmen. Schon fetter Speck und Mettwürste sind eine Speise für die etwas Wohlhabenderen, und echten Schweinebraten kann fast nur der Adel genießen, der einen Teil seiner (zumeist nur aus Naturalien bestehenden) Abgaben in Fleisch bezieht. Dazu werden ein malziges, braunes Bier und ein scharfer Wacholderschnaps getrunken, zur Not auch der unsägliche *Eicheltee*, ein bitterer Sud aus geröstetem Eichelmehl.

Andergaster Namen

Familiennamen sind nur bei Freibauern und Städtern üblich; dabei übernehmen Frauen bei der Heirat den Namen ihres Mannes und hängen ein '-in' an, so zum Beispiel *Seffel Bodiak* und *Erlgard Bodiakin*. Einfache Leute tragen meist nur einen Vornamen, ergänzt um ihren Herkunftsort, zum Beispiel *Gerwulf aus Eichfels* oder *Traviane vom Hergerdshof*.

Vornamen, männlich: Andraus, Arnbold, Bogumil, Bogumislaus, Borkfried, Depold, Detter, Eichbald, Eichward, Erlmann, Eulrich, Firunislaus, Firunz, Gerwulf, Gosthelm, Gwinnling, Havel, Holmar, Jagoslaus, Jindrich, Krusold, Ludewich, Marik, Mispert, Odoring, Olderich, Osgar, Oswald, Seffel, Steinrich, Trogar, Ulfried, Urichslaus, Wendemar, Wendolyn, Wengelyn, Wenzeslaus

Vornamen, weiblich: Andela, Andra, Arnhild, Birsel, Dorota, Erlgard, Farnlieb, Freilinde, Gerswide, Gundel, Hadwiga, Hilda, Holdtraude, Ildaria, Ifirngund, Irmela, Koscha, Kunhuta, Larja, Ludmila, Mina, Mirnhild, Silvana, Trautgold, Traviane, Rusena, Varena, Waldegund, Wendeline

Nachnamen: Alrikshuber, Birgelbaum, Bodiak, Borkmeister, Dreuber, Eichinger, Fassbender, Flößler, Haubeiler, Holzhauer, Joborner, Karden, Krück, Kuhbauer, Meeltheuer, Ochsenbrecht, Peutler, Roskop, Seffelgruber, Seggenmund, Straub, Tannhauser, Wenzelin, Wulfen

Das Königreich Nostria

Das Königreich Nostria für den eiligen Leser
Geographische Grenzen: Ingval, Ornib, Thuransee, Nabla, Tommel, Seenland (südlich des Yennalin-Sees), Meer der Sieben Winde
Landschaften: Ingvaltal, Waldwildnis zwischen Mirdin und Ornib, Südthuranien, Tommellande, Seenland, Nostrische Küste
Gewässer: Ingval, Tommel, Nabla, Thuransee
Geschätzte Bevölkerungszahl: 44.000 Menschen, 1.200 Goblins
Wichtige Städte und Dörfer: Nostria (5.000), Salza/Salzerhaven (4.000), Lyckmoor (800), Trontsand (750), Althagen (530), Arraned (500)
Wichtige Verkehrswege: Küstenstraße von Nostria nach Salza
Vorherrschende Religion: Zwölfgötterglaube, vor allem Efferd, Travia und Boron; daneben beim Volk ungewöhnliche Heiligenkulte und Glaube an Naturgeister
Magie: kaum gildenmagisch organisiert, viele Hexen (Großzirkel von Hallerû) und Magiedilettanten
Sozialstruktur: Feudalismus
Herrscher: Königin Yolande II. von Nostria
Landeswappen: silberne Salzarele auf Blau
Wappen des Königshauses: silberner Hirsch (mit goldenem Geweih) auf Schwarz
Wichtige Adelsgeschlechter: Kasmyrin (Königshaus), von Sappenstiel, Grafen von Salza, ehem. Grafen von Kendrar

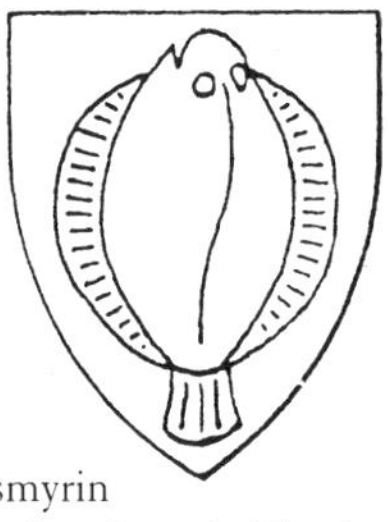

Lokale Helden / Heilige / mysteriöse Gestalten: Elida von Salza (Efferd-Heilige), Fringlas Kasmyrin (legendärer Landesvater), Asquenzio (nostrischer Sagenheld), der Hirschkönig, diverse Recken im ewigen Kampf gegen Andergast
Wundersame Örtlichkeiten: Kalkklippen von Hallerû, Lycker Moor, Stein von Nosteria, Walstatt von Tarlynshöh
Wichtige Fest- und Feiertage: 13./14. Rondra: Ritterturnier in Nostria; *1. Neumond im Efferd:* Wahl der Fischkönigin am Stein von Nosteria; 30. Efferd: Fischerfest; 22. Boron: Namensfest (Gedenktag der gefallenen Helden); 11. Firun: Tag des Hirsches; Namenlose Tage: Sturmzeit (Gebete an die Hl. Elida)

Staat und Verwaltung

Die Königswürde liegt seit den Siedlertagen bei der Familie *Kasmyrin*. Durch die Seuche von 1027 BF wurde die Dynastie indes fast ausgelöscht, und die neue Königin *Yolande* wird von vielen Adligen wegen ihrer geringen Erfahrung kaum respektiert. Vor allem der mächtige Graf *Albio von Salza* betreibt eine unabhängige Politik, die bisweilen an Landesverrat grenzt. Seine Gegenspielerin ist die *Fürstedle Rondriane von Sappenstiel*, die Marschallin der Nostrischen Wehr, eine kampferfahrene Veteranin, die von Kasimir IV. fallengelassen und durch Königin Yolande rehabilitiert worden ist. Auch *Toran vom Lichte* ist ein altgedienter Höfling: Als *Majordomus* steht er dem *Uffiz* vor, wie man die nostrische Verwaltung nennt. Seine Kanzleischreiber, Steuereintreiber und Zollaufseher sind im Land höchst unbeliebt, weswegen man sie auch die 'Habgierige Hundertschaft' nennt. Mehr als ein Raubritter hat es auf die königlichen Steuereinnahmen abgesehen, die darum stets von vertrauenswürdigen Kriegern beschützt werden müssen.
Die Hochadligen Nostrias – die sich selbst hochtrabend auch *Bombasten* nennen – führen verschiedene Titel wie *Waldgraf, Flussgraf* oder *Graf*. Der Niederadel gliedert sich in *Fürstedle, Ritter* und *Frankfreie* auf, die einander jedoch an Rechten und Pflichten gleichgestellt sind (nur sind Titel und Lehen eines Frankfreien nicht erblich). Zusammenfassend bezeichnet man sie als *Wojwoden*. Ritter und Frankfreie gehören zum Gefolge eines Bombasten, während die wenigen Fürstedlen ihr Lehen direkt vom König empfangen. Insgesamt gibt es etwa ein Dutzend Bombasten und 200 Wojwoden.

Deichbaukunst

Das Leben am Meer der Sieben Winde ist seit den Anfängen der Besiedlung durch das stetige Vordrängen von Efferds Reich geprägt. Um den wiederkehrenden Verheerungen durch die Fluten zu entgehen, werden überall an der Küste Deiche errichtet. Zunächst erhält der Schutzwall ein festes Fundament aus Erdreich, später pflanzt man immer wieder Gras und Binsen auf den künstlich angelegten Hügeln an, damit sich der vom Wind getragene Sand dort verfängt und die Dämme wachsen. Unter dem neuen Deichgrafen *Haldur Vesselbek* wurde ein ehrgeiziges Vorhaben in Angriff genommen: die Gewinnung von Neuland durch Eindeichung. Zwar verpflichtet der

Deichzwang, ein königliches Gesetz, die unfreien Bauern einer Gegend, ihre Arbeitskraft dem Deichgrafen unentgeltlich zur Verfügung zu stellen, doch müssen darüber hinaus Tagelöhner aus dem ganzen Reich zusammengezogen werden. Während der Sommermonde schuften die Deicharbeiter, die so genannten *Koyer*, Tag für Tag, um gewaltige Mengen Erdreich zu bewegen. Hunderte Koyer leben dann an der Küste in einem *Koydorf* zusammen, einer provisorischen Siedlung aus Holzhütten. Viele Nostrier hegen Zweifel am Sinn der ganzen Unternehmung und fürchten den Zorn der Überderischen, wenn der Mensch in den natürlichen Lauf der Dinge eingreift. Auch Gerüchte über sonderbare Bräuche beim Deichbau wollen nicht verstummen, die Rede ist sogar von Tier- und Menschenopfern. Bezeugt sind dagegen die handfesten Streitereien zwischen allen Beteiligten, die aufgrund der harten Arbeitsbedingungen und der strengen Deichverordnungen keine Seltenheit darstellen.

Essen und Trinken

»Salzsalzarele, Gepökelte Salzarele, Salzarele in Bierteig, Salzarele in scharfer Mostrichsoße, Salzarelenfilet mit Waldpilzen, Gewürztes Salzarelenbrot, Salzarelenköpfe am Spieß ... «
—aus der Speisekarte des Salzarelenschmaus *in Salzerhaven*

Auch abseits der 217 Zubereitungsarten der Salzarele, einer durchschnittlich drei Spann langen Plattfischart, gibt es in Nostria eine Landesküche. Fisch stellt dabei das wichtigste Nahrungsmittel dar: Neben der Salzarele sind vor allem Aal, Olporter Hering und Thunfisch an der Küste sowie Forelle, Hecht, Zander und Gnitze an den beiden großen Flüssen zu nennen. Die Speise des einfachen Bauern sind Feldrüben und Brot, auf der Tafel des Adels landet auch Wildbret, Wurst und Schinken. Zu den landestypischen Spezialitäten zählen das *Trontsander Frühstück* (Fisch und Zwiebeln, kleingehackt und gut durchgemischt), *Falsche Salzarelen* (eingelegte Essiggurken), der staubtrockene *Drakenburger Steinkuchen* und *Rosprik*, ein vielfältig angereichter Gemüseeintopf. Erwähnenswerte Getränke sind der *Lyckschnaps*, dem angeblich 'der besondere Geist des Moores' zu Eigen ist, und *Knat*, ein meist aus Spinat gebrautes Gemüsebier.

Nostrische Namen

Nostrische Namen haben häufig einen sehr altertümlichen Klang, so als entstammten sie einem Geschichtsbuch. Nachnamen sind nur bei Freibauern und Städtern gebräuchlich. Zu Wohlstand gekommene Nostrier ändern gerne ihren Namen, wenn sie sich davon einen Vorteil versprechen. So wird etwa die Familie Abdecker zur vornehmeren Familie Schlachtrössler.

Vornamen, männlich: Ablasion, Alriklas, Andaryn, Basilio, Droderon, Esindio, Frenglion, Franio, Fringlas, Gasparyn, Haldoryn, Ingvalion, Jasper, Karmo, Kasimir, Kasparbald, Linnerian, Murro, Niobald, Orasilas, Ornibian, Pipo, Praineryn, Salvyron, Sapertyn, Toran, Travino, Urfaran, Waldmiryn

Vornamen, weiblich: Aaraloth, Andariane, Asmodette, Belenoleth, Caristhea, Delusia, Elida, Elysmine, Firunette, Franiane, Helasine, Ingvaline, Islavia, Jelspeth, Jolantha, Kasmyra, Lynia, Noraleth, Nostriane, Ronaya, Senebiane, Thalania, Tommeliane, Triumfina, Urmeline, Yasmina, Zanya

Nachnamen: Brachinger, Bramhusen, Damme, Darbhork, Deickmoler, Elgeryn, Fangeysen, Garsinger, Hugendam, Ingvaler, Kirschner, Koyner, Köpenvind, Krennelsiek, Liekenstek, Linneweber, Nietendeeler, Notfink, Onderbruk, Oskin, Pernstyn, Riethard, Rikvard, Salzerin, Schlachtrössler, Siebenackern, Spökenkieker, Styper, Tryming, Turmer, Visserad, Wilmhold, Wirth

Landschaften

Das Seenland

Zugehörigkeit: Nostria
Wichtige Städte und Dörfer: Nostria (5.000), Varnyth (350)
Geschätzte Bevölkerungszahl: 9.000

»Das weite Land ist übersät mit Tümpeln, Flüssen und vielen weiteren Gewässern. Einsam und verlassen liegt es da, stumm im ewigen Weltenlauf. Schnell verliert man sich zwischen Sand und Morast. Nicht umsonst wird geraten, die mühsam errichteten Pfade nicht zu verlassen. Dennoch entbehrt das Seenland in seiner Kargheit nicht einer gewissen Schönheit, denn wenn hier auch keine Erfüllung zu finden ist, so doch eine Ruhe, die anderswo längst dem Trubel der aufstrebenden Menschheit gewichen ist.«
—aus Zwischen Wald und Marschen, *Ruadh Cernain,*
Havena, 1022 BF

Das Seenland bildet die Grenze zwischen den Königreichen Albernia und Nostria. Sein Name ist durchaus berechtigt, da die gesamte Provinz von größeren und kleineren Seen durchzogen ist. Viele von ihnen machen gar die Tiden des Meeres mit, so dass schon mancher Fremde, der sich hier schlafen legte, ein nasses Erwachen erlebte.
Zum Schutz vor den Sturmfluten, die in unregelmäßigen Abständen das Land verheeren, werden die verstreut liegenden Gehöfte auf künstlich aufgeschütteten Erdhügeln errichtet. Der salzhaltige Boden wirft nur karge Erträge ab, zumal die heftigen Regenfälle im Herbst jeden Jahres die Nährstoffe auswaschen. Der Seenländer lebt daher fast ausschließlich von Fischfang und Schafhaltung. Die einzige Vegetation jenseits von Morastgewächsen und weiten Salzwiesen stellen kleine Gruppen von Birken dar, die als Bauholz dienen. Weiter landeinwärts markieren kleine Erlenwäldchen den Übergang zu fruchtbareren Böden. An der Küste dienen die fleischigen Blätter von Löffelkraut, Rotschwingel und Wegerich ebenso wie Seevögel als willkommene Ergänzung der kargen Kost, während sich die Küche im Binnenland weit weniger von der anderer Regionen unterscheidet.
Die Dörfer sind zumeist Ansammlungen weniger Häuser, was die hiesigen Menschen je nach Neigung entweder familiär oder einsam macht. Nur die beiden Straßen des Seenlandes, die nach etwaigen Sturmfluten noch lange unpassierbar sind, bringen ein wenig Leben und Verkehr in die Region, wofür die wenigen Handwerker sehr dankbar sind.
Die Einheimischen sind sich ihrer Machtlosigkeit gegenüber der Natur bewusst, trotzen ihr aber mit einer Starrköpfigkeit, die ihresgleichen sucht. Efferd gilt als höchster Gott und das Leben als eine einzige Bewährungsprobe vor seinen Launen. Die Beziehungen zum benachbarten Albernia sind ausgesprochen gut, viele Menschen wissen noch nicht einmal, ob sie nun als Nostrier oder Albernier gelten müssen und welcher Krone sie untertan sind. Man fühlt sich als 'Seenländer', und häufig sind die Familien beiderseits der Grenze gegenseitig verschwägert, was die Grenzziehung zur Makulatur macht.

Varnyth

Gerade einmal 350 Einwohner beherbergt der größte Ort des nostrischen Seelandes, gelegen auf halbem Weg zwischen Nostria und Bockshag. Mühsam ist das Leben im Schatten der *Alten Rysvik*, einer abgestorbenen Boronsweide, die noch immer mächtig in der Dorfmitte thront. Die Menschen hier sind arbeitsam und wortkarg, wissend um ihr schweres Los. Fremde, die sich zu benehmen wissen und vielleicht etwas von der weiten Welt zu erzählen haben, werden jedoch immer herzlich empfangen. Unterkunft findet man im Gasthof *Seenhylt* (oder "Seelander", wie ein Garether Händler einst spottete). Der Karrenweg nach Norden führt direkt in den Sôlsand, ein sandiges Hügelland, das bis auf das Dorf Aspirg nicht besiedelt ist.

Die Grotte Luchargh

»Im Schein des Madamals, da schimmert der Finbair-See in einem trügerischen Blau. Es ist die Grotte Lucharghs, des Mächtigsten der Tiefenrösser, die man dann tief unten am Grunde des Sees erkennt. Dort haust er auf einem Thron aus Seemuscheln und herrscht über seinesgleichen. Hütet euch aber, euch in Vollmondnächten ans Ufer zu wagen! Dann nämlich erscheint Luchargh in fürstlicher Gestalt als ein großer Verführer. Es gelüstet ihn allein nach Menschenfleisch, und nur der Tod wartet in der Grotte.«
—aus einer Sage des Seenlandes

Nicht nur am Finbair verschwinden immer wieder unachtsame Wanderer, auch an den anderen Seen soll Unheimliches vor sich gehen. 'Ein jeder See birgt sein Geheimnis', so sagen die Seenländer, und das zu Recht. Mehr als nur Ammenmärchen sind manche der Geschichten, die man sich hier erzählt. Ob nun die Legende von der alten Seeschlange *Yennalin* oder die des unheimlichen *Sturmritters*, der auf einem *Tiefenross*, einem wilden und unbezähmbaren Feenwesen, über hohen Wogen reitet – viele Mysterien umgeben das Seenland, und sie zu erforschen ist eine Herausforderung für Helden.

Die nostrische Küste

Zugehörigkeit: Nostria
Wichtige Städte und Dörfer: Salza/Salzerhaven (4.000), Trontsand (750), Yoledamm (400)
Geschätzte Bevölkerungszahl: 12.000

»Die Dünenküste ist das Rückgrat Nostrias. Hier sind die berühmten Salzarelenfischer beheimatet, hier wird das für Salza namensgebende Meersalz gewonnen und hier erlebt der Mensch Efferds Willkür am deutlichsten, denn zweimal täglich gibt das Meer die weiten Flächen des Watts preis, nur um sie Stunden später wieder zu verschlingen. Es sind die Deiche, die die Grenze zwischen Land und Meer markieren. Sie bilden aus Menschenhand nach, was die mit Strandhafer bewachsenen Sanddünen vielerorts von Natur aus leisten: Efferds Drang in Zaum zu halten.«
—aus Zwischen Wald und Marschen*, Ruadh Cernain, Havena, 1022 BF*

Zwischen dem aufstrebenden Bürgerstolz Salzas und Salzerhavens im Norden und der verfallenden Herrlichkeit der Hauptstadt Nostria im Süden zieht sich jener Küstenstreifen hin, der neben den Waldgebieten das Bild Nostrias am meisten prägt. Das Watt wird zum Meer hin von schmalen, lang gezogenen Sandbänken begrenzt, die bei Flut und auflandigem Wind überspült werden, zum Land hin von Dünen und Deichen.
Nur in den Sommermonden lässt das Wetter es zu, das Wagnis eines Deichbaus anzugehen. Später muss jeder Anrainer für den Erhalt der Deiche selbst Sorge tragen. Wer dies nicht mehr kann, dem obliegt es, seinen Spaten zum Zeichen in den Deich zu stechen, getreu dem Grundsatz: *"Wer net will dieken, der mut wieken!"* (Wer nicht will deichen, der muss weichen), und noch heute gilt in Nostria altes Recht, das jenen zum landbesitzenden Freibauern macht, der den Spaten wieder aus dem Deich zieht und den Kampf mit dem Meer aufnimmt. In jüngster Zeit gibt es Bestrebungen des Deichgrafen *Haldur Vesselbek*, nicht nur bestehendes Flachland mit Deichen zu schützen, sondern sogar neues Land zu gewinnen, in dem man Teile des Watts eindeicht (siehe S. 146).
Die Dünenküste wird ausschließlich von Menschen bewohnt. Die einst hier ansässigen Goblins sind längst ins Binnenland vertrieben, die Trolle, die vor Urzeiten hier hausten, sind heute nur noch nördlich des Ingval zu finden. Ein rauer, wortkarger Menschenschlag lebt hier. Stetige Konkurrenz herrscht zwischen den Salzarelenfischern und den Marschbauern, da beide Gruppen sich als 'Herren über die Küstenlande' ansehen. In den Gewässern vor der Küste liegen die Laichgründe der großen Plattfische, die nur hier mit Netzen gefangen werden können, während sie anderswo mühsam mit Grundangeln gefischt oder gar mit Speeren gejagt werden müssen. Auch während der Laichzeit von Anfang Phex bis Ende Rahja sind die Fischer mit ihren Booten auf dem Meer, obwohl nicht gefischt wird. Denn 'ihre' Salzarelen müssen vor fremden Fischern aus Albernia und Thorwal geschützt werden, würde doch jeder Fang in dieser Zeit die Erträge im nächsten Sommer gefährden.
Nicht nur die großen Städte des Königreiches werden von dieser Küste aus versorgt, auch im südlicher gelegenen Havena ist in Salza gepökelter Fisch eine begehrte Ware. Das Problem, dass die Küste zwischen Salzerhaven und Trontsand keinen geeigneten Hafen bietet, hat man in den kleinen Fischerdörfern mit typisch nostrischem Einfallsreichtum gelöst. Die Fischer fahren bei Flut mit ihren Booten so nah wie möglich ans Ufer, während der Ebbe fallen die Boote trocken und können entladen werden. Mit der nächsten Flut geht es wieder hinaus. Will man einmal eine Tide auslassen oder sich auf einen Sturm vorbereiten, so zieht man die Bote durch den Schlick bis zum Fuß des Deiches, legt dort ein paar Baumstämme unter und zieht die Boote an Seilen weiter an Land.
Bei Ebbe ziehen hier und im nördlichen Seenland auch die Algenfischer aus. Auf dem Watt 'ernten' die Menschen den grünen Auswurf der Meere. Allerdings werden die Algen nicht etwa gegessen, wie ein unkundiger Reisender vermuten oder spöttisch bemerken könnte, sondern dienen getrocknet als billiges Brennmaterial, das insbesondere den damit geräucherten Würsten einen bemerkenswerten Geschmack verleiht.

Es sind aber nicht nur die Gaben von Marsch und Meer, von denen die Menschen hier leben. Manchem Hartgesottenen verschafft die Strandräuberei ein Auskommen. Die Leuchtfeuer an der *Huk von Salza* (einer großen Landzunge südlich der Stadt) oder am *Südvinder Fels* (westlich von Nostria) sind schnell gelöscht. Andere Feuer werden dann entzündet, um vorbeifahrende Schiffe in die Irre zu leiten und auf eine Untiefe zu manövrieren. Dies wird noch dadurch erleichtert, dass die vor dem Watt gelegenen Sandbänke wandern und somit für Ortsfremde unberechenbar sind. Insgeheim behält meist auch der örtliche Adlige einen Teil der Beute ein und beruhigt sein Gewissen damit, dass Treibgut und gestrandete Schiffe nach nostrischem Recht zum Land gehören. Entsprechend wenig Interesse hat er daran, diesem Treiben ein Ende zu bereiten, ganz im Gegensatz zur Kirche des Efferd, die energisch gegen diesen Frevel wettert.

Eine weitere Besonderheit der Dünenküste sind die *Warften*, kleine, meist zusätzlich aufgeschüttete Inseln, auf denen manchmal nur ein einzelnes Gehöft steht und die nur bei Niedrigwasser trockenen Fußes zu erreichen sind. Trotz der Gefahr durch Sturmfluten verdanken sie ihre Existenz dem nostrischen Rechtsbrauch, dass Gebiete auf dem Meer frei und von Steuern weitgehend verschont sind. Diese Regelung wurde einst zur Förderung des Seehandels getroffen, wird aber auch auf die Warften angewendet.

Das Land, in dem kaum ein Dorf oder Weiler liegt, wirkt weit und leer. Lediglich im Süden, wo man die Nähe der Hauptstadt spürt, wird die Besiedlung dichter und man vermag tatsächlich einmal von einem Ort aus schon den nächsten zu erspähen. Dabei beherbergen die wenigsten Siedlungen mehr als 200 Seelen. Bis auf einige wenige Hügel ist das Land hier auf viele Meilen völlig flach, mit Heidekraut und Marschgras bedeckt, unterbrochen nur von Birkenwäldern und kleinen Küstenseen.

Weiter im Binnenland schließen sich geduckte Kiefern- und Erlenwälder an, die immer dichter und größer werden und schließlich in das Mirdiner Land und die Waldwildnis übergehen.

Trontsand

Auf halbem Weg zwischen Nostria und Salza gelegen, ist Trontsand ein Zentrum der nostrischen Wollproduktion und Salzarelen-Fischerei. In dem kleinen Städtchen mit seinen 750 Einwohnern, das erst 1000 BF das Stadt- und Marktrecht erlangte, herrscht vor allem im Winter geschäftiges Treiben, wenn wegen der schweren Stürme auf See alle Händler den Weg über die Küstenstraße nehmen müssen. Zudem genießt der Ort aufgrund seines kleinen Seehafens und des hiesigen Praios-Tempels eine gewisse Bedeutung.

Yoledamm

Zwischen Trontsand und Salza liegen die Ruinen des Küstentempels von Yoledamm, in dessen Trümmern heute der Wind eine traurige Weise spielt. Es ist noch nicht lange her, da erhob sich hier der älteste und größte Boron-Tempel Nostrias. Doch im ausgehenden Jahr 1027 BF überfielen Piraten aus Thorwal die Küste und plünderten dabei die Abtei. Einer der Hetleute war mit seinem Anteil an der Brandschatzung nicht zufrieden und ließ seine Leute auch die Rittergruft und die Grabkammern der Gemeinen aufbrechen. Nachdem er den Toten das Letzte geraubt hatte, verschlang ihn die See – so erzählen es zumindest die Fischer im nahen Yoledamm (400 Einwohner). Ob er mit seinem bis zum Rand voll geladenen Drachenschiff in einen Sturm geriet oder aufgrund eines Fluches mit Mann und Maus unterging, ist ungewiss. Aber auch in Thorwal hat man nie wieder vom 'Goldghul' gehört, und am Golf von Prem kursieren die schlimmsten Gerüchte.

Einen weiteren seltsamen Brauch gibt es hier: Auf einer schwarzen Basaltplatte in der Tempelruine sind die Helden Nostrias seit der Siedlerzeit verewigt. Jedes Jahr am 22. Boron kommen alle Jugendlichen der Region zusammen und wählen aus ihrer Mitte den *Namenshüter*. Er hat für den nächsten Götterlauf die ehrenvolle Aufgabe, die Steinplatte vor Schmutz und Schaden zu bewahren. Neueintragungen dagegen dürfen nur auf Geheiß des Landesherrn vorgenommen werden. Der Namenskult hat sich im Laufe der Jahre immer weiter verbreitet, so dass es in einigen Weilern heute gar üblich ist, zu den Namenshelden anstelle der Zwölfgötter zu beten. Mancherorts haben sich einige ungewöhnlich geschäftstüchtige Vertreter der Boron-Kirche dieses Phänomen zu Nutze gemacht, indem sie als Mittler zwischen den verstorbenen Heroen und den Lebenden auftreten.

Das Ingvaltal

Zugehörigkeit: bis Joborn zu Andergast, dahinter zu Nostria
Wichtige Städte und Dörfer: Andergast (6.000), Eichhafen (770), Kalleth (450), Joborn (900), Engasal (250), Norddrakenburg (280), Ingfallspeugen (390), Vardall (480), Nordvest (300), Althagen (530), Lyckmoor (800)
Geschätzte Bevölkerungszahl: 17.000

Der Ingval entspringt aus zwei Quellen in einem Hügelland am Rande der Messergrassteppe und erhält bei Andergast seinen ersten wichtigen Zustrom durch die Andra, gefolgt durch den Ornib bei Joborn, den Andraval bei Engasal, den Kraval bei Kravik und den Roval bei Rovamund, bevor er bei Salzerhaven ins Meer der Sieben Winde mündet. Der bedeutendste Wasserlauf der Streitenden Königreiche ist, außer in den Monaten Hesinde bis Phex, wenn Eisgang die Schifffahrt behindert, schiffbar von Andergast bis zur Mündung und wird häufig von den Holzflößern genutzt, die das begehrte Holz des Steineichenwaldes hier in großen Floßverbänden ingvalabwärts verschiffen.

Vor allem aus dem Holzhandel haben die Siedlungen des Ingvaltals ihren bescheidenen Wohlstand. Flößer und Flussschiffer bringen Waren und Neuigkeiten und lassen auf der Durchreise gutes Geld zurück. Die Strecke von Salza nach Andergast und in der Verlängerung nach Albumin ist zudem eine alte Salzstraße: Auf dem *Sâlweg*

wird Meersalz von der Nostrischen Küste und Steinsalz aus dem Koschgebirge nach Andergast verbracht, wo aufgrund der wildreichen Wälder ein steter Bedarf an hochwertigem Salz zur Haltbarmachung herrscht. Umgekehrt sind andergastische Fleischspezialitäten, Eisenwaren, Pelze und Imkereierzeugnisse in Nostria begehrt.

Das Ingvaltal ist damit eine für die hiesigen Verhältnisse reiche, aber keineswegs ruhige Region: Von seiner Mündung bis Engasal bildet der Fluss die Grenze zwischen den thorwalschen Gebieten im Norden und dem Königreich Nostria im Süden, hinter den Kalkklippen von Hallerû (an denen sich der Fluss so verengt, dass er für Segelschiffe kaum noch zu befahren ist) beginnt bereits das Königreich Andergast. Auch wenn die letzten Kampfhandlungen bereits einige Jahre zurückliegen und sich die Lage am Ingval beruhigt hat, droht doch noch mancher Streit zwischen Andergaster Holzfällern, nostrischen Zöllnern und thorwalschen Flussschiffern zu eskalieren, und man kann froh sein, wenn dann ein beherzter Schlichter mit nüchternem Verstand und schlauen Worten zugegen ist.

Doch nicht nur die Mitmenschen können einem Reisenden eine Fahrt auf dem Ingval verleiden: Neben Trollen, Harpyien und Baumdrachen aus dem Steineichenwald und den unvermeidlichen (und hier auf ordentliche Beute hoffenden und daher in großer Zahl lauernden) Orks sind da noch die naturgegebenen Widrigkeiten der Flussschifffahrt. Die bereits erwähnten Stromschnellen bei Hallerû sind mitnichten die einzigen, sehr wohl aber die bekanntesten und gefährlichsten. Bei Kalleth und Norddrakenburg hat es zudem tote Seitenarme und faulige Seen, in die man gerade im Frühling, wenn der Fluss viel Wasser führt, leicht hineingeraten kann.

Will man den Ingval stromab- oder stromaufwärts bereisen, ist man darum gut beraten, sich an die Holzflößer zu wenden, denn keiner kennt den Fluss so wie sie. Sie sind stämmige und umsichtige Leute, denn es erfordert einiges an Kraft und Fingerspitzengefühl, die Fahrt stromab mit einigen hundert beweglichen Holzstämmen in lockerem Verbund zu bewältigen. Doch noch ein anderes Talent schlummert in ihnen: die Bereitschaft, Grenzen zu überschreiten und Freundschaften zu schließen. Im Unterschied zu ihren in der Heimat gebliebenen Vettern, die sich von der Jagd und vom Holzschlag ernähren, sind die Andergaster Holzflößer immer unterwegs; von Eichhafen oder Andergast im Floßverband hinunter nach Salza und dann wieder, meist auf Schusters Rappen auf dem Treidelpfad am Flussufer hinauf bis zu den Hängen des Steineichenwalds. Da nimmt es nicht wunder, dass sich mancher Flößer auf dem Weg eine nostrische Braut angelacht hat, die nun nach nostrischer Art bei der Arbeit mit zupackt (während das Holzwerk in Andergast immer noch eine Männerangelegenheit ist), und mittlerweile gibt es sogar Thorwaler unter ihnen, so dass sich die Sitten vermischt haben. Heute sind die Holzflößer viel eher eine eigene Gemeinschaft als mit einem der beiden Streitenden Königreiche verbunden, sind sie doch auf beide angewiesen, um ihren Lebensunterhalt zu verdienen. Es gibt aber auch einige Patrioten unter ihnen, die auf die vermeintlichen Landesverräter fluchen und ihnen 'Thorwalertum' oder 'Nostriotie' vorwerfen. Wenn nicht der reißende Strom die Streithähne trennt, kann ein verbaler Schlagabtausch zwischen verfeindeten Sippen durchaus in einer echten Handgreiflichkeit enden, denn zimperlich sind die Flößer nicht. Man reist in mittelgroßen Familienverbänden, mit Geschwistern, Kindern, Neffen und Tanten, während sich die alten Leute meist vom Ersparten in der Heimat zur Ruhe setzen (und von den alteingesessenen Bauern mitunter misstrauisch beäugt werden). Das Tagwerk lässt nach dem Holzwerk, Kochen, Flicken und dem Hüten der Kleinsten nicht viel Raum für Muße. Umso erfreuter zeigen sich die Holzflößer, wenn ihnen des Abends ein Spielmann oder Weitgereister Unterhaltung verschafft, und haben daher meist nichts dagegen, wenn sich ihnen ein Fremder anschließt und sie ein Stück des Weges begleitet.

Lyckmoor

Wie ein düsterer Mantel liegt das *Lycker Moor* eng um seine Stadt (800 Einwohner). Seit Jahrhunderten dient der sagenumwobene Morast als letzte Ruhe für die Verstorbenen der Umgebung, und gestorben wurde schon immer viel in Nostria. Ein einsamer Boron-Priester wacht hier mit strengem Blick über die Einhaltung der Totenruhe. Und doch erzählt man sich abends in der Schänke *Zum Torfstecher* Schauergeschichten von den *Gefräßigen*, den *Nachtzehrern* und über dem trügerischen Boden schwebenden *Gruftnebeln*. Aber wenn hier bereits wandelnde Moorleichen umgehen, was mag sich erst im benachbarten *Ingvaller Ried* oder dem *Salzer Bruch* verbergen, wo kein Boron-Geweihter zugegen ist?

Althagen

Wo das unzugängliche Dickicht der Wälder den freundlichen Grasländern der Ingval-Region Platz macht, liegt Althagen (530 Einwohner). Einst als Yosulinheym bekannt, erlangte der Ort zu keiner Zeit größere Bedeutung, ist aber auch niemals Opfer von Kriegszügen oder Aufständen geworden. Die Menschen hier gelten als äußerst friedvoll und offenherzig, was ihnen in anderen Landesteilen den Ruf eingebracht hat, verweichlicht zu sein. Ebenso belächelt wie bewundert wird dabei die Passion, äußerst detailverliebte Holz- und Stoffpuppen herzustellen. Angeblich, so erzählt man sich, können wahre Meister dieser Kunst die Puppen sogar mit Leben erfüllen. Das Umland Althagens ist geprägt von weiten Feldern und Weiden, auf denen Schafe, Rinder und Ziegen in großen Herden grasen. Selbst eine kleine Pferdezucht wird nahe des Ortes im Gestüt *Roswilden* betrieben.

Die Höhenburg Nordwest

Aus einem Meer düsterer Wipfel ragt die Stammburg der Grafen von Ingvalsrohden auf. Die alte und geschichtsträchtige Feste erhebt sich auf einem freistehenden, spitz aufragenden Felsen abseits des eigentlichen Ortes (300 Einwohner) und überblickt den Ingval und das umliegende Hügelland. Ein verborgener Fluchttunnel führt durch die Felsnadel zum Fluss, so dass man auch in Zeiten der Belagerung Wasser schöpfen kann. Es ist ein beschaulicher Ort, erfüllt vom Rauschen des tief drunten fließenden Wildwassers und vom singenden Fluggeräusch vorbeiziehender Wildenten. Immer wieder ist die Rede von geheimen Adelstreffen, die hier fernab vom Einfluss der Königin abgehalten werden.

Ingfallspeugen

Man mag kaum glauben, dass dieses entlegene Nest, das einst einer Abenteurergruppe für ihre Taten als Ruhesitz zugestanden wurde und heute 390 Einwohner umfasst, noch vor wenigen Jahren den Hauptsitz einer bedeutenden Boron-Sekte beherbergte. Die umstrittenen *Visaristen* unter ihrem Anführer Vitus Werdegast gründeten hier 1009 BF den *Tempel des Heiligen Sanges*. Nachdem sich der Kult bereits über Teile des Mittelreiches bis ins Liebliche Feld und einige Stadtstaaten des Südens ausgebreitet hatte, wurde er 1014 BF von überzeugten Gegnern dieser Strömung und etlichen Bewohnern Ingfallspeugens gestürmt und teilweise zerstört. Werdegast verschwand, und die Visaristen zerstreuten sich. Mittlerweile wurde der inmitten eines Boron-Angers gelegene Tempelbau in der Form des zerbrochenen Rades von den Trümmern befreit und durch die stumme Priesterin Taia Marnion erneut geweiht. Einmal im Jahr ist das beschauliche Örtchen 'Pilgerstätte' etlicher Alchimisten, die versuchen, das Rätsel einer Weinenden Statue zu lösen.

Bei Ingfallspeugen verlassen viele der stromaufwärts reisenden Holzflößer den Fluss und wandern nach Osten, um auf diese Weise den Ingvalbogen zu umgehen, in dem allerhand seltsame Orte liegen. Wieder am Ingval, setzte man früher gleich über und kam auf einem gewundenen Waldweg nach Kalleth. Weil die Kriegshandlungen mittlerweile eingestellt sind, schlagen die meisten heute jedoch den bequemeren Weg nach Joborn ein.

Die Kalkklippen von Hallerû
Von unbeschreiblicher Schönheit sind die Kalkklippen von Hallerû am Ingvalbogen. Zweimal im Jahr, an den Tagundnachtgleichen am 30. Efferd und am 30. Phex, versammeln sich hier die Hexen Nostrias und geben sich der 'Dunklen Wonne' hin. Der Schein der Feuer reicht von der Höhe der Klippen weit übers Land, und kein vernünftiger Mensch wagt es, sich dem Zirkel in der Hexennacht zu nähern. Auch außerhalb dieser Tage werden die Klippen gemieden, und schon über die Bewohner des nahe gelegenen Norddrakenburg (280 Einwohner) erzählt man sich am Ingval die absonderlichsten Geschichten.

Engasal
»Dieses Engasal muss ein seltsamer Ort sein. Der Herzog dort hat es doch tatsächlich geschafft, dass sowohl die Nostrier wie auch die Andergaster ihn in Ruhe lassen und er sein eigenes Süppchen kochen kann. Er hält sich eine Garde aus Pikenieren in Prunkrüstungen wie die Kaiserin. Und ein Bordell haben sie dort, da soll es zugehen wie in Belhanka auf dem Fest der Freuden. Und Wein haben sie da auch – so guten, dass sie sich nicht trauen, ihn selber zu trinken. Im Vertrauen: Man soll ja nicht alles glauben, was man so hört, aber vielleicht ist dieses Engasal ja mal eine Reise wert.«

—gehört am unteren Ingval

Das 'Herzogtum' Engasal umfasst eine Burg, ein Dorf (250 Einwohner) mit Äckern und kümmerlichen Weinbergen sowie einen Wehrturm im Norden. Bemerkenswerte Attraktionen sind der große Gasthof (eigentlich ein Freudenhaus) und der Rahja-Schrein in der Burg. Die Zöllner und Huren des Herzogs verstehen es aufs Trefflichste, Durchreisenden die Taler aus der Tasche zu ziehen. Da hauptsächlich Händler, Söldner und Landesfremde hier einkehren, fühlt sich der selbst ernannte Herzog Garf I. als Herr eines bedeutenden Reiches, der 'Gesandtschaften' empfängt. Dieser seltsame Adlige, der in Andergast wie Nostria verlacht wird, war einst als Söldnerführer erfolgreich, bevor er diesen Flecken Land besetzte und sich aufs Altenteil zurückzog. Heutzutage ist der Herzog eher für kuriose Aufträge gut. Im 'Operettenstaat' Engasal kann man sich schnell opulente Titel verdienen – die auswärts keinerlei Anerkennung finden.

Kalleth
Im andergastschen Kalleth (450) steht eine uralte Steineiche, die zur Hälfte von Drachenfeuer verbrannt ist. Neben einem Wehrtempel der Peraine gibt es noch ein Bethaus des Rastullah, das in dieser Ecke Aventuriens einzigartig sein dürfte. Der Novadi-Söldner Ali al Rachmud hat sich nach drei Jahrzehnten Kriegsdienst für Andergast 1004 BF hier niedergelassen und einen kleinen Schrein errichtet. Rastullah wird von den Dörflern als eine Art Rachegott akzeptiert, "der es den Nostriern schon noch zeigen wird".

Eichhafen
Der wichtigste Sammelplatz für Steineichen, die in den nördlichen Wäldern gefällt und den Ingval abwärts nach Salza geflößt werden, ist ein Ort der Holzfäller, Holzhändler und Holzflößer (770 Einwohner). Das Städtchen verfügt immerhin über ein Gasthaus und fünf Schänken, die ganz auf ihre raue und trinkfeste Kundschaft eingestellt sind. Der Firun-Tempel wird von Jägern aufgesucht, während die Flussschiffer die Efferd-Halle vorziehen. In der Nähe befinden sich nördlich des Flusses die Burgen einiger Raubritter, die gelegentlich mit Booten auf das Südufer des Ingval übersetzen, um dort Reisende um das zu erleichtern, was sie als 'ihren Anteil am Wegezoll' bezeichnen.

Ariolans Turm
Am Oberlauf des Ingval, weit bevor der Fluss bei Andergast schiffbar wird, liegt der Turm des Magiers *Ariolan Weißstab*, der 981 BF den Prinzen *Wenzeslaus von Andergast* in einer spektakulären Aktion aus nostrischer Gefangenschaft befreite. Als Belohnung erbat er sich den Bau eines Wohnturms und nutzte die Gelegenheit, den ewigen Querelen der beiden Königreiche zu entfliehen. Die meisten seiner Gefährten aus alten Tagen sind mittlerweile verstorben, nur die Waldelfe *Racalla Meerflucht* kommt hin und wieder zu Besuch. Welche Studien Ariolan in der Abgeschiedenheit der Wälder betreibt, ist jedoch unbekannt, zumal es bereits länger zurückliegt, dass einer der Einheimischen den Zauberer gesehen hat.

Die Waldwildnis

Zugehörigkeit: im Süden und Westen zu Nostria, im Nordosten zu Andergast; die Grenze verläuft am Ornib
Wichtige Städte und Dörfer: Mirdin (440), Fiolbar (350), Beilstatt (390), Nibquell (370)
Geschätzte Bevölkerungszahl: 7.000 (davon 35 % Goblins)

Zwischen Salza und dem Thuransee liegt eines der größten zusammenhängenden Waldgebiete Aventuriens, in dem die wenigen menschlichen Siedlungen Inseln in einem Meer der Wildnis sind. Die meisten Wege sind nichts als Wildwechsel und Wanderpfade, und über keinen der vielen Bäche führt eine Brücke. Hier und da findet sich eine Holzschneise, die in den Wald geschlagen wurde, um den Abtransport gefällter Baumstämme zu erleichtern. Doch gegen die gewaltige Ausdehnung des nahezu unberührten Urwaldes sind alle Schneisen nur Nadelstiche in der Haut eines Nashorns.

Der Wald ist so groß und urtümlich, dass die Einheimischen keinen Namen für ihn haben. Sie sprechen immer nur von "dem Wald", und dabei können es der garetische Reichsforst und der berühmte Bornwald kaum mit ihm aufnehmen. Auf dem hügeligen Untergrund wachsen vor allem Steineichen, Rotbuchen, Nostria-Ahorn und Rosskastanien, doch gibt es auch Nadelbäume wie Weißtanne und Schwarzfichte.

Während das Unterholz wegen der dicht an dicht stehenden Baumkronen eher mäßig wächst, ist der Wald doch reich an Farnen und Moosen.

Nur ein winziger Teil des Landes ist überhaupt besiedelt, sind doch die mächtigen Wälder dem Menschen seit jeher unzugänglich. Riesenhirschkäfer, Rehe, Hasen, Wildschweine, Waldwölfe, Bären und Auerochsen bevölkern stattdessen den Forst. Ihr König aber ist der mächtige Kronenhirsch, ein stolzes und wehrhaftes Tier. Berühmt ist die Geschichte von einem albernischen Adligen, der zu Zeiten Kasimirs III. dem Fürsten einen aranischen Jagdgeparden zum Geschenk machte. Am Tage ihrer Bewährung sollte die Raubkatze einen Kronenhirsch reißen. Sechsmal sprang sie ihr Opfer an, sechsmal wurde sie vom mächtigen Geweih ihrer vermeintlichen Beute durch die Luft weggeschleudert, bis sie endlich dem triumphierenden Kronenhirsch den Platz überließ. Ein Gemälde dieser denkwürdigen Begegnung hängt heute noch in der Burg von Mirdin. Der unsterbliche Urvater der Hirsche, der *Hirschkönig*, wird als gewaltiger Sechsunddreißigender mit schneeweißem Bart beschrieben und soll gleichfalls in diesem Wald leben. Die ältesten beobachteten Kronenhirsche sind mächtige Vierundzwanzigender mit grauen Kinnbärten, die während des Sommers das Rudel leiten.

Viele Legenden ranken sich um dieses wilde Land. So soll hier der *Einsame Wanderer*, ein unsterblicher Einsiedler, verhindern, dass jemand den Wald schädigt. Das Einhorn *Keldoran* hält sich im Wald verborgen und soll beim Anblick der Menschen stets Trauer empfinden. *Nornim* heißt eine alte Kiefer, die mit großer Gemütlichkeit das Treiben von Mensch und Tier belauscht und sich gerne mit all jenen unterhält, die sich zu ihr verirren. Weitaus unfreundlicher hingegen kann eine Begegnung mit den Waldspinnen verlaufen, vor allem, wenn man sich in ihren großen Netzen verfängt. Auch Waldlöwen, Baumdrachen oder Waldschraten kann der unvorsichtige Wanderer zum Opfer fallen. Am meisten hüten sollte man sich jedoch vor den letzten Höhlendrachen, die hier noch hausen. Alt und verbittert sind sie, denn verloren ist *Karmunirs Hort*, und sie selbst wissen nicht mehr, wo der Mächtigste von ihnen seine Schätze bewahrte, bevor er dem Schwert des nostrischen Volkshelden Asquenzio erlag. Dessen Grab liegt in der *Mallinsklamm*, einer ständig nebelverhangenen Schlucht, die selbst im Tageslicht kaum sicher zu durchqueren ist. Das *Herz des Waldes* ist dagegen ein sagenhafter Ort, gelegen hinter den höchsten Hügeln, versteckt vor allen gewöhnlichen Lebewesen. Es ist, so sagt man, des Hirschkönigs verstecktes Refugium, an dem er sich mit den Mächten von Himmel und Erde berät.

Die Ruinen von Ysraeth

»Mächtig war Fürstin Lysiane II. geworden, und im Zenit ihrer Herrschaft ließ sie eine Feste bauen, größer als alles, was man gesehen hatte seit Anbeginn Nostriens. Ysraeth war der Name jener Burg, stolz thronte sie auf dem höchstem Hügel der Mirdiner Lande, um zu wachen über die Barbaren, welche Andergaster geheißen. Bald vernahmen sie Wort von unserem Werk, und als sie unsere Feste erblickten, da stürzten sie sich wie Harpyien in ihrem Wahn gegen die mächtigen Mauern. Doch auch nach vielen Sommern und Wintern lagen wir unbezwungen da, und kein Mensch, so wussten wir, konnte Ysraeth überwinden. Es waren glückliche Tage. Sieger blieben wir in allen Gefechten, solange sie stand. Doch ist es keinem Werk der Sterblichen gegönnt, über seine Zeit hinaus Bestand zu haben. Nach vielen Jahren und großer Verbitterung verbündeten sich unsere Feinde mit der Herrin der Erde, und sie selbst verschlang Ysraeth. Wütend bebte da das Land, Spalten taten sich auf im Weltengefüge, und das, was unser Stolz war, ging unter. Allein Thurgeth, höchster aller Türme der Burg, überstand den Schrecken, welcher damals entfesselt ward. Heute noch steht er wachend über Ysraeth, welches nurmehr eine im Boden versunkene Ruine ist, Erinnerung an jene Tage, als unser Reich stolz und unbezwungen war.«

—aus der nostrischen Chronik Gloria Kasmyria,
1001 BF nach dem Fall Kendrars verfasst

Die Herrlichkeit der größten nostrischen Burg endete jäh im Jahre 615 BF, als die Andergaster auf elementare Mächte zurückgriffen und Ysraeth zerstört wurde. Heute sind die Überreste von Moos und Unkraut überwachsen, während einzig *Thurgeth*, der alte Bergfried, noch am östlichen Rand steht und an die Vergangenheit erinnert. Kaum ein Nostrier wagt es, die Ruinen zu betreten, in denen Triumph und Niederlage in solch schrecklicher Weise aufeinander treffen.

Beilstatt und Nibquell

Dem kleinen Andergaster Dorf Beilstatt (380 Einwohner) liegt auf der anderen Seite des Ornib ein halb bewaldeter Hügel voller Baumstümpfe, Palisaden und Gräben gegenüber. Auf seiner Kuppe steht ein uraltes Gemäuer, ein halb ruiniertes Kastell, hundertmal ausgebessert und wieder zerstört. Obwohl die Äcker am Flusslauf recht fruchtbar sind, herrscht große Armut, denn der Krieg hat hier seine Spuren hinterlassen. Die beiden Tempelchen werden von einem Ehepaar geführt: dem Mann als Geweihten des Firun, der Frau als Geweihten der Tsa. Im benachbarten Nibquell sieht es ganz ähnlich aus, nur dass hier die Nostrier sitzen.

Die Quellen des Ornib

Im Hügelland der Ornibquellen liegen die geheimnisumwitterten Kulthöhlen der Goblins verborgen. Von *Ruun suvii Urgutz* (so der Name einer besonderen Höhle in der Sprache der Rotpelze) heißt es, dass jeder Fremde, der sie betritt, sein Leben verwirkt hat. Hier werden die *Wjassus* genannten Geistwesen angerufen und junge Schamaninnen in die Mysterien eingeweiht. Primitive und doch eindrucksvolle Wandmalereien zeigen Elfen, Zwerge, Trolle, Drachen und fliegende Kreaturen, sogar das Meer und ferne Berggipfel. Unscheinbare, oft sogar magische Fallen schützen davor, dass Menschen den Ort ungehindert betreten oder verlassen. Etliche andere Opferstätten liegen jedoch verlassen da, einige werden selbst von den Goblins gemieden.

Die Tommellande

Zugehörigkeit: Nostria
Wichtige Städte und Dörfer: Elger (430), Harmlyn (400)
Geschätzte Bevölkerungszahl: 10.000

Als 'Land zwischen den Strömen' bezeichnete einst Fürstin Lysiane II. ihr Reich, als 'Lebensader Nostrias' der Tommel. Dichter und Poeten vieler Generationen haben es sich zur Aufgabe gemacht, die Schönheit und Bedeutung des Flusses für ihr Land in Worte zu fassen. Ruhig durchzieht er wie ein blaues Band die fruchtbaren Auen, die sich an seinen Ufern erstrecken. Die Tommellande sind seit Jahrhunderten vom Menschen kultiviert und gelten neben den Küstenmarschen als fruchtbarste Region Nostrias. Acker neben Acker reiht sich auf dem schmalen Streifen zwischen Fluss und Wald, der im Gegensatz zum Hinterland relativ dicht besiedelt ist. Schiffe sind auf dem Tommel nicht selten, auch wenn die meisten von ihnen die Flagge Albernias führen. Eine Schiffsreise ist dabei kaum weniger gefährlich als auf dem Ingval, wird auf dem Fluss doch der nostrische Ahorn geflößt, dessen begehrtes Hartholz vor allem in der Hauptstadt zum Bau von Möbeln und Werkzeugen verwendet wird.

Der Tommel entspringt dem Gebirge in der mittelreichischen Provinz Nordmarken, doch ein großer Flussabschnitt streift Nostria. Bei Winhall mündet die Nabla in der Tommel. Hier quert auch eine Brücke den Fluss, die errichtet wurde, weil viele Albernier über die Straße am nostrischen Ufer den berüchtigten Farindelwald umgehen. Die Nähe zu diesem urtümlichen Waldgebiet ist in dieser Gegend deutlich spürbar. Hier sollen Feen und Nymphen nicht nur im Forst versteckt hausen, sondern in den Morgen- und Abendstunden auch lustvoll umherwandeln und die Menschen mit Gesang und Spiel erfreuen. Wassergeister sprudeln aus den vielen kleinen Quellen empor, zuweilen tummeln sich sogar die sagenumwobenen Elementare in dem feuchten Nass der Wiesen. Unzählige fantastisch anzuschauende Naturphänomene wie sachter, langsam aufsteigender Nebel, leise säuselnde Winde und die scheinbar schon seit Zeitaltern in bizarrer,

bisweilen menschlich anmutender Gestalt verharrenden Weiden schüren immer wieder die Gerüchte, dass die Auen des Tommel mit mystischem Leben erfüllt sind.
Bei Fairnhain, gelegen auf albernischem Boden, verlässt die Straße über die zweite Brücke den Lauf des Tommel. Wenige Meilen flussabwärts wird der aufmerksame Reisende den *Adler von Gevinsbar* bemerken, eine riesige, überaus beeindruckende Statue, die auf einem hohen Hügel thront. Einst wurde sie nach einem großen Sieg über die Andergaster auf dem Schlachtfeld errichtet. So wachen die Adleraugen schon seit Jahrhunderten über den Tommel: Die Zeit hat zwar ihre Spuren in dem Monument hinterlassen, doch bezwingen konnte sie es nicht. Bildet der Lauf des Tommel bis zur Mündung des Urfan die Grenze zu Albernia, so durchfließt er auf seinem letzten Wegstück das Seenland Nostrias, bevor er sich nördlich der Hauptstadt ins Meer ergießt.

Harmlyn

»Der Harmlyner? Ja, natürlich, das ist so etwas Ähnliches wie ein Andergaster, so ein übermannshohes Söldnerschwert. Wenn Ihr das auch keinen Nostrier hören lassen dürft! Aber ich meinte den bösen Geist, der auf Harmlyn umgehen soll. Vor Hunderten von Jahren soll sich ein Vorfahr der heutigen Burgherrn mit den Niederhöllen eingelassen haben. Seine gesamte Sippschaft lud er zum Bankett – und mordete sie in einer Bluttat sondergleichen. Er wütete weiter und ließ jedes Dorf im Umkreis, das ihm die Achtung verweigerte, in Schutt und Asche legen, bis ihn endlich jemand erschlug. Es heißt jedoch, dass er irgendwann wiederkehren wird, um sich zu rächen. Ich selbst habe dort eines Nachts ein furchtbares Geheul gehört – wohlmöglich war er da unterwegs, um unschuldige Reisende zu sich in die Seelenmühle zu holen.«
—erzählt von einem Kaufmann aus Winhall

Das Dorf Harmlyn (400 Einwohner) liegt zu Füßen einer alten Feste: Der Stammsitz der Familie von *Sappenstiel* thront auf einer der Hügelketten, die bis zum Tommel reichen. In der Burgkapelle sind die Reste altertümlicher Götterbilder zu sehen, von denen ein dreiäugiger Kriegsgott noch am besten zu erkennen ist. Während der Magierkriege herrschte hier Hakon von Sappenstiel, der mit finsteren Mächten im Bunde war. Seine Frau Fiana, die den Bann brach und seinem Treiben ein Ende setzte, wird heute noch im Dorf wie eine Heilige verehrt. Hakons Grab befindet sich außerhalb des Ortes auf einem urzeitlichen Anger. Keiner der Einheimischen würde sich des Nachts allein in die Wälder wagen, verschwinden doch dort immer wieder Menschen spurlos. Allerdings könnten dafür auch die Yurach-Orks verantwortlich sein, die mit mehreren Sippen das Umland unsicher machen.

Elger

Der 'Fürstengarten von Elger' ist als ein Werk unbändiger Schönheit weithin berühmt. Die Kleinstadt am Tommel (430 Einwohner) wurde 840 BF unter Kasimir III. zur Sommerresidenz des Fürstenhauses erkoren, die Planungen sahen ein prächtiges Schloss samt großem Gartenareal vor. Doch aus Mangel an Material und Arbeitskraft blieb die Residenz unvollendet und verfiel innerhalb weniger Jahre. Die Gärten indes befreiten sich aus ihren Umfriedungen, wild verteilten sich Blumen, Kräuter und Sträucher auf dem Schlosshof und darüber hinaus bis zur Uferbefestigung am Tommel. In heutiger Zeit stellen die Fürstengärten auch einen Unterschlupf für sehr unfürstliche Gestalten dar.

Die Insel Spyr

»Fremder, du willst schnell an Gold kommen? An Reichtümer jenseits deiner Vorstellungskraft gelangen? Du wirst fündig, wenn du nur den Mut aufbringst, dich auf Spyr zu wagen. Das ist eine Insel im Tommel, nicht weit von Nostria gelegen. Dort ließ Fürst Kasparbald der Kurze alle Schätze unseres Reiches hinter dicken Mauern verschwinden. Tag und Nacht wachten Dutzende Gardisten vor dem großen Portal der Feste. In seiner Eifersucht neidete Kasparbald anderen jeglichen Besitz und raubte seinem Volk, was es besaß. Glücklich wurde er aber nicht, denn die 'Schatzkammer des Reiches' versank unter der schweren Last im feuchten Grund, und so liegt sie auch heute noch auf der Insel, halb versunken und dunkel drohend. Irgendwo unter der Erde, da liegen die Kavernen voller Schätze, Gold und Juwelen, Kriegsbeute und Raubgut. Nein, kaum einer wagt sich dorthin, gefährlich ist es dort, wahrlich, das sei dir gesagt. Hab ich es nicht erwähnt? All jene, die Spyr betraten, kamen nie von der Insel zurück.«
—eine nostrische Flößerin zu einem jungen Abenteurer

Thuranien

Zugehörigkeit: im Süden Nostria, im Norden und Osten Andergast
Wichtige Städte und Dörfer: Thuranx (280), Egelingsfenn (410), Thurana (840), Seewiesen (350), Arraned (500), Albumin (680)
Geschätzte Bevölkerungszahl: 16.000

»Ein majestätischer Anblick offenbart sich mir im rauen Hochland Thuraniens. Zwischen mächtigen Baumkronen erhebt sich die Praiosscheibe, blutrot steigt sie auf und taucht das Land in ein wohliges Licht. In der Ferne antwortet ein Glitzern, dort, wo die Nabla das Land durchstreift, ruhig und beständig, ohne von den Übeln zu künden, die die Menschen dort erlitten. Denn zu viel Krieg hat man hier erfahren, zu viel Verwüstung und zu viel Leid.«
—Aslavyn von Mirdin, nostrischer Dichter

Thuranien teilt sich in zwei deutlich unterscheidbare Teile: den wohlhabenden andergastischen Norden und den ärmlichen nostrischen Süden. Nordthuranien verdankt seinen Wohlstand der leidlich gut ausgebauten *Fürstenstraße*, die Andergast mit dem Mittelreich verbindet und am Nordrand des Thuransees entlang verläuft. An der Albuminer Pforte zwischen Finsterkamm und Koschbergen passiert sie den *Nebelstein* und erreicht damit die Grenze zur Markgrafschaft Greifenfurt. Vor und nach den Jahrmärkten im Peraine (großer Viehmarkt in Andergast), Rahja (Hunderennen in Greifenfurt) und Rondra (Andergaster Königsturnier) kommt Leben in die Orte entlang des Weges. Am Seeufer wird vor allem Flachs angebaut, der in den Weilern um Thurana zu Leinen verarbeitet wird. Auch sind Leinsamen hier eine willkommene Ergänzung der örtlichen Küche.
Das nostrische Südthuranien hingegen ist eine der ärmsten Provinz der Streitenden Königreiche. Keine Region – von der Umgebung Joborns abgesehen – hat so unter den Kriegswirren der Jahrhunderte gelitten wie das Land zwischen Ornib und Nabla. Es bezahlte einen hohen Blutzoll in vielen Schlachten. Die meisten Nostrier wohnen an den Flussauen im Süden, dem Tal der Nabla. Holzschlag und Handel mit den benachbarten Nordmärkern sichern ihnen ein schmales Auskommen. Für Ackerbau ist der Boden nicht fruchtbar genug, weshalb neben der Flussfischerei vor allem die Schweine- und Schafhaltung den Lebensunterhalt sichern. Die Zerstörungen des letzten Krieges von 1010 BF sind hier allgegenwärtig. Viele Siedlungen liegen verlassen, und noch immer zieht es ganze Familien in andere Provinzen, weg von einer Heimat, die in Trümmern liegt.
Trotz dieser Unterschiede ist die Mentalität der Thuranier durchaus ähnlich. Die Nähe zum Mittelreich im Süden und Osten lässt diese Region weltoffener wirken als den Rest der Königreiche. Trennend und verbindend gleichermaßen liegt der annähernd 1000 Rechtmeilen umfassende Thuransee zwischen den beiden Ländern. Sein Fischreichtum ist ein Segen für die Einheimischen, weshalb eigentlich immer Boote auf dem in silbrigem Grün glänzenden Gewässer zu sehen sind. Einen regelmäßigen Schiffsverkehr über den See gibt es jedoch nicht. Wer als Passagier hinüber will, muss einen Fischer mit klingender Münze davon überzeugen.
Nachts fährt niemand hinaus auf den See – außer einigen tollkühnen

(oder verzweifelten) Schmugglern, die die hohen Grenzzölle einsparen wollen. Jeder kennt hier die Geschichten von den *Nassen Seelen*, den im See Ertrunkenen, die im Madaschein emporsteigen, um die Unvorsichtigen zu sich in die Tiefe zu reißen. Bei Sturm und Gewitter werden dagegen die *Ulchuchui* an die Oberfläche gespült, die sich im Uferschlick verbergen: stinkende, dunkelgraugrüne Algenteppiche mit widernatürlichem Eigenleben, die ihre Opfer in Schlingen fangen und ertränken.

Am Westufer des Sees liegt das *Fenn*, eine Art Hochmoor, in dem man den Bohlenweg möglichst nicht verlassen sollte. Tut man es dennoch, quillt bei jedem Schritt das braune Wasser aus dem feuchten Moos und der Boden federt wie die behaarte Haut eines riesigen Ungeheuers. Mücken gibt es hier so viele, als stiegen sie wirklich von der Leiche eines Giganten auf, und manchmal raubt das Sumpfgas einem den Atem wie der Verwesungsgestank einer Monstrosität. An anderen Stellen steigt der bittere Rauch von einem Torffeuer auf, doch ist keine Menschenseele zu sehen – nur ein paar Schatten, die im Sonnenlicht wie Phantome tanzen. Oft reicht das Schilfgewirr überkopfhoch an die Straße heran. Wenn ein Wind geht, nicken die Kolben im Takt, doch mitunter nicken und zittern die Halme selbst dann, wenn es windstill ist – irgendetwas scheint sich ungesehen im Schilf zu bewegen.

Arraned

Wichtigste Siedlung auf nostrischer Seite ist Arraned, das durch Flüchtlingsströme vor gut 15 Jahren auf über 500 Einwohner anwuchs. Viel Kriegsvolk findet sich hier, denn gerade Söldner zieht es in die Provinzstadt auf der Suche nach Aufträgen, weil die Grenze nicht allzu weit liegt.

Die Feste Gordelyn

Einige Meilen nördlich von Arraned liegt die Feste Gordelyn. Hinter ihre dunklen Mauern werden all jene nostrischen Adligen verbannt, deren Machtspiele scheiterten und die des Hochverrats überführt wurden – dabei ist es ein offenes Geheimnis, dass die Zahl der Häftlinge stets äußerst hoch war. Immer wieder hört man auch von Gefangenen, die vor Ablauf ihrer Verbannung plötzlich verschwanden. So bildete sich im einfachen Volk die Sage von der *Blutfeste*, die die verräterischen Adligen ihrer gerechten Strafe zuführt.

Die Walstatt an der Tarlynshöh

»Vergessen ist die Schlacht, die einst an diesem Ort zwischen den Heeren Nostriens und Andergasts wütete. Auch ist die Erinnerung an jene Mannen und Frauen verblasst, denen Schreckliches widerfuhr. Denn keine Befreiung fanden sie, keine Ruhe im Tod. Sie sind verdammt, ewiglich weiter zu kämpfen im fahlen Licht der Nacht, gierend nach dem Blut ihres Gegners, das aber nicht mehr ist. Es ist ein Fluch, der auf ihnen lastet, denn es gibt keine Erlösung für die Krieger von einst.«

—Aus einer nostrischen Legende

Die Schlacht an der Tarlynshöh 330 v. BF liegt bereits etliche Jahrhunderte zurück, aus dem Gedächtnis der Einheimischen aber wird sie nicht weichen. Jene, die damals für ihr Vaterland kämpften, Nostrier wie Andergaster, wurden Opfer ihres eigenen Hasses, der ihre Seelen bis heute nicht aus dieser Welt scheiden lässt. Niemand vermochte bislang ihre Marter zu beenden, weshalb der 19. Hesinde auch weithin gefürchtet ist, wiederholt sich doch an diesem Tag alljährlich der Kampf beider Heere, so dass die Schreie der gefangenen Seelen dann bis ins Nablatal zu hören sind.

Seewiesen

Direkt am Ufer des Thuransees liegt das Dorf Seewiesen (350 Einwohner), erbaut auf Pfählen, um dem sumpfigen Boden zu trotzen, als ein letzter Außenposten Nostrias. Das Dorfvolk, zum Großteil Torfstecher, ist ob seiner Verschrobenheit berüchtigt. Den eigenbrötlerischen Seewiesenern, die seit Jahrhunderten nur untereinander heiraten, werden von ihren Nachbarn allerlei seltsame Bräuche nachgesagt, bis hin zu der Behauptung, sie seien bösartige Fischwesen in Menschengestalt. Kurz hinter dem Ortsausgang stößt man sogleich auf einen Andergaster 'Zollposten', der alle Reisenden aus Nostria ganz genau in Augenschein nimmt (und letztlich jeden passieren lässt, wenn eine Einreisegebühr gezahlt wird, deren Höhe von den Zöllnern je nach Zahlungsfähigkeit des Reisenden und Tageslaune festgelegt wird).

Thurana

Thurana am Hirmbach, die größte Siedlung am Thuransee (840 Einwohner), entwickelt sich mehr und mehr zu einem schmucken Marktflecken, dessen Fachwerkhäuser mit ihren gekalkten Wänden hell und einladend dem Besucher entgegenleuchten. Selbst die Schäden der Plünderung Thuranas durch die Orks im Jahre 1026 BF sind kaum noch zu sehen.

Der Perlmutt-Tempel im Thuransee

Im nördlichen Teil des Sees lag einst eine Insel von einer Meile Durchmesser, auf der sich ein Efferd-Tempel erhob: eine weithin sichtbare Felsgrotte, die im Laufe von Generationen mit so vielen Seemuschelsplittern geschmückt worden war, dass sie wie ein gigantischer Kelch aus Perlmutt wirkte. Man muss ein besonderes Gemüt besitzen, um an einem so abgelegenen Ort den Tempeldienst zu vollziehen, weshalb die alte Geweihte Alagora Zeit ihres Lebens allein blieb. Als sich 1026 BF bei ihrem Tod, den sie etliche Jahre zuvor bereits bis auf die Stunde genau vorhergesagt hatte, immer noch kein würdiger Nachfolger eingefunden hatte, versenkte der Meeresgott in seinem unerfindlichen Ratschluss die Insel. In Thuranien gilt es seitdem als frommes Unterfangen, in das unterseeische Heiligtum hinabzutauchen und nach dem Blauen Stab Alagoras zu suchen, der irgendwo in den Grotten seines zukünftigen Trägers harrt.

Albumin

Ein scheinbar langweiliger Grenzort ist Albumin, dessen 680 Einwohner vom Handel an der Straße nach Greifenfurt gut leben könnten. Doch nicht die Andergaster Heeresmacht bewahrt die Stadt vor dem Zugriff der Orks oder der Mittelreicher, sondern ein Stamm von Zwergen aus dem Finsterkamm. Allerdings sind dies nicht die freundlichen Angroschim, die man in Angbar oder Elenvina treffen kann: Diese hier treten als Herren auf und behandeln die Menschen mit unverhohlener Verachtung. Jedes Jahr im Ingerimm kommen sie in die Stadt und fordern im Namen ihres Königs Bonderik ihren Tribut ein, der von Mal zu Mal höher ausfällt. Die wenigen Andergaster Soldaten sind machtlos, während die Einwohner in ihrer Scham schweigen und den kommenden Frühling fürchten.
Südlich von Albumin, an den Nordhängen des Kosch bauen die finsteren Zwerge Kupfer ab, das sie den Orks verkaufen. Die eigentliche Arbeit verrichten Menschen, die unter erbärmlichen Bedingungen in den Minen schuften müssen. Ihre Häuser bauen sie vor natürliche Höhlen, so dass die hinteren Zimmer gleichsam als Keller dienen. Wo keine Höhlen vorhanden sind, wird ersatzweise der Hang untergraben. So kleben die Häuser fast wie Schwalbennester an den Bergen.

Der Steineichenwald

Zugehörigkeit: Andergast
Wichtige Städte und Dörfer: Andrafall (710), Anderstein (120)
Geschätzte Bevölkerungszahl: 5.000

Wohl kaum eine Landschaft bestimmt das Bild Andergasts im Ausland so sehr wie der Steineichenwald, ein lang gezogener Bergrücken, dessen Hänge und tiefe Schluchten von dichten Wäldern bestanden sind. Schwarzfichten wachsen hier, Föhren und majestätische Buchen, am markantesten aber sind jene Bäume, die dem Gebirge seinen Namen gegeben haben: Wer zum ersten Mal ein Steineichengehölz betritt, den befällt unmittelbar ein bedrückendes Gefühl für die eigene Vergänglichkeit, denn die knorrigen, riesenhaften Baumgestalten ringsumher lassen den Wanderer spüren, dass sie jenseits der Zeit stehen.
Wie von selbst stellt sich bei der Betrachtung der gewundenen Äste und der dicken, borkigen Stämme der Gedanke ein, dass diese Bäume schon ihre Wipfel in die Höhe reckten, als fernab in Bosparan Hela-Horas ihr grausiges Ende fand oder Admiral Sanin seine Entdeckungsfahrten unternahm. So manche Eiche ist von Feuer oder Blitzschlag gezeichnet: Schwarze Spalten und Höhlen in der Rinde künden davon, dass von dem mächtigen Stamm nur noch die äußere Hülle steht, und dennoch kann man sich kaum vorstellen, dass ein solcher Baum jemals sterben würde. Das Knarren seiner Äste im Wind, der würzige Duft vermodernden Laubes – sie sprechen vom Alter und vom Zeitenfluss, doch nicht vom Tod, sondern von der Unsterblichkeit.
Um einer Steineiche den Garaus zu machen, bedarf es der Menschenhand. Die beißende Axt und die gefräßige Säge, der geschickt eingetriebene Keil – das sind Werkzeuge, gegen die die Bäume wehrlos sind. So vollbringt der Mensch Taten, an denen selbst der mächtige Satinav gescheitert ist. Mag auch Mancher hier seine mahnende Stimme erheben und jammernd darauf verweisen, dass der Herr der Zeit und die Wälder selbst sich einmal an den Frevlern rächen werden, so können die Holzfäller auf diese Unkenrufe nichts geben, denn sie brauchen das kostbare Holz. Auf allen Meeren und Flüssen fahren stolze Schiffe mit Spanten und Planken, die aus Steineichen geschnitten wurden; in den Städten stehen prachtvolle Handelshäuser und Paläste, deren Dachgebälk aus edler Eiche gefügt ist. Doch die echte Steineiche, deren Holz leicht und doch fest und nahezu gänzlich unentflammbar ist, wächst nur hier und im Bornwald in größerer Zahl.
Die Andergaster Holzfäller können ein Lied von den Widrigkeiten und Fährnissen ihres Berufes singen, aber sie haben seit Generationen die Kunst entwickelt, beim Fällen der Steineichen den gefährlicheren Bewohnern des Gebirges aus dem Weg zu gehen. Denn im Steineichenwald leben nicht nur einige gefürchtete Raubtierarten wie Wölfe und Bären, sondern eine ganze Reihe von Ogern, Schraten und ähnlichen Kreaturen, die allesamt den Menschen entweder als Feind oder als Beute betrachten, und man muss schon eine gute Kenntnis von der Gegend und ihren unterschiedlichen Bewohnern besitzen, um in den Wäldern mit heiler Haut ein- und ausgehen zu können.
Unter den Holzfällern und Jägern kursieren eine ganze Reihe von Sagen, die den Steineichenwald als geheimnisvollen und bedrohlichen Ort schildern. So soll es in verschiedenen Gegenden tobsüchtige Unholde geben, die jeden Eindringling zerfetzen; nach anderen Berichten wachsen im Wald Menschen fressende Bäume. Dem Einfluss einiger Magier ist wohl die Legende zuzuschreiben, dass aus dem vergossenen Blut eines Zauberkundigen im Steineichenwald eine Art Mischung aus Steineiche und Blutulme erwächst, deren Holz besonders mächtige Zauberstäbe ergibt. Anderen zufolge sind alle Steineichen mit Borkengesichtern frühere Magier, die einst von einem mächtigen Waldgeist in Bäume verwandelt wurden.
Doch auch andere, nicht weniger seltsame Kreaturen soll es im Steineichenwald geben, so zum Beispiel das Todeshörnchen, ein kleines Pelztier mit spitzem Horn auf der Stirn, mit dem es selbst Menschen töten kann, wenn es sich direkt auf sie hinabfallen lässt, oder die Schreckkatze, ein sehr kurzlebiges Raubtier, das so hässlich ist, dass es vor Scham stirbt, sobald es beim Trinken sein Spiegelbild im Wasser erblickt.
Wehe dem, der die Gesetze des Steineichenwaldes nicht kennt! Deshalb suchen viele Holzfäller den Rat der *Sumen*, wie man die hier ansässigen druidischen Priester Sumus nennt, da diese zu sagen vermögen, wo der Wald Holzeinschlag hinnimmt und wo nicht, wie man erzürnte Waldschrate versöhnt und anderes, von dem der Bewohner des Flachlandes keine Ahnung haben kann. Doch selbst sie sind nicht in der Lage, das Verhalten des wahnsinnigen Drachen *Lepitopir* vorherzusagen, welcher in den Höhlen am *Zweigehörnten* lebt. Die anderen Höhlendrachen des Steineichenwaldes hingegen sind weitaus berechenbarer, was sie jedoch nicht ungefährlicher macht. So ist *Flammenauge*, der Herr über die Drachen des Gebirges, stets zornig, und *Delafir* in den Felsen nördlich von Engasal von Eifersucht verzehrt. Insgesamt mag es ein gutes Dutzend dieser mächtigen Kreaturen im Steineichenwald geben, doch die wenigsten haben Kontakt mit den Menschen.
In den bewohnbaren Teilen des Waldes hat sich viel von der ursprünglichen Lebensart der Andergaster erhalten. Zwar gehören fast alle Gebiete nominell zu einer Freiherrschaft, weit wichtiger jedoch sind die Talschaften. Diese Zusammenschlüsse von Holzfällern, Bergbauern und Hirten, die meist – wie der Name schon vermuten lässt – die Einwohner eines Tales umfassen, bilden den Urkern der Gesellschaft. Die Mitglieder einer Talschaft versprechen einander Schutz und Beistand. Sie bestimmen einen Sprecher aus ihrer Mitte zum *Aldermann*, der ihre Belange beim Freiherrn vertritt, meist den wohlhabendsten Bauern. Da dieses Amt vielerorts so oft vom Vater auf den Sohn überging, dass seine eigentliche Bedeutung verloren gegangen ist, kommt es dort dem andergastischen Ritterstand gleich.
Zwar mag die Steineiche hier wachsen, doch die wenigstens können es sich leisten, sie selbst zu verbauen. Zu rar ist dieses Holz – und zu kostbar. Daher sind die Hütten der Holzfäller und der Hirten, die in den Bergen ihre Ziegen hüten, fast immer aus Fichte, Buche oder gewöhnlicher Eiche. Einzig für die kleinen hölzernen Burgen, die oft als *Hochmotte* auf künstlichen Hügeln errichtet werden und meist Sitz eines Freiherrn sind, wird die edle Steineiche selbst verwendet.

Andrafall

Der am Rande der Berge liegende Ort Andrafall (710 Einwohner) ist der wichtigste des Steineichenwaldes. Eine ganzjährige Attraktion für die wenigen Reisenden, aber eine harte Belastung der Holzfäller ist der *Andrafall*, ein Wassersturz von 40 Schritt Höhe: Die geflößten Stämme müssen hier mühsam aus dem Wasser geklaubt und um den Fall herumgetragen werden – ansonsten kann man zusehen, wie die Hälfte des Holzes zersplittert und verloren geht.
Aus der Not ist hier auch eine Tugend geworden: Alljährlich im Praiosmond findet ein Wettbewerb unter den Holzfällern statt, wer von ihnen einen Baumstamm am weitesten werfen kann. Verbunden mit einigen weiteren Spielen, die die Kraft oder die Geschicklichkeit der Beteiligten auf die Probe stellen, und einem Bogenschützenwettstreit hat sich hieraus ein beliebtes Volksfest entwickelt.

Feste Anderstein

Nur über eine halsbrecherische Passstraße nördlich der Andraquelle zu erreichen ist die Feste Anderstein (120 Einwohner im Wehrdorf), ein abgelegener menschlicher Vorposten am Rand der Orkschädelsteppe. Schon oft wurde der Anderstein von den Orks belagert, doch bis jetzt haben die Andergaster – nicht zuletzt dank einiger Kampfmagier der Akademie zu Andergast – die Burg noch immer halten können.

Der *Orkenhort*

Die Lande zwischen beiden Höhenzügen des Steineichenwaldes sind nur nominell ein Teil Andergasts, in Wahrheit gehört diese Gegend bereits zum Orkland. Durch diese öde, kaum bewaldete Ebene führt eine kaum markierte Piste, die manchmal von Handelszügen auf dem Weg von Lowangen nach Thorwal genutzt wird. Einziger Lichtblick auf dieser gefährlichen Strecke ist – neben der Klause einer der Tsa geweihten Einsiedlerin am Abzweig nach Anderstein – ein verwahrloster Wehrhof mit dem nachgerade sprechenden Namen *Der Orkenhort*. In diesem 'Gasthaus am Ende der Welt' kehren Söldlinge, Räuber und Glücksritter ein, aber auch Orks, denn dem Wirt Aldir Stierhals ist alles recht, solange Streitigkeiten nicht in seinem Haus ausgefochten werden.

Die Steppen des Ostens

Zugehörigkeit: Andergast (beansprucht)
Wichtige Städte und Dörfer: Teshkal (900)
Geschätzte Bevölkerungszahl: 6.000 (50 % Orks)

»Wie der Name Messergrassteppe schon andeutet, ist die weite Ebene geradezu ein Meer des nahezu hüfthoch wachsenden Grases. Ein jeder Wandersmann würd' sich in Bälde von den wie Schwertklingen oder gar Barbiermesser scharfen Blättern des Messergrases zerschnitten sehen, so er denn quer durch die Steppe zu wandern hätt'. Den Zwölfen sei es gedankt, existieret ein Steppenpfad mitten durch das endlos gelbe Meer. Von Teshkal an der Andergaster Grenze führt er bis zu der Südflanke des Thasch-Gebirges und von dort schnurstracks nach Yrramis bei Lowangen. Dieser Pfad muss beständig mit Sicheln und Haumessern von dem schnell wuchernden Gras freigehalten werden. Und selbst dann ist es noch ratsam, gutes Leder an den Beinen zu tragen und die Fesseln des Pferdes zu umwickeln – schnell kann es geschehen, dass ein Blatt wie vom Namenlosen geknickt in den Pfad ragt und dem Wandrer und seinem Reittier nach dem Leben trachtet. Nicht einmal mit Feuer vermag man dem Messergras beizukommen, da es kaum brennt. Vor drei Dekaden hörte man vom letzten Versuch, das Gras querfeldein zu durchqueren, um den gar mysteriösen Krayenhorst zu erreichen: Niemand geringerer als Markgraf Vyborn von Greifenfurt meinte, mit einigen seiner Ritter in schwerster Rüstung über die Schärfe des Grases triumphieren zu können. Von Ferne sah man, wie es aber nach einiger Zeit zunächst die Panzer und dann die Adligen selbst zerschnitt – kein Material kann dem Messergras widerstehen, heißt es.«
—aus dem Groszen aventuerischen Atlas, *Edition von 872 BF*

Die Messergrassteppe südöstlich von Teshkal gilt als eines der trockensten Gebiete Nord-Aventuriens. Über mehr als 130 Meilen wogt ein gelbes Meer im Wind, in dem keine Bäume oder Sträucher wachsen, lediglich Mohnblumen können bisweilen neben dem Messergras bestehen. Außer Nagetieren und Schlangen, die sich von ihnen ernähren, lebt nur das Warzennashorn, dessen hornige Haut offenbar als einziges vor den scharfen Blättern geschützt ist, im Messergras. Die Einheimischen versuchen es den Nashörnern gleichzutun und schützen sich und ihre Reittiere mit festem Leder. Weil das Gras den Warzennashörnern offenbar nichts antut, erlegt man diese Tiere auch bisweilen, um sich aus ihrem schweren Leder 'messergrasfeste' Beinlinge zu schneidern, die sich aber nur betuchte Händler leisten können.
Nur die hier zahlreichen Orks und die Goblins des Finsterkammes ziehen einen Nutzen aus dem Messergras, indem sie aus den Halmen überraschend feuerfeste Matten flechten, die zu Behausungen zusammengestellt werden. Manche Stämme spicken auch ihre Palisaden mit den Blättern des Grases, um eine Erkletterung derselben zu erschweren.
Nur außerhalb der Messergrassteppe gibt es einige wenige Siedlungen. Westlich von Teshkal erstrecken sich zwar begehbare, aber dennoch karge Steppenlande bis zum Steineichenwald. Die Lebensgrundlage der meisten Menschen ist die Tierzucht, sowohl von Pferden als auch von Rindern. Die Familien der Hirten leben meist in kleineren Einzelhöfen nicht weit von den Reisewegen nach Andergast oder Anderstein. Deshalb haben die Orks ein leichtes Spiel, wann immer sie plündernd durch diesen Landstrich ziehen.
Auch wenn sie auf die Schwarzpelze nicht gut zu sprechen sind, haben sich die Teshkalier dennoch eine freundliche Art bewahrt, die sie von den meist wortkargen und mürrischen Andergastern unterscheidet. Nichts scheint der Teshkalier so sehr zu lieben wie das Erzählen und Erfinden von Geschichten. Vielleicht ist also tatsächlich etwas an den Behauptungen, sie seien mit den Norbarden verwandt, deren Urahnen hier vor ewigen Zeiten durchgezogen sein sollen.
Reisende können auf zwei verschiedenen Routen versuchen, von Teshkal aus Lowangen zu erreichen, denn am nördlichen Rand der Messergrassteppe gabelt sich der Weg. Eine Strecke führt nach Norden durch die Trogtäler des Thaschgebirges zur Quelle des Svall und dann am Fluss entlang bis nach Arsingen. Der andere Pfad führt nach Osten an den südlichen Ausläufern des Thasch entlang durch das *Trauerholz* nach Yrramis. Auf beiden Wegen sind die Schwarzpelze zahlreich: Die *Thaschpforte* zwischen Blutzinnen und Thasch ist einer der wenigen Zugänge zum zentralen Orkland (und war Aufmarschgebiet im Orkensturm 1010 BF), die orkisch besetzte *Feste Greyfensteyn* kontrolliert den Sattel zwischen Thasch und Finsterkamm. Zudem muss man sich vor Harpyien und Erdrutschen in Acht nehmen. Händler entscheiden sich meist von Fall zu Fall, welchen Weg sie nehmen, nachdem sie in Teshkal Berichte eingeholt haben.

Ruinen von Thaschkamm

Die Thaschberge im Norden Teshkaliens scheinen seit Ewigkeiten jeder Besiedlung zu trotzen. Um 910 BF versuchten menschliche Siedler, hier Fuß zu fassen, und gründeten den Ort Thaschkamm. Eigentlich hätte die Siedlung am Weg von Andergast nach Lowangen aufblühen müssen – doch im ersten Jahr starb oder verschwand mehr als die Hälfte der Siedler, zum Teil aus verriegelten Räumen; die restlichen aber verließen eilig den Ort, dessen leer stehende Häuser heute noch den Reisenden an den Sieg des Thasch über den Menschenwillen gemahnen.

Lialinsturm

»[...] ist es mir gelungen, erste Inschriften offenbar hjaldingschen Ursprungs zu entziffern! Den Runen entnehme ich die Erwähnung einer gewissen Lialin, der Enkelin Jurgas, was mich zu einem phänomenalen Schluss verleitet: Der Turm muss aus der Zeit der Besiedlung der Thorwaler Lande stammen – und bereits Lialin ist offenbar die unfassbare

Großtat gelungen, den Ingval bis zu seiner Mündung hinaufzufahren, durch eine Gegend, die seinerzeit von Orks und Goblins beherrscht wurde! Die – leider kaum noch zu lesenden – Inschriften hinter dem Namen Jurga scheinen mit der 'T'-Rune zu beginnen, was einen weiteren Beweis liefern würde [...]«
—aus dem Buch der Schlange *des Hesinde-Geweihten Elderin von Lowangen, 901 BF*

An einem steilen, mit purpurnem Kraut bewachsenen Hügel südlich des Pfades von Teshkal nach Yrramis steht ein über 40 Schritt hoher Turm. Überall am Gebäude kann man hjaldingsches Runen- und Ornamentwerk finden, so es nicht von Satinavs Hörnern abgeschliffen wurde: Zeichen, die erst zu einem ganz geringen Teil gedeutet werden konnten. Der sich nach oben verjüngende Turm selbst hat keinen Raum und keine Kammer, sondern nur eine steile Wendeltreppe, die zu einer schmalen Balustrade führt, die das eigentliche Wunder des Turms ausmacht, denn von hier hat man einen Blick nach Westen, Süden und Osten, der den Betrachter vor Ehrfurcht erschauern lässt: Bis zu den steilen Zacken und Schründen des Steineichenwalds im Westen, zum Finsterkamm im Osten und über das geheimnisvolle Trauerholz im Süden.

Krayenhorst

»Ein großes Rätsel ist und bleibt – und auch ich vermochte es in keinem Tempel oder Stadtarchiv zu ergründen –, warum der einzige Hügel inmitten der Steppe von einer Burg gekrönt wird, die man Krayenhorst nennt und auf der es umgehen soll. Schließlich ist es doch für keinen Menschen möglich, das Land zu durchqueren, denn selbst eine Vollrüstung würde alsbald vom scharfen Grase in ihre Einzelteile zerlegt werden. Also müssen's wohl Geflügelte oder gar Daimonen sein, die Krayenhorst bewohnen.«
—aus einem Brief des Hesinde-Geweihten Abelmir Freistätter aus Donnerbach an seinen Mitbruder Gerion von Stembach, datiert im Travia 1000 BF

»Krayenhorst: Greifen? Krähen? Karchysi?«
—gekritzelte Notiz unbekannten Ursprungs, auf einem Fundamentstein in Arras de Mott

Städte

Andergast

Einwohner: um 6.000
Wappen: grüner Eichenast auf Silber, darüber eine rote Krone
Herrschaft / Politik: der König, beraten durch Stadtrat der Zünfte
Garnisonen: 1 Banner Königliche Leibgarde (Hellebardiere), 30 Stadtwachen
Tempel: Rondra, Peraine, Ingerimm, Travia, Tsa, Praios, Hesinde
Wichtige Gasthöfe: Gasthaus *Zum fetten Schinken* (Q7/P8/S13), Wirtshaus *Zum Ochsen und Einhorn* (Q5/P4/S14), weitere siehe unten
Besonderheiten: schmutzige, enge Gassen voll von streunenden Schweinen; Magierakademie Kampfseminar Andergast (Schaden, Einfluss; grau); Ordenshaus des Roten Salamanders; Königsburg
Stimmung in der Stadt: provinzielles, sehr geregeltes Treiben; seit der Krönung König Efferdans macht sich eine bescheidene Aufbruchsstimmung breit.
Was die Andergaster über ihre Stadt denken: Andergast ist für die meisten Bewohner des Königreiches der Inbegriff einer Stadt – so absurd das einem Auswärtigen auch erscheinen mag.

Die Stadt

Kaum eine Stadt wird in Aventurien so mit dem Wort Rückständigkeit in Verbindung gebracht wie Andergast. Die ganze Ortschaft scheint nur aus ungepflasterten, engen und verwinkelten Gassen zu bestehen. Die typischen Fachwerkhäuser sind schmal gebaut und kragen weit über, so dass sie teilweise mit der gegenüberliegenden Seite zusammenstoßen. Die so entstehenden halb dunklen Hohlwege sind erfüllt vom allgegenwärtigen Geruch der Holzfeuer und dem Quieken der Hausschweine, die sich im Schlamm suhlen. Der Reisende sollte morgens immer eine Blick nach oben haben, um nicht urplötzlich vom Inhalt eines entleerten Nachttopfs getroffen zu werden. Die meisten Andergaster tragen 'Trippen' unter ihre guten Schuhe geschnallt: Holzsohlen mit kleinen Absätzen darunter, durch die man zwei bis drei Finger an Höhe gewinnt und so mit Kleidersaum und Ledersohle dem Straßenschlamm entflieht.
Die Stadt selbst ist streng in Zunftviertel gegliedert. Die Zünfte stellen in jeder Hinsicht das Rückgrat der Stadt dar, ihre Aufgaben reichen von der Verwaltung bis zum Brandschutz. Die 'zünftigen' Handwerker treffen sich einmal in der Woche zum Bogenschießen auf den Feldern vor der Stadt, und im Kriegsfall stellt jede Werkstatt einen Schützen. Außerhalb der Zunftviertel stehen der Markt, der Hafen und die Burg. Umgeben wird die Stadt von einer dicken Mauer, der Stadtgraben ist jedoch zu großen Teilen versandet. Auf der gegenüberliegenden Ingvalseite befindet sich die **Ingvalfeste** (1), wo die Leibgarde des Königs Zölle kassiert und darüber wacht, dass kein übles Gesindel die Brücke passiert. An den **Stadttoren** (2–5) achtet man zumindest darauf, dass keine 'übergroßen Waffen' in die Stadt kommen.

Der Marktplatz (8)

Hier im Zentrum der Stadt findet wöchentlich der Bauernmarkt statt, auf dem alles gehandelt wird, was eine Stadt zum Überleben benötigt. Das Warenangebot ist in der Regel auf Dinge beschränkt, die in der Umgebung hergestellt werden, aber manchmal kann man auch Exotika wie Khunchomer Pfeffer erwerben – gegen entsprechende Bezahlung, versteht sich. Einmal jährlich in der ersten Peraine-Woche findet ein großer Viehmarkt statt, der allerlei fahrende Händler und Gaukler anzieht.

Im **Zeughaus** (10) ist neben dem Waffenarsenal der Stadt auch die Wachstube der Stadtgarde untergebracht. Der Keller beherbergt Notvorräte und städtische Gerätschaften.
Das **Rathaus** (9) ist der Sitz des Magistrats. Im schmucken Ratssaal werden hohe Gäste empfangen, gewöhnliche Besucher können in der Schreibstube vorsprechen. Im Gewölbe unter dem Rathaus befindet sich der mit Szenen aus der Stadtgeschichte ausgemalte *Ratskeller,* die beste Gaststätte der Stadt (Q8/P7), in der die betuchten Bürger bevorzugt importierte Weine trinken.
Der **Praios-Tempel** (11), der einzige im ganzen Königreich, ist der prächtigste Sakralbau in der Stadt, auch wenn sein Glanz hinter anderen Gotteshäusern des Praios zurücksteht. Anstelle teuren Goldes ist er hier mit glänzendem Messing beschlagen. Zu jeder vollen Stunde wird im Obergeschoss der große Gong geschlagen. Der **Rondra-Tempel** (12) ist zur Gänze aus dem Holz des heiligen Baums der Göttin erbaut, der Steineiche. Der Tempelvorsteher, *Schwertbruder Ulfried Zornbold*, ist ein entfernter Verwandter des Königshauses und versteht sich als Patriot, ist jedoch stets erfreut, wenn Recken von außerhalb den Tempel besuchen.

Der Flusshafen (7)

Hier bieten die Fischer ihre Waren feil: Forellen und Karpfen, Lachse und Welse. Was nicht sofort verkauft werden kann, wird auf langen Holzgestellen getrocknet oder in Fässern eingesalzen. Am westlichen Ende des Hafens liegt eine kleine Werft, in der Flusskähne und -barken gebaut werden.

Wer hungrig ist oder kein Obdach besitzt, kann im **Travia-Tempel** (15) auf milde Hilfe hoffen. Allerdings muss man sich sein Brot durch Arbeit im Haus oder im Sägewerk am Ingval verdienen. Das Armen- und Gästehaus hält auch ein paar bessere Zimmer für zahlende Gäste bereit.

Die Burg (6)

Die für mittelaventurische Verhältnisse eher kleine Festung ist nichtsdestotrotz die größte Burg des Königreichs. Sie ist Sitz des Königs und liegt am Zusammenfluss von Andra und Ingval, so dass die Feuchtigkeit oft von den unterirdischen Verliesen bis in die oberen Gemächer zu spüren ist. Wegen des Holzrauchs aus der Stadt sind die ältesten Teile des Mauerwerks mittlerweile schwarz wie die Nacht. Der Eingang, an dem das Fallgatter die meiste Zeit aufgezogen ist, wird stets von vier Königsgardisten bewacht. Ein Turm der Burg beherbergt eine kleine **Hesinde-Kapelle**, in der *Prinzessin Irinia* hin und wieder angesehene Gelehrte und besonders weit gereiste Gäste empfängt.

Das Schmiedeviertel

Hier müssen alle Gebäude laut königlichem Erlass aus Stein errichtet sein, seit ein Brand im Jahr 952 BF das ganze Viertel zerstörte. Der **Tsa-Tempel** (13) wurde nach diesem Unglück errichtet, um den Neuanfang unter göttlichen Schutz zu stellen. Der Geweihte *Vater Olfried* betreut die Kinder der Stadt, die zu jung sind, um im elterlichen Gewerbe mitzuhelfen, damit sie nicht in den schlammigen Straßen zwischen den Schweinen und Fuhrwerken spielen müssen. An der Fassade des gegenüberliegenden **Zunfthauses der Schmiede** (20) finden sich nicht weniger als 30 angenagelte Meistermarken der verschiedenen Werkstätten, was einiges über die Bedeutung dieser Zunft in der Stadt aussagt. Die Huf-, Waffen-, Grob-, Gold- und Rüstungsschmiede sind neben den Holzwerkern die angesehensten Handwerker Andergasts.

Der ehemalige Söldner *Bronnbrecht Einauge* hat in dem Viertel die **Schänke *Schwarz und Rot*** (28) eröffnet. Die Kneipe (Q4/P5) gleicht mit ihren vielen Waffen und Fahnen an den Wänden eher einem Heerlager, und der Wirt verdient sich ein Zubrot mit den Fähigkeiten, die er als Zahlmeister seiner Einheit erworben hat: Bronnbrecht verliest nicht nur Aushänge und verfasst Briefe, der Gast kann sich auch in eine 'Musterliste' einschreiben und wird vielleicht mit einem Auftraggeber zusammengebracht – für einen Anteil am Sold, der zwischen einem Achtel und einem Drittel liegt.

Das Tuchmacherviertel

Nordwestlich des Marktes liegt das Viertel der Schneider, Altkleiderhändler, Weber und Tuchhändler. Dazu kommen noch einige Seiler und die dünkelhaften Kürschner, die sehr darauf achten, nicht mit den weniger angesehenen Gerbern und Schustern aus dem Lederer-Viertel in einen Topf geworfen zu werden.

Am Nordrand des Viertels liegt der **Peraine-Tempel** (14), dem der Pfleger des Landes, *Vater Atheldan*, vorsteht. Der erfahrene Heiler hat die Aufsicht über die übrigen Peraine-Tempel Andergasts und ist bestrebt, die Leiden der kriegsgeprüften Bevölkerung zu lindern. Der Stadttempel dient hauptsächlich als Spital. Aufgrund der hohen Ausgaben sind Spenden jeder Art hochwillkommen. Das **Zunfthaus der Tucher** (21) ist wegen des geringen Reichtums der Zunft eher schlicht geraten und dient vor allem als Schrein für die beiden Schutzheiligen des Gewerbes, die Heilige Ysinthe für die Schneider und die Heilige Alruna für die Weber. Gleich neben einer Wäscherei liegt der meistbesuchte Ort des Viertels: das einzige **Badehaus** (19) der Stadt. Für das Bad stehen große Zuber bereit, die mehrere Personen fassen, wobei man jedoch im biederen Andergast streng auf die Trennung der Geschlechter achtet. Die resolute Besitzerin *Dittlinde* ist stolz darauf, als ehrbare Baderin weder Dirnendienste anzubieten noch solche zu vermitteln, versteht sich allerdings ausgezeichnet auf die Behandlung einfacher Wunden und das Zahnreißen. Im **Wirtshaus *Zum Ochsen und Einhorn*** (25) sind vor allem die Weber und Schneider anzutreffen, aber auch Fremde sind gern gesehen (Q5/P4/S14). Der Wirt *Bernfried* ist eine gute Quelle für Tratsch über die Vorgänge in der Stadt. Manche Junggesellen und Handwerksburschen, die keine Muße haben, selbst zu kochen, versorgen sich in der **Garküche *Bei Muttern*** (26) (Q4/P2) mit dem täglichen Mahl.

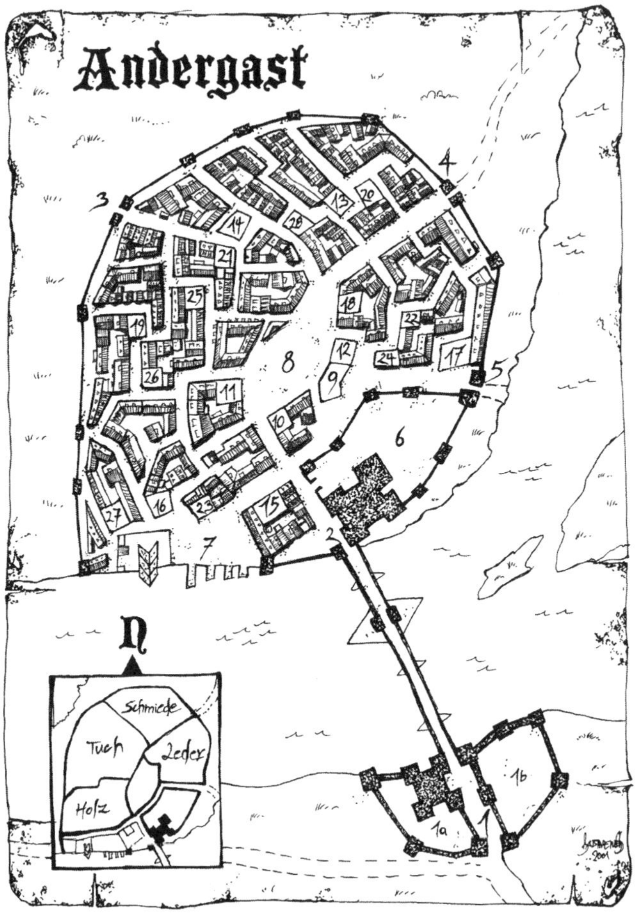

Das Holzwerkerviertel

Das Viertel im Südwesten, unweit des Ingval, ist den Berufen vorbehalten, die mit Holz arbeiten: Schreiner, Küfer, Stellmacher, Drechsler, Zimmerleute, Figurenmacher und Dachdecker sowie die wohlhabenden Baumeister und Holzhändler. Das ganz aus Steineiche errichtete **Zunfthaus der Holzwerker** (23) gilt für hiesige Verhältnisse als Meisterwerk der Baukunst: Von einem Bogengang mit gedrechselten Säulen umgeben, weist es auf jeder Etage bunte Verzierungen und Schnitzereien auf. Die Türen zeigen Einlegearbeiten, die Fenster sind mit filigran geschnitzten Gitternetzen aus Holz verkleidet. Im Zentrum der Eingangshalle steht die lebensgroße Statue einer Dryade, die sich aus einer Steineiche schält. Junge Lehrlinge werden gerne mit der Geschichte erschreckt, dass der Waldgeist mitunter erwacht, unbeherrschte Jünglinge verführt und zu sich ins Standbild holt, wo sie auf immer gefangen bleiben. In Hafennähe liegt der **Ingerimm-Tempel** (16), in dem die Zunftmeister Verträge vor den Augen des Gottes schließen. Der Hohepriester *Obernax* ist allerdings zum Leidwesen der Handwerkerschaft eher dem mystischen Zweig seiner Kirche zuzuordnen.

Die **Kaschemme *Zur Sonne*** (27) ist ein Spelunke übelster Sorte (Q2/P1), wie man sie in jeder größeren Stadt Aventuriens findet.

Die Stadt Andergast im Spiel

Die Hauptstadt kann Ausgangspunkt für viele Abenteuer im Königreich Andergast sein, da neben Ausrüstern und Annehmlichkeiten zahlreiche potenzielle Heldenauftraggeber hier versammelt sind. Das städtische Treiben an sich ist eher ruhig und provinziell zu nennen, der Alltag wird von den Zünften bestimmt. Allerdings sind sich die verschiedenen Zünfte nie ganz grün, auch wenn man in Notlagen wie Brand oder Krieg an einem Strang zieht. Insbesondere die Tucher und Lederer kommen einander häufig ins Gehege, wobei die Gesellen beider Zünfte gerne einmal über die Stränge schlagen. Auch unter den Holzwerkern herrscht Unfrieden, da diese Zunft von einigen wenigen Holzhändlern dominiert wird, allen voran die Familien *Ochsenbrecht* und *Birgelbaum*. Wie die *Hufferichs* mit dem Salzmonopol gehören sie zu den reichsten Bürgern der Stadt. Die meisten dieser Fernhändler treten für eine stärkere Öffnung des Königreiches ein, da sie sich große Gewinne davon versprechen. Der Landadel wehrt sich vehement gegen derartige Bestrebungen, so dass mitunter hinter einem Raubritterüberfall auf einen Handelszug mehr als bloße Habgier steckt. Die Fernhändler versichern sich gerne kompetenter Hilfe, um solchen Übergriffen vorzubeugen. Auch innerhalb der Stadtmauern reicht die Wache nicht aus, um jeder Form des Verbrechens Herr zu werden. Insbesondere Betrüger, Taschendiebe und Einbrecher haben in Andergast leichtes Spiel.
Weiter führende Informationen zur Stadt Andergast finden Sie im Abenteuer **Im Bann des Eichenkönigs** (S. 8 ff.).

Das Lederer-Viertel

Dieser Stadtteil grenzt im Osten an die Andra. Das Erste, was einem Besucher in die Nase steigt, ist der penetrante Geruch von Gerberflüssigkeiten wie Eichengalle oder Pferdeurin. Um die drei großen Gerbereien im Zentrum des Viertels haben verschiedene Lederhandwerker wie Schuster, Sattler und Gürtler ihre Werkstätten errichtet. In den Gerbereien arbeiten auch einige Goblins. Das **Zunfthaus der Lederer** (22) ist eigentlich ein normale Schänke (Q5/P5), in deren Hinterzimmer die Zunfttreffen abgehalten werden. Die **Werkstätten des Roten Salamanders** (18) liegen günstig zwischen Lederer-Viertel und Marktplatz. Man kann hier allerlei Arzneien, Elixiere und Essenzen erwerben, vom Fieberpulver über Rattengift und Seifen bis zu Alraunen und (angeblich Erfolg versprechenden) Stärkungsmitteln aus Bullenhorn und Biberhoden. Die Alchimisten unter Leitung von *Sevastianus Zornbold*, der einer Seitenlinie des Königshauses entstammt, wissen, dass sie im ganzen Königreich und viele Tagesreisen darüber hinaus ohne Konkurrenz sind, und verlangen daher hohe Preise für ihre Dienste (Q7/P8). Mehr zum *Bund des Roten Salamanders* finden Sie in **Zauberei 306**.

Am Rande des Viertels und somit vom Gestank einigermaßen entfernt, steht das **Gasthaus *Zum fetten Schinken*** (24), die beste Adresse in Andergast. Die Herberge besitzt nur Einzel-, Doppel- und Vierbettzimmer und bietet gehobene Küche (Q7/P8/S13). Das Haus gehört dem König, der es nicht nur wegen der regelmäßigen Einkünfte schätzt: Im Keller endet der Fluchttunnel aus der Königsburg, ein Geheimnis, in das nur die verwitwete Wirtin *Andrine* eingeweiht ist.

Im zweitgrößten Gebäude der Stadt ist die **Magierakademie** (17) untergebracht. Die *Königlich Andergastsche Lehranstalt des Arkanen Kampfes*, eine Gründung des einstigen Hofmagiers Xernos Wernigor, war über viele Jahrhunderte eng mit der Krone verbunden. Doch 1013 BF wurde allen Widerständen des Landadels zum Trotz eine Halbelfe norbardischer Abstammung als neue Akademieleiterin eingesetzt. Dies ist dem Einfluss der Grauen Gilde zu verdanken: Als der IGNISPHAERO als wertvolle Ergänzung des Lehrplans erworben werden sollte, forderte (und bekam) die Gilde im Gegenzug ein größeres Mitspracherecht. Ihre Spektabilität *Aljawa Walsareffnaja* öffnete das bis dahin erzkonservative Kampfseminar für Frauen und baute die Unabhängigkeit der Akademie im Rahmen der Wirren um die Andergaster Thronfolge weiter aus. Äußeres Zeichen für diese Entwicklung ist die Hand voll Gardisten des *Ordens der Grauen Stäbe* in ihrer grau-roten Tracht, die das Akademiegelände bewacht. Näheres zum Kampfseminar finden Sie in **Zauberei 269**.

Nostria

Einwohner: um 5.000
Wappen: silberne Salzarele unter silbernem Zinnenschildhaupt vor blauem Grund, darüber eine Mauerkrone
Herrschaft: die Königin vertreten durch einen Stadtvogt
Garnisonen: 1 Banner Königliche Leibgarde (Schweres Fußvolk), 1 Banner Königliche Langbogenschützen, 20 Stadtwachen
Tempel: Efferd, Boron, Peraine, Travia, Rahja, Rondra, Tsa
Besonderheiten: Stein von Nosteria; beunruhigend weitläufige Königsburg; Magierakademie von Licht und Dunkelheit (Umwelt, Objekt; weiß); verfallende Bürgerhäuser und verlassene Straßenzüge prägen das Stadtbild.
Wichtige Gasthöfe: Nostrischer Hof (bestes Hotel am Platze, Rechtsstadt, Q8/P9/S40), *Zum Holzbein* (üble Absteige, Hafeninsel, Q2/P3/S10), *Flinke Flunder* (deftige Speisen, Verminshus, Q5/P4/S8), *Rohrdommel* (häufig Barden und Musikanten, Alt-Nostria, Q6/P7), *Hügel von Half* (allerlei verwegene Gestalten, Verminshus, Q4/P6)
Stimmung in der Stadt: Niedergeschlagenheit und Verunsicherung haben sich vieler Menschen bemächtigt und mischen sich mit Nostalgie und verletztem Heimatstolz. Bisweilen herrscht gespenstische Stille in völlig leeren Gassen.
Was die Nostrianer über ihre Stadt denken: »Wir waren der Stolz des Reiches, doch dann kam die Strafe der Überderischen über uns. Irgendwann müssen auch wieder bessere Tage kommen.«

An der Mündung des Tommel in das Siebenwindige Meer liegt Nostria, die Hauptstadt des gleichnamigen Königreiches. Stets legten die stolzen Stadtbewohner Wert auf Repräsentation. Die meisten Bürgerhäuser sind dreigeschossig und mit prächtigen Fassaden versehen. Ungeachtet einfacher Anbauten setzt man an den Häuserfronten auf schmuckvolle Verzierungen. Es dominieren Treppenhaustürme vor den Giebeln, kleine Skulpturen über den Regentraufen und verzierte Bogenfassungen über den Fenstern – weithin bekannt als *Poltrion-Tormlyn-Stil*, benannt nach dem großen Baumeister der Blütezeit Nostrias um 800 BF. Verwinkelte Gassen wechseln sich mit breiten Prachtalleen ab, auf denen spürbar weniger Geschäftigkeit herrscht als noch vor wenigen Jahren. Die Blaue Keuche, die im Rondra und Efferd 1027 BF in der Stadt wütete und jeden vierten Einwohner zu Boron rief, hat Nostria schwer getroffen. Wo schon in der Vergangenheit viele Häuser, deren Besitzer es in das aufstrebende Salza zog, leer standen, sind heute ganze Straßenzüge verlassen. Der versandende Hafen wird kaum noch angelaufen, einstmals prächtige Gebäude verfallen langsam. Die unterbesetzte Stadtgarde steht dem um sich greifenden Verbrechen zunehmend machtlos gegenüber. Nostria ist eine Stadt im Niedergang.

Alt-Nostria und Verminshus

In den ältesten Vierteln der Stadt finden Handel und Handwerk ihren Platz. Verminshus war weithin bekannt für sein blühendes Tuchgewerbe, das inzwischen ein trauriges Schattendasein fristet. Ähnlich verhält es sich mit vielen anderen Wirtschaftszweigen, einzig das Verbrechen erfreut sich wachsender Beliebtheit. Die wohl berüchtigste Verbrecherbande der Stadt sind die *Grünkappen*. Ihr Anführer ist nur als der *Altvater* bekannt. Aus einer kleinen Gaunerbande formte er ein straff geführtes Syndikat, das auch vor Entführungen und Raubmord nicht zurückschreckt.

Die beiden Hauptstraßen der Stadt, Burggasse und Lysianen-Allee, treffen sich am **Freiheitsplatz** (1). In dessen Mitte erhebt sich eine fünf Schritt hohe Felssäule: der *Stein von Nosteria*, das Symbol der nostrischen Unabhängigkeit (siehe S. 190). Die gesamte Südseite des Platzes nimmt das **Fürstlich Nostrische Archiv** (2) ein, in dem unzählige Dokumente und Relikte der nostrischen Geschichte verwahrt werden. Während der Seuche wurden Teile der Sammlung geplündert, andere fielen Bränden zum Opfer. Es herrscht ein heilloses Chaos in den Beständen, und seit dem Tod des letzten Archivars lebt nur noch ein alternder Wächter in dem verwitterten Gebäude, der Gelehrten auf königlichen Befehl (oder jedem gegen ein Schweigegeld) Zutritt gewährt.

Der weiß geziegelte **Fringlashof** (3) gilt als eines der prächtigsten Bauwerke des Landes. Wo noch unter Kasimir IV. Adlige und Großbürger debattierten, duellierten und intrigierten, regiert heute das Verbrechen. Durch den Verrat eines Stadtoberen gelangte der Altvater an die Besitzurkunde des Hofes und gestaltet diesen insgeheim in den Hauptsitz der Grünkappen um.

Wie der **Tsa-Tempel** (4) liegt auch der Sitz des kleinen weißmagischen Ordens der **Schlange der Erkenntnis** (5) in einer kleinen Seitengasse Alt-Nostrias versteckt. Die Gelehrten verlassen ihr unscheinbares Fachwerkhaus nur selten, und wenn man den Gerüchten Glauben schenkt, studieren sie den ganzen Tag alte Folianten, die sie kurz nach der Seuche aus dem Archiv entwendet haben sollen. Der **Peraine-Tempel** (6) in Verminshus erfreut sich dieser Tage großen Zulaufs, waren es doch seine Geweihten, die mit ihrem aufopferungsvollen Einsatz während der Seuche viel Schaden von der Stadt abwenden konnten. Unzählige Pamphlete und Ausgaben der *Nostrischen Kriegsposaune* wurden über die Jahre in der Druckerei **Tommelstomp & Tochter** (7) herausgegeben. Nach dem Diebstahl der Druckstöcke musste man zur primitiven Technik des Holzletterndrucks zurückkehren, fehlt doch das Geld für besseres Gerät. Im **Travia-Tempel** (8) bemüht man sich, das Leid der Bedürftigen mit täglichen Speisungen zu mildern. Dabei ist *Vater Darislaus* auf die Hilfe der Einheimischen angewiesen, weil er das Götterhaus alleine leitet, seit die Blaue Keuche ihm seine Frau Esyndia nahm. Dabei herrscht ungewohnt große Eintracht mit dem **Tempel der Rahja** (9), die in Nostria vor allem als Göttin der Geselligkeit und des Bieres verehrt wird. Die Geweihten betreiben ein Brauhaus mit angeschlossenem Schankraum und einer Badestube (Q6/P6), durch die man zum Allerheiligsten gelangt. Das **Lyngwyner Tor** (10) mit seinem 20 Schritt hohen *Wächterturm*, der dem Stadtvogt als Wohnsitz dient, bildet den südlichen Abschluss von Verminshus.

Hafeninsel

Vom Reichtum früherer Tage ist dem Hafen Nostrias nicht viel geblieben. Durch einen schmalen Kanal vom Festland getrennt und über zwei Brücken zu erreichen, tut der ehrbare Bürger gut daran, dieses Viertel nicht zu betreten. Auf den Straßen lungern Kriegsversehrte, Waisen und zerlumpte Matrosen herum, gezeichnet von Not und Elend. Freudenmädchen, Hehler und Schläger bieten ihre Dienste an, unbehelligt von der Stadtgarde, die sich gar nicht erst hierhin wagt. Die meisten Speicher stehen leer, nur wenige Handelsgesellschaften unterhalten weiterhin ein Kontor in der Stadt.

Die verlotterten Häuser der **Siebenwindigen Promenade** (11) bieten den Ärmsten der Stadt eine erbärmliche Unterkunft. Im **Zollkastell** (12) herrscht kaum noch Betrieb, selten genug laufen Schiffe den versandenden Hafen an. *Frenglion*, der alte Zollwart, ist ein gebrochener Mann, der alle Kinder und Enkel durch Krieg und Seuche verloren hat. Oft steht er stundenlang am *Grangorer Kai* und schaut ohne jede Regung hinaus aufs Meer. Im **Werftenquartier** (13) lief seit Jahren kein Schiff mehr vom Stapel. Die Schiffsbauer sind allesamt nach Trontsand und Salzerhaven umgezogen, das stillgelegte Gelände ist heute in der Hand der *Köpendaaler*. Diese Schmugglerbande geht auf *Brinio Köpendaal* zurück, einen Großbürger, der nach der Kaperung seiner Schiffe und dem Verlust eines beträchtlichen Vermögens auf illegale Geschäfte umstieg. *Lynia Köpendaal* führt das Werk ihres Urgroßvaters fort und steht inzwischen einem drei Dutzend Köpfe starken Haufen von Schlägern und Schmugglern vor. Die Versuche der Grünkappen, in diesem Territorium Fuß zu fassen, könnten schon bald zu einem blutigen Bandenkrieg eskalieren.

Der **Efferd-Tempel** (14) in der Form einer gekenterten Potte wurde der Legende nach aus dem Holz eines gestrandeten Schiffes unbekannter Herkunft errichtet, dessen dunklen Planken bereits kunstvoll mit maritimen Ornamenten beschnitzt waren. Die Geweihten haben sich vom Stadtgeschehen abgewandt und suchen Efferds Ratschluss in tagelanger Entrückung zu erfahren.

Rechtsstadt

Über den Ufern des Tommel erstreckt sich die Rechtsstadt, das Viertel der ehemals wohlhabenden Oberschicht. Lange widersetzte sich das Großbürgertum dem Niedergang und hielt an alten Gewohnheiten fest, doch die Seuche machte auch dem Letzten klar, dass die Blütezeit Nostrias vorbei ist. Während sich die ehrbaren Bürger nachts kaum noch auf die Straße wagen, hält das Gesindel Einzug in die Rechtsstadt, das auf reiche Beute hinter den vernagelten Fenstern und Türen verlassener Bürgerhäuser hofft.

Das **Große Zeughaus** (15) in der Waffengasse gehört zu den traditionsreichsten Gebäuden der Stadt. Schon zu Zeiten der ersten Fürsten war in dem massiven Steinbau das größte Waffenarsenal der Landes beheimatet. Inzwischen aber hat das Zeughaus seine einstige Bedeutung eingebüßt, nur in einigen Kellerräumen werden noch Rüstungen und Waffen gelagert. Der Arsenalswart *Lutt von Lüderich* war ein Heerführer im letzten Krieg gegen Andergast, heute trauert er den alten Tagen nach, "in denen wir noch unseren König und unseren Stolz hatten". In den Obergeschossen haben sich inzwischen verschiedene Kleinläden angesiedelt, es wird mit alltäglichen Waren, aber auch mit Tuchen, Schmuck und teuren Importartikeln gehandelt. Wer auf der Suche nach einem Pfandhaus oder einem der Hofastrologen König Kasimirs ist, wird ebenso fündig.

Dem Zeughaus gegenüber liegt der Eingang zur unterirdischen **Halle der Helden** (16), dem beengten Gewölbe des Rondra-Tempels. Von den Städtern wird er eher selten frequentiert, einen Großteil der Besucher stellen auswärtige Söldner und andere Kriegernaturen dar. Nur zum Königsturnier im Rondramond gewinnt der Tempel an Bedeutung, wenn die wehrhaften Wojwoden vom Lande in der Stadt weilen. Der junge Schwertbruder *Paricio Lafanti* stammt aus dem Horasreich. Aller Kriegsmüdigkeit der Nostrier zum Trotz versucht er, die Verehrung der alveranischen Leuin in der Stadt wieder aufleben zu lassen. Am *Kasmyrinplatz*, von dem die **Kaspomirsbrücke** (17) über die Tommel führt, findet sich dieser Tage das **Nostrische Uffiz** (18), Sitz des Königlichen Majordomus *Toran vom Lichte* und der Verwaltung des Königreiches, im Volksmund auch "die Räuberhöhle" genannt.

Die Königsburg (19)

Auf dem weißen Harodfelsen, 40 Schritt über dem Nordufer des Tommel, thront die Königsburg, deren Geschichte bis in die Anfangstage Nostrias zurückreicht. Schon unter Fringlas I. wurde hier mit dem Bau einer befestigten Anlage begonnen. Im Laufe der Jahrhunderte erweiterten zahlreiche Herrscher die Burg. Heute ist sie ein gewaltiger, vielfach verschachtelter und unüberschaubarer Komplex, der wie das Werk eines Wahnsinnigen anmutet. Die Burg umfasst zwei große und vier kleine Höfe auf verschiedenen Höhenlagen, mehrere Schreine, Gesindehäuser, Türme, Werkstätten und andere Gebäude, die durch kleine Gassen, Tunnel oder Wehrgänge miteinander verbunden sind. Flure und Treppen schlängeln sich labyrinthartig durch die Burg. Heute stehen große Teile der Anlage leer, und die wenigen Bewohner verlieren sich in der Weite der Festung. In lichtlosen Gängen und endlosen Zimmerfluchten hallt jeder Schritt dutzendfach wieder. An diesem Ort ist man allein mit dem leblosen Stein, nur beobachtet aus den Augen längst verstorbener Fürsten, die von den Galerien herabzustarren scheinen, immer im Schatten der Relikte eines Reiches, das in vergessene Zeiten zurückreicht. Hinter verrottenden Wandteppichen, rostigen Rüstungen, kalten Kaminen und bleichen Wappenschilden verbirgt das Gemäuer noch viele Geheimnisse. Etliche Räume wurden mit der Zeit verschüttet oder zugemauert, verborgene Gänge durchziehen Mauer und Fels. In tiefen Kammern mögen Schätze und Wissen vergangener Zeiten liegen, doch sind hier auch Dinge zu finden, die besser im kalten Stein begraben bleiben.

Die alte Kanalisation

Unter der Rechtsstadt existieren noch immer die Tunnel der zu Zeiten Kasimirs des Dicken angelegten Kanalisation. Seit annähernd drei Jahrzehnten sind die Zugänge jedoch versiegelt. Diese Maßnahme wurde seinerzeit getroffen, um dem gerissenen Diebesgesindel den Garaus zu machen, das die modrigen, rattenverseuchten Gänge als Versteck genutzt hatte. Dennoch wollen Gerüchte nicht verstummen, in der alten Kanalisation würde heute noch eine Hundertschaft von Leuten hausen: die *Rattenmenschen*, die ihr Leben in den lichtlosen Kanälen unter der Stadt verbringen und sich nur des Nachts auf die Straßen wagen. In diesem Zusammenhang erschrecken Berichte, laut denen manche Bettler bisweilen Kinder mit verbundenen Augen durch die Stadt führen, da diese das Sonnenlicht nicht ertrügen. Die einzigen Mannlöcher, durch die man die Kanalisation heute noch betreten kann, befinden sich in den Kellern einiger Bürgerhäuser.

Vor der Stadt

Vor den Toren Nostrias liegt der große **Boron-Tempel** (20) samt Anger, auf dem zahlreiche Massengräber von den Schrecken der Seuche künden. Drei Meilen flussaufwärts ist die *Akademie von Licht und Dunkelheit* in einem großen Gutshof untergebracht. Mehr zu dieser bodenständigen und entgegen allen Befürchtungen des Landadels völlig unpolitischen Magierakademie finden Sie in **Zauberei 282f.** Am nördlichen Flussufer, an der Straße nach Salza, steht ein verwitterter Wegstein, auf dem in Drakhard-Zinken ein Pfad beschrieben wird, der mitten in das Siebenwindige Meer führt.

Die Stadt Nostria im Spiel

Nostria bietet eine ideale Kulisse für Kriminalabenteuer. Die Städter können fremde Unterstützung dringend gebrauchen, auch die chronisch unterbesetzte Garde ist für jede Hilfe dankbar. Da das Machtgeflecht minimal und übersichtlich ist, können hier auch unerfahrene Helden Erfolge feiern.

Die vielen leer stehenden Häuser bieten nicht nur Gaunern und Vagabunden Unterschlupf, sondern auch einer gewachsenen Anzahl an Geistern und gefesselten Seelen. Fast jedes nostrische Stadthaus besaß ein Geheimversteck (im Keller oder hinter einem Wandpaneel), in dem ein Teil des Hab und Guts vor dem Zugriff der Steuereintreiber verborgen wurde. Heute harren hier einige Schätze des Entdeckers, aber auch die schauerlichen Überreste während der Seuche verhungerter Bürger oder vergessener Entführungsopfer.

Etliche Opfer der Blauen Keuche bleiben vermisst, da die Pestleichen in großer Hast bestattet wurden. Auf dem Land oder in anderen Städten können die Helden Menschen treffen, die keine Gewissheit über den Verbleib ihrer Verwandten besitzen – und die Gruppe deshalb nach Nostria schicken.

Salza und Salzerhaven

Einwohner: um 4.000 (davon etwa ein Drittel in Salzerhaven)
Wappen: silbernes Fischernetz auf rotem Grund, darüber eine Mauerkrone
Herrschaft/Politik: Graf Albio III. von Salza
Garnisonen: 2 Banner Grafengardisten (Leichtes Fußvolk), 1 Kompanie Soldaten der nostrischen Königin (Schwertschwinger und Bogner), 20 Stadt- und Hafenwachen
Tempel: Ingerimm, Travia, Hesinde in Salza; Efferd in Salzerhaven
Wichtige Gasthöfe: Wirtshaus *Zum tanzenden Seepferdchen* (Salza; Musik- und Tanzdarbietungen; Q7/P6), Taverne *Tränke* (Salza, Q1/P2), weitere s.u.
Besonderheiten: Tätowierer Bragan (Magiedilettant); Ordenshäuser der Anconiten und Draconiter an der Straße nach Kendrar; die Efferd-Heilige Elida genießt große Verehrung.
Stimmung in der Stadt: gutbürgerlich und (noch) nicht ganz so weltoffen, wie man gerne von sich behauptet; der Handel floriert jedoch, und der Einfluss ausländischer Kaufleute wächst.
Was die Salzeraner/Salzerhavener über ihre Stadt denken: Salza ist das neue Nostria – Fremdem aufgeschlossen und auf den Handel ausgerichtet.

Obwohl die 'doppelte Stadt' Salza weniger Einwohner hat als Nostria, ist es für die Wirtschaft des kleinen Königreichs bedeutender als seine Hauptstadt, denn in Salza und Salzerhaven sind all jene Betriebe angesiedelt, die sich mit der Verarbeitung des wertvollen Steineichenholzes beschäftigen. Graf *Albio III. von Salza* ist sich der Wichtigkeit seiner Städte durchaus bewusst. Schon sein Vater, Graf Grordan, trotzte dem damaligen König die Erlaubnis ab, auch in Kriegszeiten mit dem feindlichen Andergast Handel zu treiben. Alle Versuche der Krone, die aufmüpfige Provinz enger an die Krone zu binden, kontert Graf Albio mit der Drohung, Salza wieder zur Freien Stadt zu erklären, was diese von 818–938 BF bereits einmal war.
888 BF wurde an der Mündung des Ingval ein neuer Hafen gebaut, in den auch die großen Handelsschiffe aus Havena und Grangor einlaufen können. Um den neuen Hafen herum bildete sich eine kleine Siedlung namens Salzerhaven, die nach der Gründung mehrerer Werften rasch anwuchs und 918 BF das Stadtrecht bekam. Zur Mutterstadt Salza besteht eine freundschaftliche Konkurrenz, und eingefleischte Salzerhavener lehnen es ab, als Salzeraner bezeichnet zu werden. Der Graf, dem beide Städte untertan sind, fördert diese Denkweise durch Ausschreibungen und Wettkämpfe, da er sich davon einen Ansporn zu größerem Fleiß verspricht.
Letztlich kann eine der beiden Städte ohne die andere nicht existieren. So ist man in den Salzerhavener Werften auf die Zulieferer aus Salza angewiesen, umgekehrt können die Fernhändler aus Salza ihre Waren nur über den Hochseehafen verschiffen. Die Ernährung wird zu gleichen Teilen durch den Salzarelenfang der Fischer aus 'Haven' (so nennt man die Schwesterstadt in Salza) und die Bauern des Salzeraner Landes sichergestellt.
Die Salzerhavener Werften bauen vornehmlich Handelsschiffe für Auftraggeber aus aller Herren Länder. Als Krone der Schiffsbaukunst gelten hier mehrmastige Koggen, die den bornländischen Holken entsprechen – größer und gedrungener als ihre Vorläufer, vor allem aber mit einem zusätzlichen Deck für Schiffsgeschütze versehen. Neben den Werften gibt es eine Reihe von Speichern und Lagerhäusern im Hafen, deren Besitzer größtenteils aus dem Ausland stammen. Der südlichste und neueste Teil der Kaianlage ist die *Drachenmeile*, ein ummauerter und von Kriegern der Hetgarde bewachter Bezirk, in dem alle Speicher und Warenhallen thorwalschen Händlern gehören. Noch beeindruckender ist die *Kontorinsel* der horasischen Nordmeer-Compagnie (HPNC) am Rande der Ingvalmündung: Hohe Backsteinmauern und Geschützbastionen schaffen einen wehrhaften Handelsplatz. Graf Albio lässt beiden Staaten freie Hand bei der Verwaltung ihrer Areale, so dass diese praktisch außerhalb der nostrischen Rechtsordnung stehen.
Salzerhaven macht einen bunten Eindruck und besitzt die typische Atmosphäre einer Hafenstadt: Bordelle, Geldverleiher, Kneipen und Herbergen prägen das Stadtbild. Ein großer Efferd-Tempel bildet das Zentrum des geschäftigen Treibens. Am Efferd-Platz liegen nicht weniger als sieben Schänken – von der Spelunke *Roter Heller* (Q2/P3/S8) bis zum Gasthaus *Dicker Walfisch* (Q5/P5/S10), in dem die thorwalsche Wirtin Swafnild und ihr nostrischer Mann Gisbrecht keine Streitigkeiten zwischen ihren Stammgästen erlauben, zu denen sowohl Thorwaler als auch Liebfelder zählen. Etwas versteckt liegt die Werkstatt von *Bragan dem Bilderstecher*, einem aus Vaermhag stammenden Halbelfen (Q10/P8). Der kunstsinnige Meister sticht unter anderem die Hautbilder aller Rahja-Geweihten von Nostria bis Joborn. Seine Arbeiten sind für ihre klaren, leuchtenden Farben und scharfen Umrissen berühmt.
Die beiden Teile der Doppelstadt sind durch eine solide gebaute Uferstraße miteinander verbunden, an der sich eine lose Folge einzeln stehender Gebäude entlangzieht. Die meisten davon beherbergen Holz verarbeitende Betriebe; es gibt Sägemühlen, Tischlereien, Papiermühlen, und einige Werkstätten stellen Tauwerk, Segel oder Planken für die Werften her.
Im Vergleich zu Salzerhaven geht es in Salza ruhiger und geordneter zu. Das Stadtbild ist geprägt von schmalen, zwei- oder dreigeschossigen Giebelhäusern aus rotbraunem Backstein. Typische Elemente sind die 'Prunkstube' zum Empfang der Gäste und die Elida-Statuette neben dem Eingang. Die Efferd-Heilige *Elida von Salza* gilt als Schutzpatronin der Stadt schlechthin: Während der Namenlosen Tage 154 v.BF brachte sie auf ihrer Sturmfahrt vier Schiffe mit Korn sicher ins Not leidende Brabak. Dennoch sind ihr die vielen Standbilder nicht nur aus Frömmigkeit gewidmet: In seiner steten Suche nach Geld verfügte Fürst Kasparbald der Kurze einst, dass für alle öffentlichen Laternen, die jemand an seinem Haus anbrachte, eine Steuer zu entrichten sei. Eine findige Salzeranerin aber stellte neben ihr Talglicht eine kleine Statue der Heiligen Elida und überzeugte den Efferd-Tempel, dass es sich bei dem Licht um einen Teil einer Andachtsstätte handelte, die nicht zu versteuern sei. Die anderen Bürger folgten dem Beispiel rasch nach und schufen damit einen Brauch, der sich bis heute gehalten hat.
Das Herz Salzas bildet der Marktplatz, auf dem im Sommer und Herbst große Holzauktionen stattfinden. Die Reiterstatue, die den jungen König Kasimir auf seinem ersten Feldzug nach Joborn darstellt, wurde 1027 BF durch ein Standbild der Gräfin Gertlind von Salza ersetzt und steht heute vor dem Osttor. Direkt am Marktplatz liegen das Stadthaus, die neue Markthalle und eine Niederlassung der Nordlandbank, daneben ein paar Kontore, vorwiegend von Handelshäusern aus dem Lieblichen Feld, aber auch aus dem Mittelreich, sowie das maßlos überteuerte Hotel *Güldener Ingval* (Q7/P9/S25). Die Holzhändlerin *Dardane Brusik* ist die einzige Einheimische, die sich hier ein Anwesen leisten kann.
Vom Marktplatz führt eine Straße Richtung Nostria, an der sich ein kleines Schmiedeviertel mit Ingerimm-Tempel befindet. In diesem Stadtteil werden neben Waffen und Werkzeug vorwiegend Metallbeschläge, Anker und anderes Schiffszubehör aus Eisen hergestellt. Eine weitere Straße führt vom Zentrum aus über die Ingvalbrücke nach Kendrar, eine dritte flussaufwärts entlang des Ingvals nach Lyckmoor. An dieser Straße, unweit vom Zentrum, stehen auch der Travia-Tempel und die Residenz des Grafen. Das ehemals bescheidene Stadthaus wurde vor wenigen Jahren um einige Flügel erweitert und zu einem befestigten Herrensitz umgebaut. Der Residenz gegenüber liegt die *Alte Vogtei*, in der die Grafengardisten untergebracht sind.
Bereits eine Meile außerhalb der Stadtmauer befindet sich die *Salzfeste*, eine weitläufige, aber heruntergekommene Wehranlage, in der einige Soldaten das Banner der Königin hochhalten. Die königlichen Krieger gelten den eigensinnigen Salzeranern als unliebsame Gäste,

wenn nicht gar als Bedrohung. Der Haufen steht unter dem Befehl des ehemaligen Grafen *Muragio Ansfinion von Kendrar*, der sein Lehnsland an die Thorwaler verlor. Ihm wird nicht nur eine persönliche Feindschaft mit Graf Albio nachgesagt, sondern auch manche Nacht-und-Nebel-Aktion, bei der er über den Ingval setzt, um die Rückgewinnung seines Erbes voranzutreiben.

An der Straße nach Kendrar stehen in einem eigenen, ummauerten Bereich ein Hesinde-Tempel und ein Kloster bosparanischen Baustils, die alle Bauwerke der Stadt in ihrer architektonischen Schönheit übertreffen. Das Kloster wird heute von der *Bruder- und Schwesternschaft zur Förderung der Heilzauberei des Anconius* bewohnt, ist jedoch wesentlich älter. Die Anconiten in ihren einfachen grünen Kutten sind über die Stadt hinaus als fähige Heiler bekannt. Der große Gong des Hesinde-Tempels wird zu jeder vollen Stunde geschlagen und ist weithin zu vernehmen. Auf der rückwärtigen Seite des Tempels befindet sich die *Stube der Weisheit*, eine gemütliche Schänke (Q5/P5/S12), die den Geweihten auch als Gästehaus dient.

Folgt man der Straße weiter Richtung Kendrar, erreicht man *Vidagard*, den 'Erzhort der Westlande', ein wichtiges Ordenshaus der Draconiter, dessen Leiter *Fabius Toren* sich mit Leib und Seele der Botanik verschrieben hat (weitere Informationen können Sie dem Abenteuer **Die Dunkle Halle** entnehmen). Da es im alten Langhaus auf dem Hügel spuken soll, wird die Anlage von den meisten Thorwalern gemieden. Wegen ihrer abgeschiedenen Lage im Grenzland ist sie jedoch immer wieder Ort von Geheimverhandlungen zwischen dem Salzeraner Grafen und Hetmann Eldgrimm Oriksson von Kendrar.

Joborn

Einwohner: 900
Wappen: roter Hirschkäfer auf Weiß
Herrschaft/Politik: Freiherr Ruckus von Joborn, beraten durch Zunftvertreter und Geweihte
Garnisonen: 1 Banner Königlich Andergastische Bogner, 30 Wachen des Freiherrn
Tempel: Wehrtempel von Travia und Peraine, Rahja
Wichtige Gasthöfe: Gasthaus *Haus Joborn* (Q6/P7/S15), Herberge *Ingvaller* (urig-gemütlich, viele Flößer, Q4/P3/S20), Schänke *König Wendolyn* (vor allem Soldaten und unverbesserliche Patrioten, Q5/P4), Wirtshaus *Friedenskeller* (im Rahja-Tempel, Q7/P5)
Besonderheiten: Brezelbäckerei; Hügel von Half (Schlachtfeld); im Rahja-Tempel wird das Liebeslicht (ein heiliger Talisman) aufbewahrt.
Stimmung in der Stadt: aufgrund der häufigen Wechsel der Zugehörigkeit zwischen Andergast und Nostria deutlich weniger patriotisch als in anderen Landesteilen; in jüngster Zeit wegen des langen Waffenstillstands und der Rückkehr der Rahja-Kirche hoffnungsvoll
Was die Joborner über ihre Stadt denken: »Von Joborn lernen heißt, sich zu arrangieren lernen! Wenn der Freiherr dies doch auch einsähe ...«

Dem Reisenden präsentiert sich Joborn als schmuckes und beschauliches Städtchen, obwohl es über Jahrhunderte hinweg der Zankapfel zwischen den Streitenden Königreichen gewesen ist. Seit fast einer Generation ist die Stadt fest in der Hand der Andergaster, die wechselvolle Geschichte ist jedoch noch unvergessen. 992 BF hielt mit den siegreichen Nostriern der lethargische Grenzgraf *Borelion von Klöppenau* Einzug. 1001 BF gelang es den Andergastern, Joborn im Handstreich zu besetzen, das sie bis zum Ende des 14./15. Krieges auch halten konnten. Der grausame Freiherr *Arle Keilreißer* ließ die Stadt ein ums andere Mal nach nostrischen Verrätern durchsuchen, bis ihm 1006 BF *Friduliane vom Ingval* nachfolgte, die 'lustige Bombastin', die großen Gefallen an dem hiesigen Brau- und Backwerk fand. Manche Bürger Joborns erinnern sich mit Wehmut an die Herrschaft der nostrischen Adligen, die sich kaum um Kleinigkeiten scherte und die Verwaltung der Stadt zur Gänze der Bürgerschaft überließ. Seit 1010 BF, seit die Andergaster wieder in der Stadt sind, weht ein anderer Wind: Freiherr *Ruckus von Joborn* versteht sich als Wahrer der Königsmacht und Zwingvogt, der die Joborner mit strenger Hand 'bei der Stange halten' muss. Von Milde hält auch seine Frau Wenzeslausia, eine Base der Königin, nichts, und es geht das Gerücht, dass sie noch große Pläne mit ihrem Gemahl hat.

Joborn liegt auf der nostrischen Seite des Zusammenflusses von Ingval und Ornib und ist gegen einen Hang im Süden gebaut, den berüchtigten *Hügel von Half*, an dem unzählige Schlachten gefochten wurden. Fast alle Gebäude Joborns sind im Fachwerkstil gehalten. Auf der Hügelkuppe thront das alte Kastell Joborn, eine kleine Hochmotte aus feuerfestem Steineichenholz, die dem andergastischen Freiherrn und den Kriegern des Königs als Sitz dient. Nur wenig unterhalb befindet sich ein Wehrtempel, der zugleich den Göttinnen Travia und Peraine gewidmet ist und von einem einzelnen Geweihten betreut wird. Der große Palisadenring des Tempels bot der Stadtbevölkerung in der Vergangenheit bereits oft Zuflucht vor den Kriegshandlungen. Weiter hangabwärts liegt in westlicher Richtung das Bauernviertel mit seinen Fleischereien und Schweinemästereien, nach Norden der Stadtkern mit dem Marktplatz, an dem sich das Rathaus und das Gasthaus *Haus Joborn* befinden, beides zweistöckige Steingebäude. Auffällig ist der einzeln stehende Glockenturm, auf dem ein von der Stadt (nicht vom Freiherrn) besoldeter Wächter bei drohender Gefahr Sturm läutet.

Wer den 'großen Rahja-Tempel von Joborn' sucht, wird vermutlich enttäuscht sein: In einer Seitengasse lockt ein ziseliertes Schild in den *Friedenskeller*, eine Taverne, deren Schankwirt niemand Geringeres als *Raitjan Angmund* ist, der Tempelvorsteher. In diesem Keller wurde vor einigen Jahren das *Heilige Liebeslicht* wieder entdeckt, mit dem die Geweihte Dorlen 133 BF Frieden zwischen den Heeren der verfeindeten Länder stiftete. Eine Wandmalerei in der Wirtsstube zeigt diese Szene, eine Treppe führt hinauf ins Allerheiligste, wo die unscheinbare irdene Duftlampe in einer Hand des Standbilds der Heiligen Dorlen ruht. Da der Rahja-Kult nach der *Joborner Verbrüderung* beinahe neun Jahrhunderte lang in Andergast verboten war, wurde der 1023 BF neu gegründete Tempel zunächst von vielen Einheimischen misstrauisch beäugt. Einige sahen in der Rückkehr der Kirche an den Ort des Wunders aber auch ein gutes Omen, und der Einfall der Geweihten, alljährlich am 17. Boron, dem Tag der Heiligen Dorlen, freien Ausschank für jedermann anzubieten, trägt dazu bei, die Vorbehalte der Bevölkerung zu mindern.

Zwischen Marktplatz und Ingval liegen die Werkstätten der Handwerker, unter denen die berühmte Brezelbäckerei heraus sticht (Joborner Brezeln wurden als Dauerbrot bekannt, frisch werden sie gerne als Zwischenmahlzeit zum Bier gereicht). Abseits des Holzhafens steht am Flussufer eine Mühle, in der vor Jahren einmal ein Hesinde-Geweihter namens *Hexander* gelebt haben soll. Ihm werden die eingekerbten Elementarsymbole zugeschrieben, die alle Teile des Gebäudes, vom Wasserrad über den Türsturz bis zum Mühlstein, schmücken. Eine Lastenfähre verbindet Joborn mit dem nördlichen Ingvalufer, während eine schmale Brücke aus Steineichenholz nach Osten über den Ornib führt. Südlich der Brücke in den Uferniederungen des Ornib und damit tief zu Füßen der Burg erstreckt sich das Viertel der Tagelöhner, deren armselige Katen stets von Überschwemmungen bedroht sind.

Ein Großteil des Ingvalhandels mit Salza wird am königlichen Zoll in Joborn abgewickelt. Das fruchtbare Umland ermöglicht der Stadt genügend Getreideanbau und Viehzucht, um zusammen mit dem Fischfang ausreichend Nahrung für die Einwohner und einen bescheidenen Überschuss für den Handel zu erwirtschaften.

Die Stadtbürger sind in drei Zünften organisiert: Die *Zunft zur Steineiche*, ein Zusammenschluss von Holzfällern und -händlern, kontrolliert den Holzschlag und den Transport der Steineichen bis an die Ufer des Ingval. Die *Zunft zum Ingval* vertritt die Interessen der Fischer und Flussschiffer. Die *Ingrimmszunft* schließlich ist die Versammlung der Joborner Handwerksmeister, von Schmieden über Schuster bis zu Figurenmachern. Da sich die Zunft zum Ingval und die Zunft zur Steineiche meist nicht auf einen gemeinsamen Kandidaten einigen können, stellt die Ingrimmszunft in der Regel den *Ratsherrn*, dem die Marktaufsicht obliegt. Dazu gehört auch die Rechtsprechung über Marktvergehen. Im Gegenzug für dieses 'großzügige Zugeständnis' hat der Freiherr den Zünften verschiedene Pflichten auferlegt: So ist die Zunft zum Ingval damit betraut, das Versanden des Hafenbeckens zu verhindern, die Zunft zur Steineiche liefert das Holz zur Ausbesserung der Palisaden und die Ingrimmszunft unterhält die stadteigenen Gebäude.

Eine Besonderheit Joborns ist der *Holzerkönig*: Dieser Titel steht traditionsgemäß dem tüchtigsten und kräftigsten Holzfäller der Freiherrschaft zu. Nicht nur, dass der so Geehrte größtes Ansehen unter den Bauern und Handwerkern genießt, er erhält zudem Freischnaps in allen Schänken. Der Meister der Zunft zur Steineiche verkündet jedes Jahr am Dorlenstag den Namen des neuen Holzerkönigs, so dass gute Beziehungen zur Zunft (oder zum Meister persönlich) für die Wahl mitunter entscheidender sind als echte Verdienste.

Teshkal

Einwohner: 900
Wappen: schwarzer Pferdekopf auf Grün
Herrschaft/Politik: Freiherrin Ossyra von Teshkal
Garnisonen: 1 Kompanie Krieger aller Waffengattungen im Sold der Freiherrin, 20 Königlich Andergastische Bogner
Tempel: Tharvun & Sulva (Rahja), Wehrtempel von Rondra, Travia und Peraine
Wichtige Gasthöfe: Herberge *Hufgetrappel* (Q5/P6/S30), Gasthaus *Meister Xerber* (Q6/P5/S12), Schänke *Orkenzahn* (Q4/P4)
Besonderheiten: großes Gestüt, Pferdeversteigerung im Ingerimm, hin und wieder Pferde- und Wagenrennen
Stimmung in der Stadt: nach Art der Steppenbewohner zäh, aber herzlich, man ist auch seltsame Durchreisende gewohnt; Orks sind äußerst unbeliebt (zählen aber bedauerlicherweise zu den häufigeren 'seltsamen Durchreisenden').
Was die Teshkaler über ihre Stadt denken: An Teshkal führt kein Weg vorbei – weder auf dem Weg durch die gefährlichen Steppen noch auf den Gebieten der Wagenlenkkunst und Pferdezucht.

Inmitten der hügeligen Ebene zwischen Steineichenwald und Messergrassteppe liegt, von einer hölzernen Palisade umgeben, das Städtchen Teshkal. Von weitem schon sieht man die großen Pferdekoppeln, auf denen die glänzend schwarzen Kaltblüter stehen, die sich hervorragend als Zugtiere eignen und die diesen Ort weit über die Streitenden Königreiche hinaus bekannt gemacht haben. Das Teshkaler Gestüt verfügt über das älteste Zuchtbuch Aventuriens, das bis ins zweite Jahrhundert nach Bosparans Fall zurückreicht und die Abstammung der edlen Tiere belegt.

Dementsprechend ist der *Pferdemarkt*, auf dem im Ingerimm jedes Jahres eine große Pferdeauktion stattfindet, der größte Platz der Stadt. Hier steht auch der *Tempel der Heiligen Himmelsrösser*, in dem der Hengst *Tharvun* und die Stute *Sulva* verehrt werden, das 'Göttliche Gespann' Rahjas. Die Schöne Göttin gilt hier als Mutter der beiden Pferdegottheiten, die mit ausgebreiteten Flügeln dargestellt werden. Einer alten Tempellegende gemäß betaut der *Hengst der Nacht*, Tharvun, jeden Morgen die Erde mit dem Schaum seines Maules, und die *Stute des Tages*, Sulva, bringt Glanz auf Himmel und Erde. Ihnen sind die *Drachen des Gestern* auf den Fersen, namenlose Schatten unbekannter Natur, die versuchen, die Schöpfung zu verschlingen. Wenn die Verfolger sie fast eingeholt haben, verdunkelt sich die Sonne bzw. der Mond, doch durch Geschick und Kraft konnten die Himmelsrösser noch jedes Mal entkommen. Zur Sommersonnenwende wiederholt die Priesterschaft dieses Rennen symbolisch mit dem Zeremonialwagen des Tempels. Die Strecke führt dabei zwölfmal rings um die Stadt. Auf der Rennbahn finden auch die zahlreichen gewöhnlichen Pferde- und Wagenrennen statt, die vor allem im Frühling Besucher anlocken. Als besondere Glaubensprüfung gilt ein Streitwagenrennen von Lowangen oder Joborn nach Teshkal, das in den letzten Tagen des Rahja beginnt und am 1. Praios endet, allerdings finden sich nur sehr selten dafür genügend Freiwillige.

Der Ursprung dieser Kulthandlungen verliert sich ebenso im Dunkel der Geschichte wie die Herkunft der Stadtgründer. Auffällig ist die Neigung der Teshkaler zu Turmbauten: Um ein zentrales höheres Bauwerk sind meist die Wohnungen und Werkstätten anderer Familienmitglieder und engerer Verwandter gruppiert. Dazu gehören Pferdekoppeln und Viehgehege sowie runde Grabhügel, in denen die Toten bestattet werden, wobei Grabbeigaben in Form hölzerner Tierfiguren und Gerätschaften die Regel sind. Kleine Palisaden und Zäune umgeben diese 'Sippenburgen' und unterteilen Teshkal damit in viele Parzellen.

Ein Teshkaler

Da überall in der Stadt Pferde herangezogen werden, herrscht die Freiherrin *Ossyra von Teshkal* durch die Macht des Zuchtbuchs: Sie bestimmt, wer welche Paarungen und Einkreuzungen vornehmen darf, wie viele Tiere verkauft werden und welche Mindestpreise gelten. Von jedem Verkauf erhält sie einen Anteil, den ihre Waffenknechte rücksichtslos eintreiben. Auf diese Weise brachte es bereits Ossyras Urgroßmutter zur bedeutendsten Pferdebesitzerin der Stadt. Der eigensinnigen Stadtherrscherin schmeckt es überhaupt nicht, dass sie der jüngste Orkensturm zwang, die zeitweilige Unabhängigkeit Teshkaliens aufzugeben, nachdem die Schwarzpelze die Stadt 1010 BF geplündert hatten. Ihr aus der Notlage gegebener Lehnseid gegenüber dem andergastischen König ist darum nur ein Lippenbekenntnis, das ihr Waffenhilfe und Schmiedeerzeugnisse im Tausch gegen Streitrösser beschert. Von den patriarchalisch gesinnten Freiherrn wird Ossyra unentwegt angefeindet, da sie die einzige Frau in Andergasts regierendem Adel ist. Insgeheim hofft sie, einen Weg zu finden, wie Teshkal aus eigener Kraft den Orks trotzen kann.

Die geschäftstüchtigen und ungewöhnlich lebhaften Einwohner der Stadt versuchen, das Beste aus ihrer Lage zu machen: Wer keine Pferde sein Eigen nennt, verdient als 'Ausrüster' sein Brot. Für viele Handelszüge, die zwischen Lowangen einerseits und Andergast oder Thorwal andererseits verkehren, ist Teshkal der einzige sichere Halt auf der ganzen Strecke. Auch die Hirten der Umgegend treiben ihre Herden von Zeit zu Zeit in die Stadt, um ihre Erzeugnisse einzutauschen. Besonders begehrt sind Metallwaren jeder Art, vor allem aber Waffen – allerdings nicht nur bei den einheimischen Menschen, sondern auch bei den orkischen Banditen der Steppenlande.

Die Streitenden Königreiche im Spiel

Nostria und Andergast als Einsteigerregion

Nostria und Andergast stellen eine ideale Region für Einsteiger in die Welt des Schwarzen Auges dar. Denn beide Staaten sind überschaubar, und zwar in geographischer, politischer und kultureller Hinsicht. Die historischen und aktuellen Verflechtungen mit dem übrigen Aventurien halten sich in Grenzen, so dass keine besonderen Vorkenntnisse benötigt werden. Auch DSA-Neulinge können sich leicht in ein mittelalterliches Umfeld einfinden, das an Astrid Lindgrens *Ronja Räubertochter*, Robin Hood oder die Märchen der Gebrüder Grimm erinnert. Helden aus anderen Regionen können hier ebenfalls mit Leichtigkeit ausgespielt werden – man braucht als Spieler nicht viel über das Horasreich zu wissen, damit beispielsweise eine horasische Heldin in den Streitenden Königreichen als fremd und originell wahrgenommen wird.

In Nostria und Andergast ist man zudem häufig auf die Hilfe von Helden angewiesen, denn die Staatsmacht ist schwach und die Mittel sind begrenzt. Die Wege zwischen den einzelnen Burgen und Dörfer sind weit, so dass bereits die Reise eine Heldenaufgabe darstellt; am Ort des Geschehens haben die Spielerfiguren wiederum viele Freiheiten, da keine andere Autorität ihnen beständig auf die Finger schaut. Die recht zugängliche Oberschicht ermöglicht zudem das tatsächliche Retten von Adelssprösslingen, Gewinnen von Turnieren und Überführen von schurkischen Freiherren bereits auf niedrigen Erfahrungsstufen, ohne dabei die Helden zu überfordern oder sie gleich gesellschaftlich so weit nach oben zu spülen, dass sie für übliche Abenteuer nicht mehr empfänglich wären. Man kann bereits 'im fernen Königreich Andergast' einem Prinzen das Leben gerettet haben und trotzdem noch in einer großen Stadt wie Gareth oder Kuslik wenig zählen.

Außerdem bieten die Lande zwischen Tommel und Steineichenwald eine Vielzahl typischer Handlungsschauplätze an: Neben Städten und Dörfern gibt es tiefe Wälder, Berge, Moore, Seen, Flüsse und sogar Steppen. Gerade die zahlreichen im Verlaufe der Kriegsjahrhunderte verfallenen Befestigungen, verlassenen Bauernhöfe und Burgruinen eignen sich als Sitz von Räuberbanden oder Verschwörern, aber auch als stimmungsvoller Unterschlupf vor einem Gewitter oder für die Begegnung mit einem Spuk, einem Vampir oder einer gefesselten Seele.

Helden aus der Region

Wenn Sie einen Helden aus den Streitenden Königreichen spielen wollen, sollten Sie sich überlegen, was ihn dazu bewog, seine heimatliche Umgebung zu verlassen. Viele Handwerksgesellen, Söldnerinnen und gutaussehende Burschen glauben, in der Fremde eher ihr Glück als im ärmlichen Vaterland machen zu können, und hegen häufig insgeheim die Hoffnung, irgendwann als 'gemachte Leute' heimzukehren. Vielleicht ist Ihr Held aber auch ein 'Entwurzelter', der seine nächsten Verwandten im Krieg, bei einem Überfall oder durch ein Unglück verloren hat? Andere wiederum sind in ihrem Dorf aufgrund eines alten Aberglaubens oder wegen ihrer Herkunft (zum Beispiel wenn ein Elternteil aus dem Feindesland kam) schlecht gelitten und werden dort zeit ihres Lebens nicht froh.

Spielen Sie einen Nostrier oder Andergaster als tüchtigen, aber ein wenig hinterwäldlerischen Gesellen, der lockere Sitten, Gelehrsamkeit und Verschwendung entweder mit Unbehagen betrachtet oder aber neidisch bestaunt. Addieren Sie eine gehörige Portion Bauernschläue und einen großen Überlebenswillen, und legen Sie ihm hin und wieder eine überraschende Einsicht oder einen ungewöhnlichen Sinnspruch in den Mund.

Empfohlene Vor- und Nachteile: Ausdauernd, Innerer Kompass, Hohe Lebenskraft, Magiegespür, Richtungssinn, Tierfreund, Zäher Hund; Aberglaube, Feste Gewohnheit, Prinzipientreue, Vorurteile, Weltfremd

Mehr zur Kultur *Andergast und Nostria* finden Sie in **Helden 42**. Für Helden aus den Steppen des Ostens (siehe Seite 156f.) sollten Sie allerdings eher das Werteschema der Kultur *Svellttal und Nordlande* (**Helden 45**) verwenden. Legen Sie bei der Generierung Wert auf die Ausgestaltung der Handwerkstalente, vor allem, wenn Ihr Held aus einfachem Hause kommt. Eine *breitgefächerte Bildung* (**Helden 249**) mit *Flößer* (**Helden 131**), *Bauer* (**Helden 145**), *Hirte* (**Helden 127**) oder *Tagelöhnerin* (**Helden 152**) als Zweitprofession ist oft sinnvoll.

Abenteuer in der Region

Unbeachtet und oft vergessen fristen Nostria und Andergast ein Randdasein unter den mittelländischen Staaten. Dennoch harrt in den großen Urwäldern eine Reihe von Gefahren und Geheimnissen der Entdeckung durch mutige und neugierige Helden, die sich von den Binsenweisheiten ihrer Schulmeister nicht abschrecken lassen. Als Aufhänger für eine Reise in die Abgeschiedenheit der andergastischen Wälder kann etwa ein alter Brief, das Tagebuch eines längst verstorbenen Forschungsreisenden oder die Suche nach einer seltenen alchimistischen Zutat dienen.

Neben Wald- und Wassergeistern und magischen Besonderheiten erwarten die Helden noch überaus menschliche Herausforderungen in den Streitenden Königreichen. Damit sind nicht allein Räuberbanden und seltsame Rechtsbräuche gemeint, sondern vor allem die Befindlichkeiten der einheimischen Bevölkerung. Konfrontieren Sie die Helden mit Vorurteilen, Aberglauben und Schildbürgertum. Außenstehenden wird es eigenartig erscheinen, dass ein Nostrier auf der einen Seite der Grenze sich als grundverschieden von seinem andergastischen Nachbarn zehn Meilen weiter betrachtet, obwohl beide am Thuransee wohnen, dieselbe Sprache sprechen, den gleichen Göttern huldigen, beide Fischer sind und irgendwelchen Rittern, die sie kaum kennen, Tribut schulden ... (Denken Sie daran, dass in Aventurien modernes Nationaldenken unbekannt ist!) Das wahre Ausmaß des Schadens, den die endlosen Kriege angerichtet haben, wird ein Fremder erst nach und nach begreifen.

Der letzte große Krieg liegt mittlerweile eine Generation zurück. Die nächsten Jahre werden zeigen, ob sich auch dieser Waffenstillstand als brüchig erweisen oder ob es irgendjemandem gelingen wird, der ewigen Fehde ein Ende zu bereiten. Noch besitzt allerdings niemand den Weitblick zu erkennen, dass der nächste Krieg beiden Ländern nach ihrem langen und blutigen Siechen endgültig den Todesstoß versetzen dürfte – Andergast wäre dann eine Provinz der Orks, Nostria ein thorwalsches Jarltum. Das Selbstverständnis der kämpfenden Ritterschaft und der Machtwille einiger Personen aus hohem Adel dulden allerdings keinen dauerhaften Frieden. Man glaubt einfach, es ginge "schon so weiter" wie in den Jahrhunderten zuvor, und übersieht dabei, dass sich die Welt außerhalb der Streitenden Königreiche gewandelt hat. Einer wirklichen Aussöhnung steht zudem das Misstrauen der kriegsgeprüften Bevölkerung, vor allem der Älteren, entgegen. Jeder Schritt in diese Richtung ist mühsam, der Erfolg ungewiss. Für Spieler-Helden stellt die Aussöhnung jedoch ein hehres Ideal und edles Ziel dar, das im Kleinen lösbare Aufgaben bereithält. Ein typisches Szenario wäre ein Mordfall im Grenzgebiet: ein nostrischer Ort, in dem die Leiche eines Erschlagenen auftaucht; die Helden müssen herausfinden und beweisen, dass die Mörder nostrische Räuber und nicht etwa "die andergarstigen Schweine" waren – und damit einen bitteren und vielleicht verhängnisvollen Zwischenfall verhindern.

Eine reizvolle Alternative ist eine Kampagne, die in den Streitenden Königreichen ihren Anfang nimmt. Alle Helden kommen aus dieser Region, vielleicht sogar aus einem einzigen Dorf. (Es bietet sich durchaus an, mit jugendlichen Helden zu beginnen, wenn Sie ein wenig Flair von *Ronja Räubertochter* oder *Tom Sawyer und Huckleberry Finn* versprühen wollen.) Die entlegenen Zivilisationsinseln in der Waldwildnis ermöglichen es dem Meister, beliebig viele Abenteuer auf lokaler Ebene zu gestalten. Die Junghelden (und die Spieler) können die Königreiche nach und nach entdecken, während die Aufgaben mit den Helden wachsen. Irgendwann geht es dann in die 'Königsstadt' und von dort vielleicht nach Salza, dem 'Tor zur Welt'. Eine große Reise in die Fremde mag sich anschließen ... Insbesondere DSA-Einsteiger können so schrittweise an Spielkonzepte, Völker, Kulte und geographische Einzelheiten Aventuriens herangeführt werden. Aber auch für erfahrene DSA-Hasen mag es spannend sein, die bekannte Welt noch einmalvon klein auf neu zu erforschen.

Wir empfehlen Ihnen, für die Zusammensetzung Ihrer Runde 'Grenzgänger' zu wählen oder die Helden schlussendlich zu solchen zu machen. Die Holzflößer zum Beispiel (siehe **Das Ingvaltal**, S. 149) gehören zu den Wenigen, die es gewohnt sind, hinter den Horizont und über die kleinlichen Unterschiede der Streitenden Königreiche hinwegzuschauen. Es kann aber auch spannend sein, eine gemischte Gruppe aus gleichen Teilen Andergastern und Nostriern zusammenzubringen, selbst wenn der Anfang äußerst schwer sein wird. Mühsam erworbener Respekt und derart geschlossene Freundschaften sind aber vielleicht der Grundstock für den dringend benötigten Frieden.

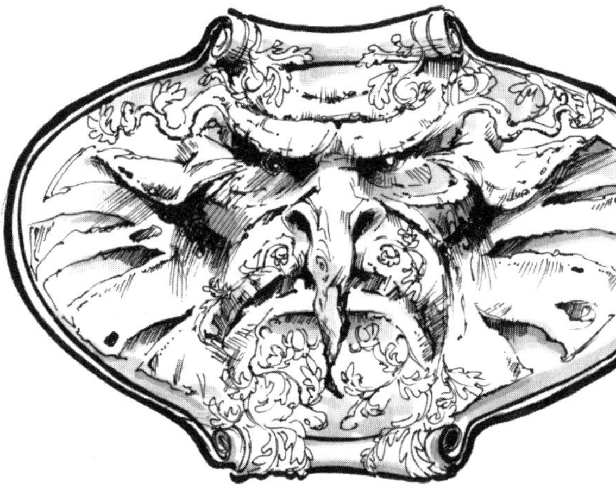

Bedeutende Persönlichkeiten Thorwals

Hetleute, Helden und Entdecker

Jurga Trondesdottir, Oberste Hetfrau Thorwals

Jurga Trondesdottir ist eine eindrucksvolle und stattliche Frau. Die herbe Schönheit besticht wie ihr Vater durch einen klaren Verstand und das natürliche Talent, andere anzuführen. Ihre für ihr Alter erstaunliche Gelassenheit oder sogar Kühle selbst in hitzigen Situationen ist hingegen ein Erbe ihrer Mutter. Mag letztere Eigenschaft für einen mittelreichischen Herrscher eine Tugend sein, die Thorwaler zeigen dafür nur wenig Verständnis und noch weniger Liebe. Hitzköpfig und mutig bis zum Übermut – so stellt man sich einen thorwalschen Anführer vor. Mutig ist die Kriegerin und Fahrensfrau unzweifelhaft, doch Leichtsinn zählt nicht zu ihren Eigenschaften. Jurga vergisst bisweilen, dass nur die wenigsten Thorwaler den Verstand vor die Tat stellen, vor allem nicht jene aus dem Norden. Deshalb schätzt sie die Reaktion ihrer Landsleute bisweilen falsch ein.

Gemeinsam mit ihrer Schwester Kjaska Brydasdottir, die im Temperament eher ihrem Vater Tronde Torbensson nachkommt, gehört sie der *Gischtreiter*-Ottajasko an. Nominell ist Jurga Hetfrau der Gischtreiter und folgt damit ihrem Vater. Ihr Amt als Oberste Hetfrau lässt es jedoch kaum zu, sich dieser Würde gebührend zu widmen, weshalb sie von Brinnja Baldersdottir vertreten wird.

Momentan weiß Jurga vor allem die Südthorwaler Sippen und Ottajaskos sowie die Ingibjara-Ottajasko aus Enqui hinter sich, aber sie ist bereit, zuzuhören, zu kämpfen und zu überzeugen, um dereinst eine ebenso erfolgreiche Oberste Hetfrau zu werden wie ihre Großmutter Garhelt. Ihre Heirat mit Finnwulf Dhaenkirsson von der Nunnur-Sippe aus Waskir soll ihr größere Akzeptanz in der Nordthorwaler Heimat ihres Gemahls verschaffen.

Geb.: 996 BF *Haarfarbe:* blond
Augenfarbe: blau *Körpergröße:* 1,88
Kurzcharakteristik: urteilssichere und entschlussfreudige, aber umstrittene Staatslenkerin, kompetente Schiffsführerin
Herausragende Eigenschaften:
IN 14, CH 15, GE 14
Herausragende Talente: Schwerter 11, Menschenkenntnis 12, Rechtskunde 11, Seefahrer 11, Staatskunst (Thorwal) 11, Überzeugen 10
Besonderheiten: Oberste Hetfrau Thorwals
Beziehungen: groß
Finanzkraft: hinlänglich
Verwendung im Spiel: Als umstrittene 'Königin der Thorwaler' hat sie Beistand nötig – auch mit unkonventionellen (Helden-)Methoden.

Marada Gerasdottir

Marada Gerasdottir ist eine Nordthorwalerin durch und durch: eine furchtlose Kriegerin und beherzte Hetfrau, sich selbst und ihrer Gemeinschaft treu bis in den Tod. Bereits in jungen Jahren konnte sie unter Beweis stellen, dass sie sich durchzusetzen vermag, als sie sich nämlich als Hetfrau der *Hjörnen*-Ottajasko behaupten konnte. Sie gilt als eine der ärgsten Kontrahentinnen von Jurga Trondesdottir, denn sie ist der festen Überzeugung, dass Thorwal keine zentrale Macht braucht, die den Ottajaskos und Sippen sagt, was das Beste für sie sei. Im Norden Thorwals hat Marada viele Anhänger gewonnen, so dass sie bei der Kandidatur um die oberste Hetwürde 1027 BF Jurga nur knapp unterlag.

Marada kennt keine Skrupel, in harten Wintern fremde Höfe zu überfallen, um das Überleben ihrer Ottajasko zu sichern, und sie überrascht immer wieder mit unvorhersehbaren Taten, wie dem Überfall auf Nostria nach der Wahlniederlage gegen Jurga. Sie ist allerdings klug genug, die Ziele für ihre Überfälle mit Bedacht zu wählen: Einen Vergeltungsakt wie den der Horasier auf die Stadt Thorwal wird sie nicht riskieren.

Obwohl sie eine der vielversprechendsten Hoffnungen der thorwalschen Traditionalisten ist, steht ihr allzu oft der eigene Jähzorn im Weg. Einmal in Wut geraten, ist sie in ihrem blinden Zorn kaum zu bremsen – und neigt dann zu Worten und Taten, die ihr wenig später Leid tun.

Geb.: 997 BF *Haarfarbe:* rotbraun
Augenfarbe: grüngrau *Größe:* 1,89
Kurzcharakteristik: fähige und ehrgeizige, aber zu Jähzorn neigende Hetfrau; Gegenspielerin Jurga Trondesdottirs; eine der Führerinnen der Traditionalisten
Herausragende Eigenschaften:
MU 15, KL 14, KK 16
Herausragende Talente und Sonderfertigkeiten: Hiebwaffen 10, Wurfbeile 10, Boote Fahren 12, Zechen 10
Besonderheiten: Man nennt Marada auch 'die Wölfin' wegen ihrer gewaltsamen, jähzornigen Art.
Beziehungen: im Norden groß, im Süden sehr gering
Finanzkraft: mittelmäßig
Verwendung im Spiel: Auftraggeberin von Unternehmungen, die Jurga Trondesdottir schaden (siehe auch Seite 180); Gegenspielerin für Helden, die im Auftrag Jurgas oder eines ihrer Getreuen unterwegs sind.

Iskir Ingibjarsson, der 'Letzte Hjaldinger'

Der ältere Bruder des Hetmanns von Enqui gilt vielen Thorwalern als leuchtendes Vorbild, da er die 'historischen Wurzeln' Thorwals nicht nur packend erzählen kann, sondern sie auch vorlebt. Allerdings verscherzte er es sich vor allem mit den Südthorwalern, als er Hetmann Tronde offen 'traditionslos' nannte. Iskir ist der Urheber der legendären Hjaldingard-Fahrt, die das

Land der Ahnen zurückerobern sollte. Von dieser Fahrt kehrte er im Winter 1026 schiffbrüchig und entkräftet heim. Lange auf der Schwelle des Todes, genas er durch die einfühlsame Pflege von Lingard Ranghildsdottir, der Tochter des Hetmanns der *Wellenbrecher*-Ottajasko, die er im Vinmond 1026 ehelichte. Spurlos sind diese Ereignisse nicht an ihm vorübergegangen. Es gibt Zeiten, in denen er sich grübelnd tagelang zurückzieht und keine Störung duldet, dann wieder scheinen seinem Eifer, ein Neues Hjaldingard zu errichten, keine Grenzen gesetzt.

Iskir ist – nach seinen Erlebnissen auf Yumudas Insel noch mehr als früher – Sammelpunkt für all jene, die die Rückkehr zu den 'alten Sitten' über die Idee des durch ein Quasi-Königtum starken Thorwals stellen. Vor allem liegt ihm dabei die Unabhängigkeit der freien Thorwalerinnen und Thorwaler am Herzen. Gleichzeitig sehen selbst die Nordthorwaler ihn nach der augenscheinlich missglückten Hjaldingard-Fahrt skeptischer. Vor allem die Alten wollen es nicht noch einmal dulden, dass Iskir ihnen die jungen Leute davonlockt. Es ist noch offen, ob Iskir nur nach mehr Einfluss bei Jurga trachtet oder ob er sie gar als Oberster Hetmann ablösen will. Noch hat er zwar nur eine geringe Hausmacht, aber wieder folgen ihm junge Thorwaler, wann immer er vom 'Neuen Hjaldingard' schwärmt.

Geb.: 991 BF
Haarfarbe: rotblond mit grauen Strähnen
Augenfarbe: blau *Größe:* 1,88
Kurzcharakteristik: brillanter Skalde und Geschichtskundiger, wagemutiger Kämpfer, erfolgloser Güldenlandfahrer
Herausragende Eigenschaften:
MU 15, KL 14, CH 15
Herausragende Talente: Hiebwaffen 16, Zechen 10, Lehren 16, Geschichtswissen (Thorwal) 16, Geographie 15, Götter/Kulte 12, Rechtskunde (Thorwal) 12, Gabe Prophezeien 5
Besonderheiten: Iskir wird bisweilen von Visionen geplagt, die Yumudas Weissagungen bei ihm ausgelöst haben, und er leidet immer noch an Gedächtnislücken über große Teile der Güldenlandfahrt. Er gilt als unberechenbar, und seine teils hochfliegenden Pläne und seine wechselnden Stimmungen lassen manche an seinem Verstand zweifeln.
Beziehungen: groß
Finanzkraft: gering
Verwendung im Spiel: ein Ansprechpartner für traditionsbewusste Thorwaler; auch als Auftraggeber geeignet, wenn es gilt, Spuren der Hjaldinger zu folgen; Iskirs Visionen weisen auf ein Geheimnis im Nordwesten. Gegenspieler Jurgas, in seiner Unberechenbarkeit sowohl zu Allianzen mit Marada als auch mit Jurga bereit.

Ingald Ingibjarsson, Hetmann von Enqui und der Ingibjara-Ottajasko

Anders als sein Bruder Iskir zählt Ingald Ingibjarsson zu den treuesten Anhängern Jurgas. Dies ist kein Zufall, denn Ingalds Ottaskin kam erst durch Tronde Torbenssons Wirken zu ihrer einflussreichen Position als Machthaber in Enqui. Auch in späterer Zeit konnte Ingald stets auf die Unterstützung durch Tronde und nach dessen Tod durch Jurga bauen.

Das Verhältnis zwischen Iskir und Ingald ist von Hassliebe geprägt. Einerseits kann Iskir nicht verstehen, dass sein Bruder sich nicht nur den Traditionalisten angeschlossen hat, sondern sich sogar zu einem der führenden Köpfe des Widerstandes gegen Jurga Trondesdottir aufgeschwungen hat, andererseits zählen Blutsbande unter den Nordleuten viel. Insgeheim macht sich Ingald Vorwürfe, dass es ihm nicht gelungen ist, seinen Bruder von seinem Irrweg abzubringen. Iskir indes würde es gar nicht schätzen, wüsste er, dass Ingald seine Entscheidung, sich den Traditionalisten zuzuwenden, für eine Folge seines eigenen Versagens hält, und nicht für eine Gewissenssache.

Geb.: 994 BF *Haarfarbe:* blond
Augenfarbe: blau *Größe:* 1,96
Kurzcharakteristik: kampferprobter Hetmann, der um die Herrschaft über Enqui ringt.
Verwendung im Spiel: Die Herrschaft der *Ingibjara*-Ottajasko über Enqui ist eine wacklige Angelegenheit. Nicht immer wissen die Thorwaler die Ränke der alteingesessenen Enquier richtig zu deuten, geschweige denn, ihnen angemessen zu begegnen. Erfahrene Helden können da eine wertvolle Hilfe sein. Der Bruderzwist kann noch zu einigen Verwicklungen führen, etwa dann, wenn Gegner Jurgas oder Ingalds versuchen, den Hetmann von Enqui in Misskredit zu bringen, indem sie ihm vorwerfen, mit seinem Bruder insgeheim gemeinsame Sache machen.

Eldgrimm 'der Weise' Oriksson

Der in die Jahre gekommene, wagemutige Hetmann machte in den vergangenen Jahren mit der Eroberung Kendrars und der Besetzung Salzas und Salzerhavens von sich reden. Endgültig festigte sich sein Ruhm in Thorwal nach der jüngsten Rückeroberung Kendrars, dessen Hetmann er seitdem ist. Es ist fraglich, wer Eldgrimm als Hetmann der Eldgrimm-Ottajasko nachfolgen wird: sein Neffe Helgi, der sich der Kendrarer Lebensart aufgeschlossen zeigt, oder die den alten Traditionen verhaftete Gundrid, Helgis Schwester.

Geb: 960 BF *Haarfarbe:* schlohweiß
Augenfarbe: blau *Körpergröße:* 2,04
Kurzcharakteristik: ein sehr angesehener Hetmann und Kriegsführer, der zum Wetten neigt.
Herausragende Eigenschaften: KL 15, CH 16
Herausragende Talente: Kriegskunst 14, Rechtskunde 11, Geschichtswissen 12
Beziehungen: groß
Finanzkraft: hinlänglich
Verwendung im Spiel: Eldgrimm muss ein waches Auge auf Nostria haben, da einige am Königshof Kendrar gerne zurückerobern würden. Da bieten sich geheime Einsätze von entschlossenen Helden an, um nostrischen Aktionen zu begegnen. Wer bei Eldgrimm einen Stein im Brett hat, dem öffnen sich auch ganz andere Türen in Thorwal.

Beorn Laskesson, Mitglied im Rat der Schiffsführer, Sondergesandter Jurgas

"Der ruhige Mann aus Prem", so nannten ihn in seltener Einigkeit die horasischen und thorwalschen Delegationen in Kyndoch, als es darum ging, den Krieg zwischen den beiden Ländern zu beenden. Obwohl sein Wahlspruch "In der Ruhe liegt die Kraft" lautet, haftet ihm nicht der Ruf eines Zauderers an, denn Beorn hat auf vielen Kaperfahrten bewiesen, dass er ein guter Anführer ist. Mit seiner Wahl zum Jarl der Premer Halbinsel hat er die Führung der Sturmspeer-Ottajasko seinem Sohn Laske Beornsson übergeben. Beorns Ruf als kluger Ratgeber und Kenner der Gesetze hat erst Tronde und nun auch Jurga dazu bewogen, ihn als Ratgeber zu berufen. Diese neuen Pflichten haben Beorn kürzlich dazu bewogen, sein Amt als Jarl aufzugeben. Dennoch wird er bis heute gerne als Schiedsrichter zu Streitfällen gerufen.

Geb.: 972 BF *Haarfarbe:* blond
Augenfarbe: graugrün *Größe:* 1,89
Kurzcharakteristik: erfahrener Hetmann, besonnener Ratgeber, Vertrauter von Jurga Trondesdottir
Herausragende Eigenschaften:
MU 17, IN 15, kein Jähzorn
Herausragende Talente und Sonderfertigkeiten: Säbel (Kusliker Säbel) 14, Seefahrt 12, Menschenkenntnis 12, Selbstbeherrschung 14, Rechtskunde 12
Besonderheiten: Beorn ist kaum zu reizen oder aus der Fassung zu bringen.
Beziehungen: ansehnlich
Finanzkraft: mittelmäßig
Verwendung im Spiel: Beorn Laskessons Weisheit schöpft sich zum guten Teil aus seiner Überzeugung, dass auch scheinbar unbedeutende Leute seiner Aufmerksamkeit würdig sind. Das einstige Oberhaupt der *Sturmspeer*-Ottajasko ist in Thorwal bekannt wie ein bunter Hund. Mit seinen außergewöhnlichen Beziehungen und Kenntnissen ist er ein hervorragender Informationsquell für Helden, wenn es um die thorwalsche Innen- und Außenpolitik geht – zumindest dann, wenn Beorn der Überzeugung ist, dass die Unterstützung Fremder für Thorwal nützlich ist. Beorn bietet sich als Auftraggeber an, wenn Gegner der obersten Hetfrau in die Schranken gewiesen werden sollen.

Thorwald Thorwaldsson, Hetmann aus Hjedan

Der Hetmann der *Faenwulf*-Sippe (siehe auch S. 78) ist ein ebenso grimmiger wie grausamer Mann, hart geworden durch das raue Leben im Norden Thorwals. Seine Leute stehen ihm in nichts nach, sie sind ihrem Hetmann treu und würden ihm bis in Hranngars Schlund folgen. Thorwald ist stolz auf die Sitten seiner Ahnen, und er achtet streng darauf, dass sie eingehalten werden. Wehe dem, der wissentlich oder unbeabsichtigt dagegen verstößt.

Verwendung im Spiel: Mit einem Angehörigen der *Faenwulf*-Sippe kann man leicht in Streit geraten, denn ihre Ehre ist ihnen heilig. Wer es gar wagt, den Hetmann zu beleidigen – und das geht schneller, als mancher Fremde denken mag –, hat schnell eine Forderung auf Leben und Tod am Hals. Sollte er das Glück haben zu siegen, kann er sich gewiss sein, dass ihm die ganze Sippe blutige Rache schwört – und ein Faenwulf vergisst nie eine erlittene Schmach. Die Zahl der Hilfe bedürftigen Verfolgten der *Faenwulf*-Sippe ist darum so groß, dass den Helden der ein oder andere gewiss über den Weg laufen wird.

Als Thorwalds Gäste haben Helden nichts zu befürchten – sofern sie nicht gegen die Gesetze der Gastfreundschaft verstoßen. In seiner Halla haben sie die Gelegenheit, urthorwalsche Sitten hautnah zu erleben.

Hetmann Yngvar 'der Bär' Raskirsson, Hetmann der Wellenreiter-Ottajasko (aus Virport)

Yngvar ist hart gegen sich, seine Feinde und seine Leute. Sein Schwert *Knochabytr* hat schon manchen Feind ins Jenseits geschickt, und Yngvar hat sich geschworen, dass er dieser Liste noch viele Feinde Thorwals hinzufügen will. Für einen Hetmann fehlt es Yngvar aber unzweifelhaft an jeglichem Geschick in Sachen Diplomatie und Kriegskunst. So erklärt es sich, dass er sich gegen den ausdrücklichen Befehl Trondes der Kaperfahrt gegen das Liebliche Feld angeschlossen hat, die mit dem Angriff auf Grangor endete. Yngvar ist einer der wenigen, die den horasischen Truppen entkommen konnten, doch kehrte er nicht – wie erhofft – als ruhmreicher Held nach Thorwal zurück. Vielmehr erwarteten ihn die Hetskari des Obersten Hetmannes, um ihn für die ebenso unbedachte wie folgenreiche Tat zur Verantwortung zu ziehen. Er konnte die Scharte auswetzen, indem er sich Jurgas Kommando bei der Südmeerexpedition im Jahr 1025 BF unterstellte. Trotz des gemeinsamen Erfolges lehnt er weiterhin Jurgas Ansinnen ab, die Politik Trondes zur Einigung Thorwals zu unterstützen.

Geb.: 971 BF *Haarfarbe:* rotblond
Augenfarbe: grün *Größe:* 1,97
Besonderheiten: muskelbepackt, narbenübersät
Verwendung im Spiel: Die Wellenreiter-Ottajasko ist ein steter Quell des Unfriedens und gilt als Unterstützer Iskirs.

Asleif 'Foggwulf' Phileasson

Kapitän Asleif Phileasson, überall als Foggwulf bekannt, ist ein selbstbewusst auftretender Mann. Sein Gesicht mit den eisgrauen Augen ist eingerahmt von einem kurzgeschorenen Vollbart. Er ist eine charismatische Führungspersönlichkeit, so dass es ihm leicht fällt, Menschen in seinen Bann zu schlagen. Als einer der erfahrensten Seefahrer Aventuriens trägt er seit seiner legendären Wettfahrt um Aventurien den Titel 'König der Meere'. Den Thorwalern gilt er als von Swafnir gesegnet, weshalb es ein kluger Schachzug des ehemaligen Obersten Hetmanns Tronde war, Asleif zu überreden, die Expedition der Thorwaler nach Güldenland anzuführen. 1023 BF brach die Expedition von Olport auf. Auch wenn inzwischen hinter vorgehaltener Hand gemunkelt wird, dass die Entdeckungsreise vielleicht gescheitert sein mag, glaubt letztlich niemand ernsthaft, dass Foggwulf nicht als strahlender Held zurückkehren wird.

Geb.: 971 BF *Haarfarbe:* weißblond
Augenfarbe: eisgrau *Größe:* 1,82
Verwendung im Spiel: Über den Verbleib der Expedition und damit auch das Schicksal von Asleif Phileasson ist nichts bekannt. Iskir Ingibjarsson, der die Reise begleitete und mittlerweile nach Olport zurückgekehrt ist, wurde bei Yumudas Insel von seinen Gefährten getrennt. Immer wieder aber tauchen falsche Gerüchte oder vermeintliche Rückkehrer auf, die sich in Ehren feiern lassen wollen – Grund genug, ihnen auf den Zahn zu fühlen.

Magier, Hexen und andere Zauberkundige

Tula von Skerdu

Die alterslose Hexe mit dem markanten tätowierten Kahlschädel gilt als Königin der Hexen Thorwals, von der es heißt, dass sie ihren Herrschaftsanspruch unnachgiebig

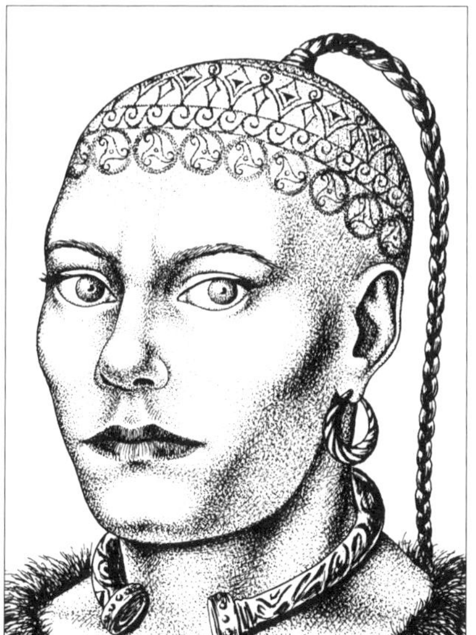

durchzusetzen weiß. Die Bewohner von Skerdu haben Angst vor der hünenhaften Frau, aber sie sind sich sicher, dass Tula ihnen nichts zu Leide tun wird, solange sie sich nicht in ihre Geschäfte mischen. Die Hexe lebt fernab von allen Fischerdörfern in ihrer Ottaskin auf einem Hügel. Seit vielen Jahren schon führt sie ihr unheimliches schwarzes Drachenschiff mit den schwarzen Segeln immer wieder nach Al'Anfa, um ihren privaten Feldzug gegen jenes ferne Reich zu führen. Es heißt, Tula habe der Sklaverei und ihren Fürsprechern den Krieg erklärt, und man sagt Tula auch nach, dass sie sogar Boron selbst herausgefordert haben soll.

Tulas Mannschaft scheint ihr in sklavischer, düsterer Liebe verfallen zu sein. Immer wieder folgen Seeleute, die die Olportsteine bereisen, ihrem dunklen, traurigen Gesang ...

Geb.: unbekannt *Haarfarbe:* rot
Augenfarbe: grün *Körpergröße:* 1,92
Kurzcharakteristik: brillante Oberhexe, eindrucksvoll und gefährlich fremdartig, rachsüchtig
Herausragende Eigenschaften: IN 16, KK 17, GE 16
Herausragende Talente: fast alle körperlichen Talente kompetent und besser, Betören 13, Fesseln/Entfesseln 14, Sinnenschärfe 17, Steuermann 14, Wettervorhersage 12, Wurfbeile 14
Wichtige Zauberfertigkeiten und Flüche: alle Hexensprüche mindestens meisterlich, einige Firnelfen- und Druidenzauber; häufig angewandte Flüche: Unfruchtbarkeit, Rastlos, Hagelschlag (speziell gegen feindliche Schiffe)
Besonderheiten: Vertrauter Taumann (Wildkatze); eigeboren, Königin der Hexen Thorwals
Beziehungen: bei nordaventurischen Hexen groß
Finanzkraft: ansehnlich
Verwendung im Spiel: Tula ist jemand, die sich etwaige Hilfe anderer nimmt, ohne zu fragen, und selten Hilfe gewährt. Die Bekanntschaft der gefürchteten Hexe zu machen ist ein Abenteuer, ihr Vertrauen und ihre Achtung zu gewinnen, ein anderes – denn dazu müssten die Helden mit ihr durch die Niederhöllen segeln.

In jüngster Zeit gibt es Bestrebungen seitens der Hexen der Brinasker Marschen, sich aus Tulas Machtbereich zu lösen, was die Hexe keinesfalls hinnehmen wird.

Cellyana von Khunchom

Die weißhaarige, zerbrechlich wirkende Leiterin der Thorwaler Magierakademie kann auf ein bewegtes Leben zurückblicken. Von ihrer alanfanischen Heimat gelangte sie über Khunchom, Riva, Gerasim und Lowangen, wo sie die Magie der Elfen studierte, schließlich nach Thorwal. Dort hat sie mittlerweile seit fast zwei Dutzend Jahren das Amt der Spektabilität inne. Sie ist erklärte Neo-Rohalistin und die Initiatorin der alljährlichen Hesinde-Dispute (siehe S. 65), auf denen sie oftmals als Vermittlerin auftreten muss, wenn die Wogen zu hoch schlagen.

Angesichts der geringen Anzahl von Lehrmeistern unterrichtet sie die Fächer Artefakterschaffung und -analyse sowie Elfenkunde. Ihr Herz hängt an der umfangreichen Sammlung philosophischer Schriften der Bibliothek der Akademie und daran, neue bedeutende Werke aufzustöbern. Oft ist sie auf langen Spaziergängen entlang der Klippen anzutreffen, wo sie mit ihren Lieblingsschülern über die Götter und die Welt diskutiert.

Geb.: 959 BF *Haarfarbe:* weiß
Augenfarbe: dunkelbraun
Kurzcharakteristik: brillante Hellseherin, meisterliche Artefaktmagierin, Elfenkennerin und Philosophin
Besonderheiten: versucht Auseinandersetzungen zu vermeiden oder zu schlichten; verlässt sich auch in körperlichen Auseinandersetzungen fast ausschließlich auf ihre geistigen und zauberischen Fähigkeiten; trägt ein uraltes Onyx-Amulett, das ihre hellseherischen Fähigkeiten verstärkt; spricht neben einigen anderen Sprachen fast fließend Isdira und versteht sogar Asdharia.
Beziehungen: ansehnlich
Finanzkraft: gering
Verwendung im Spiel: geeignet, um auch abstruseste philosophische Vorstellungen ins Spiel zu bringen oder bewerten zu lassen; Expertin in Fragen zur Elfenmagie

Aleya Ambareth

Der Hellseher, Sphärologe und Limbuskenner aus Brabak ist nicht nur stellvertretender Akademieleiter der thorwalschen Magierschule, sondern vor allem eine der schillerndsten und umstrittensten Persönlichkeiten der Gildenmagie. Mehrfach schon wegen Häresie unter Anklage, zeitweilig im Mittelreich gesucht, eine geraume Zeit lang vagabundierender Lohnmagier mit wechselnden Identitäten, Verfasser von Schriften zur 'neutralistischen' Strömung der Magierphilosophie und zur Kosmologie, 'Sphärenspäher' im Tobrienkrieg – heutzutage ist der Magier wieder häufiger in Thorwal anzutreffen, auch wenn er bisweilen für mehrere Tage spurlos verschwindet.

Für sein Alter hat sich Magister Magnus Ambareth gut gehalten, was seine Gegner auf sinistre Rituale zurückführen; diverse Narben und anderthalb fehlende Finger künden von seiner bewegten Vergangenheit.

Geb.: 978 BF *Haarfarbe:* schwarz
Augenfarbe: schwarz
Kurzcharakteristik: brillanter Hellseher, Limbologe und Philosoph, meisterlicher Lehrer, kompetenter Alchimist und Weltreisender
Wichtige Zauberfertigkeiten und Rituale: (Hellsicht, Metamagie, Limbus, Kraft) Oculus 20, Analys 18; viele Hellsicht- und Limbus-Formeln meisterlich und besser, kompetent in den Hauszaubern und gelehrten Zauberfertigkeiten von Thorwal und Punin; kennt einige weniger verbreitete Formeln druidischer Herkunft.
Besonderheiten: gilt als Verbindungsperson zum mysteriösen Orden der Menacoriten und als einer der letzten verbliebenen Kenner (nach einigen Spekulationen sogar als Schöpfer) des PLANASTRALE; hegt Vorurteile gegen Geweihte.
Beziehungen: groß in Gildenkeisen, sonst ansehnlich
Finanzkraft: gering
Verwendung im Spiel: verlässliche Informationsquelle zu Limbus-Fragen und theoretischer Dämonologie, streitbarer Diskussionspartner in theologischen und kosmologischen Fragen, muss bisweilen vor religiösen Fanatikern beschützt werden.

Skolaforradandi Haldrunir Windweiser

Seit fast vier Jahrzehnten steht Skolaforradandi Haldrunir Windweiser der ehrwürdigen Magierschule Olports und seit 26 Jahren der Runajasko als Hetmann vor. Der greise Magus ist ein exzellenter Kenner der elementaren Magie, der im Umgang mit den Elementen vor allem eines gelernt hat: sich nicht so wichtig zu nehmen. Seine Schüler kennen ihn als humorvollen und geduldigen Lehrer, wobei Schüler älterer Jahrgänge, die mittlerweile selbst an der Schule lehren, in geselliger Runde gerne bekunden, dass es zumindest mit der Geduld des Akademieleiters früher nicht so gut bestellt war. Seine Kollegen schätzen ihn wegen seiner Weisheit und Unbestechlichkeit.

Die Wiederentdeckung der Runenmagie hat Haldrunir auf seine alten Tage beflügelt. Voller Hingabe unterstützt er die Studien und freut sich über jeden noch so kleinen Fortschritt. Er ist sich bewusst, dass er das Ende des Forschungswerks kaum erleben wird, was ihn von Zeit zu Zeit melancholisch werden lasst. So lange es ihm aber möglich ist, widmet er sich den Forschungen mit aller Kraft. Den Hetmann verbindet eine lange und enge Freundschaft mit Bridgera Karvsolmfara, der Obersten Geweihten Swafnirs.

Geb.: 949 BF *Haarfarbe:* weiß
Augenfarbe: eisblau *Körpergröße:* 1,91
Kurzcharakteristik: exzellenter Kenner der Elementaren Magie; der derzeit fähigste Runenmagier Aventuriens; noch bis vor wenigen Jahren hat Haldrunir einige Forschungsreisen unternommen, die meisten davon im Norden Aventuriens. Der Magus gilt in Kollegenkreisen als starrsinnig, während ihn seine thorwalschen Landsleute als charakterstarken Mann preisen, der seinen Überzeugungen treu bleibt.
Herausragende Eigenschaften:
KL18, CH 16, IN 17
Herausragende Talente: Runenkunde, Magiekunde, Sagen/Legenden, Geschichtswissen, Geographie, Sternkunde, Selbstbeherrschung, Menschenkenntnis
Wichtige Zauberfertigkeiten und Rituale: (Elemente: Wind, Wasser und Eis) Frigifaxius, Orkanosphaero, Meister der Elemente, Elementarer Diener, Solidirid, Ottagaldr
Besonderheiten: Haldrunir Windweiser gilt den Firnelfen-Sippen, die enge Bande zur Runajasko pflegen, als wahrer Elfenfreund. Er ist mit Simidriel Eissänger gar vor Jahren den Bruderbund eingegangen, eine Auszeichnung, die lange nicht jedem Skolaforradandi zuteil geworden ist und die ihn zu einem Teil seiner firnelfischen Sippe macht.
Beziehungen: groß
Finanzkraft: gering
Verwendung im Spiel: Selbst zu alt, um Abenteuerfahrten zu unternehmen, ist Haldrunir begierig auf alle, die ihm neue Erkenntnisse über die Runenmagie bringen können. Das gilt insbesondere für Geheimnisse, die in Regionen verborgen liegen, in denen ein Thorwaler alles andere als willkommen ist. Haldrunir ist außerdem ein profunder Kenner der thorwalschen Geschichte, insbesondere der der Runajasko.

Simidriel Eissänger, rechte Hand Haldrunir Windweisers

Simidriel Eissänger gehört schon seit langen Jahren zu den Lehrern der Runajasko. Er folgt dem alten Schwur seiner Sippe, die Menschen zu unterstützen und in der Magie auszubilden, damit sie den Firnelfen einst im Kampf gegen Pardona beistehen werden. Anders als andere Elfen schert sich die Sippe von Simidriel Eissänger nicht um den elfischen Glauben, dass eine allzu große Nähe zu den Menschen die Elfen von ihrem Volk entfremden würde. Nicht zuletzt deshalb meiden die meisten anderen Elfensippen sie. Davon abgesehen ist Simidriel ein typischer Vertreter des firnelfischen Volkes: kühl, unnahbar und unergründlich. Nur wenigen Menschen ist es gelungen, sich sein Vertrauen zu erwerben, einer davon ist Haldrunir Windweiser. Simidriel gehört zu den engsten Vertrauten des Akademieleiters, er vertraut ihm ohne jede Einschränkung. Es ist nicht gewiss, ob Simidriel Eissänger Haldrunir Windweiser als Skolaforradandi der Magierschule nachfolgen wird oder ob er es eines Tages seinen Vorgängern nachtun und über Nacht die Runajasko verlassen wird, um in den Schoß seiner Sippe zurückzukehren. Falls nicht, wäre er erst der zweite Firnelf nach dem legendären Finduriel Windsänger, der als Begründer der Schule gilt, der dieses Amt innehätte.

Geb.: unbekannt *Haarfarbe:* weißblond
Augenfarbe: grau *Größe:* 1,78

Targarok der Alfenschmied

Targarok oder auch 'der Alfenschmied', wie man ihn im Volksmund nennt, ist eine seltsame Kreatur: Etwa 1,30 Schritt groß und von massiger Statur könnte man ihn für einen Zwerg halten, wäre er nicht völlig frei von jeglichem Haarwuchs – mit Ausnahme seiner buschigen, langen Augenbrauen. Es ist schwer zu sagen, ob er eine Kreatur des Feenreiches oder ein Koboldwesen oder ganz etwas anderes ist, doch er würde es auch nie dulden, dass ihn jemand zu genau in Augenschein nähme.

Targarok ist einer jener großen Zauberschmiede, die sich darauf verstehen, magische Klingen und Artefakte von großer Kunstfertigkeit und Macht zu schmieden. Manche munkeln, in seinen Adern flösse Blut von Anderweltwesen, andere behaupten, er sei ein von seinen Göttern verfluchter Zwerg, der seine Kunstfertigkeit und Macht für den Preis seines eigenen Glücks erworben hätte. Vermutlich haust er in einer Höhle in der südlichen Großen Olochtai; zumindest ist das der Ort, an dem man ihn antreffen kann, denn seine Wohnstatt oder seine Esse hat noch kein Lebender jemals zu Gesicht bekommen.

Seine Dienste sind nicht einfach zu erkaufen, denn Targarok hat ein boshaftes, übellauniges und verschlagenes Wesen. Er liebt es, die Menschen, die etwas von ihm begehren, in große Schwierigkeiten zu bringen. Manchen fordert er einen schier unmöglichen Dienst ab, bei anderen verlangt er ihr wertvollstes Gut als Lohn – und nur selten meint er damit ein kostbares weltliches Gut. Vielmehr liebt er es, das Glück eines Menschen zu zerstören, indem er ihm ein einzigartiges Talent abfordert – wie eine schöne Singstimme, betörende Gesichtszüge oder die schönste Erinnerung. Seine Aufgaben formuliert er ebenso in Rätseln wie den Preis, den er einfordert, weshalb es schon eines scharfen Verstandes oder des Beistands der Götter bedarf, aus einem solchen Handel als Gewinner hervorzugehen. Dass sich dennoch hin und wieder Menschen auf einen Handel einlassen, hat viele Gründe. Die einen hoffen, noch gewitzter als der 'Alb' zu sein, anderen ist die Aussicht von Macht und Einfluss, den sie durch ein zauberisches Artefakt gewinnen könnten, mehr wert als der Preis, den Targarok ihnen abfordert.

Alrun, ein Einsiedler

Seit die Dämonenreiche große Teile Ostaventuriens fest in ihren Klauen halten und Glorana den Norden bedroht, ist es für die Anhänger des Namenlosen schwieriger geworden, einen sicheren Unterschlupf in Aventurien zu finden. Alrician Fingolfir, der sich selbst Alrun nennt und unter seinesgleichen als Anapheiron bekannt ist, hat im Seufzermoos Zuflucht gesucht, fern von allen borbaradianischen oder praiotischen Umtrieben. Er ist darum bemüht, weitere Anhänger um sich zu scharen, um der Ankunft des Dunklen Herrn den Weg zu bereiten. Die geheimen Kräfte des Seufzermooses sollen ihm dabei behilflich sein. Es ist dem Diener des Rattenkindes gelungen, einige Bewohner des Seufzermooses für sich einzunehmen, indem er ihnen Schutz vor den üblen Kreaturen gewährt, die dort hausen. Die ahnungslosen Thorwaler versorgen ihn mit allem, was er zum Überleben braucht, und wollen ansonsten gar nicht wissen, was ihr Beschützer im Sumpf treibt.

Es wird noch eine Weile dauern, bis Anapheirons Ruf an die Ohren anderer Geweihter des Namenlosen gedrungen ist und diese sich zu ihm gesellen, um einen Zirkel aufzubauen. Bis dahin lebt der einstige Rommilyser Magus in einem verlassenen Torfstecherhaus inmitten des Sumpfes und gibt sich als weltfremder, leicht verwirrter Einsiedler aus, der scheinbar keiner Fliege etwas zu Leide tun kann.

Geb.: 990 BF *Haarfarbe:* blond
Augenfarbe: blau *Größe:* 1,82
Verwendung im Spiel: Es kann eine Weile dauern, bis Helden das doppelte Spiel des vermeintlichen Beschützers der Dörfler durchschauen – falls es ihnen überhaupt gelingt. Gewiss ist: Solange Anapheiron noch keinen Zirkel um sich geschart hat, bewahrt er in der Tat seine Schutzbefohlenen vor den Unbilden des Moores und kann auf ihre Loyalität bauen. Womöglich werden gar die Helden – sofern sich nicht ausgerechnet ein Diener des Praios unter ihnen befindet – von Alrun aus einer misslichen Lage errettet und müssen später, zu gegebener Zeit, erkennen, in wessen Schuld sie stehen.

Runwolf Laeskirsson, ein Godi

Von Runwolf Laeskirsson heißt es, dass niemand die Zeichen des Schicksals so gut zu deuten wisse wie er, es sei denn die Götter selbst. Anders als Jurge Swafnirsgrehd, der von Swafnir gesegnet ist, würde Runwolf sein Wissen als solide Handwerkskunst bezeichnen, auch wenn er sich des Segens von Hrunir und Hrunja, den Windskindern, die die Weisheit zu den Menschen bringen, sicher sein kann. Der Godi deutet den Weg des Schicksals aus Runenstäben, Knochen und Runensteinen ebenso gut wie aus dem Vogelflug, Wolkenformationen oder dem Haarwuchs bei einem Neugeborenen.

Kein Kind, zu dessen Namensgebung Runwolf hinzugezogen wurde, hat je einen unpassenden Namen erhalten. Das erklärt seine Bedeutung in der Gegend, denn wenn die Geburt eines Kindes unter keinem guten Stern steht, kann man ihm mit dem richtigen Namen helfen, gegen sein schweres Schicksal zu bestehen. Es heißt, Hrunir und Hrunja selbst flüsterten ihm seine Weisheit ein, und Runwolf widerspricht dem Gerede der Menschen nicht, sondern lächelt nur wissend.

Der Godi verlangt nichts für seine Dienste. Andererseits gebieten es Sitte und Anstand, ihm seine Taten angemessen zu vergelten. Zwar kann kein Mensch der Welt sich ein gutes Omen erkaufen, doch wer weiß, ob es die Schicksalsgötter nicht gnädig stimmt, wenn man ihre Diener zufrieden stimmt.

Geb.: 978 BF *Haarfarbe:* grau
Augenfarbe: blau *Größe:* 1,96
Kurzcharakteristika: hoch angesehener Seher, dessen Rat in Thorwal viel gilt.
Verwendung im Spiel: Runwolfs Prophezeiungen sind stets ein guter Anlass für ein Abenteuer, egal ob er düstere Omen verkündet oder große Heldentaten voraussieht.
Obwohl der Godi als bescheidener Mann gilt, der sich mit dem begnügt, was man ihm gibt, ist er doch nicht frei von Habgier. Zwar würde er nie von einer armen Familie eine teure Gabe erwarten, doch zeigt sich eine reiche Sippe knickrig, ist es schon geschehen, dass Runwolf ein Omen düsterer gedeutet hat, als ihm seine erste Intuition sagte. Noch ist daraus niemandem ein großes Unglück entstanden, doch wer weiß, was die Zukunft bringen mag.

Geweihte

Bridgera Karvsolmfara, Hohepriesterin des Swafnir

Die greise Hohepriesterin des Swafnir-Kultes genießt in ganz Thorwal höchsten Respekt. Sie gilt als unbestechlich und unabhängig und mischt sich nicht in den Streit der rivalisierenden Fraktionen im Obersten Hjalding ein. Man schätzt sie als weise Ratgeberin und Rechtskundige mit profunden Kenntnissen der thorwalschen Sagas, zudem versteht sie es, die Menschen mit ihren eindrucksvollen Predigten in den Bann zu ziehen.

Ihre Berufung zur Priesterin erfuhr Bridgera erst im Alter von 26 Jahren, als sie nach wochenlanger Irrfahrt auf Ifirns Ozean auf einige Wale traf, ihrem Weg nach Süden folgte und so Yumudas Insel erreichte, wo ihr die Riesin ihr weiteres Schicksal weissagte. Die letzten Jahre hat Bridgera vornehmlich mit ihren Nachforschungen nach den religiösen Wurzeln der Thorwaler zugebracht. Aus diesem Grund sieht man sie auch nur noch selten im Tempel von Thorwal. Vielmehr bringt sie die meiste Zeit in Olport mit ihrem engen Freund Haldrunir Windweiser zu, um alte Schriften zu deuten und sich über neueste Funde auszutauschen.

Geb.: 954 BF *Haarfarbe:* grau
Augenfarbe: eisgrau *Körpergröße:* 2,02

Kurzcharakteristik: gestrenge und würdige Hochgeweihte des Walgottes, ein Fels in der Brandung in Zeiten der Not
Herausragende Eigenschaften:
CH 17, IN 16, KO 16, Jähzorn
Herausragende Talente: Menschenkenntnis, Überzeugen, Runenkunde, Geographie, Geschichtswissen, Sagen/Legenden, Götter/Kulte
Besonderheiten: Oberhaupt der Swafnir-Geweihtenschaft, enge Freundin und Vertraute von Haldrunir Windweiser
Beziehungen: sehr groß
Finanzkraft: ansehnlich
Verwendung im Spiel: Bridgeras Bemühen, mehr über die hjaldingschen Wurzeln ihres Volkes herauszufinden, bietet Helden einen guten Grund, im Auftrag der Hohepriesterin auszuziehen.

Jurge Swafnirsgrehd und Bridgera Karvsolmfara

Jurge Swafnirsgrehd, Swafnir-Geweihter von Prem

Als einziger einen mysteriösen Schiffbruch überlebt zu haben, verdankte Jurge einem Wal, der den jungen Mann, der eben erst seine Ottajara vollzogen hatte, sicher nach Prem brachte. Viele Epen besingen das eigenartige Verschwinden der *Seetiger*-Otta, und in einem Punkte sind sich alle diese Gesänge einig: Der Wal, der Jurge rettete, war der große Swafnir selbst, weshalb Jurge der Beiname Swafnirsgrehd gegeben wurde. (Dieser Name lässt sich nur schwer übersetzen, es bedeutet in etwa Auserwählter, Geschenk, Gunst, Dank oder Bote des Swafnir.) Es ist kein Wunder, dass Jurge seiner Ottajasko abschwor und sich dem Gottwal weihte. Schon in jungen Jahren hat er es zum obersten Geweihten von Prem gebracht.
Jurge Swafnirsgrehd ist mit ungewöhnlichen prophetischen Fähigkeiten gesegnet. Schiffsführer und Seeleute aus ganz Thorwal suchen ihn auf, um Swafnirs Segen zu erbitten, und niemandem käme es in den Sinn, gegen Jurges Rat in See zu stechen. Manchmal kommt es vor, dass Jurge mit unbekanntem Ziel aufbricht und erst nach Tagen oder gar Wochen zurückkehrt. "Er hat die Nähe Swafnirs gesucht", sagen die Premer dann.
Trotz des hohen Ansehens, das Jurge genießt, ist es doch unwahrscheinlich, dass er einmal Bridgeras Nachfolger werden wird. Sein Interesse an den weltlichen Aufgaben eines Swafnir-Geweihten ist einfach zu gering.

Geb.: 977 BF *Haarfarbe:* rot
Augenfarbe: grün *Körpergröße:* 1,91
Kurzcharakteristik: angesehener, abenteuerlustiger Priester Swafnirs, weithin geachteter Seher
Herausragende Eigenschaften: CH 17, IN 16
Herausragende Talente: Bekehren 14, Gabe Prophezeien 10
Besonderheiten: Jurge steht in besonderem Maße unter Swafnirs Schutz.
Beziehungen: groß
Finanzkraft: gering
Verwendung im Spiel: Jurges Prophezeiungen sind immer geeignete Ansatzpunkte für Abenteuer, ebenso wie seine Reisen. Man munkelt, er sei auf der Suche nach Swafnirs Eiland, der sagenhaften Wohnstatt des Walgottes, oder träfe sich mit Swafnir persönlich. Nur die Verwegensten oder Verrücktesten würden ihm heimlich folgen, denn was seine Augen erblickten, so sagt man, sei nicht für die Augen gewöhnlicher Sterblicher bestimmt.

Ifirniane Raskirsdottir, Ifirn-Geweihte von Olport

Obwohl viele Lieder über sie gesungen werden, können doch nur wenige Menschen von sich behaupten, der Hochgeweihten Ifirns leibhaftig begegnet zu sein. Nur selten sieht man Ifirniane in Olport, meist zieht sie durch die Wildnis und stellt sich den Prüfungen, die Firun für sie bereithält. Sie wacht über Jagdfrevel und die Tiere des Waldes, und es heißt, sie verbände eine enge Freundschaft mit dem *Drugdamander*, einem Baumhirten, der über die Wälder Nordthorwals wachen soll, und auch mit den nivesischen Wolfsschamanen soll sie auf gutem Fuße stehen. Ifirnianes Temperament pendelt zwischen zwei Extremen: einerseits der unerbittlichen Härte, die Firun ihr im täglichen Überlebenskampf abfordert, andererseits der Milde und Nachsicht, die Ifirn zu einer Freundin und Verbündeten der Menschen macht. Doch soll man sich durch ihre Hilfsbereitschaft nicht in Sicherheit wiegen: Einen Frevler verfolgt die Geweihte unnachgiebig und findet auch nichts dabei, ihn aus dem Hinterhalt niederzuschießen oder einer Firunsprüfung auszusetzen, indem sie ihn beispielsweise bar jeglicher Ausrüstung in die Wildnis jagt (siehe auch Seite 54f.).

Geb.: 986 BF *Haarfarbe:* weißblond
Augenfarbe: blau *Größe:* 2,00
Verwendung im Spiel: Zumeist begegnet man Ifirniane entweder in arger Bedrängnis, wenn die Ifirn-Geweihte als Retterin in der Not erscheint, oder man gerät durch sie in arge Bedrängnis, wenn sie jemanden bei einem Jagd- oder Waldfrevel ertappt.

Shaya Lifgundsdottir, Oberste Travia-Geweihte Thorwals

Die hübsche, sommersprossige Travia-Geweihte hat es nicht immer leicht mit ihren Landsleuten, die ihr, aller Hochachtung zum Trotz, wegen ihrer geringen Körpergröße gerne mit gutmütigem Spott begegnen. Shaya ist durch ihre Teilnahme an der legendären Wettfahrt unter dem Kommando von Asleif Foggwulf Phileasson 1007 BF bekannt geworden. Die Sagas über die Aventurien-Umrundung künden von ihrem Mut und ihrer Treue zu den ihr anvertrauten Gefährten. Nach der abenteuerlichen Fahrt heiratete sie und wurde Mutter dreier Kinder. Nach dem Tod der obersten Thorwaler Travia-Geweihten Jadhelja beim Brandangriff auf Thorwal 1023 BF folgte sie ihr in ihrem Amt. Shaya genießt höchstes Ansehen und setzt dieses geschickt zum Wohle ihrer Kirche ein, auch wenn sie mit ihrer ganz typisch thorwalschen Auslegung des Travia-Glaubens nicht immer gänzlich der Lehrmeinung des Tempels in Rommilys folgt.

Geb.: 974 BF *Haarfarbe:* rot
Augenfarbe: grün *Größe:* 1,58
Kurzcharakteristik: eine entschiedene Streiterin für die milde Göttin – auf ihre ganz eigene thorwalsche Art
Verwendung im Spiel: Die Geweihte steht Bedrängten mit Rat und Tat zur Seite. Aufgrund ihrer Weitgereistheit ist sie eine gute Vermittlerin zwischen Thorwalern und Angehörigen anderer Völker.

Sonstige

Asgjella Finnleifsdottir, Runenschnitzerin

Wenn es einen großen Helden zu ehren gilt, dann wendet man sich an Asgjella Finnleifsdottir, die angesehenste Runenschnitzerin Thorwals. Ihr Meister in Brendhil erkannte bald das große Talent, das in seinem Lehrling schlummerte, und schickte sie zu Meistari Thorwald Stirgardsson, dem größten Meister dieser Kunst. Thorwald brachte Asgjella all sein Können bei und musste feststellen, dass ihn seine Schülerin schon bald überflügelte. Asgjella hat sich in jüngster Zeit vor allem durch ihre Schnitzarbeiten an den Runen-Otta einen Namen gemacht. Obwohl sie selbst keine Angehörige der Runajasko ist, wollte man nicht auf ihr meisterliches Können verzichten – eine bislang einzigartige Ausnahme.

Geb.: 992 BF *Haarfarbe:* dunkelbraun
Augenfarbe: braun *Größe:* 1,94
Besonderheiten: Magiedilettantin mit dem Meisterhandwerk *Holzbearbeitung*
Verwendung im Spiel: Asgjella versteht sich nicht nur darauf, Runen zu schnitzen und zu meißeln, sie weiß sie auch zu lesen und zu deuten. Ihre Arbeit an den Runen-Ottajaskos macht sie zu einem begehrten Entführungsopfer für alle, die versuchen, deren Geheimnisse zu ergründen.

Fjarni Drakkarsson, Friedloser Pirat

Als Olgerda Olvarnasdottir zur Eishexe Glorana überlief, gefror ihrem Lebensgefährten Fjarni Drakkarsson das Herz. Und als er von ihrem Tod im Eis erfuhr, da barst es und wurde schwarz und dunkel vor Rachsucht.
Fjarni versagte seiner Geliebten Olgerda die Gefolgschaft, als sie sich nach Glorania flüchtete – und verzeiht sich das bis auf den heutigen Tag nicht. Seinen Groll gegen sich selbst wendet er gegen all jene, die seiner Meinung nach verantwortlich für Olgerdas Tod sind. Er hat den Mördern Olgerdas ewige Rache geschworen: den Helden, die ihr den tödlichen Streich versetzt haben, Jurga Trondesdottir und ihren Gefolgsleute, die er für ihren Niedergang verantwortlich macht, aber auch Glorana, die Fjarnis Meinung nach der Piratin ihre Seele geraubt hat.

Geb.: 983 BF *Haarfarbe:* rot
Augenfarbe: braun *Körpergröße:* 1,99
Kurzcharakteristik: von Rache zerfressener, skrupelloser Pirat
Beziehungen: gering
Finanzkraft: gering
Verwendung im Spiel: Fjarni kann ebenso gut als klassischer Gegner eingesetzt werden wie als Auftraggeber. Mit seiner Otta durchstreift er auf Raubfahrt das Meer der Sieben Winde – und schert sich nur wenig drum, wen er als Beute auswählt. Er ist stets auf der Suche nach Spuren von Olgerdas Mördern – und womöglich hatten Ihre Helden ja selbst die Ehre, die Friedlose ihrem Schicksal zuzuführen.

Sippe Hjalske

Der Name Hjalske ist nicht so bekannt wie das Premer Feuer, auch wenn beinahe alles echte Feuer aus ihrer Brennerei stammt. Vor etwa 300 Jahren suchten die einstigen Erzschürfer nach neuen Einnahmequellen und fanden sie im Handel mit dem beliebten Schnaps, der nach einem uralten Familienrezept gebrannt wird. Jeder Angehörige der Sippe arbeitet für die Brennerei, sei es als Bauer, Torfstecher, Brenner oder Küfer. Ihr Zusammenhalt sowie ihre Bereitschaft, überall neue Märkte zu erschließen, hat die Sippe zu einer der mächtigsten in Prem, vielleicht sogar in ganz Thorwal werden lassen.

Volkes Stimme: "Hjalskes sind 'ne enge Sippschaft. Halten zusammen wie Pech und Schwefel. Und verdienen sich am Feuer 'ne goldene Nase!"
Wahlspruch: "Hjalskes Rotbrand – nach Originalrezept in Prem gebrannt!"
Bedeutende Angehörige: Algrid Hjalske (Sippenoberhaupt und Handelsfrau), Rottmar Algridsdottir Hjalske (wird über kurz oder lang die Geschäfte übernehmen), Dero Portbrunsson Hjalske (Brennmeister)
Beziehungen: groß
Finanzkraft: sehr groß

Algrid Hjalske

Die 61-jährige Algrid führt die Sippe schon über 27 Jahre und hat sie zu nie da gewesenem Wohlstand geführt. Vor allem der Handel mit dem Horasreich hat die Sippe reich gemacht. Algrid hat es verstanden, ihre guten Beziehungen schon bald nach dem Krieg wieder aufleben zu lassen – was dem Ruf der Sippe bei manchen Thorwalern geschadet hat.
Obwohl das Glück den Hjalskes treu zu bleiben scheint, hat Algrid ihre besten Jahre hinter sich. Ihre Gesundheit ist angeschlagen und ihr Gemüt verdüstert. So bereitet die oberste Frau der Hjalskes allmählich die Übergabe der Geschäfte an ihre Tochter Rottmar vor. Allerdings kann sie sich mit den Flausen, die ihre Tochter ihrer Meinung im Kopf hat, nicht anfreunden und zögert deshalb den Zeitpunkt des Wechsels noch hinaus – doch niemand weiß, wie lange ihr das noch gelingen mag.

Geb.: 966 BF *Haarfarbe:* blond (ergraut)
Augenfarbe: grün *Größe:* 1,85
Kurzcharakteristik: meisterliche Händlerin, brillante Rhetorikerin
Herausragende Eigenschaften:
MU 15, CH 16, Neugier 7
Herausragende Talente und Sonderfertigkeiten:
Menschenkenntnis 13, Überreden (Feilschen) 15
Besonderheiten: Oberhaupt der Hjalske-Sippe
Beziehungen: groß
Finanzkraft: groß
Verwendung im Spiel: Auftraggeberin für Helden, um neue Märkte zu erkunden oder ihre Tochter Rottmar zu begleiten und von allzu riskanten Geschäften abzuhalten.

Jakain Eisenfaust, Oberster der Orks (Harordak) in der Stadt Thorwal

Jakain ist der zweitgeborene Sohn von Jakain dem Gelbzähnigen. Der Vater, der seinen Söhnen möglichst früh Verständnis für die Menschen beibringen wollte, fasste den Plan, beide Söhne auf die Kriegerschule in Thorwal zu senden. Anders als sein älterer Bruder zeigte sich Jakain begeistert. Wegen seines Ansehens gelang es Jakain dem Gelbzähnigen tatsächlich, die Aufnahme seines Sohnes zu ermöglichen. Zwei Jahre lang wurde Jakain dort darin unterwiesen, zu kämpfen und zu schimpfen wie ein Thorwaler.
Im Jahre 1027 BF forderte der junge Ork seinen älteren Bruder zum Kampf, denn ihr Vater war alt geworden und brauchte einen Nachfolger. Seitdem ist Jakain Eisenfaust der Harordak der orkischen Gemeinde von Thorwal. Seine Kenntnisse der thorwalschen Lebensart sind ihm eine große Hilfe, die Orks gegen die Menschen in der Stadt zu schützen. Weit weniger gut kommt er dagegen mit den traditionalistischen Schwarzpelzen zurecht, die ihn aufgrund seiner Ausbildung unter den Menschen und seinem Bestreben nach einem einvernehmlichen Zusammenleben verachten.

Geb.: 1008 BF *Fellfarbe:* schwarz
Augenfarbe: gelb *Größe:* 1,70
Kurzcharakteristik: kompetenter Axtkämpfer, lausiger Staatsmann
Besonderheiten: Harordak der Orks in der Stadt Thorwal
Beziehungen: hinlänglich
Finanzkraft: gering
Verwendung im Spiel: Wenn es um orkische Belange in der Stadt Thorwal geht, dann ist Jakain der richtige Ansprechpartner. Andererseits musste er feststellen, dass ein starker Schwertarm alleine nicht ausreicht, um eine Gemeinschaft zu führen. Es fehlt ihm an jeglichem Gespür für die diffizilen sozialen Verknüpfungen in seiner Gemeinde, so dass er den Gerüchten und Intrigen, die von den Traditionalisten gegen ihn verbreitet werden, nichts entgegenzusetzen hat. Ab und zu sucht dann sein Vater, der seinen Sohn sorgfältig beobachtet, nach Unterstützung bei Außenstehenden: Sie sollen ihm helfen, denn, wie oft üblich, hört der Sohn nicht auf die Ratschläge seines Vaters.

Berkhold Sohn des Banderatsch

Nur von wenigen Trollen ist bekannt, wo sie hausen. Einer von ihnen ist Berkhold Sohn des Banderatsch, einer der sagenumwobenen Trolljarle. Man trifft ihn bisweilen in einer Höhle östlich von Efferdûn an, die als seine Wohnstatt gilt. Berkhold spricht fließend Thorwalsch und Garethi, allerdings neigt er dazu, Bittsteller und Gäste ein wenig zappeln zu lassen, indem er so tut, als ob er sie nicht verstünde. Bemüht, dem Trolljarl ihr Anliegen deutlich zu machen, erzählen viele Menschen meist mehr, als sie eigentlich preisgeben wollten. Berkhold ist aufrichtig um ein gutes Zusammenleben zwischen Menschen und Trollen bemüht. Beschwerden, die die Menschen über seine Mittrolle vorbringen, nimmt er sehr ernst und versucht, eine Lösung zu finden. Seine Hilfe gewährt der Troll selten ohne Gegenleistung, sonst könnte ja jeder kommen. Auf seine gutmütige Weise macht er sich über die Menschen lustig, wenn er beispielsweise verlangt, dass die Menschen einen 50 Stein schweren Stein an einem bestimmten Tag an einem bestimmten Weg ablegen sollen, oder wenn sie vom höchsten Gipfel der nächsten Hügelkette bei Sonnenaufgang dreimal laut "Gratsch!" schreien sollen. Aber vielleicht haben diese skurrilen Aufgaben auch irgendeinen Sinn.

Geb.: ca. 780 BF *Haarfarbe:* dunkelbraun
Augenfarbe: blau *Größe:* 3,90
Kurzcharakteristik: kompetent in trollisch-menschlichen Beziehungen
Besonderheiten: mag keine Süßigkeiten
Beziehungen: gering (unter Menschen), ansehnlich (unter Trollen)
Finanzkraft: keine
Verwendung im Spiel: Vor allem die mittelreichischen und svelltschen Neusiedler in Südthorwal wissen nur wenig über die Trolle und die Gesetze und Regeln, die es zu wahren gilt. Sie könnten geneigt sein, nach ein paar wagemutigen Helden zu suchen, die der vermeintlichen Trollplage die Stirn bieten. Eine Begegnung mit Berkhold wird sie hoffentlich davon überzeugen, dass sie mit Klinge und Magie nur wenig auszurichten vermögen und lieber als Schlichter zu Ehren kommen sollten.

Fremdländische in Thorwal

Answina von Plötzbogen-Schwertleihe – Gesandte des Mittelreichs in Thorwal

Die 995 BF geborene nordmärkische Adlige gilt als hervorragende Rechtsgelehrte. Noch ist es nicht klar, ob ihre Aussendung nach Thorwal eine Bewährungsprobe sein soll oder eine Bestrafung, weil sie die Annäherungsversuche eines einflussreichen Garether Höflings zu entschieden abgewehrt hat. Es heißt jedoch auch, dass die Nordmärker ihren Einfluss geltend gemacht hätten, um mit Answina ein Gegengewicht zur wachsenden Verbrüderung zwischen Alberniern und Thorwalern zu schaffen.
Die Frau ist eine ausgesprochene Schönheit, und die Männer liegen ihr scharenweise zu Füßen, was sie sich geschickt zunutze zu machen weiß. Es wird sich zeigen, ob und wie weit sich Answina in Thorwal durchsetzen kann.

Verwendung im Spiel: Answina kann mittelreichische Helden, die in Not gekommen sind, (in geringem Umfang) Unterstützung bieten. Andererseits wird sie ohne Heldenbeistand kaum auskommen, um die Interessen des Mittelreichs durchzusetzen.

Rasquirio della Gandar

Rasquirio della Gandar – oder Raskir Asleifsson, wie sein Geburtsname lautet – ist das Paradebeispiel eines Kollaborateurs, der zum eigenen Nutzen sein Volk verrät. Nach der Besetzung der Olportsteine diente Rasquirio sich den horasischen Truppen an und wurde wegen seiner guten Dienste und seiner thorwalschen Herkunft zum Gouverneur von Gandar ernannt. Rasquirio führte ein hartes Regiment auf der Insel und war für seine Unnachgiebigkeit bekannt. Er gilt seinen Landsleuten mehr noch als die Horasier selbst als Synonym für die Unterdrückung durch die Besatzer. Die Thorwaler haben ihn 1024 BF wegen seines Verrates für eine Spanne von acht Jahren für friedlos erklärt. Dennoch wurde Rasquirio nach dem Friedensschluss zum Repräsentanten der HPNC (siehe Seite 75) in Thorwal ernannt.
Wegen seiner Verbannung ist es ihm nicht gestattet, das Festland zu betreten, was ihn dazu zwingt, für manche Aufgaben auf Söldlinge zurückzugreifen. Rasquirios Leben ist gefährlich: Da es schon mehrere Anschläge auf sein Leben gegeben hat, beschäftigt er eine gute Leibwache. Seinem üblen Ruf zum Trotz steht seine Sippe dennoch zu ihm und bemüht sich darum, seine Friedlosigkeit aufheben zu lassen, in der Hoffnung, dass er sie aus Dankbarkeit an seinen Reichtümern teilhaben lässt.

Geb.: 965 BF *Haarfarbe:* rotblond
Augenfarbe: grau *Größe:* 1,87
Kurzcharakteristik: gerissener Überlebenskünstler und verhasster Kollaborateur, der vor allem auf den eigenen Vorteil bedacht ist, dabei allerdings klug genug, nicht die Hand zu beißen, die ihn füttert.
Beziehungen: mittelmäßig
Finanzkraft: groß
Verwendung im Spiel: Rasquirio ist in vielfacher Weise auf fremde Hilfe angewiesen: Sei es zu seinem Schutz, sei es, dass er der Helden bedarf, um für ihn Reisen zu erledigen, die ihm aufgrund seiner Friedlosigkeit nicht möglich sind.

Selchion von Sewamund*

Bis zum Friedensvertrag zwischen Thorwal und dem Horasreich war Selchion General-Comissario der HPNC (siehe Seite 75) und lenkte deren Aktivitäten vom Kontor Neu-Goldenhelm auf Gandar aus. In der Folge wurde er zum neuen Gesandten des Horasreiches in Thorwal ernannt. Dem ehemaligen Baron von Sewamund sieht man seine thorwalsche Herkunft sofort an, denn er ist ein Bastardsohn des Herzogs von Grangor mit einer Thorwalerin. Dies und seine herzliche und offene Art sorgen dafür, dass ihm die Thorwaler verhältnismäßig aufgeschlossen gegenübertreten.
Der mehr als zwei Schritt große, hagere und rothaarige Selchion ist nicht mehr der arrogante Prahler, als der er sich beim yaquirischen Adel im Cronconvent unbeliebt gemacht hat. Auf dem glatten Parkett der Politik hat er das Handwerk der Intrige gelernt, eine Fertigkeit, die ihm im rauen Thorwal allerdings nur bedingt weiterhilft.

Geb.: 1001 BF *Haarfarbe:* rotblond
Augenfarbe: grau *Größe:* 2,04
Beziehungen: groß *Finanzkraft:* groß
Verwendung im Spiel: Der Gesandte des Horasreiches muss auch nach dem Friedensschluss um sein Leben fürchten, denn nicht alle Thorwaler billigen den Frieden oder sind bereit, die Gefallenen zu vergessen. Selchion bedarf außerdem jederzeit tapferer Kämpen, um im Dienst des Horasiats den ein oder anderen Auftrag zu erledigen – sei es eine Reisebegleitung, oder um einen unliebsamen Konkurrenten oder allzu kecke Räuber dingfest zu machen.

* Selchion von Sewamund (auch Selchion von Garlischgrötz-Trestal) kommt auch im Abenteuer **Spur in die Vergangenheit** vor.

Folgende Jarle werden im offiziellen Aventurien nicht weiter auftauchen und können von Spielleitern frei verwendet werden:
Premer Vestrhalfey: Jarl Hakon Raskirson
Nyrs Land: Jarlin Raskra Thivarsdottir (siehe auch **AB 107**)
Vaenstre Bodrdal: Jarl Algard Dorekson
Skjellsgrond: Jarlin Mardrekka Sveljanasdottir 'die Ruhige'
Vaskr Höjland: Jarl Lärk Reonson
Nadermund: Jarl Arnfinn Hardredsson

Wichtige Persönlichkeiten des Gjalskerlandes

Gon Bartakh bren Yuchdan

Als die vereinten Haeradi der Gjalsker im Jahre 200 v.BF in Amanma Rudh von den Orkscharen belagert wurden, gaben die gesamten Dûrro-Dammagon-Dûn bei einer entscheidenden Befreiungsaktion ihr Leben. Ihr Opfer ging jedoch über ihren Tod hinaus, denn seit jener Schlacht galten die vom Wollnashorn erwählten Tierkrieger als ausgestorben und ihre Geheimnisse als im Dûnthyr verschollen. Gon Bartakh bren Yuchdan vom Haerad der Mortakh ist nun der erste bekannte Dûrro-Dammagon-Dûn. Seine leichte Reizbarkeit verändert den oft sturen und brummigen Charakter des Hünen und lässt ihn wie eine unaufhaltsame Lawine wirken. Wenn das Tier in ihm erwacht, gibt es nur einen Weg für den Dickschädel, und der führt immer mit dem Kopf durch die Wand.

Geb.: 996 BF *Haarfarbe:* kahl (dunkelblond)
Augenfarbe: blau
Kurzcharakteristik: sturer, kraftstrotzender Tierkrieger
Herausragende Eigenschaften:
MU 17, KO 18, KK 20, Kurzsichtigkeit
Herausragende Talente und Sonderfertigkeiten:
Zweihand-Hiebwaffen 18, Sturmangriff, Gegenhalten
Wichtige Zauberfertigkeiten: alle Gaben des Odûn, Armatrutz, Attributo, Kusch, Movimento
Besonderheiten: jüngster Gewinner der Gon'da Gon Palenkel, Erzfeind Rastar Ogerschrecks
Beziehungen: innerhalb des Gjalskerlandes groß, darüber hinaus sehr gering
Verwendung im Spiel: Als wandernder Einzelgänger kann er überall im Gjalskerland angetroffen werden, den Helden kämpfend zur Seite stehen oder sie über verborgene Pfade führen. Er gilt als einer der wenigen, der die Gewölbe Amanma Rudhs erkundet hat.
Zitat: (auf einen Leichnam mit zertrümmerten Gliedmaßen deutend:) "Wenn ihr jetzt nicht verschwindet, mach ich mit euch das Gleiche wie mit dem da!"

Saryja brai Andraga

Die junge Durro-Skregna-Dûn musste miterleben, wie ihr Ehemann nach einem Biss von einem Ghul dahinsiechte, sich immer weiter verwandelte und dem Wesen, das ihn angefallen hatte, dabei zunehmend ähnlicher wurde. Letztendlich war sie es, die seinem Leben ein Ende setzen musste, um seine Seele zu retten. Saryja brai Andraga verschrieb sich an jenem Tage der Jagd auf Ghule und gilt als Expertin für diese Wesen. In ihrem Übereifer predigt sie von einer aufkeimenden Bedrohung für das gesamte Gjalskerland, was ihr den Ruf einer verschrobenen Einzelgängerin einbrachte. Sie gilt als rachsüchtig und verbittert und wird von den meisten Gjalskern gemieden. Dies macht sie zu einer idealen Totenwächterin, denn die Verstorbenen stören sich nicht an ihrer Kauzigkeit.

Geb.: 1003 BF *Haarfarbe:* weiß
Augenfarbe: violett
Kurzcharakteristik: fanatische Tierkriegerin, die sich der Jagd auf Ghule verschrieben hat.
Herausragende Eigenschaften:
MU 15, IN 16, GE 17, Albino, Wesen der Nacht, Rachsucht 9
Herausragende Talente und Sonderfertigkeiten:
Speere 14, Wurfspeere 14, Festnageln
Wichtige Zauberfertigkeiten: Hauch, Haut und Blut des Odûn, Axxeleratus, Chamaelioni, Katzenaugen, Movimento, Odem
Besonderheiten: fundiertes Wissen über Ghule und die damit verbundenen Gefahren
Beziehungen: gering
Verwendung im Spiel: Saryja brai Andraga ist vornehmlich in den Sümpfen des Gjalskerlandes anzutreffen, in denen sie sich sehr gut auskennt und den Helden aus Notlagen helfen kann. Als einzige Gjalskerin begibt sie sich auch ins Skoth'sloch und kennt die dort lauernden Gefahren.
Zitate:
"Hast du jemanden, den du liebst? Dann sei auch bereit, ihn zu töten."
"Sie werden kommen. Ihr glaubt es nicht? Dann denkt an mich, wenn sie euch überrennen."

Marthai dûr Krommegh

Die Brancha-Dûn lebt in den Wäldern bei den Donnerzacken und ist schon weit über hundert Götterläufe alt. Die Meinungen über sie gehen weit auseinander: Die einen halten sie für eine Gefahr, die anderen für eine weise Ratgeberin. Marthai hat von ihrem Mentor eine Knochenkeule geerbt, die von einem Dämon beseelt ist. Seit sie dieses Erbe angetreten hat, versucht sie, den Dämon 'umzuwandeln', ihn auf die gute Seite herüberzuziehen, was ihr bislang nicht gelungen ist. Durch die 'Zwiegespräche' mit diesem Wesen hat sie ein immenses Wissen über Dämonologie angesammelt, ohne auch nur ein Buch studiert zu haben. Wahrscheinlich ist sie mit diesem Wissen in der Lage, einen Gehörnten herbeizurufen und vielleicht auch zu beherrschen. Sie hat sich und den Geistern geschworen, nicht eher zu ruhen, bis sie den Dämon in ihrer Keule bekehrt hat. Andererseits sind die Einflüsterungen ihres 'Gesprächspartners' auch nicht spurlos an ihr vorbeigegangen.

Geb.: 907 BF *Haarfarbe:* weiß
Augenfarbe: schwarz
Kurzcharakteristik: Hochschamanin, begnadete Heilkünstlerin und Seherin, steht unter (begrenztem) Einfluss eines Dämons
Herausragende Eigenschaften:
KL 17, IN 15, CH 16, Affinität zu Geistern, Altersresistenz, Lahm, Einbildungen
Herausragende Talente und Sonderfertigkeiten:
Heilkunde Wunden 16, Heilkunde Krankheiten 17, Heilkunde Seele 15, Magiekunde (Dämonologie) 13
Wichtige Zauberfertigkeiten: Ritualkenntnis 18,
Rituale: alle Rituale gjalskischer Herkunft sowie einige nivesischer Herkunft
Besonderheiten: s.o.
Beziehungen: zu Schamanen im nordwestlichen Aventurien hoch, darüber hinaus keine
Verwendung im Spiel: Sie kann die letzte Rettung eines schwer erkrankten Helden sein oder weise Ratschläge erteilen, die aus misslichen Lagen führen. Allerdings können die Einflüsterungen des Dämons sie auch zu unberechenbaren Aktionen verleiten.
Zitat: "Ihr wollt Gutes, doch schafft Böses."

Persönlichkeiten aus Nostria und Andergast

Efferdan I. Zornbold, König von Andergast

Der Herrscher über Andergast heißt eigentlich Efferdan der Jüngere von Hussbek-Galahan und ist der Sohn eines horasischen Barons, der mit seiner Familie verbannt wurde. Er hat diesen Namen jedoch abgelegt und seinen Frieden mit der Horas-Kaiserin geschlossen, als die patriarchalische Erbfolgeregelung Andergasts ihn 1022 BF als Gemahl der ältesten Tochter des verstorbenen Königs Wendolyn VII. zum König bestimmte. Alle Versuche Efferdans, das Land grundlegend zu reformieren und nach dem Vorbild seiner horasischen Heimat umzugestalten, scheiterten an der Leere des Staatssäckels und dem Widerstand des alteingesessenen Adels. Allmählich wächst in ihm die Einsicht, dass nicht alles einer Änderung bedarf, was auf den ersten Blick rückständig erscheint, und er beginnt, das Land mit anderen Augen zu sehen.

Geb.: 1000 BF *Haarfarbe:* dunkelblond
Augenfarbe: grün *Größe:* 1,78
Kurzcharakteristik: mutiger König und kompetenter Verwalter
Herausragende Eigenschaften:
MU 15, CH 14, Linkshänder
Herausragende Talente: Staatskunst 10, Etikette 11, Schwerter (Kusliker Säbel) 13; einige Kampf-SF
Beziehungen: ansehnlich
Finanzkraft: hinlänglich
Verwendung im Spiel: Efferdan benötigt häufig tatkräftige (und möglichst preiswerte) Hilfe, um seine Entscheidungen gegen renitente Landadlige (oder an diesen vorbei) durchzusetzen.

Andere Mitglieder des Hauses Zornbold
Efferdans größter Kummer ist die zunehmende geistige Umnachtung seiner Frau **Varena** (geb. 1001 BF), die die Schicksalsschläge, welche ihre Familie immer wieder heimsuchen, nicht verkraftet. Binnen weniger Jahre starben ihr Vater, zwei Brüder und ihre beiden Söhne: der jüngere Wendolyn 1026 BF am Kindfieber, der ältere Kusmin 1027 BF bei einem Unglück am Ingval. Da es keinen Erben gibt, mehren sich die Stimmen, die einen 'echten Zornbold' von Andergaster Fleisch und Blut anstelle des 'angeheirateten Fremdlings' auf dem Thron sehen wollen. Die Schwester der Königin, **Prinzessin Irinia** (geb. 1003 BF), ist ihrem Schwager Efferdan jedoch eine treue, wenn auch übereifrige Verbündete, die auch gestandene Freiherren gerne mit erhobenem Zeigefinger belehrt. Die jüngste Tochter Wendolyns VII. galt als so hochbegabt, dass sie schon im Alter von sechs Jahren in das Noviziat des Kusliker Hesinde-Tempels gegeben und zur Geweihten erzogen wurde, weshalb Irinia Folianten und Almanache vertrauter sind als ihre Heimat. Für weniger gebildete Personen bringt sie keine Geduld auf. Dazu zählt auch ihr Oheim **Wenzeslaus** (geb. 978 BF), der Bruder des verstorbenen Königs. Der alternde Ritter hält nichts von den liebfeldischen Gepflogenheiten, die Efferdan mit ins Land gebracht hat, und findet es unerhört, wenn Frauen 'Männerarbeit' erledigen. Dass Wenzeslaus nicht öffentlich aufbegehrt und die Krone einfordert, hat einen einfachen Grund: Er ist ein Duckmäuser, der immer schon tat, was seine Verwandten ihm sagten. Da er Zauberer fürchtet, war das früher vor allem sein Halbbruder **Asmodeus** (geb. 959 BF), doch nach dem missglückten Thronraub 1021 BF musste dieser in die Schwarzen Lande flüchten, wo er als Hofmagus Galottas angeblich auf eine Gelegenheit zur Rückkehr wartet. Wenzeslaus' Kinder **Wenzeslausia** (geb. 1002 BF) und **Wendelmir** (geb. 1006 BF) sind dagegen nicht so leicht einzuschüchtern. Insbesondere Prinz Wendelmir ist bereits heute eine regelrechte Landplage, der mit seinem Gefolge aus jungen, stolzen Edelleuten die Ernte nieder reitet, vermeintliche Wilderer henkt oder Wirtsleute schikaniert.

Arbogast der Alte

Der erfahrenste Druide Andergasts hat an Einfluss verloren, seit sein Meisterschüler Yehodan (geb. 983 BF) mit ihm gebrochen hat. Yehodan ist heute der Sprecher einer Gruppe unzufriedener Diener Sumus, die jede Einmischung des neuen Königs in ihre althergebrachten Rechte und Bräuche ablehnen und rigoros ahnden wollen. Arbogast (geb. 955 BF) dagegen vertritt einen Weg des Lehrens und Lernens, nimmt aber selbst nur noch selten Schüler an. Dabei geht Arbogast keineswegs zimperlich vor: Er raubt vielversprechende Zöglinge und lässt sie eine harte Schule durchlaufen, da Willensschwäche und Geziertheit ihm ein Gräuel sind.
Verwendung im Spiel: ein weiser Lehrmeister, mächtiger Zauberer und überragender Tierkundler, der jedoch schwer aufzufinden ist und für jeden Dienst eine stattliche Gegenleistung fordert.

Das Geheimnis (Meisterinformationen):
Bei Arbogasts derzeitigem Schüler handelt es sich um niemand anderen als den tot geglaubten Prinzen Kusmin (geb. 1018 BF), den er vor allen Augen verborgen hält, insbesondere denen Yehodans, aus dessen elementarer Katastrophe Arbogast ihn gerettet hat. Das Schicksal Kusmins wird sich erst in einigen Jahren erfüllen.

Raitjan Angmund, Hüter des Liebeslichts

Dass sein Urenkel einmal ein hochrangiges Mitglied der Rahja-Kirche werden sollte, hätte sich Bredo Angmund, der langjährige Travia-Geweihte von Joborn, niemals träumen lassen. Der zechfreudige und robuste Raitjan (geb. 994 BF) besticht vor allem durch seine tiefe und volltönende Stimme, die ihm bereits früh den Titel eines 'Meistersängers von Andergast' einbrachte. 1019 BF fand er im Keller seines Hauses die irdene Duftlampe der Heiligen Dorlen – eine Entdeckung, die sein Leben veränderte. Da der Rahja-Glaube damals in Andergast noch verboten war, brachte Raitjan das Liebeslicht heimlich nach Nostria, wo er auch die Weihe empfing. Nach der Aufhebung des Verbots kehrte er 1023 BF als einer der zehn *Hüter der Göttlichen Gaben* in seine Heimat zurück, um den unerfüllten Wunsch seines mittlerweile verstorbenen Urgroßvaters zu verwirklichen: einen ewigen Frieden zwischen Nostria und Andergast zu stiften.
Verwendung im Spiel: Auftraggeber für Missionen, die zu einer Aussöhnung der verfeindeten Staaten beitragen; außerdem sucht Raitjan immer Leute, die Botschaften aus dem abgelegenen Joborn zu den Rahja-Tempeln in Teshkal, Kendrar, Nostria oder Havena bringen, die er als Hüter berät.

Yolande II. Kasmyrin, Königin von Nostria

Die feingliedrige junge Frau wurde bis vor kurzer Zeit noch an der Magierakademie *Licht und Dunkelheit zu Nostria* unterrichtet und dachte nicht im mindesten an Politik oder Herrschaft. Dann, unvermittelt, schlug das Schicksal in Form der Blauen Keuche zu und löschte nahezu das gesamte Königshaus aus – mit einem Schlag war Yolande, die Tochter einer früh verstorbenen Base König Kasimirs IV., die nächste in der Thronfolge. Yolande ist redlich bemüht, ihrem Volk eine gute und tüchtige Königin zu sein, hat jedoch einen schweren Stand: Sie hat keinerlei Ausbildung zur Staatslenkerin genossen und steht zudem im Schatten der Marschallin von Sappenstiel.

Geb.: 1008 BF *Haarfarbe:* nussbraun
Augenfarbe: braun *Größe:* 1,69
Kurzcharakteristik: unerfahrene Herrscherin, durchschnittliche Magierin
Herausragende Eigenschaften: KL 14, FF 13; Prinzipientreue, Zögerliche Zauberin 4
Herausragende Talente: Sternkunde 9, Heilkunde Wunden 8, Schriftlicher Ausdruck (Schönschrift) 7
Herausragende Zauber und Rituale: Yolandes magische Fähigkeiten entsprechen dem Profil ihrer Heimatakademie in **Helden 189f.**; ihre Lieblingszauber sind NEBELWAND 8 und FLIM FLAM 10.
Beziehungen: hinlänglich
Finanzkraft: ansehnlich
Verwendung im Spiel: Von vielen Adligen ihres Landes mitleidig belächelt, von der nostrischen Marschallin bevormundet und von den gekrönten Häuptern Aventuriens höflich ignoriert, steht Yolande sehr einsam da. Um die Intrigen ihrer Feinde zu überleben und in ihre neue Rolle hineinzuwachsen, bedarf sie der Unterstützung durch Helden.

Rondriane von Sappenstiel, Marschallin der Nostrischen Wehr

Obwohl selbst nur von niederem Adel, ist die Fürstedle von Sappenstiel die Macht hinter dem nostrischen Königsthron. Die kampferfahrene und angesehene Marschallin hat ihr eigenes Wohl schon oft hinter das des Landes zurückgestellt und erwartet dieselbe Selbstdisziplin von jedermann. Vor ihrer befehlsgewohnten Stimme zucken die meisten zusammen, mitunter selbst die Königin. Rondriane nimmt die viel jüngere Yolande nicht ernst und sieht in ihr einfach nur die rechtmäßige Erbin – und damit den einzigen Weg, Nostria zusammenzuhalten.

Geb.: 981 BF
Haarfarbe: schwarz mit grauen Strähnen
Augenfarbe: blassblau
Größe: 1,78
Kurzcharakteristik: meisterliche Kriegerin und Befehlshaberin
Herausragende Eigenschaften: CH 15, KK 15; Eisern
Herausragende Talente: Selbstbeherrschung 13, Kriegskunst 15; viele SF für den Kampf mit Schwert und Schild, Kriegsreiterei
Beziehungen: groß (ihrer Person treu ergebene Veteranen)
Finanzkraft: hinlänglich
Verwendung im Spiel: Rondriane hat ein Auge für herausragende Personen aus dem einfachen Volk, deren Talente sie fördert, solange sie sich als loyal erweisen. Nur die Königin wird von ihr gnadenlos unterschätzt.

Albio III., Graf von Salza

Seit zwei Jahrzehnten hält sich Albio als Herr des Salzeraner Landes, obwohl viele Parteiungen ein begehrliches Auge auf die Grenzprovinz geworfen haben. Gekonnt spielt er seine Gegner und Verbündeten gegeneinander aus: die Andergaster gegen die nostrische Krone und die Horasier gegen die Thorwaler. Mit dem Kendrarer Hetmann Eldgrimm verbindet Albio das gemeinsame Interesse, die ihnen anvertrauten Ländereien zu größtmöglicher Blüte zu führen. Der Traum des umtriebigen Grafen ist es, Salza als Freie Stadt aus dem Königreich herauszulösen und seine Urahnin Gertlind darin zu übertreffen, dass diese Unabhängigkeit von Dauer ist.

Geb.: 977 BF *Haarfarbe:* braun (ergrauend)
Augenfarbe: blaugrün *Größe:* 1,71
Kurzcharakteristik: gerissener Ränkeschmied, meisterlicher Landesherr
Herausragende Eigenschaften: KL 16; Goldgier 7
Herausragende Talente: Menschenkenntnis 14, Überreden 14, Staatskunst 13, Schätzen 15
Beziehungen: groß
Finanzkraft: groß
Verwendung im Spiel: Albio spinnt zahlreiche Intrigen, um den Reichtum Salzas zu mehren. Als Drahtzieher im Hintergrund kann er ein Gegner der Helden sein, aber ebenso gut ihr Auftraggeber. Seine Missionen können auch ins Ausland führen.

Haldur Vesselbek, Deichgraf

Als Deichgraf der Königin ist Haldur Vesselbek (geb. 996 BF) einem Hochadligen gleichgestellt. Ihm unterstehen die Deich- und Sielmeister sowie Hunderte von Arbeitern, um die großen Bauvorhaben an der nostrischen Küste zu bewältigen. Sein Ausspruch "Kein Deich, kein Reich, kein Leben!" hat sich in den Köpfen der Nostrier festgesetzt. Wie sein Vater, der liebfeldische Baumeister Torvon Vesselbek, vertritt Haldur eine eigenwillige Weltanschauung von der Verbindung des Wassers mit dem Land. Obwohl er mit einer Nostrierin verheiratet ist, tut er sich mit der Mentalität der Einheimischen oft schwer.
Verwendung im Spiel: das von einer (grundsätzlich guten) Idee besessene Genie, das die Bauern schonungslos zur Arbeit antreibt und wenig Verständnis für abergläubische Riten zeigt.

Karlitta von Lyckweiden

Eine der mächtigsten Hexen des Zirkels von Hallerû lebt an einem See zehn Meilen südlich des nostrischen Lyckmoor: Karlitta von Lyckweiden, eine Schöne der Nacht, deren Liebestränke und Heilsalben nicht nur bei den Bauern der Umgebung begehrt sind. Einmal im Monat reist die Tochter Satuarias nach Salza, wo sie ein eigenes Stadthaus besitzt. Dort empfängt sie Kunden, sucht den Disput mit Magiern und Gelehrten, um ihre berüchtigte spitze Zunge zu Felde zu führen, oder besucht ihren Freund Bragan, der ihr bereits zwei farbenprächtige Hautbilder gestochen hat – eine Ranke an der linken Schläfe und eine sich um die linke Brust windende Schlange.

Geb.: 987 BF *Haarfarbe:* rostrot

Augenfarbe: schwarz *Größe:* 1,70

Kurzcharakteristik: eine kultivierte Hexe und kompetente Kräuterkundige

Herausragende Eigenschaften:
CH 16, IN 14; Eitelkeit 9, Rachsucht 7

Herausragende Talente: Betören 14, Überzeugen (Streitgespräch) 10, Tanzen 13, Kochen (Tränke) 12

Herausragende Zauber und Rituale: ACCURATUM 14, SATUARIAS HERRLICHKEIT 16, meisterlich in *Einfluss* und *Illusion*, viele Flüche und Kesselrituale

Beziehungen: hinlänglich

Finanzkraft: gering

Besonderheiten: Vertrauter Larion (weißer Kater mit grünen Augen)

Verwendung im Spiel: Karlitta ist eine der zugänglichsten Hexen des Landes – zur Feindin sollte man sie sich jedoch besser nicht machen.

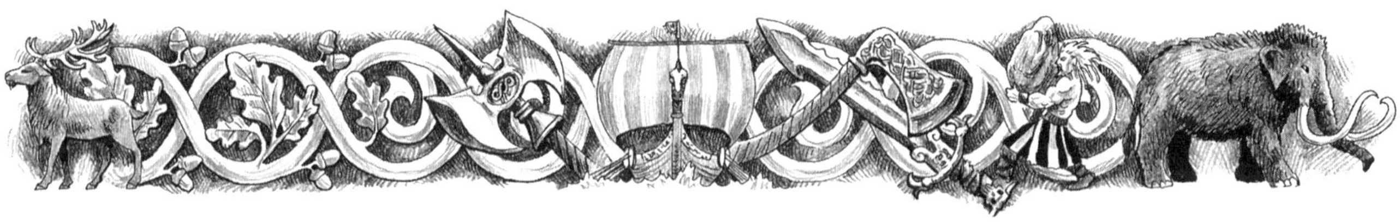

Mysteria et Arkana Thorwals

Das Land Thorwal birgt ungezählte Geheimnisse, zu viele, um hier mehr als einen kleinen Einblick gewähren zu können. Bis heute sind die Lande im Nordwesten des Kontinents dünn besiedelt, so dass viele Geheimnisse und Mysterien nicht nur einer Entschlüsselung, sondern oft sogar noch ihrer Entdeckung harren.

Grundsätzlich sind die folgenden Seiten Meisterinformationen, die Ihnen beim Ausgestalten von Abenteuern in Thorwal dienen sollen. Mysterien, deren weitere Thematisierung in offiziellen Publikationen unwahrscheinlich ist, sind mit einem Sternchen (*) markiert. Sie müssen also kaum befürchten, mit dem 'offiziellen Aventurien' in Konflikt zu geraten, wenn Sie diese weiter ausarbeiten.

Vermächtnisse der Vergangenheit

Das Edikt des Flussvaters

»Als wir auf unserer Reise nach Honingen den Großen Fluss befahren wollten, geschah Merkwürdiges: Kaum dass wir wenige Meilen flussaufwärts gekommen waren, schlugen urplötzlich die Wellen rings um unser Schiff bis über die Bordwand empor, und die Strömung wurde so stark, dass wir kaum noch dagegen ankommen konnten. Gleichzeitig drehte der Wind so ungünstig, dass unser Schiff auf eine Sandbank gedrückt zu werden drohte. Mit seemännischem Geschick gelang es der Kapitänin, unser Gefährt vor dem Ärgsten zu bewahren. Sie befahl uns, Boote auszubringen, um das Schiff über das außer Rand und Band geratene Gewässer zu pullen. Hätte sie doch auf den alten Alrik gehört, der jammerte, man solle lieber umkehren, um den Flussvater nicht zu erzürnen: Kaum war ein Boot zu Wasser gelassen, türmte sich eine gigantische Welle auf. Sie erfasste den Kahn mit voller Wucht, dass die Planken knirschten. Harika, die an Bord des Kahns war, schwor danach, dass die Wellen wie grässliche Fratzen ausgesehen hatten, deren Mäuler sich nach dem Boot reckten. Als wir das Schiff zurücktreiben ließen, ließ der Zorn des Flussvaters so plötzlich nach, wie er begonnen hatte. Alrik behauptete, der Thorwaler Jörnir, den wir vor kurzem an Bord genommen hätten, sei schuld daran, dass der Flussvater in Zorn geraten sei. Man solle ihn über Bord werfen. Die Kapitänin wollte davon nichts wissen und kehrte nach Havena zurück, dort entließ sie Jörnir allerdings. Als wir am nächsten Tag erneut die Reise flussaufwärts wagten, blieb der Große Fluss friedlich und still.«
—Derbrecht Dergelsteiner, Steuermann auf der Efferdsglück

Bis auf den heutigen Tag fürchten Thorwaler, die den Großen Fluss befahren wollen, dass ein Besatzungsmitglied ein Nachfahre der Ottajasko von *Jurala Hugdornsdottir* ist, die um 1300 v.BF für ihren Frevel vom Flussvater verflucht wurde (S. 8). Worin dieser Frevel bestand, ist heute niemandem mehr bekannt. Der Fluch betrifft ausdrücklich alle Nachkommen von Angehörigen von Jurulas Ottajasko (nicht nur die direkten Nachfahren der Hetfrau) und verbietet es ihnen, den Großen Fluss zu befahren oder an seinen Ufern zu siedeln. Darum könnte es sein, dass einer Ihrer Helden ein entfernter Nachkomme ist, selbst wenn er nicht ahnt, dass in ihm Thorwaler Blut fließt. Der jähe Zorn des Flussvaters wird nicht nur für den Helden eine Überraschung sein.

Die verschwundene Axt Hardreds

Der Obersten Hetfrau *Eilif Hardredsdottir* gelang es in ihrer achtjährigen Herrschaft (932 bis 940 BF) nicht, das Erbe ihres berühmten Vaters zu bewahren: Thorwal zerfiel erneut (S. 12). Bald erzählte man sich, dass Hardreds Tochter vor allem deshalb keine gute Hetfrau sein konnte, weil sie die legendäre Axt *Askil* (Göttlicher Keil) ihres Vaters zu Beginn ihrer Herrschaftszeit auf unglückliche Weise verloren hatte. Dieses Schicksalszeichen galt als Beweis, dass die Kraft, das Land zu einen und zu Blüte und Stärke zu führen, mit dem Verschwinden dieser Axt versiegt war.

Seitdem hält sich die Legende, dass nur der, der die Axt Hardreds zu finden vermag, der wahre Oberste Hetmann der Thorwaler ist. Nicht auszudenken, was geschähe, wenn die Waffe tatsächlich eines Tages wieder gefunden würde und der neue Träger seinen Anspruch auf dem Hjalding geltend machte. Nicht nur Jurga sendet insgeheim Vertraute aus, jeder Spur nachzugehen – auch ihre Gegenspieler träumen heimlich von dieser Waffe. Sollte die echte Axt zufällig gefunden werden und in die falschen Hände geraten, wäre die instabile Einheit Thorwals erneut gefährdet. Ebenso könnte ein Kontrahent Jurgas versuchen, durch eine Fälschung Macht in Thorwal zu erlangen.

Jurga sollte in den nächsten Jahren nicht in Besitz der Waffe gelangen, denn ihre Herrschaft über das Land wird umstritten bleiben. Wir empfehlen deshalb, dass eine mögliche Entdeckung der Axt nur im Geheimen stattfindet und sie nach der erfolgreichen Rettung vor den Gegenspielern der Helden am Ende wieder verloren geht. Für wie lange? Man wird sehen ...

Der Fall Swafnild Thorfinnsdottir*

Die Umstände, unter denen die einstige Oberste Hetfrau im Jahre 984 BF verschwand, sind nach fast einem halben Jahrhundert kaum noch zu ergründen. Einiges spricht dafür, dass die umtriebige *Swafnild Thorfinssdottir* ihren unheimlichen Tod womöglich nur inszeniert hat. Dies könnte bedeuten, dass der Vorwurf ihrer Feinde, sie sei eine Betrügerin gewesen, durchaus berechtigt war. Ob nun Betrügerin oder Opfer einer Verschwörung – das Bemühen, die wahren Hintergründe aufzudecken (zum Beispiel mit Hilfe von heute noch lebenden Zeugen) würde womöglich nicht in jeder Ottajasko oder Sippe Thorwals auf Gegenliebe stoßen. Swafnilds ungeahnter Aufstieg, ihre eigenwillige Art, ihr Amt auszuüben, und nicht zuletzt ihr Erfolg haben zu Neid und Missgunst geführt.

Es ist Ihrer Entscheidung und Phantasie überlassen, welche Verwicklungen und Machtinteressen hinter dem mysteriösen Verschwinden der Obersten Hetfrau stecken. So haben Sie mit dem 'Fall Swafnild Thorfinnsdottir' die Möglichkeit, auch einmal eine handfeste Intrige und Verschwörung in Thorwal anzusiedeln. Wer weiß, mit welchen Mitteln angesehene Hetleute und Hersire dagegen vorgehen, dass neugierige Helden Dinge zu Tage bringen, die der Ehre ihrer Gemeinschaft alles andere als zuträglich wären?

Thorwal nach Grimrings Verschwinden

Durch die Ereignisse im Abenteuer **Die Dunkle Halle** steht den Thorwalern die Schicksalsklinge *Grimring*, deren bloße Präsenz die Schwarzpelze in die Flucht zu treiben vermochte, nicht länger zur Verfügung. Obwohl die meisten Thorwaler sich darin einig sind, dass der Verlust der Klinge tatsächlich vom Schicksal bestimmt war, lasten einige Gegner Jurga Trondesdottirs ihr diesen schwer an. Um nicht Gefahr zu laufen, dass der Vorwurf angesichts eines Angriffs der Schwarzpelze an Gewicht gewinnt, sucht die Oberste Hetfrau nach einem neuen Schutzzeichen im Kampf gegen die Orks.

Wir bieten Ihnen zwei Vorschläge:

Der Riese Neunfinger*

Die Orks fürchten kaum etwas so sehr wie die drei im Orkland heimischen Riesen. Sie glauben, nur ein Gott könne diesen Ungeheuern Schaden zufügen, weshalb schon die Oberste Hetfrau *Garhelt* der berühmten Orkland-Expedition im Jahr 997 BF den abgeschlagenen Daumen des Riesen *Neunfinger* mitgab, um die Orks glauben zu machen, die Träger dieses Daumens hätten die Macht, einen Riesen zu besiegen. Ein Vorfahre Garhelts hatte den Riesenfinger aus dem Orkland mitgebracht, nachdem er dem Riesen das Leben gerettet hatte, indem er dessen brandigen Daumen amputierte. Der Daumen ist fünfzehn Finger lang, armdick und sieht aus wie eine braune, spärlich behaarte Keule, die an einem Ende mit einer spatenförmigen Hornplatte versehen ist.

Womöglich sendet Jurga eine Heldengruppe mit diesem Daumen aus, damit der Riese sich daran erinnert, dass die Thorwaler ihm damals geholfen haben, und er sich nun auf ein neues Bündnis einlässt. Ebenso könnte ein Konkurrent Jurgas auf diese Idee kommen und versuchen, sich den Daumen anzueignen, um durch ein solches Bündnis großes Ansehen zu erlangen.

In beiden Fällen ist dieser Versuch allerdings zum Scheitern verurteilt, da der Riese sich für die Belange der Menschen schlicht nicht interessiert – was nicht heißt, dass er die Helden darüber nicht einstweilen im Unklaren lässt, damit sie ihm einen Gefallen erweisen.

Die Skraja von Kjaskar Knallfaust*

Es ist eine nahe liegende Idee, das verlorene Schwert *Grimring* durch ein anderes sagenumwobenes Artefakt zu ersetzen. Nahezu jeder große Held der thorwalschen Sagas nennt eine besondere Waffe sein Eigen, viele davon haben sich auch im Kampf gegen die Schwarzpelze bewährt.

Hetmann Hardred und *Orozar Siebenstreich* könnten in Zukunft noch einmal in offiziellen Publikationen eingesetzt werden, weswegen Sie als Meister auf diese Figuren verzichten sollten. Aber es steht Ihnen frei, allerlei andere Helden und sagenhafte Gestalten in dieser Richtung auszugestalten. Die Suche nach Kjaskars legendärer Skraja sei nur als ein Beispiel genannt.

Alternativ bietet es sich an, die Helden auf die Suche nach einem Schmied zu senden, der in der Lage ist, eine derart mächtige zauberische Waffe zu schmieden. Keine dieser Waffen wird eine *Grimring* vergleichbare Wirkung auf die Schwarzpelze ausüben. Doch bis die Thorwaler oder die Schwarzpelze das herausbekommen, kann viel geschehen.

Trondes Wacht

»Er hält nun ewige Wacht in seiner Höhle aus Eis, wie es ihm sein Schicksal bestimmt hat. Nicht Dämonenmacht noch Hexenkraft wird ihn jemals bezwingen, so flüstern es die weisen Windskinder. Wenn Thorwal einst große Gefahr droht, dann verzaget nicht: Hetmann Tronde Torbensson wird sich erheben in seinem Mantel aus Eis. Er wird seine Getreuen mit sich bringen, in ehernen Rüstungen und mit blitzenden Klingen, voller Mut, Zuversicht und Kampfeskraft, und nichts wird es geben, das ihnen widerstehen kann.«

—aus einer Erzählung Jurge Swafnirgrehds vor einer Schar Kinder

»Auch wenn sie viele große Helden kennen, ist den Thorwalern eine Heiligenverehrung, wie sie bei uns verbreitet ist, fremd. Ihre Verehrung für Tronde Torbensson indes, derer ich mich im ganzen Land versichern konnte, gleicht der Ehrerbietung, die man in unseren Gefilden einer Heiligen Ardare oder einem Heiligen Hlûthar zukommen lässt, auch wenn die Nordleute einem das nie eingestehen würden. Nur wenige gibt es, die am Tronde-Tag nicht auf sein Andenken anstoßen und ihn hochleben lassen. Bestes Indiz aber ist die Zahl der Kinder, denen man seit seiner Entrückung den Namen Tronde oder Trondja gegeben hat.«

—aus den Aufzeichnungen des Rondra-Ritters Felbur von Leuenkamp

Nähere Einzelheiten zu Trondes Wacht können Sie dem Abenteuer **Die Dunkle Halle** entnehmen.

Die Oberste Hetfrau Jurga Trondesdottir und ihre Konkurrenten

Auf dem Hjalding 1027 BF (2654 JL) wurde Jurga zwar mit knapper Mehrheit auf Lebenszeit zur Obersten Hetfrau gewählt, das heißt aber nicht, dass sie ihrer Konkurrenten auf Dauer ledig wäre. Zu ihren größten politischen Gegnern zählen Marada Gerasdottir und der Skalde Iskir Ingibjarsson (siehe S. 167).

Klassische Intrigen, wie sie im Mittel- und Horasreich üblich sein mögen, um einem Gegner zu schaden, sind in Thorwal eher die Ausnahme. Aber es gibt auch andere Möglichkeiten, um dem Ziel, Jurga abzulösen, näher zu kommen. Lassen Sie sich dabei von folgenden Gesichtspunkten leiten:

- Keine Seite wird einen Bürgerkrieg riskieren.
- Giftanschläge, politische Morde, Entführungen und Ähnliches kommen nicht in Frage.
- Auch wenn ihre Widersacher der Obersten Hetfrau das Recht absprechen, ihnen vorzuschreiben, ob und wo sie Heerfahrten unternehmen dürfen, ist ihnen dennoch klar, dass es mehr als dumm wäre, durch Beutefahrten mächtige Gegner Thorwals so zu reizen, dass es zu Vergeltungsschlägen kommt, wie 1023 BF (2650 JL), als das Horasreich die Stadt Thorwal aus Rache in Schutt und Asche legte.
- Eine Möglichkeit, den politischen Gegner zu schädigen, bietet sich, indem man zum Beispiel eine Situation herbeizuführen sucht, in der er sich lächerlich macht. Aufgabe einer Heldengruppe könnte es entweder sein, eine solche Situation herbeizuführen, oder aber, sie zu verhindern.
- Jurgas Gegner trachten danach, Zwietracht unter den Gefolgsleuten der Obersten Hetfrau zu säen. So könnten sie beispielsweise den Versuch machen, eine jurgatreue Ottajasko in eine Blutfehde zu verwickeln, die diese zwangsläufig schwächt, oder gar zwei der Obersten Hetfrau verbundene Gemeinschaften gegeneinander aufzubringen. Umgekehrt könnte auch Jurga sich den hohen Ehrbegriff der Nordthorwaler zu Nutze machen und Iskirs oder Maradas Gefolgsleute gegeneinander ausspielen.
- Jurgas Konkurrenten bemühen sich darum, dass ein jurgatreuer Hetmann durch einen neutralen oder gar traditionalistisch gesonnenen Konkurrenten ersetzt wird. Glück und Reichtum zählen viel bei den Thorwalern, und wenn eine Ottajasko mit ansehen muss, dass ihre Nachbarn, die sich nicht um Jurgas Wort scheren, große Beute auf ihren Heerfahrten machen, während sie selber leer ausgehen, kann das schon den Ausschlag für wachsende Unzufriedenheit und die Forderung, den Hetmann abzuwählen, geben. Womöglich hilft ein verschlagener Konkurrent sogar nach, indem er persönlich dafür sorgt (oder sorgen lässt), dass seinem unliebsamen Nachbarn nichts mehr gelingt.
- Zwar wäre keiner der Gegner Jurgas so unverfroren oder dumm, die Oberste Hetfrau oder eines ihrer Schiffe persönlich anzugreifen, er könnte aber mit Friedlosen gemeinsame Sache machen, um Unternehmungen der Obersten Hetfrau zu durchkreuzen und ihre Macht zu untergraben.

Die Hjalwara

Die mysteriöse Gemeinschaft der *Hjalwara* (S. 45) ist erst im Entstehen begriffen. Die Mitglieder streben danach, sämtliche Tugenden eines thorwalschen Kriegers zu verkörpern: Mut, Tapferkeit und Zuversicht – und dazu ein gewinnendes Auftreten und eine schlagfertige Zunge, wie sie den Skalden zugeschrieben werden. Zwar können nicht alle Mitglieder des Schwurbundes diesem hohen Anspruch gerecht werden, das aber hält keinen davon ab, sich darum zu bemühen, dem Ideal nahe zu kommen.

Wo die Hjalwara ihren Sitz haben, ist ein streng gehütetes Geheimnis. Man vermutet allerdings, dass sie über mehrere Stützpunkte verfügen. Es bedarf einer langen Queste, um einen solchen Sitz ausfindig zu machen. Der Ursprung der Kriegergemeinschaft liegt in Tronde Torbenssons ehemaligen Hetrekkern, die den Obersten Hetmann schon zu Lebzeiten verehrten und sich seinem Ziel, ein einiges Thorwal zu schaffen, verbunden fühlten. Trondes Schicksal, die eisige Wacht im Norden zu halten (siehe auch *Trondes Wacht* in diesem Kapitel und das Abenteuer **Die Dunkle Halle**), bewog sie dazu, es ihrem Hetmann gleich zu tun: Sie fanden sich zu einer Schwurgemeinschaft zusammen, die Trondes Schild und seine Wehr sein soll, wenn er dereinst aus dem Eis auferstehen wird, um große Gefahr von Thorwal abzuwenden. Sie haben geschworen, dass ihr Bund so lange bestehen soll, wie Tronde ihrer bedarf: *»Solange im Norden Tronde Wache hält, wachen wir, auf dass Thorwal nimmer fällt!«*

Die Gemeinschaft wird sich in den nächsten Jahren verstärkt darum bemühen, neue Mitglieder zu rekrutieren. Es ist ein schwerer Weg, durch herausragende Taten auf sich aufmerksam zu machen. Bisweilen taucht ein Schiff der Krieger bei einem regionalen Hjalding auf. Die Helden könnten bei dieser Gelegenheit Zeuge werden, wie sich einige Thorwaler darum bemühen, in die Gemeinschaft aufgenommen zu werden, und alles daran setzen, ihre Eignung zu beweisen – beispielsweise im Gefecht mit einem würdigen Gegner aus Ihrer Heldengruppe.

Die Gemeinschaft wird sich in den kommenden Jahren einen Ruf als erbitterte Gegner aller Feinde Thorwals machen, vornehmlich Gloranas. Die Hjalwara können als unerwartete Retter in der Not oder als erbitterte Gegner präsentiert werden, je nachdem, in welchem Auftrag Ihre Helden unterwegs sind. Ebenso ist es denkbar, dass die Helden auf einen schwer verletzten oder sterbenden Hjalwara treffen, der die Hilfe der Helden benötigt.

Dass der kampfkräftige Bund bald die Aufmerksamkeit der Mächtigen Thorwals erregen wird, ist keine Überraschung. Darum ist es wahrscheinlich, dass Jurga und/oder einer ihrer Konkurrenten nach dem Kriegerbund suchen lassen wird, um ihn um die Erfüllung eines Auftrags zu bitten oder gar um Einfluss auf den Bund zu erlangen.

Adern der Kraft

Thorwal wird nur von wenigen astralen Kraftlinien durchzogen. Abgesehen von kleinen örtlichen Astralgeflechten im Thorwaler Hinterland zieht sich vor allem eine große Kontinentallinie von Maraskan über den Schlund und Gareth zum Einsiedlersee nach Olport zur Runajasko. Dort kreuzt sie sich mit einer recht starken Kraftlinie, die von der Olporter Magierakademie nach Nordosten über das Gjalskerland in die Firnklippen zur *Firnya Kharjanda Sala*, der *Dunklen Halle* führt, in der Hetmann Tronde Torbensson sein Schicksal fand.

Weitere bedeutende Kraftlinien sind in Thorwal bislang nicht entdeckt worden, wenngleich die zahlreichen magischen Orte und Phänomene darauf hindeuten, dass in früheren Jahrhunderten ganz andere astrale Geflechte gewirkt haben. Mehr zu den Kraftlinien finden Sie in **Zauberei 366ff.**

Swafnir-Kinder

»Halte das augenscheinliche Anwachsen der Anzahl der Walwütigen, die man auch Swafnirs Garde nennt, für nichts anderes als das Wappnen des Walgotts gegen eine dräuende, große Gefahr. Habe eine heftige Zurückweisung seitens der Tempelobersten erfahren, die nichts davon hören will, dass dem Efferdsohn Swafnir eine solche Aufgabe zukäme. Bezichtigte mich, auf meinen Reisen thorwalschen Einflüsterungen verfallen zu sein.«

—aus den Aufzeichnungen von Jora Efferdlieb,
Efferd-Tempel zu Havena

Von Tiermenschen und Werkreaturen⁺

Es gibt höchst unterschiedliche Überzeugungen in Thorwal, wie ein Mensch zu einer Werkreatur (einem *Hamrammer*) werden kann. Die einen folgen dem in ganz Aventurien verbreiteten Glauben, dass ein böser Fluch einen Unglücklichen in ein Werwesen verwandeln könne und dass der Biss eines solchen Wesens das Opfer ebenfalls zu einem Tiermenschen werden lasse. Andere glauben, dass man mit diesem Fluch geboren werde. In den Gegenden Nordthorwals, in denen viele Nivesen leben, glaubt man, dass man zum Werwolf werde, wenn man ein nivesisches Wolfskind erschlägt, also einen Menschen, der die Gabe hat, sich in einen Wolf zu verwandeln. Das sei die Rache der nivesischen Himmelswölfin. Wieder andere behaupten, heimtückische Zauber und Tränke seien schuld. Vor allem an den Küsten Thorwals ist man überzeugt, dass aus der Verbindung eines Tiermenschen mit einem Sterblichen ein Tiermensch entspringen kann.

Von Hetmann Leif Svensson aus Skelellen erzählt man sich, seine Hetskari bestünde aus Kämpen, die sich in der Schlacht in Bären verwandeln könnten und fürchterliche und grimmige Gegner seien. Die Männer und Frauen trügen keine Rüstung, sondern nur ein Bärenfell zum Schutz, dem sie auch ihren Namen verdanken: *Berserker* oder auch Bärenfellträger.

Nicht alle Werkreaturen oder Tiermenschen werden als böse angesehen. So glauben viele Fischer, dass die Seehundmenschen (*Sjelmader*) jenen, denen sie wohl gesonnen sind, den Weg zu den besten Fischgründen oder gar unermesslichen Schätzen weisen.

Die Vinskrapr – Die befleckten Dschinne

In der Zweiten Dämonenschlacht (0 BF) gelang es den Erzdämonen Widharcal, Nagrach und Charyptoroth, elementare Geister durch dunkle Einflüsterungen auf ihre Seite zu ziehen. Sie pervertierten sie zu machtvollen Wesenheiten, boshaft und voller Blutgier. Einige dieser Wesen vergingen auf dem Schlachtfeld von Brig-Lo, die anderen wurden im Laufe der Jahrhunderte vernichtet oder durch mächtige Bannzauber an einen Ort oder Gegenstand gebunden und gerieten in Vergessenheit.

Um einen gebundenen Vinskrapr zu entfesseln, muss Blut in einem unheiligen Ritual vergossen werden (siehe auch **Die Dunkle Halle**). Aus diesem Blut und dem Blut all jener, die dem Un-Elementar zum Opfer fallen, gewinnt er seine Kraft. Ohne weiteres Blut vermag er nur für eine geringe Spanne außerhalb seines Gefängnisses zu bleiben.

Wiewohl von unerhörter Macht, ist ein Vinskrapr nicht unbesiegbar: Magische Attacken und magische Waffen schwächen ihn, womöglich so sehr, dass er dazu gezwungen ist, in sein Gefäß zurückzukehren. Magische Schilde kann er nur um den Preis durchdringen, an Kraft zu verlieren. Die Zerstörung seines Gefäßes (DESTRUCTIBO) führt lediglich dazu, dass der 'Ungeist' endgültig befreit wird.

Es bedarf erheblicher arkaner Kraft, um einen Vinskrapr zu zerstören oder in einem Bannkreis zu halten. In der Regel übersteigt dies die Fähigkeiten eines einzelnen Magiers bei Weitem. Jedoch sind die Elementargeister, die in Thorwal allgegenwärtig sind, ebenso wie die Zauberkreaturen der Wälder und Gebirge und auch die meisten Magier, Druiden und Hexen potentielle Verbündete gegen die Vinskrapr, die sich angesichts dieser Bedrohung auch zu ungewöhnlichen Pakten bereit erklären würden.

Ein Scherge Gloranas entfesselte vier Vinskrapr 1026 BF in Olport, um die Runajasko zu vernichten. Damals gelang es zwar, die (meisten) Unwesen wieder in ihre Gefäße zu bannen, doch nicht, alle zu zerstören.

Folgende Szenarien bieten sich an:

- Die Runajaski konnten die Gefäße der Vinskrapr nach der Attacke bergen. Nun sucht man nach einem Weg, die Un-Elementare mit geringerem Kraftaufwand endgültig zu zerstören. Vielleicht wissen die Rashduler Elementaristen Rat, doch werden sie eine Gesandtschaft Olporter Magier aufgrund des Gildenausschlusses womöglich nicht vorlassen. Hier könnten erfahrene Helden mit gutem Ruf weiterhelfen.
- Bei dem Versuch, die Vinskrapr zu bezwingen, wurde eines der Gefäße zerstört. Das Un-Elementar floh und hat in den entlegenen Gipfeln der Grauen Berge Zuflucht gefunden. Nun giert es danach, sein Zerstörungswerk fortzusetzen.
- Glorana hat sich von ihrer Niederlage erholt und will die kostbaren Gefäße zurück haben. Sie macht einen erneuten Versuch, einen Agenten in die Runajasko einzuschleusen, um die wertvollen Artefakte zu stehlen.

● Die Runajasko – oder eine andere Akademie – sucht nach Helden, die bereit sind, sich auf die Suche nach weiteren dieser befleckten Dschinne zu machen. Alte Schriften berichten, dass einst weit mehr von ihnen Aventurien heimsuchten und längst nicht alle gebannt werden konnten.

Die Drauger – Geister und Tote erheben sich*

Die ruhelosen Geister, die man in Thorwal *Drauger* nennt (siehe auch S. 42), sind vielfältig einsetzbar: als Rachegeist, dem der Weg ins Totenreich so lange verwehrt bleibt, bis beispielsweise sein Tod gerächt ist oder man ihm die gebührenden Grabbeigaben zugesteht, oder als Mahner, um seine Familie vor einer Gefahr zu warnen. Ebenso könnten die Helden auf die Geschichte eines Hetmanns stoßen, den man wegen eines Frevels lebendig begraben hat (zum Beispiel weil er einen Swafnir-Geweihten ermordet hat). Den Sitten gemäß hat man seinen Namen aus allen Sagas und dem Gedächtnis gestrichen, seine Ottajasko hat sich vor langer Zeit an anderer Stelle niedergelassen, und jede Erinnerung an den Verbrecher ist schon lange vergessen. Eines Nachts entsteigt der Untote seinem Grab, sei es, weil seine Seele endlich Ruhe finden oder er Rache an den Nachkommen derer nehmen möchte, die dafür gesorgt haben, dass ihm der Weg in Swafnirs Reich verschlossen bleibt. Es sollte ein schwieriges Unterfangen werden, herauszufinden, wer der Drauger ist (vielleicht taucht der Geist immer wieder an einer Stelle auf, wo ein Runenstein vergraben ist, der auf ihn verweist) und was er will.
Auch Hetmann Asgeir Gersson (siehe S. 72) bietet sich als Drauger an. Augenscheinlich fühlten sich seine Nachfahren seinem Schwur nicht länger verpflichtet und ließen den Leuchtturm verfallen. Eine schreckliche Schiffskatastrophe vor Gjalskerhage könnte die Seele Asgeirs dazu bewegen, aus dem Totenreich zurückzukehren und seine Verwandten an ihre Aufgabe zu erinnern, oder die Geister der dort Umgekommenen suchen seine Sippschaft heim. Denn hätte sie Asgeirs Schwur in Ehren gehalten, wären sie womöglich nicht zu Tode gekommen.

Wächter über den Tod hinaus*

Manches Heldenlied kündet von ruhmreichen Kriegern, die man nach ihrem Tod mit prachtvollen Grabbeigaben bestattet hat. Von Gold und Silber ist die Rede, wertvollen Rüstungen, Amuletten aus Elfenbein und anderen Schätzen. Besonders berühmten und einflussreichen Verstorbenen soll man ihr Lieblingspferd, ihren treuen Hunde oder sogar ihren treuesten Gefährten mit ins Grab gegeben haben. Diese Gefährten über den Tod hinaus dienen nicht allein als Begleitung ins Reich der Toten. Insbesondere den Hunden kommt die Aufgabe zu, den Schatz des Toten über dessen Ableben hinaus zu bewachen. In den Kammern uralter Hügelgräber lauern diese untoten Bestien, die durch ein geheimnisvolles Ritual im Reich der Lebenden gehalten werden – und es heißt, dass kein Lebender sich mehr auf das Wirken eines solchen Rituals oder aber seine Umkehrung verstünde.
Die *Draugbestir*, die mal als mächtige nachtschwarze Bestien mit blinden, fahlen Augen und mal als Skelett über die Schätze ihres Herrn wachen, sind gefährliche und heimtückische Gegner, schwer zu bezwingen und noch schwerer zu töten. Wie ein *Drauger* (siehe oben) können sie nicht eher ruhen, bis ihre Aufgabe erfüllt ist, in diesem Fall also, bis das Grab verfallen ist und es nichts mehr zu beschützen gibt. Unglücklicherweise vermag sie aber auch niemand von ihrem Schwur zu entbinden, außer ihrem verstorbener Herren. So lange dies Paradoxon nicht gelöst ist, kann man den Astralleib der Wächter zwar für den Augenblick zerstören, doch kehren die Draugbestir binnen eines Tageslaufs wieder zu ihrer Wacht zurück.

Mysterien Nordthorwals

Bralbior – Der Ghul von Svegan*

Die Moorbestattungen rund um Svegan haben Ghule angelockt, die hier eine leichte Beute finden. Der älteste und mächtigste unter ihnen ist Bralbior, der 'Große Ghul'. *Bralbior* ist mittlerweile zu träge geworden, um sich selbst noch auf die Jagd zu begeben, stattdessen ernährt er sich von Leichnamen, die ihm seine 'Ghulkinder' bringen. Das alte, feiste Monstrum, das stets ein paar seiner Artgenossen um sich geschart hat, hat seine Höhle an einem der Sveganer Seen schon lange nicht mehr verlassen.
Lange lebten die Leichenfresser unbemerkt, doch da ihre Zahl langsam aber stetig wächst, ist es zu ersten unliebsamen Begegnungen zwischen Mensch und Ghul gekommen. Einige der Ghule geben sich zudem nicht länger mit Toten zufrieden, sie gieren nach dem frischen Fleisch lebender Menschen.
Seit einiger Zeit treibt sich ein Druide in der Nähe des Sees herum, den die Dörfler für die unheimliche Bedrohung verantwortlich machen. Sie glauben fest, dass er diese Monstrositäten erschaffen habe, und hoffen darauf, dass sich irgendwann ein paar wackere Streiter finden, die bereit sind, dem finsteren Zauberer und seinen Ungeheuern den Garaus zu machen. Tatsächlich sucht der Druide nach einem Weg, der Ghulplage Herr zu werden. Es wird nicht einfach sein, diesen Irrtum aufzuklären, zumal der Druide fremden Abenteurern kaum trauen wird. Außerdem ist es schon verdächtig, dass der zwielichtige Druide so viel über Bralbior zu wissen scheint ...

Das Orakel der drei Klageweiber

»So suchte ich nach diesem Orakel, das mir sagen sollte, ob ich je meine geliebte Fjedara wieder sehen werde. Die drei unheimlichen alten Hexen, von denen der Geruch des Todes ausging, stellten mir zunächst selbst eine Frage: "Weißt du, wo sich der Schlüssel der Eisblumen befindet?"
Lange grübelte ich, bis mir ein altes Märchen meiner Großmutter in den Sinn kam. Ich erzählte vom Palast der schwarzen Schneemenschen, die den Schlüssel bewachten. Die drei Weiber nickten kurz und rieten mir, meine Frage weise zu wählen, denn ich dürfte nur diese eine stellen. So sprach ich voller Aufregung: "Werde ich meine geliebte Fjedara je wieder sehen?"
Kaum, dass ich ausgesprochen hatte, flüsterten sie, dass ich in genau einem Jahr wiederkommen solle, um die Antwort auf meine Frage zu erhalten. So harrte ich viele Monde der Dinge – und kehrte ein Jahr später zurück. Die drei Hexen lächelten zahnlos, als sie ihre Antwort gaben. Sie lautete: "Nein."«
—aus den Erzählungen Raskir des Trinkers aus Enqui

Obwohl sich immer wieder mutige Schatzsucher in das sumpfige und gefährliche Seengebiet der drei Klageweiber wagen, bleibt die Jagd nach den verlorenen Reichtümern Swelts (siehe S. 70) vergeblich. Die im Jahre 247 BF versunkene Stadt war nicht besonders wohlhabend, und jedes lohnenswerte Beutestück ist für alle Zeiten unerreichbar tief in Wasser und Morast versunken.
Dennoch gibt es einen Grund, den unheimlichen Ort aufzusuchen: das Orakel der drei Klageweiber. Die Klageweiber sind uralte Greisinnen, die in einer düsteren, modrigen Höhle im Stamm eines toten Baumes hausen, der so alt scheint wie die Welt. Man munkelt, die drei Schwestern seien die einzigen Überlebenden aus Swelt. Sie hätten damals die Katastrophe vorausgesehen, doch in ihrem Groll gegen die Menschen, die sie mieden, hätten sie niemanden gewarnt und diese blind in ihren Untergang gehen lassen. Die Schwestern zahlten für ihre Hartherzigkeit einen hohen Preis: Sie sind dazu verdammt, nicht sterben zu können und um die Toten der Stadt zu klagen. Niemals mehr sollen sie eine Weissagung für sich behalten dürfen. Darum müssen sie jedem Besucher eine Frage beantworten, so wie auch er ihnen eine Frage beantworten muss – nämlich die des letzten Ratsuchenden. Um seine Antwort zu bekommen, muss man auf den Tag genau ein Jahr später dort erscheinen.

Bis zum heutigen Tag hat das Orakel noch nie eine Frage unbeantwortet gelassen. In ihrer Boshaftigkeit und Verbitterung haben die Schwestern dennoch einen Weg gefunden, den Schicksalsspruch zum Schlechten zu wenden. Meist geben sie dem Fragenden die Antwort, die sie von dem Bittsteller bekommen haben, der sie als nächster aufsuchte. Diese mag richtig sein oder auch falsch. Nur manchmal, wenn es ihnen in ihrer Launenhaftigkeit gefällt, bemühen sich die alten Vetteln darum, einen Blick in die Zukunft zu tun und eine wahrhaftige Antwort zu geben. Wenn aber schwere Schicksalszeichen drohen und ein bedeutsames Gesicht die Schwestern überkommt, bleibt es ihnen versagt, ihr böses Spiel zu treiben. Dann müssen sie alles tun, damit die Menschen davon erfahren. Ihr unheimliches Klagen und Stöhnen ist in solchen Zeiten über viele Meilen hinweg zu hören. Wer immer sich dann in ihre Nähe traut, soll die Wahrheit erfahren – und womöglich eine tiefere Erkenntnis in den Lauf des Schicksals gewinnen, als ihm lieb ist.

Die Hexenzirkel der Brinasker Marschen

Die Schwesternschaft der Marschen ist ein noch junger Zirkel der Töchter Satuarias. Die menschenscheuen Hexen haben die Brinasker Marschen als idealen Platz gewählt, um ungestört so zu leben, wie es ihnen gefällt. Nur selten kreuzen sich ihre Wege mit denen der anderen Bewohner des Gebietes. Allerdings hat sich der Zirkel unter Führung von *Natasha Plötzbogen* (siehe **Enqui**, S. 105) einen gefährlichen Feind gemacht: Tula, die – bislang – unumstrittene Herrscherin über alle Hexen Thorwals. Die *Salzschwestern*, wie sich der Zirkel nennt, haben sich ohne Tulas Billigung zusammengefunden. Zwar trachten sie nach keiner Auseinandersetzung, aber ihnen steht ebenso wenig der Sinn danach, der Hexenkönigin zu huldigen und sich ihrer tyrannischen Herrschaft zu beugen.
Streng genommen haben die jungen Schwestern der mächtigen Tula wenig entgegenzusetzen – mit Ausnahme ihres Einfallsreichtums und ihres Freiheitswillens. Zudem schützt sie das unzugängliche Gebiet der Marschen, das der Oberhexe kaum vertraut ist. Tulas Arroganz gegenüber ihren unerfahrenen Schwestern könnte eine weitere Trumpfkarte sein.

Parkauki und der giftige Brack⁺

Die hartgesottenen Bewohner von Parkauki im Brack ahnen nicht, dass das giftige, schwefelhaltige Wasser von einem Dämon herrührt, der durch die Macht eines Magiers in den See geschleudert worden ist. Ein misslungener Bannzauber hat dazu geführt, dass der besiegte Dämon nicht in die Niederhöllen geworfen, sondern an diesen Ort gefesselt wurde. Der siechende, sich allmählich zersetzende Dämon vergiftet das Wasser. Sollte das Geheimnis des Bracks nicht binnen der nächsten Jahre gelüftet und der Dämon nicht von einem erfahrenen Magus oder Diener der Zwölfe endgültig gebannt werden, wird bald niemand mehr in der Siedlung der Verfluchten am Leben sein. Doch selbst, wenn es gelingt, den sterbenden Dämon zu bannen, wird es noch Jahrzehnte dauern, bis dort wieder andere Menschen als der Abschaum Enquis leben will.

Die Türme des Schweigens

Die Inschriften und Glyphen auf den Jahrtausende alten Monolithen (S. 71) können gelehrten Elfen und Sprachkundlern des Asdharia einiges über die elfische Geschichte preisgeben, scheint es doch eine Verbindung zwischen den hoch aufragenden Türme und den mythischen Städten der Hochelfen zu geben. Aber auch für Erforscher der elfischen Magie findet sich bislang Unbekanntes in den Glyphen. Allein das Abschreiben, Klassifizieren und Übersetzen der Schriften ist eine Arbeit, der sich ein einzelner Gelehrter wohl sein halbes Leben lang hingeben müsste.
Interessanter ist da vielleicht, dass sich bisweilen eine Zone vollkommener Stille um die steinernen Türme legt, ähnlich einem SILENTIUM, nur wesentlich machtvoller. Dann dringt kein Geräusch durch die Dunkelheit, während sich oben auf den Türmen die uralten Gebeine lange vergessener Elfen für eine Nacht manifestieren und erheben. Steckt ein alter Frevel dahinter, dass die Knochen nicht zur Ruhe kommen? Sind diese Toten Ausgestoßene oder Verfluchte der Elfen? Oder sind es Wächter, die zu bestimmten Zeiten im Jahr nach dem Rechten schauen sollen? Und was ist so wichtig, dass es auf diese Weise bewacht werden müsste?

Gloranas dunkle Ränke

Glorana hat ihre Niederlage nicht vergessen, die ihr unter anderem durch den Einsatz der Helden im Abenteuer **Die Dunkle Halle** zugefügt wurde, und sinnt auf Rache. Die Zerstörung der Runajasko, deren Magier ihre erbitterten Feinde sind, zählt nach wie vor zu ihren Zielen. Außerdem durchstreifen ihre Schergen nach wie vor Nordthorwal und suchen nach kräftigen Sklaven für die Theriak-Förderstellen.
Bjarni Ingaldsson von der Rangold-Sippe aus Olport, Meistari und Absolvent der Runajasko, hat sich vor zwei Jahren Glorana angeschlossen. Die Eishexe verfügt in ihm über einen treu ergebenen Agenten, der in Olport bekannt und beliebt ist und Zugang zur Runajasko hat, so lange seine düsteren Umtriebe nicht enttarnt werden. Bjarnis Hauptziel ist es, die Geheimnisse der Runenmagie zu rauben, die aber längst nicht jedem Absolventen der Schule ohne weiteres offen stehen. Deshalb muss er sich darum bemühen, sich das Vertrauen eines der Scholaren, Lehrer oder Forschenden zu erschleichen, die Zugang zu diesem Wissen haben. In Gloranas Diensten hat Bjarni einige Beherrschungs-, Verschleierungs- und Liebeszauber gelernt, die ihm seine Arbeit zu erleichtern können.

Die Riffe von Olport

In jüngster Zeit sind Olporter Lotsenboote unvermittelt aus den Tiefen der See angegriffen und zum Kentern gebracht worden. Zwar ist es den Lotsen bislang gelungen, abgesehen von kleineren Blessuren wohlbehalten an Land zu kommen, dennoch sorgt man sich im Lotsenhaus sehr über die Vorkommnisse. Augenzeugen berichten von dunklen Schatten, die unter der Wasseroberfläche entlangglitten. Andere schwören, dass lidlose, riesenhafte Augen sie aus den Tiefen der See angestarrt hätten.
Noch ist die Kunde über die seltsamen Ereignisse nicht an die Ohren der Olporter Bevölkerung vorgedrungen, doch lange wird man das Geheimnis nicht wahren können – erst recht nicht, wenn es zu einem ersten schwer verletzten Opfer kommt oder gar eines der einlaufenden Schiffe angegriffen wird.
Hintergrund der Vorkommnisse ist der Angriff der Vinskrapr, der die Klippen Olports – und insbesondere die Vestanvindbodi – bis in die Grundfesten erschüttert hat. Einige Stollen und Kavernen stürzten ein, zu anderen taten sich neue Zugänge auf. Dabei wurde ein riesenhafter Multipode aus seiner Höhle aufgescheucht, der sich ausgerechnet eine Unterwasserkluft im Efferdspfeiler – und damit in der Hafeneinfahrt von Olport – zu seinem neuen Unterschlupf auserkoren hat. Das Ungeheuer hält die passierenden Schiffe für ein Ärgernis und verteidigt sein neues Revier mit wachsender Aggressivität.

Die Katakomben unter der Runajasko⁺

Die Magier der Runajasko und auch Bridgera Karvsolmfara sind bestrebt, die Geheimnisse in den Tiefen der Vestanvindbodi nach und nach zu ergründen. Ob dort unten mystische Schätze warten oder lange vergessene Gefahren lauern, ob man das Gelege eines Drachen findet oder den Hinweis darauf, was die Firnelfen bewogen haben mag, die Thorwaler in ihrer Magie zu unterweisen, ob dort der Schlüssel zu weiteren Geheimnisse der Runenmagie liegt oder nicht, bleibt einstweilen offen.
Einige Gewölbe sind von der Seeseite der Klippe zugänglich, manche davon liegen allerdings unter Wasser. Durch den Angriff der Vinskrapr (siehe S. 181) sind Teile der Kavernen und Tunnel eingestürzt, dafür haben sich andernorts neue Zugänge eröffnet. Bei der konkreten Ausgestaltung der Katakomben haben Sie freie Hand.

Runenforschung

Die Magier der Runajasko forschen nicht alleine in Thorwal nach Hinweisen, um die Geheimnisse der Runenmagie zu entschlüsseln. Es gibt das Gerücht, dass die Al'Anfaner Grandenfamilie der Zornbrechts im Besitz eines Steins ist, dessen Inschrift wichtige Hinweise bezüglich der Deutung der Runenschrift enthalten soll. Für die meisten gewöhnlichen Sterblichen ist es schwierig, Einlass in den Palast der Zornbrechts zu bekommen. Für einen Thorwaler ist es schier unmöglich, es sei denn, er käme als Sklave.

Der Orviler Wolfskult*

»Vor kurzem ist ein grauäugiger alter Mann in einem Wolfsfell im Ort erschienen. Er warnte uns mit eindringlichen Worten davor, die Botschaft der Wölfe zu ignorieren: "Die Wölfe kommen, weil die Wölfe gehen." Das waren seine Worte. Er forderte uns auf, in die Wälder zu kommen und die Gemeinschaft der Wölfe zu stärken. Bis auf Thorlindis ist ihm niemand gefolgt. Aber die ist sowieso verrückt, seit ein Wildschwein sie als kleines Mädchen böse am Kopf verletzt hat. Gehört hat seitdem niemand mehr etwas von ihr.«

—ein Roviker bei der Befragung durch ortsfremde Abenteurer

In einigen Regionen der Premer Halbinsel (S. 82) ist immer wieder von Wolfsplagen die Rede, die Mensch und Vieh bedrohen. Zumeist bekämpft man die Räuber unerbittlich mit Feuer und Axt, doch mancherorts, wie beispielsweise in der Gegend von Orvil, baut man darauf, die hungrigen und aggressiven Tiere durch Tieropfer zu besänftigen.

Dort sollen sich die Bewohner sogar einem Wolfskult ergeben haben. Viele Menschen der Halbinsel haben zwar von diesem Treiben gehört und erzählen phantasievolle Geschichten darüber, nur Initiierte des Kultes jedoch wissen tatsächlich, was sich dort abspielt und geben ihre Geheimnisse nicht preis. Tatsächlich haben die Angriffe in Orvil und Umgebung in den letzten zwei Jahren nachgelassen.

Womöglich ist ein Werwolf das Haupt des Kultes, und der Orviler Wolfskult sorgt dafür, dass er hier so unbehelligt leben kann wie sonst nur an wenigen Orten Aventuriens.

Der Schatz am Hardangerfall

Die Legende vom Piratenschatz im Hardangerfall ist wahr – und es war nicht irgendein Pirat, der hier seine kostbare Beute versteckt hat: Niemand anderes als der legendäre *Hyggelik der Große* hat mit einer Handvoll Gefährten um 910 BF nach seiner Rückkehr aus Süd-Aventurien seine Schätze im tiefen Wasser des Sees am Fuße des Falls versenkt. Nach Hyggeliks Verschwinden 913 BF machten sich seine alten Gefährten mehrmals auf die Suche nach den Schätzen, die inzwischen aber schon in unerreichbare Tiefen abgesunken waren.

Der Hort im Hardangerfall birgt nicht nur viel Silber, Gold und blitzende Edelsteine, sondern auch das ein oder andere wertvolle Artefakt aus dem Süden, das möglicherweise inzwischen dringend gebraucht wird. Doch um an die Schätze zu gelangen, müssen sich die Abenteurer erst mit einem Kobold, dem Hüter des Wasserfalls, und den wütenden Gischtspritzeln, furiosen und unsteten Mindergeistern, auseinandersetzen, die es gar nicht gerne sehen, wenn sich Sterbliche ihrem Refugium nähern.

Für weitere Komplikationen sorgt eine Drachin, die, als sie erfährt, dass Menschlinge einen gewaltigen Goldschatz aufgespürt haben, ihren Anteil an der Beute (und der entspricht in etwa dem gesamten Schatz) nachdrücklich für sich beansprucht. Ebenso ist es denkbar, dass die Drachin schon vor den Helden von dem Schatz erfahren und sich am Hardangerfall eingenistet hat – sehr zum Missfallen des Kobolds und zum Unglück der Bewohner der Umgegend.

Auch ohne die übernatürlichen Bewohner des Wasserfalls ist die Schatzsuche am Hardangerfall ein gefährliches Unterfangen. Das Wasser ist eisig, und es herrschen dort unwägbare Strömungen. Der Grund des tiefen Sees hat Klüfte und Spalten, in denen die Schätze verborgen sind, aber ebenso gut auch manche Gefahr lauern kann.

Das Seufzermoos

Düstere Gerüchte ranken sich um das gefürchtete Seufzermoos, in dem Kultisten, dunkle Magier, Hexen und mancherlei Unkreaturen, wie etwa Ghule, hausen. Auch wenn sich die Ghule üblicherweise von totem Sumpfgetier und versunkenen Moorwanderern ernähren, stoßen sie in manchem Jahr bis zu den menschlichen Ansiedlungen vor. Nachts kommt es häufig zu Geistererscheinungen geplagter Seelen der Opfer des Moores, die keine Ruhe finden.

Das Seufzermoos wirkt wie ein Magnet auf dunkle Kreaturen. Auch gewöhnliche Menschen können sich des unheilvollen Einflusses des Moores nicht erwehren. Anders ist es kaum zu erklären, dass viele der Bewohner in und um das Gebiet seit Generationen grausige Menschenopfer vornehmen, um den übel wollenden Sumpf zu besänftigen. Selbst Geweihte sind vor diesem Einfluss nicht gefeit.

In jüngster Zeit hat es unter den Anhängern der Opferungen Streit gegeben. Obwohl die rituellen Opfer stattgefunden haben, sind ungewöhnlich viele Menschen 'im Moor geblieben'. Zu allem Unglück breitet sich das Moor allmählich aus. Das bekommen insbesondere die Waskirer zu spüren, denn das Seufzermoos nähert sich den Grenzen der Stadt. Wo vor einiger Generation noch trockener Grund war, erstreckt sich heute fauliges Sumpfgebiet. Die einen glauben, dass das Seufzermoos nur durch weitere Opfer zu besänftigen sei. Die anderen indes fürchten genau das und sind der Überzeugung, dass die Seelen der Toten auf Rache sinnen.

Tatsächlich hat sich das Moor nicht davon besänftigen lassen, dass man seit einigen Jahren zwei Kinder statt nur einem alljährlich im Sumpf ertränkt. Doch niemand weiß, ob es eine Wendung zum Guten wäre, wenn man von den grausamen Opferungen abließe. Wann immer man dies in der Vergangenheit gewagt hat, war die Folge, dass der Sumpf sich unerbittlich selbst seine Opfer holte und sich dabei nicht allein mit Wanderern begnügte, sondern Katen und einmal gar ein Dorf unter seinen braunen Fluten begrub. Wird der dunklen Macht des Sumpfes nicht Genüge getan, steigen untote Wesenheiten – viele von ihnen haben die Gestalt von Kindern – aus dem Sumpf empor und verbreiten Angst und Schrecken.

Die Thorwaler des Waskirer Hochlandes stehen den übernatürlichen Gefahren des Seufzermooses, gegen die Feuer, Talismane und Äxte bestenfalls kurzfristig etwas ausrichten können, hilflos gegenüber. Gefangen in düsterem Aberglauben, suchen die meisten ihr Heil in den Opferungen. Für manche Familie sind die Aussichten, ihr Kind als Opfer zu verlieren, Grund genug, die Hilfe eines Fremden zu suchen, der aufrechter Gesinnung scheint. Sollte tatsächlich einmal eine Gruppe verwegener Gesellen ins gefährliche Moor aufbrechen, müsste diese nicht nur die Fänge der Ghule fürchten, sondern auch all die Dörfler, die verhindern wollen, dass die fremden Abenteurer den Zorn des dunklen Sumpflandes nur verstärken.

Viele Thorwaler glauben, dass die Ghule der Ursprung allen Übels im Sumpf seien, doch das ist nicht richtig. Im Seufzermoos lauert seit Urzeiten eine dunkle Kraft, die sich in jüngster Zeit verstärkt regt. Sie allein ist der Grund dafür, warum sich das Moor ausbreitet. Manche munkeln, dass unter dem Sumpf ein Teil der Vielleibigen Bestie begraben liegt, der nun zu neuem Leben erwacht.

Der Fluch der Steldripanja*

In der Nähe des Dörfchen Siljen im Waskirer Hochland liegt inmitten des berüchtigten Seufzermooses ein Hügel, auf dem sich die Überreste eines Kreises aus tiefschwarzen Steinen auftürmen. Die Einheimischen meiden den unheimlichen Ort, wo Spuk und Ungeheuer ihr Unwesen treiben sollen. Vor vielen Jahrhunderten diente er als Kultstätte für die norbardische Göttin Mokoscha, wurde aber in der Zeit um 1300 v.BF von den Thorwalern entweiht. Nicht weit davon entfernt errichteten die Nordleute eine Ansiedlung und nahmen das Land in Besitz.

Die Thorwaler ahnten nicht, dass *Steldripanja*, die letzte Priesterin der Mokoscha, in der Stunde ihres Todes und unter den Einflüsterungen eines mächtigen Dämons alle verfluchte, die an diesem Frevel die

Schuld trugen. Seitdem sucht ihr Fluch in unregelmäßigen Abständen die Bewohner des Dorfes heim. Erst wenn "die Reue den Frevel überwogen hat", die thorwalschen Einwohner also das Unrecht ihrer Vorfahren gutgemacht haben, wird der Fluch von ihnen genommen werden. Die unglückliche Mokoscha-Priesterin musste ihren Handel mit dem Dämon teuer bezahlen, denn sie ist es, die, zu unheiliger Existenz verdammt, als nachtschwarze Bedrohung die Menschen peinigt.

Zuletzt erschien das schreckliche Wesen im Jahr 1009 BF und brachte Tod und Verderben. Erst Faenwulf Oriksson und die Travia-Geweihte Senda konnten die unselige Rächerin fürs Erste bannen (siehe den Roman **Die Hand der Finsternis**). Der dämonische Pakt wirkt jedoch fort, und es ist nur eine Frage der Zeit, bis Steldripanja wieder im Sumpf umgehen wird. Auf welche Weise Steldripanjas rachsüchtiger Geist erlöst werden kann, weiß niemand zu sagen. Die Mutigen, die sich der Wurzel des Übels im Seufzermoos stellen wollen, werden sich auch mit den gefährlichen Einflüsterungen des Dämons auseinandersetzen müssen.

Mysterien Südthorwals

Geheimnisse der Stadt Thorwal

Der Schwarze Finger*

Der ruhelose Geist des einstmaligen Archivars Doran sucht den dunkelgrauen Basaltturm heim. Schon zu Lebzeiten verbrachte er Stunde um Stunde mit dem Studium alter Manuskripte, Folianten und Reiseberichte auf der vergeblichen Suche nach Hinweisen zu der Lage von Swafnirland. Selbst der Tod konnte ihn von seiner Suche nicht abbringen, und so ist Doran an den *Schwarzen Finger* gebunden. Das wäre nicht weiter schlimm, hätte man nicht mittlerweile das Archiv in die Thorwaler Kartothek überführt, um dem grausigen Geist zu entgehen. So jammert und jault Dorans Geist auf der verzweifelten Suche nach jemandem, der ihn mittels Magie oder Einfallsreichtum in die Kartothek bringen kann. Bei Gelingen haben die Helfer von nun an in Doran einen 'guten Geist' in der Thorwaler Kartothek, der ihnen bei der Suche nach verschollenen Werken oder speziellen Hinweisen behilflich sein kann.

Spuk im Alten Fluchtturm*

Zwar sind sämtliche bekannten Eingänge und Fenster des *Alten Fluchtturms* zugemauert, dennoch gibt es ein oder zwei verborgene Zugänge, die einen Einstieg in den Spukturm ermöglichen. Alle paar Jahre verschlägt es Geisterjäger, Exorzisten oder mutige Fremde hierher, die dem Spuk auf den Grund gehen wollen.

Das eigentlich Seltsame an den Gebäude ist aber, dass alle, die ihn wieder verlassen – und bis zum heutigen Tag ist noch nie jemand darin verschwunden – steif und fest behaupten, dort drin wäre nichts, wirklich rein gar nichts Spektakuläres oder Unheimliches zu finden. Jene, die noch einen Tag zuvor "das Rätsel ein für alle mal lösen" wollten, spielen nun alles herunter und versichern anderen Interessierten, dass man den Turm am besten gänzlich unbehelligt lassen solle.

Ob es Ihren Helden gelingt, ein Geheimnis zu lüften oder sie vielleicht gar davon überzeugt werden können, dieses vor der Enttarnung zu schützen, bleibt Ihnen als Spielleiter überlassen. Insbesondere in letzterem Fall gilt die Devise, dass einige Dinge besser nicht an die Öffentlichkeit gelangen sollten: zum Beispiel einige kaum kontrollierbare magische Phänomene.

Der Keller der horasischen Gesandtschaft*

Der Gasthof *Neuer Goldener Aal* im ehemaligen horasischen Gesandtschaftsgebäude verfügt über mehrere Kellerräume, die als Lager- und Abstellräume genutzt werden. Was niemand ahnt: Der ehemalige horasische Gesandte hat hier wichtige Dokumente versteckt, die von einer geheimen Allianz zwischen einem thorwalschen Hetmann und einem horasischen Admiral Zeugnis geben. Es ist offen, ob sich dieses Geheimabkommen auf eine Aufteilung Nostrias, eine gemeinsame Fahrt ins Güldenland oder eine Absprache über eine Plünderfahrt ins Liebliche Feld bezieht, denn eine Datierung konnte der Gesandte nicht mehr vornehmen. Selchion von Sewamund befürchtet nun, dass die Schriften in die falsche Hände geraten könnten. Allerdings sind die Keller des Goldenen Aals für jeden Horasier unerreichbar, und die Obrigkeit kann verständlicherweise nicht eingeschaltet werden.

Der Stein von Prem

Der schwarze Monolith mit seiner spiegelglatten Oberfläche (S. 97) verströmt keinerlei magische Kraft. Im Gegenteil: In einem Umkreis von fünf Schritt ist das Wirken von Magie spürbar schwerer (jede Zauberprobe +5, Kosten +1 AsP). Berührt man den Stein, verstärkt sich dieser Effekt deutlich (Probe +7, +3 AsP) – fast scheint es so, als würde der mysteriöse Stein die Astralenergie absorbieren. Erst entsprechende Hellsichtzauber offenbaren eine bandförmige arkane Runengravur dicht unter der schwarzen Oberfläche, die den Stein von der Spitze bis zum Boden bedeckt. Weder Zauberkundigen noch Geweihten ist es bislang gelungen, diese Schriftzeichen zu deuten oder das Geheimnis um den Ursprung und Zweck des Monolithen zu lüften.

Ein Magier mit der Fertigkeit *Runenzauberei* könnte nach längerem Studium aus dem Runenband einen archaischen arkanen Gesang zu entwickeln, der Ähnlichkeit mit dem Lied der *Ottagaldr* (siehe S. 61) hat, eine Analogie, die sich erst jetzt, da die Runenmagie wieder entdeckt worden ist, aufzeigt. Der Gesang dient dazu, aus der im Inneren des Steins gespeicherten Astralenergie einen wirkungsvollen magischen Schutz zu errichten, um die Premer Bucht vor Wesen aus Charyptoroths Sphäre zu schützen. In früheren Jahrhunderten speiste sich der Monolith aus einer magischen Kraftlinie, die sich allerdings seit der Borbarad-Invasion stark verschoben hat. Um den Stein also wieder zu aktivieren, ist neben der Entschlüsselung des Runen-Gesangs auch eine machtvolle magische Quelle nötig. Zu allem Überfluss könnte ein Fehler im Ritual dazu führen, dass sich statt eines Schutzschildes eine gewaltige, zerstörerische magische Kraft Bahn bricht.

Von Handelseskorten und Räuberbanden

Es gibt einige Räuberbanden, die insbesondere die Handelsrouten in Südthorwal unsicher machen. Vor allem im Bodirtal, an der Grenze zur Orkschädelsteppe, haben es zwielichtige Gesellen auf die Reisenden auf der Route von Phexcaer nach Thorwal abgesehen. Immer wieder verschwinden auf dieser Strecke Reisende spurlos. Häufig wurden sie Opfer der wilden Tiere oder der Orks, die noch lange nicht jeden friedlich passieren lassen. Um diesem Schicksal zu entgehen, bieten sich in Bodon und Vilnvad kräftige Frauen und Männer als Geleitschutz an.

Nicht allen von ihnen kann man trauen, wie Thorleif Finngardsson und seine Schwester Rula 'die Rote' Finngardsdottir beweisen. Wann immer die Beute lohnend erscheint – und das gilt für die meisten Reisenden, die sich den Sold für den Begleitschutz leisten können –, führen die Geschwister ihre ahnungslosen Opfer in eine Falle, rauben sie aus und ermorden sie, wenn sie sie nicht gar an die Schwarzpelze verkaufen. Die Finngard-Geschwister verfügen über eine ganze Bande Halsabschneider – darunter auch eine Herrschafts-Magierin aus Lowangen und zwei Halborks –, die es nötigenfalls auch mit wehrhafteren Gegnern aufnehmen können und als Bedeckung oder Bedrohung für einen ganzen Handelszug taugen.

Die Geschwister pflegen gute Beziehungen zu einigen Orksippen, denen man Sklaven für ihre Opferungen verkauft oder auch einmal schenkt. Deshalb dulden die Orks es auch, dass sich diese Menschen notfalls tief in ihr Gebiet zurückziehen, um Verfolgern zu entgehen.

Allerdings hütet die Bande sich davor, den Bogen zu überspannen: Einige Händler kennen sie als zuverlässige Eskorte, und diese enttäuschen sie nicht. Denn auch solche Geschäfte bringen Geld und einen zuverlässigen Bürgen dazu, wenn es einmal drauf ankommen sollte. Die Helden können sowohl Opfer der Räuberbande werden, als auch anderen Reisenden zu Hilfe kommen, wenn sie die Räuber bei einem Überfall überraschen. Die anschließende Verfolgungsjagd wird sich nicht einfach gestalten, denn die Gesetzlosen kennen sich hervorragend in der Gegend aus und dürfen auf die Schwarzpelze als Verbündete bauen. In einem anderen denkbaren Szenario bittet die Schwester oder Verlobte eines Verschollenen darum, ihr zu helfen, den Verschwundenen zu finden. Die Spur führt nach Phexcaer, wo es den Helden schwer fallen wird, das Schicksal des Verschollenen aufzuklären.

Phexcaer ist auch eine begehrte Zuflucht für Friedlose, die aus dem Binnenland kommen und denen der Weg nicht offen steht, sich einer der friedlosen Ottajaskos anzuschließen. Damit die Verbannten ihr Ziel – mehr oder minder – sicher erreichen, bieten sich erfahrene Führer an, um sie auch abseits der Straße in die Stadt zu bringen. Womöglich dingt sich ein solcher Hilfesuchender sogar Ihren Helden an, ohne dass diese gleich ahnen, wen sie da in ihrer Begleitung haben.

Trollburgen und Trollgräber*

In der Südthorwaler Heide gibt es große Findlingshaufen, die als Trollburgen bezeichnet werden. Einen Beleg dafür, dass dort tatsächlich einst Trolle gesiedelt haben, gibt es nicht. Anders ist es um die Felsgebilde in den Grauen Bergen bestellt. An einigen Felsblöcken kann man Spuren der Bearbeitung durch Werkzeuge zu entdecken, an anderen sogar verwitterte, fremdartige Inschriften, die in den Fels gehauen sind. Ob es wahrhaftig Trolle waren, die hier einst ihre Siedlungsstätte hatten, oder eine andere Spezies, bleibt offen.

In den dichten Wäldern Südthorwals finden sich abgeschiedene Lichtungen, auf denen sich Steingebilde aus gewaltigen Monolithen erheben, die an Hünengräber erinnern. Die Ausmaße der Gräber legen nahe, dass dort riesenhafte Kreaturen begraben sind. Ein besonderer Ort ist eine Lichtung im thorwalschen Teil des Steineichenwalds, auf der eine Vielzahl riesenhafter Knochen verstreut liegt. Es handelt sich um etwa zwei Dutzend Skelette, eindeutig von humanoiden Wesen. Die Kreaturen müssen zu Lebzeiten zwischen zweieinhalb und dreieinhalb Schritt groß gewesen sein. Nicht alle Skelette sind vollständig, und der unterschiedliche Verwitterungszustand der Knochen lässt darauf schließen, dass die Kreaturen nicht zum gleichen Zeitpunkt den Tod gefunden haben. Es liegt nahe, dass es sich um die sterblichen Überreste von Waldschraten handelt. Allerdings könnten es ebenso gut Trolle oder Oger sein, denn alle drei Spezies verfügen über solch ausgeprägt entwickelte Eckzähne, wie sie die Schädel aufweisen. Alle sonstigen Funde – verwittertes Leder und die Überreste grob gewobenen Stoffes – lassen keinen gesicherten Schluss zu. Handelt es sich um einen Ort, an den die geheimnisvollen Kreaturen sich zum Sterben begeben haben? Oder wurde hier ein regelmäßig wiederkehrendes, blutiges Ritual vollzogen?

Mysterien zur See und auf den Inseln

Friedlose Piraten

Obwohl die horasischen Truppen die meisten Verstecke der friedlosen Piraten ausgeräuchert und kurzen Prozess mit ihnen gemacht haben, hat es doch eine Reihe Überlebende gegeben. Sie konnten vielleicht entkommen, weil sie sich fern der Heimat befanden und bei ihrer Rückkehr nur noch rauchende Trümmer vorfanden, oder weil sie den Häschern schlicht entwischt sind. Vor allem auf den Inseln Narken, Aso und Serreka haben sich die Überlebenden geflüchtet.

Die Stunde der Not hat zu ungewöhnlichen Allianzen geführt: Sippschaften, die sich vorher spinnefeind waren, haben sich zusammengeschlossen, um gegen den gemeinsamen Feind und die harten Lebensbedingungen auf den äußersten Inseln der Olportsteine bestehen zu können. Die meisten eint ihr Hass auf die Horasier und auf Jurga und ihre Hetleute, die Jagd auf sie machen. Die Piraten wissen, dass sie auf den kargen Inseln nicht dauerhaft überleben können, und setzen alles daran, ihre Situation zu verbessern. Ihr Ziel ist es, so viele Piraten unter einer Flagge zu vereinen, dass sie sich am Festland oder auf einer der fruchtbareren Inseln des Archipels festsetzen und dort einen neuen Stützpunkt gründen können. Ob ihnen dies gelingt, bevor die harten Winter auf den Inseln ihnen den Garaus machen, ob die frisch geschlossenen Bündnisse lange genug bestehen bleiben oder ob zuvor wieder blutige Fehden ausbrechen, wird die Zukunft zeigen.

Der Nebel des Todes*

»Wie aus dem Nichts türmt sich eine hohe Wand aus Dunst, Nebelschwaden und unheimlichem Licht auf, die sich langsam aber unaufhaltsam voranschiebt. Lautlos ist die Gefahr, die dich zu verschlucken droht. Der Meeresnebel bringt den Tod mit sich, glaube mir. Was immer sich in den Dunstbänken verbergen mag, dass ein Nebelband den ganzen Golf von Prem ausfüllt, das kann nichts Gutes bedeuten.«

—Antwort eines Thorwaler auf die Frage, weshalb man das Meer im Auge behalten sollte

Wenn es etwas gibt, das die Thorwaler Fischer an der Westküste zwischen Kendrar und Enskar fürchten, dann ist es der Atem Hranngars, eine unheimliche Nebelbank, die Tod und Unglück bringt. Alte Geschichten erzählen von den tödlichen Nebeln und dichten Meeresschwaden, die mit wabernden, grauen Klauen nach dem Leben an der Küste griffen und es hinfortrissen in das Nichts zwischen Himmel und Meer.

Der 'Nebel des Todes' eignet sich hervorragend, um bei einem Abenteuer der Küste oder auf See eine unheimliche Atmosphäre aufzubauen. Welchen Ursprungs der Nebel ist, bleibt offen: Womöglich haben die Helden es nur mit einem besonders dichten, ansonsten aber gänzlich natürlichen Nebel zu tun, vielleicht aber fährt die gefährliche Tula von Skerdu (S. 169) im Schutz ihres Zaubernebels durch die Meere. Womöglich hat ein starker Wind einen mächtigen Zauber aus dem Güldenland hierher getragen oder im Nebel verbirgt sich ein Geisterschiff, auf dem ein Fluch liegt. Im schlimmsten Fall aber handelt es sich wirklich um Hranngars giftigen Atem, der alles verpestet.

Der Alkenfelsen

»Plötzlich brach aus tiefer See
ein Zacken, spitz und scharf, empor.
In schwindlige Höhen türmt' er sich auf,
wo Swafnir ein Heim für Gold erkor.
[...]
Sie verbarg sich vor den Brüdern,
schritt durch sternenlose Nacht,
begleitet nur von tausend Stimmen,
und versteckte ihre Fracht.«

—Auszüge aus der wenig bekannten Gretbrilda-Saga, *garetische Übersetzung, etwa 950 BF*

Inmitten der mörderischen Riffe und Untiefen zwischen den Inseln Manrek und Gevri liegt eine Felseninsel, deren steile, schroffe Klippen fast 40 Schritt in die Höhe ragen. Tausende von Alken haben hier ihre Heim- und Brutstätte gefunden. In früheren Zeiten soll der *Alkenfelsen* angeblich einigen Hetleuten als sicheres Versteck für ihre erbeuteten Schätze gedient haben. Doch das Wissen um eine sichere Passage durch die Riffe und Untiefen ist schon lange vergessen. Auf den Olportsteinen und an der Nordwestküste Thorwals kommt jedoch immer wieder das Gerücht auf, dass es vor gar nicht langer Zeit einem Glücklichen gelungen sei, sicher zu dem Eiland vorzustoßen und mehrere hundert Stein Gold und Geschmeide aus den Schatzhöhlen zu bergen.

An diesen Gerüchten mögen oben zitierte Verse nicht ganz unschuldig sein: Ist mit der 'sternenlosen Nacht' ein Höhlengang und mit den 'tausend Stimmen' das Geschrei der Alken gemeint? Alle, die bislang versucht haben, eine ungefährliche Passage zu finden, fanden statt Gold und Reichtum nur ein nasses Grab. Zwischen den Felsen wimmelt es von Bootsgerippen und den Skeletten der Unglücklichen, deren Schiffe zerschellt sind. Die scharfkantigen Riffe sind nicht die einzige Gefahr, die rings um den Alkenfelsen lauern: In den tiefen Felsspalten unter Wasser sollen Oktopoden und andere Seeungeheuer lauern, weswegen man den Alkenfelsen auch die 'verfluchte Insel Hranngars' nennt.
Sollte doch einmal ein wagemutiger Abenteurer unbeschadet bis zur Insel vorstoßen, warten die traurigen Überreste derjenigen Schiffbrüchigen auf ihn, die auf der Insel verdurstet sind. Die Felsen weisen an einigen Stellen Markierungen auf, von denen die meisten, wenn nicht alle, von früheren Schatzsuchern hinterlassen worden sind. Die Höhlen und Schächte im Alkenfelsen ragen bis tief ins Herz der Insel und manche sogar bis weit unter die Wasserlinie. Was immer dort verborgen sein mag, liegt ganz in Ihrer Hand.

Unbekannte Inseln

»Bei Swafnir, dieser Jungspund von der Kartothek in Thorwal hatte tatsächlich Recht! Nicht nur seine Behauptungen stimmten, dass das siebenwindige Meer wesentlich mehr Inseln als die bisher bekannten beherbergen müsste, sondern auch seine erstaunlich präzise Voraussage, wo wir mit unserer Otta gute Beute machen würden, vor allem aber, wo wir wieder frisches Wasser aufnehmen könnten. Im letzten Licht des Abends hat der Ausguck mindestens zwei Inseln im Westen erspäht. Mit dem frischen Wind dürfte es gelingen, morgen endlich unsere Füße auf festen Boden zu setzen.«
—aus dem Schiffsbuch der Drachenklaue des Hetmanns Ruland Festofsson, 991 BF

»Wir haben Vögel gesehen! Wir haben im Westen Vögel gesehen!«
—Beteuerung einer Thorwalerin in einer Hafenspelunke in Prem

»Die Berichte über mindestens eine größere Inselgruppe westlich der Thorwaler Lande entsprechen der Wahrheit, ich habe sie mit eigenen Augen gesehen. Wer sie erstmals entdeckt hat, lässt sich nicht mit Gewissheit sagen. Zu meinen Lebzeiten ist das jedenfalls schon altes Garn gewesen. Jeder halbwegs erfahrene Kapitän weiß von diesen Eilanden, obwohl es auch stimmt, dass die wenigstens offen darüber reden. Dass es dort allerlei Merkwürdigkeiten geben soll, ist pures Gerücht, wie es immer dann aufkommt, wenn wenig bekannt ist. Allerdings liegen diese Inseln wirklich abseits der befahrenen Routen, weshalb sie auch noch nicht in die gängigen nautischen Karten übernommen wurden. Andererseits wüsste ich nicht von größeren Erkundungen der Inseln. Schade, dass ich in den nächsten Jahren kaum Zeit dafür haben werde.«
—Asleif 'Foggwulf' Phileasson in einem Gespräch kurz vor seiner großen Fahrt ins Güldenland, 1024 BF

Yumudas Insel

»Nicht zu den Olportsteinen gehörig, sondern weit von jedwedem Land entfernt, mehr als eine Tagesfahrt von Dirad aus gen Nordwesten liegt Yumudas Insel, so benannt nach der einzigen Bewohnerin, die einer Sprache mächtig ist, nämlich der letzten und einzigen Riesin Yumuda.
Yumuda lebt von Fischen, die sie in groben Netzen fängt, und von Beeren und Wurzeln. Ihre Kleidung besteht aus vielen Seetigerfellen, aber im Sommer läuft sie oft nackt umher. Sie haust in einer Halle, die sie aus groben Steinen selbst errichtet hat. Ihre Insel ist karg und nur wenige Rechtmeilen groß. Die Thorwaler jedoch fahren des Öfteren zu jenem Eiland, da sie sich von Yumuda Rat und Hilfe erwarten. In der Tat scheint Yumuda von hoher Einsicht in die Geschicke der Welt, wenn auch nicht bei klarem Verstande zu sein. Man sagt ihr auch nach, dass sie mit den Vögeln sprechen und in die Zukunft sehen könne.«
—zitiert nach Groszer Aventuerischer Atlas, *Comment. XVII* Von den Nord-Landen, *um 950 BF, Verfasser unbekannt*

Yumudas Insel, auch *Schneeland* genannt, liegt etwa 250 Meilen nordnordwestlich von Dirad. Oft sitzt Yumuda am Ufer, starrt schwermütig in die Ferne und wartet darauf, dass ein Riese zu ihr findet, um ihre Einsamkeit zu beenden.
Darum versucht die Riesin die seltenen Besucher, die zu ihr kommen, gerne zum längeren Verweilen zu überreden. Die Riesin ist eine weithin berühmte Seherin, deren Prophezeiungen angeblich niemals fehlgehen. Allerdings sind ihre Orakelsprüche selten klar, und sie zu entschlüsseln, kann der Beginn einer ganz neuen Queste sein. Nur selten gibt Yumuda ihre Weisheiten ohne Gegenleistung preis. Meist verlangt sie einen Dienst, den ihr die Ratsuchenden erweisen sollen.

Die Suche nach dem Swafnirland

»Auf gen Westen! Nach Hjaldingard«
—Ausruf so manches tapferen Thorwalers auf der Suche nach Swafnirs Insel

In den letzten 2.500 Jahren hat es immer wieder Bestrebungen gegeben, das mythische Eiland im nördlichen Meer der Sieben Winde wieder zu finden. Bis heute weiß man von keinem einzigen Seefahrer, dem dies jemals gelungen wäre. Im Gegenteil – die meisten Ausfahrten endeten tragisch mit dem Tode ganzer Schiffsbesatzungen.
Über den Grund, aus dem es Swafnir seinem Volk verwehrt, sein heiliges Land zu erreichen, gibt es viele Spekulationen. Einige thorwalsche Mystiker vermuten, dass die Suche nach Swafnirland zugleich unweigerlich eine Suche nach der alten Heimat Hjaldingard sei. Doch diese sollen die Thorwaler, so die Vermutung, erst wieder erreichen können, wenn es Swafnir mit ihrer Hilfe gelungen ist, die Gefahr durch die Riesenschlange Hranngar zu bannen.

Mysteria et Arkana des Gjalskerlandes

Die folgenden Texte beinhalten grundsätzlich Meisterinformationen, die Ihnen für die Ausgestaltung von Abenteuern dienen können. Bei jenen Mysterien, die mit einem Sternchen (*) gekennzeichnet sind, ist es unwahrscheinlich, dass sie in offiziellen Publikationen behandelt werden.

Amanma Rudh*

Bei dieser Festungsanlage handelt es sich um die Überreste einer 'Trollburg', die die Zeit aus dem Zeitalter der Trolle bis heute zum größten Teil überstanden hat. Die Gewölbe beherbergen in der Tat etliche Geheimnisse aus den Tagen, in denen die Trolle noch zahlreich über das Land wandelten.
Es existieren allerlei Gerüchte über die unterirdischen Gewölbe: Sie erzählen von einer Großen Halle, in der versteinerte Trolle auf ehernen Thronen sitzen, von urtümlicher Magie, Trollpfaden, unbekannten Schriftzeichen, Sarkophagen, in denen humanoide Skelette mit Tierschädeln zwischen magischen Artefakten liegen und dergleichen mehr.

Die Eishöhle, Quell des Yager

»Eis bedeutet Stillstand, und Stillstand ist das einzige, was die Schatten hier hält – noch!«
—Maga Firinja Tibanna Arlin Eisrose,
Eis-Elementaristin beim ersten Betreten der Höhle, 1026 BF

Der eisige Yager entspringt in den Donnerzacken in einer Höhle am Fuß eines Gletschers. Die Höhle besteht zum größten Teil aus purem Eis, das selbst im Hochsommer nicht schmilzt und in dessen Tiefen sich unförmige Schatten abzeichnen. Schaut sich der Betrachter für längere Zeit die Schemen im Eis an, überkommt ihn das unbehagliche Gefühl, beobachtet zu werden. Er mag sich auch 'einbilden', dass sich die Schatten bewegen – doch wer wagt es, bei Grimmfrost-Temperaturen das Eis zu zerhacken und die Schatten freizulegen? Nach dem Glauben der Gjalsker ist dieser Ort eine Art Pforte, die die Mochûla zum Wechsel aus ihrer in die Welt der Sterblichen nutzen.

Das Tal des Blutes*

Im Tal des Blutes manifestieren sich immer wieder Mindergeister, was darauf zurückzuführen ist, dass während der Schlacht, die hier stattfand, eine Fülle an Magie gewirkt wurde, die das Sphärengefüge beeinflusste. Das Verschwinden der Menschen liegt an einem 'Erbe' aus der Zeit der großen Schlacht, als sich die Gjalsker ihrer Widersacher auf diesem Grund entgegenstellten. Unter den Barbaren geht das Gerücht, dass es sich um übergroße Ameisen und Würmer handelt, die dämonischen Ursprungs sind. Es bleibt jedoch bei Gerüchten, denn bislang hat niemand eine Begegnung mit den unheilvollen 'Tieren' überlebt.

Die Höhle des Riesen Wolkenkopf

»[...] eyn grosze Hoehle noch ueber den Orkbergen wohnt ein Ries, welch hat schlohweisze Haartrach [...] zu erkunden des Riesgemaeuer und drangen eyn bis tief in Sumus Leyb. [...] wie wohl wir fanden eyn gar seltsam Bekken, wes Wasser spiegelt hell [...] ar Observantia eyn Thor gen [...] iesland vielleycht?«
—Fragmente eines weitgehend verbrannten Buches, die, säuberlich unter Glas geschützt, in der Burg Schrotenstein von der Loyalistisch Almadanischen Wehr sichergestellt und der Akademie zu Punin zur Verwahrung gegeben wurden.

In den Donnerzacken befindet sich die ehemalige Wohnhöhle des Riesen Wolkenkopf, in der auch heute noch 'Möbel' und 'Werkzeuge' von beklemmender Größe zu finden sind. Hinter der Wohnstatt soll ein Höhlensystem von gigantischem Ausmaß liegen, mit zahlreichen Felsendomen voller Schätze, die der Riese im Kampf gegen Drachen und andere Gegner erbeutet hat.
Wolkenkopfs Heim ist für die Gjalsker ein heiliger Ort, ein 'Tempel', der von einer Trollsippe und einem Brenoch-Dûn geschützt und bis zur Rückkehr des Riesen instand gehalten wird. Zwischen Trollen und den Schamanen gibt es eine Übereinkunft, dass zusammen über die Höhle gewacht wird.

Der Zwanfirszahn

In diesem Berg existiert in zahlreichen Höhlen und Tunneln eine bleiche Spinnenart, die wie die Smaragdspinnen des Orklandes telepathische Fähigkeiten besitzen, mit denen sie ihre Opfer beeinflussen und nahezu lähmen können. Die Festung auf der Spitze des Berges wurde vor Urzeiten von sehr großen Wesen erbaut und diente einst als Aussichtspunkt.

Das Makka-Oug*

Das Wasser dieses von Magie durchwirkten Sees hat eine besondere Wirkung. Wenn man es in einer Neumondnacht schöpft, wirkt es ähnlich wie ein Wachtrunk, der bis zum nächsten Neumond haltbar bleibt. Auch das seltene Kraut Kairan wächst an den Ufern dieses Sees, was ein zusätzlicher Grund ist, ihn aufzusuchen.
Allerdings birgt der See bei Neumond einige Gefahren, denn er lockt magische Kreaturen an, wie auch die Magie hassenden Nachtwinde, die seit der Gründung von Glorania immer öfter gesehen werden.

Dûnthark – Der Geisterwald

In den Tiefen des Waldes befinden sich die geheimen Kräutergärten der Schamanen. Ein Ring aus versteinerten Bäumen umschließt das Zentrum, in den sich ein nahezu runder, etwa 50 Schritt durchmessender Felsen aus Granit erhebt, der die Konturen eines gigantischen Kopfes hat. Dieser 'Kopf' ist nach hinten geneigt und weist zwei Höhleneingänge an einem Vorsprung auf, der einer Nase ähnelt. Im Innern des Felsens verewigen sich die Schamanen der Gjalsker und hinterlassen ihren Nachfolgern Geheimnisse und geschichtliche Daten. Zudem wird dieser 'Schädel' als Observatorium genutzt, was an den Löchern in der relativ dünnen Decke und den eingearbeiteten Sternbildern zu erkennen ist – ein Erbe der Gajka-Sippe.

Cregg'adan – Die steinernen Gesichter

»Eiskalt und starr blickt das hoch aufragende steinerne Gesicht ins Landesinnere. Dieser Koloss aus grünem Marmor, den ich nördlich, ganz in der Nähe der verlassenen Festung, die die Gjalsker Amanma Rudh nennen, stehen sah, trotzt wohl schon seit Urzeiten jeder Witterung; nur die Praios zugewandte Seite ist leicht mit Moos bewachsen. Es wundert mich, dass die Seevögel diese Steinfigur unberührt lassen, wo sie doch sonst jede Nische für die Aufzucht ihrer Brut nutzen. Auch die Spuren anderer Tiere sind nicht zu entdecken, gleich so, als würden sie ihn meiden.
Warum dieser Cregg'adan, wie dieses Gesicht von den Barbaren genannt wird, hier steht, ist ein Rätsel. Auf Nachfragen wurde mir eindeutig klargemacht, hier zu verschwinden.
"Sie sind da, wo sie sind", war das einzige, was sie mir sagten. Sie? Die angedeutete Mehrzahl lässt in mir die Frage aufkommen, ob es mehrere von diesen Stelen gibt und vor allem, wo sie stehen und warum.«
—Bericht des Roderich von Bärwalden im Auftrag Stoerrebrandts, 1025 BF

Im Gjalskerland stehen insgesamt sechs dieser Blöcke aus grünem Marmor, in die fremdartige Gesichter gehauen wurden. Die Figuren haben jeweils eine Höhe von etwa vier Schritt und einen Durchmesser von knapp zwei Schritt und blicken allesamt ins Landesinnere, wobei sich ihre Blickrichtungen über dem Dûnthark kreuzen. Klar ist, dass der Marmor aus dem Raschtulswall stammt, unklar ist, wer sie in welcher Zeit so weit in den Norden brachte und zu welchem Zweck sie aufgestellt wurden.

Skoth'sloch – Schattenmoor

Das Skoth'sloch ist ein verlassener Haerad, dessen Einwohner um 236 BF gemeinschaftlich ihren Göttern abgeschworen und dafür Dämonen angebetet haben. Ausschlaggebend für diesen Wandel war ein Schamane, dessen Geist über viele Jahre hinweg in der Geisterwelt gefangen war, bevor es ihm gelang, den Körper eines anderen Schamanen zu 'besetzen'. Dieser verwirrte Geist bekehrte die Einwohner des Haerads zum Glauben an Dämonen, woraus etliche Pakte entstanden. Seitdem manifestieren sich dort die Molû-Parra-Dûn, verderbte Geister der pervertierten Seelen des Haerads.

Urnen der Brayya-Dûn+

Bei diesen reich verzierten Urnen handelt es sich um Tonkrüge, die versiegelt in Niellyn, in der Halle des Barrach-Dân, aufbewahrt werden. Sie wurden von der Gajka-Sippe bei ihrer Flucht mitgebracht und bis heute nicht geöffnet. Für die Gjalsker ist der Inhalt klar: das Erbe der Ahnen. Was sich tatsächlich in den Urnen befindet, werden vielleicht eines Tages mutige (oder törichte?) Helden herauszufinden wagen.

Geheimnisse der Region Nostria und Andergast

Grundsätzlich sind die folgenden Abschnitte **Meisterinformationen**, die Ihnen beim Ausgestalten oder zum Entwurf einer Kampagne in den Streitenden Königreichen dienen können. Diejenigen Mysterien, bei denen eine weitere Thematisierung in offiziellen Publikationen unwahrscheinlich ist, sind mit einem Sternchen (*) markiert. Sie müssen hier also kaum befürchten, mit dem 'offiziellen Aventurien' in Konflikt zu geraten, wenn Sie diese Themen weiter ausarbeiten.

Die Wurzel des Hasses

»Der Hader zwischen den beiden Reichen währt bereits so lange, dass niemand mehr die Frage aufwirft, wie der Konflikt eigentlich entstanden ist. Der forschende Geist, der dies zu klären versucht, muss unweigerlich scheitern: Es ist nicht einmal auszumachen, wo der erste Krieg 853 v.BF seinen Anfang nahm! Das erste feindliche Aufeinandertreffen kann nicht an der Ingvalmündung erfolgt sein (denn nach der Verlorenen Kolonie suchte man erst hundert Jahre später, woraus, wie wir wissen, der zweite Krieg erwuchs); auch nicht am Tommel, denn dort stand seit 867 v.BF die kaiserliche Garnison Tommelsfurt (an der Stelle des heutigen Winhall). Ich kann daher nur zu dem Schluss kommen, dass die erste Schlacht mitten im Walde stattfand (was sich zumindest mit einigen Mären der hiesigen Holzfäller deckt). Aber was bringt Abgesandte zweier weit entfernter Siedlungen dazu, ein Jahr nach ihrer Unabhängigkeit zur selben Zeit schnurstracks in den tiefsten Forst zu marschieren? Und welchen Grund finden sie, sich dort zu bekriegen, und das mit einer Vehemenz, dass die Kämpfe zweitausend Jahre andauern sollten? Hesinde hilf! Denn ich verstehe es nicht ...«

—Privatnotiz des Salzeraner Hesinde-Geweihten
Anselm von Mardershöh, 1027 BF

Kaum ein Bewohner der Streitenden Königreiche hat eine Ahnung davon, was sich damals im Herzen des Waldes abspielte, und nur wenige der Eingeweihten sind Menschen. Dabei wird ein wichtiger Hinweis in den Städten und an den Höfen des Adels gerne übersehen. Die Wappen sowohl der Länder als auch der Herrscherfamilien stammen nämlich aus der frühen Siedlerzeit: die Salzarele Nostrias und die Steineiche der Andergaster, der Hirsch des Hauses Kasmyrin und der Stier (in alten Quellen auch ein Auerochse) der Familie Zornbold.

Andras Tod

»Itzund ist Andra des Argos Weib gewesen, undt sie zogen zu zweyen zum Quell des Flusses, der noch keinen Namen hatte. Da traffen sie ... [unleserlich] ... und waren bass erstaunet. Undt alsz sie darnach vernahmen den Willen der Kreathur, da erbleychethen sie und fielen nieder auf beyde Knie. Sprach Argos: Lieb, sag, was wollen wir thun? Bange ist mir ob des Preyses. Sprach Andra: Lieb, fyrchte dich nicht! Ich hab dir schon drey Kindlein geboren und liebe dich mehr alsz mein Leben. Ich will das Opffer wohl bringen, haltt du meynen Namen in Ehren! Undt ohn weiteren Verzug sprang sie hinab in die Fluten. Alsda styrzte Andra zu Thode undt ward nit mehr gesehen. Argos aber klagthe sehr, doch der Bundt war besigult. So ging er denn fort, die Weissagung des Ewicklich Althen zu erfyllen ...«

—unveröffentlichtes Fragment aus den Trollzacker Manuskripten,
Alter und Autor unbekannt

Die Macht der Könige

»Reize mich nicht! Haben sie dir denn gar nichts beigebracht, dort, wo du herkommst? All dein Wissen ist nichtig, wenn du das Gesetz des Waldes nicht kennst. Und dieser Wald ist alt, älter als der älteste Königshof. Kein Menschenwerk kann sich an Rang und Größe mit ihm messen. Aber was weißt du schon von der Kühnheit des Hirschkönigs und der Weisheit der Ureiche und den Eigenschaften der anderen Herrscher über Fleuch und Gesträuch? Von den Waldgeistern und Schratigen in ihrem Gefolge? Von den Quellnymphen und Dryaden? Und von ihren Vorlieben und Abneigungen, ihren wechselseitigen Fehden und Freundschaften? Nichts, rein gar nichts! Aber lernen wirst du ... Doch selbst diese uralten Geschöpfe sind nicht unsterblich, und ein Mensch oder Ork vermag ihnen zu schaden oder sie gar zu töten. Von Zeit zu Zeit fordern sie darum unsere Hilfe ein und geben sich uns, die wir die alten Traditionen bewahren, zu erkennen. Die Hexen drüben in Hallerû hüten freilich ihre eigenen Geheimnisse. Ich kann sie nicht recht leiden, doch ich wüsste gern, was sie sich über den dreizehnten Riesen, die Trollinger, die Nixe Zylêria oder den Letzten Gast erzählen. Wie? Nun, 'Gast' heißt 'Geist' in der Mundart unserer Vorväter, auch das wusstest du nicht? Ich sehe dich erbleichen – gut, dann wirst du jetzt wohl aufmerksamer zuhören ...«

—der Druide Arbogast der Alte zu seinem Schüler, 1027 BF

Der Stein von Nosteria

»Urige Bräuche gibt es in der Stadt Nostria. Einmal im Jahr, stets in der ersten Neumondnacht des Efferd, fangen die Fischer des Landes mit der Angel oder gar der bloßen Hand eine Salzarele und bringen sie noch lebendig in die Stadt. Dort werden all die Fische in einen großen Bottich mit Meerwasser gesetzt, in dem dann eine junge Frau, die Fischkönigin geheißen wird, ein Bad nimmt. Man reicht nun der Maid, die darob in hohen Ehren gehalten wird, ein Messer, worauf diese die Fische schlachtet. Dann vermengt sie ihr eigenes Blut mit dem der Salzarelen und beschmiert damit auf dem Stein von Nosteria die seltsamen Bilde, die diesen bedecken. Die toten Fische werden anschließend unter den Armen der Stadt verteilt – an denen in Nostria ja kein Mangel ist. Im benachbarten Lyngwyn geht übrigens das Gerücht, dass die Nostrier ihre jeweilige Fischkönigin am letzten Vollmond vor der neuen Zeremonie am Südvinder Fels ersäufen, doch das ist gewiss so ein seenländischer Aberglaube.«

—aus Zwischen Wald und Marschen, *Ruadh Cernain,*
Havena, 1022 BF

Der Stein von Nosteria ist älter als die Siedlungen der Menschen, die ihn bei ihrer Ankunft bereits an genau der selben Stelle vorfanden, an der er heute steht. Heute wird allgemein verbreitet, die Bildbänder des Steins zeigten die 'glorreichen Gründerväter', die in den ersten Jahren allein durch Fischfang überlebten. Die Art der Darstellung erinnert den kundigen Betrachter jedoch nicht von ungefähr an goblinische Felsmalereien: Bereits die Hochschamaninnen der Rotpelze nutzten einst diesen Ort. Doch von dem Großen Westkönigreich der Goblins ist nichts außer einem kümmerlichen Überrest geblieben. Es ist vergangen und vergessen, und die letzten Erben der alten Geheimnisse starben, weit nach Süden gedrängt, im Jahr 5 BF mit *Uspuschanna der Blutigen* in den Goldfelsen. Den heutigen Nostriern ist nicht bewusst, dass ihr Ritual alljährlich ein uraltes Bündnis mit dem *Salza-*

relenkönig erneuert, dessen Teil der Abmachung darin besteht, den Küstenbewohnern so viele Fische zuzuführen, wie sie zum Überleben brauchen. Daher ist Nostria die einzige Gegend Aventuriens, an der Plattfische mit Netzen gefangen werden können.

Adern der Kraft

Die nostrischen und angergastischen Wälder werden von einer Reihe astraler Kraftlinien durchzogen. Ihre genaue Lage und das Geheimnis ihrer Benutzung werden von den örtlichen Hexen, Druiden und Schamanen eifersüchtig gehütet, so dass in Gildenmagierkreisen kaum etwas darüber bekannt ist.

Von überregionaler Bedeutung sind nur zwei der Linien: das *Hexenband*, das von Salza über Arras de Mott und Dragenfeld bis zu den Walbergen verläuft, und *Madas Kelch*, der einen sichelförmigen Bogen von der Elfenwiege *Sala Mandra* bis zum *Herzen des Waldes* beschreibt. Auf diesem Bogen liegen der Berg Silberkrone im Rorwhed, der Hilvalskopf in den Blutzinnen, ein geheimer Versammlungsort der Druiden im Steineichenwald und die Kalkklippen von Hallerû. Die Stärke der Linie schwankt mit den Mondphasen, soll aber insgesamt in den letzten Jahrzehnten stetig gewachsen sein. Mehr zu Kraftlinien finden Sie in **Zauberei 366ff**.

Murgol, der Magier der Nacht (+)

Mit seiner schwarzen Robe, der Halbglatze mit den langen, schwarzen Haaren, einem Spitzbart und den überlangen Fingernägeln war der fremdländische Murgol bei der abergläubischen Bevölkerung Andergasts als 'Magier der Nacht' gefürchtet. Der eigenbrötlerische Brabaker wurde bereits kurz nach seiner Ankunft 993 BF zum Hofmagier Fürst Wendolyns VI. ernannt. Ein Jahr später stahl er sowohl in Andergast als auch in Nostria alle Dokumente über die Frühgeschichte, derer er habhaft werden konnte, und zog sich damit in die Wälder bei Beilstatt zurück. Keiner der Boten, die ihm die empörten Herrscher sandten, kehrte jemals zurück, und es bedurfte schließlich tapferer Glücksritter, um den Nekromanten und seine Brut zu vernichten.

Murgol, der im Norden im Auftrag einer sinistren Gemeinschaft nach einer legendären Statuette gesucht hatte, war zwar kein überragender Magier, doch ein Pakt mit Thargunitoth (die sich in den Streitenden Königreichen hinter dem Namen *Nehalennia* verbirgt) ermöglichte es ihm, eine kleine Garde aus untoten Wesenheiten und anderen Schreckenskreaturen um sich zu scharen. Die Verbundenheit des Schwarzmagiers zu den Niederhöllen zeigte sich sogar in seinem goldenen Gürtel, dessen Glieder in Form von Skorpionen mit einem dämonischen Eigenleben erfüllt waren. Den gesuchten Jadegötzen fand Murgol, doch wegen seines Todes wartet das Objekt seit über drei Jahrzehnten erneut auf einen Angehörigen des *Zirkels von Nabuleth*, der begierig nach dem guten Stück sucht.

Das Schicksal des Prinzen Kasparbald (+)

Dem Ausbruch der Blauen Keuche 1027 BF in Nostria fiel das gesamte Königshaus zum Opfer, mit Ausnahme der heutigen Königin Yolande, die damals bekanntlich als Scholarin an der Magierakademie außerhalb der Stadt weilte. Immer wieder kommen jedoch Gerüchte auf, es habe noch einen weiteren Überlebenden gegeben: *Prinz Ingvalion Kasparbald Kasmyrin* (*1003 BF), den Sohn des Prinzen Andarion und damit Enkel König Kasimirs IV. Das Volk brachte dem jungen und lebenslustigen Prinzen große Sympathien entgegen, weshalb es nicht verwunderlich ist, dass durch die hastige Beisetzung der Pesttoten die Legende begründet wurde, ein anderer sei anstelle des Prinzen bestattet worden. Von hier an unterscheiden sich die Geschichten: Mal habe er aus dem Schloss oder der Stadt entkommen können, bevor alles vorbei war, mal sei er nie zugegen gewesen. Ein Freund habe mit ihm den Platz getauscht, damit der Prinz zu einer seiner häufigen Abenteuerreisen aufbrechen konnte, und diese Scharade sei dem Freund zum Verhängnis geworden. Auch auf die Frage, warum der Prinz bis heute nicht wieder in Erscheinung getreten sei, haben die Erzähler verschiedene Antworten parat: Er habe der Gräuel wegen die Erinnerung verloren (was entweder als Segen oder Fluch Borons ausgelegt wird), oder er werde in einem fernen Land gegen seinen Willen festgehalten (manchmal mit dem Zusatz: auf Geheiß der Marschallin von Sappenstiel), oder aber der Prinz sei froh, auf die Bürde der Krone verzichten zu können, und halte sich aus freien Stücken verborgen.

Ihnen steht es in Zukunft frei (auch mehrmals), eine Person auftauchen zu lassen, die von sich behauptet (oder von der behauptet wird), sie sei der vermisste Prinz Kasparbald. Als direkter Nachfahre des letzten Königs wäre er damit sogar der rechtmäßige Thronfolger – noch vor Königin Yolande, die nur einer Nebenlinie entstammt. Allerlei Abenteuer à la *Anastasia* oder *Kaspar Hauser* lassen sich um eine solche Figur stricken; von Aufschneiderei und Selbsttäuschung über Wahnsinn und Zauberei bis zu schurkischen Hinterleuten, die einen falschen Kasparbald für ihre Zwecke benutzen wollen, ist jede Erklärung denkbar. Wird der Unruhestifter verhaftet oder gar ermordet, wird dies erst recht als Beweis seiner wahren Abkunft gesehen, und jedes Dementi des Hofes erhärtet nur die Legende. Ein Szenario um einen vermeintlichen Kasparbald sollte mit der Frage der Helden zum Schluss enden: War er es doch? Im 'offiziellen' Aventurien wird der Prinz zwar nicht zurückkehren, als Sagenfigur ist er aber unsterblich geworden.

Medienhinweise für das Spiel in Thorwal und den Streitenden Königreichen

Für das Spiel in Thorwal

Wir möchten Ihnen hier einige Tipps geben, wo Sie weitere Inspirationen und ausführliche Beschreibungen finden, die Ihnen helfen können ein Abenteuer oder Helden in oder aus Thorwal noch besser ausgestalten zu können.

Irdische Sachbücher für weiteres Hintergrundwissen
- Bertil Almgren u.a.: Die Wikinger
- Régis Boyer: Die Piraten des Nordens
- Rolf Heller: Isländer-Sagas, 2. Band: Die Saga von Njal, Die Saga von Grettir
- Dirk Huth: Die Saga von Hrafnkel dem Freysgoden. In: Vad, Poul: Islandreise. Auf den Spuren einer Saga
- Magnus Magnusson: Die Wikinger
- Britta Nurmann/Carl Schulze/Torsten Verhülsdonk: Die Wikinger, Krieger – Seefahrer – Händler
- Rudolf Pörtner: Die Wikinger Saga
- Kurt Schier: Egils Saga, Die Saga von Egil Skalla-Grimsson
- Max Vinner: Mit dem Wikingerlotsen an den dänischen Küsten
- Robert Wernick: Time Life: Geschichte der Seefahrt: Die Wikinger

Irdische Literatur für das thorwalsche Flair
- Poul Anderson: Krieg der Götter (und weitere Romane)
- Frans G. Bengtsson: Die Abenteuer des Röde Orm
- Michael Crichton: Der 13. Krieger (auch bekannt als: Die ihre Toten essen bzw. Schwarze Nebel)
- Konrad Hansen: Die Männer vom Meer
- Josef Nyary: Die Vinland Saga
- Sigfridur Skaldaspillir: Die Hexe von Orkney
- Knud H. Thomsen: Speckseites Ostseefahrt

Comics
- Chronik der Barbaren
- Mythen und Sagen 2: Raben Banner
- Prinz Eisenherz
- Thorgal
- Viking Glory, The

Musikvorschläge für die Untermalung des Spiels in Thorwal, Gjalskerland oder von Seereisen:
Filmmusik:
- Klaus Badelt: Pirates Of The Caribbean
- Krzesimir Debski: Stara Basn
- Patrick Doyle: Hamlet
- Randy Edelman: Dragonheart
- Lisa Gerrard: Wahle Rider
- Elliot Goldenthal: Michael Collins
- Jerry Goldsmith: Der 13. Krieger
- Joel Goldsmith: Kull, the Conqueror
- James Horner: Der Sturm
- Michael Kamen: Robin Hood – Prince Of Thieves
- Kenji Kawai: Avalon
- Wojciech Kilar: König der letzten Tage
- Wojciech Kilar: Portrait of a Lady
- Basil Poledouris: Conan – The Barbarian
- Basil Poledouris: Conan – The Destroyer
- Basil Poledouris: Flesh And Blood
- Basil Poledouris: On Deadly Ground
- J. Peter Robinson: Highlander I–IV

Sonstiges:
- Minne, Mystik, Meisterklang (Poeta Magica; Verlag der Spielleute)
- Wikinger Klänge: Mir träumte ein Traum, Original Instrumente, SKALK CD 3

Filme als Anregung für die Ausgestaltung des thorwalschen Flairs
- Alfred der Große (GB 1969)
- Der 13. Krieger (USA 1999)
- Die Rache des Fährtensuchers (NOR 1988)
- Die Wikinger (USA 1958)
- Erik, der Wikinger (GB, SWE 1989)
- Hrafninn flýgur (When the Raven Flies) (ISL, SWE 1984)
- Im Zeichen des Raben (ISL, SWE, NOR 1988)
- The Island at the Top of the World (USA 1974)
- Raubzug der Wikinger (GB 1963)
- The Viking Sagas (auch bekannt als Islandic Warrior) (USA 1995)

DSA-Abenteuer in Thorwal und Umgebung
- Die Orklandtriologie (Im Spinnenwald, Der Purpurturm, Der Orkenhort, 1986/87)
- Liebliche Prinzessin Yasmina (1989)
- Folge dem Drachenhals (1990, Neuauflage in: Die Phileasson-Saga, 1999)
- Tal der 1000 Blumen (Abenteuer in der Orklandbox, 1991)
- Das vergessene Volk (2002)
- Die Dunkle Halle (2003)

DSA-Romane im Heyne-Verlag zum aventurischen Norden
- Ina Kramer: Die Reise nach Salza; 1. Teil: Im Farindelwald; 2. Teil: Die Suche (beide 1996), u.a. Yumudas Insel
- Gun-Britt Tödter: Das letzte Lied (1998), nördliches Svellttal
- Alexander Huiskes: Die Hand der Finsternis (2000), nördlicher Rand der Waskirer Hochebene

Für das Spiel in den Streitenden Königreichen

Die Atmosphäre Nostrias und Andergasts wird von den folgenden **Filmen** eingefangen:
- The Warlord (dt: Die Normannen kommen, mit Charlton Heston, 1965)
- Ronja Räubertochter (nach dem gleichnamigen Buch von A. Lindgren, 1984)
- Taran und der Zauberkessel (Disney-Zeichentrick, 1985),

vor allem aber von der englischen Fernsehserie *Robin of Sherwood* (1983–85, mittlerweile auf DVD erschienen). Als Abenteueranre-

gungen können auch *The Fog* (1979), *Die Zeit der Wölfe* (1984) und *Sleepy Hollow* (1999) dienen.
Zur **Musikuntermalung** empfehlen wir:

- Clannad: Legend (den Soundtrack zur o.g. Serie)
- Estampie: Ludus Danielis
- Michael Kamen: Robin Hood – Prince of Thieves
- James Horner: Willow
- America: The Last Unicorn
- Carter Burwell: Rob Roy

An **Büchern** möchten wir Ihnen neben Grimms Märchen vor allem Ottfried Preußlers *Krabat* und Theodor Storms *Schimmelreiter* ans Herz legen.

DSA-Abenteuer:

- Wald ohne Wiederkehr (1984)
- Das Große Donnersturm-Rennen (1989)
- Liebliche Prinzessin Yasmina (1989)
- Straßenballade (1993)
- Im Bann des Eichenkönigs (2001)

DSA-Romane:

- Ina Kramer: Die Reise nach Salza; 1. Teil: Im Farindelwald; 2. Teil: Die Suche (beide 1996)
- Karl-Heinz Witzko: Treibgut (1996)
- Karl-Heinz Witzko: Seelenfrieden, in: Gassengeschichten (2000)

Index

Einträge, die sich ausdrücklich nur auf eine Region beziehen, sind zur Vereinfachung mit Kürzeln versehen worden. A steht für Andergast, G für Gjalskerland, N für Nostria und T für Thorwal. Das Kürzel AN bezieht sich dementsprechend auf Texte, in denen Andergast und Nostria gemeinsam beschrieben werden.

E

F

G

Prem
100 Schritt

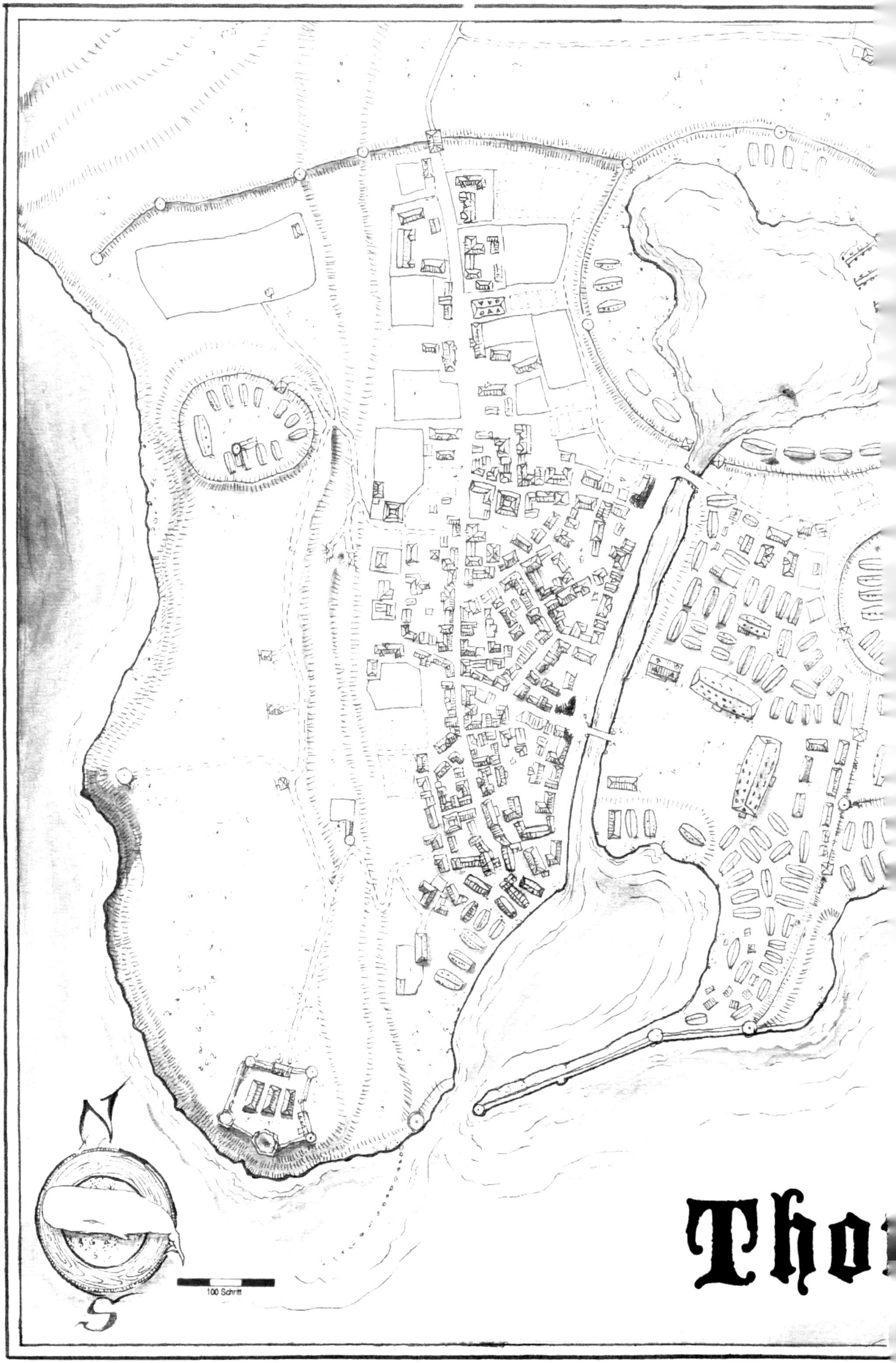

N
S
100 Schritt
Tho

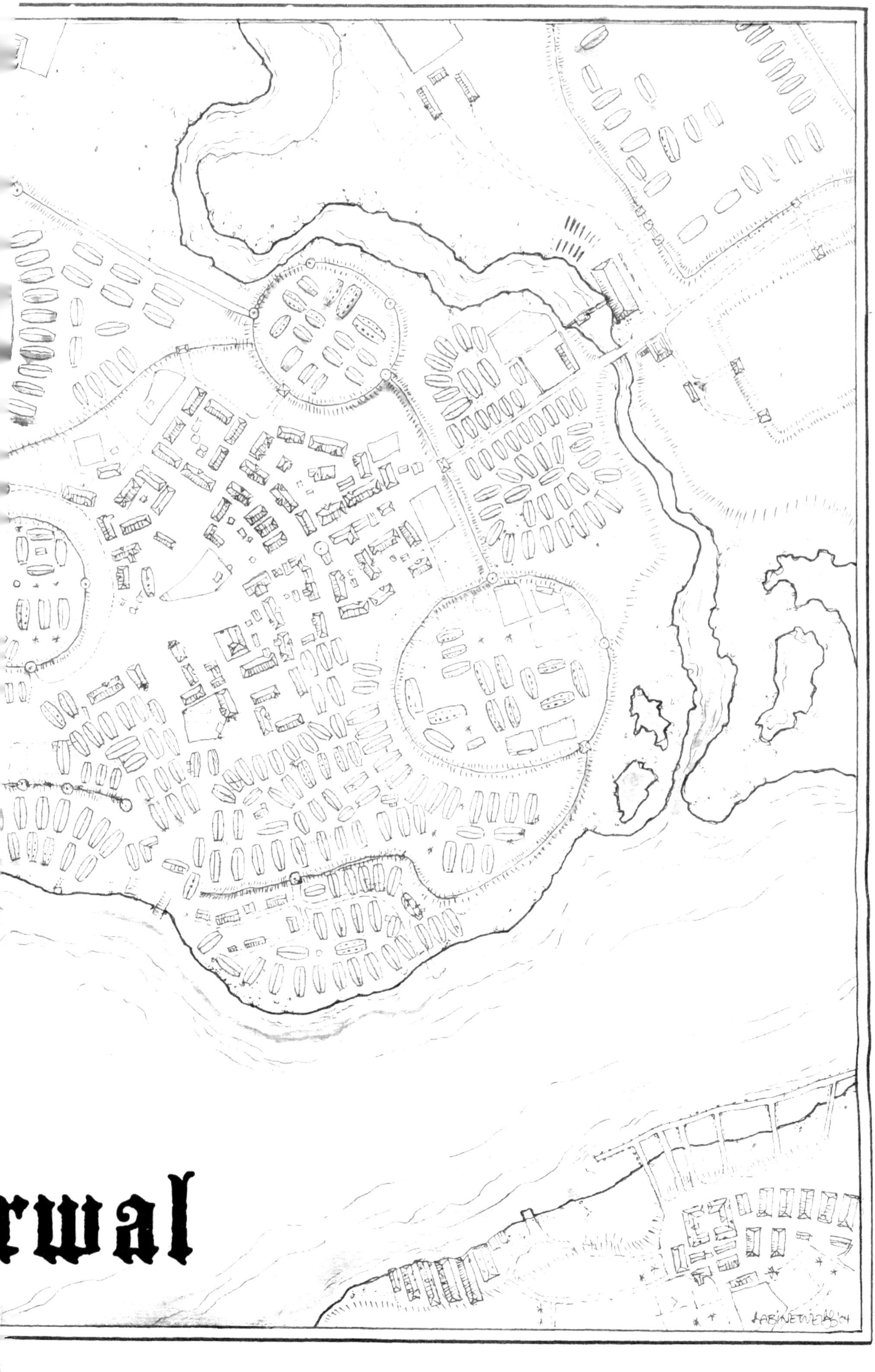
rwal

Olport
100 Schritt
N

Grassodenhaus

Langhaus

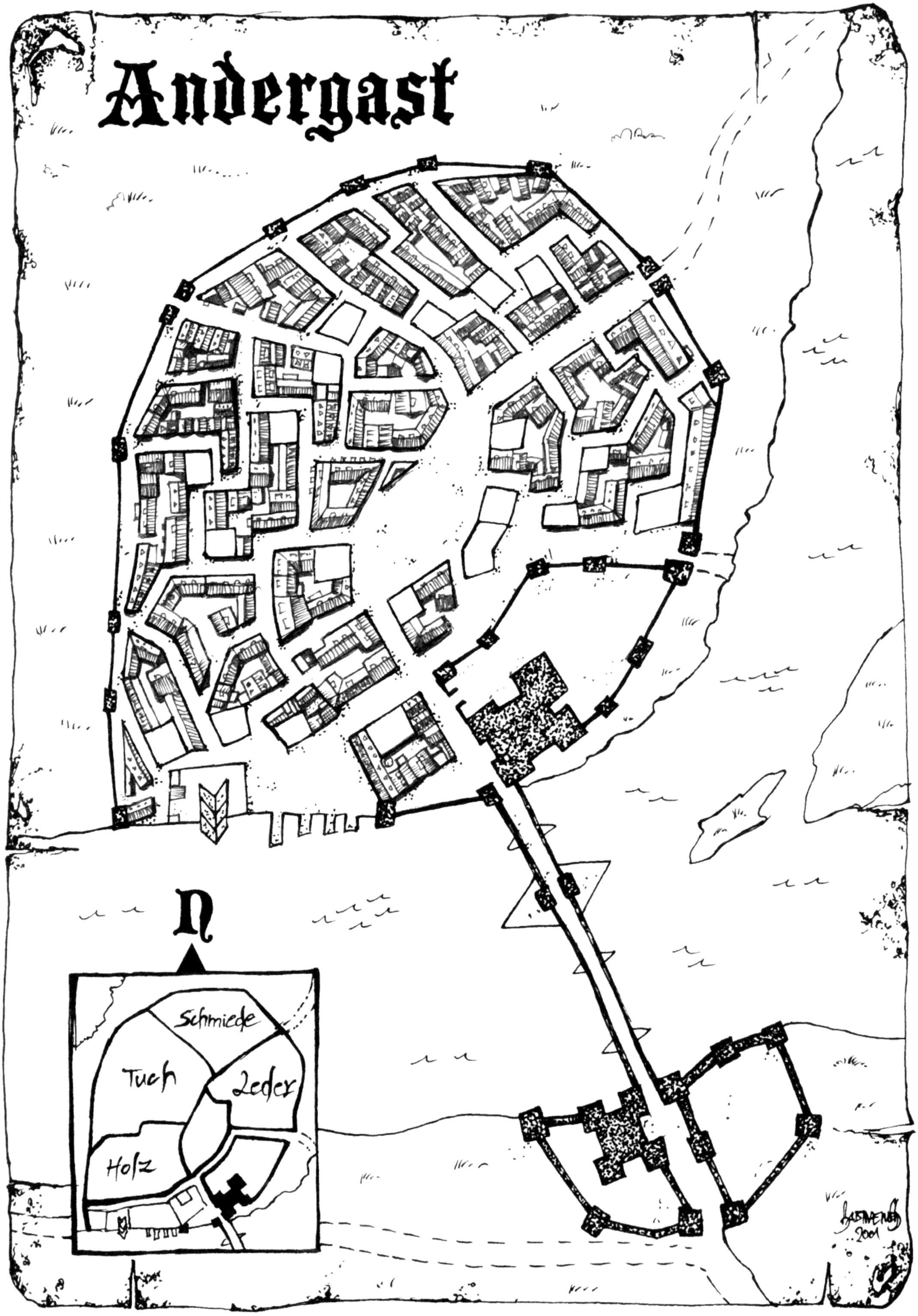

Andergast
N
Schmiede
Tuch
Leder
Holz
2001

Nostria
SABINE WEISS
2004

Enqui
100 Schritt
OLIVER STEIGER '04